T0245838

OXEN

LOS | IMPERDIBLES

PRÓXIMAMENTE EN DUOMO,
LA NUEVA ENTREGA DE LA SERIE *OXEN*

La llama congelada

JENS HENRIK JENSEN

OXEN
EL HOMBRE OSCURO

Traducción de Beatriz Galán Echevarría

DUOMO EDICIONES
Barcelona, 2019

Título original: *De mørke mænd*

© Jens Henrik Jensen og JP/Politikens Hus A/S 2014
© de la traducción, 2019 por Beatriz Galán Echevarría
© de esta edición, 2019 por Antonio Vallardi Editore S.u.r.l., Milán

Todos los derechos reservados

Primera edición: octubre de 2019

Duomo ediciones es un sello de Antonio Vallardi Editore S.u.r.l.
Av. Riera de Cassoles, 20, 3.º B. Barcelona, 08012 (España)
www.duomoediciones.com
Gruppo Editoriale Mauri Spagnol S.p.A.
www.maurispagnol.it

DL B 19.322-2019
ISBN: 978-84-17128-34-0
Código IBIC: FA

Diseño de interiores:
Agustí Estruga

Composición:
Grafime

Impresión:
Grafica Veneta S.p.A. di Trebaseleghe (PD)
Impreso en Italia

1

La rata estaba sentada sobre el borde de la luna, gorda y satisfecha. Su silueta se recortaba, afilada, frente al pálido disco del cielo.

Los enormes pinos de Oregón y los innumerables abetos dispuestos en filas, complementados al este por algunos alerces a los que el invierno había robado sus hojas, formaban un telón de fondo oscuro e irregular y enmarcaban el escenario en el que se hallaba la rata.

Inmóvil allí arriba, parecía un gran mogol, disfrutando de su imperio bajo el firmamento, sin dignarse a mirar siquiera a la desgraciada criatura que yacía a sus pies.

Sus ojos se abrieron a regañadientes. Se sentía más allá del tiempo y del espacio. Su capacidad para despertarse completamente en cuestión de segundos, esa extraordinaria tabla de salvación pulida durante los muchos años que pasó en regiones peligrosas, había mermado.

Se quedó quieto hasta que sus sentidos absorbieron la oscuridad, y después alzó los ojos y la vio: una rata.

Se movió imperceptiblemente, pero no pudo evitar que la paja crujiera, y entonces la bestia abandonó su soberbia postura y se alejó de allí con ostentosa lentitud, dando pa-

7

sitos muy cortos sobre la barra del gallinero, hasta desaparecer.

El escenario estaba bañado por una luz plateada, y había estanques y fuentes hasta donde alcanzaba la vista. Era como hallarse de vuelta en el castillo de Peterhof. Algo insólito, en realidad...

Los párpados le pesaban y volvieron a cerrársele.

De algún lugar recóndito del subconsciente le llegó el olor a jazmines en flor y a sexo matutino.

El castillo de Peterhof, el Versalles ruso de San Petersburgo. Agosto. Aún podía sentir la risueña risa de ella y los anillos brillando en sus dedos. Ninguno de los dos se había acostumbrado aún a llevarlos. Birgitte, con un vestido de algodón fino, iluminada por la luz del golfo de Finlandia. «Hasta que la muerte os separe».

Abrió los ojos y se apoyó en los codos.

Ahí afuera había un canal que atravesaba el terreno, ciertamente, y algunos estanques y fuentes tiñendo el paisaje con su plata reluciente, pero...

Se dejó caer de nuevo en la paja, con pesadez. Un leve olor a estiércol se abrió paso hasta su nariz.

¿Acaso las fuentes no deberían ser doradas? Ningún zar se conformaría con la plata.

Se incorporó y volvió a la realidad. En la pared faltaban varios tablones de madera, y un viento helado atravesaba el establo. Estiró la capucha del saco de dormir y la apretó con fuerza en torno a su cabeza. Hacía un frío de mil demonios —no más de cero grados, seguro—; claro que, al menos, el frío bloqueaba el hedor.

Frente a los arbustos que quedaban a la derecha del canal pudo distinguir un pequeño rebaño de ovejas que eran, sin duda, las que habían ensuciado el cobertizo. Fuera como fuese, su montón de paja estaba seco y resultaba cómodo.

8

Había dormido en camas peores –mucho peores– y más peligrosas.

Unos pocos cientos de metros a su izquierda había una casita de paredes blancas. Se veía luz en las ventanas: la única señal de vida en su interior.

San Petersburgo pertenecía, indiscutiblemente, al pasado.

Recorrió de nuevo el paisaje con la mirada, y ahora, a la luz de la consciencia, lo descubrió yermo ante él. La piscicultura en la pequeña hondonada y su refugio bajo el techo de hojalata eran el presente. Lo constató sin dolor, sin reflexiones añadidas, como una simple afirmación: se hallaba en el centro de Jutlandia, en algún lugar entre Brande y Sønder Felding; aquel canal no conducía al golfo de Finlandia, sino al río Skjern, y las fuentes no rociaban el aire de plata, sino de agua filtrada para las truchas.

La noche anterior la pasó en un cobertizo en Nørre Snede, y solo los dioses sabían dónde dormiría la de después.

Justo en aquel momento recordó otro detalle: aquella noche no era como las demás; aquella noche traía consigo un cambio, y se convertía en el mejor momento para revisar la propia vida y hacer recuento. La reina, los ministros... todos iban a hacer lo propio, y a él mismo lo atravesó también la idea, como un proyectil.

Era Fin de Año.

Apretó el botón de su reloj de pulsera. Las 23:57 h. Podría haber entrado en el Año Nuevo durmiendo y no habría pasado absolutamente nada, pero ahora ya estaba despierto y no iba a volver a dormirse. En tres minutos, el reloj del ayuntamiento de Copenhague empezaría a sonar. Miró a su alrededor una vez más. El silencio era tan imponente que hasta podía oír si una de las ovejas perdía un mechón de lana.

Un animal grande se deslizó en la oscuridad, justo frente al establo, y un búho voló hacia el año nuevo. Pronto se detendría en una rama y regurgitaría el contenido de su estómago, como harían tantos otros esa misma noche.

En pocos minutos, el coro de chicas de Radio Danmark cantaría en televisión. Vino espumoso, copas tintineantes y tartas de Año Nuevo. Hombres borrachos, fuegos artificiales y poca mecha restante para las primeras horas de la mañana. Ya había pasado por eso otras veces. Demasiadas veces.

Las 00:00 h. Desde las granjas vecinas se lanzaron ráfagas de fuegos artificiales que iluminaron el cielo formando nubes de oro y plata, mientras unos cuantos petardos resonaban en el aire. Odiaba la pirotecnia.

Se quedó ligeramente sorprendido al constatar que nadie salía de la casita blanca. Que nadie quería lanzar petardos. ¿Quizá fuera porque el propietario de la piscifactoría prefería quedarse frente al calor del hogar? Tal vez ahora mismo estuviera tomando la mano de su familia, a punto de entrar en el Año Nuevo.

Se dejó caer sobre la paja, boca arriba, y cerró los ojos.

La luna quedaba parcialmente oculta tras unas nubes, y, por tanto, la oscuridad resultaba mucho más compacta que a medianoche. Ese fue el primer pensamiento que tuvo cuando volvió en sí y abrió los ojos. Esta vez sí se despertó de inmediato. No había dormido bien, sino que había tenido un sueño inquieto, superficial, atormentado por viejos fantasmas.

Apretó de nuevo el botón de su reloj de pulsera, instintivamente. Eran las 02:43 h. No habían pasado ni tres horas.

En aquel momento se dio cuenta de que un motor se detenía y unos faros se apagaban junto a los abetos. Debía de haber sido el ruido del coche lo que lo había despertado. Pero ¿quién llegaría a esas horas de la madrugada? Era obvio que el piscicultor hacía horas que se había retirado a dormir, pues todas las ventanas de la casa estaban a oscuras.

Se quedó muy quieto, agazapado, escuchando. La rata había regresado al palo del gallinero, pero esta vez no era más que una sombra difusa. Dos de las puertas del coche se cerraron silenciosamente, y pudo oír unos pasos sordos en la grava, tras el cobertizo.

La rata se alejó de allí a toda prisa, atemorizada. Él se incorporó y miró hacia el lugar en el que había oído los pasos, con el corazón latiéndole a toda velocidad.

A su izquierda vio aparecer dos figuras oscuras que se acercaban lentamente a la casa. El único punto de luz de aquel lugar era un tubo fluorescente que colgaba de un poste de teléfono, a media altura.

La nube que estaba frente a la luna se apartó ligeramente, y pudo ver a dos hombres. Uno era grande y alto; el otro, más bajo y robusto. Avanzaban con la cautela propia de quien no conoce el lugar.

Recorrieron con sumo cuidado los últimos metros hasta la casa, y uno de ellos asió el pomo de la puerta mientras el otro miraba por la ventana que quedaba junto a la entrada. Poco después se oyó un chasquido: obviamente, habían roto el cristal. El alto ayudó al otro a colarse en la casa por la ventana abierta. Al cabo de un rato, la puerta principal se abrió y ambos desaparecieron en el interior.

Oxen lanzó un improperio. Por una fracción de segundo lamentó no estar realmente en la celebración de Año Nuevo de la Rådhuspladsen, en Copenhague.

Se hallaba en una situación francamente incómoda, por no decir jodidamente delicada, teniendo en cuenta que lo único que quería era ser invisible.

Abrió la cremallera del saco de dormir, salió a la paja y se levantó lentamente, sin dejar de mirar a la casa. Pudo reconocer un tenue resplandor tras las ventanas, que probablemente correspondiera a las linternas de los ladrones.

Vaciló. Si se quedaba quieto donde estaba, aquella situación amenazadora se resolvería por sí misma. Los dos hombres encontrarían algo que robar y luego se retirarían en silencio, volverían al coche y desaparecerían con su botín.

Sería como si nada hubiera sucedido: él seguiría siendo invisible. Antes del amanecer volvería a estar de camino, con su mochila a la espalda, y nadie en todo el planeta habría sabido nunca que había dormido allí, sobre la paja.

Pero... ¿el coche? ¿Debería...? Rodeó el establo, agazapado, hasta el pequeño vehículo negro. Un viejo Fiat Ducato. En la matrícula ponía «RO», de modo que los dos hombres eran rumanos. No serían los primeros ladrones de Europa del Este según las estadísticas, y ciertamente tampoco los últimos. De hecho, solía suceder que los robos de esta gente acababan tiñéndose de violencia y, en ocasiones, incluso de muerte. Cómo olvidarlo. Esperaba que en aquella ocasión no...

Se detuvo y trató de pensar en otra cosa. Por supuesto, no iba a pasar nada. Los rumanos cogerían el televisor de pantalla plana, buscarían algunos objetos de valor, y, en cuanto hubiesen acabado, saldrían de la casa y se marcharían a toda velocidad.

De modo que él haría lo mismo. No esperaría, sino que cogería su bolsa y se alejaría de allí, avanzando en la Nochevieja.

Justo cuando estaba a punto de volver al establo para enrollar su saco de dormir, vio que se encendía una luz en la casa. Minutos después oyó unas voces, y, al fin, un grito.

Sin pensárselo dos veces salió disparado hacia allí y en pocos segundos se plantó en la casa. Miró por la ventana y vio a un anciano de cabello canoso arrodillado en el suelo, en pijama, cubriéndose la cara con los brazos a modo de protección. Reconoció también una figura negra que estaba de pie, de espaldas a él, con una vara de metal en la mano y el brazo alzado para golpear con ella al granjero.

Abrió la puerta de golpe y en un par de zancadas se plantó en mitad de la sala, gritando. El más bajo de los dos hombres se quedó petrificado, con el brazo aún en alto. El otro permaneció inmóvil junto a un sillón volcado.

Aunque la sorpresa podía verse escrita en sus rostros, ambos lograron mantener la compostura y se volvieron hacia Oxen dispuestos a doblegarlo a él también. El más bajo profirió una orden, contundente, y dio un paso adelante. Era muy robusto y parecía más que dispuesto a usar reiteradamente su vara de metal.

Lo que sucedió a partir de aquel momento no fue más que puro instinto. Años y años de entrenamiento, y la experiencia de una despiadada realidad: la facilidad para evaluar riesgos, o, sencillamente, la capacidad de hacerse rápidamente una idea general, reconocer dónde se hallaba el principal peligro y proceder a eliminarlo sin vacilar.

Esquivó el primer y brutal golpe del metal, cayó de rodillas, y desde allí atestó al rumano una certera patada circular a la altura de las piernas. Antes incluso de que su oponente tocara el suelo al caer, Oxen había asido la vara con firmeza, se la había arrebatado de las manos y le había golpeado en la rótula con ella.

Mientras un ensordecedor alarido de dolor resonaba en la pequeña sala de estar, Oxen se enderezó de nuevo, justo a tiempo de evitar el ataque del tipo más alto, que se abalanzó hacia él como un toro, con la cabeza inclinada. Con un gesto rapidísimo se hizo a un lado, puso una mano en la nuca del hombre, e hizo que la cabeza de este se incrustara en la pared al tiempo que él le hundía la rodilla en el estómago. Después de aquello, el rumano cayó derrumbado.

El tipo pequeño y robusto seguía gimiendo en el suelo, sujetándose la rodilla destrozada con las manos, y el alto estaba sencillamente aniquilado, con la vista borrosa y respirando con suma dificultad.

Solo entonces Oxen pudo prestar algo de atención al anciano: aún estaba de rodillas en el suelo y tenía un hilillo de sangre saliéndole por la comisura de los labios; tenía también un corte en la frente y se sujetaba el hombro izquierdo como si le doliera mucho. Sin decir palabra, Oxen lo arrastró hasta una esquina, lejos del campo de batalla.

Luego volvió al lugar en el que se hallaba el más alto, todavía sin aliento, y rebuscó en sus bolsillos. Descubrió un pasaporte en un bolsillo con cremallera. Repitió la misma operación con el otro tipo. Aunque el dolor que sentía le imposibilitaba seguramente cualquier movimiento, Oxen prefirió asegurarse y presionó con su mano izquierda el cuello del hombre mientras lo cacheaba con la derecha. No tardó mucho en encontrar un segundo pasaporte, en el bolsillo interior de su chaqueta de cuero.

Miró los dos documentos y se los guardó en el bolsillo.

Sorprendentemente, el alto logró ponerse de pie. La sangre le corría por la cara, bajándole desde la cabeza, que se había abierto al chocar contra la pared. Le costaba respirar, pero parecía capaz de controlar su cuerpo.

Oxen clavó los ojos en él, y sin decir una sola palabra le señaló al tipo que estaba en el suelo y le dio a entender que debía ocuparse de su amigo y desaparecer. En el más absoluto silencio, se quedó en medio de la habitación observando la retirada de los ladrones heridos.

El tipo tardó varios minutos en conseguir que su amigo se levantara, y ambos se alejaron de allí, cojeando hasta su coche en la oscuridad.

Oxen se quedó de pie en la puerta y los vio desaparecer. Al cabo de un rato oyó el motor del vehículo y pudo ver las luces de los faros. El coche pasó por detrás del cobertizo y luego se alejó por el camino de tierra.

En aquel instante, Oxen sintió una mano en su hombro y

se dio la vuelta. Era el anciano, que había logrado ponerse de pie. El hombre, en pijama, le dedicó una amplia sonrisa y le dijo:

–Gracias, amigo mío. No tengo idea de quién eres ni de dónde demonios has salido, pero me has salvado la vida. ¡Gracias!

El anciano le tendió la mano. Oxen se la estrechó, asintió brevemente y sonrió. Seguía sin abrir la boca. Había ido a parar exactamente al tipo de situación que habría deseado evitar a toda costa.

–Entra, entra. –El anciano le tiró del brazo–. Siéntate, ¿puedo ofrecerte algo? Al fin y al cabo, es Nochevieja. ¿Quieres una cerveza? Una cerveza siempre pasa bien, ¿no? Espera un momento.

Y dicho aquello, desapareció en lo que debía de ser la cocina. Oxen volvió a mirar los dos pasaportes y luego se los guardó rápidamente en el bolsillo. Pudo oír la puerta de la nevera abrirse y el sonido del agua salir del grifo. Después, el anciano volvió. Se había lavado la sangre de la cara y venía con dos botellines de cerveza que dejó sobre una mesita, junto al sofá.

–Me llamo Johannes, por cierto, pero puedes llamarme Fisk. Sí, pescado. Todo el mundo me llama así.

El anciano señaló con la cabeza hacia los tanques que quedaban frente a la casa y le tendió la mano por segunda vez.

–Y ahora dime qué es lo que acaba de pasar. ¿Cómo te llamas? ¿Quién eres?

El viejo pescador lo miró atentamente y le acercó la cerveza.

Oxen se encogió de hombros y extendió sus manos, como disculpándose.

–*Sorry, I don't... Dragos... My name is Dragos. Adrian Dragos.*

–*Oh, yes, from where?*

Notó una especie de alivio en las palabras del anciano. Tal vez porque así podía justificar su –de otro modo inquietante– silencio.

–*Romania. I am from Romania.*

–*Thank you very much* –respondió Fisk, con un marcado acento danés.

Luego el anciano levantó la botella, sonrió ampliamente y mostró una hilera de dientes amarillos.

–*And a happy new year, Mr. Dragos.*

2

Sacaron el barco, blanco y lleno de flores, para lanzarlo al agua. Era un precioso día de verano; desde el mar llegaba una suave brisa y el cielo parecía libre de preocupaciones.

El capitán salvaría el breve tramo hasta la esclusa de Hvide Sande bordeando la orilla del fiordo, y desde allí encararía la embarcación hacia el mar del Norte y la perdería en el océano infinito.

Ella provenía de una familia de pescadores de Yborøn. Tal vez por eso le gustaba tanto imaginar que los ataúdes tenían forma de barco y que la muerte era un viaje a lo desconocido.

El tiempo que llevaba en la residencia del fiordo de Anker había transcurrido a toda velocidad. Habían pasado ya tres años desde el día en que se presentó allí para pedir trabajo, atraída por un documental que había visto en televisión; uno en el que un equipo de profesionales acompañaba a dos hombres durante sus últimos meses de vida. Habían pasado ya tres años, sí, y muchos barcos habían zarpado desde el puerto de la vida. Su trabajo diario con los moribundos estaba marcado por un profundo respeto a la existencia; a las millas marítimas recorridas. En su opinión, no había en el mundo ocupación más significativa que la de ayudar a alguien a hacer más soportable su tránsito hacia la muerte.

> Mira, llega a la tierra, desde el mar, el sol naciente,
> envolviendo cielo y olas con un manto resplandeciente.
> Y cuando la luz, silenciosa, vence a la oscuridad,
> la costa se regocija y canta de felicidad.

Por supuesto, la canción se la había inventado el propio difunto, Vitus Sander, quien quería ponerse rumbo al sol. Ella no pudo evitar sonreír, pues los señores Sander habían llamado así a su hijo en honor a Vitus Bering, el danés que había puesto su nombre al estrecho que quedaba entre Siberia y Alaska.

Vitus Sander, el fallecido, había sido propietario de una próspera compañía electrónica. Un hombre eminentemente débil que, no obstante, en sus últimos días había experimentado un cambio significativo: avanzaba más erguido que nunca, y había mostrado también más determinación.

Tenía solo sesenta y siete años. Había nacido en Hjørring pero había pasado la mayor parte de su vida en Copenhague, donde erigió la oficina central de su empresa. Cáncer de pulmón. Y había perdido a su esposa tres años atrás.

Ella recorrió el vestíbulo con la mirada. Allí estaban los hijos de Sander y también su nieta, quien había ido a visitarlo con frecuencia, e incluso en alguna ocasión se había quedado a dormir con él. Melena larga y dorada. Alumna de la Universidad de Copenhague. Una verdadera belleza.

Solo una cuestión le llamó la atención. Insólitamente, la persona que más tiempo había pasado junto a Vitus Sander durante sus últimas semanas de vida no estaba presente en su despedida: aquel hombre tan agradable que solía ir vestido con ropa de colores brillantes y deportivas blancas. Siempre con deportivas blancas. Vitus Sander se había referido a él como a «un buen amigo...», pero los buenos amigos también van a las despedidas, ¿no?

Ella se había sentido más cerca del poderoso empresario que de ningún otro de sus pacientes.

En varias ocasiones, Sander le había pedido incluso que lo acompañara al jardín, de modo que ambos habían ido hasta un banco y se habían sentado a observar el fiordo. Él nunca le hablaba sobre su vida, pero mostraba un enorme interés por la de ella, y anhelaba que le explicara anécdotas de su infancia en la costa, y de cómo imaginaba su último viaje.

No hacía falta ser la hija de un pescador de Yborøn ni haber nacido con un sexto sentido que le permitía interpretar el humor del cielo, para reconocer los negros nubarrones que de vez en cuando oscurecían la vida de Vitus Sander. Pero eso acostumbraba a pasar cuando uno llegaba al final de su trayecto.

El sonriente hombre de las deportivas blancas ejerció siempre un efecto positivo en Sander. Pocos días después de su primera aparición, ella notó claramente el cambio. Le pareció como si el tipo –que si no recordaba mal se llamaba Rasmus– fuera un sacerdote errante que hubiese ofrecido al enfermo el sacramento de la reconciliación y lo hubiese absuelto de sus pecados.

Echaría de menos a aquel hombre bueno y poderoso, pero sabía que al día siguiente ya llegaría alguien nuevo: un viejo carpintero de Randers, en esa ocasión.

Para entonces, Vitus Sander ya estaría de camino a Vizcaya.

3

La ansiedad que le atravesaba el diafragma contrastaba sustancialmente con la paz del paisaje que lo rodeaba. Visto desde las altas murallas del castillo, Nyborg parecía un lugar magnífico.

Se sentó en su banco favorito del bastión de Dronningen, entre la torre de agua y los cuatro cañones rojos. Bajo el bastión se hallaba el foso, ancho y poderoso, con las pequeñas asignaciones en el borde. Si se daba la vuelta y miraba hacia atrás, obtenía una vista maravillosa de esa ciudad de la que había ido enamorándose cada vez más.

Todo era verde a su alrededor. No ese verde tierno de los primeros días de primavera, sino uno más oscuro, más típico de julio; el verde de cuando la naturaleza ya ha perdido parte de su frescura.

Se echó hacia atrás y cerró los ojos. El sol le acarició el rostro, pero él no sintió su calor. En lugar de eso, el miedo provocó que un escalofrío le recorriera la espalda. Aunque... ¿miedo? Había tenido miedo muchas veces en su vida –¿y quién no?–, pero nunca así. Nunca esa angustia penetrante que parecía a punto de convertirse en pánico y amenazaba con paralizarlo.

Si hubiera podido prever a tiempo las consecuencias de sus actos, no habría llegado tan lejos, y ahora estaría ahí, tranquilamente, disfrutando de los rayos del sol. Pero ya era demasiado tarde. Ya no había vuelta atrás.

Miró hacia abajo, observó atentamente las puntas de sus Converse All Star blancas y movió los dedos de los pies, enfundados en las deportivas, como si quisiera confirmar que aún tenía el control sobre su sistema nervioso central. Llevaba Converse desde su época de universidad. Siempre blancas, siempre el modelo que le sujetaba el tobillo. Todavía podía oír a su querida tía, quien, pese a su formación académica y a sus treinta y ocho años, seguía espetándole: «Pero niño, ¿cuándo vas a comprarte otros zapatos?».

Algunos objetos son como la masilla: sirven para mantener unidas las piezas de la vida. Pues bien, sus All Star blancas eran uno de esos objetos.

La capa helada de miedo que lo atenazaba no cabía entera en aquella muralla. ¿Sería así la presencia de la muerte? ¿Se habría formado ya el primer bloque de hielo en su interior, abriendo la puerta al pavor?

Había muchas personas distintas, con vidas distintas, reunidas en ese edificio junto al fiordo, en la sala de espera de la última estación de tren, en la que solo puede comprarse un tipo de billete.

En ese momento se sentía demasiado intimidado como para sopesar fríamente sus posibilidades. Si alguien sabía de oportunidades en esa ciudad era él..., pero ahora estaba paralizado.

Metió una mano en el bolsillo de la chaqueta y palpó su interior. El paquete de 15.000 coronas seguía allí, esperando a ser utilizado.

Diez cupones con la propuesta matemática para la lotería del miércoles y aproximadamente el mismo número para el sorteo danés del sábado, así como una serie de quinielas para los partidos de fútbol semanales. Siempre con altas posibilidades de ganar. Siempre tres juegos con resultados finales sin ningún tipo de salvaguardia.

El fútbol era su pasión, pero el miedo había oscurecido la vieja sensación de satisfacción que había encontrado al cruzar los partidos correctos con las probabilidades correctas. Había sido así durante mucho tiempo.

En el camino desde la muralla hasta el supermercado Kvickly, se había notado las piernas débiles y temblorosas.

Ahora, la chica que estaba detrás del mostrador le dedicó una sonrisa algo tensa, y asintió mientras él empujaba hacia ella el fajo de cupones.

En aras de la discreción, distribuyó los partidos en diferentes días de la semana y en cuatro lugares distintos de la ciudad. Después de aquello anduvo todo el camino hasta la estación de tren y allí gastó sus últimas 7.000 coronas en quinielas y lotería extra.

Aquella fue su última apuesta. La diosa fortuna jamás había ido a visitarlo, pero ahora la necesitaba más que nunca en su vida.

4

El enorme abeto se quedó indeciso por un momento, y luego sacudió su encrespada copa y se rindió. No tuvo otra opción. Como una torre cuya base hubiese sido atacada y hecha saltar por los aires. Primero lentamente, y luego, de pronto, muy rápido. Se desplomó sobre el suelo del bosque y levantó una nube de polvo y arena.

Satisfecho, comprobó que el enorme tronco había caído justo en el lugar que había planeado. Ahora tenía que podarle las ramas, pero primero descansaría un rato. Apagó la motosierra y se quitó el casco.

Los anillos del tocón del árbol mostraban las huellas de un pasado impresionante. Los años habían ido acumulándose, uno tras otro, y cada anillo contaba una historia distinta sobre el paso del tiempo. Haber derribado aquel árbol tenía tan poco sentido... Aunque si algo había aprendido con los años que él mismo había ido acumulando, era precisamente que la mayoría de las cosas no tenían ningún sentido. Hasta los pocos anillos de los árboles más jóvenes e inocentes podían acabar brutalmente sesgados.

No existía la justicia. No, al menos, una que estuviera cuidadosamente controlada por el más alto juez. Solo existían las coincidencias.

Se sentó y sacó de su mochila la fiambrera y el termo que siempre lo acompañaban en sus incursiones forestales. Mordió el bocadillo de embutido y se sirvió un poco de café humeante. El sol le calentaba el rostro. Solo un pajarillo, un arrendajo, rompía el silencio.

Su mirada vagó de nuevo hasta el poderoso tocón. El tiempo era una medida extraña... Aquella vez, en la casita blanca, el tiempo había sido un bien escaso. En otras circunstancias, disponer de poco tiempo podría haber significado un cierto riesgo, aunque disponer de demasiado también podría haberlo incitado a relajarse, o a cometer algún descuido, lo cual no era menos peligroso.

En los últimos años el tiempo había dejado de importarle. Su trascendencia había ido reduciéndose hasta volverse inexistente... y, sin embargo, con cada ciclo de doce meses que transcurría, aparecía un anillo nuevo e invisible en torno al anterior.

Pero aquí y ahora no tenía ni el más mínimo sentido de la temporalidad. Que fueran las nueve o las cinco le resultaba completamente indiferente. Que fuera lunes o sábado le era absolutamente igual. Y de no haber sido por los cambios de estación, que tanto le gustaban, también los meses le habrían resultado irrelevantes.

Pero ahora era julio, estaban en pleno verano, y había pasado más de medio año desde que conoció a Johannes Ottesen (o «Fisk», como a él le gustaba que lo llamaran, porque «todos lo hacían»).

Seguía sin tener claro si había estado en el lugar y el momento equivocados o justo lo contrario, pero sobre lo que no tenía ninguna duda era que ayudar a Johannes Fisk en la noche de Fin de Año le había abierto de pronto todo un abanico de posibilidades. Por eso ya no estaba en la carretera. Por eso estaba ahí sentado, en el bosque.

Fisk tenía setenta y cuatro años, era demasiado viejo y estaba demasiado cansado y aquejado por la gota como para ocuparse él solo de su pequeña piscifactoría. Pero no sabía hacer otra cosa que no fuera trabajar para ganarse el pan.

Ya en la víspera de Año Nuevo, Fisk le había propuesto, en un inglés bastante torpe, que se quedara unos días más con él. Que comiera bien, que durmiera en una cama, y, tal vez, que le ayudara con el tema de la piscifactoría. Y así quedó la cosa.

Dos semanas después, Oxen se instaló en la casa que años atrás había pertenecido al asistente de Fisk. Estaba prácticamente en ruinas pero él había logrado repararla hasta volverla habitable. Según Fisk la casa llevaba vacía trece años; es decir, desde que tuvo que despedir a su asistente porque ya no tenía dinero para dos salarios.

La casa se hallaba en un pequeño claro, al borde de un amplio bosque de abetos, a medio kilómetro de la piscifactoría. Fisk la había construido hacía ya muchos años con piedras y bloques de hormigón. Sala de estar, cocina y baño en la planta baja, dormitorio y trastero en la superior. El techo estaba compuesto de placas de uralita, algo inestables y cubiertas de musgo.

Oxen se levantaba cada día a las seis y realizaba su cometido en el estanque de las truchas. El resto del tiempo lo dedicaba a labores forestales.

Con el paso de los años, Fisk había ido descuidando su bosque. Allí había trabajo por lo menos para un año entero. La verdad es que no sabía cuánto tiempo se quedaría con aquel hombre anciano y amable, pero...

El ruido de un motor acercándose por el camino de tierra lo sacó de su ensimismamiento. Concentrado, fijó la vista en el lugar en el que, en cualquier momento, aparecería un automóvil entre los árboles. Cogió su pistola, una estupenda Neuhausen que siempre tenía a punto, cargada y al alcance de la mano, y... sí, ahí estaba: un vehículo rojo. Fisk en su vieja furgoneta. Dudó un momento, pues también había alguien en el asiento del copiloto, pero al final metió el arma de nuevo en su mochila... aunque con la mano derecha bien cerca, eso sí. Al fin y al cabo, Fisk nunca iba acompañado.

–Ahí está. Parece que está haciendo un descanso para desayunar. Seguro que se lo ha ganado. Trabaja como una mula. Mira, acaba de derribar el abeto gigante.

Johannes Fisk apartó una mano del volante para señalar la figura solitaria que estaba sentada sobre el tocón.

–¿Y cómo has dicho que se llama? –preguntó el hombre que iba en el asiento del pasajero.

–Dragos... Pero no me preguntes su nombre de pila, porque lo he olvidado.

–¿Dragos? ¿De Rumanía?

–Sí.

–Como Drácula.

–¿Por qué dices eso?

–Porque Drácula también era de Rumanía, Fisk. No sé mucho más, pero eso sí: Dragos o Drácula.

–Deja que te diga algo, Bette: Dragos es un tipo legal.

–¿Quién es y por qué está aquí?

–Pues no es más que un rumano con una motosierra.

Johannes Fisk titubeó un momento mientras frenaba y maniobraba con su furgoneta entre los árboles.

–¿Sabes guardar un secreto, Bette Mathiessen? –preguntó al fin.

El hombre que estaba a su lado lanzó un profundo suspiro. Era casi tan corpulento como esos luchadores de sumo japoneses que en sus peleas no llevan más que un pañal blanco para mantener a resguardo sus partes íntimas.

–Sí, ya lo sabes.

–Dragos me salvó la vida. Pero ni una palabra al respecto, ¿oyes? No quiero tirar del hilo, y él tampoco quiere.

Mathiessen sacudió la cabeza lentamente.

–Bueno, pues fue durante la Nochevieja... Yo llevaba un rato ya en la cama, ya sabes, estaba solo en casa, como siempre...

Johannes Fisk explicó a su amigo toda la historia de lo que le sucedió en Fin de Año, y solo después de acabarla, sacó la llave del motor y salió del coche. El último tramo tendrían que hacerlo a pie.

–No me lo puedo creer –dijo Mathiessen–. En serio, no doy crédito. ¿Un hombre solo? ¿Y se pulió a dos ladrones como si nada?

Fisk asintió y salió del coche.

–¿Y desde entonces está aquí?

El anciano asintió una vez más, mientras Mathiessen levantaba con esfuerzo su enorme cuerpo del asiento, provocando que la carrocería lanzara un crujido de alivio.

–¿No tiene esposa? ¿Ni hijos? ¿Nadie ha venido a visitarlo? ¿Qué hace en su tiempo libre? Pero qué diablos... ¡si lleva una cola de caballo!

Mathiessen no podía dejar de mirar la figura que estaba de pie junto al tocón del árbol.

–¿En su tiempo libre? Él nunca descansa. –Fisk soltó una risita–. En alguna ocasión le he preguntado si quería ir conmigo a Brande o a Herning, pero nada. Ni siquiera a Skarrild. Prefiere quedarse aquí, y yo le compro todo lo que necesita. No, espera, en realidad sí ha tenido tres días de descanso, ahora que lo pienso. La primera vez tomó prestado mi coche, porque quiso ir a comprar no sé qué material para su casa. Las otras dos, lo llevé yo a Brande en una de mis viejas canoas y lo recogí de nuevo en Sønder Felding. Dice que le encanta estar en el río. Y le gusta pescar. Y no, me ha dicho que no tiene ni esposa ni hijos. Vamos, Bette, vamos a saludarlo. Te prometo que no te morderá...

–*Hello, Dragos! How are you?* –dijo, levantando una mano y saludando a su salvador.

El hombre que iba detrás de Fisk era tan alto y grande que le hizo pensar en un zepelín con piernas. Además, no parecía nada satisfecho de andar por el irregular suelo del bosque.

Ya hacía rato que había retirado la mano de la mochila en la que estaba su pistola. El colega de Fisk era obviamente inofensivo, a pesar de su volumen, pero le daba una pereza enorme tener que saludar a un desconocido. En su mundo ideal solo estaban Fisk y él, y nadie más. Nadie que supiera de su existencia como asistente del viejo piscicultor. ¿Por qué demonios había tenido que traer el anciano a esa montaña de carne sudorosa?

Levantó la mano y devolvió el saludo. Hacía solo unos minutos le había parecido todo tan maravilloso... tan tranquilo y silencioso... Y ahora tenía que desenterrar su mejor acento rumano. No es que le supusiera un problema –a esas alturas ya se había acostumbrado–, pero es que prefería estar solo.

–*Hello, Dragos, meet my good friend Mathiessen.*

Él sonrió y saludó al gigante inclinando la cabeza.

–*Beer?* –preguntó el hombre, metiendo las manos en los bolsillos de su chaqueta y sacando tres latas de cervezas.

–*No, thanks.*

Sacudió la cabeza. A esas horas del día el alcohol te volvía torpe y lento.

Johannes Fisk estaba allí de pie, pasando el peso de su cuerpo de un pie al otro, como hacía siempre que buscaba las palabras adecuadas para entablar una conversación algo más profunda, que fuera más allá de unas pocas frases cortas.

—You see, Dragos, I'm going to Brugsen... to buy things...
Do you want anything?

Él asintió lentamente. La verdad es que le vendrían bien algunas cosas. Y era mucho mejor hablar de eso en aquel momento que tener que esperar a que Fisk fuera a su casa. Prefería que no lo hiciera. No porque hubiera algo en él que no le gustara (al contrario, se trataba de una persona maravillosa), sino simplemente porque había demasiadas cosas que prefería que el viejo no supiese. Por eso, nunca lo había invitado a entrar.

5

Recelo. Este era el sentimiento que le sobrevenía cada vez que se acercaba al histórico castillo de la ciudad.

El motivo no era que el edificio medieval fuera particularmente pintoresco o espectacular, con sus aspilleras, portones, torres y almenas, —en el pasado había formado parte de toda una fortaleza, por supuesto, pero hoy ya solo quedaba la enorme muralla—, sino el significado histórico del castillo. Eso era lo que realmente le impresionaba. Como auténtico hijo de Nyborg se sentía muy orgulloso de que su ciudad hubiera sido, en el pasado, sede de los reyes. A los habitantes de Copenhague no les iría mal tener más información sobre el tema. Y lo mismo sucedía con los de Jutlandia. La mayoría de ellos solo sabían que en Nyborg había habido una importante prisión... y eso era lamentable e insuficiente. Francamente, una pena.

Él había visitado el castillo del centro de la ciudad en innumerables ocasiones: primero de niño, en compañía de sus padres; luego de adulto, y ahora como padre de familia, con sus propios hijos cogidos de la mano. Quería que estuvieran al corriente de la época de esplendor de Nyborg; quería que supieran cómo eran las cosas cuando el rey tenía fijada allí su residencia y el poderoso Danehof, compuesto por los hombres más importantes y prolíficos del país, se reunía allí para resolver los asuntos del reino y mantener controlado al monarca... o a su esposa. (Con sus remodelaciones y ampliaciones, Margarita I había influido probablemente más que nadie en el aspecto externo del castillo).

Pese a no tener más estudios que los de la enseñanza obligatoria, conocía esta parte de la historia danesa como si hubiera vivido en aquella época y hubiera estado cara a cara con los monarcas. Pero jamás se le había pasado por la cabeza que un día le propondrían la posibilidad de encargarse de la guardia nocturna de los tesoros culturales de la ciudad.

Aparcó en la parte inferior del ayuntamiento, cerró el coche con llave y subió al castillo para hacer su ronda. Hacía ya cuatro años que trabajaba para Nyborg Security.

A él le correspondía ocuparse exclusivamente de lo que en la jerga técnica se conocía como «seguridad de cierre»; es decir, la comprobación de la estabilidad y la protección del exterior de ciertas zonas y objetos: revisar puertas, vigilar ventanas, etcétera. A efectos prácticos, se trataba del edificio administrativo en el que tenían ubicadas sus oficinas los trabajadores del museo, la cafetería y la entrada al castillo, así como una puerta ancha junto a las escaleras. Y la biblioteca, claro, que se hallaba en el lado izquierdo de la planta y él la revisaba siempre en el camino de vuelta.

Julio solía ser un mes meteorológicamente inestable. Aquel día, por ejemplo, el clima había cambiado: a media tarde había empezado a llover y había seguido haciéndolo durante varias horas. Luego paró un rato, pero ahora había vuelto a empezar. Ni la luna ni las estrellas podían verse bien. Lo más probable es que estuvieran cubiertas por una pesada cortina de nubes negras y azules que le quedaría a él sobre la cabeza, pero es que ahí, en el centro de la ciudad, la luz de las farolas hacía imposible comprobarlo.

La grava crujía bajo sus zapatos. Acababa de mirar el reloj y había visto que iba perfecto de tiempo: mantenía su horario clavado al segundo, como siempre.

Cuando alzó la mirada por primera vez aquella noche y paseó la vista por el gran edificio del castillo, a lo lejos, lo notó de inmediato. Ahí arriba había algo distinto; algo que no era como de costumbre.

La fachada del castillo se iluminaba siempre con unos pequeños focos. Aun así, la escasa luz le permitió ver un breve fulgor proveniente de una de las ventanas del segundo piso. Más precisamente, la que correspondía a la sala central, la del Danehof. A veces sucedía que los encargados se olvidaban de apagar algunas de las luces, pero entonces quedaba iluminada toda la ventana, y no se veía así de inestable y tenue como ahora.

¿Sería aquella luz la linterna de un ladrón?

El corazón empezó a latirle con fuerza. Echó de menos tener un perro que lo acompañara, pero en toda su trayectoria como guardia de seguridad jamás había necesitado uno. Nervioso, se apresuró hacia el castillo y subió silenciosamente las escaleras que conducían hasta la entrada. Algo iba mal, muy mal: la puerta apenas estaba entornada.

Con sumo cuidado, la empujó lo mínimo como para poder mirar por la brecha que dejó abierta. Sabía que tenía que informar a sus colegas y a la Policía, pero primero quería asegurarse de lo que estaba pasando. En un trabajo anterior, siendo vigilante de una fábrica, llamó en una ocasión a la Policía porque percibió algo extraño durante su ronda nocturna, y cuando los agentes de la ley llegaron al lugar solo atraparon a dos niños de once y doce años en un torpe intento de hurtar alguna tontería. Aquello le hizo sentir una vergüenza terrible, y aquel día se juró a sí mismo que no volvería a cometer el mismo error de novato.

Conocía el interior del castillo lo suficientemente bien como para mantener su linterna apagada. No quería que su luz lo delatara.

No prestó la menor atención a las dos brillantes armaduras que quedaban a la izquierda de la entrada, e ignoró también las escenas dramáticas en los enormes cuadros del Salón de los Caballeros, que era el que quedaba en primer lugar.

Con sumo cuidado, se escurrió sobre el suelo de baldosas hasta la siguiente sala.

Tal como había sospechado, la luz salía de la sala del Danehof. Se coló por la puerta y presionó la espalda contra el grueso muro de la pared. En el ala estrecha de la sala había un trono de madera oscura, y, por lo demás, solo había unas pocas mesas y sillas en la habitación, y los pequeños paneles de madera con información sobre la historia de esa sala.

Los sencillos adornos de pared, hechos de cuadrados simétricos en blanco y negro, estaban débilmente iluminados por un tenue resplandor. Desde el lugar en el que él se hallaba, junto a la puerta, no podía ver exactamente de dónde venía la luz. Dio un par de pasos por la habitación... y entonces lo vio.

Lo primero que reconoció fueron un par de deportivas blancas. Unas zapatillas de esas que llegan hasta el tobillo, como las que le gustaban a su hijo.

Unos pocos metros a la derecha, junto a una silla volcada, una linterna yacía en el suelo y lanzaba un halo de luz hacia arriba, en diagonal, desde las zapatillas blancas hasta la ventana.

Sin pensárselo dos veces sacó su propia linterna e iluminó la sala. En el suelo había alguien. Sin vida. Boca arriba. Enfocó el rostro del muerto y vio que era un hombre, y que estaba cubierto de sangre. La imagen era espeluznante. En mitad de la frente tenía un pequeño agujero, redondo y ensangrentado, y la cuenca de su ojo izquierdo había sido sustituida por una masa de tejido desparramado. Sobre el suelo se había formado un charco de sangre oscura y brillante.

Un cadáver. Un hombre. Más de un disparo. Sí, uno en la frente y otro en un ojo. Eso no era casualidad, sino un asesinato a sangre fría. Precisamente en el corazón del castillo.

Hizo un esfuerzo por respirar con normalidad. Llevaba mucho rato en tensión y sin darse cuenta había estado conteniendo la respiración todo el tiempo.

¿Qué iba a hacer ahora? Trató de pensar con frialdad y recordar lo que había aprendido. La primera tarea era siempre atender a los enfermos y los heridos. ¿Podía encontrarle el pulso? ¿Todavía respiraba? En caso afirmativo, había que trasladarlo en camilla al hospital más cercano o tratar de revivirlo.

Pero ¿qué hacer con un cadáver? ¿Con la víctima de un asesinato premeditado? Sintió que se le encogía el estómago y le subía la bilis. Dio unos pasos atrás, tragó la acidez que tenía en la boca y sacó su móvil del bolsillo para marcar el 112.

Después de dar toda la información necesaria al hombre que cogió el teléfono en la central de Policía de Odense, volvió a guardarse el móvil y se retiró de allí cautelosamente. Hasta el tonto más tonto sabía que era importante no tocar nada en la escena del crimen. Y eso de ahí era sin duda la escena de un crimen. De uno muy bárbaro.

Ni en la más loca de sus fantasías habría llegado a imaginar que el viejo castillo de Nyborg podría convertirse de pronto en el escenario de un crimen, y menos aún de uno en que él sería el primer testigo ocular.

Mientras deslizaba el cono de luz por el suelo, le vino a la mente la idea de que el muerto le había resultado lejanamente familiar. Haciendo acopio de valor, volvió sobre sus pasos e iluminó con su linterna el rostro de aquel hombre cruelmente desfigurado.

«Me cago en la mar...». Era el director del museo, ¿no? Su estómago volvió a comprimirse y a enviar acidez a su garganta. Pero... sí, sí, estaba seguro. Se llamaba Malte Bulbjerg y era un tipo simpático, muy conocido en toda la ciudad. Asesinado en el lugar más sacrosanto de su propio castillo. ¡Era una locura!

Ahora la Policía tendría que interrogarlo. Seguro que no solo una vez, sino varias. Le esperaban sin duda unas horas –puede que hasta unos días– de lo más intenso. Tenía que revisarlo todo; tenía que memorizar cada detalle para poder responder con la mayor precisión posible. ¡La hora! La hora siempre era importante. Iluminó su reloj de pulsera y vio que era la 1:25 h.

6

La alarma sonó a la 1:25 h. Se sentó en la cama de un salto, presionó el botón de su reloj de pulsera, corrió hasta el armario y abrió las puertas.

Las dos grandes pantallas planas que había en el interior del viejo armario brillaban en blanco y negro. Cada una de ellas estaba dividida en seis ventanas: una para cada cámara de seguridad.

La sirena resonaba en la habitación con un sonido estridente, al tiempo que sordo. Enseguida pudo ver que la que había disparado la alarma era la cámara número siete. Hizo un clic con el ratón que estaba conectado al ordenador en la repisa inferior de la estantería y enmudeció la sirena para poder concentrarse mejor. Se frotó los ojos y miró a la siete con toda su atención.

La cámara IP estaba instalada en un gran pino, al oeste de la casa, cerca de un camino estrecho que serpenteaba por el bosque de abetos. Las imágenes en blanco y negro con luz infrarroja se veían correctamente, pero no eran lo que se dice nítidas. Aun así, a la derecha del monitor pudo verlo sin ningún problema: el flanco trasero de un ciervo.

No le cabía la menor duda. A esas alturas de la película reconocía perfectamente la imagen con la mancha blanca.

No era ni de lejos la primera vez que la cámara siete emitía una falsa alarma, pero no le quedaba más remedio que mantenerla en esa posición. El camino –precisamente ese camino– tenía que estar vigilado en todo momento, porque era perfecto en caso de que alguien quisiera colarse en su casa en la oscuridad.

Lo cierto, no obstante, era que ni una hormiga vestida de camuflaje podría ahora acercarse a su escondite sin ser descubierta, pues había montado a su alrededor una verdadera *full perimeter safety zone*.

Después de tantos años de usar el inglés como idioma de trabajo, había algunos términos técnicos que ya no le salían en danés. Sea como fuere, el asunto era bien simple: las doce cámaras de seguridad inalámbricas formaban un círculo de vigilancia cerrado con un radio de entre ciento cinco y ciento diez metros en torno a la casa, de modo que si sucedía alguna cosa, lo que fuera, tenía tiempo suficiente para reaccionar.

Examinó atentamente cada una de las ventanas de la pantalla, pero no vio nada sospechoso en mitad de la noche. Hasta el ciervo se había retirado ya del ángulo de visión de la cámara número siete. Decidió revisar entonces, brevemente, los correos que tenía en la bandeja de entrada, y le salió un recordatorio automático de que el día siguiente era el 18. Como si pudiera olvidarlo. Haría lo que tenía que hacer, justo después de levantarse.

Compró aquel equipo de vigilancia que ocupaba todo el armario en una tienda de Vejle. Después de trabajar varias semanas ayudando a Fisk se tomó un día libre y pidió prestado el automóvil del anciano con el pretexto de ir a buscar materiales para remodelar su casa.

Cerró las puertas del armario y se sentó en el borde de la cama. No estaba seguro de si debía volver a dormirse, o simplemente rendirse al insomnio y levantarse ya.

Últimamente, los Siete habían ido apareciéndosele uno tras otro. Su propio elenco personal de pesadillas había ido dando paso a cada uno de sus protagonistas, que amenazaban con turnarse para despedazarlo y dejarlo a merced de los buitres del subconsciente. Poco antes de que el ciervo activara la alarma y él se levantara para apagarla, precisamente, el vaquero había estado jugueteando con él.

Ese vaquero que cada vez salía con lentitud de entre la niebla del río, arrastrando una vaca tras él, a lo largo de la calle principal de un pueblo formado por casas en ruinas y destrozadas por las llamas. Ese anciano de cara arrugada que se le acercaba cada vez más y se dirigía inexorablemente hacia la única casa que permanecía intacta.

Oxen lo recordaba como si hubiera sido ayer. Una casa de color amarillo pálido con macetas de flores frente a las ventanas y una puerta de color verde que conducía a un patio trasero. Junto a la puerta, alguien había pintado una cruz formada con cuatro «C». Solo que las letras no eran latinas, sino cirílicas, y por tanto no eran ces, sino eses, y correspondían al mantra *Samo sloga Srbina spasava*, que significa «Solo la concordia salva a los serbios», y que podía oírse en cualquier rincón de ese país devastado por la guerra.

El vaquero simbolizaba la limpieza étnica. Las cuatro ces de la puerta eran como la sangre del cordero bíblico, que informaba al ángel de la muerte de que el primogénito que andaban buscando no se hallaba en el interior de aquella casa.

Lo que salía a su encuentro por las noches, más aún que el vaquero, era la atmósfera de aquella escena. Era la rabia de la muerte, la destrucción, el vacío y el silencio de la niebla. Y él siempre se despertaba en el mismo momento: cuando el rostro del anciano se contraía en una mueca, se detenía frente a él en la calle y su boca se torcía en una insidiosa sonrisa de lobo, que dejaba a la vista sus dientes afilados y podridos.

Sus ojos se entornaban y amarilleaban, y su rostro se afilaba sorprendentemente.

Justo en aquel momento, Oxen se despertaba. Siempre en aquel preciso instante. Nunca llegaba a saber si el vaquero le estaba sonriendo o si estaba a punto de saltarle a la yugular.

Y últimamente se le había aparecido en tres ocasiones en solo una semana y media.

Durante un tiempo, Oxen pensó que todo aquello remitiría y desaparecería. Durante una temporada sus pesadillas habían llegado a espaciarse considerablemente, pero de un tiempo a esta parte estaban evolucionando en la dirección opuesta. ¿Cuándo acabaría todo aquello? ¿Cuándo lo dejarían los Siete en paz?

Ojalá pudiera sacrificar un cordero y marcar con su sangre el umbral de la puerta para que estos pasaran de largo...

Se acostó de nuevo y se cubrió con la manta. ¿Acaso no se había sentado en el tocón de un árbol y se había dicho a sí mismo que el tiempo carecía de sentido? Ciertamente había una fecha fija en su vida, que por lo demás permanecía siempre ajena al tiempo. El 18 de cada mes.

El 18 estaba inexorablemente unido a su cuadro de alarmas. El 18 podía decidir entre la vida y la muerte.

Cada mes, en ese día, se conectaba a un servidor que, si no recordaba mal, se hallaba en un lugar tan exótico como Singapur. El procedimiento era simple: tenía que hacer clic en tres pequeñas casillas, luego cerraba sesión y esperaba hasta el siguiente 18.

Si se olvidara de hacerlo o si algo se lo impidiera, desataría una terrible avalancha. De ser así, en cuestión de horas, Dinamarca tendría un nuevo ministro de Justicia, y al mismo tiempo se iniciaría una búsqueda y captura a gran escala: una cuyo objetivo no sería otro que él mismo, y que solo podría acabar con su propia muerte.

Ahora estaba completamente despierto. Sabía lo que le esperaba y lo que sucedería en cuanto llegara el día 18. Entonces, inevitablemente, el último año de su vida se rebobinaría y la película empezaría desde el principio en su mente, por mucho que él se resistiera.

Entre las cosas sobre las que le apetecía pensar no se hallaba, ni remotamente, lo que le habían aportado –y quitado– los últimos doce meses. Al contrario. Y precisamente por eso se había instalado en la piscifactoría de Johannes Fisk: para apretar el botón de pausa durante un tiempo y limitarse a observar cómo transcurrían los días. Si el tiempo tuviera, efectivamente, la capacidad de curar heridas, tal vez ese lugar podría ayudarlo.

Pero en todo aquello subyacía una dolorosa realidad que no podía negar: había perdido a su mejor amigo, a su compañero, y esa pérdida proyectaba una larga sombra sobre todo lo que de otro modo podría haber parecido positivo.

Si se hubiera quedado en el distrito noroeste de Copenhague, en aquel oscuro y húmedo sótano de la calle Rentemester en el que encontraba la comida hurgando en los basureros del supermercado Fakta, el Señor White seguiría vivo. De ser así, lo más probable era que en aquel preciso instante su adorable samoyedo estuviera requiriendo de su atención y apoyando su hocico sobre su mano..., pero ahora su mano hueca no sostenía más que el dolor fantasma.

El día en que el Señor White y él bajaron del tren en Skørping para pasar la primavera y el verano en el imponente bosque del Rold, al norte de Jutlandia, había sellado el destino de Whitey.

Aquel día, él y su compañero de cuatro patas habían ido a parar al lugar equivocado en el momento equivocado, y acabaron viéndose involucrados en el caso de los perros ahorcados: una complejísima trama de asesinatos de prohombres daneses... y de sus perros.

Aún podía ver claramente, frente a sí, el cuerpo sin vida del Señor White, aunque su dueño no fuera en absoluto un hombre poderoso e influyente, sino apenas un veterano de guerra.

Tras cortar la soga y bajar a su perro muerto del árbol, había pasado mucho rato sentado en el suelo, sosteniéndolo entre sus brazos. Y cuando al fin lo enterró en el valle del río Lindeborg, se sintió profundamente abatido.

Desde aquel día no había vuelto a acercarse a ningún perro.

De la cocina, en el piso de abajo, le llegaron ruidos. Se levantó, se puso una camiseta, encendió la linterna y bajó descalzo por la estrecha escalera.

La persiana enrollable de la cocina no estaba bajada. En el supuesto caso de que hubiera alguien fuera, en la oscuridad, si encendía ahora las luces se habría convertido en un objetivo fácil, así que siguió solo con la linterna, y se abstuvo de cerrar la persiana, que fue la primera cosa que había puesto en aquella casa. Por supuesto, el ruido provenía de la caja de cartón que se hallaba en la esquina de la cocina. La enfocó con la linterna.

El pajarillo de color negro se metió de inmediato en el heno al verlo todo iluminado a su alrededor. Era una cría de cuervo carroñero que había encontrado en el bosque hacía unos días, en el suelo. Probablemente se había caído del nido, y, con mayor probabilidad aún, habría muerto aquel mismo día de no haberla encontrado él, así que se la llevó a su casa. Si el corvato era un luchador, se acostumbraría a su situación y comería lo suficiente como para volverse fuerte y grande. Entonces lo liberaría. En caso contrario, la alternativa era evidente.

Las cornejas, los grajos y los cuervos no lideran precisamente las estadísticas de popularidad del reino animal, mas

41

todos ellos desempeñan un papel importante en la estructura de la naturaleza. Además, se ha comprobado que se hallan entre las aves más inteligentes. Si el corvato en la caja de cartón era tan listo como se le suponía, aceptaría su ayuda sin más.

Apagó la linterna y se sentó en la silla de la cocina, que cojeaba. Apretó el botón de su reloj y vio que eran las 02:11 h. Demasiado pronto para levantarse, y demasiado tarde para negar el hecho de que estaba desvelado, y como apaleado.

El reencuentro con el vaquero de la niebla lo había sumido en el pánico, y la imagen del ciervo lo había alterado considerablemente. Ahora tenía que rebajar el nivel de adrenalina.

Uno de los beneficios de vivir con Johannes Fisk consistía en que los Siete apenas iban a visitarlo. Su teoría personal al respecto consistía en atribuir aquel hecho al duro trabajo físico, y a que su cuerpo, y por tanto también su cabeza, acababan totalmente agotados y necesitaban descansar.

Los violentos *flashbacks*, que podían sobrevenirle en cualquier momento o lugar cada vez que alguien o algo los desencadenaba, seguían produciéndose, pero Oxen tenía la sensación de que habían ido espaciándose, quizá también porque el mundo en la granja de Fisk era absolutamente predecible y rutinario.

Movió su brazo derecho. Tenía los bíceps mucho más desarrollados que antes, y poco se parecían ya a los músculos de cuando vivía en el sótano de la calle Rentemester. Entre las truchas arcoíris y los troncos de los árboles había ido adquiriendo una excelente condición física.

Johannes Fisk se había mostrado avergonzado cuando le ofreció veinticinco coronas por hora. No sin esfuerzo, le había explicado en inglés que la piscicultura estaba obsoleta y que él ganaba muy poco, por lo que ya no podía pagar a un empleado.

Veinticinco coronas no era mucho, ciertamente, pero le servían para disponer de efectivo. Circulaban por ahí muchas historias sobre las condiciones en que los trabajadores de Europa del Este tenían que deslomarse por sus patronos daneses, quienes, sin sonrojarse siquiera, les pagaban salarios misérrimos. Sin embargo, por cuanto hacía al anciano Fisk, Oxen no tenía ninguna duda de que no podía pagarle ni una corona más de las que le ofrecía. Aunque al final le traía sin cuidado: él no necesitaba el dinero.

El cuervo había dejado de hacer ruido. Quizá lo había notado ahí sentado, en la oscuridad, haciéndole compañía.

Lo cierto era que todo aquel asunto relacionado con los perros ahorcados había puesto su vida patas arriba, como una granada que lo hubiese hecho saltar todo por los aires. Ya nada era igual que antes.

En algún momento, si se sentía capaz de hacerlo, recogería los pedazos desperdigados, los clasificaría y los volvería a juntar hasta obtener una base que pudiera sostenerlo todo. Por el momento, no obstante, se mantendría a la espera. Indefinidamente.

Margrethe Franck... A veces pensaba en ella; en la mujer de una pierna con la que el CNI le había obligado a trabajar. Si pudiera verlo ahora... Con unos calzoncillos dados de sí y una camiseta agujereada, sentado en una silla destartalada en mitad de una cocina zarrapastrosa en la que se oían las ratas tras el revestimiento de la pared, en una casa en ruinas y en compañía de un corvato. ¿Qué diría Margrethe Franck al respecto?

Bueno, lo de «a veces» no era del todo cierto. Ella era su único recuerdo feliz. Y la abandonó en el último momento. Recordó haber tratado de escribirle las palabras correctas. Recordó haber tratado de explicarle en tres ocasiones, desesperadamente, por qué lo había hecho, pero cada vez

43

terminaba arrugando la página. No lograba encontrar las palabras adecuadas. Y las que se le ocurrían sonaban fatal. Al final optó por escribirle sencillamente: «Querida Margrethe, lo siento».

Había dejado este mensaje en la habitación del hotel, y luego se había puesto en marcha, mochila al hombro, hacia los caminos rurales.

El día que desapareció del Rold Storkro huyendo de Margrethe Franck y de todos los demás; aquel día, empezó un largo viaje hacia lo desconocido que había concluído aquella noche de Fin de Año en casa de Johannes Fisk.

Las crueles pesadillas eran sus peores enemigos, aunque ahí afuera había también una amenaza concreta y real. La vieja piscifactoría parecía un buen lugar en el que retirarse, pero las circunstancias siempre se encargaban de recordarle que no podía vivir en paz.

Precisamente por eso, al día siguiente por la mañana se conectaría al servidor de Singapur y marcaría las tres cruces con su ratón, como hacía cada día 18 de mes, como si firmara una póliza de seguros que le permitiera mantener a raya a cuantos quisieran acabar con él.

Si no daba la orden, antes de que el calendario pasara al día 19 se avivarían las llamas del mismísimo infierno: el servidor de Singapur aprobaría un correo electrónico con un archivo adjunto y lo enviaría automáticamente a los departamentos de redacción de los dos principales canales de televisión daneses, DR y TV2, y a los cinco rotativos más grandes de Dinamarca. Se adjuntaría, asimismo, un vídeo de veinticuatro segundos de duración.

En él podría verse al ministro de Justicia danés, Ulrik Rosborg, considerado por muchas de las mentes más brillantes del país como el principal candidato al puesto de Primer Ministro. Un hombre que había logrado convertirse en la representación icónica de tres pilares por lo general difícilmente conciliables: salud, moral y política.

Ulrik Rosborg era, efectivamente, el epítome del «mente sana en cuerpo sano». Un atleta que participó en el Ironman de Hawái. Un hombre que supo invitar a la nación a desayunar con él en su cocina americana, y que, ante una cámara de televisión, compartió con todos los daneses unos alimentos ricos en vitaminas y bajos en grasa en compañía de sus dos preciosos hijos y su bellísima esposa, diseñadora de interiores.

Aquella aparición en pantalla resultó tan efectiva y saludable que le siguió toda una serie mensajes ricos en fibra y extraídos de su idílica finca rural de Nødebo. Desde entonces, Rosborg se había mostrado más que dispuesto a presentarse como abanderado de todos los eventos saludables del país.

En las antípodas de esta imagen, la grabación de vídeo obtenida por el sistema de vigilancia del castillo de Nørlund, en el bosque del Rold, mostraba a un ministro de Justicia completamente desinhibido, violando a una mujer mientras estiraba brutalmente por detrás de una correa que ella llevaba atada al cuello. Con desenfreno, y cada vez con más fuerza, el ministro solo soltó la correa cuando ella ya estaba irremediablemente asfixiada.

Aquel fragmento de vídeo tenía una fecha e iba acompañado de un breve texto: «El ministro de Justicia, Ulrik Rosborg y Virginija Zakalskyte (Vilna, Lituania), en el castillo de Nørlund».

La escena debía bastar para mantener a raya a las terribles fuerzas con las que Margrethe Franck y él habían tenido que enfrentarse durante un tiempo. Por ello, sería una catástrofe, sin lugar a dudas, que por alguna razón él muriera y no pudiera iniciar su sesión en el servidor.

Oxen era perfectamente consciente de que, en el transcurso de sus investigaciones, Franck y él se habían colado en el núcleo de una esfera de poder de dimensiones inimaginables. Un poder que se remontaba al parlamento medieval danés, el Danehof, que en sus orígenes se había reunido en el castillo de Nyborg y que durante siglos había mantenido su actividad en secreto, hasta llegar al presente, donde había seguido activo en el laboratorio de ideas «liberales-humanitarias» conocido con el nombre de Consilium.

Los documentos que robó del castillo de Nørlund contenían listas de nombres y anotaciones de diario. Un minucioso e inquietante relato cronológico de diversos acontecimientos que daban a entender que, si los hombres más poderosos consideraban que debían defenderse, el asesinato podía considerarse una opción.

Algunos de los documentos, los más comprometedores, los había guardado para sí. Primero se los envió a su amigo L. T. Fritsen para que los mantuviera a buen recaudo, pero luego este se los devolvió, así que Oxen pudo revisarlos en innumerables ocasiones. Ahora estaban cuidadosamente escondidos, enterrados en una caja de plástico al pie de un gran abeto.

Por cuanto hacía al resto de documentos, los copió y se los envió al director del museo del castillo de Nyborg, con quien Margrethe y él se habían reunido en el transcurso de sus investigaciones. El joven historiador era un experto en el Danehof y en la actualidad andaba escribiendo un ensayo científico sobre el tema. Oxen le envió los documentos de forma anónima. Esperaba que le sirvieran de ayuda en su entusiasta trabajo de investigación.

7

Un escalofrío le recorrió la espalda, y se encogió de hombros para sacudirse el frío.

Tenía cincuenta y cuatro años y era subdirector de Policía y jefe de la división de homicidios, de modo que aquel asesinato no era, ni de lejos, el primero en su larga trayectoria profesional. El hecho de que su cuerpo reaccionara de aquel modo respondía a dos circunstancias especiales:

1. La escena. El lugar en el que la víctima había sido hallada era nada más y nada menos que la sala del Danehof, desde la que en su día fue gobernada Dinamarca. Allí dentro, uno se sentía catapultado al pasado. Parecía que la reina Margarita y su séquito estuvieran a punto de hacer su entrada en cualquier momento. Y entonces... ¿cómo debía presentarse y mostrar sus respetos un simple investigador en jefe de la actualidad?

2. La prensa. Un escenario de este tipo resultaba de lo más atractivo. En este sentido, los *flashes* de las cámaras de la científica no eran más que los precursores del aluvión de fogonazos que les esperaban. Del mismo modo que él sentía que acababa de regresar a la Edad Media, así también la prensa crearía un drama de dimensiones épicas. Aquello iba a ser espectacular. Como hienas hambrientas, los periodistas se aba-

lanzarían sobre ese caso. Y si había algo en el mundo que él odiaba por encima de todo, era precisamente los trabajadores de los medios que interferían en su investigación.

Su nombre era Hans Peter Andersen, pero todos lo llamaban H. P. Andersen. Le gustaba pensar que solo su segundo nombre lo diferenciaba del personaje más famoso que había dado su país: el poeta y escritor de cuentos infantiles Hans Christian Andersen. Sin embargo, más allá del nombre y del hecho que ambos hubieran crecido en Odense, no podrían haber sido más diferentes.

El trabajo de un policía en este mundo lleno de crímenes, no era para nada como un cuento de hadas. Él se relacionaba estrictamente con hechos, y en sus escenarios no aparecían ni princesas ni nobles ni caballeros.

El otro Andersen, en cambio, seguro que habría imaginado una historia magnífica a partir del caos de aquella sala. Igual que la maldita prensa.

–¿Y está seguro, Bromann? ¿Seguro que es él?

Se había detenido en la puerta, con los pies enfundados en bolsas de plástico y exigía con impaciencia al hombre del mono blanco que le confirmara la identidad del muerto. No le gustaba nada estar en la escena del crimen.

–Que sí, que sí... ¿Quiere que se lo pase por escrito, H. P.?

–Ya sabe cómo es esto. Tengo que estar completamente seguro. Lo que ha pasado aquí es una mierda, una mierda muy grande.

Levantó una mano, como disculpándose, y trató de sonreír. Era el momento de añadir un tercer punto a su lista:

3. La víctima. Tendido en un charco de sangre, no llevaba el carnet de identidad, pero no había la menor duda de que era el director del museo, Malte Bulbjerg, gerente del castillo. Bromann lo sabía mejor que nadie. Al fin y al cabo, él también vivía en Nyborg.

Y por si el desastre no fuera suficiente, había aún otro detalle espectacular: el director del museo no había muerto sin más, sino que había sido asesinado con una terrible frialdad, un disparo mortal en la frente, y luego otro en el ojo izquierdo. Parecía como si el asesino hubiese querido dejar una especie de mensaje o una firma. ¿A qué, si no, venía lo de la bala en el ojo?

Por supuesto, Bromann, el médico forense más experimentado y más digno de su confianza, había expresado sus reservas: antes de hacer una declaración teórica o de llegar a cualquier tipo de conclusión acerca de los dos disparos, quería realizar la autopsia y forjarse una visión general de los detalles. Pero en la práctica... una bala en la frente era mortal. La prensa no tenía por qué enterarse de los detalles. Él mimo se encargaría de ello.

—¡Ostras! —Bromann, que estaba arrodillado junto al cadáver, se inclinó hacia delante.

—¿Qué pasa?

—Mire. —El forense sostenía una pequeña bolsa de plástico entre el índice y el pulgar.— Casi se me escapa. Estaba debajo de su pierna —dijo.

—¡Oh, vamos! Como si el asunto no fuera ya lo suficientemente confuso.

—¿De verdad cree que...? —Bromann no acabó la frase.

No se le ocurrió nada más que encogerse de hombros... y añadir más incomodidad a la situación.

—Ni idea. Después del análisis sabremos más.

Llegados a ese punto, los papeles parecieron invertirse de manera insólita: de pronto era él, el policía, quien tenía sus reservas. Pero en el mundo real, solo había un tipo de personas que andaban por ahí con bolsas de plástico pequeñas, transparentes y con cierre zip: los que consumían o pasaban droga. Otro dato que la prensa no debía llegar a conocer.

—Vive aquí desde hace tiempo, ¿verdad?

Bromann asintió.

—Sí, veinticinco años.

—¿Y qué podría decir de él?

—Espere, ya me queda poco, en cuanto acabe lo discutiremos todo con calma —respondió Bromann.

Terminó su trabajo y se levantó laboriosamente, pues llevaba arrodillado mucho rato. Entonces se retiraron a la habitación contigua, donde los policías de la científica esperaban para seguir con su cometido.

—Hablé con él en varias ocasiones. Durante un tiempo formé parte del comité organizador del mercado medieval, y además estuve metido, como él, en el club de fútbol. Bulbjerg estaba muy involucrado en ambos temas. Creo que era bastante popular en Nyborg. Sí, incluso diría que era muy querido en todas partes. Su trabajo consistía en comercializar y dar a conocer Nyborg y el castillo, y lo hizo de manera brillante. Que yo sepa, desde que él asumió el cargo el número de visitantes no hizo más que crecer.

—Humm... ¿Mujer? ¿Hijos?

—Mujer.

—Entonces... ¿no tenía enemigos? —preguntó Andersen, arqueando una ceja.

—Yo creo que si pregunta a los ciudadanos de Nyborg le dirán que no. Aun así, he vivido lo suficiente como para saber que bajo el cielo se esconden más cosas de las que parecen. Pero ese es más bien su trabajo, H. P.. A mí lo que me ha desconcertado es esta bolsita de plástico. No sé lo que habrá en ella, pero le aseguro que no me la esperaba.

—De acuerdo... ¿algo más? ¿Hora de la muerte? ¿Así, a bote pronto?

—No hay aún *rigor mortis*, el cadáver aún no está completamente rígido. Esto nos abre una franja de entre dos y tres horas como máximo. Con las reservas habituales.

—El guardia de seguridad ha dado la alarma a la una y veinte. No hace ni dos horas. Entonces, ¿podría haber muerto apenas unos minutos antes de la llegada del guardia?

—Ahora mismo diría que sí —respondió Bromann, asintiendo—. Si quiere, puedo analizarlo hoy mismo, hacia el mediodía. Seguro que desea los resultados lo antes posible, ¿verdad?

—Eso sería maravilloso, gracias.

Aunque era un caso de suma urgencia, no había contado con la posibilidad de que fuera todo tan rápido. Ahora era el momento de acelerar también las investigaciones.

Se quedó solo en la oscuridad, junto a las escaleras que conducían hasta el castillo desde el sendero del lago, y se fumó un cigarrillo para despejarse la cabeza y repasar mentalmente todos los puntos.

El médico forense acaba de abandonar el edificio y avanzaba a toda prisa hacia su coche. No envidiaba a Bromann. Abrir a desconocidos era una cosa, pero esto de ahora...

Repasó las directrices e instrucciones de aquel caso. Ya había empezado a hacerlo durante el viaje en coche desde Kerteminde, activando los procedimientos que a día de hoy eran pura rutina: una recopilación de todos los datos móviles del centro de Nyborg. Y la bolsa de plástico de la escena del crimen había sido enviada por correo exprés a Fredericia para que la analizara, igual que el teléfono móvil del difunto director del museo.

La bolsa de plástico tenía máxima prioridad. Si el análisis daba positivo, todo sería más difícil. La posibilidad de que Bulbjerg hubiera tenido algo que ver con el mundo de la droga, aunque fuera de manera accidental o periférica, solo contribuía a complicar las cosas. Las investigaciones, y más si eran de la Policía, no solían conseguir mucha información.

En cuanto la ciudad despertara del todo, en unas pocas horas, comenzarían las pesquisas habituales: bancos, servicios públicos, lugar de trabajo, familia, amigos y conocidos cercanos. Había que cogerlos por sorpresa, desprevenidos. Si lo lograba, habría jugado ya sus mejores cartas.

¿Se hallaba ante un crimen por motivos personales o un daño colateral? Esa era siempre una pregunta importante, y más en un caso tan insólito y difícil como aquel, en el que no se sabía nada de la relación entre el asesino y su víctima.

Apagó el cigarrillo en una roca y tiró la colilla al suelo. Ya llevaba diez. Suficientes. Ahora venía lo peor: recaía en él la difícil tarea de informar a los familiares. En este caso, a la esposa.

No era la primera vez que le tocaba llevar a cabo una empresa tan desagradable. Siempre dependía un poco de la situación y las circunstancias en las que se producía cada caso, pero... esa vez tenía la sensación de que dar la noticia le resultaría particularmente difícil. Aunque si el subdirector de Policía no era capaz de enfrentarse a ello, ¿quién lo sería?

8

El destello amarillo de la ambulancia indicaba que tenía que ser paciente. El embotellamiento era bastante importante. En lugar de darse la vuelta a tiempo, había seguido con su rutina matutina y había ido a parar directamente a la trampa del Gladsaxe Ringvej, donde habían chocado dos coches y ahora bloqueaban todos los carriles. De modo que ahí estaba, atrapada en su Mini Cooper como el jamón entre dos trozos de pan. Y maldiciendo.

No llegaría a tiempo. Aún tardarían un buen rato antes de retirar los coches y dejar la carretera despejada, así que cogió su móvil y marcó un número de teléfono.

–Soy Margrethe Franck. ¿Puedes decirle a Eriksen que voy a llegar tarde a la reunión, por favor? Estoy atrapada en un atasco.

En ese momento se hallaba justo al lado del cementerio. En realidad, no estaba demasiado lejos de su trabajo, la sede del Centro Nacional de Inteligencia. Solo tenía que llegar hasta la rotonda, pisar el acelerador por la calle Buddinge, girar a la izquierda y entrar en el aparcamiento. Pero ni siquiera los Cooper podían volar y la luz amarilla intermitente no se movía ni un pelo.

Empezó a tamborilear con los dedos sobre el volante, como si de ese modo fuera a poder despejar los obstáculos que tenía frente a sí. Finalmente se rindió, encendió la radio y se recostó en el asiento. Estaban a punto de dar las noticias.

El escándalo por la falta de documentos fiscales del Primer Ministro en relación con una serie de viajes al extranjero seguía coleando. Hacía tanto tiempo que la prensa le estaba dando vueltas al tema que ya ni siquiera podía recordar cómo había empezado todo. Pero ¿no había habido siempre casos de este tipo? ¿En cada gobierno? Daba igual quién estuviera en el poder: todos cometían los mismos disparates.

La noche anterior, Rusia se había mostrado enfurecida con Estados Unidos y Europa occidental, y ahora los mercados de valores asiáticos acusaban un franco nerviosismo.

Cerca de algunas de las famosas ruinas incas en Perú se había producido un desprendimiento de tierra. Varios turistas occidentales, entre ellos dos suecos, habían perdido la vida. ¿Todos los muertos habían sido occidentales? ¿Ningún lugareño? Fuera como fuese, las noticias no mencionaron nada de estos últimos. Era obvio que no todos los cadáveres tenían el mismo peso.

–«... y volvemos a Dinamarca. Anoche un hombre fue asesinado en el castillo medieval de Nyborg. Uno de los vigilantes lo encontró después de la medianoche en la llamada sala del Danehof. Se desconocen aún los detalles, pero el investigador principal, el inspector de policía adjunto, H. P. Andersen, de la comisaría de Fyns, Odense, nos ha informado de que, al parecer, el hombre recibió un par de disparos. Esta es la única información de la que disponemos hasta el momento.»

¿Un asesinato en el castillo de Nyborg? ¿En la sala del Danehof? ¿Disparos precisamente en la sala históricamente más importante del castillo? Eso sonaba francamente insólito... Hay lugares en los que un asesinato queda, directamente, fuera de lugar.

Margrethe había estado en esa sala el año pasado, con Niels Oxen, el multicondecorado veterano de guerra que que-

54

dó involuntariamente atrapado en la tela de araña de otra investigación por asesinato.

Como parte de su colaboración en el caso de los perros ahorcados, ambos se reunieron con el director del museo, cuyo nombre ahora mismo no era capaz de recordar. Un tipo relativamente joven y muy amable que los había impresionado con su contagioso entusiasmo por el pasado.

Negó con la cabeza. Un asesinato en el castillo provocaría un verdadero revuelo. Solo había una cosa de la que podía estar segura, y era de que el jefe de policía no lograría contener a la prensa durante mucho tiempo más, y menos aún con la frase «Ningún comentario». En cuanto la gente de los medios se levantara de sus camas esa mañana, Nyborg se llenaría de visitas, pues todos querrían encontrar algo nuevo. Y habría infinidad de filtraciones por doquier.

Por fin parecía que el parpadeo amarillo empezaba a moverse. ¡Qué bien, ya era hora! Aunque su reunión ya había empezado hacía tiempo.

Ciertamente, que Nyborg hubiera aparecido justo aquel día en las noticias era una gran coincidencia, pues justo la noche anterior había estado pensando en Niels Oxen. (Aunque, para ser sincera, había pensado mucho en él desde que el caso se dio por zanjado... y lo había hecho por varias razones. De hecho, había pasado horas enteras pensando en él).

Por encargo de su jefe, Margrethe había empezado a buscar a Oxen (claro que si él no se lo hubiera pedido, lo habría hecho de todos modos), y había recorrido varias veces el país, y lo había puesto todo patas arriba en la medida de lo posible, pero nada: ni rastro de él.

N. O. había vuelto a dar la espalda a la sociedad.

N. O., simplemente, no existía.

En momentos de debilidad, incluso ella dudaba. ¿Estaría muerto? ¿Su enfermedad lo habría empujado al suicidio?

O quizá hubiera una razón trivial por la que no podía seguir su rastro: quizá ya no estaba en el país.

Ante ella se abrió un hueco y los coches se pusieron en movimiento a ritmo de caracol. Con suerte, aún podría estar presente en la mayor parte de la reunión.

El tema eran las nuevas estrategias del CNI en la compilación de listas y en la supervisión del HUMINT, *human intelligence*, entre la extrema derecha del país. El tema era importante y tenían que estar muy atentos, aunque por ahora el núcleo duro de la derecha era de un tamaño manejable.

Margrethe llegó justo a tiempo para la parte más interesante de la reunión: el desayuno. El resto del día lo pasaría enfrentándose a montañas de papeleo.

—¿Margrethe?

Su voz profunda era inconfundible, pero no era normal que sonara en el pasillo. Ella se dio la vuelta. Su jefe, Axel Mossman, director del CNI, se acercó a ella con tres grandes archivos bajo el brazo. Tenía un modo de andar característico, pues su cuerpo era tan enorme que parecía que solo podía avanzar a baja velocidad. Un cuerpo como el suyo no parecía apto para correr.

Ella lo miró con curiosidad.

—Ha pasado ya un tiempo desde que te pregunté al respecto por última vez... Dime, ¿tenemos algo nuevo sobre Niels Oxen?

Margrethe se quedó muy sorprendida, y más cuando Mossman continuó:

—Te pedí que lo encontraras, y supongo que no lo has olvidado. Sigo teniendo un gran interés en hablar con él.

Lo que más la aturdió fue esa conjugación de los astros: primero sus propios pensamientos, luego Nyborg y el castillo, y ahora Mossman.

—No, por supuesto, no lo he olvidado. He ido dejándote informes al respecto, ¿recuerdas? ¿Tiene esto algo que ver con Nyborg?

Había sido estúpido preguntar eso. ¿Por qué iban a estar relacionados los dos temas? No hacía ninguna falta que él supiera lo que estaba pensando.

Axel Mossman enarcó las cejas, asombrado.

—¿Nyborg? Yo solo te pregunto por Oxen porque hacía tiempo que no me interesaba por el tema.

—Está bien, disculpa. Pero no, no hay nada nuevo. Al tipo se lo ha tragado la tierra.

—¿Ni el menor indicio...?

Ella negó con la cabeza.

—Nada. Nada absolutamente. Y lo he intentado todo: las autoridades, el ejército, los veteranos y la asociación de veteranos, los amigos, la familia, la exesposa... Hace poco dejé mensajes a todos ellos pidiéndoles que se pusieran en contacto conmigo si lo veían en alguna parte. Tampoco he visto ningún movimiento de dinero a su nombre, pero es que le diste tanto en efectivo que no creo que necesite una tarjeta de crédito hasta dentro de bastante tiempo. Suponiendo que algún día la necesite, claro. En realidad, me cuesta imaginar a Niels Oxen con una tarjeta en la mano.

—*Well*, Margrethe, sigue así. Ya veremos si algún día aparece. ¿Y qué decías de Nyborg?

—Nada, nada. Solo estaba pensando en voz alta.

Axel Mossman asintió, se dio la vuelta y se alejó de allí con sus archivos bajo el brazo. Margrethe fue hasta su despacho, indiferente ante la perspectiva de todo el papeleo y distraída por la repentina pregunta acerca de Oxen.

Estaba molesta. Ya desde el año pasado, de hecho. Su relación con Axel Mossman, en principio muy buena, se había visto afectada por el caso de los perros ahorcados. Fue él

57

quien la reclutó para el CNI y la convirtió en algo así como su mano derecha, pero ahora prefería mantenerla a distancia. Últimamente se había convertido más bien en la asistenta del director operativo, Martin Rytter.

Pero el hecho de querer mantener las distancias era algo recíproco. Debía admitir que ella también tenía sus reparos respecto al director del CNI, de quien sospechaba que podía haber estado involucrado en una maniobra de obstrucción de las investigaciones, ya fuera de manera tácita, accediendo a cerrar el caso sin oponer demasiada resistencia, ya explícitamente, involucrándose a título personal en el asunto. Por desgracia, nunca lo sabría.

Más allá de otras muchas buenas cualidades, Margrethe siempre había admirado a Mossman por su integridad. Sin embargo, y visto lo visto, ¿cómo se suponía que debía seguir admirándolo?

En su momento la había convocado en su despacho en privado, solo ellos dos, para discutir sobre los muchos factores externos que complicaban el caso, pero también, y sobre todo, para explicarle cuál era su cometido particular. Un jefe no tenía por qué dar este tipo de explicaciones, y mucho menos si era el jefe del Centro Nacional de Inteligencia, de modo que ella interpretó el gesto como algo positivo... Aunque con el tiempo había empezado a pensar que aquello no fue más que un hábil movimiento de manipulación.

Daba igual la cantidad de giros insospechados que hubiese dado el caso; daba igual cuánto hubiera defendido Mossman sus argumentos. Ya nada podía disipar la sospecha que se cernía en torno a él.

¿Había cubierto al ministro de Justicia? ¿O a sí mismo? ¿O solo estaba jugando sus cartas a la espera de tener la mejor mano?

Todas esas especulaciones la estaban volviendo loca, aunque por fin había logrado, muchos meses después, dejar aparcado todo ese asunto: el caso, Oxen, y la extraña historia que los unió.

Y de pronto ahora, justo ahora, el castillo de Nyborg aparecía en las noticias y Mossman le preguntaba como quien no quiere la cosa si había seguido con el encargo de encontrar a Niels Oxen.

¡Vaya día de mierda! Todo había sido un desastre: desde que vio las luces de la ambulancia en la carretera hasta ahora.

Sus ojos se deslizaron desde la ventana sin vistas hasta la pantalla de su ordenador. Nyborg... Tenía que informarse. Por pura curiosidad.

Tras unos pocos clics del ratón encontró la primera página del periódico más importante de la ciudad.

«El director del museo, asesinado en el Salón de los Caballeros». Sobre el titular de la página principal había un *banner* amarillo en el que podía leerse «*Noticias de última hora*» en letras negras.

El periódico informó de que el hombre muerto era Malte Bulbjerg, director del museo del castillo de Nyborg, de treinta y ocho años. Un guarda de seguridad lo encontró hacia la 1:30 h de la madrugada. El fallecido, uno de los principales expertos de toda Dinamarca en el Danehof, había aparecido bañado en un charco de sangre, precisamente en el suelo de la Sala del Danehof. Por lo visto, le pegaron un disparo en la frente y otro en un ojo.

—Sin comentarios —fue lo único que el subinspector H. P. Andersen había dicho al respecto.

La Policía de Odense había anunciado una conferencia de prensa en la comisaría, lo cual evidenciaba su idea de que el caso despertaría un gran interés público.

Tras la cantidad de años que llevaba de servicio, ocho de los cuales en el CNI, Margrethe estaba acostumbrada a enfrentarse a noticias de todo tipo, y sin embargo... aquella le había sorprendido de un modo especial. El director del museo le había parecido un hombre amable, cercano y entusiasta, cualidades que no encajaban en absoluto con la idea de un muerto por sorpresa en mitad de la noche, y menos aún víctima de un cruel asesinato... suponiendo que la información de la prensa fuera correcta.

Decidió, pues, seguir el caso de cerca.

Pero ahora la esperaba una montaña de papeles y documentos. Con un profundo suspiro, se dispuso a ordenar los registros y redactar los informes de vigilancia sobre el caso que tenía entre manos como asistenta del Jefe de Operaciones.

El asunto era un pequeño grupo de jóvenes musulmanes que mantenía tratos con los responsables de una mezquita del centro de Copenhague. Había podido demostrarse que dos de los chicos habían combatido en Siria, y el CNI decidió tenerlos bajo vigilancia, pues no descartaba el hecho de que anduvieran ocupados en reclutar a más jóvenes.

Le resultaba muy difícil concentrarse en el caso. Sus pensamientos giraban en torno a otro tipo de combatiente muy diferente: un hombre que había empezado su carrera militar como miembro de las tropas danesas que combatieron en la guerra civil de los Balcanes –años noventa– y que después llegó a ser soldado de élite en el grupo de los cazadores. En total, Niels Oxen había participado en ocho misiones internacionales y había sido el primer y único soldado danés que había recibido la Cruz al Valor.

En aquel momento, el paradero de aquella persona tan extraordinaria era un misterio para ella. Teniendo en cuenta su pasado y el trastorno por estrés postraumático que sufría, Margrethe estaba convencida de que Niels Oxen no había dedicado ni un minuto a forjarse una vida normal o mantener algún «contacto social», como solía decirse.

Había examinado a fondo el entorno de Oxen, pero no había hallado nunca nada, y por supuesto había informado de todo, por escrito, a Mossman. En su fuero interno había llegado a la conclusión de que su posible contacto con otras personas había dejado de merecer el calificativo de «entorno social» desde el instante en el que se retiró a vivir a un sótano del distrito noroeste de Copenhague, hacía ya mucho tiempo. Por esa razón era muy poco probable que un nuevo intento de dar con él resultara provechoso.

Puede que el director del CNI hubiera recibido su informe en un momento de mucho estrés, lo hubiese leído en diagonal y no se hubiese dado cuenta de la información que contenía... o puede que, simplemente, no quisiera aceptar su resultado.

Durante mucho tiempo, incluso después de la desaparición de Niels Oxen, ella había seguido con la investigación privada que inició durante el caso de los perros ahorcados. Después aparcó el proyecto. Se había vuelto demasiado voluminoso, y requería demasiados esfuerzos.

Ahora, el pasado de Niels Oxen descansaba en su apartamento de Østerbro. Todo lo que había reunido, ordenado y apilado cuidadosamente, permanecía almacenado en dos cajas de plástico transparentes, con ruedas, que podían moverse hasta los lugares más insospechados.

En algún momento decidió arrastrar definitivamente a Oxen bajo la cama. Pero ahora tenía la vaga sensación de que había llegado el momento de sacarlo de allí y revisar por enésima vez toda la información que había acumulada. De no hacerlo, jamás hallaría la paz.

9

Los tres estaban sentados en la pequeña sala de estar, cada uno con una taza de café o té en la mano. Había una bandeja de plata sobre la mesa. Todavía quedaban algunos bocadillos de jamón y queso, y, en un plato más pequeño, unas galletitas.

Hablaban en voz baja y el ambiente era relajado, como suele serlo siempre entre las personas que se conocen bien y pueden hacer largas pausas en las conversaciones sin que el silencio resulte embarazoso.

La habitación en la que estaban no era demasiado grande. En un extremo de la pared había un carrito con un par de termos, y el otro daba a un pasillo corto y abierto en el que podían verse dos puertas.

La de la derecha conducía a una gran oficina en la que había un escritorio y varias estanterías. En la pared podían verse varias pantallas de un sistema de vigilancia.

La de la izquierda conducía a una habitación mucho más pequeña. Las paredes estaban casi completamente vacías, y al lado de la puerta había un estante con una gran caja de cerillas. En el centro de la habitación, una mesa redonda de madera oscura y maciza y tres sillas de respaldo alto con tres capas de color negro sobre ellas. En el borde de la mesa podía verse un candelabro de plata de siete brazos cuyas velas estaban apagadas.

En la sala en la que ellos estaban sentados, uno de los tres –un hombre de frente despejada y pelo corto y gris– levantó el brazo izquierdo, obviamente para ver qué hora era.

La manga de su camisa se deslizó un poco hacia atrás, dejando su reloj a la vista. Faltaban tres minutos para las ocho. La precisión era un elemento fundamental en su vida, y en aquella parte tan especial del mundo, compuesta apenas por esos tres espacios, la precisión se daba por sentado.

–Es la hora, amigos míos.

Se levantó lentamente. Los otros dos siguieron su ejemplo, dejaron sus tazas en el carrito y se prepararon. Él se dirigió a la puerta de la izquierda y la abrió.

–Pasad –dijo, mientras sus invitados entraban en el cuarto oscuro y se colocaban, como siempre, tras sus sillas.

Cogió una de las cerillas especiales del estante y encendió con ella las siete velas del candelabro. Luego cerró la puerta y se situó también tras su silla. Esta quedaba al este, las otras dos al norte y al sur respectivamente, y el candelabro de siete brazos, al oeste. Siempre había sido así.

Al igual que sus invitados, cogió la pesada capa negra que reposaba sobre el respaldo de la silla tallado a mano, se la puso sobre los hombros y la cerró con una hebilla de oro. Después de aquello se aseguró de que sus invitados estaban listos y empezó a recitar en voz baja...

Padre nuestro que estás en los cielos,
santificado sea tu nombre.
Venga a nosotros tu reino.
Hágase tu voluntad,
así en la tierra como en el cielo...

Después de la oración, siguió un minuto de silencio, cuyo propósito era diverso: con él honraban el tiempo pasado y a cuantos se fueron con él, y con él rendían también homenaje a la tarea de enorme responsabilidad que les había sido asignada. Finalmente, él siempre había considerado aquel minuto mudo como una transición entre los dos mundos; como un punto de inflexión que les ayudaba a concentrarse y encarar el trabajo.

Mantuvo el reloj discretamente a la vista. Luego se sentó y sus invitados hicieron lo propio.

Celebraban aquella reunión seis veces al año, tal como prescribía la tradición: cada dos meses, a las ocho de la tarde.

La única excepción era el día de Año Nuevo, en el que la reunión empezaba ya al mediodía pues tenían que discutir con todo detalle el informe sobre el estado del año anterior y de paso ofrecer una visión general de los desafíos que les esperaban en el próximo.

Él llevaba casi tres décadas dirigiendo el Este, y entre sus tareas se hallaba también la de organizar las reuniones de la Asamblea Suprema, aunque allí no hubiera ni un gran maestro ni un maestro de ceremonias ni nada por el estilo, pues aquello no era una logia ni una fraternidad secreta; aquello era un *parlamento*... o una *corte*, tal como habían dado en llamarlo sus predecesores alemanes. Dos nombres con los que solían referirse a la Corte Real, aunque esta palabra tuviera también otro significado, el de «encuentro», que fue el que dio origen a su círculo: «el encuentro con el Rey».

Cabía decir que «su círculo» nació en 1282 bajo la firme mano de Erico V Klipping, quien estipulaba que todos los años el rey debía «consultar al Parlamento, que se llama Corte», y que en 1354, Valdemar IV Atterdag proclamó que «nuestro Parlamento, que se llama Danehof, se celebrará en Nyborg todos los años en la fiesta de San Juan».

Pero el Danehof era mucho más que un simple encuentro de personas influyentes: dirigía al Rey con mano de hierro, pues estaba formado por los mejores hombres del país, cuyo poder superaba a todos los demás.

Aunque él llevaba ya muchos años ocupando ese puesto, aún seguía notando el aleteo de la historia cada vez que convocaba uno de aquellos encuentros, que en su opinión llamaban a la grandeza y la humildad.

–Queda abierta la sesión. Esto es el Danehof. Una reunión extraordinaria, solicitada por el representante del Parlamento del Sur. En unos momentos descubriremos sus motivos. Pero primero me gustaría pedir permiso para agregar otro ítem a la agenda.

Miró inquisitivamente a sus invitados. Su petición era inusual, pero de inmensa importancia. Sus dos invitados asintieron con aquiescencia.

–Gracias –dijo–. Se trata de nuestro ministro de Justicia, Ulrik Rosborg. Como sabéis, debíamos tratar el caso durante nuestra próxima reunión, pero en estos momentos dispongo de información relevante que creo que requiere una mayor consideración por nuestra parte. Me parece sensato compartirla ya, pues, a fin de que nuestras decisiones sean lo más sólidas posible. De ahí mi petición. Enseguida os lo explicaré, pero primero cedo la palabra al Sur.

La persona a su izquierda se aclaró la garganta.

–Gracias. Solicité esta reunión porque quiero hablar sobre algo que nos concierne a todos. El Norte nos informó recientemente sobre el estado de nuestro venerable miembro Vitus Sander, quien padecía una enfermedad terminal en una residencia de Jutlandia Occidental. Activamos entonces el procedimiento habitual de vigilancia y descubrimos que un hombre fue a visitar a Sander varias veces durante las últimas semanas. Se trata, o se trataba, del director de museo Malte Bulbjerg.

El Sur hizo una pausa, y al Este se le escapó preguntar, sorprendido:

–¿Bulbjerg?

Era consciente de que interrumpir el discurso de algún miembro del Danenhof era una absoluta falta de decoro, de modo que se disculpó de inmediato. Tenía que esperar hasta el final de la exposición para poder manifestar su opinión.

Sus invitados se limitaron a asentir con la cabeza, y luego el Sur continuó:

–Exacto. Malte Bulbjerg, la única persona en todo el país que conocía y se interesaba desde el punto de vista académico por la historia de nuestro Parlamento. Nos parece extremadamente inquietante que estuviera en contacto con el difunto Vitus Sander, y, por supuesto, seguimos de cerca este asunto que tenía previsto presentar y discutir en nuestra próxima reunión. Pero a la luz de los acontecimientos el tema se ha revestido de urgencia y solicito tener hoy la discusión. Como sabéis, Malte Bulbjerg ha sido asesinado en el castillo, en nuestra antigua sala de reuniones, esta noche.

El Sur se calló, y de pronto el silencio les pareció a todos diferente. No era ya como una transición normal o un breve intervalo, sino más bien como un golpe que los hubiera alcanzado a los tres.

Las siete pequeñas llamas del candelabro se pusieron a temblar de repente, y él se descubrió pensando que todo había adquirido un tinte lúgubre y ominoso.

10

La mosca gris oscuro bailaba ligera como un copo de nieve sobre la superficie del agua. La corriente la condujo en torno a una islita de tallos verdes, antes de pasar volando por un surco que se abría entre dos grandes bancos de arena, y quedarse luego a la vista, en aguas más tranquilas, sobre un charco de agua más profundo.

Desde el primer día le habían llamado la atención esos estanques, cuando salió a dar un paseo por el río Skjern.

Era el momento. No había perdido de vista el lugar durante los últimos veinte minutos, y había seguido los movimientos de la trucha, que había aparecido ya en varias ocasiones. Contuvo la respiración y esperó. El lanzamiento y su breve carrera por la corriente estaban perfectamente sincronizados.

Una vez más, el pez salió de su escondite como una enorme sombra oscura. No emergió chapoteando como hacían los más pequeños, sino que apenas dejó una discreta onda en la superficie del agua mientras atrapaba a la mosca con un magnífico salto.

Tiró de la caña de pescar y por fin tuvo al gigante en el anzuelo. Tuvo que ejercer máxima presión, porque si no corría el riesgo de que la trucha nadara río arriba y fuera directamente hacia el suelo fangoso. Los peces grandes, y no cabía duda de que este lo era, oponían al principio una gran resistencia.

El freno de la polea chirrió, y él sintió que la sangre le latía en las venas. El pez tomó el largo camino río abajo, donde unas cañas que pendían sobre el agua suponían el próximo peligro.

Y de pronto sucedió lo que menos había imaginado: el pez avanzó a toda velocidad sobre la superficie del agua, sacudiéndose como una flecha plateada, y de pronto dio un salto y, girando en el aire por un momento mágico, se liberó del anzuelo y cayó de nuevo al agua sin hacer ruido, y sin que él, al otro lado de la línea de pesca, pudiera hacer nada por evitarlo. Luego se hizo el silencio.

Recogió la línea y tuvo que admitir que había perdido esa impresionante batalla. Hoy su comida serían frutos secos con salsa de hamburguesa.

El descubrimiento fue acompañado por un cierto alivio. Había algo bello, algo definitivo, en luchar con tanta determinación por la vida y acabar ganando.

Acababa de enrollar del todo la línea de pesca cuando oyó un ruido entre los arbustos, elevándose como una pared verde entre el lecho del río y el terraplén de arena. Se arrodilló instintivamente y metió su mano derecha en el interior de su chaqueta de lino, tanteando hasta que dio con la funda de su arma. Se quedó absolutamente inmóvil, con los ojos fijos en un punto que le quedaba a unos ocho o diez metros de distancia.

Después de unos segundos que se le antojaron eternos, vio aparecer a través de los matorrales a un hombre joven con gafas de sol, chaleco de pesca, sombrero de fieltro y botas de pescador, apartando con cuidado su varilla de mosca larga de las ramas. Poco a poco, el hombre fue abriéndose paso a través de las cañas, hacia la orilla...

▶ Bravo 18, aquí Bravo 24. Enemigo avistado. ESPERAD.

–¡*Abajo! Todos callados como muertos. Ni una palabra.*

▶ 24, atentos a los talibanes, Sección Plus, cien metros al noreste de vuestra posición, cerca del sector T5M9. Se mueven hacia vosotros. Van armados con Kaláshnikovs y un mortero. Buscad refugio, esperad, evitad la batalla. Cambio.
▶ 18, entendido, corto.

El guerrero talibán, con su larga barba negra, rodeó el saliente. Avanzó, al parecer sin esfuerzos, por el camino rocoso. Con su pesado equipaje y un Kaláshnikov colgado al hombro. Detrás de él apareció otro, y luego otro y otro más... ¿Es que nunca terminará?

El hombre se quedó muy quieto en la orilla, mirando hacia el otro lado del río. Sus gafas de sol tenían, sin duda, un filtro de polarización. Así podía suprimir los reflejos en la superficie del agua e interpretar mejor la condición del río.
Pero lo más probable es que allí hubiera demasiado barro, o que el agua estuviera demasiado tranquila, o que algo más no lo convenciera, porque el aficionado a la pesca con mosca se alejó de aquel lugar hacia la siguiente espesura de sauces.

▶ Bravo 18, aquí Bravo 24. El enemigo ha pasado vuestra posición. Todo despejado. Confirmad, cambio.
▶ 18, entendido. Tomamos el camino hacia el valle. Corto.

Observó atentamente la espalda de aquel hombre y el movimiento oscilante de sus redes, hasta que al fin este desapareció entre los matorrales. Luego se levantó lentamente, agarró su bolsa, se la colgó al hombro y se fue a casa.

El sol no tardaría en ponerse. Había pasado una tarde maravillosa en el río.

El cuervo joven, al que nadie le pondría nombre porque solo era un cuervo, estaba sentado en la esquina de su caja de cartón. Él se había comido dos porciones grandes de espaguetis y había puesto la cazuela con las sobras en la nevera. Se las comería al día siguiente.

Ahora estaba sentado junto a la inestable mesa de la cocina, con su hule de papel cuadrado, disfrutando de una taza de café y clasificando sus aparejos de pesca.

Colocó las moscas húmedas sobre un trapo, cuidadosamente, para que se secaran. Siempre había preferido la pesca con mosca seca. Era más difícil, pues uno tenía que observar con enorme atención las siluetas del agua y solo podía reconocer a sus presas a través de los anillos que formaban en la superficie, cuando salían a comer, pero así había más tensión y la pesca tenía un punto de inmediatez que la acercaba magníficamente al acecho expectante del cazador.

Aquel día había estado dando vueltas por varias de las hondonadas, estanques y deltas, buscando dar con alguno de los legendarios salmones de río, pero, como de costumbre, no tuvo el menor éxito.

Johannes Fisk le había conseguido las dos cañas de pescar, así como los carretes y el resto del equipo, y desde entonces lo había estado utilizando todo con gran interés.

Se sirvió café. Los últimos rayos de sol se colaron por la ventana de la cocina e iluminaron las grandes manchas de la pared, allí donde el papel de color azul claro estaba húmedo y hacía mucho que se había desprendido. Justo en el lado opuesto, alguien, tal vez el propio Fisk, había arrancado toda una tira de papel completo dejando a la vista la mampostería.

Los muebles de cocina estaban cubiertos con varias capas de pintura verde, aunque no todas del mismo tono. Las ratas se habían instalado debajo del fregadero, tras el revestimiento de la pared, así como en el pequeño sótano, pero poco a poco había ido ahuyentándolas.

Aquel era su pequeño y acogedor palacio, perfectamente escondido y alejado de la civilización. Todos los enchufes –menos uno– funcionaban, y también tenía agua corriente. Que el techo tuviera filtraciones en algunas zonas no le importaba lo más mínimo, siempre y cuando los cubos y los barreños estuvieran correctamente colocados.

Para una persona que se habría conformado con una cueva, aquella cabaña resultaba fenomenal. Y más teniendo en cuenta que disponía de una máquina de café que funcionaba perfectamente. Sin lugar a dudas, aquel lugar era definitivamente preferible al sótano del barrio noroeste de Copenhague.

No necesitaba nada más.

11

Niels Oxen, tenso y erguido, está justo frente a Su Majestad la reina Margarita II. Él, con su traje de camuflaje verde. Ella, ataviada con un abrigo azul cobalto y sombrero.

La cámara se aleja. Oxen se encuentra en la gran plaza de adoquines de la ciudadela de Copenhague –el Kastellet– frente al monumento a los soldados que cayeron en misiones internacionales. Al fondo pueden verse los otros participantes del desfile, rodeados por los campos de hierba.

La cámara vuelve a acercarse ligeramente. En la parte posterior, justo detrás de la reina, vemos al comandante del ejército con su pose más firme. Hay presentes otros oficiales militares de alto rango, incluido el ministro de Defensa, que lleva un traje negro.

Ahora la cámara se acerca mucho. Niels Oxen no mueve ni un músculo mientras la reina le pone la distinción en la solapa. Es el primer danés que ha recibido el más alto galardón honorífico como reconocimiento a su extraordinario valor durante guerra.

Su Majestad la reina le dice algo, sonríe y le extiende la mano. Niels Oxen responde, devuelve la sonrisa a Su Majestad, la mira directamente a los ojos y le estrecha la mano.

Su móvil sonó repentinamente, en algún lugar debajo de su cuerpo, entre los cojines del sofá.

–¿Hola? –dijo Margrethe Franck.

Era su secretaria. La reunión a primera hora de la mañana siguiente se había anulado. Margrethe le dio las gracias y colgó. De modo que la justicia existía, al fin y al cabo. Tal como había temido cuando se quedó atrapada en el Gladsaxe Ringvej, aquel había sido un día malísimo, y la mera idea de empezar el día siguiente con otra reunión a primera hora le había resultado deprimente. Ahora, en cambio, tendría tiempo para acabar sus informes.

Estaba en el sofá, estirada en ropa interior, con unos gruesos cojines en la espalda. Las ventanas seguían abiertas desde que llegó a casa, pues había sido un día cálido y el apartamento se había ido calentando como un horno. Su pierna protésica estaba en el suelo de la sala de estar, que era donde se la había sacado. En el regazo tenía su portátil.

«Venga, Niels Oxen, ¿dónde demonios te escondes? Llámame y dime dónde estás, maldito bastardo. Dímelo ahora mismo.»

Suspiró profundamente. Si tuviera que señalar a una sola persona en todo el planeta que no fuera a llamarla, sería él.

En realidad no le importaría que las cosas fueran así, si al menos él diera alguna señal de vida; algo a lo que aferrarse; alguna noticia que le permitiera saber que estaba bien.

Tenía la televisión encendida, pero ni la veía ni la escuchaba: estaba ensimismada, revisando por enésima vez el contenido de las dos cajas que normalmente guardaba debajo de su cama.

La grabación de la entrega de la medalla no era más que uno de los fragmentos de vídeo del desfile que tuvo lugar en la ciudadela, y que Margrethe había guardado en una unidad USB. Ella se sabía casi al segundo el momento exacto en el que el rostro tenso de Oxen esbozaba una sonrisa avergonzada. Pero tanto lo que la reina dijo al excazador como lo que este le respondió siguió siendo un secreto entre ambos. Obviamente, nadie había pensado en instalar un micrófono cerca de ellos.

Pasó la cinta un poco hacia delante y hacia atrás, y volvió a ponerla al principio, en el momento en que el comandante del ejército cogió el micrófono:

–Estoy orgulloso de ti –dijo–. Dinamarca está orgullosa de ti, Niels Oxen, y sé que tus compañeros también lo están. Todos tenemos buenos motivos para ello. Yo nunca había presenciado nada semejante en una operación militar, y no me refiero solo al valor y al coraje que has mostrado, sino a una verdadera consciencia de responsabilidad. Tienes el mayor...

Margrethe avanzó la cinta hasta el final, donde el cámara se había centrado primero en el rostro impertérrito de Oxen y luego en la cruz, que pendía de una banda blanca con rayas rojas en su pecho. Era una condecoración muy bonita. La cruz era negra con un borde dorado, y en el medio podía verse el monograma de la reina. La inscripción era sencilla: «Al valor».

El año pasado, durante la etapa –en ocasiones sumamente agotadora– en la que ambos colaboraron en el caso de los perros ahorcados, Margrethe alcanzó a ver las dos caras de Niels Oxen: la del hombre huraño y asocial, y la del soldado valiente y digno de admiración.

También había reconocido en él algunos patrones de reacción típicos de las personas con estrés postraumático –un reconocimiento que en su caso era una certeza indiscutible, pues ella misma también había pasado por aquel infierno después de perder su pierna–, al tiempo que una educación y una intensa formación de la vieja escuela, propias de su brillante carrera como soldado de élite.

Sea como fuere, Margrethe había sido objeto de los cuidados de Oxen, así como de su tremenda fuerza, casi explosiva.

Presumiblemente, la magnitud del valor dependía en cada caso de lo grande que fuera la carga en cada situación. Los actos más heroicos de Oxen se habían producido siempre cuando la presión era mayor: cuando se trataba de un asunto de vida o muerte.

Sacó la memoria USB de su ordenador y la guardó en su sitio. Bien pensado, aquellas dos cajas almacenaban un montón de horas de trabajo. Algunas en su horario laboral, pero la mayoría, debía admitirlo, fuera de horas. Por supuesto, también tenía los documentos almacenados digitalmente, pero aquí lo guardaba todo impreso o recortado.

El CNI también había archivado la mayor parte del material, y era más que probable que Axel Mossman se hubiera creado hasta una carpeta personal. Pero Margrethe había mantenido en secreto parte de la información que había ido recopilando en su tiempo libre, y la había guardado exclusivamente en su pequeño archivo.

Axel Mossman le había ordenado que realizara una revisión completa de la vida de Oxen, desde su nacimiento hasta el presente, y eso fue precisamente lo que ella hizo… aunque no con exquisita precisión y hasta el último detalle, sino más bien de forma esquemática y puntual. Los momentos en los que el exsoldado parecía perder los estribos, o directamente la cordura, siguieron reclamando una explicación.

Los archivos contenían un total de quince cargos en su contra: seis acusaciones por violencia laboral, dos por violencia doméstica, una por alteración del orden público, una por daños a la propiedad, tres por amenazas y dos por fraude a una agencia de seguros.

En otro orden de cosas se le acusó por haber amenazado, aparentemente fuera de sí, al conductor de un coche de policía, y, además, le cayeron dos multas monetarias: una por alteración de la paz y el orden y otra por daños a la propiedad. En el primer caso se había dedicado a increpar a voz en grito, borracho y descamisado, a los transeúntes que pasaban junto a la Storkespringvandet de Copenhague; y en el segundo –también borracho– había lanzado una caja con macetas de flores contra el escaparate de una tienda de abrigos de piel.

En el resto de ocasiones, Oxen había sido exonerado de los cargos presentados contra él, ya fuera porque las acusaciones habían sido retiradas, ya porque habían sido sorprendentemente revocadas. Esto último fue lo que sucedió con el asunto de la violencia doméstica.

Margrethe recordaba bien que, tras acceder a la información sobre Oxen por primera vez, había llegado a la conclusión de que el tipo –más allá de todas sus condecoraciones– tenía que ser un cerdo miserable.

En algún momento, no obstante, le preguntó acerca de todas esas historias, especialmente las relacionadas con la violencia doméstica... y también recordaba perfectamente su explicación:

Oxen y su esposa habían tenido invitados esa noche –dos colegas con sus esposas–, y la relación entre Birgitte y él era ya muy tensa por aquel entonces: tenían los típicos desencuentros, pensaban distinto sobre casi todo..., pero lo que más los desgastaba era la eterna lucha de Oxen por llevar ante la justicia a los responsables de la muerte de Bosse. Bosse había sido un amigo de la infancia. Lo mataron ante sus ojos, cuando un pequeño grupo de cascos azules daneses quedó atrapado en una zona en la que se estaba produciendo un importante contraataque croata, poco antes del final de la guerra.

Ese sábado por la noche todos habían bebido demasiado. En un momento dado, y sin venir demasiado a cuento, la esposa de Oxen se levantó y afirmó en voz alta que si pudiera se cagaría en la tumba de Bosse en ese mismo instante. La reacción de Oxen fue inmediata. Borracho como estaba, le propinó una bofetada.

En la segunda ocasión que lo acusaron de violencia, en cambio, Oxen dijo que aquello no tenía nada que ver con él. Por lo visto, su esposa apareció un día con varios hematomas faciales y una laceración en la ceja. Ella al principio lo acusó a él, pero luego retiró la denuncia y se negó a añadir nada más.

En todos los incidentes en los que se vio envuelto, el veterano de guerra declaró que alguien quería obligarlo a abandonar su búsqueda de los responsables por la muerte de Bosse.

Desde aquel momento, Margrethe observó el «caso Oxen» con otros ojos. Todo seguía, efectivamente, un patrón. Poco después descubrió que los agentes de policía habían depositado drogas en el garaje de Oxen a instancias de un supervisor cuando él aún era estudiante de policía. Querían asegurarse de mantenerlo callado... cosa que lograron: él abandonó la escuela de Policía y aceptó unirse al Cuerpo de Cazadores.

Todo lo relacionado con Oxen tenía un regusto extraño. No era...

¿Nyborg? ¿La mujer que aparecía en la tele acaba de pronunciar la palabra «Nyborg»? Sí, sin lugar a dudas, lo había hecho. Margrethe subió el volumen.

Los siguientes minutos oyó hablar sobre el calentamiento global y sobre un nuevo estudio que advertía acerca del aumento del nivel del agua en todo el mundo. Solo que eso no era nada nuevo, en realidad. La novedad era apenas una referencia a un nuevo estudio con nuevos números, complementados con una alusión a la capa de hielo que se derrite en Groenlandia, lo cual tampoco era nada del otro mundo, al fin. Terrible lo cansinos que podían llegar a ser todos con el tema.

–... pero volvamos ahora al misterioso caso del asesinato de Nyborg, tal como les prometimos –dijo entonces la mujer, que iba vestida con pantalón y americana–. Mi colega Hans Mortensen se encuentra en estos momentos frente al cuartel de policía en Odense, ¿no es así, Hans?

El joven, que llevaba una gabardina, asintió con firmeza para confirmar que sí, que en efecto estaba en Odense. Margrethe Franck escuchó atentamente las palabras del reportero:

–Sí, y a mis espaldas se ha puesto en marcha una intensa investigación para resolver el caso del asesinato del castillo de Nyborg. El director del museo, Malte Bulbjerg, fue hallado muerto anoche en una de las salas del edificio por uno de los guardas que hacía su ronda. En este momento los equipos de la científica están buscando posibles huellas y evaluando la escena del crimen para tratar de dar con el culpable lo antes posible. Tengo a mi lado al subinspector H. P. Andersen. Buenas tardes, señor Andersen. ¿Tienen ya a algún sospechoso?

El policía, un hombre de unos cuarenta y pico años, entornó los ojos y frunció el ceño. En aquel momento, ante la brillante luz de la cámara, parecía de todo menos feliz. Margrethe sabía exactamente cómo se sentía.

–Es demasiado pronto para hablar de sospechosos en este punto. Estamos avanzando en varias direcciones, recopilando información y analizándola.

–Según nos han informado, lo que sí se ha confirmado es que al director del museo lo dispararon a bocajarro, ¿no es así?

–Así es, en efecto –respondió Andersen–. Recibió dos disparos.

Por lo general, en una etapa tan incipiente de la investigación la policía no tendría el menor interés en airear el caso y hacerlo público, pero aquel asunto era tan espectacular que no le quedaba más remedio que compartirlo y satisfacer el interés general..., aunque con el menor número de datos posible.

—Nos ha llegado también la información de que se han encontrado rastros de sustancias en la escena. ¿Es eso cierto?

El policía tardó apenas una fracción de segundo en contestar, pero le resultó imposible disimular que no esperaba esa pregunta. Obviamente, no formaba parte del acuerdo con el periodista, –suponiendo, claro, que hubiese habido un acuerdo.

Al fin asintió lentamente.

—Es cierto, sí. Encontramos restos de cocaína en una bolsa de plástico.

—¿Entonces podría ser que el director del museo estuviera involucrado en algún asunto de tráfico de drogas?

Aquella pregunta la pilló completamente por sorpresa. ¿Malte Bulbjerg no era aquel hombre que...? Aunque por otro lado tenía la experiencia suficiente como para saber que nada es lo que parece y que hasta la superficie más anodina puede ocultar una cantidad ingente de sorpresas.

—Aún no tenemos ninguna información al respecto. Hablar sobre ello sería pura especulación, y por eso no vamos a hacerlo –respondió el policía. A duras penas consiguió reprimir su incomodidad, pero al final su respuesta sonó como salida de un libro de texto.

—Una última pregunta, señor Andersen... –empezó a decir el periodista, y Margrethe lo escuchó fascinada. Ahora venía lo bueno–. Según una fuente fidedigna, el director del museo llevaba un tiempo gastando regularmente grandes sumas de dinero en loterías y apuestas. Lotería nacional, carreras de caballos, apuestas futbolísticas... Se dice que llevaba varias semanas perdiendo unos cuantos miles de coronas. ¿Qué papel juega este asunto en sus investigaciones?

Ella recordaba que el director del museo era fanático del fútbol, pero... ¿tanto como para perder varios miles de coronas cada semana?

Esta vez la respuesta sonó muy decidida:

—No añadiré nada al respecto.

Que este detalle de la vida de Bulbjerg hubiera salido a la luz en plena pantalla no era una noticia demasiado terrible para la policía, ciertamente, dado que el muerto era muy conocido y Nyborg un pueblo muy pequeño, pero tampoco se trataba de un tema que quisieran debatir en público, la verdad. De ahí que cuando el reportero trató de plantear una nueva pregunta, el policía lo interrumpiera con un:

—Como acabo de decirle, no voy a añadir nada al respecto.

Un dedo índice señalando discretamente hacia la parte inferior de la imagen dejó claro que la entrevista había terminado.

El periodista se despidió con satisfacción y devolvió la conexión a la mujer con americana, que se dispuso a hablar de otro tema.

Margrethe volvió a bajar el volumen. En principio aquella historia sonaba bastante plausible: el juego, las deudas, la sombra de un triste destino, tal vez incluso la adicción... Las personas que se endeudan sucumben a menudo a la tentación de cometer algún acto ilegal para evitar una catástrofe inminente. En teoría, claro, la cocaína podría haber jugado ahí un papel.

Las deudas siempre eran una pista sólida en una investigación. Las deudas sumen a la gente en la desesperación. En sus inicios en el cuerpo de Policía Margrethe tuvo un caso similar: un hombre decente y simpático, banquero, padre de familia, se había convertido en ladrón de bancos para saldar sus deudas. Su esposa vivía muy por encima de sus posibilidades y había llevado al pobre hombre al infortunio.

Después de su encuentro, el director del museo le dejó una impresión decididamente positiva, igual que a Oxen, de modo que aquel final era... injusto, y triste.

Dejó el portátil sobre la mesa y regresó a sus papeles: una pila entera de folios que contenían transcripciones de las conversaciones mantenidas con prácticamente todas las personas imaginables en el entorno social de Niels Oxen.

Su objetivo era siempre tratar de dar con el lugar en el que se escondía. O en el que podía aparecer de pronto y llamar a la puerta. Quizá en casa de alguien que gozara de su confianza y ella hubiera pasado por alto, o quizá en la casa de veraneo de un amigo, o del amigo de un amigo. Tenía que encontrar el hueco por el que colarse para descubrir el paradero de Oxen.

Cogió la transcripción de la conversación con su hermana. Susanne Oxen Viig vivía en Køge y era maestra.

Esa hermana era su familia. Su único anclaje a una infancia que quedó lejos de ser feliz. Su padre estaba muerto y su madre, demente, vivía en un asilo de ancianos en Ringsted. Margrethe la había visitado, pero había sido una pérdida de tiempo.

Cogió entonces otra carpeta, en la que solo había una hoja. También había visitado a un exsoldado que había servido con Oxen en Bosnia. Se llamaba L. T. Fritsen, era mecánico de automóviles y tenía un taller a las afueras de Amager. Gracias a él, Niels Oxen recibió la segunda medalla al valor –la de las hojas de roble plateado–: saltó al río Una para sacar a Fritsen del agua cuando este fue abatido por un francotirador serbio.

El mecánico había hablado maravillas de Oxen, a quien debía la vida, pero desde entonces no había vuelto a tener contacto con su rescatador.

En aquel momento sonó el timbre de su puerta. ¿Quién

podría ser? Eran casi las diez y media. Sonó otra vez, y luego otra. Como si alguien tuviera una urgencia o estuviera francamente impaciente.

Se levantó y avanzó a pequeños saltos por el pasillo.

12

Sus fuertes manos se posaron en sus nalgas. Ella trató de apartarlas, pero lo único que consiguió fue que él la abrazara con más fuerza y la llevara en volandas desde la entrada hasta la sala de estar.

—¡Bájame!

La dejó en el centro de la habitación y la miró. Por la expresión de su cara podía verse claramente que no sabía si lo había dicho en serio o no. Ella lo agarró por la barbilla, la sostuvo con firmeza y lo miró directamente a los ojos.

—No vuelvas a hacerme esto, Anders. No puedes plantarte aquí sin más y ponerte a tocar el timbre como un loco. Pensaba que había sucedido algo terrible.

—Si hubiera sabido que estabas así de sexi, no habría llamado al timbre, sino que habría tirado la puerta de una patada, cariño.

—No me llames cariño. Y a ver si te metes de una vez en la cabeza que no quiero que nadie me lleve en brazos a mi propia sala de estar.

—Está bien, está bien. No pretendía...

—¿No estabas de servicio hoy?

—Lo estaba, sí. Debíamos llevar a cabo una vigilancia, pero éramos demasiados, de modo que me han enviado a casa a descansar, llevo un exceso de horas extra, y no he podido resistirme a la tentación. ¿Molesto?

El hombre, musculoso y en forma, con pantalones vaqueros y una camiseta blanca, de pie como un faro en su sala de estar, miró con curiosidad los papeles en el sofá, las cajas en el suelo y el portátil en la mesa... y luego la miró a ella.

Su nombre era Anders Becker, y trabajaba en el equipo de operaciones. Por su culpa, Margrethe había roto su regla autoimpuesta de no tener nada con un compañero de trabajo. Una mala idea, quizá. O una regla estúpida.

Pero su exclusiva pirámide nutricional no podía sostenerse solo a base de verduras, cereales y lácteos. A veces tenía que poner carne también sobre la mesa.

Se habían conocido en el cuadragésimo cumpleaños de un colega, y en los últimos meses habían ido viéndose cada vez más a menudo. Pero sus encuentros siempre habían sido de mutuo acuerdo y habían respetado su privacidad... hasta ahora. Estaba claro que Anders quería ir un paso más allá, pero ella no estaba segura de cómo se sentía al respecto. La verdad es que le gustaba estar sola y no se sentía preparada para una relación en ese momento. Aun así, y aunque él acabara de romper una ley no escrita, sabía que le debía un recibimiento algo más amable.

—No, qué va, no molestas. Es solo que no te esperaba. Estaba revisando unos archivos; un caso antiguo... nada importante.

—Ah, vale. Pero si molesto, dímelo. Y perdona por haber entrado de este modo. No me quedaré mucho rato, tranquila. Sé que mañana tienes que madrugar.

Él se dejó caer en su silla, y, aunque hizo un esfuerzo por disimular, ella notó perfectamente cómo la recorría con la mirada. Como vivía sola, el tanga y la camisa abierta eran un atuendo normal para ella, pero la mirada furtiva e inquisitiva de él hizo que se sintiera bien. Aquello era bueno para su vanidad. Y para su pirámide nutricional.

Sonrió, conciliadora.

–¿Quieres tomar algo? –le dijo–. ¿Tienes hambre?

–No me importaría un poco de pan con algo.

–Venga, te acompaño. ¿Salami o mortadela?

–Ambos.

Ella pasó cojeando sobre la prótesis y fue hasta la cocina. Volvió a notar sus ojos fijos en ella, y por un instante pensó en posponer la cena un rato más.

–¿Qué tipo de caso es este en el que andas? –le gritó él desde el salón–. ¿Es confidencial?

–No que yo sepa. Un control de seguridad que tuve que hacer para Mossman el año pasado.

–¿Para Mossman? ¿Me dejas echar un vistazo a las cajas?

–Sí, claro. Y también puedes mirar el USB rojo. El portátil está encendido. ¿Cerveza? ¿Leche? ¿Agua?

–Agua, por favor

Segundos después oyó hablar al comandante del ejército en el Kastellet, y cuando volvió dando saltitos a la sala de estar, con un plato en cada mano, vio a Anders recostado en su sillón, con el ordenador en su regazo, atento al momento en que Su Majestad la reina ponía en la solapa de Oxen la Cruz al Valor.

–El agua tendrás que traértela tú, que a mí se me cae.

–Claro.

Cuando regresó con el agua, Oxen volvía a estar en pantalla.

–Había oído hablar de la Cruz al Valor. Hasta la fecha solo la ha recibido un hombre, y lo más probable es que pasen décadas hasta que vuelva a recibirla alguien más. Y mira, resulta que este es el hombre... Parece bastante duro.

Ella se sentó en el reposabrazos, lo miró y asintió.

–Se llama Niels Oxen. Un excazador. Muy duro, sí.

–¡Un cazador! –Anders dejó escapar un silbido, impresionado.

–Uno de los buenos, mira. –Se inclinó y sacó una carpeta de la caja.– Léelo tú mismo.

Ella fue leyendo también por encima del hombro de Anders mientras los ojos de él se deslizaban sobre el papel.

1993: Medalla al Valor del Ejército.
Misión: UNPROFOR, Bosnia.
Razón: N. O. demostró un coraje extraordinario al arriesgar su propia vida para llevar a un colega lesionado (P. Jensen) hasta un lugar seguro, en un momento en que la patrulla danesa quedó atrapada en un fuego cruzado.

1995: Medalla al Valor del Ejército, con hojas de roble plateado.
Misión: UNPROFOR, Krajina, Croacia.
Razón: N. O. demostró una osadía y audacia ejemplares cuando un compañero suyo de la Compañía Bravo fue alcanzado por un francotirador serbio mientras patrullaban el puente sobre el río Una, en Kostajnica. N. O. saltó al río y llevó a su compañero a tierra. El camarada (L. T. Fritsen) sobrevivió.

2002: Medalla al Valor del Ejército, con hojas de roble dorado.
Misión: Grupo de tareas Hurón, miembro del Cuerpo de Cazadores de la *Operation Enduring Freedom* bajo el Alto Mando Americano, Afganistán.
Razón: Durante una operación en el valle de Shahi Kot, N. O. y un compañero se encontraron en medio de un tiroteo masivo contra guerreros talibanes y corrieron a proteger a la tripulación de un helicóptero Chinook que acababa de hacer un aterrizaje de emergencia. Sin el compromiso heroico de ambos daneses, todos habrían fallecido.

(La misión recibió también el reconocimiento de los Estados Unidos).

2010: Cruz al Valor.
(Niels Oxen es, hasta la fecha, el primer y único merecedor del nuevo reconocimiento militar, reservado para casos extraordinarios. N. O. dejó el ejército el 1 de enero de 2010).
Misión: 2009, cuerpo de cazadores, provincia de Helmand, Afganistán.
Razón: N. O. mostró una valentía fuera de lo común cuando él y algunos de sus compañeros cayeron en una emboscada. Su vehículo fue alcanzado por una trampa explosiva mientras patrullaban por el noreste de Gereshk y el enemigo estaba armado hasta los dientes. La situación requería una reacción inmediata. N. O. se ofreció como voluntario y se separó del resto para atacar al enemigo por la espalda. Se enfrentó a ellos *con sus propias manos*. Eran ocho guerreros talibanes. Dos cayeron en combate.

Anders volvió a lanzar un silbido, esta vez más largo.

—Vaya, vaya, qué pasada de lista. Brutal. Pero ¿qué ha hecho el tío? ¿En qué líos se ha metido, Margrethe?

—Nada. Bueno, al menos nada delictivo. Estuvo involucrado en una investigación que me encargaron el año pasado y luego desapareció. Axel Mossman quiere volver a encontrarlo. Está enfermo.

—¿Mossman está enfermo? —Anders se volvió y la miró sorprendido.

—No, idiota. El soldado. Sufre un trastorno por estrés postraumático.

—¡Ah! ¿Y no puedes encontrarlo?

Ella se encogió de hombros y sacudió la cabeza.

—Creo que es bastante común que un veterano de guerra, sobre todo uno que las ha pasado canutas, decida alejarse de todo y vivir en soledad. Esta gente lo que quiere es estar sola. Tengo un colega que conoce a un soldado así. Dejó a su esposa e hijos y se mudó a Læsø. ¡A una isla enana, ni más ni menos! Los políticos han tratado de imbéciles a nuestros veteranos. La mortadela está deliciosa, por cierto.

Dio un ávido mordisco al pan y cerró el portátil.

—¿Puedes esquiar, Margrethe?

Puso una mano en el muñón de su pierna y lo acarició con ternura, como había hecho ya otras veces. No obstante, a ella no le gustaban especialmente esos gestos, de modo que le apartó la mano con amabilidad, pero con firmeza.

Luego pasó su brazo alrededor del cuello de él, lo acercó hacia sí con dulzura y le preguntó, como quien no quiere la cosa:

—¿Podría ser un trineo?

Él sonrió.

—Antes bajaba por las pistas más difíciles —dijo Margrethe—. Pero eso se acabó.

—Yo estaba pensando más bien en el esquí de fondo. Algunos colegas y yo vamos a Noruega cada invierno. Pensé que tal vez te apetecería...

—Nunca he probado el esquí de fondo, pero ¿por qué no? ¿Es esto una invitación?

—Desde luego que sí.

Él apartó su plato y la estiró hacia sí, desde el reposabrazos hasta su regazo.

—No te vayas a casa —le susurró ella al oído.

Notaba todos los poros de su cuerpo, que sentía pesado y al mismo tiempo relajado. Él la rodeaba con sus brazos. El encuentro no había sido demasiado largo, pero sí intenso.

Después habían seguido acostados, bebiendo una cerveza helada y charlando, sobre todo del trabajo y de los compañeros.

Hacía calor en la habitación, y solo estaban cubiertos con una sábana. Margrethe le explicó más detalles sobre el caso de los perros ahorcados y el rompecabezas de Niels Oxen, cuyas piezas estaban todas mezcladas en las dos cajas en la sala de estar.

Le contó la historia que determinó la vida de Oxen: su experiencia como joven soldado en los Balcanes, donde perdió a su mejor amigo y compañero de la infancia Bo «Bosse» Hansen, en agosto de 1995, durante la gran ofensiva croata: la Operación *Oluja*, Operación Tormenta.

También le dijo que Oxen culpó a los altos cargos del ejército por la muerte de Bosse. Porque abandonaron a su escuadrón. Porque cometieron la escandalosa indecencia de no sacarlos de allí mucho antes. Porque les permitieron llegar tan lejos que quedaron atrapados cuando los croatas atacaron a los serbios.

–Pasó varios años presentando quejas. Ante los mandos del ejército, ante los políticos y ante los medios de comunicación. Una y otra vez. Escribió cartas personales a los responsables y cosas por el estilo.

–¿Crees que en cierto modo perdió el control? Casi suena como si fuera un alborotador.

–Seguro que hay muchos que lo ven así. Yo creo que, en su opinión, rendirse simplemente no era una opción. Que Bosse merecía que se le hiciera justicia.

–¿Y al final se rindió?

–Qué va. Unos años después de la muerte de Bosse consiguió, por fin, que lo escucharan. Se creó una comisión de investigación, pero esta llegó a la conclusión de que todo el procedimiento había sido intachable. Hay, desde luego, un montón de sorpresas en la historia de Oxen. Incluso estuvo en la escuela de Policía por un tiempo.

–Humm...

–Un alumno magnífico. En aquel momento ya le habían concedido la primera medalla al valor, y por lo visto hubo alguien que decidió tenderle una trampa.

–¿Una trampa? ¿Y eso?

–Quisieron hacerle pagar por sus críticas al ejército o, más precisamente, a los altos cargos, y en una redada encontraron droga en su casa. ¿Un alumno absolutamente ejemplar con droga en su garaje? La historia no se sostiene. Él me aseguró que era inocente... y yo le creí. Le creo. Hay tantas cosas que...

La respiración de Anders era cada vez más pesada. Se había quedado dormido. Probablemente no había oído sus últimas explicaciones, y la verdad es que ella también empezaba a estar cansada.

Se puso de lado. A dormir, pues. Basta ya de Oxen.

Pero ¿dónde estaría? Había peinado la zona a fondo. Tenía que haber pasado algo por alto. No podía quedarse ahí quieta, sin hacer nada, esperando a que sonara el teléfono... y tampoco tenía esa opción, y más teniendo en cuenta que el mandamás del CNI acababa de demostrarle un renovado interés en el asunto.

Tenía que volver a ponerse en contacto con las personas más importantes en la vida de Oxen: su hermana y sus amigos. A veces el tiempo marcaba la diferencia. A veces la gente recordaba algo de pronto, o explicaba la misma historia de un modo distinto, o mencionaba algo nuevo que antes había considerado insignificante. El tiempo era un factor que no debía subestimarse.

En algún lugar tenía que encontrar una referencia escondida. En algún lugar tenía que encontrar a Oxen.

13

El coche era su libertad. Una especie de higiene psicológica motorizada, o, como lo había descrito su mujer, un proceso de liberación espiritual a cuatro ruedas que en los últimos años había salvado su matrimonio en más de una ocasión

Había dejado atrás Odense y estaba de regreso a Kerteminde.

Durante el camino, en plena noche, repasaría una vez más los acontecimientos del día. Echó un vistazo al reloj del salpicadero. No tenía a sus espaldas la típica jornada laboral, con sus ocho horas de trabajo, sino un día entero, veinticuatro horas, desde que salió de su casa de camino hacia Nyborg.

Su Audi era el mejor lugar para reflexionar. Especialmente ahora, en la oscuridad de la noche, con los faros como única luz en el camino.

Si algo le corroía al salir de la comisaría, el camino de vuelta a casa solía ayudarle a procesarlo y repasarlo todo, hasta acabar con la inquietud.

Por el momento estaba indignado. Le ardía la sangre, pero sabía que hasta eso remitiría antes de llegar a Kerteminde.

Cuando estuvo absolutamente seguro de que ya no había ninguna cámara grabando, agarró al periodista por el cuello, literalmente, y le dijo lo que pensaba. Antes de la entrevista no habían tenido tiempo suficiente para concretar las preguntas, pero el periodista había levantado las manos tranquilizadoramente y le había asegurado que solo pretendía cubrir un par de minutos de las noticias de la noche y que apenas presentarían un brevísimo resumen del estado de las investigaciones.

Que una vez en antena lo hubiera confrontado con dos de los puntos más fundamentales de la investigación, dos de los puntos sobre los que la opinión pública no debía tener conocimiento, era una trampa absolutamente inaceptable.

Aunque pueda sonar como un cliché, a la Policía no le gusta la prensa. Eso es, y ha sido siempre, así. Y si en algún momento se ve obligada a cooperar excepcionalmente con los medios, se lo toma como un mero trámite inevitable. Así, por ejemplo, la filtración a la prensa de determinadas imágenes de videovigilancia podía servir para que un atracador acabara en la cárcel antes de lo que se tarda en deletrear «periódico».

Incluso en el caso de delitos mayores, una reconstrucción en abierto, en la televisión, podía aportar nuevas pruebas y diversas perspectivas, dado que varios cientos de miles de espectadores estaban observando desde sus salas de estar. Él ya había vivido situaciones así en su vida y se había resignado a sonreír a la prensa –qué remedio– hasta que abandonaban la escena.

Pero esto de hoy... había sido demasiado. Le dijo al periodista que no volvería a hablar con él nunca más. La nación entera disponía ahora de una información que la Policía había tardado un día entero en recabar, y sabía tanto como él sobre el asesinato del director del museo, Malte Bulbjerg, a pesar de que él mismo solo había hablado de los dos disparos en la sala común de la Policía.

La cuestión, ahora, era descubrir cómo la prensa había obtenido esa información. Y el periodista había sido lo suficientemente insolente como para responderle que no pensaba dar a conocer su fuente. Eso también era un verdadero quebradero de cabeza: los topos entre su propia gente. Era posible que la gente ya supiera lo de la bolsa de plástico y el análisis de la droga, y seguro que si uno pasaba el tiempo suficiente en Nyborg acabaría descubriendo la posible adicción a los juegos de azar por parte del director del museo... Pero la gente de la televisión no solía buscar sus pistas en el pueblo, según su experiencia, sino que preferían sacar la información de los periodistas.

Gentlemen of the press, se les llamaba, ¿no? Bueno, pues él aún no había conocido a ninguno.

Tuvo que hacer un esfuerzo por sacudirse la indignación. Había cosas mucho más importantes en las que concentrarse durante los próximos días: tenía que resolver un asesinato. Ese era su trabajo. Para eso había estudiado y por eso vivía.

Pensó de nuevo en todo el caso. El guarda parecía creíble y había memorizado muchos detalles. Podía incluirse, sin duda, en la categoría de testigos sólidos.

Bromann, el médico forense, le había prometido darse prisa con la autopsia. Por ahora sabían que había recibido dos disparos, uno en la frente y otro en el ojo izquierdo. El primero fue mortal, sin duda, y el segundo también. Por lo demás, no se intuía ninguna otra cosa. Ninguna de las señales de forcejeo, lucha o resistencia que casi siempre podían verse en los brazos o antebrazos al usar armas de punción o impacto. Ni el más mínimo morado. Eso parecía implicar que los disparos se habían producido de un modo repentino, sin ningún tipo de confrontación física previa. Y eso, a su vez, parecía implicar que el director del museo podía haber conocido a su verdugo y haberse sentido a salvo en su compañía. Estas dos suposiciones venían también apoyadas por el hecho de que cuando alguien quiere disparar a otro alguien, acostumbraba a hacerlo a la mayor brevedad posible, evitando en todo momento el contacto físico. Por lo demás, Bulbjerg no tenía ni alcohol ni drogas en la sangre.

La bolsa con restos de cocaína era otra pista muy clara. Sobre todo si se relacionaba con las sumas de dinero que el muerto había ganado en el juego. En las últimas semanas había gastado muchos miles de coronas en cuatro puntos distintos de Nyborg: el supermercado Kvickly, el quiosco de la estación, una de las tiendas de la cadena Føtex y la gasolinera Shell de la calle Dyrehave.

No se encontraron movimientos inusuales en sus cuentas, ni grandes sumas de dinero inexplicables. De modo que se había limitado al dinero en efectivo. ¿Y dónde operaba uno con grandes cantidades de efectivo que no dejaran rastro? Exacto.

En sus próximas investigaciones tendría que hacer malabarismos, sobre todo con tres elementos: la deuda, el crimen y el hampa.

En ese sentido, este espectacular asesinato no era más que un viejo sombrero con nuevas telas: tenía que ocuparse de un entorno en el que era francamente difícil manejarse.

Al día siguiente, por la mañana, empezaría el agotador trabajo de campo: una intensa y trasnochada actividad de investigación en la que uno se gastaba las suelas y tenía que llamar a muchas puertas... ya de manera alta y clara, ya muy discreta, en función de la situación y los parroquianos.

A lo largo de los años había visto una y otra vez cómo un caso –un acto de violencia, o en ocasiones incluso un asesinato– se convertía en una experiencia traumática y dolorosa para los que se quedaban. Mientras lloraban a su ser querido, la Policía aclaraba el crimen y ellos se daban cuenta de que no lo conocían en absoluto. A veces los sótanos aparecían realmente llenos de cadáveres: amantes, niños de los que no se sabía nada... todo un torrente de pecados del pasado.

La esposa del director del museo casi se había desmayado cuando la visitó a primera hora de la mañana, y se había negado a aceptar la noticia. Se había quedado conmocionada. Aunque movió la cabeza y asintió varias veces, él comprendió que no estaba entendiendo el mensaje.

De ahí que solicitara asistencia psicológica inmediata. Algo más tarde le dijeron que la mujer, cuyo nombre era Anna-Clara, había tenido que ser ingresada en la sala de psiquiatría del Hospital Universitario de Odense.

En cuanto le dieran luz verde volvería a hablar con ella para interrogarla e interesarse especialmente por el tema de las deudas y apuestas de su marido.

¿Acaso esa pobre joven iba a darse cuenta también de que no había conocido a su marido?

14

Quería dormir, y, por suerte, las horas que se acercaban cumplían todos los requisitos para convertirse en una noche de sueño blanco, lo cual significaba unas cinco horas de descanso ininterrumpido. Hacía varios años que casi nunca llegaba a las seis horas.

En una noche de sueño negro, por el contrario, recibía la visita de los Siete.

Estaba agotado y sentía hasta el último músculo de su cuerpo. Había pasado varias horas sudando la gota gorda, trabajando en el bosque, talando gruesos troncos, infinidad de árboles... un trabajo muy duro. Ese era el material del que estaban hechas las noches de sueños plácidos: de un ininterrumpido trabajo muscular.

Se tapó con la manta. Que sea blanco, por favor. Y poco a poco fue cayendo en los brazos de Morfeo.

▶ Sierra 60, aquí Alfa 05. Los paramilitares serbios han establecido un punto de control en el cruce en Pločari Polje. Esperad, corto.

–¡Joder, Oxen, mira! Están superborrachos. No me gusta. Mierda, no me gusta nada.
–Calma, Bosse, mantén la calma.

▶ Charlie 07, aquí Alfa 05. Avanzad lentamente hacia delante, repito, lentamente. Parece que hay gente borracha en el camino. Bajaré y entraré en contacto con ellos, si es necesario. Corto.

–*¿Dinamarca, dices? ¿Dónde está Dinamarca? ¿En Suecia? ¿O en Suiza? ¡Ja, ja, ja! A la mierda, colegas, era una broma. Laudrup, del Barça, era de Dinamarca, coño, eso lo sé. ¡Brindemos! Y bienvenidos. Yo soy el comandante Milan* The Razorblade. *Antes era peluquero, por la gracia de Dios, en Kiseljak. Baja de ahí y ven a compartir un glorioso* slivovitz *con los vencedores serbios.*

–No, gracias. Tenemos que seguir hasta Smajlovići.

–*¿No? ¿Cómo que no? ¡No acepto un no por respuesta! ¿Acaso sois demasiado buenos para brindar con los serbios? Venga, coge mi botella. Creo que tú y yo tendríamos que jugar a algo... No a la ruleta rusa, sino a la serbia. ¡Ja, ja, ja! No con una bala, sino con dos. ¿Estás listo? Hago girar el cargador y disparamos. Primero yo y luego tú. Después brindamos... si es que aún seguimos vivos, claro.*

Clic.

–*Venga, dané*s. *¿Qué pasa? ¿No quieres? Sujetadlo, camaradas. Y disparadle si pone problemas. Va, ya disparo yo por ti, amigo. Ahora.*

Clic.

–*Brindemos. Por una nueva ronda.*

Clic.

Clic.

–*¡Salud!*

Clic.

Clic.

Se despertó empapado en sudor. Le parecía sentir la boca del cañón de la pistola en su sien. Todo estaba mojado. Hasta la manta.

La ruleta serbia era uno de los Siete. Se le aparecía menos a menudo que el vaquero o la madre con la cabeza de su hijo, pero la pesadilla con *The Razorblade* de Kiseljak había subido algunos puestos en la lista de los más recurrentes en los últimos meses.

*–¡Qué cojones, danés! Te he tomado el pelo. ¡Había sacado las balas! ¡Ja, ja, ja, ja, ja! ¡*The Razorblade *solo estaba bromeando! ¡Salud!*

▶ Sierra 60, aquí Alfa 05. Hemos pasado el punto de control y continuamos hacia Smajlovići.

Se quitó la camiseta, empapada en sudor, y la arrojó a la esquina de la habitación. Entonces sacó las piernas de la cama y se sentó en el borde para respirar mejor. Cada vez que imaginaba una noche de sueños blancos, estos se tornaban negros. Se quedó sentado y escuchó. Afuera estaba todo tan tranquilo... Se oía un silencio liberador. Ni un solo clic.

Estaba a punto de levantarse y bajar a la cocina a tomar un vaso de agua, cuando la alarma se disparó de pronto y se encontró en el infierno de un sonido hiperagudo. Abrió las puertas del armario y apretó el botón que acallaba el ruido.

Odiaba que rompieran el silencio, aunque sabía que el ruido era necesario. Su mirada se deslizó rápidamente sobre las dos pantallas con los doce campos rectangulares, y luego otra vez, más despacio. No vio nada.

La alarma que se había activado era la de la cámara uno, seguida de la cámara dos. Las doce cámaras de vigilancia estaban dispuestas como si la zona de seguridad que envolvía la casa fuera la esfera de un reloj. La número doce quedaba al norte, y las seis, al sur. Miró cada campo con suma atención.

Esperaba ver un ciervo o a algún que otro miembro de la familia de un tejón, la mayor parte del tiempo invisible, que de vez en cuando venía a perturbar su sueño. Pero en las pantallas no había absolutamente nada, de modo que tenía que proceder según su plan de emergencia. Aquello le había ocurrido hasta la fecha unas seis o siete veces, y cada vez había vuelto con las manos vacías.

En menos de un minuto ya estaba completamente vestido. El cierre de velcro de sus botas, negras y hasta el tobillo, le ahorraba también unos valiosos segundos.

Se puso el pasamontañas negro, y el cinturón con el cuchillo de combate y la pistola, metió los guantes negros en los bolsillos y activó el dispositivo de visión nocturna con infrarrojos. Su modelo era particularmente ligero, con un marco de aluminio que se incorporaba a una diadema, y le permitía ver en la oscuridad sin restarle ni un ápice de movimiento. Cuando dejaba de necesitarlo, solo tenía que subirlo y se quedaba doblado sobre su frente.

Poco después abrió ligeramente la puerta de atrás. Se detuvo un momento, escuchó con atención, y por fin se deslizó en la noche.

Salió corriendo, cruzó el área abierta a toda velocidad y no se detuvo hasta llegar al borde del bosque.

El cielo estaba nublado, perfecto para su misión. Vestido de negro de la cabeza a los pies, se confundía perfectamente con la oscuridad y era, sin duda, un blanco difícil de alcanzar.

Se deslizó entre las primeras filas de árboles, hacia la cámara número uno. Esta se hallaba en el denso bosque de abetos, que se suponía que él mismo aclararía aquel invierno, según le había indicado Fisk con optimismo.

Mientras cruzaba la pista, una de las muchas que atravesaban la vieja plantación, supo que la uno quedaba justo delante de él. La cámara colgaba de un alerce que se erguía como un extraño entre los pinos. Su radio solo cubría la pista y el pasaje por el que se movía el tractor encargado de recoger la madera.

Fue entonces al este, hacia la cámara dos, y unos minutos después se agazapó tras el grueso tronco de un árbol. Presionó el botoncito de la luz en su reloj de pulsera, y vio que eran las 03:11 h. Tenía que esperar. Cinco minutos en cada una de las posiciones que había seleccionado en la esfera del reloj.

La paciencia era una virtud, y los años de entrenamiento le habían servido para hacerla suya. La espera no le parecía un desafío, sino una mera inversión de su tiempo. Ser más paciente que el enemigo y esperar más que él podía ser el factor decisivo. La paciencia podía decidir entre la vida y la muerte.

El silencio era tan profundo que parecía fundirse con la oscuridad. Juntos formaban una noche intensa y poderosa, que lo envolvía todo con mano de hierro, hasta que se cansara y perdiera su poder al amanecer.

Miró a su alrededor. Pese a que su equipo le permitía ver en la oscuridad, no alcanzó a distinguir un solo movimiento.

Después de cinco minutos de concentración máxima, volvió a ponerse en movimiento con sumo cuidado y avanzó, en el sentido de las agujas del reloj, hasta la siguiente posición.

Tardó una hora y media en inspeccionar toda la zona de seguridad, pero no encontró ni el menor indicio de movimiento cerca de su modesta cabaña. Nada que pudiera despertar su desconfianza.

Había sido igual que la vez anterior, cuando se escabulló en mitad de la noche para investigar los alrededores. Dado que las que se habían activado eran las cámaras uno y dos, lo más probable era que algo hubiera asustado a algunos ciervos y que estos hubieran salido de su escondite entre la maleza y hubieran pasado frente a ambas cámaras a toda velocidad. De ser así, las cintas con las grabaciones le darían más información.

En cualquier caso, y aunque aquella explicación fuera sin duda la más probable, le resultaba completamente imposible oír el sonido de la alarma e ignorarlo, encogiéndose de hombros. Cada vez que se disparaba un aviso tenía que salir a comprobarlo de inmediato, sin importar la hora que fuese ni el clima que hiciese en aquel momento.

El enemigo siempre aparece cuando menos te lo esperas. Oxen no era uno de esos tipos que se sienten seguros en casa y duermen plácidamente. Pese a todo, tenía que admitir que el sueño, o más bien la falta de este, estaba empezando a convertirse en un serio adversario, y más si la frecuencia de sus pesadillas seguía aumentando. Tenía que dormir; de lo contrario, la fatiga lo golpearía en algún momento como un martillo.

Debía encontrar una solución a este problema, que era su debilidad, y debía hacerlo rápido porque el patrón parecía haberse consolidado.

Ya estaba amaneciendo cuando regresó a su casa por la puerta de atrás. En la cocina oyó un retumbo en la caja de cartón. Se quedó quieto y observó. El corvato parecía sano y lleno de energía. No pasaría mucho tiempo antes de que pudiera dejarlo en libertad.

En el piso de arriba, en su improvisado dormitorio, se desnudó y dejó con cuidado la ropa y los complementos en un gancho que había clavado en la pared para tal propósito. Lo penúltimo que se quitó fue el pasamontañas negro, y, lo último, el dispositivo de visión nocturna. Debajo colgó también el cinturón, pero sin la pistola, que siempre dejaba al alcance.

Se acostó y se tapó con la manta. Solo le quedaba una hora para descansar antes de tener que levantarse y ayudar a Fisk en los estanques. Y después de aquello le esperaban otras ocho o diez horas de trabajo forestal.

Quizá fuera culpa de esa exasperante agitación interna que había aumentado con el regreso de los Siete, pero algo en su interior le decía que realmente debía asegurarse de completar lo antes posible la instalación de seguridad del pequeño sótano de su casa.

Y luego Fisk se iría fuera unos días. Ese sería el momento de construir su fortaleza.

15

Una mujer de mediana edad le abrió la puerta, sin sonreír, pero al menos con un gesto amable, como si su visita fuera incluso bienvenida. Le dio la mano. La mujer era Susanne Oxen Viig.

—Buenos días, soy Margrethe Franck, ¿me recuerda?

—Sí, claro, buenos días. No ha pasado tanto tiempo, ¿no? —le respondió la hermana de Niels Oxen.

—Bueno, como le dije por teléfono, fue en octubre. Según mi calendario, hace exactamente ocho meses y veintidós días.

—¿Tanto? ¿Ya?

Ella asintió. Poco después de que Oxen hubiera desaparecido tan repentinamente de la celebración de la comisaría de Aalborg, ella había visitado a su hermana. Ahora le parecía buen momento para empezar una nueva ronda de conversaciones y contactar con ella otra vez.

En su primer encuentro, la mujer, que había estudiado magisterio, se mostró receptiva y servicial, pero no pudo ayudarla. Ahora, Margrethe tenía la esperanza de que esa visita le sirviera para descubrir alguna pista nueva, u obtener algún tipo de información, ya fuera espectacular o anecdótica, que la ayudase a seguir avanzando.

–Pase, pase... aunque me temo que no tengo ni idea de cómo ayudarla. Lo lamento.

–Oh, no tiene por qué disculparse. Reunir información es mi trabajo, y la experiencia me ha demostrado que a veces se necesitan varias conversaciones para poder ver una conexión determinada, o acertar con las preguntas correctas para activar la memoria adecuadamente. Así que no se apure lo más mínimo, ni se preocupe.

–Me gustaría ayudarla en todo lo posible. Pase, vayamos a sentarnos en la cocina. ¿Quiere un café?

–Sí, con mucho gusto. Gracias.

Se sentó a la mesa, que parecía una imitación razonable de un modelo de IKEA, mientras la hermana de Oxen, que seguía de pie y de espaldas a ella, frente al fregadero, le comentaba:

–Solo tengo café soluble, que es el que bebo. ¿Le va mal?

–No, no, ningún problema –respondió Franck, y luego continuó–: Podemos ir empezando, ¿verdad?

Susanne se volvió y asintió.

–Dado que no he vuelto a saber nada de usted, asumo que no ha tenido noticias de su hermano, ¿no?

–Cierto. No he sabido nada de él.

–¿Y sabe si le ha pasado lo mismo al resto de la familia?

–Como le dije la última vez, nuestra familia es muy pequeña. Si Niels se hubiera puesto en contacto con mi tío, por ejemplo, yo lo habría sabido de inmediato. Pero es que nunca nos llama, ¿sabe? Quiero decir que para nosotros, o al menos para mí, no está más desaparecido ahora que antes. Ni siquiera supe que había estado viviendo en el distrito noroeste. Y como bien sabe usted... nunca lo extrañé.

Susanne se sentó y acercó a Margrethe una taza de café. La mujer, que ya tenía algunas canas, parecía tan sobria y serena como la última vez.

—Tampoco le servirá de nada visitar a nuestra madre. Cada vez está más despistada...

—Tiene la enfermedad que más afecta a los familiares, ¿no es así?

—Sí, bueno... no hay muchos momentos en que sepa quién soy.

—¿La visita muy a menudo?

—Menos de lo que debería. Menos de lo que otros visitarían a su anciana y enferma madre. Pero ya se lo comenté la última vez, ¿recuerda? Nuestra familia nunca ha sido tan saludable y equilibrada como otras. Más bien al contrario. Por extraño que parezca, la enfermedad de mi madre no me afecta particularmente. Hace muchos años que no tenemos una buena relación.

—¿Cree que Niels puede haber ido a verla en los últimos meses?

Susanne negó con la cabeza enérgicamente.

—¿Por qué no?

—Por las mismas razones que yo, en realidad. Ella nos abandonó cuando tenía que protegernos. Esta traición se abrió siempre como una zanja entre nosotros.

—Algunas personas construyen puentes para salvar las zanjas.

Susanne miró fijamente el borde de su taza de café y tardó un momento en responder.

—Puede que yo ahora estuviera lista, pero ya es demasiado tarde para construir nada... Ha pasado mucho tiempo desde la última vez que tuve una conversación real con ella.

No había ira en su voz. Su expresión seguía siendo hierática. A lo sumo, Margrethe pudo intuir una pizca de desilusión.

—¿Y Niels tampoco quiso una reconciliación?

—¿Por qué le interesa tanto la relación con nuestra madre?

—Sigo tratando de hacerme una idea general. Me gustaría entender la situación, y, en ese sentido, cada detalle puede ser útil. Creo que aún no le he preguntado si... ¿vio alguna vez sus condecoraciones? ¿La Cruz al Valor?

—No, solo en el periódico. Las otras medallas sí las vi, pero la Cruz no. Espere un segundo...

Se levantó y desapareció en la sala de estar. Poco después, regresó con un recorte de periódico que puso sobre la mesa de la cocina. El titular decía: «*Nadie gana a Oxen*», y debajo, con grandes letras en negrita: «*El excazador Niels Oxen se convirtió ayer en el primer danés en recibir la Cruz al Valor por su excepcional carrera militar. Según los altos cargos del ejército, podrían pasar décadas antes de que alguien vuelva a ser merecedor de este honor único*».

Ella ya conocía aquel titular, prácticamente idéntico al de todos los artículos que guardaba en cajas, bajo la cama, en su casa. Y desde su última conversación sabía también que Niels Oxen no había invitado ni a su hermana ni a su madre a la entrega de premios del Kastellet.

—¿Está orgullosa de él?

—¿Orgullosa? No lo sé... ¿Orgullosa? Hace mucho tiempo que ni siquiera nos hablamos...

Susanne dio la vuelta al recorte de periódico para ver mejor la foto de su hermano.

—¿Orgullosa? Puede que un poco... Pero sobre todo sorprendida.

—¿Por qué?

Ella vaciló de nuevo. Parecía pensar más intensamente que la última vez. Puede que al final en la conversación de octubre sí hubiese quedado algo en el tintero.

—Porque... es decir... ¿de dónde sacó mi hermano ese valor? En momentos tranquilos me lo pregunto, realmente. De nuestros padres está claro que no fue —dijo ella, resoplando— y de mí tampoco; yo no soy nada valiente. Solo mantengo a los niños bajo control. ¿Otro café?

Margrethe sacó una pequeña libreta del bolsillo de su chaqueta y lanzó una mirada a sus apuntes. Había escrito preguntas y notas que quería volver a comentar a la luz de su última conversación.

—Asumo que no sabe usted dónde guarda Niels la Cruz y las otras medallas, ¿verdad?

—Pues no; no tengo ni idea.

—¿Conoce algún lugar, aquí o en el extranjero, que le gustara especialmente? ¿Del que le hablara con entusiasmo?

—Me temo que no. Solo recuerdo que en su luna de miel fueron a San Petersburgo, y después debieron de ir, como hacen todos, a Mallorca y Gran Canaria. Pregúntele a su ex. Es el mejor consejo que puedo darle.

—Me temo que no está lista para volver a hablar conmigo. Dice que ya me lo ha contado todo y que no quiere pensar más en él. Me prometió que me llamaría si recordaba alguna cosa.

—No lo hará. No creo que mi hermano aún tenga sitio en su mundo.

—¿Qué quiere decir?

—Me refiero a que seguramente tiene una nueva vida: nuevo trabajo, nuevo marido, nueva casa…, y no se ha esforzado lo más mínimo en ayudar a Niels.

—¡Vaya! Este detalle se me escapó la última vez. ¿No tienen buena relación, entonces?

—Para nada. Y Dios sabe que fue así desde el primer día. La relación entre mi hermano y yo no era demasiado buena antes de que apareciera ella, pero su presencia no sirvió en absoluto para que mejorara. Es una arpía, ya me entiende, una de esas personas que nunca pierde la oportunidad de sacar lo peor de todo el mundo. Y cuando él la necesitó a su lado, ella desapareció en lugar de quedarse a ayudarlo y luchar con él. Además, se llevó a Magnus. No conozco demasiado los detalles, pero lo que sí sé es que ella impidió por todos los medios el contacto entre Niels y su hijo.

—Por lo que sé, Oxen no ve a Magnus desde hace años. ¿Está diciendo que el distanciamiento no fue decisión del chico? ¿Cree que fue ella quien lo provocó?

—Lo que digo es que, al menos al principio, Oxen hizo cuanto estuvo en sus manos para mantenerlo a su lado. Puede que su enfermedad también influyera en el asunto, no sé... Tal vez se quedara sin fuerzas. Estar constantemente pidiendo permiso para verlo, esforzándose en vano... Bueno, podemos culpar a Niels de muchas cosas, pero no cabe la menor duda de que ama a su hijo. Más que a cualquier otra cosa en el mundo. Y si no habla con él o no va a verlo es, seguro, porque no puede.

Susanne había ido mostrándose cada vez más enojada y, en ese sentido, tal vez en contra de su voluntad, había dado a entender algo parecido al afecto por su hermano perdido. La última vez no habían llegado tan lejos.

—Vayamos un poco más allá en el tiempo: volvamos a los años que pasó con Bosse y a la muerte de este en Croacia.

—Ay, Bosse... El joven de Høng. —Susanne se mordió el labio inferior—. Niels nunca pudo olvidarlo. Y lo más probable es que siga sin hacerlo.

—¿Sabe si compartieron algún lugar, aquí en Dinamarca o en el extranjero, que tuviera un significado especial para ellos? Al fin y al cabo, de niños solían pasar las vacaciones juntos, ¿verdad?

—Lo siento, pero no puedo responderle a eso. Puede que tuvieran un lugar especial en los Balcanes, pero lo cierto es que no tengo ni idea.

—Sé por los padres de Bosse que Niels fue a visitarlos varias veces durante los primeros años. Nunca se quedaba demasiado tiempo. Iba solo para una taza de café y charlar un poquito, pero con el paso de los años dejó de ir. ¿Sabe algo más al respecto?

–No sé... Lo que me dice no parece típico de Niels. Recuerdo que hace tiempo me comentó que en el aniversario de la muerte de Bosse se cogía siempre el día libre, para recordarlo con calma e ir a visitar su tumba. De modo que puede que ya no pase por casa de sus padres, pero, al menos por lo que yo sé, va al cementerio una vez al año.

–¿De verdad cree que seguirá cumpliendo con su promesa?

–Por supuesto. Es un soldado, ¿no? Ellos cumplen sus promesas y prestan mucha atención a estos gestos en los que se muestra el respeto y la admiración por el honor de los caídos.

–Esta información podría ser muy valiosa para mí, aunque me consta que las cosas pueden haber cambiado en los últimos años, en los que Niels ha estado tan ocupado consigo mismo.

–Claro, claro. Yo solo digo que hubo un tiempo en el que fue así.

Margrethe vació su taza de un trago. No veía ninguna razón para seguir profundizando en la infancia y juventud de Oxen. Su hermana ya no tenía ninguna información más que ofrecerle al respecto... Ahora tenía una última pregunta, pero vaciló: su alcance era puramente privado, y en realidad no era nada correcto preguntarle a ella por el tema. Tomó aire y la hizo de todos modos.

–He estado pensando en algo desde nuestra última conversación... Su padre... La violencia que ejercía... Yo crecí en un ambiente muy diferente, así que me cuesta entender lo que sucedía en su casa, por mucho que me haya encontrado con situaciones similares en mi vida profesional. ¿Por qué cree que los golpeaba, a usted y a Niels? ¿A sus propios hijos?

Susanne Oxen Viig se encogió de hombros y esperó unos segundos. Cuando volvió a hablar, lo hizo lenta y conscientemente.

—Yo también me he hecho esa pregunta miles de veces, y creo que, al final, la respuesta no es tan difícil. Su propia infancia fue igual: sin amor, y con las manos de sus padres siempre encima. Era un hombre pequeño y un tirano hambriento de poder. Nos pegaba porque podía.

Parecía que había llegado a aquella explicación sin la ayuda de un psicólogo. Tal vez le habría ido bien hablar con uno...

La hermana de Oxen se aclaró la garganta y puso sus manos alrededor de su taza.

—Recuerdo que de pequeña rezaba a Dios y le pedía que me cambiase de familia. Tenía una amiga con unos padres fantásticos, y para mí eran como un sueño. ¡Vivían en el paraíso! Ya sabe, es todo tan complicado... De adultos arrastramos todos esos traumas. Intentamos esconderlos, pero no nos queda más opción que aceptarlos. No sé si se lo dije en nuestra última conversación, pero Niels se enfrentó verbalmente a nuestro padre. Yo también tendría que haberlo hecho.

Margrethe se conformó con asentir brevemente y acercar su taza a Susanne cuando esta cogió el termo y la miró inquisitivamente.

—Con esto quiero decir que Niels lo consiguió. Yo no. Pero esto es solo lo que pienso yo y lo que he leído sobre el tema. Y he leído mucho... Solo hay dos posibilidades, de hecho: o te acercas a tu progenitor y te avienes a aceptarlo, o te distancias totalmente de él. Niels se alejó muy pronto.

»Aunque la mayoría de la gente no lo reconocería en la calle, está claro que mi hermano es el mejor modelo que tiene Dinamarca en su campo, y que es un héroe, ¿verdad?

—Así es.

—Pues si se conociera la verdadera historia que carga a sus espaldas, su heroicidad se consideraría aún mayor. Niels es una persona responsable que se preocupa por el prójimo, aunque tenga que poner en juego su vida. Trataba a Bosse como a su hermano pequeño, lo quería, lo protegía y siempre lo cuidaba. Hasta el último día de su vida. Mi hermano está lleno de amor y es empático, lo cual es una verdadera ironía del destino, pues representa todo lo que nuestro padre nunca fue. Una locura, bien pensado.

—Pero el precio... fue alto, ¿no?

Susanne Oxen Viig asintió en silencio y se quedó mirando la pared.

—Sí, su vida se ha convertido en una mierda.

16

Más allá de unas pocas ventanas aisladas tras las que aún podía verse luz, la comisaría de Odense estaba a oscuras. Un coche patrulla salió del área cercada hacia la carretera y aceleró, mientras una figura oscura cruzaba la calle Pjentedam y se dirigía al patio trasero.

Era un hombre de hombros anchos y estatura media, de movimientos tranquilos, que no mostraba el menor signo de prisa. Llevaba un uniforme de Policía y una gorra de béisbol negra, y sobre su hombro colgaba una pequeña mochila de color verde oscuro.

Avanzó con paso seguro por el aparcamiento del personal y cruzó el patio desierto; abrió la puerta y, sin dudarlo un segundo, subió las escaleras.

«Eres tan genial como siempre. Eres policía. Ellos no te conocen y tú no los conoces a ellos, pero actúas con tranquilidad y te muestras relajado y seguro de ti mismo, nadie se preguntará nada. Es un juego de niños...».

En realidad no necesitaba ningún discurso interior. En realidad estaba tranquilo, aunque tenía que moverse con enorme concentración a través de los largos pasillos. Hacía unos días había conseguido un plano de la planta y se lo había aprendido de memoria. En su cabeza, pues, ya había cruzado el patio de la comisaría y había avanzado por el interior del enorme edificio cientos de veces.

Y, por fin, ayer realizó ese mismo camino disfrazado de fontanero, con una gorra en la cabeza, un mono de empresa y una caja de herramientas.

Siempre había sido muy minucioso. Por eso era tan bueno. Y cuando uno era bueno, podía exigir un buen precio. Le iban a pagar una bonita suma por colarse en la comisaría, realizar el encargo que le habían pedido y desaparecer sin llamar la atención.

Otra puerta, otra escalera y dos posibilidades: tenía que subir las escaleras. Y luego seguir subiendo. Su objetivo era el departamento de investigación criminal del tercer piso, y más concretamente la oficina del subinspector H. P. Andersen, que se hallaba tras la cuarta puerta a la derecha.

Pocos minutos después había llegado al pasillo adecuado. Contó las puertas y se aseguró de recordar el plano correctamente. Luego abrió la puerta de la oficina, entró y cerró cuidadosamente detrás de él.

Echó un vistazo a su reloj. Las 03:24 h. Los oficiales aún tardarían unas horas en volver, de modo que tenía margen de sobras, pero la experiencia le había enseñado que no podía perder el tiempo. Cuanto más se quedara en un lugar crítico, mayor era el riesgo.

Lo primero que hizo, a la luz de su linterna, fue encender el ordenador del jefe de Policía. No es que el soporte técnico con el que el Estado equipaba a sus perseguidores del crimen fuera precisamente impresionante...

Dejó su mochila sobre el escritorio, sacó todo lo que necesitaba y conectó su portátil y su disco duro externo al ordenador del policía. Ese *software* tan relativamente simple recibió entonces la orden de buscar la contraseña del ordenador del jefe de Policía para poder entrar en él sin impedimentos. Después, copiar todo el disco duro no le tomaría mucho tiempo.

En cuanto hubo iniciado la transferencia de datos empezó a buscar entre los archivos de papel, cajones y estantes, cualquier posible material relevante.

No conocía ni los motivos ni el contexto de su cliente, y solo sabía que debía recabar todos los documentos que le fueran posibles en relación con el asesinato del director del museo del castillo de Nyborg. Debía estar seguro de no dejarse nada en el tintero y considerar la posibilidad de que el investigador principal no tuviera toda la información en formato electrónico.

Bastante arriba de la pila más alta del escritorio, vio una carpeta con la transcripción de cinco interrogatorios. Todos correspondían a hombres que habían tenido algo que ver con el asesinato. Por lo visto, las drogas se hallaban en el punto de mira de todos los informes. Se la metió en la mochila y siguió buscando.

El proceso de copia del disco duro externo estaba a punto de completarse y él estaba hurgando en un cajón del escritorio, cuando oyó pasos en el pasillo. Pasos apresurados que se acercaban. Maldijo en voz baja. No quería detener la copia justo en ese momento. ¿Qué probabilidades había de que esos pasos se dirigieran precisamente a la oficina en la que él se hallaba, en mitad de la noche? Pocas, muy pocas.

De modo que se limitó a cerrar el cajón, sacar su mochila de la mesa, correr hacia la puerta y colocarse detrás de ella, solo a modo de precaución. Ahora los pasos estaban muy cerca y ralentizaron el ritmo. Lo improbable estaba a punto de suceder.

Vio que el pomo bajaba y la puerta se abría. Así, desde el marco de esta, era imposible que el vigilante lo viera, pero la luz en la pantalla del ordenador avivó obviamente la suspicacia del celador. Además, por supuesto, estaba también la lucecita verde del disco duro, que estaba a punto de incorporar los últimos datos.

Se encendió la luz y un hombre con una camisa de Policía azul claro se acercó cautelosamente al escritorio, se inclinó hacia delante y estudió los dispositivos que obviamente estaban conectados al ordenador de su jefe.

No tenía tiempo que perder. El hombre se incorporaría y miraría a su alrededor en cualquier momento.

Con cuidado, metió la mano en el bolsillo derecho de su chaqueta, empuñó la pequeña porra que llevaba guardada, y la sacó con fuerza en el preciso instante en que salió de su escondite.

El arma golpeó la parte posterior de la cabeza del vigilante con dureza y precisión, y el hombre se desplomó sobre el escritorio, justo antes de caer finalmente al suelo, arrastrando consigo toda una pila de papeles.

Se inclinó sobre el tipo de inmediato y comprobó que, pese a que el golpe había sido contundente, no había resultado fatal. La porra tenía un núcleo de plomo con el que podía causar lesiones terribles, o incluso matar, pero él no habría querido infringirle más daño del absolutamente necesario.

Esto de ahora había sido pura defensa, llevada a cabo con un arma cuyo único objetivo era facilitarle el trabajo. Al fin y al cabo, golpear con ella era mucho mejor que golpear con el puño desnudo, que probablemente acabaría lesionado y dolorido. Las batallas cuerpo a cuerpo eran cosa de las películas, y él no era actor.

Se apartó del hombre que yacía en el suelo, inconsciente, y volvió a su trabajo.

La lucecita verde había dejado de parpadear, lo que significaba que ya tenía una copia completa del disco duro del policía. Revisó a toda prisa los últimos cajones, aunque no encontró en ellos más material sobre el asesinato. Entonces recogió sus cosas y volvió a meterlas en la mochila.

Había llegado el momento de salir de allí. Haber dejado la evidencia de que había entrado en la oficina no tenía mayores consecuencias, excepto, por supuesto, el hecho de que afectaba a su prurito profesional. Pero su cliente iba a recibir la mercancía, y el resto solo daría a los investigadores algún que otro dolor de cabeza.

No podía imaginar que alguna vez llegaran a descubrir quién había estado mirándolos por encima del hombro, o por qué. La gente para la que trabajaba era demasiado profesional.

Se cargó la mochila al hombro, apagó la luz de la oficina, cerró la puerta detrás de él y anduvo tranquilamente por el pasillo vacío.

En pocos minutos estaría de nuevo al aire libre. Entonces solo faltaría el último paso: la entrega.

La grava crujía bajo sus zapatos. A su alrededor, la naturaleza crecía y florecía. El sol brillaba en el cielo azul brillante y el aire ya era mucho más suave.

Era una preciosa mañana en ese parque, que se abría paso por todo el centro de Odense. Era la primera vez que lo pisaba –a excepción de una visita para conocer el terreno el día anterior–, y seguramente tardaría mucho en volver a hacerlo. Era muy poco frecuente que su trabajo lo llevara a las provincias. Normalmente, su trabajo se centraba en Copenhague o en el extranjero. Sobre todo en el extranjero.

Cuando salió de la comisaría de Policía se metió en el coche que había alquilado en Hvidovre con un pasaporte falso, y allí se quedó hasta el momento de dirigirse hacia el parque. No tenía la menor intención de arriesgarse a ser reconocido por las cámaras de seguridad de ningún hotel. En los casos en los que no podía quedarse en el coche, de hecho, solía utilizar barbas y gafas falsas, aunque en aquella ocasión le pareció innecesario. Tenía claro que aparecería en los vídeos de vigilancia de la comisaría, pero gracias a la gorra que se había puesto asegurándose de cubrirse la frente, sabía que las imágenes resultarían definitivamente inútiles.

El coche lo había dejado en un aparcamiento que había seleccionado de antemano, en una anodina zona residencial que quedaba a las afueras de la ciudad. Había dormido un buen rato y se sentía descansado y relajado. Su desayuno había consistido en dos bocadillos y una gran taza de café, que no tomó en una estación de servicio ni en una cafetería –lugares que básicamente evitaba–, sino en un supermercado.

Ahora paseaba tranquilamente por la soleada mañana, con el maletín bajo el brazo. Pronto habría acabado con su servicio. De hecho solo le quedaban…, volvió a mirar su reloj: exactamente cinco minutos.

Al llegar cerca del club de fútbol cruzó el estrecho río que corría por el medio de Odense, y que había seguido caminando tranquilamente para agotar el tiempo que le sobraba. El itinerario pasaba también junto al zoológico, lo cual podía olerse y oírse sin duda alguna. Al otro lado del río, la orilla delimitaba los jardines de las propiedades más caras de la ciudad.

Era un lugar bonito. Muchas de las casas eran grandes e imponentes, aunque él prefería su casita en Øresund, sin duda alguna.

Miró una vez más el reloj y ajustó su velocidad. En la siguiente curva, a las nueve en punto de la mañana. Faltaban dos minutos.

Al poco, se sentó en un banco junto a un anciano que llevaba un sombrero gris y sostenía su bastón entre las piernas.

–Qué mañana más bonita –dijo, sin mirar al hombre, y dejó el maletín en el banco.

–Sí, no podemos pedir nada más, ¿verdad? –respondió el hombre–. ¿Ha habido algún problema?

–Nada importante. Un vigilante apareció en la oficina en el peor momento y tuve que reducirlo. No me vio y no le quedarán más secuelas que el golpe, así que sin problemas.

–Excelente. ¿Y el material?

–En el maletín hay un disco duro externo y una carpeta con informes. No encontré nada más en formato papel.

–Gracias. La última parte del pago estará lista para su cobro según lo acordado.

–Gracias. Que tenga un buen día.

–Espera, una cosa más. Me han pedido que te ofrezca otro servicio...

–Claro.

–Se trata de mantener una «conversación» con una mujer.

–¿Una conversación?

–Quizá la palabra «interrogatorio» sería más precisa. Tendrías que grabarla y entregárnosla al acabar. Misma hora, mismo lugar.

–¿Y la mujer?

–No tiene que pasarle nada. Aunque tienes que asegurarte de que no hable con nadie sobre el tema.

–Humm... Esta no es precisamente mi especialidad.

–El asunto es sencillo y no requiere preparación.

–Todo requiere preparación.

El anciano se aclaró la garganta.

–Setenta y cinco mil –dijo–. En mano.

–Deme más información, por favor.

Su desconocido interlocutor le informó de todo con palabras concisas. De qué se trataba y en qué consistía, pero sin entrar en detalles. Solo recibiría instrucciones más precisas si aceptaba el trabajo.

Guardó silencio por un momento, considerando la situación. En realidad, no tenía nada mejor que hacer. Le habían hecho una oferta de trabajo en París, pero ya había pensado en cancelarla porque era demasiado arriesgada. La posibilidad de verse obligado a usar la fuerza era demasiado elevada, y a él no le gustaba la violencia. Además, no le había gustado el tono de su hombre de contacto. Y todo eso sin tener en cuenta lo estúpido que sería perder a un patrón danés tan generoso como el que le estaba ofreciendo aquel amable anciano.

–Está bien, acepto. Déjenme las instrucciones en el mismo lugar que la última vez.

–Fantástico, me encargaré de ello. Mañana por la mañana tendrás todo lo que necesitas.

–¿Cuál es el plazo?

–Lo antes posible.

–Cuente con que realizaré el trabajo en los próximos días, suponiendo que no haya complicaciones. Gracias de nuevo.

El hombre del sombrero se limitó a realizar un breve asentimiento con la cabeza.

La conversación había acabado, la entrega se había realizado con éxito y el contrato se había cumplido. Se levantó tranquilamente y continuó su paseo por el río. Más adelante giraría hacia el camino que dejaba atrás el lago, y luego volvería a la ciudad. Desde allí podría admirar las hermosas casas desde el lado correcto del río, es decir, desde la parte frontal.

Odense había sido un descubrimiento realmente gratificante, y lo había vuelto medio millón de coronas más rico que antes. No estaba nada mal para un trabajo de bajo riesgo. Y el siguiente trabajo ya lo estaba esperando en Ringkøbing. Precisamente allí.

Ringkøbing era una pequeña ciudad vieja y mágica. Él ya había estado allí varias veces, durante sus vacaciones familiares en la costa oeste de Jutlandia. Y el encargo parecía ser insólitamente fácil.

17

La excavadora comenzó tosiendo intensamente, como a regañadientes, antes de que su motor cobrara vida y llenara el cobertizo de un olor a diésel negro e intenso.

Acababa de despedirse de Fisk. El anciano piscicultor se había marchado para pasar fuera la temporada más larga de los últimos años: estaría tres días completos en Marstal, en un hotel de la cadena Æro, pues su hermana lo había invitado a celebrar su setenta y cinco cumpleaños.

Johannes Fisk se había marchado dejando tras de sí una densa nube de humo negro que despertó en Oxen la duda de si la vieja camioneta lograría llegar hasta el ferri de Søby, o si, por el contrario, se quedaría tirada en el camino. Pero Fisk, recién duchado y afeitado, no parecía nada preocupado.

La excavadora, una vieja New Holland, tendría fácilmente unos veinte años y apenas le quedaba algo del color amarillo de sus inicios. Oxen ya había intentado reparar el motor en varias ocasiones, pues llevaba más de cuatro años sin funcionar y esa era una de las razones por las que los estanques amenazaban con desbordarse. Fisk llevaba demasiado tiempo sin limpiar los fondos adecuadamente y sin quitarles el exceso de lodo, y, de haber seguido así, todo el trabajo de su vida se habría ido destruyendo progresivamente.

Pero Oxen había encargado a Fisk que comprara una nueva correa en V, algo de combustible y unos manguitos para el sistema hidráulico, y ahora la excavadora volvía a funcionar.

Puso la primera marcha y sacó el montón de chatarra del cobertizo, dirigiéndolo hacia el camino de tierra que llevaba a su casa.

Por fin iba a poder ayudar al anciano a limpiar los lagos, y de paso aprovechar su ausencia para poner en práctica su plan. Llevaba mucho tiempo preparándolo, pero hasta ahora no había tenido la oportunidad de llevarlo a cabo. Realizar las excavaciones a mano habría sido un trabajo demasiado arduo, y lo más probable era que el suelo arenoso hubiera acabado hundiéndose.

La excavadora avanzó tambaleándose y renqueando por el camino de tierra. En principio no precisaría más de medio día para acabarlo todo, y luego podría volver al bosque con su motosierra, como siempre.

Llegó al prado que quedaba detrás de su casa. Todo estaba ya medido y marcado. Su plan preveía su propio sistema de túneles subterráneos, que unirían el sótano que quedaba bajo su casa con el bosque.

Las madrigueras de los zorros tienen varias salidas, los túneles del Vietcong tenían muchas... pero a él le bastaban dos.

Los largos tubos de PVC que llevaban varios años aburridos cerca del cobertizo de Fisk, justo detrás de la casa del asistente, desempeñaron un papel central. Seguro que en su día había querido usarlos para crear un canal de conexión entre los estanques, pero al final no lo había hecho.

Si sumaba todos los tubos obtenía un túnel de más de cien metros de longitud, con un diámetro de poco más de un metro, lo cual era perfecto. Los había descubierto hacía algún tiempo, entre el cobertizo y el inicio del bosque, completamente cubiertos de zarzas. Ya solo el hecho de sacarlos de allí le costó un trabajo ingente.

Miró una vez más el terreno, atentamente, antes de bajar la pala. El túnel debía ir desde el sótano hasta el bosque por la parte posterior de la casa, y al llegar allí se bifurcaría. A partir de ese punto, uno de los túneles continuaría bajo la maleza, y cincuenta metros después emergería entre la espesura que quedaba a los pies de los abetos. El otro túnel, por el contrario, debía terminar treinta metros más a la derecha, junto a un matorral.

En su fuero interno no dejaba de pensar en algo que lo había estado incomodando desde que se le ocurrió la idea de las tuberías y la excavadora: ¿estaba paranoico? ¿Estaba desarrollando un nuevo síntoma del TEPT que aún no conocía?

No... no era eso. Siempre llegaba a la misma conclusión. No estaba paranoico. Tenía un enemigo que existía de verdad y que le clavaría un cuchillo en la garganta en cuanto se presentara la oportunidad.

Solo estaba actuando con cuidado y sabiduría. Solo por eso seguía vivo.

El sistema hidráulico chirrió un poco cuando la pala se sumergió en el suelo arenoso. Tras unas pocas paladas ya había alcanzado la profundidad deseada.

Tal vez no fuera más que una pérdida de tiempo, aunque si había algo de lo que anduviera sobrado era, precisamente, de tiempo para perder. Algún día se despediría del viejo Fisk y dejaría un secreto bajo el suelo arenoso de su terreno. Uno que tardarían muchos años en descubrir.

Aunque también podría ser que llegara el día en que se alegrara de tener un túnel a su disposición.

El tiempo lo diría.

Ahora solo había una cosa de la que estaba absolutamente seguro: nunca se era lo suficientemente riguroso.

A todas estas, la excavadora había abierto ya un canal profundo de cuatro, cinco metros de longitud. Estaba resultando más fácil de lo esperado.

Al cabo de unos diez metros, salió de la cabina y colocó el primer tubo en su lugar. La zanja tenía setenta centímetros de ancho, por lo que encajaba perfectamente. Cuando acabara cubriría el túnel con una gruesa capa de tierra.

Satisfecho, volvió a subir al volante y siguió trabajando. Si mantenía ese ritmo, en pocas horas habría acabado.

Era fácil clavar el cincel desde el exterior hacia la pared del sótano, que consistía en una fina pared de ladrillo hueco y se desmoronaba con facilidad. Primero había dibujado un círculo para que la tubería encajara en el agujero, y en poco tiempo ya tenía hecho el trabajo.

Eran poco más de las doce del mediodía, pero había decidido dedicar aquel día a completar la excavación del túnel y no ir a trabajar al bosque. Excepto la última pieza, la que se adentraba en el sótano, el resto de tuberías ya estaban cubiertas de tierra.

Se arrastró por el agujero hasta el pequeño sótano, que originariamente había sido pensado como una especie de despensa. En el interior, la pared estaba revocada y aún le quedaba un buen rato de trabajo retirando la mampostería y el yeso.

Allí se acumulaban cestas vacías de manzanas y algunas cajas de madera de cerveza antiquísimas, junto a las que podían verse botellas de todas las formas y tamaños. En una pared había un banco de jardín enmohecido, y en otra una estantería maciza, con repisas gruesas y un fondo trasero compacto de madera pulida. Todo estaba obviamente lleno de agujeros de carcoma, polvo y telarañas. La estantería se había utilizado en su día para guardar frascos de mermelada, algunos de los cuales aún seguían allí. La mayoría estaban vacíos, algunos, rotos y otros mostraban un inquietante contenido marrón.

En aquel momento, la estantería se hallaba en mitad de la habitación, pero hacía meses que Oxen contaba con ella para su propósito. En el cobertizo de Fisk había encontrado dos bisagras sólidas y hacía un tiempo las había colocado en un lugar imperceptible en su parte posterior. Cuando todo estuviera acabado, podría abrirla y cerrarla usándola como puerta secreta.

Ordenó solo lo imprescindible. Al fin y al cabo, tenía que parecer que la habitación llevaba siglos sin usarse. Después cubrió con tierra el último trozo de tubería. Su trabajo había acabado, y seguro que impresionaría hasta a los zorros con los que de vez en cuando se cruzaba por el campo.

Había llegado el momento de hacer una prueba y verificar la longitud total del túnel y el funcionamiento del equipo.

Fue al dormitorio a buscar su mochila –siempre la dejaba escondida en el armario–, en cuyo interior guardaba su verdadero pasaporte, así como el falso, una pequeña foto plastificada de Magnus que le había hecho en su décimo cumpleaños, cincuenta mil coronas en efectivo metidas en una bolsa impermeable, un dispositivo de visión nocturna como el que tenía junto a su cama, una linterna frontal, alguna pieza de ropa, su cuchillo de combate y tres cajas con munición para la Neuhausen.

Pese al arduo trabajo, Oxen había llevado la pistola consigo todo el día... y ahora iba a hacer lo mismo con la mochila.

De vuelta en el sótano se detuvo un momento y miró a su alrededor. Todavía había polvo y suciedad por todas partes, y si el ejército de arañas gigantes hubiera tenido tiempo de reconquistar la estantería, todo se vería igual que antes. Un extraño podría pensar que nadie había puesto un pie en esa habitación durante siglos.

Metió los dedos en el hueco que quedaba entre la pared y la estantería, levantó el pestillo que había colocado en la puerta por seguridad y abrió el acceso al túnel. Con una expresión crítica repitió el procedimiento varias veces, apartando la estantería de la pared y empujándola de nuevo hacia atrás. El pestillo se bajaba solo al acercar el mueble a la puerta. Era todo lo perfecto que podía ser.

Entonces entró en la tubería y ató unos pocos metros de cable a un ojal que había colocado en la parte interior del túnel para poder cerrar la entrada desde dentro.

Para acabar, salió de nuevo al sótano, se colocó la linterna, ató una de las asas de la mochila a su tobillo derecho, se arrastró una vez más hacia la tubería y empezó a avanzar hacia delante con la ayuda de una gruesa soga que había ido colando en el túnel al poner los tubos, no sin antes haber cerrado la estantería tirando del cable que luego enganchó en el ojal.

A su alrededor se volvió todo negro. Parecía que estaba en una tumba. Se quedó muy quieto unos segundos y se preparó. No tenía nada en contra de la oscuridad; en realidad era su amiga, su aliada; le ofrecía muchas opciones, aunque también le recordaba que había que andarse con cuidado.

Encendió la linterna y empezó a avanzar hacia delante sujetando con fuerza la cuerda. Un poco más. Y otro. Y otro. No era difícil. Avanzó a través del tubo de plástico empujándose con las botas. Lo único a lo que debía prestar atención era a no perder la mochila.

Así debía de sentirse un topo, con la pequeña diferencia de que él no podía hurgar en la tierra hacia arriba si de repente quería salir de allí. Por suerte, nunca había tenido pensamientos claustrofóbicos –que en sus actividades como soldado de élite habrían resultado sencillamente fatales.

De haber tenido claustrofobia jamás habría superado los

duros entrenamientos para ser miembro del Cuerpo de Cazadores del ejército, aunque, por supuesto, cualquier temor irracional podía aparecer en cualquier momento. A lo largo de los años su mochila mental había ido acumulando algo de basura, pero afortunadamente ninguna fobia. Ni los soldados del Cuerpo de Cazadores ni los buceadores pueden permitirse sucumbir a tales temores. Eso los pondría en peligro, a ellos y a sus compañeros, y finalmente los mataría.

A base de ir tirando de la cuerda fue adentrándose en el túnel. Todavía podía saltar en paracaídas o bucear sin que le supusiera un problema. Lo único que no lograba hacer era dormir. A veces deseaba con todas sus fuerzas poder dormir a pierna suelta como un oso en plena hibernación, durante meses. Pero la mayoría de noches temía al sueño y a los Siete que venían con él.

Continuó arrastrándose y tomó uno de los caminos que había en la bifurcación del túnel principal. La había conseguido dejando algo de espacio entre dos de los tubos, y colocando allí una pieza de empalme.

Para que la tierra no se colara entre los agujeros que quedaban entre los tubos y la pieza, depositó una vieja plancha de hierro y la cubrió con tierra. Oxen se arrastró también por aquella zona y luego siguió adelante. En menos de cincuenta metros ya había llegado al final del túnel.

Vio luz, se arrastró por el último tramo, en diagonal y hacia arriba, y por fin sintió una gruesa capa de agujas de abeto entre los dedos. Allí, entre la maleza, tampoco había demasiada luz, ya que las coníferas estaban tan cerca las unas de las otras que no dejaban espacio para los rayos del sol. La excavadora a duras penas había podido colarse entre los troncos al colocar la última pieza del túnel.

La soga estaba atada a una viga de hierro que Oxen había clavado previamente en la tierra. Deslizó la tapa sobre el agujero en el suelo del bosque y la camufló con agujas de abeto marrón.

Ningún observador humano descubriría esta salida secreta. Un par de días de lluvia y algo de sol, y la tierra sobre las tuberías quedaría cubierta de hierbas y maleza.

Oxen se sentía muy satisfecho de sí mismo cuando fue hasta la segunda salida, también para cubrirla. Había tomado otra medida más, y todas juntas debían proporcionarle una protección total y absoluta.

18

Como comisario no se pasaba uno el día entrando y saliendo de cárceles, por mucho que un fan de las series policíacas pudiera pensar que sí. Sinceramente, habían transcurrido ya varios años desde la última vez que él había estado en una prisión.

Condujo por la calle Vindinge, entre las grandes y vetustas casas unifamiliares, y luego giró y avanzó lentamente hacia la característica puerta de hierro verde que quedaba a las afueras de Nyborg. Una prisión como aquella tenía su atractivo. Al fin y al cabo, allí se mantenían literalmente vivos los resultados de su trabajo y del de todos sus compañeros.

Lo cierto, no obstante, era que aquella conexión tan obvia no le provocaba el menor placer. Le habría encantado poder evitar los crímenes.

Solo que hoy, precisamente hoy, se sentía profundamente indignado y le habría encantado empotrar a un par de culpables contra la pared y luego meterlos directamente en la trena. Era media tarde y aún tenía el estómago removido, lo cual dejaba más que claro lo mucho que le habían afectado los acontecimientos de aquella madrugada.

El motivo era simple: en la investigación del asesinato en el castillo de Nyborg alguien había intentado destaparle las cartas. Aunque no debería estar impresionado por algo así.

Poco antes de las cuatro de la mañana, los colegas del turno de noche lo habían despertado, después de que Espersen, uno de los miembros más jóvenes del departamento, hubiera aparecido en la sala de vigilancia, tambaleándose, medio atontado y con un chichón enorme en la parte posterior de la cabeza.

Espersen había tenido un día de trabajo francamente largo debido al asunto del asesinato y quería terminarlo dejando rápidamente un informe en el escritorio de su jefe. Pero cuando entró en la oficina se sobresaltó al ver que el ordenador estaba en marcha y que –por si eso fuera poco– había aún algo más sospechoso: una cajita negra y parpadeante, un disco duro externo conectado al ordenador. Iba a echar un vistazo a su alrededor cuando algo duro le golpeó en la nuca. Parece que pasó un tiempo inconsciente en el suelo, hasta que finalmente logró incorporarse y bajar a buscar ayuda con paso vacilante.

Andersen giró a la izquierda y aparcó frente a la pared de la prisión estatal.

–Bueno, pues tenemos tres balas en la recámara... ¿Vamos a por ello?

Su acompañante asintió brevemente. Tres balas en el revólver significaba, en ese caso, que tenían una cita con tres de los internos.

Se identificaron en recepción.

–Buenas. H. P. Andersen, de la comisaría de Odense. Y este es mi colega, Asger Kofoed. Hemos llamado esta mañana para concertar unas visitas.

–Hola, sí, solo tienen que firmar aquí y les mostraré el camino. Mientras tanto, iré pidiendo que vayan bajando al primero de sus amigos –dijo el policía.

Ambos garabatearon sus firmas en el papel. Un segundo oficial de la prisión se hizo cargo de ellos y los condujo por un pasillo hasta una puerta de seguridad, y luego a través de una nueva sección del edificio y una segunda puerta de seguridad. Entonces abrió la puerta de una pequeña habitación en la que no había nada más que una mesa y cuatro sillas.

–Siéntense. Llegará enseguida.

Acababan de sentarse cuando entró el primer candidato: Danny Brorson, condenado a siete años y seis meses por tráfico de drogas. Un tipo con muchos y buenos contactos, que durante años había sido lo suficientemente inteligente como para que no lo pillaran.

Tenía los típicos músculos de los tíos de la calle, pero solo llevaba un tatuaje en un brazo. Lo saludaron con un apretón de manos y se presentaron.

–¡Qué visitas más importantes! –exclamó Brorson, echándose hacia atrás en su silla y sonriendo burlonamente–. ¿A qué se debe este honor?

–Nos gustaría saber algo más sobre el asesinato de Nyborg –dijo Andersen.

–¿El del tío del museo?

El policía asintió.

–Sí. ¿Lo conociste?

–No.

–¿Es conocido en vuestro mundillo? ¿Quería formar parte de él?

–No que yo sepa. Pero puede que sí, claro, yo no lo sé todo, ¿sabéis?

–Casi todo.

Danny Brorson asintió.

–Así que dices que no estaba en el mundo de la droga, ni aquí ni en Odense ni en otro lugar –dijo Kofoed.

—No, yo no he dicho eso –lo corrigió Brorson–. Yo solo he dicho que no lo conocía.

Por lo visto iba a ponérselo tan difícil como se lo había temido. Bueno, aun así tenían que intentarlo.

—A ver, vamos a repasar el tema... Tú, con tu amplia experiencia... ¿Cómo y dónde crees que encajaría ese hombre? –Andersen intentó plantear una pregunta abierta y acercarse con ella lo más posible al narcotraficante, que en aquel momento parecía profundamente relajado.

—¿Es cierto lo que han dicho de que tiene una bala metida en la frente y otra en el ojo?

Ambos asintieron.

—¿Y qué llevaba encima?

—Encontramos rastros de cocaína.

—¿Nieve? ¿En el castillo? Eso me parece bastante insólito. Qué buen título para la serie navideña de un canal infantil, ¿no? Humm... ¿y qué más? ¿Nada? ¿Algo que no me hayáis dicho? Vamos, los polis siempre os guardáis algo para vosotros.

Andersen negó con la cabeza. No veía la necesidad de decirle a Brorson que él sería la última persona del mundo en la que confiarían si tuvieran algo de información confidencial.

—Solo tenemos lo que ha podido leerse en todas partes. Incluso lo de la adicción al juego. ¿Se te ocurre algo más que puedas comentarnos?

—Los canacos no tienen nada que ver con esto, de eso estoy seguro. Nunca escogerían a una víctima así. ¿Los del Este? Humm... tampoco me acaba de encajar. Los suyos suelen mezclarse poco con gente de otros grupos. De hecho, el director de un museo no encaja demasiado en ninguna parte. Pero bueno, nuestros amigos de los Balcanes siempre vuelven a la idea de disparar a alguien en la cabeza.

—¿Te parece posible que Bulbjerg fuera solo una especie de

facilitador para otros clientes? ¿Gente con dinero? ¿O crees que buscó personalmente el contacto porque tenía que financiar sus apuestas? ¿O quizá podría haber sido un regalo de bienvenida?

—Lo del regalo seguro que no, pero lo del facilitador... sí, puede que eso sí. Serbios, croatas, albaneses... Todos la misma mierda. ¿Quién sabe? Quizá han querido intentarlo con él. En cualquier caso se lo han cargado, de modo que lo más probable es que hiciera algo mal. Puede que no supiera diferenciar entre lo tuyo y lo mío. Estas cosas pasan.

Danny Brorson levantó las manos. No daba la impresión de querer seguir hablando más rato.

—Eso es todo, chicos —continuó—. Ya no tengo nada más que decir. Seguro que han cambiado muchas cosas desde la última vez que estuve fuera.

—¿Cuánto tiempo te queda? —le preguntó Kofoed.

—Más de cinco.

Andersen indicó que deberían dejarlo aquí. Brorson no era más que un remache.

—No tienes más que decir por hoy, entonces, diría yo. Tal vez puedas enterarte de algo por ahí, ¿verdad, Brorson?

Danny Brorson se levantó y asintió.

—Eso haré —dijo, dando una palmada sobre la mesa.

Después de que Brorson desapareciera, Andersen y Kofoed se miraron y suspiraron. Brorson era la opción en la que ambos habían depositado más esperanzas...

Pocos minutos más tarde, su segunda «bala en la recámara» entró en la habitación. Era un chico joven con un chándal negro de Adidas. Se llamaba Nabil Awada, era de ascendencia palestina, y lo habían condenado a seis años y ocho meses por tráfico de drogas y tres altercados con violencia.

Se presentaron. Nabil, de veintitrés años, no se inmutó. Y volvieron a empezar desde el principio.

—Nos gustaría saber más sobre el ambiente de Nyborg. Se ha producido un asesinato, y esperamos que puedas ayudarnos.

—¿Ayudaros? Vete a la mierda, viejo.

—En el castillo de Nyborg han matado a un hombre. Se trata de...

—Joder, tío, ya lo sé. ¿Crees que no sé leer? Yo soy de aquí, ¿sabes?

—Pues por eso precisamente creemos que podrías ayudarnos, ¿no? Quizá tú sepas decirnos cómo se organiza el tema... —continuó Andersen, sin inmutarse.

—¿Qué tema?

—El de la droga —dijo Kofoed—. Resulta que el director del museo llevaba cocaína encima.

—No me jodas, tío, ¿nieve? Yo no sé nada de eso.

—¿Entonces nunca has oído hablar de un tal Malte Bulbjerg, que trabajaba en el museo, y se coló en el mundo de la droga? —Kofoed hizo un esfuerzo por mantener viva la conversación.

—A ver, colega, abre tus oídos y escúchame, ¿vale? No, cojones, no.

Hicieron un último intento y luego dejaron que se fuera. Retenerlo ahí era una pérdida de tiempo.

—Si un hombre como Bulbjerg apareciera de pronto en el mundillo, ¿dónde crees que encajaría? —preguntó.

—Respóndete tú mismo —resopló Nabil—. Que os jodan.

Cuando regresaron al aire fresco y se dirigieron al coche, H. P. Andersen miró su reloj de pulsera. Solo habían estado allí una hora: tres disparos, tres fallos. Sucedía a menudo, pero al menos podía tachar el punto en la lista de cosas por hacer.

Nebojsa Petrović, un serbio de treinta y siete años que vivía en Odense y había sido condenado a cuatro años y medio por narcotráfico, fue el último en la lista. Era considerablemente más hablador que el joven palestino, pero su conversación tampoco los había ayudado demasiado. El serbio les exigió que le redujeran la pena a cambio de su información, pero ellos no pudieron (ni quisieron) prometérselo.

Andersen tenía claramente la impresión de que el parloteo del serbio solo pretendía ocultar el hecho de que no tenía ni idea de lo que estaba pasando, y que al tipo solo le apetecía charlar con «sus amigos de la Policía».

Total, que no habían avanzado ni un paso en su búsqueda de posibles vínculos entre el director del museo y el mundo de la droga. El análisis había revelado que la bolsa de cocaína había estado previamente en el bolsillo izquierdo de la chaqueta de Malte Bulbjerg, de modo que su asesino no la había perdido durante el crimen. Tenían que encontrarlo lo antes posible, probablemente entre la gente de la droga.

El teléfono de Andersen sonó justo cuando se sentaron en el coche. Era un colega de la comisaría.

—Solo quería informarte de que la gente de los servicios informáticos han concluido la revisión de tu ordenador, H. P. —informó.

—¿Y bien? ¿Qué han descubierto?

—Pues justo lo que temíamos. Que alguien sacó una copia completa de tu disco duro.

—¿Y tienen los técnicos algo más que decir al respecto?

—No, solo el momento en el que sucedió todo, pero eso ya lo sabíamos. Solo quería que lo supieras.

Andersen colgó y puso en marcha el motor.

—Lo del ordenador —dijo a Kofoed—, lo han confirmado: me han hecho una copia del disco duro.

—Se necesita un punto de audacia para entrar en la sede de la Policía sin más y hacer algo así, ¿no? Total, que ahora todo lo que sabemos, o mejor dicho, lo poco que sabemos, también lo sabe alguien más. ¿Crees que el culpable quiere asegurarse de que no andamos tras su pista?

Kofoed lo miró interrogativamente, y Andersen volvió a sentir una oleada de ira.

—Ni idea. Es... demasiado extraño. Hay algo en toda esta historia que no tiene ningún sentido. Supongamos que un traficante que se encuentra muy arriba en la jerarquía, o quizá un distribuidor, está enfadado con Bulbjerg. Fijan un encuentro nocturno en el castillo, las cosas se tuercen y Bulbjerg recibe un disparo. Ahora explícame, Kofoed, ¿por qué demonios...

Al decir aquello se incorporó al tráfico fluido de la calle Vindinge y, por pura frustración, pisó fuerte el acelerador mientras seguía hablando.

—... por qué demonios estaría después tan molesto como para colarse en mi oficina con la gorra calada hasta las cejas solo para saber cuáles son nuestras cartas? ¿De dónde saca alguien así los recursos o la suficiente inteligencia como para hacer eso? El tío ya sabe lo que ha hecho: le ha metido dos balas en la cabeza al director de un museo. ¿Y de pronto quiere saber si vamos tras su pista? No, no tiene ningún sentido. Aquí hay algo que está podrido... y sea lo que sea, apesta.

19

La mujer de la bata blanca anduvo por el pasillo delante de ella, con energía, hasta llegar a la habitación número diecisiete.

–¿Dijiste policía? ¿Le ha pasado algo a su familia? –preguntó en voz alta, sin volverse.

Esperó a darle una respuesta hasta que se detuvo en la puerta de la habitación, que estaba entreabierta.

–No, no ha pasado nada. Solo quiero hablar con la señora Oxen.

–¿Hablar? Está enferma, muy enferma.

–Demente, ¿verdad?

–Sí, alzhéimer. En una etapa avanzada.

La mujer, que obviamente formaba parte del personal, cerró un momento la puerta y le dijo en voz baja:

–Esto solo avanza en una dirección.

Y después, poniendo una mano sobre el brazo de Margrethe, en un gesto de confianza, añadió:

–Creemos que no le queda mucho. Con los medicamentos podemos retrasar el desenlace unos años, pero el resultado es siempre el mismo. Inevitablemente. Claro que ella no lo sabe. Puede entrar a verla, por supuesto, pero no espere mantener una conversación sensata. Se encuentra demasiado mal para ello.

La mujer abrió la puerta de nuevo, como si hubiera alguna diferencia entre si la señora Oxen escuchaba su conversación o no.

—Gracias, no me quedaré mucho rato. Solo una cosa más...

—¿Sí?

—¿Viene alguien a visitarla? Tiene hijos, ¿no?

—Sí, dos. Al chico nunca lo hemos visto, y la hija viene muy poco.

—¿Cada cuánto?

—Cada dos meses, más o menos.

—¿Y eso es todo? ¿No viene nadie más?

—Sí, bueno, otros miembros de la familia, su hermana y un hermano, y también un antiguo vecino. Pero ellos tampoco vienen mucho. ¿Conoce la demencia?

Ella sacudió la cabeza, lo cual no era del todo cierto, pero era más fácil que cualquier otra respuesta.

—Hay más de cien enfermedades diferentes que conducen a la demencia. Solo en Dinamarca tenemos alrededor de ochenta y cinco mil pacientes con demencia, la mitad de los cuales sufre alzhéimer. Se dice que es la enfermedad que más destroza a una familia... Y así es. No es nada fácil ver cómo se rueda cuesta abajo. Y hay un montón de cambios en la cabeza... algunos de los cuales resultan realmente duros.

La mujer se tocó la sien con un dedo, y luego dijo:

—Solo para que se haga una idea de lo que le espera ahí dentro.

—Gracias.

Margrethe Franck asintió, abrió la puerta y entró en la pequeña y luminosa habitación. Gudrun Oxen estaba sentada en una silla de ruedas junto a la ventana que daba al jardín.

La anciana solo reaccionó cuando ella se le acercó y se detuvo justo frente a la silla de ruedas. Sus ojos apagados parecieron formular una pregunta, pero su boca no dijo nada.

—Buenas tardes, señora Oxen —dijo Margrethe, tocando el brazo de la mujer.

Seguía sin reaccionar. Arrastró una silla y se sentó a su lado.

—¿Ha venido Niels a visitarla?

Pasó un rato antes de formular la respuesta con voz queda.

—¿Niels?

—Su hijo, Niels.

De nuevo, un largo silencio.

—Odio a los niños... Aquí no hay ningún Niels, no, por el amor de Dios.

Era cierto. En los nueve meses que habían pasado desde su primera visita, la salud de Gudrun Oxen había empeorado significativamente. En aquella ocasión la mujer había podido constatarle que no había visto a Niels desde hacía años.

Fuera como fuese, Margrethe no había ido hasta allí para interrogar a aquella pobre mujer por segunda vez, no, eso no habría tenido ningún sentido. Había ido hasta allí para hacer algo que ya debería haber hecho la primera vez.

La anciana volvió la cabeza y miró hacia el jardín. Margrethe echó un vistazo a la habitación. Había dos opciones: la pequeña cómoda y el armario en la entrada. Se decidió por la cómoda.

El cajón superior fue un fracaso. El segundo también. Abrió el tercer y último cajón, en el que había un sombrero, bufandas y guantes. Sus dedos recorrieron los tejidos hasta que, al final de todo, notó un sobre grueso y forrado que parecía contener un estuche alargado en su interior. Lo abrió y... ¡allí estaban!

Las medallas de Niels Oxen, todas clavadas con su correspondiente aguja a un cojín de terciopelo rojo que se hallaba en el interior de una cajita. La medalla al valor, la medalla al valor con hojas de roble plateado, la medalla al valor con hojas de roble dorado, y por fin la Cruz... de color negro mate con un borde dorado, el monograma de la reina y la banda blanca con la estrecha franja roja. Pasó los dedos sobre su superficie.

Por un momento se quedó completamente inmóvil. Luego cerró la caja y la puso de nuevo en su lugar. El sobre también contenía una hoja de papel. La sacó y leyó las pocas líneas.

«Si mi madre muere y yo no estoy localizable, solicito que el contenido de este sobre se envíe a Lars Thøger Fritsen, Heklas Allé 28, 2300 Copenhague / S, o al taller L.T. Fritsens, en Amagerbrogade 108, 23000 Copenhague / S. - Niels Oxen».

Oxen había firmado debajo con tinta azul.

L. T. Fritsen. Ya había hablado con él durante su primera gran ronda de conversaciones tras las huellas de Oxen. Era difícil decir si esta carta realmente la ayudaría a aquellas alturas, pero al menos demostraba que había una relación especial entre los dos hombres, algo que Fritsen había negado durante su visita al taller.

Mentalmente colocó al mecánico en la lista de personas con las que quería volver a hablar. Fuera como fuese, ahora estaba mejor preparada para presionarlo.

Devolvió cuidadosamente el sobre al cajón, arrastró la silla hasta ponerla en su lugar y se situó frente a la silla de ruedas.

–Adiós.

La anciana la ignoró. Sus ojos descansaban en el prado que quedaba frente a la casa. Pero ¿dónde estaba realmente?

Margrethe salió de la habitación y cerró silenciosamente la puerta tras de sí. Los siguientes de su lista eran los padres de Bo «Bosse» Hansen, en Høng, donde Niels Oxen había vivido de niño durante más de dos años.

La grava crujía bajo sus zapatos. Los caminitos del cementerio estaban tan bien rastrillados que casi temía estropearlos al pisarlos.

Había llamado por teléfono al sepulturero de la iglesia Finderup para averiguar dónde podía encontrar la tumba. Quería verla antes de ir a visitar a los padres, pero por alguna extraña razón no se había sentido con fuerzas de preguntarles a ellos algo tan práctico como dónde se encontraba enterrado su hijo.

La iglesia estaba situada a las afueras de Høng. Desde la puerta principal siguió recto, y luego anduvo alrededor del edificio, entró por la abertura que había en la pared, bajó una escalera, giró a la izquierda, y luego salió al jardín, pasando junto a un grupo de tuyas enormes. Siguiendo las indicaciones del sepulturero, encontró la tumba sin dificultad.

La fosa era discreta, pequeña, y estaba cubierta con una sencilla losa de mármol gris. La inscripción decía:

Caído en acto de servicio,
amado y añorado.
Bo «Bosse» Hansen

Murió el 4 de agosto de 1995 durante la última gran ofensiva croata. A izquierda y derecha de la lápida había dos pequeños arbolitos y frente a ella un ramo de flores frescas en un florero.

Faltaban exactamente diecisiete días para el 4 de agosto.

Se detuvo y miró a su alrededor, preguntándose cómo enfocaría la conversación, suponiendo que lograra tenerla. Después volvió a su coche y condujo hasta la casa de los padres de Bosse, en Høng. Margrethe recordaba bien la casita de ladrillos rojos.

—Hola, pasa, por favor, te estábamos esperando.

La pequeña mujer se hizo a un lado, sonriendo.

Los padres de Bo Hansen eran una pareja encantadora que intentaba seguir con su vida lo mejor posible, dadas las circunstancias. En la primera visita que les hizo, Margrethe pudo leer en sus ojos que el dolor seguía siendo su principal acompañante.

—Mi esposo se encuentra en la sala de estar. Te tomarás un café con nosotros, ¿verdad? He hecho panecillos.

Margrethe saludó al padre, que se levantó del sillón, junto a la ventana. Al igual que su esposa, era pequeño y delgado. Ambos estaban obviamente jubilados, ya que se encontraban en casa y podían tomarse su tiempo. Eso, o estaban de vacaciones.

Margrethe se sentó en el sofá de cuero. La pequeña mesa de azulejos que había en el salón estaba puesta, y había preparada una cafetera y unos bocadillos de queso con pimienta verde.

—Seguro que aún te duele —le dijo el hombre, señalando con la punta de su pipa la pierna de Margrethe—. Te he visto caminando en la acera. La última vez también cojeabas. ¿Qué te ha...?

Su esposa le lanzó una mirada rápida y él se quedó en silencio.

—Seguro que tienes hambre después del largo viaje, ten, coge lo que quieras —le dijo la mujer.

—¿Se refiere a mi pierna? ¿Se ha fijado? Bueno, me temo que va a quedarse para siempre así —dijo. Les contaría la historia de su accidente, y tal vez así podría estrechar lazos y ganarse su confianza—. Llevo una prótesis. Tuve un accidente estando de servicio, hace ya unos años. Arrinconamos a un sospechoso en un patio trasero, y el tipo se abalanzó con su coche contra mí. Mi pierna se quedó aplastada entre el vehículo y la pared del patio, completamente destrozada. Tuvieron que amputármela por encima de la rodilla.

—Dios Santo. Espero que el tipo se pudra en la cárcel —dijo el hombre, que parecía realmente impresionado.

—¿En la cárcel? Bueno, me temo que ahora mismo está pudriéndose más bien en el infierno, porque le disparé y murió en el acto. Si hubiera reaccionado un poco más rápido de lo que lo hice, mi pierna seguiría intacta. Era obvio que quería matarme, así que no tenía que haber dudado tanto.

Los padres de Bosse asintieron, pero no dijeron nada. La vida o la muerte. Esa era una decisión que probablemente podían entender.

—En fin... gracias por dejarme venir —dijo—. Como les comenté por teléfono, sigo buscando a Niels Oxen.

—Niels... Oh, sí... —Al pensar en él, la mujer pareció de repente triste.

—¿Se les ha ocurrido algo nuevo desde nuestra última conversación? Aunque sea solo un pequeño detalle, algo aparentemente sin importancia... Sería maravilloso dar con algo que pudiera llevarme hasta Oxen.

—Lo siento —le dijo la mujer—. Hablamos del tema después de tu llamada, por supuesto, pero no se nos ocurre nada con lo que podamos ayudarte.

—Podría estar en cualquier parte, y en ninguna. ¿No crees que podría estar muerto? —El hombre la miró seriamente.

Margrethe se encogió de hombros.

—No puedo descartarlo, claro. —Mordió un bocadillo de queso y luego continuó—: Si no recuerdo mal, la última vez me dijeron que Niels Oxen los visitó alguna vez después del funeral de Bosse, ¿verdad?

—Correcto —respondió la mujer—. Lo hemos estado pensando y hemos recordado que vino cinco veces en los primeros años, para tomar una taza de café y una tostada con nosotros. De eso hace ya quince años. Por el amor de Dios, cómo pasa el tiempo...

−¿Venía siempre el día en que murió?

La mujer negó con la cabeza.

−No, solo dos o tres veces, diría.

−El otro día fui a ver a la hermana de Oxen, en Køge. Ella está segurísima de que Niels solía cogerse el día libre en el aniversario de Bosse, para ir al cementerio y recordarlo en paz. Pronto será el 4 de agosto...

Se quedó en silencio y sus palabras flotaron sobre la mesa de azulejos. La mujer en la silla de enfrente asintió en silencio. El hombre volvió la cabeza y miró por la ventana. Margrethe continuó en voz baja:

−¿Qué hacen ustedes, habitualmente, el 4 de agosto?

−Siempre lo mismo... −La mujer apretó las manos−. Nos tomamos el día libre. Nos damos tiempo para pensar en Bosse. Lo recordamos. Pensamos en todo lo que afortunadamente pudimos compartir con él. Era un buen chico. Un chico extraordinario. Tendrías que haberlo conocido...

Margrethe asintió.

−A veces −continuó la mujer−, a veces sueño que está frente a la puerta, con esposa e hijos. Nuestros nietos. Entran y se sientan con nosotros, y hablamos del tiempo que estuvo fuera. Le decimos que fue mucho y le preguntamos dónde había estado. ¿Qué extraño, verdad? Es tan difícil dejarlo ir... No está bien que un padre sobreviva a sus hijos...

−Bueno, ahora no te pongas...

El padre hizo una pausa. Seguía con la cara vuelta hacia la ventana.

Margrethe se comió el resto del bocadillo y tomó un sorbo de café. El silencio en la habitación no resultaba incómodo. Aquella pareja solo necesitaba un poco de tiempo para recomponerse. No recordaba que el ambiente en su primera visita hubiera sido tan intenso, aunque posiblemente se debiera a que el 4 de agosto estaba a la vuelta de la esquina y las emociones se hallaban a flor de piel.

Margrethe esperó un poco más y luego preguntó:

–¿Ese día irán al cementerio?

Los dos respondieron a su pregunta con un asentimiento. El padre se volvió hacia ellas. Sus ojos estaban húmedos.

–Por supuesto. Nos levantaremos temprano, desayunaremos bocadillos y café e iremos en bicicleta al cementerio, donde colocaremos una corona de flores en la tumba de Bosse. Después de cenar volveremos a ir para ver todas las flores.

–¿Siguen siendo tantas? ¿Después de todos estos años?

–Muchas. Queda precioso.

–¿De antiguos compañeros?

–Sí, de muchos de los camaradas de Bosnia. Y por supuesto de nuestra familia y de los amigos. –La mujer volvió a sonreír de nuevo.

–Pero ningún ramo o carta en los que ponga Niels o N. O., ¿no?

–Eso me temo.

El silencio se extendió de nuevo en la pequeña sala de estar. A Margrethe le sorprendió que hubiera tantas personas que recordaran a Bosse después del tiempo transcurrido. Además de ser el primer soldado danés de la ONU que perdió la vida en la batalla, también tenía que ser una persona extremadamente popular.

De pronto, el padre se deslizó hacia el borde del sillón y exclamó:

–¡Las velas! ¡También están las velas, mamá!

–¿A qué te refieres?

–Que no sabemos de dónde vienen. ¿Te acuerdas? Ya hablamos del tema.

–Pero esto es diferente. A veces son cinco, a veces seis o siete...

La mujer sacudió suavemente la cabeza y sonrió a su marido con indulgencia, pero este no se dio por vencido.

–Casi siempre hay cinco. Cinco velas. Y cuatro de ellas sabemos de quiénes son. Una es nuestra, una de la familia, una de nuestros amigos y otra de Kirsten, la primera novia de Bosse. La número cinco bien podría ser de Niels, ¿no te parece?

Margrethe siguió con atención la pequeña discusión. La mujer se encogió de hombros.

–¿Y qué me dices de la seis y la siete, papá?

–Pues no sé; serán de otros compañeros, que a veces se acuerdan y a veces no. O que son precavidos.

–Eso no son más que suposiciones. Nada que ayude a la señorita Franck. Podemos...

Margrethe los interrumpió suavemente.

–Disculpen, pero... ¿se refieren a velas sobre la tumba? ¿Y siempre hay al menos cinco?

La mujer asintió.

–Desde 1995, sí.

20

La pesada placa de metal se deslizó hacia un lado. Él estaba boca arriba dentro del túnel y presionó con ambas manos la tapa de la salida para apartarla. Agujas de abeto le cayeron sobre el rostro. Se asió al borde de la tubería y logró arrastrarse afuera.

Presionó el botón luminoso de su reloj de pulsera. Seis minutos y veintitrés segundos. El mejor tiempo de las cinco rondas de práctica que había hecho esta noche. Era importante saber exactamente cuánto tardaría en atravesar el túnel.

En general, era crucial tener un horario. Para todo. Él había sido entrenado así. A veces, un milisegundo podía decidir entre la vida y la muerte; otras, la diferencia estaba en minutos, en horas, en días. No importaba cuál fuera el objetivo: siempre había que trabajar con un horario.

Bajo la luz de su linterna, empujó la placa de nuevo hasta devolverla a su sitio y la cubrió con agujas de abeto. Era casi medianoche. Sobre las copas de los árboles podía ver las estrellas. El cielo estaba completamente despejado.

Se levantó, se ajustó el cinturón con la pistola, se colgó la mochila al hombro y se marchó, avanzando entre los árboles.

Llevaba algo de hierba y whisky en su mochila, que eran su base de medicamentos. Había pasado mucho tiempo desde la última vez que usó ese tipo de medicina, pero su tensión interna era cada vez más potente, y los Siete lo destrozaban cada noche.

Tenía ganas de volver a sentir cómo el cuerpo descansaba y se dormía, pesado como un barril de plomo. Tenía la imperiosa necesidad de desconectar de todo, allí, en la oscuridad.

Giró en una bifurcación que lo llevaría hasta el río en cuestión de minutos, siempre que caminara a paso ligero, evidentemente. Siguió por el camino y llegó a un claro en el que la zona protegida de abetos se convertía en un bosque natural de hoja caduca, y allí se vio liberado del roce continuo de las ramas. Junto al claro había hayas, principalmente, pero también algunos fresnos. Determinado, Oxen avanzó junto a las hierbas altas, las zarzas y los morales, antes de que el terreno cambiara nuevamente y lo condujera hacia el lecho del río.

Entre los pequeños pinos de montaña, ocasionalmente interrumpidos por montañitas de arena clara, crecían principalmente brezos. Oxen avanzó por el caminito que el ganado había ido formando con el tiempo, a fuerza de ir pasando por el mismo sitio, y que ya parecía casi un sendero privado. Serpenteaba por la pendiente formando pequeñas curvas cerradas, hasta que finalmente llegó a una explanada que quedaba junto a la orilla del río, también cubierta por arena amarilla, entre dos grandes prados. Las fuertes lluvias habían arrasado los árboles que crecían junto al río, y ahora sus raíces sobresalían como banderillas en el agua.

En una pequeña bahía, bien escondida entre la hierba alta, se hallaba una vieja canoa de fibra de vidrio que había tomado prestada de Fisk. Levantó la rejilla de madera que protegía el fondo de la canoa y la dejó en la arena. Aquí dormiría, y la rejilla le serviría para combatir el frío. Le puso una manta encima y luego desenrolló su saco de dormir. Su campamento estaba listo. Ahora se sentaría y no haría nada más que mirar las aguas oscuras.

Formó una delgada fila de hojas picadas y tallos verdes sobre el papel blanco del cigarrillo. Humedeció uno de los lados, le confirió forma cilíndrica y lo encendió.

No le quedaba demasiada hierba, pero pronto podría conseguir una nueva partida en Christiania: había pedido a Fisk que le diera un día libre para viajar a Copenhague. El anciano lo había mirado sorprendido, pues, después de todo, durante los siete meses que llevaba viviendo allí solo le había pedido tres días de vacaciones: uno para comprar el equipo de vigilancia y dos para ir en canoa. El anciano le había sugerido inmediatamente que se tomara toda la semana libre, pero él solo necesitaba un día.

Dio una calada profunda y retuvo el aire. Hierba, maría, cannabis... Había un montón de nombres para referirse más o menos a lo mismo. Hacía unos años un comerciante le había dicho que también podía llamarse «Mary Jane», y más tarde leyó que algunos cantantes usaban en sus canciones ese nombre de mujer, como símbolo de todo lo que tuviera que ver con la marihuana. La mayoría de las letras no le habían resultado nada esclarecedoras, a excepción de una canción de Tom Petty cuyo estribillo decía: «*Last dance with Mary Jane, one more time to kill the pain*».

Una nutria cruzó el río unos metros más allá. Aprovechó el impulso de una ola y desapareció entre las cañas que se amontonaban en la otra orilla.

Se quedó inmóvil, inhalando profundamente el humo. Poco a poco fue sintiendo un agradable zumbido que se extendió por todos los músculos de su cuerpo. Se sentía adormecido y pesado.

Mary Jane ya podía bailar.

Se sirvió whisky en su taza y tomó un sorbo. Sintió una explosión de sentidos, como si toda su boca estuviera en llamas. Hacía tanto tiempo que no bebía... Ya no estaba acostumbrado.

Tras vaciar la taza en unos cuantos tragos, se metió en el saco de dormir, y se estiró boca arriba, con los ojos bien abiertos. Había levantado el ancla, y ahora se dispuso a partir a la deriva, lentamente, muy lentamente, hacia un mar de estrellas.

21

Era esa famosa pastelera que hacía magia en televisión. Una delicia celestial tras otra. Y todo parecía siempre tan fácil... apenas algo de chocolate derretido por aquí y algo al baño María por allá...

Solo en una ocasión había tratado de hacer una receta de esa mujer, pero su gusto por lo dulce había tenido un resultado más bien amargo. Literalmente. Así que decidió que lo mejor era dejarlo estar. Era imposible.

En la mesita del salón reposaba la novela sobre la que estaban debatiendo en el club de lectura. Trataba sobre una saga familiar irlandesa y era terriblemente aburrida, pero la terminaría de todas formas. En la tetera humeaba un té delicioso con sabor a naranja, y ella tenía la taza bien llena, y una bolsita de trufas también llena a su lado.

Se había acomodado en el sofá, con una almohada gruesa en la espalda. Estaban en pleno verano, pero afuera soplaba un viento fresco. Qué bien que no fueran a irse de vacaciones hasta mediados de agosto. Se puso la mantita de lana sobre las piernas y cambió de canal a modo de protesta, porque la pastelera hacía parecer que todo era demasiado fácil. Además, seguro que aquel programa era una repetición, como todas las propuestas enlatadas que se ofrecían en verano.

Había tenido un día largo y agotador, como lo eran siempre todos en la residencia del fiordo de Anker. Estaba rodeada de pacientes tan enfermos que probablemente no disponían ya de mucho tiempo en la Tierra, pero le encantaba su trabajo. No pasaba un solo día sin dar gracias por tenerlo, y jamás dudó de que lo que hacía tenía todo el sentido.

Solo a veces se sentía terriblemente cansada y la cabeza le pesaba. Nada extraño, en realidad. En esas ocasiones se dejaba caer en el sofá, encendía la televisión o leía un rato.

Podía hacer lo que quisiera. No tenía marido, ni hijos, ni novio. Es decir, por ahora no tenía novio. Era muy activa en una página de citas en la que las mujeres de su edad daban un cierto sentido a su existencia.

Aparte de eso, solo tenía que ocuparse de sus padres y de sus dos hermanos, ocasionalmente. Todos vivían en Hvide Sande, que era donde ella trabajaba. Aquel mismo día había pasado por casa de sus padres al salir del trabajo. Pese a su edad, ambos estaban sanos y los había encontrado llenos de entusiasmo en el jardín. Habían cenado juntos antes de que ella volviera a Ringkøbing caminando junto a la costa para cargar pilas al acabar el día.

Y ahora había llegado el momento de levantarse e irse a la cama. Se había hecho tarde. Cambió de canal una última vez y fue a parar a la sabana africana.

¿Era eso una leona que acechaba entre la hierba alta de la estepa y se relamía ante la imagen de una manada de ñus? Una aparición majestuosa en un televisor de pantalla plana de cincuenta pulgadas.

El hombre se detuvo y permaneció invisible tras el alto seto, con el rostro pegado a la pared que quedaba junto a la sala de estar. Se había colado en la casa por la parte de atrás.

Sonja Lægaard, que vivía en la casita de Vellingvej, era, obviamente, un animal nocturno, aunque tuviera que levantarse muy pronto por la mañana. Su turno en la residencia empezaba a las ocho en punto de la mañana. Lo sabía porque la había estado siguiendo durante varios días, a una distancia prudencial.

Por lo general no actuaba con tanta rapidez. Acababa de resolver el asunto en Odense y le apetecía un descanso, pero el encargo le llegó con prisas y parecía efectivamente tan sencillo como le habían prometido. Así que se había desplazado de inmediato a Jutlandia para satisfacer a su generoso y desconocido empleador.

Primero vio con ella el final de una película de miedo, luego el programa de esa chef de repostería, y ahora habían aterrizado en algún lugar de la sabana. Se había hecho tarde. Era el momento de actuar.

Se arrastró hasta la puerta trasera de la casa. Previamente había cortado los cables de la luz exterior, que estaba equipada con un detector de movimiento, de modo que podía seguir avanzando sin ser visto. Se puso sus guantes negros y finos, cogió un aparatito que llevaba en la mochila y lo puso sobre el pomo de la puerta. Con ese dispositivo podían abrirse con facilidad todos los cilindros de bloqueo de una cerradura, fueran los que fueran.

Unos segundos más tarde la puerta se abrió, efectivamente, y él se coló cautelosamente en el lavadero de Sonja Lægaard. Oyó rugir a un león y se abrió camino hacia el lugar del que provenía el sonido, no sin antes haberse puesto su pasamontañas negro, que tenía solo una abertura a la altura de sus ojos.

Qué tarea más inusual, pensó, y por un momento se vio a sí mismo en el papel del león.

El pensamiento le pareció inevitablemente divertido, y

sonrió para sus adentros. Sin embargo, sobre el sofá de aquella casa no le esperaba un ñu, sino una enfermera soltera de cincuenta y dos años.

Se detuvo en la cocina. La puerta de la sala de estar estaba medio abierta. Todo parecía limpio y ordenado.

No le gustaba nada lo que iba a hacer, pero no tenía más remedio que sacar su pistola para ponérsela delante de las narices.

En los últimos metros que lo separaban de ella una gruesa alfombra acalló sus pasos. Sonja seguía en la sabana. Se acercó al sofá y desde atrás, le tapó la boca con una mano.

Ella dio un respingo y trató de zafarse de él, moviendo los brazos, pataleando y gritando, aunque el guante ahogó su grito.

–¡Cálmate! ¡Escúchame y cálmate ya! Si te quedas quieta, no te pasará nada.

La orden que siseó al oído, contundente, hizo su efecto de manera inmediata y Sonja se quedó inmóvil. Su pecho se hinchaba y deshinchaba como un fuelle, y respiraba ruidosamente por la nariz.

–Ahora voy a soltarte, pero tú no te moverás ni un pelo, ¿me oyes? Tengo una pistola.

Aflojó ligeramente su mano, lo justo para que ella pudiera asentir, y luego la retiró del todo. Sonja Lægaard cogió una bocanada de aire con el ansia de quien hubiera corrido cien metros a toda velocidad.

–Bien. Ahora siéntate. Despacio. Vamos a hablar un poco. ¡Que te sientes te digo!

Ella obedeció, titubeando, y él pudo ver el pánico en sus enormes ojos. Sintió lástima por ella.

–Escúchame bien –le dijo–. No quiero que tengas miedo. No soy un ladrón ni un violador. Solo quiero hablar contigo y hacerte unas preguntas. Tú limítate a responderlas lo mejor que sepas, y en cuanto haya acabado me marcharé de aquí, ¿entendido? Mantén la calma y todo irá bien.

Ella asintió de nuevo y poco a poco fue recuperando la respiración.

—¿Qué quiere de mí? —preguntó con un hilo de voz.

—Como te he dicho, solo quiero hacerte unas preguntas, y grabar nuestra conversación con tus respuestas.

Sacó una grabadora de su mochila y la colocó frente a ella, sobre la mesita del salón.

—Voy a ponerla en marcha. Tú responde fuerte y claro. ¿Cómo te llamas?

—Sonja Lægaard.

—¿Edad?

—Cincuenta y dos.

—¿Dirección?

—Vellingvej, Ringkøbing.

—¿Ocupación?

—Soy enfermera.

—¿Dónde?

—En la residencia del fiordo de Anker, en Hvide Sande... Pero dígame, por favor, ¿de qué va todo esto? ¿Por qué quiere saberlo?

Él se llevó el dedo índice a los labios, aunque ella no podía verlos bajo el pasamontañas.

—Yo hago las preguntas y tú respondes. ¿Conoces a Vitus Sander?

—Sí. Quiero decir... Ahora está muerto.

—¿Vitus Sander era un paciente de la residencia del fiordo de Anker?

—Sí.

Bien. Ya habían acabado con las formalidades. Él sacó un cuadernito de su mochila. No había tenido tiempo de memorizar las demás preguntas. Las primeras solo tenían el objetivo de confirmar, a él y a quien le había contratado, que la mujer era efectivamente Sonja Lægaard.

–Hablemos de Vitus Sander –dijo–. Pero antes... –Mostró una foto a la enfermera–. ¿Quién es este?

En la foto podía verse a un hombre joven con unos pantalones de lino de color burdeos, una chaqueta verde y unas deportivas blancas. Estaba en el aparcamiento de la residencia.

–Ah, sí, ¿cómo se llamaba? Lo tengo en la punta de la lengua... –Sonja Lægaard rebuscó en su memoria–. Rasmus, sí, así se llamaba. Rasmus Hansen, creo. En las últimas semanas visitó a Vitus muy a menudo.

–¿Rasmus Hansen? ¿Y el nombre de Malte Bulbjerg significa algo para ti?

–No –respondió ella, negando con la cabeza.

–¿Cuántas veces visitaba este hombre a Vitus Sander?

–En los últimos tiempos varias veces a la semana. Sander me dijo que eran buenos amigos y compañeros de caza. ¿De qué se trata? ¿Algo ilegal? ¿Es usted un agente o algo así?

–Recuerda que aquí el de las preguntas soy yo. Quiero saber todo lo que se te ocurra del tiempo que estos dos hombres pasaron juntos en el fiordo de Anker. Así que haz el favor de esforzarte.

En la media hora que duró la conversación, la enfermera Sonja Lægaard hizo un esfuerzo considerable. No había ninguna razón para dudar de la sinceridad de sus respuestas.

Ella no tenía ni idea de lo que estaba pasando. No tenía idea de lo que aquel extraño del pasamontañas negro quería de ella. Solo sabía que lo tenía sentado delante, que llevaba una pistola, y que se había colado en su lugar sagrado, su refugio, su hogar.

Él no la apuntó con la pistola en ningún momento. El único objetivo de llevarla encima era subrayar la gravedad de la situación. Las respuestas de Sonja fueron... bueno, fueron como fueron; en su opinión dejaron mucho que desear. Lo más probable era que la persona que lo contrató se sintiera decepcionada por la escasa información..., pero aquel no era su problema.

Mantuvo la grabadora en funcionamiento, aunque en realidad ya había acabado con su cometido. Lo hizo para que se oyera que había cumplido con su promesa: no hacer un uso de la fuerza innecesario, ni herirla, y de paso asegurarse de que ella no hablaría con nadie sobre el insólito interrogatorio.

—Bien. Has hecho lo que te he pedido. Ahora me iré y te dejaré en paz. Pero debes saber que no sería prudente comentar mi visita con nadie. Nunca. Ni mencionarla.

Ella asintió rápidamente.

—Lo entiendo. No hablaré con nadie de esto. Nunca.

—Te creo, Sonja. Pero si alguna vez tuvieras la tentación de hacerlo, ni que fuera remotamente, piensa también en tus ancianos padres, que viven en la calle Flora en Hvide Sande. Si explicaras algo de lo que ha sucedido esta noche, ninguno de los dos volvería a disfrutar de su jardín como lo han hecho hoy, y tú nunca volverías a cenar con ellos como lo has hecho hoy, porque ninguno de los dos estaría ya en condiciones de preparar la comida, por sencilla que fuera. Entiendes lo que te digo, ¿verdad?

Ella asintió y se mordió el labio inferior mientras él cogía la grabadora y la metía en su mochila.

—Bueno, pues muchas gracias. Que pases una buena noche.

Y dicho aquello, se levantó y desapareció silenciosamente de la sala de estar de Sonja Lægaard.

22

La puerta chirrió de un modo terrible. Esperaba que los coches estuvieran mejor engrasados que eso, la verdad. En el pequeño taller de Fritsen había dos elevadores, cada uno con un coche encima. El de la izquierda estaba subido hasta la altura de la cabeza.

Era la primera vez que estaba allí. En su anterior conversación, L. T. Fritsen la había recibido en su casa.

En algún lugar, hacia el fondo del taller, podía oírse una radio. Sobre una mesa alargada y llena de herramientas podía verse un enorme calendario con la foto de una mujer semidesnuda y de enormes pechos. Era exactamente lo que uno esperaba encontrar en un taller de Amagerbrogade: tetas en la pared, manchas de aceite en el suelo de hormigón, suciedad en los carburadores.

–¿Hola? ¿Hay alguien?

Su pregunta resonó en la habitación, pero no pasó nada. Lo intentó de nuevo, y al fin se abrió una puerta y un chico alto y delgado hizo su aparición. De sus oídos pendían unos cables. Parecía que funcionara con batería eléctrica y estuviera recargándose, aunque lo más probable era que estuviera escuchando música. Él la miró sorprendido. Estaba claro que no la había oído. Se sacó una de las clavijas de la oreja y la miró.

–Hola, me llamo Margrethe Franck y me gustaría hablar con el señor Fritsen –dijo.

–Volverá enseguida. Ha ido a la ciudad a buscar algo.

–Está bien. Lo espero.

El chico asintió y fue al dispensador de papel que quedaba junto a la puerta para secarse las manos. Sus ojos se posaron en el Mini negro de ella, que estaba aparcado fuera. Margrethe acababa de invertir una fortuna en unos extras especiales: unas llantas de aleación de 18 pulgadas Cross Spoke R113 con la tira roja, un kit de ajuste del sistema de filtro de aire, un compresor, una culata nueva con función Overboost, y un doble tubo de escape central. Además, cuatro neumáticos Pirelli nuevos de perfil bajo. Desde que tenía todo aquello se sentía como si estuviera montando a lomos de un tigre salvaje.

–¿Es suyo?

–Sí.

–No está mal. ¿John Cooper Works?

–Sí.

El joven se quedó ahí quieto un momento y siguió mirando con admiración el vehículo de Franck. Luego desapareció bajo el coche que estaba suspendido en el elevador, un BMW negro y más bien pijo que en una carrera seguramente seguiría en la línea de salida cuando su Mini ya hubiera llegado al final.

Decidió echar un vistazo por el taller. Allí solo trabajaban Fritsen y su ayudante, sin duda. El local era pequeño y no estaba demasiado limpio, pero tampoco era inmundo. A través de una puerta de cristal se llegaba a una pequeña oficina y una salita con más mujeres desnudas en las paredes.

Sobre una mesa podía verse la edición de aquel día del *Extra*, en cuya portada podía leerse el siguiente titular: «*Un jefe de Policía sin métodos se burla del caso de asesinato*». Y debajo, en negrita: «*Asesinado por el fantasma del castillo*». La foto, que ocupaba toda la página, mostraba al director del museo, Malte Bulbjerg.

Era una verdadera indecencia, un intento barato de exponer públicamente al jefe de Policía y presentarlo como si fuera un inútil. ¿Tal vez fuera un castigo porque el hombre se había colado de puntillas en el periódico en algún momento? Pasó las páginas hasta encontrar la correcta.

En ella citaban al subinspector H. P. Andersen diciendo:

«Por el momento todavía vamos a ciegas. Estamos investigando la vida de Bulbjerg para averiguar con quién estaba en contacto, qué había ido a hacer al castillo aquella noche y por qué fue asesinado. Todavía no tenemos una respuesta para todas estas preguntas. Esperamos encontrar un motivo y, en el mejor de los casos, al culpable, pero ahora mismo, en el momento de la investigación en el que estamos, el asesino bien podría haber sido el fantasma del castillo. Por lo tanto, pido a todo el mundo que crea disponer de algún tipo de información al respecto que acuda en cualquier momento a las oficinas de la Policía».

Siempre hacían lo mismo. Sacaban de contexto una expresión inofensiva y la abordaban desproporcionadamente. Dejó el periódico y volvió al taller. Pocos minutos más tarde, una camioneta Fiat entró en el patio y se detuvo junto a su Mini. Era Fritsen, quien la miró con expresión escéptica. Ella hizo ademán de acercarse a saludarlo, pero él fue más rápido.

—Margrethe Franck, ¿verdad? Margrethe, como la reina. Te recuerdo bien. Hola.

Ella estrechó con fuerza la mano que él le ofrecía. Tenía que ganarse el respeto del mecánico y veterano de guerra.

—¿Y bien? ¿En qué puedo ayudarte esta vez? ¿Problemas con tu Mini?

—Sigo buscando a Niels.

—Pues yo sigo sin verlo.

—¿Por qué estás tan a la defensiva?

—No estoy a la defensiva. Es solo que no entiendo por qué te resulta tan difícil entender que no he visto a Niels ni he hablado con él ni tengo la menor idea de dónde está.

El mecánico, que en su día fue rescatado del Una por Niels Oxen después de que un francotirador le hubiera disparado, parecía tranquilo, pero un poco irritable.

—Quizá sea porque creo que eres mejor amigo de Niels de lo que quieres admitir. Niels saltó al río para sacarte de allí. Uno no se olvida de algo así con facilidad. Vosotros dos sois «amigos para siempre», estoy segura. ¿O vas a decirme que no?

L. T. Fritsen se encogió de hombros.

—Sí, claro, si un día apareciera por aquí lo recibiría con los brazos abiertos. Mi casa siempre tendrá las puertas abiertas para él. El tema es que él no viene, pero eso ya lo sabes.

—Pero vuestra amistad es tan fuerte que tú serás el encargado de custodiar sus condecoraciones cuando su madre muera.

—¿Cómo dices?

—Pues justo lo que has oído. Vi el sobre en la habitación de su madre, en el asilo de Ringsted. Ahí estaban todas sus medallas, incluida la Cruz, junto con una carta que indicaba que si ella moría y él seguía ilocalizable, todas las condecoraciones te fueran entregadas a ti.

Fritsen la miró con la boca abierta. Parecía realmente sorprendido.

—No lo sabía. ¿De verdad pone eso?

—Sí.

—Humm. Bueno, ¿y qué?

—Pues que si tienes una mínima idea de dónde encontrar a Niels, te ruego que me ayudes. De verdad que nos encantaría hablar con él. Y si podemos protegerlo, lo haremos.

–Está bien, lo tendré en cuenta. Pero no sé nada, ya te lo he dicho. Oye, qué Mini más fantástico. ¿John Cooper Works?

–Sí. Me costó una fortuna... Escucha, si cambias de opinión ya sabes dónde encontrarme, ¿eh? Estaré aquí.

La otra vez que se vieron ya le había dado su tarjeta de visita, pero ahora le puso otra en el bolsillo del pecho de su mono.

–No lo olvides, Fritsen. Si te interesa que él esté bien...

Se dio la vuelta sobre sus talones y salió del taller... Enfadada, porque todo había sido en vano.

23

El último empleado que apareció en la sala común del departamento de homicidios para asistir a la reunión informativa puso justo el dedo en la llaga; antes aún de tomar asiento levantó la edición del *Extra* de aquel día, la puso sobre la mesa y dijo:

—¿Has visto esto, H. P.? Pero ¿en qué están pensando?

H. P. Andersen aplastó el periódico con la mano, como si fuera una mosca que llevara días molestándolo, y acabó con este gesto, abruptamente, las conversaciones y cuchicheos de todos los allí presentes. No dijo nada hasta asegurarse de que todos habían tomado asiento... y cerrado la boca.

—Buenos días. Quiero escuchar vuestros informes sobre el caso Bulbjerg —dijo, con su concisión habitual.

No era un hombre de muchas palabras. Miró por encima de la montura de sus gafas, cogió el periódico y lo levantó.

—Y esto... Será mejor que pasemos página, literalmente, cuanto antes. Me han hecho quedar como un idiota. Nos han hecho quedar como idiotas *a todos*. Para aquellos que solo leéis los titulares, os diré que no solo parecemos unos lerdos con la teoría de que el director del museo ha sido asesinado por un fantasma, sino que consiguen dar a entender que todo nos da tan igual que hasta bromeamos al respecto.

¡Estoy indignado, vaya si lo estoy! Lamento haber dado esta imagen. Pero si leéis este artículo, o como queráis llamar a esta aberración, veréis que la frase está completamente fuera de contexto. Sí, ya sé que llevo aquí el tiempo suficiente como para haber aprendido a ahorrarme tales comentarios, pero... En fin, ya basta. Decidme, ¿cuál es la situación? ¿Qué hemos descubierto?

–Nada, absolutamente nada –dijo un colega desde la otra punta de la mesa–. Nadie había visto nunca a Bulbjerg en el mundo de la droga. El hombre era muy conocido en Nyborg y todos se han mostrado muy sorprendidos ante nuestra pregunta. Parece imposible que se moviera por ahí sin ser reconocido.

–Gracias, Bøje. ¿Alguna noticia respecto al juego, Else?

–Creo que hemos podido hacernos una idea completa, con la ayuda de todas las oficinas de lotería en Nyborg y de la esposa de Bulbjerg. Malte Bulbjerg era muy aficionado a los deportes, sobre todo al fútbol, y le gustaba hacer quinielas. Además, cada semana jugaba a la lotería. Al principio, su ilusión por el juego no era mayor que la de tantos otros: algunos números, a veces cincuenta coronas en el sorteo de los ciegos y un boleto de lotería los sábados. En mi casa, por ejemplo, nos gastamos unas cien coronas cada semana. Yo compro lotería, y mi marido y nuestros hijos cupones de ese sorteo, por diversión.

–¿Y bien? ¿Qué más?

Quería ir al grano lo antes posible, sin andarse por las ramas como su elocuente compañera...

–Las cantidades que invertía habían ido aumentando en los últimos tres o cuatro meses, y por lo visto Bulbjerg había empezado a ir a cuatro administraciones de lotería distintas para no llamar la atención. Y también había empezado a apostar en otros deportes, incluso en carreras de caballos. En ningún caso pagaba con tarjeta de crédito, siempre en efectivo. Y no hemos podido detectar movimientos inusuales en sus cuentas.

–¿Ni en las entradas ni en las salidas? ¿Y qué hay de su esposa?

–Nos dio permiso para revisar sus cuentas. La pareja no hizo ninguna inversión importante ni realizó ningún viaje caro. Vivían bien y conforme a sus posibilidades, como siempre.

–Excepto por la tendencia de él al juego, cada vez mayor. ¿La mujer estaba al corriente de ese asunto?

–No. Como ya le he dicho, él siempre había jugado a una escala menor, y ella pensaba que las cosas seguían igual.

–¿Amigos, conocidos, colegas, familia? ¿Habéis encontrado algo ahí?

Uno de los policías de más edad, Danielsen, miró sus notas y suspiró profundamente.

–Las reacciones parecían reales. La noticia los dejó a todos helados. Ninguno sabía nada, ni sobre los juegos de azar ni sobre la cocaína. Bulbjerg no dijo ni una palabra al respecto, no sugirió ninguna pista, ni dio el menor indicio de estar preocupado. Nada. Y eso que nos pusimos en contacto con todas las personas relevantes en su vida.

–¿Y cómo está ahora la esposa?

–Ha tenido que recibir atención médica, pero se está recuperando lentamente. Como ya he dicho, también hablamos con ella un par de veces. La noticia la ha dejado destrozada, y le ha caído del cielo, como un rayo.

–Humm... –Andersen hizo una pausa mientras hojeaba sus papeles. Aún había más cosas en su lista para comentar.

–¿Y las telecomunicaciones? Iversen, ¿qué habéis encontrado?

–Obtuvimos todos los datos relevantes y los revisamos a conciencia. El material es relativamente escaso dado el momento en que se produjo el crimen, y no encontramos nada que nos pareciera importante. Revisamos algunas cosillas, pero no hallamos nada interesante.

–¿Ni en el ordenador del trabajo ni en el suyo personal ni en su móvil, tableta, o lo que sea? ¿Nada?

Su mirada se posó en Trine Bertram, una colega relativamente nueva que había venido de Copenhague para unirse al equipo. Una chica inteligente.

–Lo hemos mirado y remirado todo, y eso que había un montón de soportes que analizar. Bulbjerg tenía, de hecho, todo lo que acabas de decir, y más: dos ordenadores en el trabajo, un PC y un ordenador portátil, así como un ordenador portátil privado, un iPhone y un iPad. Y estaba en Facebook, pero no en Twitter ni en LinkedIn. Una persona muy activa en la red y con muchos contactos, pero no hemos encontrado nada que nos parezca sospechoso o que apunte a cualquier tipo de actividad criminal. Hablaba con sus amigos sobre su apuestas y el fútbol, pero no salía de mensajes del tipo «¿Ganará el Barça este sábado?» y «¿Crees que podrán con Messi?». Más allá de esto, me temo que yo tampoco tengo nada...

Andersen se quitó las gafas y se frotó los ojos. Estaba cansado, pero seguía en tensión por todo lo sucedido. Por lo general, su profesionalidad y su ambición lo ayudaban a superar los períodos de estrés y pocas horas de sueño, pero esta vez todo era muy simple: no tenían nada.

–Al final resultará que sí lo mató ese maldito fantasma –dijo, haciendo sonreír a todos los que estaban reunidos en torno a aquella mesa–. Como sabréis –continuó, volviendo a ponerse las gafas–, Kofoed y yo hemos hecho un viajecito. Queríamos que algunos de los que conocen bien el mundo de la droga nos ayudaran a analizar la situación, y por eso fuimos a la prisión estatal de Nyborg. Para resumir la historia: hablamos con Danny Brorson, a quien seguro recordáis. No pudo ayudarnos mucho, pero al menos lo intentó. Luego hablamos con uno de esos matones que había pertenecido a una banda de Nyborg. Este no dijo demasiado; en todo caso, «mierda», «joder» y «cojones», ¿verdad, Kofoed? –Su ayudante sonrió y asintió–. Y, para acabar, hablamos con el serbio Nebojsa Petrović, del que puede que también hayáis oído hablar. Le habría gustado ayudarnos a cambio de un trato, pero por desgracia no sabía nada de nuestro hombre. En otras palabras, damas y caballeros, seguimos con las manos vacías. ¿Alguno de vosotros tiene...?

En aquel momento le sonó el teléfono. Un número desconocido. Por algún motivo, y muy en contra de lo que solía hacer, descolgó el aparato en mitad de la reunión con su equipo.

Fue como una corazonada.

–H. P. Andersen.

–Hola, aquí Danny Brorson, desde la cárcel.

–Vaya, ¿qué...?

–He pensado que teníamos que volver a hablar... Es sobre la charla que hemos tenido acerca del tío ese del museo. Por eso me han dado permiso para llamarte.

–Ah, ¿y tienes algo para nosotros? ¿Sabes algo?

Sintió que su corazón empezaba a latir con más fuerza. ¡Solo necesitaba un dato, lo que fuera, algo que los ayudara a seguir avanzando, por favor!

–Pues claro que sé algo. Bueno, la gente habla ahí afuera... Hay alguien que está haciendo preguntas. Las mismas que vosotros. Pero no es poli.

–¿Podrías ser un poco más preciso, Brorson?

Mientras hablaba, levantó una mano para que su gente, alrededor de la mesa, comprendiera que esa llamada era importante.

166

—No tengo un nombre ni una descripción personal ni algo por el estilo. Las investigaciones avanzan lentamente y con discreción...

—¿Podrías ponerme en contacto con alguna de estas personas a las que han interrogado?

Danny Brorson vaciló.

—Es importante, Brorson.

—Sí, sí, lo sé, lo intentaré. Es solo que no creo que os sirva para nada. Y... bueno, quizá también quiera saber que se ha ofrecido una jugosa recompensa a cualquiera que pueda proporcionar alguna información útil sobre el tío ese del museo.

—¿Recompensa? ¿Y de qué cantidad se trata? ¿Lo sabes?

—Entre veinte y treinta mil coronas por lo más relevante.

—¿Es broma, no?

—¡Ja! Sabía que dirías eso. Y no olvides que Danny *The Man* está dispuesto a ayudar a un poli, ¿eh?

Andersen le dio las gracias y colgó. Obviamente debía de tener una expresión pensativa, o sorprendida, porque todo el equipo se quedó mirándolo en silencio, tal como comprendió enseguida.

—Eeeh... Como seguramente habréis oído, acabo de hablar con Danny Brorson, que me llamaba desde la cárcel. Por lo visto hay alguien que está cazando furtivamente en nuestro distrito y haciendo preguntas sobre el director del museo entre la gente del mundo de la droga; alguien dispuesto a pagar hasta treinta mil coronas por cada sugerencia que le resulte útil. ¡Treinta mil coronas!

Sus palabras fueron recibidas con miradas serias, murmullos y ceños fruncidos.

Lo había sospechado desde el primer momento: había algo extraño en esa historia. Algo que no cuadraba.

—Brorson está tratando de encontrar a alguien que esté dispuesto a hablar con nosotros. Tenemos que saberlo todo. ¿Cuándo se devolverá el cuerpo para que sea enterrado?

–En cuatro días. El funeral tendrá lugar al mediodía, en Nyborg, en la iglesia de Nuestra Señora. –Fue Poulsen quien respondió.

–¿Y dónde será el entierro?

–En el antiguo cementerio de la ciudad, en el centro.

–Quiero que pongáis cámaras por el perímetro y que grabéis todo el evento. ¡Quiero ver a todos y a cada uno de los presentes registrados en vídeo!

24

Pero ¿qué quería el gran jefe ahora? ¿Acaso quería preguntarle, por segunda vez en tan pocos días, cómo iban sus investigaciones sobre Niels Oxen, o es que tenía alguna otra razón para citarla en su oficina?

«*Ven a mi oficina. A.M.*». El pósit amarillo colgaba de su pantalla cuando ella volvió del descanso del mediodía. Ahora iba de camino hacia su despacho y, francamente, sentía bastante curiosidad.

Axel Mossman, máximo cabeza visible del Centro Nacional de Inteligencia, seguía llevando las riendas del servicio con determinación, pero desde que había cumplido los sesenta, los rumores sobre su sucesión estaban en boca de todos.

A diferencia de sus antecesores, que a medida que adquirían años perdían el reconocimiento de los demás, él había reforzado considerablemente su posición en los últimos tiempos. Hacia el cambio de siglo todos empezaron a comentar que Mossman estaba cansado y atascado. En ese momento, los críticos coincidían en afirmar públicamente que el CNI se había convertido en algo más bien estadístico, y el coro que clamaba por la renovación se había vuelto cada vez más insistente.

Y luego llegó septiembre de 2001, y el mundo se convirtió en algo diferente. El colapso de las Torres Gemelas también fue la resurrección de Mossman.

Nadie contaba con una red internacional comparable a la suya, heredera de sus ancestros británicos y hábil a ambos lados del Támesis, ya fuera con el MI5 o el MI6. Con su talla de ropa XXXL y su imperturbable rectitud supo abrirse también puertas en Estados Unidos, en la CIA y la NSA. Incluso supo controlar a los rusos, que admiraban su corpulencia.

Axel Mossman lideró el CNI durante los difíciles años de transición y lo convirtió en un servicio de inteligencia que cumplía con los desafíos modernos y tenía capacidad de reacción. De ahí que nadie hubiera podido acabar con esa roca anglófila o quejarse de su administración. Jamás dio palmaditas en los traseros de sus preciosas secretarias, y administró el presupuesto del servicio como si fueran su propios ahorros. Además, su entusiasmo por las intrigas políticas contribuyó a que nunca cometiera las imprudencias que sus oponentes esperaban de él.

Margrethe debía muchísimo a Axel Mossman. Él la contrató como ayudante personal después del accidente en el que perdió la pierna, y convirtió así el punto final de su carrera en un mero punto de inflexión. Los diferentes desafíos y tareas que le fueron siendo encomendados bajo el amparo de las gigantes alas de Mossman parecían hechos para ella. De haber tenido dos piernas no habría llegado tan lejos, probablemente.

Lo que de verdad la molestaba y entristecía era que ahora rara vez la invitaba a su oficina.

Desde el caso de los perros ahorcados, y desde que Mossman había incluido a Niels Oxen en la investigación, se habían ido alejando más y más. Así pues, casi todo lo que había ido creciendo entre ellos durante ocho años se había ido al garete.

El tema era la confianza. O la falta de confianza. Joder, ¿por qué seguía ahí esa duda, tenaz, persistente, como un parásito bajo su piel?

¿Había estado Mossman involucrado en el asunto de los perros ahorcados? ¿Había sido parte activa de la historia o simplemente la había presenciado de un modo pasivo y oportunista? ¿O era cierto –tal como les dijo a ella y a Oxen– que en realidad había hecho lo único que podía hacer, es decir, seguir con el juego?

Llamó a la puerta.

En los viejos tiempos habría entrado sin esperar, pero en esa ocasión prefirió esperar educadamente hasta que oyó su profunda voz diciendo: «¡Adelante!».

Entró y cerró la puerta detrás de ella, también con más cuidado que antes. Como de costumbre, él estaba sentado tras su enorme escritorio, cual rey en su trono, frente a una antigua mesa de caoba que provenía de un castillo inglés cuyo nombre había olvidado. Todos los demás trabajadores del CNI tenían esas mesas ergonómicas y de altura ajustable, pero él no, por supuesto que no. De hecho, si él se apoyaba en su mesa habría sido necesario el gato de un camión para poder levantarla aunque fuera solo unos centímetros.

Frente al escritorio había un sillón Chesterfield de color marrón rojizo. Y, por supuesto, en torno a la pequeña mesa que quedaba en la otra esquina de la habitación, había también un pequeño sofá Chester y dos sillones más frente a él. Resultaba muy difícil imaginar que su sucesor en el Klausdalsbrovej, fuera quien fuera, se sintiera capaz de trabajar en una oficina como esa.

Margrethe se detuvo frente al escritorio y esperó, con una mano apoyada en la cadera, consciente –cómo no– de que su lenguaje corporal era un poco demasiado evidente.

Se concentró en acabar de leer las últimas líneas del informe. Luego alzó la mirada. Franck estaba de pie frente a él, con un brazo en jarras, como si estuviera delante del mostrador de una panadería, molesta por la espera.

Su pelo era tan... extraño. Con los años, había cambiado tanto de peinado como algunos cambian de calcetines. En ese momento llevaba una cresta bastante larga que se ondulaba sobre la frente, y el pelo rapado por los lados. Era como una *punk* de clase alta, si es que eso era posible.

Y aquella postura era tan típica de ella... De algún modo logró activar una clavija en su interior y despertar algunas emociones que había ido dejando atrás. La que lo observaba en aquel momento, en aquella pose, era la rebelde Margrethe Franck. Solo le faltaba mascar chicle y hacer un globo entre sus labios rojos para hacerlo explotar después con una escandalosa explosión.

Si la juventud no era rebelde, impaciente y descarada, ¿quién iba a serlo en este mundo de locos? Y desde su punto de vista Margrethe Franck aún era joven, aunque sin duda debía de andar ya por los cuarenta. Ella había sido una pura provocación para él cuando la dejó entrar en su mundo y ella se mostró tan poco impresionada al avanzar por él... sobre una pierna.

Puede que Franck fuera hoy un poco más complaciente, pero hasta los depredadores que viven confinados en los zoológicos mantienen eternamente su instinto asesino. Un movimiento equivocado y...

Debía de haber pasado un buen rato sumido en sus pensamientos, porque de pronto la oyó decir, algo irritada:

–¿Y bien? ¿De qué se trata?

Mossman volvió al presente de inmediato.

–Siéntate, Franck.

Colocó sus papeles en una pila, cuidadosamente ordenados, al milímetro, y los puso a un lado, al borde de la gran mesa. Había dejado el escritorio casi limpio. Casi.

–*Well*, hace poco te hablé de ello en el pasillo... Tenemos que encontrar a Oxen.

Ella entornó los ojos. Volvía a llevar la serpiente en la oreja; un pendiente de plata con forma de serpiente que trepaba por el cartílago de su oreja. Ya le había llamado la atención cuando la contrató hacía ya muchos años. Su mundo estaba lleno de serpientes, y en ese momento la joya le dio probablemente un punto extra.

–¿Oxen? ¿Otra vez?

–Sí, otra vez. Pero ahora con más detalle, por favor.

–Pero ya te dije todo lo que sabía.

–*Well*, en aquel momento me pareció bastante básico, y además tenía prisa.

–Ahora mismo estaba escribiendo un informe para ponerte al corriente de cómo están las cosas.

–Pues te pido una versión oral.

Su mirada reflejaba un escepticismo que solo los ojos de Margrethe Franck podían replicar.

Y fue entonces, cuando ella se dejó caer en la silla y le lanzó una mirada testaruda y desafiante, cuando se dio cuenta de lo mucho que la había echado de menos.

Winston Churchill, el mejor hombre de Estado de la historia, dijo en una ocasión que el éxito era la capacidad de pasar de un fracaso a otro sin perder la ilusión.

Él seguía dispuesto a luchar por eso, por el mayor triunfo de su carrera, aunque lo cierto era que, visto en retrospectiva, el caso de los perros ahorcados –que era como lo llamaban todos– no había sido más que un fiasco.

Sin lugar a dudas, la historia había tenido también algunos aspectos positivos, y casi todo el mundo lo había considerado un éxito absoluto, pero él sabía que no había podido acercarse a su verdadero objetivo. Le habían hecho jaque mate.

Y, desafortunadamente, Margrethe Franck había ido a parar a su lista de pérdidas personales. Cuando la confianza desaparecía y era imposible recuperarla, uno tenía que soltar lo que no podía sostenerse.

Necesitaba resultados; los necesitaba a cualquier precio, y si era preciso le estrujaría la médula espinal con sus propias manos para lograrlos.

—Tendrás el informe mañana por la mañana. Ya casi lo he acabado. Es mucho más fácil así.

—Ahora. Gracias.

—Pero ¿por qué ahora? ¿Qué pasa con Oxen?

—Nada. —Él negó con la cabeza.

Estaba marcándola en corto. Así era como actuaban siempre. Una especie de ritual.

—¡Venga ya! Empecé a buscarlo en el mismo instante en que desapareció, te he pasado informes en dos ocasiones... ¿y ahora resulta que justo en este momento acabas de recordar que algo está ardiendo? ¿Por qué?

—Te equivocas, Franck. Aquí no se quema nada. Pero ha pasado un año entero, tú no has logrado ningún resultado, y yo sigo teniendo que hablar seriamente con Niels Oxen. Es aquí donde me planteo la pregunta de cuándo piensas cumplir con tus obligaciones.

Ella se sentó en su Chester y resopló.

—Está bien, volveré a empezar desde el principio y te lo explicaré lentamente, por si quieres tomar apuntes... Oxen es un fantasma. No deja ningún rastro electrónico que podamos tener en cuenta en nuestra investigación. Ni con el Estado ni con un banco; no tiene teléfono ni ordenador; nada. Está ahí afuera, en algún lugar, pero no existe. Es una pequeña aguja en un inmenso pajar. Es por eso que no avanzo.

—Pero algo habrás hecho durante todas tus horas de trabajo, ¿no?

—Está indicado en los informes.

—Lo sé, pero quiero creer que de algún modo has seguido intentándolo, ¿no? ¿No se te ha ocurrido nada nuevo? ¿Ningún camino distinto que recorrer?

—Este interés por Oxen... está relacionado con Nyborg, ¿verdad?

—¿Nyborg? ¿Ya vuelves a estar con eso? ¿A qué te refieres?

Margrethe Franck ya había dado en el clavo el otro día, en el pasillo. Tenía un olfato increíble y una extraordinaria intuición femenina. Un fenómeno que él no solía reconocer.

—Me refiero a Nyborg y al asesinato del director del museo, Malte Bulbjerg. No me creo que no estés al corriente. Ha aparecido en todos los medios de comunicación.

—Ah, eso.

—Sabes perfectamente que Oxen y yo hablamos con Bulbjerg el año pasado, como parte de nuestra investigación en el caso de los perros ahorcados.

—Pero ¿no le dispararon en el castillo? Por lo que sé es una historia relacionada con el juego y las drogas, ¿no?

Ella lo observó con una mirada penetrante. Mossman no supo decir si él mismo estaba siendo tan expresivo como ella, pero decidió prestar atención a cada mínima señal.

—Sí, eso es lo que dicen los colegas. Pero la coincidencia es demasiado llamativa. El director del museo es asesinado y de pronto quieres que te traiga a Oxen para el desayuno, y a ser posible para el de ayer.

—Pues es una coincidencia; una simple y pura coincidencia. Estás yéndote por las ramas, así que, por favor, concéntrate y ve al grano.

Margrethe respiró hondo y al final se decidió a hablar:

—Está bien, estoy haciendo una nueva ronda entre su en-

175

torno social. Ando buscando cualquier cosa que se me pudiera haber escapado. Tengo la vana esperanza de que en algún momento alguien decida ayudarme, aunque por ahora nada parece ir en esa dirección. Interrogo a su gente para ver si de pronto recuerdan algo que yo pueda utilizar. Creo que esa es la única opción que tengo de avanzar.

—¿Y qué me dices de los informes diarios de nuestros amigos los policías? ¿Qué hay de ellos?

—Lo intenté también, pero son solo una pérdida de tiempo.

—¿Por qué?

—¿Qué crees que voy a encontrar en ellos? «Un veterano de guerra, Niels Oxen, que por cierto es el soldado más condecorado de Dinamarca, irrumpió la noche del martes en casa de la Sra. Hansen, en Tikøb, y le robó tres gallinas. El robo fue registrado entre las ocho y las nueve y se ha puesto a disposición de la Policía». ¿Te parece posible que encuentre algo así?

Estaba acercándose peligrosamente a todos los límites, y Mossman la vio disfrutar con ello.

—Vaya tontería. Me refería más a observaciones y patrones de comportamiento. El hombre tiene un largo historial de infracciones, ¿no es así?

Ella asintió.

—La mayoría parecen inventadas. Denuncias por robo de ganado, por ejemplo. Todo está detallado en mis informes. Te aseguro que Oxen *no* se mete en peleas, *no* rompe escaparates estando borracho, *no* roba en los cajeros de los quioscos y *no* se lleva gallinas de las granjas. Él vive como si fuera invisible, porque eso es justo lo que quiere. Por eso es una pérdida de tiempo leer los informes de la Policía sobre él.

—Pues si no has leído informes, ¿qué has hecho todo este tiempo?

—Por el amor de Dios, acabo de decírtelo: una nueva ronda

de interrogatorios entre las personas más cercanas a él. Hermana, madre, un veterano al que salvó su vida, los padres de un compañero y amigo de la infancia...

–¿El que murió en los Balcanes?

–Ese mismo, sí.

–¿Cómo se llamaba?

–Bo «Bosse» Hansen.

–¿Y qué has descubierto en todas esas charlas?

–He encontrado sus condecoraciones, por ejemplo, incluso la Cruz al Valor. Estaban escondidas en una cómoda, en la residencia de su anciana madre en Ringsted. Nadie sabe cuándo ni cómo llegaron allí. Nadie ha visto allí a Oxen ni ha hablado con él, pero es obvio que tiene que haber ido en algún momento, pues el estuche de las medallas está metido en un sobre grande que no fue enviado por correo.

–¿Y bien?

–Pues que si ha ido una vez, puede que vaya de nuevo.

–¿Estás insinuando que deberíamos poner cámaras en la residencia?

–Esa decisión es tuya. No sé cuántas ganas tienes realmente de hablar con él.

Lo de las cámaras sonaba a posibilidad remota y a largo plazo, y ella lo sabía muy bien. Pero lo disfrutó de todos modos.

–Lo pensaré. ¿Algo más?

–En una carta que también encontré en el interior de ese sobre ponía que, si la madre de Oxen moría y él no podía ser informado adecuadamente, las condecoraciones deberían entregarse a un excompañero suyo de los Balcanes, un tal L. T. Fritsen, que resulta que tiene un taller de reparación de coches en Amagerbrogade. Oxen lo rescató de un río cuando este fue alcanzado por un francotirador, y obtuvo una de sus medallas por ello.

–Bueno la Cruz al Valor no se entrega a nadie en quien no

se tenga mucha confianza, ¿no? Ve a verlo y exprímele hasta la última gota de información.

Franck sonrió. No era una buena señal para él en esa pequeña batalla personal que estaban teniendo.

—Ya lo he hecho, por supuesto —respondió ella.

Pues claro que había ido. ¡Pues claro! Si hubiera pensado solo unos segundos antes de hablar, se habría ahorrado aquel revés tan tonto.

Hacía demasiado tiempo que trabajaban juntos, la verdad, y él estaba un poco oxidado por lo que hacía al manejo de aquella mujer astuta con una pierna amputada. La había visto acelerar esa mañana en el estacionamiento de la Policía. Era como si el Mini Cooper hubiera sido diseñado especialmente para ella, y más con ese *look* retro negro, con el techo blanco y las rayas blancas.

—¿Y qué te ha dicho? ¡Por Dios, Margrethe, no me hagas sacarte cada palabra a la fuerza! —Al decir aquello miró su reloj, en un gesto cuyo mensaje pretendía ser más que elocuente.

—No mucho, en realidad. No parecía nada dispuesto a cooperar. Creo que sabe más de lo que quiere admitir.

—¿Y eso es todo? ¿No tienes nada más?

Franck entornó los ojos, y luego negó lentamente con la cabeza.

—Pues vuelve a por el mecánico.

—Está bien, lo intentaré. ¿Algo más?

—No, eso es todo —dijo, cogiendo la pila de archivos que tenía sobre la mesa.

—¿Y si logro encontrar a Oxen, pero él se niega a cooperar? ¿Y si no quiere hablar contigo? ¿Qué hago? Porque no puedo detenerlo...

—No, desde luego que no. Pero si crees que podría resultarte útil, menciónale el asesinato del director del museo.

–¿No acabas de decirme que no había ninguna relación con ese tema?

Volvía a estar en zona de peligro.

–Y no la hay. Pero es muy importante para mí hablar con Oxen, de modo que haz lo posible por traérmelo. ¿Entendido?

Ella asintió y se levantó.

–Entendido.

–Gracias.

La observó mientras salía de la oficina. A Margrethe Franck le gustaba el veterano de guerra, de eso no tenía ninguna duda. Ambos habían trabajado fenomenal juntos, ciertamente, y en algún momento él había pensado que podía haber sido recíproco, pero entonces Oxen desapareció y dejó a Franck –nunca mejor dicho– compuesta y sin novio.

Aun así... Si Oxen decidiera por algún motivo salir de su escondite, lo más probable era que Margrethe fuera la primera persona a la que quisiera ver.

Y entonces él atacaría.

25

Las gafas de sol eran, sencillamente, un invento genial. Le permitían mirar en todas direcciones, y no solo allí donde supuestamente debía concentrarse –sobria y respetuosamente–, que en ese caso eran el sacerdote y el ataúd.

Mucha gente se había acercado a despedir al director del museo, Malte Bulbjerg, en su último viaje, y en la iglesia le había resultado difícil hacerse una idea global, pues se había sentado atrás, junto a uno de sus compañeros, pero... bueno, digamos que las nucas de los allí presentes no le ofrecieron demasiada información.

Ya afuera, bajo el sol que calentaba el viejo cementerio de Nyborg, todo le pareció mucho mejor. Se quedaron algo alejados, en la avenida de los árboles altos, desde donde podían repasar con la mirada a todos los presentes. En aquel preciso momento, por ejemplo, estaba mirando a una mujer que también estaba algo alejada del resto. Como si formara parte de la comitiva, pero al mismo tiempo no lo hiciera. A través del pinganillo que llevaba en el oído, sus colegas le habían dicho que había llegado a la iglesia en un Mini Cooper negro.

Era de mediana estatura, delgada y atlética, llevaba pantalones negros y una blusa también negra, pero llamaba la atención sobre todos los demás. Su pelo rubio estaba rapado a los lados y tenía una ancha cresta *punk* que iba desde el cuello hasta la frente y acababa en un rizo que caía hasta el borde de las gafas de sol negras. Y... ¿era posible que ella también lo estuviera mirando *a él*?

El hombre que estaba al final de todo, justo en el extremo opuesto al suyo, era el subinspector H. P. Andersen. Franck lo reconoció a pesar de sus gafas de sol oscuras porque lo había visto lo suficiente en la televisión y en los periódicos, donde fue arrojado a los leones porque en cierto modo dio a entender que la Policía aún estaba con las manos vacías en el tan discutido caso de asesinato.

Había bodas que atraían a los espectadores, ciertamente, pero con los funerales no solía pasar lo mismo; y sin embargo aquella era exactamente la razón por la que ella se acercó a Nyborg: para observar y acallar su curiosidad.

Su última conversación con Mossman había sido el factor decisivo. El jefe del CNI trató de ocultar el hecho de que había una conexión entre su deseo urgente de encontrar a Niels Oxen y el asesinato de Bulbjerg.

De ahí que hacía apenas unas horas hubiera seguido un impulso repentino, se hubiera cambiado de ropa a toda prisa, se hubiera metido en su coche y hubiera apretado el acelerador para llegar a Nyborg. Su Mini voló por el Storebælt y aterrizó en la iglesia justo a tiempo.

Quería saber quién aparecería por el funeral y quién no, y si había algo de movimiento entre bastidores.

El hecho de que el subinspector estuviera allí de pie, en la última fila, erguido como un mástil, observándolo todo —y a todos— a través de sus lentes negras era francamente inusual y vino a confirmar todas sus sospechas de que en aquel caso había no pocas irregularidades.

–... hasta que vuelvas a la tierra, porque de ella fuiste tomado; pues polvo eres, y al polvo volverás...

Había algunos tipos más del estilo de Andersen. Por el momento había descubierto ya a algunos hombres que se mantenían alejados de los familiares y amigos, pero que se mostraban insólitamente muy atentos y parecían conceder gran importancia al anonimato.

Su mirada volvió a posarse en la esposa de Malte Bulbjerg. Treinta y tantos. Demasiado joven para ser viuda. No vio a ningún niño, así que lo más probable es que no los hubiera. Menos mal. Tal vez habían querido tenerlos, pero no habían podido. La mujer parecía ausente y rota, y tenía unas ojeras enormes. Su marido había desaparecido repentinamente. En mitad de la noche. Asesinado. Con una bala en la frente.

–Vehículo dos a H. P. Andersen. Ahora sabemos quién es la mujer del Mini Cooper. Se llama Margrethe Franck y trabaja en la sede del CNI.

Cogió una bocanada de aire cuando la vocecilla que le hablaba por el auricular le pasó esa información.

¿El CNI? ¿Aquí?

La miró una vez más, observándola de arriba abajo. Aquel no era exactamente el aspecto que habría esperado de una trabajadora del CNI. Aunque, por otra parte, ¿quién podía entender a sus colegas de Søborg, que se consideraban a sí mismos como la élite, pero para el resto de policías no eran más que una parada que la mayoría ya había dejado atrás?

Margrethe Franck. El nombre no le decía nada.

–Padre nuestro que estás en los cielos, santificado sea tu nombre, venga a nosotros tu reino. Hágase tu voluntad...

–Vehículo uno a H. P. Andersen. Poulsen se ha puesto en contacto. Dice que cree haber visto a un antiguo colega que ahora trabaja para el CNI, pero no está seguro del todo.

Empezó a darle vueltas al asunto, pero por más que lo intentaba no lograba dar con una respuesta razonable a la pregunta de qué se le habría perdido al servicio de inteligencia en la despedida de un director de museo que quizá, solo quizá, pudiera haber estado involucrado en algún asunto turbio. Ni echando mano de toda su imaginación atinaba a concluir por qué la élite del CNI había decidido colarse en aquel entierro.

Cabe decir que por el momento solo había logrado hacerse una vaga composición de lo que había sucedido en aquel asunto, del que, por otra parte, se había hecho una idea clara desde el principio.

A través de Danny Brorson habían tenido acceso a dos confidentes del mundo de la droga. Los investigadores se pusieron en contacto con ambos y les preguntaron qué había estado haciendo el director del museo en su ambiente, pero ninguno de los dos tenía ni la más remota idea. Solo lograron descubrir que uno de ellos se había visto en una ocasión con un hombre de mediana edad y aspecto muy cuidado, y que el otro había quedado con un segundo hombre que solo hablaba inglés. No supieron darles ninguna descripción relevante, ningún rasgo diferencial del que partir: amables, bien vestidos, con chaquetas de verano, estatura media, cuarenta y pico.

Lo dicho: nada que les resultara particularmente útil.

El hombre de habla danesa había ofrecido treinta mil coronas por cualquier información útil acerca de Malte Bulbjerg, pero, por supuesto, no había dejado un teléfono de contacto. Tan solo había mencionado un punto de encuentro en el puerto; un lugar en el que la fuente de Brorson se presentaría un día determinado a una hora determinada y, en cuanto apareciera, alguien se le acercaría.

Eso era lo que tenía que pasar, y eso fue, efectivamente, lo que pasó. Y el hecho de que oliera todo tan profesional le preocupaba sobremanera.

Ahora su gente tenía que reunir todo el material posible acerca de los asistentes al funeral y repasar todos los vídeos del día en cuanto volvieran a la comisaría.

Al oír la palabra «CNI», no obstante, le vino a la cabeza un pensamiento completamente distinto...

Ahí estaba él, en el cementerio del centro de Nyborg, tratando de averiguar quién podría estar interesado en hacer una copia de su ordenador, y de pronto, sin ninguna conexión aparente, aparecían en escena varios funcionarios de Søborg. La sospecha de lo que podría estar sucediendo no le gustó en absoluto.

Todo aquello no tenía en principio ningún sentido, pero podría traer consigo fácilmente un montón de complicaciones.

Tantas que prefería una y mil veces tener que enfrentarse solo a un delincuente común del mundo de la droga —por malo que fuera— que quisiera tener una copia de su disco duro.

Las pesadas tijeras de podar apenas cortaron algunas ramitas que sobresalían del miniárbol de al lado de la lápida. Enseguida habrían acabado. Había oído al sacerdote rezando el padrenuestro.

Se arrodilló en la grava con su mono verde y fingió arrancar alguna mala hierba junto a una tumba. Su rastrillo estaba apoyado en un seto. La bolsa con la pequeña videocámara estaba perfectamente colocada en el ángulo correcto, que había calculado con antelación.

Todos los que quisieran salir de allí tendrían que pasar por el ancho camino principal, y todos quedarían retratados en el vídeo, en alta definición.

Ese era el único procedimiento correcto. Una grabación en directo y un colega apostado a la entrada, en su coche.

No sabía por qué, pero aquello estaba repleto de policías. ¿Acaso los agentes municipales temían algún disturbio en el entierro del trabajador de un museo? ¿O qué estaba pasando allí?

¿Y qué demonios pintaba en todo ese asunto la alienígena de una pierna de Mossman, con su serpiente plateada en la oreja?

Por la radio de su antiguo lugar de trabajo había oído que Margrethe Franck había caído en desgracia y había dejado de ser la ayudante personal del jefe, pero ¿de qué trabajaba entonces? El nombre de Franck no aparecía en el informe que le habían pasado, así que no tenía ningún papel en esa obra. Sin embargo, ahí estaba. Era una situación delicada.

Se sacó el teléfono del bolsillo y escribió un mensaje que sin duda incomodaría a su receptor: «M. Franck también está en el funeral».

Más allá de su afligida superficie, el cementerio parecía más bien un hormiguero en ebullición. Al menos habían reconocido movimientos de varios grupos de personas que se parecían mucho a la Policía local y al CNI.

Si la ocasión no hubiera sido tan seria, podría haberse pensado que las autoridades estatales se habían reunido para crear una versión moderna de los Keystone Kops, solo que sin Charlie Chaplin.

Estaban bien escondidos en un discreto coche blanco que habían aparcado justo delante de una clínica de animales, a cierta distancia del cementerio. La parte trasera del coche apuntaba hacia la calle Ravelins, donde el puente cruzaba el foso.

Las lunas del vehículo eran reflectantes, de modo que no podía verse lo que hacían en su interior, ni el enorme teleobjetivo con el que trabajaban. Gracias a su enorme zum también podían tomar las fotos que querían desde allí mismo: una galería completa de retratos de todos los asistentes al funeral de Malte Bulbjerg.

No tenían ninguna necesidad de entrar también en el cementerio para ser inmortalizados por otros. Su estilo nunca era llamar la atención.

Ellos vendían máxima discreción, y eso solo podía lograrse desde la distancia.

Su trabajo consistía en conducir y observar. El de su compañero, en hacer fotos. Tras la cámara era el mejor.

Habían aceptado el trabajo juntos. El encargo les había llegado a través de una intrincada red en la que habían llegado a estar firmemente integrados tras muchos años de servicio, tanto en el país como en el extranjero. Sobre todo en el extranjero, por razones obvias.

Sus carreras habían avanzado en paralelo. Primero habían sido soldados profesionales, luego empleados en la industria de los seguros –la mayor parte del tiempo en Black Rose Security, una corporación estadounidense–, y ahora trabajaban como profesionales independientes, con todas las ventajas y desventajas que eso traía consigo.

Su encargo estaba dividido en dos partes. La primera pasaba por moverse un poco y observar atentamente el mundo de la droga en Nyborg y Odense.

En su búsqueda de información, habían preguntado a unos y a otros –peces pequeños y grandes– si el tipo del museo había estado moviéndose por ahí, y, en caso de que la respuesta fuera afirmativa, con quién había tratado.

En aquel sentido volvieron a casa sin ninguna información. Nada. Nada en absoluto. Habían ofrecido una recompensa de treinta mil coronas a cualquiera que tuviera algo que decirles, y habían montado todo un espectáculo en el puerto, pero no había aparecido ni un alma.

Fuera como fuese, pensar no era parte de su encargo; ellos solo tenían que recabar datos. Y la conclusión a la que llegaron era que nadie sabía nada acerca de Bulbjerg en el mundo de la droga.

Por otra parte, no hacía falta ser un profesional del tema para darse cuenta de que en aquel cementerio había un montón de antiguos y conocidos parásitos.

Todo el material, tanto el resultado de sus conversaciones como las fotos, debía ser entregado, escrito a mano e imprimido, en uno o más sobres. Esa había sido una instrucción inequívoca: no debía haber nada en formato electrónico. Un requisito inusual en la era digital, pero uno, qué duda cabe, que esquivaba los riesgos de seguridad. El argumento era sólido y razonable.

–¡Ya vienen! ¿Estás listo?

Vio que la mayor parte de la comitiva fúnebre comenzaba a moverse lentamente y avanzaba desde la tumba, al final del callejón, hasta la salida junto a la oficina de la iglesia.

–Listo –respondió desde la parte trasera del coche.

Aunque en su contrato no estuviera contemplada la opción de pensar, él no pudo evitar hacerse una pregunta: ¿en qué diantres había estado metido el tío ese del museo y qué caja de Pandora había abierto al morir?

26

Las siete llamas del candelabro de plata seguían temblando nerviosamente, proyectando unas sombras inquietas sobre la pared blanca.

Se habían puesto las capas negras sobre los hombros y se habían sentado en las sillas de respaldo alto, en el mismo orden inalterable de los últimos siglos: norte, sur... y él, al este.

El ambiente en aquel sótano era agradablemente fresco, y más después de ese día tan caluroso que habían pasado y que había marcado el comienzo de agosto.

El ambiente en la pequeña sala de estar no le había parecido tan relajado como de costumbre, aunque todo había sido como siempre: café, té, sándwiches y prensa.

Las vacaciones de verano en el Parlamento aún duraban, y tanto en el mercado como en la bolsa de valores se palpitaba una atmósfera festiva. Desde ese punto de vista, lo normal habría sido que hubiesen compartido una cierta ligereza de espíritu, una cierta frescura... Pero en realidad fue más bien lo contrario.

Después de la oración se produjo un silencio crepitante.

Él podía sentirlo, en sí mismo y en sus invitados. En principio iban a mantener una reunión normal y corriente, y, sin embargo, los tres sabían que nada en ella sería común.

Como marcaba la tradición, abrió la sesión.

–Hoy es un día trascendental en nuestra larga historia. Debemos enfrentarnos a difíciles decisiones. Difíciles, pero necesarias –dijo.

En efecto, se trataba de tomar –o impugnar– juntos algunas decisiones. La tradición dictaba que solo un acuerdo unánime entre todos ellos podría servir de base para una actuación. De nada servía aquí la mayoría de votos. Dos de tres no eran suficientes.

–En realidad solo tenemos dos puntos en nuestra agenda –continuó–, pero empezaremos con una sesión de información general para pasar enseguida a concentrarnos en el caso del director del museo, Malte Bulbjerg. Los siguientes puntos de la agenda tratarán, por una parte, sobre el ministro de Justicia, Ulrik Rosborg, y, por otra, sobre el exsoldado de élite Niels Oxen. Como bien sabéis, podríamos ocuparnos de esta constelación de personajes tanto por separado como en su conjunto. Pero empecemos ahora con el Estado del Sur.

El Sur hojeó sus papeles y tomó la palabra.

–En este momento disponemos ya de los resultados de la investigación que decidimos abrir en nuestra última reunión extraordinaria. Dado que Bulbjerg es un viejo conocido nuestro en doble sentido, y dado que visitó a Vitus Sander en varias ocasiones durante sus últimas semanas de vida y luego fue él mismo asesinado en el castillo, nos ha parecido importante hacernos una idea global de la situación. En pocas palabras, las conclusiones a las que hemos llegado son las siguientes... –Pasó unas cuantas hojas hacia delante y continuó–: Hace unos días empezamos a recopilar toda la información de la que la Policía disponía sobre este caso, cuyo investigador principal es el subinspector H. P. Andersen. Ahora mismo estamos en posesión de todos los datos almacenados en su disco duro en el momento en que se lo copiamos, pero, desafortunadamente, no hemos encontrado en su interior nada que nos haya parecido relevante. Disponemos del informe de la autopsia, de varios análisis técnicos y de algunas declaraciones de testigos del mundo de la droga, pero no hemos encontrado ni el menor indicio de por qué Bulbjerg fue asesinado... o por quién.

El Sur levantó la vista por un momento, pasó a la página siguiente y continuó con voz monótona:

—Además, llevamos a cabo ciertas investigaciones entre la gente de la droga, hablamos con personas bien escogidas y ofrecimos una recompensa a cambio de cualquier información pertinente, tanto en Nyborg como en Odense, pero resulta que Bulbjerg es un folio en blanco en esos círculos. También pedimos una lista de todos los asistentes al funeral de Bulbjerg, y resulta que dimos con investigadores de la Policía de Fionia y representantes del CNI. Es muy probable que ambas instituciones estuvieran llevando a cabo sus respectivas operaciones de vigilancia de forma independiente. Tenemos fotos de todos los allí presentes y estamos en disposición de identificarlos por su nombre, entre los que se encuentra también el de Margrethe Franck, del CNI de Søborg. ¿Os acordáis?

Sus dos acompañantes asintieron. Por supuesto que se acordaban de la mujer del CNI. Ella había colaborado estrechamente con Niels Oxen durante la investigación del incómodo caso del castillo de Nørlund, liderado por Axel Mossman —jefe del CNI— y directamente relacionado con las dos decisiones clave que aún tenían que tomar hoy.

—¿Conocemos la razón por la que Franck se ha presentado en el funeral?

La información le provocaba una gran preocupación.

El Sur sacudió la cabeza y siguió pasando páginas.

—No, nada que no sea pura especulación. Solo sabemos que estaba allí. ¿Puedo continuar?

–Te lo ruego.

–Bueno, aunque la muerte de Bulbjerg ha contribuido a complicar la situación, lo cierto es que todo tiene su origen en la enfermedad de Vitus Sander y en su estancia en Hvide Sande; hechos de los que, lamentablemente, tuvimos conciencia demasiado tarde. Aun así, tuvimos la suerte de enterarnos de las visitas de Bulbjerg, de las que solo nos queda preguntarnos hasta dónde llegó este contacto, cuánto llegaron a intimar y cuál es ahora la magnitud de la tragedia... suponiendo, claro, que podamos hablar de tragedia. Para averiguar todo ello hemos enviado a un compañero a hablar con la enfermera que más cerca estuvo de Vitus Sander hasta que murió. Yo he escuchado toda la grabación...

El Sur tenía razón, por supuesto. Observó atentamente a su invitado. Aquí el tema era, principalmente, definir hasta dónde llegaba el daño. El Sur continuó hablando:

–La enfermera pensó que Bulbjerg era un joven compañero de caza y confidente de Sander. Explicó que durante las visitas que el uno realizaba al otro, ambos solían pasear y charlar por los codos, pero que en el interior de la casa, en cambio, se mostraban más bien taciturnos y discretos. En más de una ocasión le pareció oír que hablaban del pecado y la absolución, lo cual le sorprendió sobremanera porque Sander nunca le había dado la impresión de ser particularmente religioso. «Absolución» fue otra palabra sobre la que ambos solían discutir a menudo, de un modo más bien académico que no se adecuaba precisamente al registro de los cazadores.

El Sur hojeó sus documentos.

–Tengo un registro completo de la enfermera. En un punto dice, y cito: «Al inicio de su estancia, Vitus Sander parecía apesadumbrado y huraño, pero no cabe ninguna duda de que esto cambió con el tiempo. Empezó a parecer aliviado, como si finalmente hubiese confiado en otra persona y se hubiese librado de un peso. Como si algo hubiera aliviado su dolor, tanto mental como físico. El cambio empezó a producirse, lentamente, a partir del momento en que Rasmus Hansen empezó a visitarlo con regularidad».

El Sur miró a sus dos interlocutores con expresión de preocupación y dio por concluida su intervención.

—Eso es todo, queridos amigos. Ya sabemos que en los últimos años Vitus Sander dejó entrever en repetidas ocasiones que sentía ciertos remordimientos de conciencia por pertenecer a nuestro círculo y apoyar nuestro trabajo. Por otro lado, no debemos olvidar que, durante muchos años, utilizó en nuestro beneficio la fuerza de su posición, así como de sus ingresos.

—Según las palabras de la enfermera, lo que yo interpreto es que sí debemos preocuparnos por las confidencias que ambos se hicieron, ¿verdad? —preguntó el Norte.

—Eso es también lo que yo he entendido, sí. Tengo una copia impresa para cada uno, para que podáis forjaros vuestra propia opinión.

Se produjo entonces un momento de silencio, en el que cada uno de ellos sopesó internamente la situación y sacó sus propias conclusiones. Entonces el Norte tomó la palabra:

—¿Qué implica todo esto para nosotros, Sur?

—Sugiero que echemos mano de nuestros recursos para mantener el caso bajo una atenta vigilancia.

—¿Norte?

—Completamente de acuerdo. Es crucial para nosotros saber más al respecto.

—Vale. Entonces todos estamos de acuerdo, pues yo también opino lo mismo: continuaremos con la vigilancia. Y ahora, pasemos al siguiente punto de nuestra agenda, que es el ministro de Justicia, Ulrik Rosborg.

Aquella estaba siendo una de las noches más difíciles desde que era miembro de ese círculo. El resultado de sus deliberaciones decidiría si Rosborg vivía o moría. Y lo mismo servía para Niels Oxen.

Llevaba ya mucho tiempo dándole vueltas al asunto –esto es, a los dos asuntos–, y ahora había llegado el momento de tomar decisiones.

–La propuesta de buscar una *solución definitiva* al caso del ministro de Justicia es cosa mía, de modo que, si me lo permitís, os explicaré brevemente mis razones.

El Norte y el Sur asintieron. Él tenía dudas, sobre todo, acerca de la postura que adoptaría el Norte... y sin su voto no podrían tomar ninguna decisión.

–En primer lugar, Ulrik Rosborg como hombre. No tiene ni las cualidades ni el juicio necesarios. El crimen que cometió en el castillo de Nørlund es la mejor prueba de ello. Si fue capaz de realizar un acto como aquel, ¿cómo sabemos qué más puede llegar a perpetrar? ¿Y en qué situación nos deja? En segundo lugar, Rosborg me presionó sin escrúpulos y me exigió una gran suma de dinero en efectivo. En su opinión, el cargo de ministro de Justicia debería estar mejor pagado, y cuando lo dice su tono suena desagradablemente a amenaza. La situación financiera de Rosborg ya no es tan sólida como sugerían nuestros análisis anteriores. La empresa familiar, de la que él es accionista, ha empezado a tener pérdidas. El propio Ulrik adquirió una casa de verano en Gilleleje hace seis meses, y recientemente se compró una finca rural más grande, lo cual contribuye a demostrar, una vez más, su poco juicio. Y es una desfachatez sin precedentes, un disparate de dimensiones épicas, que ahora se atreva a chantajearnos. ¡A nosotros, que movilizamos a todos nuestros efectivos para deshacer sus entuertos y salvarlo del oprobio!

Se quedó un momento en silencio.

Aún faltaba un tercer y último punto. Se le hacía muy extraño tener que esforzarse tanto por conseguir una *solución definitiva*, pero él era plenamente consciente de su responsabilidad. Aquí no se trataba de individuos, sino del asunto en sí. Del bien de la nación.

Se dio cuenta de que estaba sudando bajo la pesada capa, aunque sabía que hacía frío en la habitación. Tomó un sorbo de agua y continuó:

—Y ahora el tercer y último punto. Contrariamente a lo que cabría esperar, el ministro de Justicia no representa plenamente nuestras opiniones. Ha llegado a mi conocimiento que algunos de nuestros deseos en relación con la reforma legislativa anunciada por el Ministerio para el próximo otoño han sido cancelados; así, sin más. Así, por ejemplo, las condiciones para la expulsión del país en casos criminales y el aumento de las sanciones. Rosborg se defiende asegurando que los partidos gubernamentales no pudieron ponerse de acuerdo y que la oposición votó en contra. Pero nada de eso es cierto. Podría citar toda una serie de ejemplos en los que Rosborg ha obviado sus compromisos con nosotros, en lugar de ejercer de ministro por y para nuestros intereses. Resulta absolutamente intolerable que siga su propia agenda. No podemos aceptar ninguno de los puntos que acabo de mencionar. Por todo ello... —Tomó otro sorbo de agua—. Propongo que discutamos sobre la *solución definitiva* para nuestro ministro de Justicia, Ulrik Rosborg.

Observó a sus invitados, que tenían una expresión muy seria. En realidad no había dicho nada nuevo y se había ceñido al procedimiento habitual para exponer su solicitud. Los otros dos hacía tiempo que disponían del material en cuestión. Él mismo se había encargado de proporcionarles toda una carpeta de documentos y notas internas relacionadas con el paquete de reformas y el trabajo del comité. Y también tenían una grabación de Rosborg, en la que exigía más dinero. Tenían argumentos de sobras para tomar una decisión.

Esperaba que todo sucediera sin problemas.

Pero antes de votar, debía ofrecer a sus invitados la oportunidad de comentar el asunto. Hizo un gesto al Sur con la cabeza.

—Por favor.

—Gracias. Tenemos entre manos una decisión muy difícil. El trabajo de tantos años... ha sido en vano. Y han pasado más de quince años desde la última vez que contamos con un ministro de Justicia entre nosotros. Sin embargo, es cierto que debemos imponer un castigo ejemplar. Cuanto más tiempo pase Rosborg en su cargo, mayor será el daño que infrinja. Tenemos que aceptar esta pérdida. Hay otros talentos que son mucho más humildes que el ministro.

—¿Norte?

—Como sabéis, estoy profundamente convencido de que la *solución definitiva* solo debería ser adoptada en casos de verdadera emergencia. Algunos de los nuestros no se han dedicado a analizar esta situación lo suficientemente en serio, pero yo sí lo he hecho, y he llegado a la conclusión de que sí estamos ante un caso de emergencia. Sin duda es una ventaja extraordinaria contar con un ministro de Justicia entre nuestras filas, pero, sin duda también, resulta extremadamente inquietante tener que estar cuestionándonos el estado mental de este hombre. No tenemos más remedio que actuar con rapidez.

Se alegró de escuchar eso.

Significaba que no necesitarían una segunda y extenuante ronda de consideraciones que se alargara varios meses más. El Norte y el Sur compartían la misma opinión. El resto no eran más que formalidades protocolarias.

—La asamblea suprema del Danehof se dispone, pues, a realizar una votación. ¿Quién en esta sala vota por una *so-*

lución definitiva respecto al ministro de Justicia del Reino de Dinamarca, Ulrik Rosborg?

Las capas se deslizaron hacia un lado, y tres manos se alzaron sin dudarlo. Hubo unanimidad, y así fue como se aprobó la resolución.

El siguiente punto en la agenda era Niels Oxen. El exsoldado cazador que aún no habían podido eliminar. Al contrario, el hombre había jugado sus cartas con tanta habilidad que todos ellos tenían las manos atadas desde entonces.

Oxen era, en cualquier caso, un hombre extremadamente activo y desinteresado que había supuesto un gran honor para el país y merecía todo el respeto.

Por eso mismo, lo que tenían que hacer con él le molestaba mucho más que lo del ministro de Justicia.

27

Como si estuviera caminando sobre cristales rotos y ascuas de carbón al mismo tiempo. Así era como se sentía al pensar en su próximo viaje a Copenhague. Pero no había manera de evitar aquella dolorosa reunión. Tenía que ir.

Desde donde estaba, había que caminar dos días enteros y una noche hasta llegar a la estación de tren de Brande.

El cuervo graznó en su caja. Acababa de comer y poco a poco iba recuperando sus fuerzas. Como él. Se sirvió una taza de café. No era tarde y el sol no había desaparecido aún tras los estanques de peces, pero de todos modos bajó las persianas y se sentó a la mesa de la cocina.

Frente a él, sobre un trapo blanco extendido, tenía la Neuhausen. Acababa de limpiarla y lubricarla. La funda de la pistola estaba arriba, en el dormitorio. La llevaría en el viaje en tren, bien escondida bajo su ancha camisa de leñador.

El día en que pudiera vivir sin tener que llevar un arma encima se sentiría tan liberado... como si el cuervo pudiera volver a sentir el viento entre sus alas.

Pero sus alas aún no se habían recuperado. Y ambos tenían que seguir allí, en sus respectivas cajas, y él tenía que trabajar para Fisk. Ya llegaría el momento en el que todo cambiaría... para bien o para mal.

Recordó su último viaje en tren: desde Copenhague hasta la entrada del bosque del Rold. Era el 1 de mayo y el tren estaba atestado de gente, la mayoría borracha y con banderas rojas.

Durante todo el camino tuvo al Señor White entre las piernas, lo cual hizo que el viaje resultara más llevadero para ambos, pues se habían ayudado mutuamente.

Esperaba que en esta ocasión el tren estuviera vacío. Fisk le había comprado un billete para media mañana, cuando la primera ola de pasajeros ya había pasado.

Sería un día muy largo. E intenso. Oxen tenía mucho que hacer.

Pero sobre todo sería un día doloroso en el que tendría que hacer acopio de todas sus fuerzas.

28

Niels Oxen no debía ser subestimado. Aunque era más que probable que sufriera un agudo estrés postraumático, a él le había demostrado sobradamente de lo que era capaz de hacer cuando actuaba bajo presión. Por esa razón había decidido revisar personalmente el procedimiento.

Pero primero tenía que convencer a los demás de su solicitud. A diferencia del caso del ministro de Justicia, en el que no estaba seguro de si el Norte estaría de acuerdo, aquí consideraba que no sería un problema alcanzar la unanimidad.

–Pasemos al siguiente punto de la agenda, el exsoldado cazador Niels Oxen. Como sabéis, esta solicitud también es cosa mía. La resumo de nuevo: en primer lugar, aspiro a una *solución definitiva* también para Niels Oxen. Él es nuestra mayor amenaza; peor aún que el ministro de Justicia Rosborg, pues está en posesión de unos archivos que robó del castillo de Nørlund. El material incluye, sin ir más lejos, los nombres de los representantes de los tres Anillos del Norte. Ni que decir tiene que esos documentos deben volver al lugar al que pertenecen. Por el momento, el conocimiento de Oxen de todo ese material no ha tenido consecuencias para los sujetos que aparecen en la lista, por lo que podemos suponer que aún no ha compartido su descubrimiento con nadie. Sin embargo, me veo obligado a señalar que el primer contacto entre Vitus Sander y el director del museo Bulbjerg coincide exactamente con el mismo período de tiempo, y aunque no podemos inferirlo con certeza, quizá podríamos decir que existe una conexión entre ellos.

Hablaba sin mirar sus notas. Se sabía de memoria lo que tenía que decir.

–En segundo lugar, cabe decir que, al menos hasta ahora Niels Oxen era intocable para nosotros: sabemos que posee una grabación de vídeo muy comprometida en la que puede verse al ministro de Justicia antes y durante el ejercicio de su delito, y si nos acercamos a él, publicará el vídeo inmediatamente. En vista de la *solución definitiva* que acabamos de decidir, tenemos ya toda la libertad que necesitábamos para actuar en el caso de Niels Oxen. Visto desde esta perspectiva, los puntos uno y dos de la agenda son obligatorios.

»En tercer lugar, si aquí también decidimos optar por la *solución definitiva*, silenciaremos no solo una, sino dos voces críticas. Esto nos sitúa por fin en la posición de alcanzar nuestro objetivo de una reorganización completa del Comando del Ejército. Ya conocéis el trasfondo del asunto. Oxen ha ganado una batalla, pero no la guerra. Hemos estado dudando del proyecto porque hemos supuesto que nos daría problemas. Sin embargo, de proceder como estamos considerando, nuestros temores se volverían inocuos con efecto inmediato.

Él asintió, indicando que había terminado. Ahora era el turno de los comentarios.

–¿Sur?

–De acuerdo. Pero tendríamos que atrapar a Oxen con vida para poder recuperar los documentos. Por lo demás, no tengo más comentarios.

–¿Norte?

—De este modo eliminaríamos las dos mayores amenazas de nuestra existencia, y además tendríamos la oportunidad de posicionarnos entre los altos mandos militares. La verdad, solo puedo mostrarme a favor.

—Excelente. Por la presente se vota la Asamblea Suprema de Danehof. ¿Quién en esta se muestra a favor de encontrar una *solución definitiva* para el exsoldado cazador Niels Oxen?

Los tres levantaron la mano y él anotó el resultado. Estaban ante unas elecciones atípicas e importantes, pero sin los largos debates que a veces se generaban en torno a los temas más insignificantes de la agenda, sobre todo si se trataba de cuestiones de carácter político.

Él retomó la palabra.

—Asumo personalmente la planificación general y la coordinación de las dos decisiones tomadas hoy. El Sur seguirá encargándose de llevar la investigación sobre el asesinato del director del museo. La cuestión del ministro de Justicia podría implementarse *ipso facto*, ya que me tomé la libertad de preparar de antemano algún plan por si llegábamos a esta conclusión, pero a efectos prácticos tendremos que esperar un poco, porque lo que hagamos con Oxen deberá suceder inmediatamente después. De lo contrario, podría enterarse de la muerte del ministro por la prensa y desatar el fin del mundo. Como sabéis, hace ya bastante tiempo que desplegamos un operativo para localizar a Niels Oxen, pero hasta ahora no hemos tenido éxito. Consideramos que lo más probable es que esté viviendo en Dinamarca, y en ese sentido vamos a intensificar la búsqueda. Estoy convencido de que podemos empezar a actuar muy pronto.

29

Los últimos días habían estado teñidos de una monótona cotidianidad. Desde que volvió del entierro de Bulbjerg no había hecho nada más.

Además, en el funeral en Nyborg no había descubierto nada. La Policía local estaba buscando algo, eso era obvio. De lo contrario, no se habrían dedicado a grabar a todos los allí presentes. Pero, ¿qué estaban buscando? ¿Y por qué le importaba eso a ella?

En realidad, lo único que deseaba era que llegara el día siguiente.

Si no andaba equivocada, el «4 de agosto» era una especie de «ventana» para Oxen. El único día del año en el que el arisco veterano de guerra descorría el cerrojo de su vida y metía cautelosamente la nariz en una sociedad de la que ya no quería formar parte. Y con la misma rapidez con la que abría la ventana, volvía a cerrarla de nuevo.

Si lograra ponerse en contacto con Oxen y convencerlo para que volviera, sería un enorme triunfo personal suyo ante Axel Mossman. (Uno que solo podría llevar a cabo, desde luego, si estaba segura de que con ello no metía a Niels Oxen en un lío).

Él no se merecía aquello. Por encima de todo, merecía una mano amiga.

Eran las cuatro de la tarde en punto, y Margrethe no había hecho nada razonable en todo el día. Ahora apagó el ordenador, cogió su bolso y salió de la oficina.

Al pie de la escalera principal se encontró con Mossman. Hacía ya tiempo que había decidido mantener en secreto su idea de la posible existencia de la «ventana» de Oxen. Esperaba que él dispusiera del tiempo y la energía para decidir por sí mismo lo que quería hacer.

Ahora tenía a Mossman muy cerca. Le hizo un gesto con la cabeza y lo saludó con un lacónico «Hola» cuando pasó a su lado, y Mossman se limitó a asentir, reservado.

La antigua y estrecha conexión entre ambos había desaparecido. Así se lo había dado a entender la última vez que fue a verlo a su oficina, y ahora de nuevo. Lo único que quedaba entre ellos era un breve asentimiento con la cabeza al cruzarse en las escaleras.

Por un segundo se sintió tentado a cogerla del brazo, estirarla hacia él y gritarle a la cara, con todas sus fuerzas: «¿Qué demonios hacías tú en el funeral de Bulbjerg en Nyborg?».

Le habría encantado ver su reacción y oír sus explicaciones. Pero él era inteligente y supo contenerse.

Cuando su gente le explicó que habían visto a Margrethe Franck en el cementerio, una alarma sonó en su interior.

Ahora tenía que ser paciente y aceptar las reglas del juego: a partir de aquel momento, Franck no se movería ni un solo centímetro sin que él supiera adónde se dirigía.

30

El tren llevaba ya un buen rato abriéndose paso a toda velocidad por el bosque de hayas que quedaba en el extremo sur del fiordo, y él todavía no había encontrado asiento. Habría querido sentarse modestamente en uno de esos asientos plegables que dan al pasillo, pero el Intercity que había tomado al hacer transbordo en Vejle no disponía de esos asientos.

En Fredericia subieron aún más pasajeros. La mayoría de los asientos estaban reservados, como el suyo, pero no quiso sentarse así, rodeado de otras tres personas que casi estaban sobre su regazo.

Por fin encontró un asiento libre junto a una ventana, en el siguiente vagón. Justo delante había sentado un adolescente pecoso, con el pelo engominado y unos auriculares en las orejas. Llevaba la música tan fuerte que podía oírse desde lejos, pero él lo prefería a estar demasiado apretado.

El tren arrancó mientras él leía un cartel en el que se veía escrito University College Lillebælt, y después pasó a observar los campos y los setos que corrían al otro lado de la ventana, al tiempo que se acercaban a la siguiente parada: Odense. Sin embargo, no pudo disfrutar del paseo. Lo que lo esperaba al llegar requería de toda su concentración.

Su viaje anual al pasado y la nostalgia.

En cuanto llegara a la estación central de Copenhague se dirigiría al Kastellet para rendir homenaje a los camaradas caídos, y luego iría hasta Charlottenlund y buscaría a Magnus.

Se quedaría allí todo el tiempo que fuera necesario. Solo quería ver su cara por un momento. Sus ojos verdes. Su estatura. Mirarlo y percibir el año que había pasado. El nuevo anillo que se había formado en su delgado tronco. Solo un momento para observar sus movimientos y, tal vez, escuchar su voz.

El último punto en su orden del día en Copenhague sería una breve visita a Christiania para hacerse con una ración de hierba para su «botiquín».

Ya de vuelta a casa, bajaría del tren en Slagelse y tomaría un taxi hasta Høng y la iglesia Finderup. Ya llevaba en el bolsillo la vela para la tumba de Bosse. Fisk fue a comprársela a una floristería de Brande.

Se tomaría su tiempo para visitar a Bosse con calma, y le pediría al taxista que lo esperase.

Luego cogería el tren de regreso a Vejle y desde allí iría a Brande de nuevo en taxi, hasta el desvío donde en el que un camino de tierra conducía hacia la granja de truchas de Fisk.

No podía decir cuánto tardaría en volver, pero lo que sí sabía era que le llevaría mucho tiempo recuperarse. Cada vez le pasaba lo mismo. Magnus llenaría cada segundo de su vida durante muchos meses.

El andén de Odense estaba lleno hasta la bandera. Cuando el tren finalmente se detuvo, hordas de pasajeros se abalanzaron hacia él. Un hombre de unos cuarenta años, con unos vaqueros y una camisa azul de manga corta, se sentó a su lado, algo vacilante. Llevaba un ordenador portátil; lo puso de inmediato en la mesa, lo encendió y empezó a escribir concentrado.

Una señora mayor se sentó junto al chico de los auriculares. Él se había quedado dormido, pero su música seguía sonando.

Ahora los cuatro asientos del otro lado del pasillo también estaban ocupados. Oxen se enderezó y miró a su alrededor. El vagón ya no tenía ni un solo asiento libre. Se hundió de nuevo en el suyo y trató de moverse lo menos posible. Bajo su camisa de leñador a cuadros rojos y negros, la Neuhausen enfundada pasaba desapercibida. En el cargador había ocho balas. Las últimas que le quedaban.

Su viejo SEAL 2000, el cuchillo de combate de su época del ejército, estaba también enfundado y sujeto con firmeza a la parte interior de su gemelo izquierdo, con una cinta adhesiva.

Afuera, los campos de maíz amarillo y los setos verdes corrían tras las ventanas, a toda velocidad, dejando a la vista un paisaje tranquilo y fértil, que no había sufrido ninguna guerra en su pasado reciente. Aquí no había ruinas, ni lugares terribles cubiertos de ceniza negra, ni hileras de refugiados. El cielo era azul, y estaba cubierto en algunas zonas por efímeros velos blancos.

Demasiados pasajeros; demasiados desconocidos en un espacio demasiado pequeño. Echaba de menos el hocico del Señor White apoyándose en su mano.

Se levantó y anduvo, inquieto, por el tren.

El tren entró en el andén con diez minutos de retraso. La Estación Central de Copenhague era un hervidero de gente en el que se acumulaba toda la efervescencia y el caos del que Fisk y sus peces lo habían salvado.

Había multitudes por todas partes. Multitudes de personas saliendo del tren y moviéndose por el andén, multitudes frente a las escaleras mecánicas y en el enorme edificio de la estación.

Todo el mundo andaba de un lugar a otro, como las hormigas, sin parar. Algunos se movían rápidos y resueltos, otros lentos y desordenados. Algunos, movidos por la rutina; otros, con alguna vacilación.

Él se detuvo unos segundos para recuperar el aliento, y luego tomó una decisión: se dirigió a uno de los puestos de la estación, se compró un sándwich grande y un litro de leche y se encaminó hacia la salida de la calle Tivoli.

Después entró en el primer taxi que estaba en la fila de espera y dijo:

–A Esplanade.

–¿A qué parte de Esplanade? –le respondió el taxista, mirándolo inquisitivamente.

–Al Kastellet. Lo más cerca posible del Kastellet.

El taxi se lanzó al tráfico de la calle Bernstor. Podría haber recorrido el trayecto andando, si no fuera porque tendría que haber pasado por el centro de la ciudad.

Aquí había demasiada gente, era todo demasiado imprevisible y resultaba demasiado difícil mantener la espalda a cubierto. Aunque hubiera aparecido de la nada, sabía que nadie era nunca demasiado cuidadoso.

Se puso las gafas de sol y se cubrió la frente con su gorra de color verde oliva. Lo de hacer a pie ni que fuera la primera parte del trayecto (hasta Kongens Nytorv) era algo absolutamente impensable.

El conductor, un joven de procedencia posiblemente afgana, pasó junto al Museo Nacional, y luego por el puente Storm, la Børsgade y el puente Holmens.

La diferencia entre el tren y el taxi no le parecía tan grande. Él era en ambos el espectador que iba sentado y observaba el paisaje. Lo único que cambiaba era lo que sucedía entre bambalinas.

Había jugado con la idea de pasar por su antiguo sótano en el distrito noroeste, solo para ver cuánto habían cambiado las cosas; para convencerse de que, a pesar de todo, sí había sucedido algo su vida. Pero ahí, en el taxi, mientras observaba la multitud, decidió que dejaría aquella visita para la próxima vez.

Pasaron el canal de Holmens y el teatro Kongelige. Luego por la Bredgade, que los llevaría hasta su destino. Cuando pasaron junto al Amalienborg y vio la plaza del palacio, se preguntó si la reina estaría en casa. Quizá podría desviarse brevemente y entrar a saludarla. ¿Lo reconocería? ¿Recordaría de qué habían hablado?

—Ya casi estamos. ¿Le parece bien si me paro antes del cruce?

Él asintió, y el conductor giró a la derecha para detenerse en el bordillo de la Esplanade. Oxen pagó su libertad con un billete de doscientas coronas y bajó del taxi.

Después de cruzar la calle, empezó a andar por el camino de grava que conducía a través del puente hacia el Kongeporten, la entrada principal del Kastellet.

Anduvo a lo largo del lado del agua y pronto fue superado por un *runner* y luego por otro y por otro más. Allí siempre pasaba eso. Obviamente, las altas murallas de las fortificaciones en forma de estrella resultaban particularmente atractivas para los deportistas.

En ese momento el sol se abrió paso entre las nubes e iluminó un crucero blanco y brillante que estaba amarrado frente al Toldboden. En el agua también había varios barcos de pesca, y, algo más atrás, la multitud habitual de transeúntes en la orilla.

Cuando llegó a la altura de la muralla, se sentó en el suelo y se tomó el desayuno.

Por supuesto, seguía habiendo muchos turistas en Copenhague. Agosto acababa de empezar, por mucho que en los últimos años él hubiera perdido en gran parte su consciencia del paso del tiempo. Como ya no estaba obligado a afrontar las vacaciones de verano y escapar hacia algún destino turístico como el resto de los mortales, se había vuelto absolutamente irrelevante para él saber si estaba en julio o en septiembre, o si era martes o domingo.

Casi toda la gente que avanzaba a su alrededor, hacia el agua, también eran turistas que iban a ver la Sirenita.

Tenía hambre, y en poquísimo tiempo se zampó el sándwich grande que acompañó de un litro de leche.

Pronto avanzaría por el camino de Charlottenlund. Los escolares ya estaban de vacaciones, seguro. Esperaba que Magnus estuviera en casa. Lo esperaba y lo temía al mismo tiempo...

Intentó dejar de pensar en Magnus. Se puso de pie con energía y se dirigió hacia aquello que lo esperaba a su espalda: el monumento a los soldados caídos en batalla. Su primera parada.

Cada vez que pisaba aquel suelo adoquinado le sobrevenía una sensación de melancolía por todas aquellas vidas que habían acabado demasiado pronto.

Nunca había podido entender el orgullo del que hablaban algunos.

Cuando uno se ha pasado días y semanas enteros metido en un agujero polvoriento de la provincia de Helmand, en Afganistán, con el culo sobre un horno, rodeado de guerreros talibanes invisibles cuyo único objetivo es matarte, ya fuera personalmente o de un modo más cobarde —es decir, mediante minas antipersonas—, la expresión «orgullo» no era precisamente lo primero que venía a la mente, sino más bien lo último.

«¿Cómo vamos a entrar, cómo vamos a salir, cómo vamos a llegar a casa?».

Eso era lo único que importaba.

Se acercó un poco más. El monumento que debía honrar las misiones internacionales de Dinamarca era muy bonito, de eso no cabía duda. Se había construido algo apartado de los edificios rojos de la fortaleza, a sotavento de las altas murallas del Bastión de la Princesa, y no era nada opulento, sino más bien austero. Muy escandinavo. Por eso le gustaba.

Estaba formado por tres espacios abiertos definidos por varias paredes revestidas de granito con sus respectivos pilares ligeros. Oxen se detuvo. La primera sala era aquella en la que tenían lugar las grandes ceremonias. En ella podía leerse la inscripción «Una vez, un lugar, una persona». Las palabras también eran sencillas, pero mencionaban al hombre, lo cual le parecía una muy buena elección, dado que era el hombre, en todo caso, quien hacía el sacrificio.

El memorial se inauguró hacía apenas unos años, en un día de lluvias torrenciales, y excesivamente tarde. Él no lograba entender que hubieran hecho falta más de sesenta años de misiones desde Cachemira hasta el Congo, más de cien mil soldados enviados y casi un centenar de víctimas mortales para decidirse a erigir un monumento.

Recordaba perfectamente el tiempo en que los medios de comunicación se hicieron eco del interés público por las misiones extranjeras danesas y por los veteranos de guerra que regresaron de estas misiones.

Los políticos, como siempre, fingieron estar atentos al sentimiento popular, y se sacaron de la manga el día nacional de conmemoración de los soldados; inmediatamente después crearon un departamento político oficial para los veteranos y un fondo de donaciones y una residencia de veteranos de guerra y finalmente el monumento en honor a los veteranos. Y todo para ver quién era el partido político que más se interesaba por el tema. Pero, como cualquier episodio de gripe, que al final siempre pasa, este tema también dejó de ser prioritario.

Tuvieron que sucederse varios años de protesta por parte de los soldados, cuyo grupo había ido creciendo cada vez más, para que emergiera un movimiento cuyo objetivo era emprender una acción real y asegurar que los soldados más afectados psicológicamente pudieran solicitar una compensación económica que les ayudara a afrontar el día a día.

Hasta la fecha, el trastorno por estrés postraumático solo había sido considerado como una enfermedad profesional si se observaba durante los seis primeros meses tras el regreso a casa, lo cual era una solemne tontería, porque esa enfermedad acostumbra a manifestarse mucho más tarde. Pero, claro, esta medida era mucho más cara que limitarse a izar una bandera.

Oxen se detuvo. Todos los años en el mismo lugar. Aquí, sobre estos adoquines, Su Majestad la Reina le hizo entrega de la Cruz al Valor.

—Merece usted toda nuestra admiración, Oxen.

Eso fue lo que le dijo.

Volvió la cabeza y, a través de la abertura en el muro, observó la llama eterna en el espacio de al lado.

Eso también lo hacía cada vez.

Pasó al segundo espacio. Aquí estaban inmortalizados los nombres de todas las zonas de conflicto y enfrentamientos, y el fuego que debía vigilar a las tropas que actualmente se hallaban destinadas en el extranjero. Para él, esa llama significaba que siempre habría para ellos un destello de esperanza.

Siguió andando sobre los adoquines hasta llegar al último espacio, que se hallaba algo más lejos. Aquí había varios muros formando un círculo al que se podía acceder a través de una amplia abertura. En este espacio, todos los recuerdos estaban a buen recaudo y los visitantes podían encontrar la paz interior. Oxen se sentó en un banco y miró hacia la pared en la que se hallaba el nombre. El octavo empezando desde abajo.

«Bo Hansen».

Bo siempre le había sonado un poco demasiado sobrio, porque al fin y al cabo se trataba de Bosse, el chico despreocupado de Høng que nunca debería haberse hecho soldado.

El día en que partieron hacia los Balcanes, la madre de Bosse se lo había llevado aparte y le había dicho:

—Niels... cuida de mi hijo, ¿lo harás?

Y él se lo había prometido..., pero no pudo cumplir su palabra.

El 4 de agosto de 1995 perdieron a Bosse. Se había puesto de pie y había agitado su casco azul claro para advertir a los croatas de que eran soldados de la ONU atrapados en el fuego cruzado. Pero a los malditos croatas su gesto les había importado una mierda. Y Bosse había actuado de un modo absolutamente impropio en un soldado, tan despreocupado y ligero.

Si él hubiera visto a Bosse levantarse y quitarse el casco, se habría arrojado sobre su amigo inmediatamente.

Pero no lo había visto.

Bosse había sido su único amigo, en una infancia marcada por el hecho de que su familia viajaba mucho e iba continuamente de un lado a otro, como si fueran nómadas, siempre impelidos por el deseo de su padre de buscar un trabajo mejor.

Høng había sido una opción estratégica, justo en el medio del meollo y cerca de Slagelse y de la autopista, el salvavidas de un representante comercial. Fue la época previa al puente sobre el Storebælt. Había un ferri en Kalundborg y otro en Korsør que conducían a Jutlandia.

Solo fueron dos años juntos al colegio, y luego él tuvo que mudarse de nuevo. Pero Oxen y Bosse volvieron a encontrarse más adelante y siempre se mantuvieron unidos, sin importar lo que pasara, cada uno con su papel permanente:

el divertido y el serio, el bajo y el alto. En realidad, Bosse había sido, sobre todo, el hermano pequeño que nunca tuvo.

Oxen dejó que su mirada vagara sobre la pared de granito hacia la derecha, donde había un espacio –amenazador– para muchos más nombres. Él conocía a varios hombres que no habían regresado de Afganistán, de la tierra que había costado tantas vidas.

Se quedó un rato sentado con los ojos cerrados y notó el calor del sol en su rostro mientras sus pensamientos zumbaban y se estrellaban como proyectiles contra el granito. Si hubiera visto a Bosse quitándose el casco...

Luego se levantó y salió del Kastellet.

Ahora cogería otro taxi hasta Charlottenlund, para realizar la misión más difícil del año: comprobar si el destino era amable con él esta vez y le permitía ver brevemente a Magnus.

31

La parada de autobús de la calle Teglgård quedaba justo al lado de la iglesia Skovshoveds. Algo más allá de la calle, entre unos rododendros no muy altos, había tres bancos apoyados en la pared de la iglesia. Se sentó en el del medio. Siempre se sentaba ahí.

Apenas le separaban cien metros de la casa que quedaba al otro lado de la calle.

Había pedido al taxista que lo dejara bajar un poco antes para llegar allí caminando, y lo había hecho a paso lento, grabando en su memoria todos los detalles que sus ojos bien entrenados podían percibir.

Un porche doble, pero sin ningún coche ahí aparcado. Sí, en cambio, –y eso era lo más importante de todo–, la bicicleta negra de un niño delante de la casa, descuidadamente dejada en el centro del porche, como solo un niño de trece años podía hacer. Este detalle le dio fuerza y lo asustó al mismo tiempo.

También había pasado frente a la escuela, que quedaba muy cerca, cruzando en diagonal la calle que iba a parar a Teglgårdsvej, pero se lo había encontrado todo muy tranquilo. Seguro que las clases no empezarían hasta la semana siguiente.

Así pues, la probabilidad de que Magnus estuviera en casa, y de que estuviera solo, era muy alta.

Por supuesto, también revisó el buzón al pasar caminando, y descubrió una novedad: Birgitte, que renunció al apellido Oxen y recuperó el de soltera –Rasmussen– después de su separación, se hacía llamar ahora Engström. En la placa de identificación ponía «Birgitte y Lars». La última vez que estuvo allí ya ponía «Lars», aunque su nombre aparecía a secas. Encima de los Engström ponía, sencillamente «Magnus». ¿Seguiría apellidándose Oxen? Probablemente. «Magnus» provenía del latín y significaba «el Grande». Magnus Oxen, el nombre más bonito del mundo.

Miró su reloj. Eran casi las dos. Luego se recostó en el banco, se relajó y se puso en «modo espera». Estaba acostumbrado a esperar. A veces lo había hecho durante horas, durante días enteros. Esperando. Solo esperando. Comiendo, en el lavabo, descansando sobre piedras. En medio metro cuadrado de grava. En un saliente rocoso. En un pedazo de hierba. Todo era solo una cuestión de entrenamiento mental... y de constitución.

No había mucho tráfico en una tarde de principios de agosto como aquella. Lo que más había eran niños con bicicletas arriba y abajo. Poco a poco fueron acercándose otras personas hasta los bancos, cuatro señores mayores y una madre joven con un cochecito. Luego vino el autobús y él volvió a quedarse solo.

Las nubes se habían convertido en una alfombra blanca que cubría el sol, igual que hizo el cielo sobre el Fionia aquella mañana, cuando el tren, abarrotado, se puso en marcha. Aquí, en el banco, se estaba mejor.

Pasó casi una hora y media sin que sucediera nada alrededor de la casa unifamiliar pintada de amarillo. Entonces se abrió la puerta del jardín. Primero apareció un perro pequeño, y luego un niño grande.

Era él. Su hijo Magnus. Su pequeño «Grande». El perro tiró de la correa, y ambos cruzaron la calle juntos y se acercaron a la acera.

El corazón empezó a latirle con fuerza. En menos de un minuto, Magnus pasaría justo por delante de él. Se caló la gorra en la frente y siguió los movimientos de su hijo a través de sus gafas de sol. Sesenta metros, cincuenta, cuarenta...

Magnus había crecido mucho desde la última vez que lo vio. Era alto y desgarbado, pero no se movía con esa ligera descoordinación propia de los adolescentes que habían crecido mucho y repentinamente, sino que parecía ágil y seguro. Llevaba una camiseta roja de fútbol, pantalones cortos blancos y zapatillas. Treinta metros, veinte, diez...

El perro, un terrier blanco y negro, tiró de la correa. Corrió por la acera y le olfateó la rodilla. Por un segundo, Magnus se detuvo, a menos de tres metros de él.

Oxen se quedó inmóvil en el banco, como congelado, con una pierna cruzada sobre la otra. Sintió un nudo en el estómago. Todo el universo parecía comprimido de repente. Solo estaban el niño, el perro y él. No era capaz de moverse. Únicamente sentía una electricidad que le recorría las extremidades y presionaba dolorosamente cada una de las células de su cuerpo.

–¡Eh, Speedy! Deja al señor en paz. ¡Vamos!

Oyó la voz desde lejos. El perro no quería irse de su lado, y él sentía el corazón en la garganta. Se quedó embobado mirando aquella cara tan bonita de ojos verdes y brillantes, y sintió una fascinación casi mareante.

Magnus estaba muy moreno por el sol, y su pelo tenía ahora un brillo más claro, como suele pasar al final del verano. Su rostro iba cambiando poco a poco. Ya no era un niño, aunque tampoco, desde luego, un adulto. Estaba en plena transformación.

Y ahí estaba él, sentado en ese banco, justo en el ojo del huracán, y tuvo que hacer un esfuerzo enorme para contenerse y no levantarse de un salto y abrazar a ese chico que venía hacia él. Sí, habría querido abrazarlo con fuerza, olerlo y no soltarlo ya nunca más, pero en lugar de eso se quedó ahí sentado, muy quieto...

El perro obedeció al fin.

—Lo siento —le dijo Magnus, sonriendo.

Oxen asintió mecánicamente.

El niño y el perro continuaron su camino y doblaron la esquina hacia la izquierda.

Él tuvo que coger aire un par de veces para procesar todo el asunto y disfrutar de lo que acaba de experimentar. La sensación de mareo disminuyó y su pulso volvió a calmarse.

La camiseta roja de fútbol había doblado la esquina y había desaparecido ya.

Hacía años que no lo tenía tan cerca. La distancia entre ellos había sido minúscula, y, sin embargo, tan vasta como un océano. Se felicitó a sí mismo por no haber sucumbido al deseo de presentarse. Eso habría sido imperdonable y habría puesto a Magnus en una situación totalmente inaceptable.

¿Habría quizá para él un atisbo de esperanza? ¿La remota posibilidad de que algún día tomaría a su hijo de la mano, sin más, como si fuera lo más natural del mundo?

¿O puede que el día que él se sintiera listo para ello ya no quedara ningún niño a quien abrazar?

Se quedó sentado en el banco un buen rato más, esperando a que Magnus regresara de la misma manera y él pudiera volver a mirar a su hijo de cerca, pero fue en vano.

Media hora más tarde, vio al perro y al niño acercándose por el otro lado de la calle Teglgård y desapareciendo en el interior de su casa por la puerta del jardín que quedaba detrás del seto de hayas.

Fin.

Era poco probable que Magnus volviera a salir a la calle. El perro ya había paseado, y pronto volverían a casa Birgitte y el Sr. Engström.

Se levantó, pues, y decidió caminar un poco para despejarse la cabeza, recuperarse de la emoción y encontrar algún tipo de equilibrio antes de volver a meterse en un compartimento de tren abarrotado durante una hora más, que era el tiempo que duraba el viaje desde allí hasta Slagelse.

Primero anduvo despacio y con pasos pesados; luego aceleró la marcha y empezó a caminar cada vez más rápido.

Magnus era un chico guapo. Le habría gustado saber si su hijo lo habría reconocido de no llevar la gorra tan baja y las gafas de sol tan grandes. Al fin y al cabo habían pasado más de tres... ¡casi cuatro años! Cuatro años importantísimos en su desarrollo. Y le habría gustado saber si su hijo a veces pensaba en él, si lo echaba de menos, si preguntaba por su padre o hablaba alguna vez de él.

Eran preguntas sin sentido, y por supuesto no pudo darles respuesta.

Puede que un día llegaran tiempos mejores. Para ella, para Magnus y para él.

32

La iglesia Finderup estaba a un tiro de piedra de Høng, sobre una pequeña loma que emergía en un paisaje por lo demás muy llano, con campos de maíz. Justo a la entrada se había pavimentado una parcela considerable y se había montado un aparcamiento.

La taxista, una mujer de unos cuarenta años que lo recogió al salir de la estación de tren de Slagelse, dijo que no le importaba quedarse allí aparcada y esperarlo.

Llevaba la bolsita de hierba de la calle Pusher metida en el gran bolsillo exterior de sus pantalones, a la altura del muslo derecho. No había sido más que una breve parada en Christiania: un sube y baja. Había demasiada gente. Y ahora, por fin, había llegado a la última parada de su viaje de aquel día.

Ya era casi de noche. El momento estaba bien buscado, porque a esas horas la gente estaba en casa, cenando. Se detuvo en la puerta y se dio la vuelta. Solo había un coche en el estacionamiento: una vieja furgoneta con una placa amarilla que identificaba al automóvil como un vehículo de servicios. La taxista había extendido su periódico y leía.

Desde aquí, y según indican los carteles de la calle, al pie de la colina de la iglesia, todo quedaba a dos kilómetros de distancia: dos kilómetros hasta Løve, dos hasta Tjørnelund y dos hasta Høng. La Krajina, por su parte, el lugar en el que Bosse había perdido la vida porque unos pueblos vecinos habían decidido odiarse, estaba a casi dos mil kilómetros de distancia.

Cruzó la puerta. Se sabía el camino de memoria. Todo recto, alrededor de la iglesia, hasta llegar al pasaje que se abría en la pared encalada y luego escaleras abajo. Al lado y detrás de la iglesia se abría un cementerio grande y bien cuidado. Bosse yacía bajo el seto más alto, y tras él se alzaba una hilera de cipreses.

Sintió que el corazón se le encogía en el pecho y que la pena se cernía sobre él cuando se detuvo frente a la tumba.

Había tantas flores y guirnaldas sobre ella como en los años anteriores. Y eso en realidad ya lo decía todo sobre Bosse. La marca que dejó durante su vida no podía ser olvidada, ni siquiera en la muerte.

Había también muchas notas de viejos compañeros –reconoció los nombres de las tarjetas y las cintas– y muchas, muchas flores sin remitente.

En cuanto los padres de Bosse hubieran cenado en su pequeña casa de ladrillos rojos, en Høng, volverían al cementerio por segunda vez en ese día.

Él los había observado a veces en secreto, desde lejos. Venían para ver cuántas personas habían estado allí durante el día para honrar el recuerdo de su hijo, y se quedarían quietos durante un buen rato frente a la tumba de su hijo, abrazados. Y luego, en silencio, volverían a casa cogidos de la mano.

El jardinero del cementerio apareció por uno de los caminos y se le acercó con una carretilla completamente cargada. El hombre, que ya estaba a punto de retirarse, se detuvo a su lado.

–Tantas flores, guirnaldas y velas. –Suspiró–. Es lo mismo cada año, todos los años. ¿Lo conocía usted?

Oxen asintió.

—Era mi compañero.

—Uf, qué duro... tan joven... La guerra es una mierda, ¿verdad?

—Sí, una mierda muy grande.

El jardinero, que por lo visto había cogido el típico resfriado veraniego, se sonó con un pañuelo de tela, negó con la cabeza y dio unas palmaditas a Oxen en el hombro. Luego volvió a levantar su carretilla y se alejó de allí empujándola.

Si hubiera visto a Bosse levantarse para agitar ese maldito casco azul... Si lo hubiera visto a tiempo, podría haber cumplido su palabra y haber cuidado de él.

Fue una locura que Bosse hubiera pagado ese gesto con su vida, y más teniendo en cuenta que estaba a punto de firmarse el Acuerdo de Paz de Dayton y la guerra iba a terminar.

Fue un error máximo e inadmisible que su pequeña tropa no hubiera sido sacada de allí hacía mucho tiempo. Alguien había decidido aceptar que estaban ahí atrapados, entre los frentes de una enorme ofensiva croata, y fue precisamente este fracaso de los comandantes lo que mató a Bosse. Claro que eso nunca se confirmaría oficialmente: los altos cargos de la jerarquía sabían cubrirse las espaldas.

La Comisión no había encontrado nada digno de ser recriminado, lo cual no le sorprendió. De hecho, era justo lo que había esperado. Pero al menos él había hecho todo lo que estaba a su alcance para encerrar a los responsables y llevarlos ante la justicia.

—Hola, Niels...

Oyó el crujido de la grava y al mismo tiempo la voz que lo saludaba. Con la velocidad del rayo, su mano se deslizó bajo su camisa y sacó la pistola de su funda.

—Olvídalo, no voy armada. Todo está bien...

La reconoció de inmediato, sin tener que volver la cabeza, y entonces la vio. Apareció entre los cipreses, a unos pocos metros de él.

Margrethe Franck... Había pasado un año, más o menos. No supo qué decir, así que asintió. En realidad habría querido sonreírle, pero no estaba seguro de haberlo logrado.

–Ha pasado mucho tiempo... –Sus ojos estaban serios, pero al menos ella sí logró sonreír.

Él asintió de nuevo.

–¿Estás bien?

Asintió.

–No he dejado de buscarte en todo este tiempo. ¿Dónde has estado, Niels?

Se encogió de hombros.

–Aquí y allá...

–Humm...

–¿Has...? Quiero decir... ¿Cómo...? ¿Te has pasado todo el día ahí metida, entre los cipreses?

–Pues sí, la verdad. Literalmente. Como acabo de decirte, llevo un año buscándote por todas partes. Hablé con todos los que te conocen, pero fue en vano, hasta que un día tu hermana me dijo que solías cogerte el día libre para venir a visitar la tumba de Bosse. Y entonces me fijé en un pequeño detalle: cada año había cinco velas en la tumba... Dos eran de su familia, una de sus amigos y una de la que fuera su novia. La quinta vela... es tuya, ¿verdad?

Él asintió y sacó la vela del bolsillo de su chaqueta.

–Así es.

–Claro. Entonces pensé que, ya que yo no lograba encontrarte, tendría que esperar a que tú vinieras a mí. Y esta era la única opción que me quedaba con una cierta posibilidad de éxito: hoy, el 4 de agosto.

Dio unos pasos hacia él mientras hablaba. Oxen estaba de espaldas a la pared, o mejor dicho, a la tumba, de modo que solo podía moverse hacia los lados o quedarse quieto. Escogió quedarse quieto. Ella dio un último paso, cauteloso.

No estaba tan pálida como la última vez que la vio. El verano le había dejado algo de color en la cara, y su peinado era distinto, pero el pendiente con la serpiente aún seguía allí. Margrethe extendió una mano y la pasó por el hombro de él, y por su brazo.

—Estaba deseando volver a verte —dijeron sus labios rojos.

No sabía qué responder a eso. Fue como cuando la Policía lo sacó del bosque del Rold. Llevaba casi un año sin hablar. Solo intercambiaba algunas frases en inglés con Fisk.

En realidad ya ni siquiera era Niels. Ahora era Adrian Dragos. Un rumano que apareció en una helada víspera de Año Nuevo. No había tenido una conversación normal en danés desde que hizo su mutis por el foro en la comisaría de Aalborg.

En algún lugar en el fondo de su mente encontró un «Yo a ti también» y logró pronunciarlo. Qué poco adecuado a la realidad. Qué poco efusivo... Lo cierto era que había pensado en ella continuamente, día y noche.

—¿Puedo preguntarte... dónde vives? ¿A qué te dedicas?

Él se encogió de hombros otra vez.

—¿Te ha enviado Mossman?

Su pregunta sonó más dura de lo que había querido.

A la sombra de su desgastada gorra del ejército, la escaneó con la mirada. Siempre estaba en guardia. No había momentos de descuido o distensión. No con Niels Oxen.

—¿Te ha enviado Mossman? —Su voz sonó aguda y desconfiada. Llevaba el sello distintivo del valiente soldado cazador: una jodida desconfianza postraumática respecto a todo y a todos.

Ella negó con la cabeza y sonrió débilmente.

—Niels, maldita sea, somos amigos. Soy yo, Margrethe Franck... Nos llevamos bien, ¿no?

Él asintió de nuevo. Si volvía a contestarle con un movimiento de cabeza y sin decir palabra, ella le daría una patada que lo enviaría hasta el techo de la iglesia, caray. Y, por supuesto, la patada sería con la prótesis.

—Sí, es cierto. Mossman me ha pedido que te encontrara.

Ella se dio cuenta de que Oxen empezaba a recorrer inmediatamente los alrededores con la mirada.

—Pero puedes estar tranquilo —añadió ella rápidamente—. Él no sabe que estoy aquí. Mossman solo sabe que no logro encontrarte, y que solo sigo buscándote porque él me lo ha ordenado.

—¿Y qué quiere?

La pregunta volvió a sonar brusca, como si la estuviera disparando con una pistola. Puede que no pudiera evitarlo. Puede que, sencillamente, Niels Oxen fuera así... o se hubiera vuelto así.

Oxen la miró a los ojos. Estaba muy moreno, así que probablemente pasaba mucho tiempo al aire libre. Una barba hirsuta aparecía en su barbilla y mejillas, y seguía llevando el pelo recogido en una pequeña coleta que le tocaba el cuello de la chaqueta.

Estaba exactamente igual que en su primer encuentro, aunque su cara no estaba tan delgada y sus rasgos no parecían tan afilados como entonces.

Parecía estar en mejor forma física. Sus pasos también se habían vuelto más enérgicos y resistentes.

—Ahora te lo explicaré todo. Pero primero... ¿no quieres decirme dónde has estado? ¿Qué has estado haciendo?

Margrethe vio que él dudaba.

—Es mejor si no sabes nada.

—Vamos.

—He estado... He ido de un lado a otro. Dormía unos días aquí y otros allá, pero desde la víspera de Año Nuevo estoy en el mismo sitio.

Se quedó en silencio, como si aquella respuesta fuera suficiente.

—¿Dónde?

—En Jutlandia.

—Jutlandia es grande.

—No concretaré más.

—Humm, estás muy bien. ¿Has conseguido un trabajo?

—Podría decirse que sí, así es.

—¿No quieres decirme al menos a qué te dedicas, Niels?

De nuevo vaciló un segundo.

—Yo... Soy algo así como un trabajador forestal. Talo árboles y sierro troncos.

—¿Y estás contento?

Esquivó la pregunta con una contrapregunta:

—¿Qué significa estar contento, Margrethe Franck? ¿Tú estás contenta?

—Sí, estoy bien. Solo esperaba... pensaba... deseaba que tú estuvieras bien.

—¿Qué quiere Mossman de mí?

No iba a dejar que ella lo despistara.

—Vale, de acuerdo. Aunque en realidad no hay mucho que contar. El jefe ya no es tan hablador. Al menos, no conmigo. Poco después de que desaparecieras, me encargó que pusiera el país patas arriba hasta encontrarte. Algo que, como ya te he dicho, no se me ha dado demasiado bien. Con el tiempo conseguí otros encargos y acabé trabajando más para Rytter, el jefe operativo, que para Mossman. Parece que sus prioridades cambiaron respecto a mí... En algún momento dejó de preguntarme cómo llevaba la búsqueda, pero hace poco volvió de nuevo a la carga. Y ha vuelto a meterme presión. Pretende hacerme creer que solo está haciendo el seguimiento de un caso antiguo, pero yo sé que no es verdad: algo ha cambiado, estoy segura.

Hizo una pausa para no perderse la más mínima reacción de Oxen, pero este se mantuvo impertérrito, así que continuó:

–Estoy segura de que todo esto está relacionado con el asesinato de Malte Bulbjerg.

Él siguió mirándola sin reflejar la más mínima emoción. Ni un parpadeo en sus ojos, ni un signo de emoción... excepto por las cejas, que arqueó imperceptiblemente bajo la gorra.

–¿Malte Bulbjerg?

Su sorpresa parecía real.

–Sí, Bulbjerg, el director del museo de Nyborg. El experto en el Danehof con el que tú y yo hablamos en una ocasión.

–¿Qué pasa con él?

–Fue asesinado. ¡Todos los medios se hicieron eco de la noticia! ¿Es que no lees los periódicos?

–No.

–Le dispararon hace poco, en plena noche, en la sala del Danehof. Un disparo en la frente y otro en el ojo izquierdo. Un asesinato en toda regla. Se encontraron restos de cocaína junto a su cuerpo y, según hemos sabido, en los últimos tiempos ganó grandes sumas de dinero. Fútbol, lotería y esas cosas. Una historia extraña, realmente extraña... y en la que la Policía local va completamente a ciegas.

–¿Y qué tiene eso que ver conmigo?

–Ni idea, Niels. Quizá puedas decírmelo tú, ¿no te parece? Quizá puedas abrir la boca de una vez por todas y ayudarme a aclarar algún punto.

Él se encogió de hombros y negó con la cabeza. Margrethe no tenía ni idea de en qué parte de Jutlandia se había escondido, pero estaba claro que debía de estar cerca de la luna de Valencia, porque su reacción fue real: acababa de enterarse del asesinato en el castillo.

Estuvo a punto de hablarle del funeral y del exceso de vigilancia, pero luego se quedó en silencio.

Ya no trabajaban juntos. De hecho, él se había ido y la había dejado tirada. Antes de una cena que debería haber puesto el broche final a su investigación conjunta, en un ambiente más íntimo. Margrethe bajó la voz.

—Es todo tan extraño... ¿Podrías decirme por qué te fuiste de Aalborg?

Él le dio la espalda y recorrió el cementerio con la mirada.

—Es que todo era... demasiado para mí. Bøjlesen y sus parloteos. ¿Acaso tenía que quedarme ahí plantado y recibir una condecoración de un hombre que en realidad hizo todo lo posible para hundirme? ¿Tenía que doblegarme solo porque él era el jefe de Policía de Aalborg? Y luego Rytter y Mossman... Ninguno estaba realmente interesado en resolver el caso, ¿no te parece? Y yo... De pronto no pude más.

Ella dejó de presionarlo. No tenía sentido tratar de pinchar a un hombre que llevaba años siendo un alfiletero.

—Vale. Ahora ya estás al corriente. Ya te he advertido de que Mossman quiere verte. Y... bueno, fue él quien me aconsejó, aunque a regañadientes, que te contara lo de Bulbjerg para hacerte volver.

—Mossman quiere lo mismo de siempre.

Su mirada se fijó en un punto y luego se posó en Margrethe Franck.

—¿Y qué es?

—Algo que yo tengo. Y sabe que lo tengo porque yo se lo dije.

De pronto vaciló.

—Niels, sabes que puedes confiar en mí. Al menos espero que lo sepas. ¿De qué se trata?

—De un vídeo en el que aparece el ministro de Justicia follando con Virginija Zakalskyte hasta matarla.

—No me lo puedo creer... Pensé que era un farol. ¿De verdad existe ese vídeo?

Él asintió.

—¿Y cómo demonios lograste hacerte con él?

—Cuando seguimos hasta la estación a Pronko y a la hermana de Zakalskyte en Copenhague... él entró en la estación y lo vi dejar una mochila en la consigna del sótano. Así que me hice con la mochila. En su interior encontré un disco duro, y lo copié. Contenía la grabación que usaron para chantajear al ministro de Justicia. Estar en posesión de una copia así siempre es bueno.

—Ahora lo entiendo todo.

Parecía que, después de un año de espera, Oxen por fin se había decidido a hablar, pues continuó con su historia sin que ella tuviera que insistirle.

—Ese vídeo es mi seguro de vida. Una vez al mes tengo que hacer algo muy específico, o de lo contrario la grabación se enviaría automáticamente a los medios de comunicación. El Danehof, y quien quiera que se halle detrás de este costoso dispositivo de poder, está al corriente de todo. Es por eso que no pueden sacarme del medio. Si lo hicieran, perderían su carta ganadora: el ministro de Justicia, Ulrik Rosborg. Y si yo sucumbiera a la tentación de revelar algo, probablemente se librarían de mí en ese mismo segundo. Ya has visto con tus propios ojos de lo que son capaces.

—Un círculo vicioso.

—La mayor catástrofe para el Danehof sería que yo muriera mañana.

—Y la mayor catástrofe *para ti*, entonces, sería que el cerdo del ministro de Justicia muriera repentinamente, ¿no?

—Exacto.

—¿Y aún crees que Mossman es uno de esos hombres oscuros?

—Si no lo es, al menos trabaja con ellos. O, por alguna razón, se ve obligado a hacerlo. Pero no, no tengo modo de probarlo. Aunque en caso de duda prefiero andarme con cuidado. No le entregaré la cinta. Ya puedes decirle esto cuando te lo pregunte.

—Se lo diré. Yo haría lo mismo en tu lugar.

—Como si no fuera suficiente tener que pasarme la vida vigilando la retaguardia. Tienen tanto poder, Franck... No te sorprenda que algún día las cosas se tuerzan definitivamente para mí.

—Espero que te equivoques. Lo espero de corazón.

—Supongo que estás segura de que nadie te ha seguido, ¿no?

—Segurísima. Nadie sabe cuándo y dónde trabajo en tu caso. Por supuesto, Mossman me va pidiendo informes. Pero nadie más. Todo lo que he ido descubriendo está en una caja que guardo debajo de mi cama.

Lamentó inmediatamente haber dicho lo de la cama. Oxen parecía escéptico.

—¿Mossman? Eso es más que suficiente.

—No tiene ni idea de dónde estoy ni de con quién he hablado últimamente. No le he puesto al día de mis últimas gestiones. Visité a tu hermana, y a tu madre, que está bastante mal. Puede que solo le queden unos meses. ¿Lo sabías?

Él se encogió de hombros.

—No exactamente. Pero sabía, por supuesto, que estaba ya muy mal.

—¿Has ido a visitarla últimamente?

—Hace mucho que no.

—¿Por qué?

—¿Y por qué no? ¿Acaso es esto un interrogatorio?

—Perdona, no quería que sonara así. ¿Te vienes conmigo a Slagelse, a comer algo y a charlar un poco? Vamos... Podemos ir en mi coche, ¿te apetece?

Él levantó una mano, a la defensiva, antes incluso de que ella acabara la frase.

–Tengo que coger un tren, y el taxi me espera en el estacionamiento... Pero gracias, puede que en otra ocasión.

–No habrá otra ocasión, ¿verdad, Niels?

Él se encogió otra vez de hombros, y ella tuvo que hacer un esfuerzo enorme para no pegarle una patada con la prótesis.

Puso una mano en el brazo de él y le dijo:

–Al menos prométeme que tendrás cuidado, ¿vale?

Él asintió. Parecía que estaba a punto de decir algo, pero luego cambió de opinión. Ella sacó entonces su tarjeta de visita del bolsillo interior de su chaqueta y escribió su dirección particular en la parte posterior.

–Ten. Mi tarjeta. Llámame o ven a verme si necesitas ayuda. Yo vivo en Østerbro. ¿Hay algún modo de contactar contigo?

–No, Franck, nadie puede... Gracias, de verdad, eres muy amable.

Parecía improbable esperar algo más cariñoso de todo un héroe de guerra. Metió la tarjeta en el bolsillo de su camisa de leñador, le dio unos golpecitos amistosos en el hombro y desapareció con un breve «Adiós» y unos pasos rápidos hacia la salida.

–Gracias a ti también. Muchas gracias, imbécil –murmuró ella, de pie frente a la tumba.

33

Ser responsable de la muerte de otra persona era una de las cosas a las que ya se había ido acostumbrando, pero había grandes diferencias según las situaciones, y en esta ocasión sintió una tremenda inquietud mientras pensaba en ello y el tren lo acercaba a casa, a Fisk y a su retiro en Jutlandia Central.

Era muy probable que, al enviar a Bulbjerg las copias de los archivos del Danehof que había encontrado en el castillo de Nørlund, hubiera firmado sin darse cuenta la sentencia de muerte del director del museo.

¿En qué había estado pensando? ¿Por qué no había previsto los riesgos que aquello podría implicar?

Por suerte el tren no iba demasiado lleno. Había encontrado un lugar en el que sentarse solo. Había examinado a los pocos pasajeros del vagón, y no había visto nada que le sugiriera que lo estaban siguiendo.

El paisaje al otro lado de la ventana era el mismo, pero la luz había cambiado. El día llegaba a su fin. Se sentía apaleado, herido e infinitamente cansado cuando, una vez sentado, trató de recordar.

Cuando empezó todo el asunto de los perros ahorcados, él

solo había querido desaparecer, y a ser posible cuanto antes. Lo recordaba exactamente.

El joven director del museo le había gustado a primera vista. Probablemente había pensado que alguien que trabajara en este exigente proyecto de investigación sobre el Parlamento Medieval del Danehof también debería tener acceso a la información que él mismo poseía. Sí, ese hombre tenía derecho a saber más.

El material le proporcionó una idea general de una estructura de poder única que había sobrevivido a los siglos: es cierto que a veces se habían producido interrupciones y la estructura había cambiado, pero el Danehof aún seguía allí y significaba un peligro oculto para todo aquel que se interpusiera en su camino. El Danehof era como un virus latente, intacto e incluso mortal, después de todos esos años.

Había sido un idiota. Debería haberse dado cuenta de que le había dado al director del museo la llave del infierno.

Cuando el tren se acercó a Vejle recuperó, al fin, la cordura y las dudas razonables: nadie podía saber si la terrible muerte de aquel hombre tenía algo que ver con él.

Después de todo, había sopesado cuidadosamente los pros y los contras antes de enviar los documentos al director del museo. Y para desactivar la bomba, para asegurarse de que no explotara en el escritorio de Bulbjerg, se había guardado para sí, deliberadamente, la información más sensible: las páginas con los nombres de todos los miembros del Danehof del Norte (tres anillos de cinco personas cada uno: esto es, quince miembros poderosos e influyentes), así como la lista de miembros pasivos y la de los recientemente fallecidos.

¿Y qué había dicho antes Margrethe Franck? ¿Que habían encontrado rastros de cocaína junto al cuerpo de Bulbjerg? ¿Acaso había estado haciendo de camello entre los académicos? ¿O entre la gente de la calle, porque se lo había gastado todo en el juego y necesitaba dinero? ¿Había sido un criminal o existía una razón completamente distinta para su muerte?

El hecho de haberle enviado algunos datos extraordinarios sobre el Danehof no lo convertía automáticamente en cómplice de su asesinato. Era una locura pensar así.

Y entre todos estos pensamientos delirantes que avanzaban con él en su camino de Slagelse a Jutlandia Oriental, se abrió paso uno nuevo, que irrumpía con fuerza: Margrethe Franck. No había esperado volver a verla.

Margrethe Franck, la granada... Así la había bautizado en secreto aquella noche, en la habitación del hotel que daba al bosque del Rold, cuando ella se apresuró a ayudarlo cojeando sobre su pierna. Con los pechos balanceándose bajo la camiseta blanca, el culo firme bajo la lencería de seda negra, y la pistola lista para disparar.

En su habitación, ella se había encontrado a un hombre confundido, desorientado y tendido en el suelo. Lo más probable era que hubiese gritado durante alguna de sus innumerables pesadillas.

Ella podría haberlo expuesto en infinidad de ocasiones durante el tiempo que trabajaron juntos, avergonzándolo y ridiculizándolo, pero en lugar de eso lo cubrió y lo protegió continuamente, porque entendía su dolor.

Sin embargo, aún recordaba perfectamente la forma en que él le dio las gracias aquella primera vez, con una vergonzosa claridad: «¿Quién te crees que eres? ¿Lara Croft con una sola pierna? ¡Sal de mi habitación!».

Y de pronto había vuelto a aparecer. Una granada en la tumba de Bosse. Amable, sonriente, con esa voz tan agradable... y también con esa serpiente en la oreja.

Por tercera vez en lo que llevaba de trayecto, Oxen sacó la tarjeta de visita y la estudió. El mundo de Margrethe Franck, toda su vida, era el servicio secreto. Y se trataba de un mundo en el que no solo la agenda, sino también las alianzas cambiaban constantemente y los motivos eran a menudo ambiguos. Quien era amigo y aliado un día podía ser enemigo al día siguiente.

Y en el centro de ese mundo se hallaba Axel Mossman, el jefe del CNI, quien se le acercó y lo enredó en su red, aproximándolo de paso también a ella.

En todas las vidas hay campos minados, pero eso no significa que todo el mundo tenga que pasar por ellos. Él se había visto atrapado en uno, y no se le ocurría nada que pudiese resultar peor. Con algo así no se juega. Algo así se bordea, y se evita. Aunque eso suponga un desvío de un día entero.

—Quédese la vuelta.

El billete de cien coronas cambió de manos. El taxista le dio las gracias y esbozó una sonrisa cuando se dio cuenta de que Oxen había redondeado generosamente el precio.

Se bajó en el camino de entrada a la pequeña finca y esperó hasta que el taxi giró y volvió hacia Vejle.

Cuando lo perdió de vista empezó a caminar por la callejuela estrecha y asfaltada. Desde ahí, había casi un kilómetro hasta el camino de tierra que conducía a la piscifactoría, pero había pedido al taxista que lo dejara en la granja, por precaución.

En principio había previsto hacer transbordo en Vejle, coger otro tren hacia Brande y pedir allí un taxi que lo dejara en la puerta de su casa, pero el encuentro con Margrethe Franck lo había puesto en alerta.

Había memorizado a todos los pasajeros que viajaron cerca de él. Luego se había bajado —efectivamente— en la estación de tren en Vejle, pero se había mezclado con los transeúntes que paseaban por las calles de la ciudad más cercanas a la estación, antes de regresar de nuevo y buscar allí un taxi que lo llevara hasta la calle que daba a la piscifactoría.

No había visto nada que despertara sus sospechas, y también se calmó un poco al recordarse a sí mismo que Margrethe Franck era alguien en quien podía confiar... aunque en su fuero interno supiese que no había nadie de quien pudiera afirmarse aquello al cien por cien.

Empezaba a anochecer cuando tomó el polvoriento camino de tierra lleno de baches que conducía a través de los campos hacia los estanques.

Había sido un día largo, un día agotador. Estaba más cansado que después de haber talado, limpiado las ramas y hecho leña con los troncos de una docena de abetos.

El primer trueno que resonó al oeste, a lo lejos, le hizo pensar en el sonido distante de un estómago vacío. Bajo la luz evanescente de la luna adivinó una pared de nubes negras que se acercaban por el horizonte, y un soplo de viento le rozó la mejilla.

Cuando llegó al valle con los primeros árboles, el ambiente todavía estaba húmedo, a pesar de que ya era tarde, y se habría agradecido una buena tormenta de verano. Pero esta iba a hacerse de rogar.

Siguió la huella de los neumáticos que conducía al claro en el que el bosque formaba un anillo en torno a su morada en ruinas. Prometía ser una noche en la que la lluvia se colaría copiosamente por el techo y gotearía sobre los muchos baldes, como una sinfonía liberadora después de las penurias del día.

«¡Eh, Speedy! Deja al señor en paz. ¡Vamos!».

Tan cerca, y al mismo tiempo tan lejos, tan increíblemente lejos...

Cuando estuvo en casa, se sentó a la mesa de la cocina con la pequeña foto de Magnus y una taza de café entre las manos.

El Opel Vectra negro se detuvo al margen de la carretera, donde el camino de grava se bifurcaba. En su interior había dos hombres. El que estaba en el asiento del copiloto sostenía una tableta con la que habían estado siguiendo un pequeño punto rojo desde el cementerio que quedaba a las afueras de Høng.

—Pero ¿dónde estamos? ¡Esto es el culo del mundo!

El hombre que iba al volante se apoyó en el reposacabezas y sonrió a su colega, que ahora buscaba algo en la guantera. Encontró lo que buscaba: una linterna. Después bajó la ventanilla e iluminó el borde de la carretera. A la derecha del camino de tierra había una piedra. Aunque gran parte de la pintura blanca se había desprendido, el número que tenía escrito aún podía reconocerse.

—Treinta y ocho —dijo el hombre, bostezando—. Espera, que lo tengo.

Escribió la información en su tableta y esperó unos segundos.

—La piscifactoría Ottesen pertenece a un tal Johannes Ottesen, cuya residencia está también fijada aquí.

—¿Una piscifactoría? Aunque, ¿por qué no? Será mejor que lo llame y se lo haga saber.

—Ya debería haber pasado el Gran Belt, ¿no?

—¿El estrecho? Sí, seguro que sí. Ahora solo me gustaría saber si quiere que lo acompañemos o no. *Your gun?*

—En la bolsa del asiento de atrás.

—Bien. Esperemos y veamos.

34

La tormenta eran tan fuerte que, con cada rayo, la casa entera se tambaleaba. El temporal llevaba desplazándose ya un buen rato, y ahora estaba justo encima de él, con toda su fuerza.

Los relámpagos se seguían unos a otros, prácticamente sin espacio entre ellos. No hacía falta que subiera la persiana para saber que las descargas celestes iluminaban completamente la oscuridad.

Seguía sentado a la mesa de la cocina. Había estado sentado allí desde que había vuelto a casa. Tenía la luz apagada, pero había encendido una vela, que había fijado a un platito con unas gotas de cera.

La foto de Magnus estaba justo frente a él, sobre el mantel lleno de manchas. La había cogido con las manos y había vuelto a dejarla, pasando con amor su dedo índice sobre la cara de su hijo. Como miles de veces antes.

Ahora también llovía a cántaros. Ráfagas de viento empujaron las gruesas y pesadas gotas contra los cristales de las ventanas.

Había pasado por la casa y había preparado otro cubo y un recipiente para lavar platos. La lluvia no era el descanso sinfónico que había anhelado antes, mientras volvía a casa por el camino de tierra. En su derruida casucha, que poco tenía que hacer ante las fuerzas de la naturaleza, dominaba más bien una cacofonía de crujidos y murmullos.

Sentía un vacío abismal. No podía decir en qué momento ese sentimiento borró todo lo demás, pero Magnus seguía apareciéndosele, una y otra vez, entre las especulaciones y el sentimiento de culpa por la muerte del director del museo, y entre los *flashbacks* y los recuerdos de Margrethe Franck.

Cuando había llegado a casa, la sensación le había sobrevenido abrumadoramente. La presión empezó en el diafragma, y fue tan intensa que tuvo que ponerse la mano en el estómago. El dolor resultaba opresivo, casi físico, y le hacía sentirse como una cáscara vacía.

El pensamiento era terrible y lo sumía en el desconsuelo: faltaba todo un año para poder volver a ver a Magnus. Un año entero, con todos los cambios que sufren los adolescentes: complexión, estatura, sonrisa, estilo de vida y mentalidad. Todo en él estaba cambiando...

Al mismo tiempo, entonces, adivinó un alivio traicionero a sotavento del vacío inclemente. Le esperaban doce meses. Trescientos sesenta y cinco días sin las fuertes tormentas emocionales que amenazaban con hacerle perder la razón y destruir el delicado equilibrio que había logrado encontrar. No podía hacer otra cosa que...

Un ruido ensordecedor sobre las copas de los árboles cercanos hizo que las viejas ventanas tintinaran.

Segundos después, la alarma se disparó en el dormitorio.

Se precipitó hacia arriba, a toda velocidad, y abrió las puertas del armario. La cámara uno, la que había instalado junto al camino, se había activado. La bombilla estaba parpadeando. En la imagen infrarroja vio el contorno negro de un hombre. No pudo distinguir su cara. El hombre estaba encorvado, bajo la lluvia torrencial, y tenía la mirada fija en el camino enfangado e iluminado por el pequeño cono de luz de su linterna. Avanzaba haciendo eses para evitar los charcos del suelo.

A toda velocidad, Oxen comprobó el resto de las cámaras. Todo estaba tranquilo. No había más signos de movimiento en la zona que tenía vigilada. Cogió la pistola, que estaba metida en su funda y colgada de la pared, y la cargó mientras empezó a bajar con ella las escaleras. Una vez en la puerta trasera, se puso rápidamente su chubasquero verde oscuro y desapareció en la oscuridad.

La lluvia le golpeaba el rostro, y sus zapatos llevaban ya un rato empapados porque era imposible evitar todos los charcos.

No se había preparado para afrontar un clima así. Cuando le dieron la noticia, se limitó a correr hasta su coche y salir a toda prisa hacia allá.

Margrethe Franck había logrado, milagrosamente, lo que él no había sido capaz de hacer: establecer contacto con el veterano de guerra desaparecido.

Había enviado de vuelta a casa a sus dos colaboradores privados. El día había sido largo y de algunas cosas tenía que encargarse uno mismo.

Le habría resultado mucho más fácil llegar hasta allí con su coche, dada la lluvia demencial que estaba cayendo, pero él había preferido dejar el vehículo aparcado en la piscifactoría. La razón era obvia: de este modo esperaba demostrar que llegaba con las manos vacías y en son de paz. Al fin y al cabo, había salido de la capital y se había venido hasta uno de los rincones más lejanos del mundo, abriéndose paso por el lodo y bajo la tormenta, para visitar el lugar al que Niels Oxen se había retirado en secreto.

Aquella era su forma de izar la bandera blanca. Una señal que un soldado entendería. Lo que pasara a partir de ahí estaba por verse. No tenía ni idea de lo que sería, pero se esforzaría al máximo por lograr su objetivo. Y haría con cautela lo que siempre hacía: jugar su mano.

El camino dio paso a un terreno abierto. Tras una pequeña casa en ruinas, el bosque se alzaba como una pared negra.

Todo estaba oscuro, a excepción de dos tenues franjas de luz bajo el borde de la ventana, a la izquierda de la entrada. Unos escalones conducían a la puerta, cuya pintura empezaba a desprenderse.

Puso el pie en el último escalón. No tenía más remedio que llamar a la puerta educadamente y rezar para que el valiente soldado no se hubiera vuelto majara del todo y le disparara en la cabeza con un rifle de caza.

Alcanzó a llamar a la puerta dos veces con el puño, antes de sentir algo frío en la nuca.

—No te muevas. Tengo una pistola. Haz lo que yo te diga. ¿Me oyes?

Se había escapado por la puerta de atrás y se había escondido detrás de unos arbustos que quedaban cerca del claro. A partir de ahí lo único que tenía que hacer era escoger el momento adecuado para acercarse a aquel desconocido que, por alguna razón, se había presentado en su casa a altas horas de la noche, y, por si fuera poco, en plena tormenta.

La alta figura asintió lentamente.

—Tranquilo, Niels Oxen... No tienes por qué preocuparte, ¿vale?

35

El jefe del servicio de inteligencia, Axel Mossman, parecía ocupar la pequeña cocina casi por completo. Había olvidado cuán grande, nervioso e imponente podía resultar aquel hombre en realidad.

Su capelina yacía arrugada sobre la mesa de la cocina, y sus zapatos habían dejado un rastro mojado, de lluvia, sobre el suelo de parqué. Ahora estaba ahí sentado, emergiendo amenazadoramente tras la vela, como las rocas de un acantilado.

No le había dado la bienvenida ni le había estrechado la mano. No tenía tiempo para cortesías y formalidades. Lo habían encontrado. Su escondite había sido descubierto. La situación era grave, extremadamente grave.

Cacheó al gigante, pero no encontró nada, de modo que dejó su pistola y se sentó a su lado.

—¿Tienes gente esperándote fuera? —preguntó, señalando con la cabeza hacia la ventana.

La tormenta había remitido, pero la lluvia seguía repicando contra la ventana.

Mossman negó con la cabeza.

—No, estoy solo.

—Si eso no fuera cierto, resultaría un inconveniente. El terreno está vigilado de arriba abajo, así que hazte un favor y di a tus hombres que se vayan.

—Como ya te he dicho, estoy solo. He enviado a mis hombres a casa.

Su respuesta sorprendió al cuervo, que saltó e hizo ruido en el interior de su caja.

—*Well*, veo que tienes un inquilino...

Casi había olvidado que Mossman era medio británico y se esforzaba por parecerlo del todo.

—Así que Margrethe Franck me mintió, al fin y al cabo. Me habéis seguido.

—No, Oxen, no te ha mentido. Ella no lo sabía. La estábamos siguiendo a ella cuando te vimos a ti.

—Un trabajo muy profesional, sin duda, porque no he localizado a nadie.

Mossman sonrió con indulgencia.

—Era imposible que los vieras, en realidad. ¿Recuerdas al jardinero del cementerio?

Oxen asintió. El anciano con la carretilla, el que le había hablado de la cantidad de flores que había siempre en la tumba de Bosse.

—Pues era uno de los nuestros, y te puso un localizador de GPS en la camisa. Un aparato enano, no más grande que una uña. De esa manera hemos podido seguirte desde Høng hasta aquí, a una distancia segura.

Sintió un ataque de rabia, y notó que la ira iba abriéndose paso en su interior. Lo habían engañado y habían invadido su territorio. Era la segunda vez que Mossman le hacía lo mismo. La otra vez, el gigante del CNI lo involucró en el caso de los perros ahorcados justo cuando él se disponía a desaparecer de la escena. Tuvo que hacer un esfuerzo por controlarse.

—Hijo de puta.

—El GPS es un invento fantástico, con un montón de aplicaciones inimaginables.

—¿Y qué quieres? No ha cambiado nada. No te daré el vídeo en el que aparece el ministro de Justicia. Nunca.

—¿Ni siquiera este retiro de un año entero te ha servido para reflexionar? ¿Aún sigues sin confiar en mí, soldado?

—No tengo ninguna razón para hacerlo.

—Así pues... ¿aún piensas que estoy directamente involucrado con el Danehof, o con sus ordenanzas? ¿Voluntariamente o por obligación? ¿Sigues creyendo que me han enviado para encontrar esa comprometedora cinta en la que aparece el ministro de Justicia cometiendo un asesinato? ¿Es esto lo que piensas después de nuestra última conversación en el hospital de Aalborg? ¿Y cómo está tu hombro, por cierto? Espero que mucho mejor...

—Si quisieras, hace tiempo que habrías atrapado al ministro de Justicia, *all in*.

—Lamentablemente, ya he notado esta misma desconfianza por parte de Margrethe. Es una desconfianza que lo envenena todo. ¿Y sabes qué, Oxen? Se trata de una reacción que me molesta y me decepciona.

—¿Qué es lo que quieres?

—¿Podrías darme una taza de té?

—No tengo té.

—De café, entonces. Es de muy mala educación no ofrecer una taza de café a las visitas —insistió Mossman, riéndose entre dientes.

Oxen se levantó, arrojó el resto de café frío al fregadero, rellenó la cafetera y puso a hervir el agua. Después cogió otra taza de la alacena, algo descascarillada. Era la única taza de repuesto que tenía. Además contaba con tres platos llanos y uno hondo, todos abandonados aquí por el último trabajador de Fisk.

Unos minutos después, sirvió el café en las tazas. Ninguno de los dos abrió la boca.

—Cuéntame cómo estás, Oxen —dijo Mossman al fin.

La profunda voz que rompió el silencio sonaba bastante natural, y la pregunta parecía sincera. Esa era siempre la duda que acompañaba a todo experto en el mundo del espionaje y jefe de un servicio secreto: que uno nunca podía saber dónde estaba realmente y cuáles eran sus intenciones.

—¿Acaso te importa?

—Ya lo creo que sí, amigo mío. Yo siempre he estado de tu lado. Te he dirigido hacia donde yo quería, *yes*, y he sacado tajada de tu impecable actuación, *yes*, pero nunca he querido que te pasara nada malo... ¿Te sientes emocionalmente mejor o sigues atormentado por el pasado?

—Estoy bien.

—Humm.

—Ten.

Dejó frente a Mossman la taza grande, humeante y llena de café negro hasta el borde y se sentó de nuevo en la mesa.

Aquel sería uno de sus últimos momentos en esa cocina. Ahora que Mossman lo había encontrado, todo era posible. Había llegado el momento de abandonar a Johannes Fisk... aunque le hubiera gustado quedarse una temporada más para ayudar al anciano.

Solo tres o cuatro días más, y entonces acabaría con la parte occidental del bosque de abetos. Se encargaría de acabarlo, y luego se iría. Y todo por culpa de ese invitado no deseado que estaba sentado a su mesa y sorbía el café humeante.

—En el fondo tienes razón, Oxen —dijo Axel Mossman—. Me gustaría estar en posesión de esas grabaciones que pueden demostrar la culpabilidad del ministro de Justicia. No voy a negarlo. Pero recuerdo que en el hospital hablaste del vídeo como de tu seguro de vida, y, *well*, lo entiendo. Así que dejemos eso a un lado, y vayamos a otro tema.

La taza desapareció tras las enormes manos de Mossman. Este dio un trago y continuó:

—Mira, Oxen... pronto seré un hombre viejo... no, en realidad ya soy un hombre viejo. Y llevo en este negocio mucho, mucho tiempo. Cuando echo la vista atrás me parece que toda mi vida no ha sido más que una investigación. Abierta, encubierta, más o menos discreta..., pero siempre absolutamente secreta. Siempre tratando de recopilar, intercambiar y analizar información. Todo iba siempre de reunir datos, intercambiarlos y analizarlos. Obviamente, alguien tiene que encargarse de estas cosas. Pero todos tenemos un punto de origen, un lugar del que partir. Para mí fue la Policía científica. Ahí empezó todo. Eso sí: con el tiempo me fui alejando de aquello... y ahora estoy volviendo. El círculo se cierra.

Mossman se echó un poco hacia atrás y la silla crujió peligrosamente, pero él no se despistó. El jefe del CNI lo miraba con ojos penetrantes, y siguió hablando:

—Mi puesto de trabajo tenía una duración limitada a seis años. En contra de lo que suele pasar, pude renovarlo en varias ocasiones, pero dentro de dos años será ya irrevocable. Sin embargo, yo ya no quiero quedarme más tiempo. Me iré de aquí a un año. Me fascina la idea de ser yo quien escoja el momento. Soltaré una pequeña bomba para hacerlos sudar a todos, y los haré correr por los pasillos como gallos sin cabeza. Que me parta un rayo si apuro mi tiempo hasta el final y luego recojo las cosas de mi escritorio ordenadamente, con resignación... ¡No, no! ¿Te acuerdas de Ryttinger, el viejo al que mencioné cuando hablamos en el hospital?

El nombre le sonaba familiar, pero su expresivo rostro pareció hablar por sí solo, porque Mossman procedió a dar más detalles de inmediato.

—Karl-Erik Ryttinger, el hombre más importante de la industria pesada danesa.

Él asintió con la cabeza.

—¿Lo recuerdas ahora?

—Vagamente.

—*Well*, yo todavía era joven y trabajaba en homicidios en Copenhague. Ryttinger fue asesinado a tiros a los ochenta y nueve años, en el primer piso de su gran palacio en Strandvejen. La Policía consideró que se trataba de un robo. Pero antes de morir, el anciano logró escribir algo en el suelo con su propia sangre.

Oxen asintió. Ahora lo recordaba.

—Danehof.

—Exacto, Oxen. Danehof.

Poco a poco recordó toda la historia. Había paralelismos con algunas de las cosas que había leído en el diario del exembajador Corfitzen. (Aquel que se llevó del castillo de Nørlund en su expedición nocturna).

El punto determinante fue que Karl-Erik Ryttinger, el propietario de Ryttinger Eisen, padecía una demencia incipiente. Si no andaba equivocado respecto a la historia de Mossman, en aquella ocasión habían robado algunas joyas preciosas, pero el ladrón había dejado otros objetos de valor, y el disparo mortal había sido muy preciso.

—Solo un disparo en el corazón, ¿verdad?

Mossman asintió.

—*Shoot to kill*, entonces.

—Así es, Oxen.

—De acuerdo, pero ¿a qué viene ahora todo esto? ¿Adónde quieres ir a parar?

—Paciencia, amigo mío. En mi campo hay un conocido... bueno, llamémoslo fenómeno. Muchos de mis colegas, profesionales entregados al trabajo, dejan el cuerpo de Policía cuando se jubilan..., pero se llevan consigo un caso; un maldito caso que los acompañará y torturará durante el resto de sus días. Pues bien, yo también tengo uno de esos casos: el asesinato premeditado de Karl-Erik Ryttinger. Pero para aclararlo, tengo que aplastar a todo el maldito Danehof. En realidad podría decirse que, como jefe del CNI, tengo el deber de destruir una institución criminal y antidemocrática como es el Danehof y de llevar a cada uno de sus miembros ante la justicia. Y es exactamente por eso por lo que necesito tu ayuda, Oxen. Ni más ni menos. ¿Queda café?

Oxen se levantó y le sirvió más café. Estaba abrumado y lleno de dudas, pero no dijo nada. Así funcionaban las reglas del juego: todo en su momento.

—Pero aún hay algo más —siguió diciendo Mossman—. ¿Recuerdas que durante nuestra charla en el hospital te hablé de Gunnar Gregersen?

—De los socialdemócratas, sí.

—Bueno, deja que te refresque la memoria. Gregersen fue un político brillante y de gran talento. Y también, por lo visto, un hombre con una personalidad maníaco-depresiva. En una de sus fases de mayor éxito, se suicidó. De eso hace ya doce años. Una noche su viuda me llamó por teléfono, profundamente infeliz y borracha. Acababa de encontrar un sobre que su marido había dejado para mí. Ella había echado un vistazo al contenido. Hablaba del Danehof o, más precisamente, del Danehof Oriental. Yo corrí hasta mi coche y salí a toda pastilla hacia Valby. Cuando llegué, la mujer yacía muerta en la acera. Había saltado por el balcón.

—Y nadie supo decir nada de un sobre.

Puso las dos tazas de nuevo llenas sobre la mesa y volvió a sentarse.

—Exactamente. Ni un sobre. Como si un caso no fuera suficiente... Yo arrastro el tema de Karl-Erik Ryttinger, pero también llevo a Gunnar Gregersen conmigo, ¿entiendes? Ambos casos están relacionados con el Danehof. Maldita sea, Oxen, tenemos que acabar con ellos. Esta va a ser mi última misión. Probablemente, la más respetable de todas.

—Sigo sin entender qué tiene que ver todo esto conmigo.

—Enseguida responderé a esto, amigo mío. Pero ahora... ¿tú sabes quién es Malte Bulbjerg? ¿O mejor dicho, quién era?

Él asintió.

—Margrethe Franck me ha contado toda la historia hoy mismo, en el cementerio.

—Pero ella desconoce que yo sé que ambos enviasteis al director del museo unos documentos originales del Danehof. Para ser precisos, me refiero a unos apuntes del diario del exembajador y jefe del Danehof del Norte, Hans-Otto Corfitzen. Apuntes actuales, que llegaban hasta el día en que murió en la silla de su oficina, en el castillo de Nørlund.

—¿Quién dice eso?

—Lo digo yo. Encontramos huellas dactilares en la cartera y los documentos, y resulta que son tuyas.

—¿Y cómo sabéis que son mis huellas?

—El director del museo se puso en contacto conmigo poco después de que le enviarais los papeles. Tenía muchas preguntas sobre todo el asunto, y es que, aunque las entradas estaban bastante maquilladas, era obvio que todo aquello olía fatal. Corfitzen mencionaba, por ejemplo, «el acto de locura de nuestro ministro de Justicia, Ulrik Rosborg». Y también algo así como, cito de memoria: «Nuestra organización está trabajando duro para identificar la amenaza. Después de haber decidido una solución definitiva para las otras dos invitadas a nuestra asamblea en octubre, consideré que habíamos neutralizado todos los riesgos. Por desgracia, estaba equivocado».

Mossman levantó el índice a modo de advertencia y continuó:

—El director del museo sabía leer bien entre líneas: dos mujeres habían sido asesinadas. Luego, en otro lugar de sus apuntes, Corfitzen escribió sobre la lamentable muerte de la señorita Zakalskyte. Así pues, dos más una eran tres. Tres mujeres muertas. Así, Bulbjerg pudo hacerse una pequeña idea de la complejidad del caso de los perros ahorcados, y aunque no entendía ni las conexiones ni el contexto, se quedó muy preocupado, Oxen, y acudió a mí.

Mossman parecía serio. De pronto, Oxen recordó su primer pensamiento cuando abrió los ojos en la cama del hospital y vio al jefe del CNI, inclinado sobre él con las mejillas caídas, con la inescrutable expresión de un sabueso; rollizo, pero atento, y con arrugas de amabilidad y tristeza.

Él se sabía de memoria los pasajes que Mossman acababa de citar, pues había leído infinidad de veces las entradas del diario y el resto de los documentos. Y ahora volvía a toparse con las especulaciones y la sensación de culpa...

¿Fue responsable de la muerte del director del museo?

—¿Por qué acudió a ti? ¿Te conocía?

Mossman negó con la cabeza.

—No. Pero Margrethe y tú lo visitasteis en el castillo de Nyborg y le pedisteis información sobre el Danehof. Que Margrethe trabaja para el CNI se lo dijo ella misma, por lo visto, y... bueno, al final, el CNI soy yo.

—¿Crees que los documentos y la muerte del director del museo están relacionados?

Mossman se encogió de hombros.

—Honestamente, no lo sé.

—Pero ¿sería posible?

—No sería descartable, déjame decirlo así.

—¿Y la cocaína y la adicción al juego?

—La gente a veces puede sorprenderte.

—Pero ¿harás algo al respecto?

Mossman dudó un momento. Luego asintió.

—Sí, lo haré.

Obviamente no quería decir más.

—¿Qué harás?

—*Well*, tengo mis investigadores paralelos, por así llamarlos, aunque por el momento no sé más que la Policía local. No hay ningún rastro concreto, solo un montón de hilos sueltos.

Mossman levantó la taza cuando se dio cuenta de algo, así, de repente.

—Pero guárdate todo esto para ti, por favor. Margrethe no tiene ni idea.

Mossman miró al cuervo en la caja. La lluvia seguía repicando contra la ventana.

Oxen estaba silencioso y absorto en sus pensamientos. Todo aquello era demasiado para un solo día. La ruta por Copenhague, tener a Magnus a pocos metros de distancia, reencontrarse con Margrethe Franck en Høng y coincidir con un amable jardinero de oscuras intenciones en el cementerio.

Solo había pasado un día lejos de su refugio en la piscifactoría de Fisk, solo un día, y ya habían caído sobre él todas las malditas catástrofes de la vida. Y para colmo, Mossman decidió plantarse en su casa y ocupar su cocina como si de una pared de roca negra y amenazadora se tratara. La elocuente leyenda de los servicios de inteligencia había conseguido volver blanco lo negro y negro lo blanco. Axel Mossman era un mal presagio.

—Dime una cosa... En el supuesto caso de que yo hubiera enviado esos documentos al director del museo, y que estos hubieran apuntado hacia algo sospechoso... ¿Para qué me necesitas? ¿Por qué me buscas? ¿Por qué vienes aquí, y encima en mitad de una tormenta? ¿Para pedir ayuda, dices? ¿Y cómo puedo ayudarte?

Mossman envolvió la taza con las manos y lo miró directamente a los ojos.

—He venido aquí, Oxen, porque... porque me huelo algo. Tú eres una persona bastante inusual. Eres de los que sobrevive. Al menos eso cuenta tu historia. Eres una persona inteligente y extraordinariamente activa. Has sido entrenado para analizar, pensar a corto y largo plazo, recopilar información, calificar noticias y reconocer perspectivas. Eres capaz de mantener siempre una puerta abierta, no perder nada de vista y tener siempre un plan B. *Well*, estoy aquí porque estoy absolutamente convencido de que tienes más ases guardados en la manga, y quiero que los compartas conmigo y me ayudes a destruir el Danehof. Por eso estoy aquí.

Oxen sacudió la cabeza lentamente, varias veces, y dio un trago a su café. En aquel instante, Mossman tenía justo la apariencia de lo que no era: la inocencia personificada. Y el café ya estaba asquerosamente frío.

—La idea no es que te quedes quieto y sacudas obstinadamente la cabeza, soldado. —Las cejas de sabueso de Mossman se hundieron sobre sus gruesos párpados—. *Tienes más.* Has retenido material, del mismo modo que has convertido las imágenes de vídeo en tu seguro de vida. No te conformaste con los artículos del diario cuando viste que podías acceder a más información. *Nombres.* Necesito *nombres.* Vamos, Oxen. Ayuda a un anciano en su última misión: muéstrame la puerta del Danehof.

Mossman lo intentó de nuevo. Parecía algo indignado, aunque se esforzaba por cubrirlo todo con una capa de azúcar glas. El negro se volvió blanco... y Oxen, instintivamente, tomó una decisión.

—No puedo ayudarte. No tengo más información. Solo la

que envié al tipo del museo... y la grabación de vídeo, claro, pero esa no te la daré. Me temo, pues, que no tengo nada que pueda servirte.

—Esto no es un juego, Oxen.

—Por eso mismo.

—Entonces tendré que partir de cero. Pero te ruego que le des una vuelta al tema cuando me haya ido. Podrás esconderte del Danehof durante meses, o incluso años, pero un día el ministro de Justicia será atropellado o sufrirá un ataque al corazón, y entonces tu póliza habrá expirado y ellos vendrán a por ti. No puedes seguir así, soldado. Tienes que vivir la vida. Tienes un hijo. ¿Acaso no se merece algo mejor? Tienes que pelear tu propia batalla contra el Danehof, igual que yo. Pero juntos somos más fuertes. Piénsatelo bien.

Mossman sacó un cuadernito de la chaqueta de *tweed*.

—Aquí —dijo, dejando su tarjeta de visita sobre la mesa—. Y gracias por el café. Me ha gustado verte de nuevo.

El gigante se levantó y cogió su abrigo, que estaba empapado.

Oxen lo acompañó afuera. Le pareció que Mossman dudaba un momento, pero aun así abrió la puerta y bajó los tres escalones de la entrada. Seguía lloviendo con persistencia, aunque con menos intensidad que antes.

Mossman levantó una mano en señal de despedida, se dio la vuelta y empezó a caminar, pero al cabo de unos pasos se detuvo y volvió a mirarlo.

—Una última cosa, Oxen. Tómalo como un gesto de buena voluntad. El último recurso de un hombre desesperado...

Oxen, que seguía junto a la puerta, lo miró con curiosidad.

Mossman cogió aire y sus palabras sonaron como un rugido repentino, fuerte y atronador.

—¡Sé quién mató a tu perro! ¡Sé quién le quitó la vida colgándolo de un árbol! Señor White, ¿no era ese su nombre?

Oxen se quedó helado. Un alud le recorrió el cuerpo y le congeló por dentro.

–¡Fui *yo*! ¡Yo di la orden de acabar con tu perro! –rugió aquella figura gigante y oscura en la entrada de su casa.

Oxen no podía moverse. No fue capaz de articular palabra.

–¿Me oyes, soldado? ¡Yo! No tuve elección. ¡Tenía que hacer algo para arrancarte de tu trance! Tenía que apretar el botón de tu conciencia y activarlo. ¡Fui yo, poniéndome al servicio de una causa más grande, maldita sea! ¡Mucho más grande que un perro!

Lo que sucedió a continuación pasó por su cabeza como si de imágenes aisladas se tratase. Cómo saltó hacia él. Cómo voló hacia la enorme sombra. El primer golpe en la mandíbula. Luego todo se volvió más rápido y las imágenes se convirtieron en una película en movimiento.

Axel Mossman dio un solo paso hacia atrás, y entonces perdió el equilibrio, como si hubiera tropezado con una raíz.

Antes de que el viejo árbol cayera al suelo, Oxen le dio un puñetazo brutal en el estómago. Fuera de sí volvió a pegarle mientras gritaba: «¡Cabrón, maldito cabrón!».

Empezó a pegar patadas sobre el cuerpo de Mossman, que se limitó a quedarse quieto y aguantar el ataque sin ofrecer resistencia.

Entonces Oxen paró al fin. Agarró a Mossman por el cuello de su abrigo, lo incorporó y lo empujó hacia el camino completamente inundado.

–¡Márchate y déjame solo de una vez!

Y dicho eso volvió a la casa, subió las escaleras y cerró la puerta detrás de él.

Seguía muy alterado cuando entró en su pequeña cocina poco después y empezó a caminar de un lado a otro, como un león enjaulado.

Finalmente, levantó la persiana y miró hacia la oscuridad.

Así pudo ver, vagamente, cómo la gran figura negra se ponía primero a cuatro patas y se levantaba poco a poco.

Momentos después, Axel Mossman volvía a estar de pie y se puso a caminar, tambaleándose a través del barro y el agua, y sin mirar atrás.

36

Siempre era algo especial dirigirse directamente a la gente, reunirse con los votantes, aquí, donde todos estaban de vacaciones, y especialmente ahora, en agosto, cuando la histeria de los primeros días del verano ya se había calmado y algunos incluso habían vuelto al trabajo. Estaba todo más tranquilo y el ambiente era relajado y tranquilo.

Amaba esas pequeñas escapadas. Todo estaba tranquilo, y aún faltaba un tiempo hasta que el Parlamento reanudara su labor.

Mette y los niños estaban ocupadísimos en la construcción de la nueva casa, que también estaba en Nødebo, pero era mucho más grande que la anterior. Ahora tendrían más espacio para la familia y los caballos. En un momento de debilidad prometió a los niños que este año comprarían dos más. Habían acordado que serían ponis del oeste. Ahora tenían doce hectáreas completas disponibles.

En Gilleleje se sentía como en casa. Hacía muchos años que tenían aquí una segunda residencia, pero no fue hasta el invierno pasado que se decidieron a hacer el cambio con el que habían soñado durante tanto tiempo: desde la parte de atrás de Grøntoften, hasta una casa en primera fila, en la calle Carl-Lendorfs, a cuarenta metros de la playa. El cambio había sido caro, pero una oportunidad así no se presentaba todos los días... y, bueno, él formaba parte de los que vivían en la primera fila.

En Gilleleje, además, lo conocía todo el mundo. Sí, de los muchos comentarios, las caras sonrientes y los saludos espontáneos por la calle solo podía inferir que allí la gente lo respetaba y valoraba.

Parte de ello se debía sin duda a la tendencia natural de algunas personas a buscar la proximidad de un político de alto nivel. Sobre todo si era el ministro de Justicia. Siempre había gente así, claro, pero también sintió el respaldo que disfrutaba entre la población general. Y todo eso sin mirar las listas de popularidad de los medios de comunicación... que él, por cierto, lideraba indiscutiblemente.

Aquella misma noche había sido la mejor prueba de ello: había cenado en un restaurante cerca del puerto; se había sentado solo en una mesa, como siempre junto a la ventana, para poder ver la actividad del puerto, en el que había una considerable flota de barcos de pesca. Frente a él, una espléndida langosta y un excelente Chablis de Billaud-Simon.

Habían ido apareciendo, uno por uno, en su mesa. El fabricante Steen y su esposa, el rey del gas y el agua Holger Neumann, el propio Bo Juul en persona, el director general de DanaBuild International, varias promesas locales más, y por último, pero no menos importante, el peluquero Tommy *The Scissors* Palsby, que tenía entre sus clientes a un montón de compañeros políticos.

Tommy se había sentado frente a él y se había tomado una copa en su compañía. Y todo eso sin olvidar a la gran cantidad de personas anónimas que habían hecho un gesto con la cabeza y le habían sonreído.

Después de la cena, él y *The Scissors* habían ido a tomarse una cerveza a la *brasserie*. Y aunque es verdad que fue solo una, él había decidido que dejaría el coche aparcado y volvería a casa andando. No quedaba demasiado lejos, y, en cualquier caso, no tenía la menor intención de cometer un error de ese tipo.

Se puso, pues, a caminar por el puerto deportivo y luego por el casco antiguo de la ciudad. Fue avanzando sin ninguna prisa, tomándose su tiempo, saludando a derecha e izquierda e incluso deteniéndose en un par de ocasiones para charlar con los transeúntes.

Después del vino blanco y de la cerveza oscura estaba tal vez un poco más hablador que de costumbre, se sentía relajado y fantásticamente bien y tenía muchas ganas de llegar a casa y preparar su equipo de pesca.

En una hora quería estar en el agua. Le bastaba con salir a dar una vuelta, aunque solo fuera un rato. Por el amor de Dios, no hacía falta pasarse siempre mil horas esperando solo para pescar un puñado de platijas. Aquella tarde, él mismo había desenterrado a mano las lombrices. Le gustaba hacer esas cosas por sí mismo; le hacía sentirse bien.

Tenía que recordar esto de las lombrices y de desenterrarlas él mismo, y aprovechar para mencionarlo en el momento apropiado. Este tipo de información siempre funcionaba muy bien en la tele. Le aportaba un rasgo de autenticidad, de simpatía. Y eso era lo que quedaba en la memoria de los espectadores.

–Hola, Ulrik, ¿preparado para el programa de la mañana, el *Morgenmagazin*? El tema será la cocina y los platos favoritos de las celebridades, y sí, se supone que debes preparar algo tú mismo.

Algo así le dijo Lizette cuando lo llamó el otro día. Era productora y muy buena amiga suya. Ya habían colaborado en una serie de programas sobre alimentación saludable después de que la serie *El desayuno con el ministro* hubiera acabado, y recientemente estaban dándole vueltas al modo de enfocar un programa sobre deportes.

No había sido difícil convencer a Lizette para que enviara a un equipo de cámaras a la playa de Gilleleje y transmitiera en vivo y en directo desde la cocina de su casa de veraneo, en lugar de hacer desplazar al ministro a la cocina del estudio. Así podían conseguir, además, bellas imágenes con arena, olas, botes de remos y cañas de pescar.

Que lo grabaran en casa resultaba mucho más impactante que en la televisión. Era importante que los espectadores pudieran ver más allá de la fachada; que descubrieran al humano real en un ambiente real.

Llevaba en política tanto tiempo y había aparecido tantas veces en la televisión, que inconscientemente prestaba más atención a su imagen que la mayoría. Además, le interesaba el tema.

—¡Hola, Rosborg!

Volvió la cabeza hacia la casa de color amarillo claro. La esposa del secretario del ministro de Defensa lo saludó desde su jardín. Él le devolvió el saludo, pero no se detuvo. En realidad no la conocía de nada.

Y ahora quería coger su barca y pescar lo máximo posible para poder mirar a sus espectadores a los ojos mañana por la mañana y decirles que el ministro de Justicia había pescado esos peces con sus propias manos.

Lizette quería imágenes a la luz del amanecer, mientras él llegaba con su bote de remos a tierra, y le parecía bien; en cualquier caso ningún idiota podría saber si el pescado había sido capturado la noche anterior o ese mismo día a las seis de la mañana.

Ya había decidido lo que se pondría: un polo azul claro, un pantalón de lino blanco y sandalias deportivas. Eso quedaría genial en el *Morgenmagazin* de vacaciones.

Si era cierto aquello de que los peces pican especialmente bien durante o después de una tormenta, entonces hoy era la noche perfecta para salir a pescar.

Hacía solo dos días, una fuerte tormenta había recorrido gran parte de Dinamarca. Después de eso, había mirado en el periódico los datos que mostraban el número de relámpagos registrados, y el resultado lo había impresionado. Desde el mar del Norte hasta el Øresund, había habido relámpagos y truenos por todas partes, hasta que la tormenta había continuado y había entrado, ya con menos fuerza, en tierras suecas.

Con un poco de suerte, las platijas habrían sufrido la rabia de los elementos y tendrían más hambre que de costumbre. Lo cierto era que él no tenía ni la menor idea de pesca, pero eso los espectadores no lo sabían. Básicamente, no podía ser tan complicado poner un gusano en un gancho y sacar luego un pez cogido a él. Y lo que sí sabía hacer exactamente era limpiarlos y pasarlos por la sartén.

Puso las dos cañas de pescar en el bote y lo empujó unos pocos metros hasta el agua, que estaba lisa como un espejo.

Empezaba a anochecer, pero esto a él no le importaba. No pensaba alejarse mucho de la orilla, donde brillaban infinidad de luces. En una hora esperaba haber acabado. Solo necesitaba cuatro peces bonitos para la sartén.

Empujó el pequeño bote hacia el agua, que chapoteó pacíficamente, metió los remos en su interior y se alejó de la orilla a golpes lentos y poderosos. El mar estaba en calma y era una noche maravillosa para pescar. Se había llevado una nevera en la que había un bocadillo de salchicha y algunas cervezas heladas. Era parte de su ritual. Por lo general apenas tocaba el alcohol, pero aquí, en la costa, lejos de la severa mirada de la mujer del ministro de Justicia, un poco de placer no estaba mal.

A unos doscientos metros de la orilla tiró el ancla. Si no recordaba mal, aquella era una buena zona, pues tenía muchos recovecos de rocas y arena en el fondo. Cogió su linterna frontal, la encendió y puso el cebo en las dos cañas. Lanzó una de las cuerdas por el lado de babor y la otra por estribor, y colocó las cañas de tal modo que quedaran en ángulo recto con el bote. Ahora tocaba esperar y mantenerse atento.

Abrió una cerveza y tomó un sorbo. Estaba deliciosa. Para ser sinceros, no había sido ni su ascetismo ni su forma de vida saludable lo que le llevó a reducir su consumo de alcohol, sino otra razón muy poderosa, que contrastaba con una noche maravillosa como esta.

La luna teñía de plata la superficie en calma del agua. En tierra empezaron a encenderse las primeras luces de las casas, algunas muy cerca de la costa, otras más arriba, en la colina que emergía como un muro oscuro y protector.

De pronto se sintió pequeño e insignificante, y agradeció haber dejado atrás la peor crisis de su vida. Aquella fatídica noche en el castillo de Nørlund en la que Corfitzen invitó a los cinco elegidos para la reunión del Primer Anillo del Norte... Y ahora habían pasado ya casi dos años.

Aquella noche bebió demasiado, sin duda, aunque no lo suficiente como para haber olvidado lo que pasó.

De algún modo, en algún lugar de su mente se fundió un fusible cuando la mujer sacó de su bolsa un arnés de cuero y una brida y le pidió que se los pusiera; se lo exigió, maldita sea; le pidió que se los pusiera con fuerza. ¡Casi se lo suplicó!

Entonces algo en su interior tomó el control. Algo que quedaba por encima de él. Algo que no había sentido nunca antes.

Y cuando volvió en sí ya era demasiado tarde. Ella estaba muerta.

Aquí y ahora, solo en la oscuridad, sus sentidos se abrieron a las impresiones de aquellos días. En su vida cotidiana había logrado suprimir ese desagradable asunto con su enorme fuerza mental. Había apartado y guardado con llave todos los recuerdos de aquella noche, hasta el punto de que a veces se preguntaba si realmente había sucedido, o si las imágenes de su cabeza no eran más que los restos de un sueño extraño.

Lenta pero segura, la crisis de su vida fue acabando, y ahora llevaba varias semanas seguidas sin pensar en nada de aquello. La vida continuaba. Su camino hacia arriba continuaba. Después de un tiempo, encontró el camino de vuelta a su antigua actividad política. Nadie se había dado cuenta de que había pasado una buena temporada tan aturdido como un boxeador justo dspués de un KO.

Pero ahora estaba de vuelta Lo tenía todo bajo control. Y aquí, bajo la luz de la luna, sintió humildad y gratitud por que todo hubiera salido tan bien para él.

Una red ancestral de simpatizantes le había mostrado su enorme poder eliminando todo rastro de aquel suceso. Era casi aterrador. Se eliminaron acontecimientos, se ataron cabos sueltos y se peinaron hábilmente todos los enredos que surgieron a raíz de aquello.

Sin embargo, el Ragnarök, el destino de los dioses, seguía muy pendiente de él. A raíz de algunos contactos había descubierto que su seguridad pendía de un hilo.

Por lo visto había un exsoldado de élite, un tipo traumatizado y más bien poco razonable, que –supuestamente– estaba en posesión de una cinta de vídeo en la que podía verse lo que sucedió en aquella habitación del castillo. El soldado era el único problema sin resolver. Pero un solo problema ya era un problema en exceso. Ese hombre no era idiota: sabía que pagaría con su vida por la difusión de la película, y, sin embargo, aquella era una situación insoportable que lo aterrorizó en algún momento de debilidad.

Cuando al fin recuperó el temple, el instinto y la agilidad, pidió que eliminaran el problema.

Estaban trabajando en ello, por supuesto. Sin embargo, él siguió reiterando enfáticamente su petición. Y también había puesto sobre la mesa otro tema, algo más delicado: su remuneración. La compra de dos casas caras había devorado la mayor parte de sus acciones en el negocio familiar, e incluso alguna que otra reserva más había desaparecido por el camino. Ahora ya no le quedaba mucho más que calderilla en las cuentas.

Era justo el momento de abordar el tema de sus ganancias, pues. Quería cobrar más, ya que la lealtad tenía un precio, y en su posición pronto sería el rey indiscutible.

O al menos eso era lo que él pensaba, aunque en realidad solo conocía a los otros cuatro elegidos del Primer Anillo. A nadie más. En cualquier caso... ¿podría el Danehof desear algo mejor que el ministro de Justicia –que muy probablemente sería también el futuro Primer Ministro– en sus filas?

La respuesta era no, por supuesto. Y por eso debían rendirle homenaje y agradecerle que estuviera en sus filas, no solo económicamente, sino también otorgándole libertad de acción política. Nunca había querido estancarse o parapetarse tras alguien más. Siempre lo había hecho todo en función de su talento y su intuición, y mostrando un gran respeto por la oposición. Así había logrado sus mayores victorias, y así les había hecho ver que este sería el camino en el futuro. Para beneficio de todos, por supuesto.

Estaba a punto de volver a llevarse la botella a la boca cuando la caña de pescar que tenía a estribor empezó a moverse. Primero tímidamente, luego con más energía. Cogió la caña de pescar con las manos, estiró de ella con fuerza y, un poco más tarde, tenía a bordo la primera platija. Qué noche más maravillosa.

Las dos figuras que había en la playa se prepararon al pie del terraplén. Con sus trajes de buceo negro se fusionaron con la oscuridad. También sus chalecos, aletas, máscaras y botellas eran de color negro, e incluso los cinturones.

Eran extremadamente cuidadosos y miraban constantemente a su alrededor. No podían subestimar a los dueños que salían a pasear con sus perros en la ronda de noche.

Pero para la mayoría de los daneses las vacaciones habían terminado, y ellos dos habían encontrado fácilmente una casa deshabitada en primera línea de mar, justo en la playa pública donde podían estacionar sus coches. Cuando sus escuchas telefónicas les permitieron saber la oportunidad única que les ofrecía aquella noche, justo antes de que el objetivo fuera entrevistado en televisión a primera hora de la mañana, hicieron todos sus preparativos de inmediato.

Ahora estaban arrastrando sus cosas hacia aguas poco profundas, después de haberse puesto el equipo en silencio y de haberse hecho un chequeo mutuo, el *buddy check* obligatorio. Solo al llegar a aguas más profundas ajustaron la flotabilidad y dejaron escapar el aire de sus chalecos. Tras haberse dado mutuamente la señal de OK empezaron a orientarse con la ayuda de una brújula. No estaba lejos. Desde aquí podían ver la luz del exterior sobre el agua. Con los prismáticos habían visto cómo el objeto se ponía cómodo a la luz de su linterna frontal.

No llevaban más armas que un cuchillo en las pantorrillas. Uno de ellos llevaba una bolsa sujeta a su cinturón. En su interior había una botella de whisky.

El objetivo estaba a unos doscientos cincuenta metros de distancia. Su misión no era demasiado difícil, pero requería de precisión. No en vano la capacidad de concentración era uno de los requisitos imprescindibles para su trabajo.

Ambos se sumergieron en el agua de manera simultánea, dejando solo una serie de burbujitas que estallaron silenciosamente en la superficie.

37

Dos peces enanos y solo uno de tamaño aceptable. Vaya desastre. ¿Acaso el ministro de Justicia iba a rebozar, freír y servir ante los más madrugadores del país una platija tan pequeña como un platito de café? Eso podían hacerlo personas insignificantes, como el ministro de Igualdad, el de Cultura o el de Transportes, tal vez. Pero ¿el ministro de Justicia? Ah, no, eso sí que no.

Sonrió. Bueno, aún le quedaba mucho tiempo para pescar tres ejemplares razonables.

Ya se había tomado el bocadillo e iba por su segunda cerveza. Estaba tan tranquilo y tan bien... Había olvidado lo importante que era disfrutar de aquellos momentos en los que el alma podía darse un capricho y cargarse de energía. Durante ese rato no tenía que ser ni ministro ni padre de familia.

La oscuridad era una buena aliada. De pronto aquel tiempo terrible y caótico que acababa de pasar por su mente ya no despertaba en él la misma inquietud que antes. De pronto podía desconectar. Las luces de la costa parpadeaban con familiaridad, al igual que el faro de Nakkehoved, y él sabía que su secreto seguía estando a salvo.

La caña de pescar en el lado derecho del bote se movió de nuevo y poco después sacó una bonita platija del anzuelo.

No estaba mal, teniendo en cuenta que solo llevaba veinte minutos.

Después de preparar un nuevo cebo y tirar el hilo hacia atrás, volvió a sumir sus pensamientos en el agradable escenario que llevaba ya un tiempo visualizando. En algún momento le llegaría la hora de disfrutar de todo aquello, sin duda, y ya solo quedaba definir la forma en que sucedería. Pero tan pronto como llegara su oportunidad, atacaría sin piedad y sin vacilación.

El líder del partido, que era jefe del gobierno, estaba perdiendo lentamente las riendas del poder, pues iba cometiendo un error tras otro.

Rosborg había aprendido mucho en su breve pero agitada vida política, y si había algo que tenía claro era esto: cuando en líneas generales empezaba a ponerse en tela de juicio la capacidad de discernimiento de un político, ya no había manera de volver atrás.

El momento le era favorable, los acontecimientos se sucedían solos y él cada vez tenía más influencia... aunque se pasara las vacaciones parlamentarias de verano sacando peces del agua.

Subieron lentamente hasta la superficie, verificando por última vez distancia y dirección. En pocos minutos empezaría todo. Los papeles ya habían sido distribuidos, y la puesta en escena, repetida en tierra hasta la saciedad.

Volvieron a sumergirse y se deslizaron hacia el objetivo con movimientos tranquilos y silenciosos.

Dio otro trago a su cerveza y lamentó no haberse preparado más bocadillos.

Solo había intentado pescar truchas en una ocasión, aquel fin de semana en el castillo de Nørlund, y le había parecido sorprendentemente interesante. Tal vez debería salir a pescar más a menudo... aunque, por el amor de Dios, no con lombrices para platijas, sino con moscas para salmón. Eso de plantarse en mitad de un río con la caña de pescar y lanzar coloridas moscas por el aire le parecía mucho más distinguido y gubernamental. Muchos políticos importantes habían dominado ese arte, en realidad.

Sí, no era en absoluto una mala idea. Un *first class policymaker* se parecía mucho más a un pescador de salmones en mitad de un río que a un cazador con un señuelo encima de la gorra.

Cuando estuvieron en posición junto al bote, salieron disparados hacia arriba, cruzaron la superficie del agua, se apoyaron en el borde de la pequeña embarcación y la hicieron volcar con su peso.

El objetivo cayó de cabeza al agua, sin haber percibido siquiera una señal de alarma. Lo agarraron de inmediato y lo retuvieron tal como habían practicado.

Ambos habían vuelto a llenar de aire sus chalecos para poder trabajar sin problemas en la superficie.

Uno de ellos rodeó al objetivo con sus piernas y le mantuvo los brazos agarrados detrás de su espalda, inmovilizándolo completamente. El otro sacó la botella de la bolsa, desenroscó la tapa, agarró al objetivo por el pelo y tiró su cabeza hacia atrás. Luego presionó el cuello de la botella entre sus labios.

Haciendo gárgaras y resoplando, el objetivo trató desesperadamente de decir algo, pero el whisky se coló en su garganta. Una parte cayó fuera, claro, pero eso no importaba. La dosis correcta fue a parar justo a donde debía.

–¿Por qué...? ¿Quién os envía? ¿Están *ellos* detrás de todo esto? ¿Tenéis idea de... quién... soy?

Jadeando, hizo un esfuerzo por pronunciar aquellas palabras, mientras los dientes le castañeteaban de miedo. Apenas podía resistirse porque el agarre era abrumador.

–¿Qué queréis? Lo que... sea... Tengo dinero... ¿Cuánto queréis? ¡Vamos, decídmelo!

El objetivo sufría un ataque de pánico y movía su cabeza de un lado a otro. Entonces los buceadores volvieron a vaciar de aire sus chalecos y se hundieron de nuevo, arrastrándolo con ellos.

Lo sujetaron con firmeza hasta que él dejó de oponer resistencia y sus músculos se relajaron completamente. Entonces lo soltaron, y su cuerpo se alejó de allí.

El ministro de Justicia de Dinamarca acababa de traspasar el umbral de los muertos.

«Equipo Alfa: misión cumplida. Sin complicaciones. Despejaremos el perímetro lo antes posible. Por favor, confirmen.»

Estaba sentado en el asiento del conductor, con la tableta en su regazo, mientras su colega guardaba el equipo.

Clicó en «Enviar» y soltó su críptico mensaje sobre el programa especial. Aquel era el procedimiento habitual. Durante el transcurso de las operaciones no se permitía ningún otro tipo de contacto. Los teléfonos móviles estaban reservados para los jugadores de una liga más *amateur*.

Todo había funcionado con la precisión de un reloj. Sin incidencias ni riesgos. De vuelta a la playa solo tuvieron que llevar su equipo al coche, y en menos de media hora desaparecerían de allí. Aunque antes le quedaba una pequeñez por hacer.

«Smith: Recibido. Corto».

La línea apareció de improviso en la pequeña pantalla. Smith, cuyo nombre era John y su objetivo era, obviamente, resultar tan anónimo como cualquier británico, lideró ambas operaciones. Presumiblemente, su nombre era una tapadera. El hombre era un profesional independiente, aunque tenía un pasado en la respetada unidad antiterrorista del Reino Unido, el SAS (Servicio Aéreo Especial).

Las dos operaciones habían sido cuidadosamente coordinadas. Lo sabía por el *briefing* conjunto. Smith se hallaba en el otro extremo del país en ese preciso momento, cerca de Brande, en Jutlandia Central. Allí, el británico esperaba su señal para activar al Equipo Delta y emprender la segunda misión, que, sin duda, era la más difícil y debía empezar en tres horas.

Dejó la tableta, sacó la bolsa del asiento del pasajero y se puso los guantes. Entonces salió y fue a la casa de veraneo del objetivo para dejar allí algunas pistas pequeñas, pero sumamente importantes.

No se entretuvo mucho, a lo sumo unos minutos, pues todo salió rodado: la puerta de entrada ni siquiera estaba cerrada, y el objetivo había dejado incluso las luces encendidas durante su escapada.

Sacó la botella de whisky número dos de su bolsillo. Glenfiddich, Single Malt, solo llena hasta la mitad. Siguió exactamente las instrucciones que había recibido de Smith: sostuvo la botella con sumo cuidado, tocándola solo por el tapón y por el culo para no estropear las huellas dactilares que habían preparado, y la dejó sobre la mesita que quedaba junto al portátil abierto del objetivo.

Luego cogió el CD-ROM que también le había pasado Smith, lo metió en la disquetera del portátil y lo puso en marcha. En la pantalla apareció el objetivo arrodillado tras una mujer que estaba a cuatro patas. La escena no dejaba lugar a dudas, pero él no le prestó ninguna atención.

El tercer punto de su lista era el vaso. Se dirigió hasta la cocina y abrió uno de los armarios de la izquierda. Comparó el tipo de vasos que había en su interior con el que llevaba en su bolsa y vio que, efectivamente, eran idénticos. Sacó uno del armario, se lo metió en la bolsa y entonces volvió a la mesita y puso el que él había traído junto a la botella de whisky medio vacía.

El último punto de la lista consistía en dar una vuelta rápida por toda la casa y desordenarla un poco. Se detuvo especialmente en el fregadero de la cocina, pero también en la ropa que en realidad había sido colocada sobre la cama con suma meticulosidad. Con excesiva meticulosidad para su gusto. La finalidad era dar la impresión general de que el residente de aquella casa se había bebido media botella de whisky, además del vino blanco con el que acompañó la langosta en el restaurante y la cerveza de barril que había tomado en la terraza de la *brasserie*.

Cuando regresó a la sala de estar, la pantalla aún mostraba sexo y arneses de cuero, pero ahora las cosas empezaban a ponerse feas. Pulsó el botón de *stop*, pero dejó el CD en el ordenador.

Como danés, por supuesto, sabía que la víctima de aquel escenario tan cuidadosamente preparado era Ulrik Rosborg, solo que a él no le importaban los nombres. Él trabajaba con objetivos. Un nombre neutro que no lo distraía de lo esencial.

Miró a su alrededor por última vez. Todo estaba como debía estar. Cuando cerró la puerta, dejó la luz encendida. Ahora solo tenían que confirmar su retirada del terreno.

Miró el reloj. En exactamente dos horas y cuarenta y ocho minutos empezaría la segunda parte de la operación, que en realidad era el punto principal de su misión, y el más complejo, pues conllevaba grandes riesgos.

Su segundo objetivo era extremadamente peligroso. También sabía su nombre, como probablemente cualquiera que se moviera en sus círculos.

El objetivo era Niels Oxen.

38

Estaba indeciso... No era propio de él sentirse atrapado en ese estado de incertidumbre y confusión, pero lo cierto es que estaba realmente indeciso, y que llevaba así dos días. No lograba llegar a ninguna conclusión.

La imagen de la enorme sombra negra se quedó marcada a fuego en su retina: Axel Mossman recibiendo estoicamente sus golpes y patadas, poniéndose en pie no sin esfuerzo y desapareciendo bajo la lluvia, en la noche.

La visita sorpresa del jefe del CNI había abierto las puertas de su existencia, tranquila y sin incidentes, de los últimos meses. Ahora tenía todas las puertas abiertas de par en par y él estaba ahí plantado, en plena corriente helada de caos y escepticismo.

¿Podía creerse a un hombre que dirigía un servicio de inteligencia? ¿Podía depositar su fe en una persona cuya vida entera estaba hecha de verdades más bien retorcidas?

–¡No! –gritó una voz penetrante en un rincón de su interior.

–Sí, tal vez –dijo a su vez otra voz, tímidamente, desde otro de los rincones de su interior.

Tras la impactante confesión de la muerte del Señor White, le había llevado mucho tiempo calmarse. Se había pasado la mitad de la noche sentado en la cocina, bebiendo una taza de café tras otra, con la cabeza a punto de estallar.

Ahora estaba sentado allí otra vez, en la misma silla, con un vaso de agua en la mano. Pronto se iría a la cama. Estaba infinitamente cansado, y la cafeína era lo último que necesitaba.

No es que no lo hubiera sospechado antes. Mossman le había parecido sospechoso desde el principio, y en realidad era el único que tenía un motivo para colgar de un árbol al mejor perro del mundo. Pero la certeza lo había destrozado de todos modos.

Se había pasado años luchando por recuperar su antiguo dominio de sí mismo, y en realidad lo había logrado bastante, pero en el mismísimo segundo en que Mossman se volvió hacia él y le rugió su confesión a través de la lluvia, perdió rotunda y radicalmente todo el control.

Ahora, si prestaba verdadera atención a su voz interior, se daba cuenta —no sin asombro— de que sentía algo parecido a los remordimientos de conciencia. Había pataleado a Mossman brutalmente, una y otra vez.

Claro que el tipo se lo había ganado. Lo que a él le pesaba sobre la conciencia fue más bien la sensación de haber violado su propio código de conducta. Dicho de otro modo: tirar aquel cerdo al suelo, darle un gancho en la barbilla y pegarle en la boca del estómago dejándolo unos segundos sin aire no eran un problema porque se lo merecía. Pero, aun así, él nunca había pegado a un anciano.

El hecho de que tuviera dos voces interiores y no solo una iba íntimamente ligado a la confesión de Axel Mossman.

Por el amor de Dios, el hombre no había venido a decirle nada nuevo. Sus argumentos habían sido los mismos que la última vez: supuestamente había sido herido en su honor profesional y quería resolver de una vez por todas el viejo caso del empresario industrial Ryttinger, a quien alguien había metido una bala en el corazón, y también quería saber sobre quién recaía la culpa de la muerte de la fugaz estrella socialdemócrata Gregersen y de su esposa, que saltó –o fue empujada– por un balcón.

Mossman solo había añadido una pizca de sal a la antigua receta: después de descubrir todo aquello, quería retirarse. Su instinto (que nunca fallaba) le decía que había más documentos que los que Oxen envió al director del museo.

Pero la charla junto a la mesa de la cocina no lo había convencido. No... Solo la confesión de culpabilidad. Solo eso le había impactado.

No habría tenido que admitírselo. Tenía que haberse llevado consigo ese secreto –por otra parte tan insignificante para el mundo– a la tumba.

Así que... ¿por qué se lo había dicho?

¿Por qué se habría puesto a sí mismo en una posición tan comprometida?

¿Por qué esa necesidad de gritar bajo la lluvia que era un bastardo estúpido y culpable?

La respuesta le incomodaba especialmente, pues solo podía significar una cosa: que Mossman estaba desesperado. Que aquel era el último grito de socorro de un hombre necesitado. Genuino y sincero.

Pero ¿era realmente así, o los muchos años de servicio en inteligencia habían hecho de él un verdadero actor?

Si Mossman se hacía con la lista secreta de miembros del Danehof, ¿quién le aseguraba que no la devolvería de inmediato al poderoso círculo de hombres oscuros?

¿O acaso el viejo jefe de espías había decidido entrar en una guerra secreta con esos hombres porque al fin había encontrado una puerta trasera?

No habría tenido que admitirlo. Lo había descubierto en su escondite, de modo que podría haberse limitado a compartir la ubicación y dejar el trabajo sucio y sangriento a otros. Pero en lugar de eso había aceptado su castigo sin pestañear.

Oxen renunció a dar con una explicación, al menos de momento. No lograba encontrar el sentido a nada. A ratos creía en la inocencia de Mossman, y justo después le parecía el mismísimo diablo. Lo único que tenía claro era que se estaba acercando el momento de abandonar a Johannes Fisk.

La mañana después de la visita de Mossman informó de ello al viejo piscicultor. Se quedaría con él hasta que completara la tala de árboles en el área occidental del bosque, pero luego tendría que volver a Rumanía.

—Oh, no, Dragos, no...

Al principio el pobre hombre lo miró con verdadera desesperación, pero luego su mirada se volvió compasiva y llena de comprensión.

—*Yes, yes, of course, Dragos, back to family.*

El anciano le dio varias palmaditas en el hombro y asintió. Pronto volvería a estar solo, sin perspectivas para su piscifactoría.

Ahora que la despedida era inminente, le sobrevino un sentimiento de gratitud. El anciano lo había acogido en su casa y le había dado una oportunidad. Y con la vieja choza había puesto un techo sobre su cabeza.

La cocina destartalada y la mesa con su mantel, que pronto ya no tendría, brillaron de pronto con una sensación especial de seguridad.

El cuervo graznó en su caja. Comía y bebía cada vez que él le ofrecía algo. ¿Qué pasaría ahora con el voraz animalito? Seguro que Fisk lo cuidaría bien y lo liberaría cuando llegara el momento.

Pero para él aquello significaba hacer la mochila y marcharse, sin un plan ni un objetivo.

Una breve visita de Mossman, que llegó a su casa y, como el lobo malvado, gritó: «Soplaré y soplaré y tu casa derribaré», había sido suficiente para reducir a escombros su pequeño mundo. Y aquel hecho lo hizo ser siniestramente consciente de lo frágil que era su existencia.

Al día siguiente fue directamente al bosque para asegurarse de que todo estaba en su sitio. Por supuesto, el gran alerce bajo el que había enterrado los documentos seguía allí. El suelo del bosque había desaparecido bajo una gruesa alfombra de zarzas y el escondite permanecía intacto. ¿Cómo iba a permanecer, si no? Ojalá las dudas no existiesen.

Tomó el último sorbo de agua, puso el vaso en el fregadero y apagó la luz. Ya era hora de irse a la cama. Ojalá pudiera dormir.

En realidad habría querido tumbarse en el río con el saco de dormir para despedirse de las sombras oscuras, las estrellas y el agua. Estirarse allí por última vez, fumando hierba y tomando un par de tragos de whisky para despejarse la cabeza.

Pero hoy ya era demasiado tarde. Mañana tendría tiempo para eso.

No era una misión barata: dos hombres para la primera parte en el este, y siete —ocho si se contaba a sí mismo— para la segunda, en el oeste. Pero fue el poquísimo tiempo que les dieron para prepararse lo que de verdad aumentó el precio desorbitadamente.

Él ya había hecho algún trabajo para el mismo interlocutor, y sabía que el dinero nunca le había supuesto un problema. Lo único que le importaba era la calidad, y de eso se encargaba él.

No tenían margen de tiempo. La ejecución de la primera parte, la que afectaba al ministro de Justicia de Dinamarca, estaba estrechamente relacionada con la segunda parte, que en breve daría por iniciada a través del intercomunicador.

Si esperaban demasiado tiempo (uno o dos días más le habrían facilitado mucho el trabajo, la verdad), su segundo objetivo se enteraría de la muerte del ministro de Justicia a través de los medios de comunicación, y eso —según le había indicado su interlocutor— solo significaría una cosa: que desaparecería de inmediato sin dejar rastro.

Se llamaba Niels Oxen y era un veterano de guerra de cuarenta y cuatro años, que sufría un trastorno inespecífico por estrés postraumático y era mentalmente inestable. Al presentar el caso a sus hombres, pues, les había advertido de que actuaran con suma precaución.

El objetivo era un antiguo miembro de la unidad de élite danesa de los cazadores, que eran admirados y respetados incluso por sus colegas internacionales. Además, por lo visto el tipo estaba forrado de arriba abajo con medallas y reconocimientos al valor.

Por todo ello, había dejado claro a cada uno de los miembros de la próxima operación, a cada uno individualmente, que si alguno creía que aquello sería un paseo ya podía recoger sus cosas y largarse. Sin duda, aquella operación requeriría un esfuerzo máximo de concentración, por parte de todos.

Y todo eso con una dificultad máxima añadida: por orden específica de su interlocutor, el objetivo tenía que ser entregado vivo, y en una condición física lo suficientemente aceptable como para permitirle responder a un interrogatorio largo.

Así pues, nadie podía abrir fuego, ni siquiera en defensa propia, a menos que él lo ordenase expresamente. Por supuesto, era posible que fuera necesario dañar al objetivo, pero nada más.

Su equipo incluía granadas de gas lacrimógeno y granadas cegadoras con base de magnesio. Se conocían con el nombre de *flashbangs* o *stun grenades* y fueron desarrolladas hacía un montón de años por sus antiguos colegas del servicio británico antiterrorista SAS. Este tipo de granadas eran de lo más efectivas. Solo por el estallido y su luz cegadora tenían un efecto paralizante, que debía tomarse absolutamente en serio para sacar partido de ello. A pesar de todo, él prefería las M84 producidas en Estados Unidos.

Finalmente, él y otro participante de la operación llevaban un rifle especial, con el que podían disparar un dardo aturdidor y dejar KO temporalmente al objetivo. En otras palabras, no era más que una inyección anestésica, una chapuza de arma pensada en primera instancia para el trabajo de los veterinarios, pero que no podían descartar por si les resultaba necesaria. En ese caso, dispararían al veterano de guerra una dosis muy baja de etorfina, e inmediatamente le inyectarían una dosis de su antídoto, la naxolona.

El plan A, sin embargo, consistía en hacer salir al objetivo de su casa con gas lacrimógeno y reducirlo entre todos, ya al aire libre. Tenían que dejarle claro que lo más inteligente era rendirse. Y solo se desviarían de aquella estrategia si les parecía absolutamente inevitable.

Más tarde, conducirían al objetivo hacia el sur por un camino de tierra, y allí lo entregarían. En ese mismo momento, el dinero sería transferido a su cuenta de Guatemala. Él supervisaría personalmente la transacción y esperaría la confirmación de esta desde Guatemala. Después, él mismo se encargaría de pagar a sus colaboradores.

Solo había una cosa en toda aquella operación que le sorprendía, pero él nunca hacía preguntas que no estuvieran directamente relacionadas con el cumplimiento del contrato. El caso es que... la última vez que hizo un trabajo para ese interlocutor, hacía aproximadamente un año, los objetivos habían sido exactamente los mismos.

En aquel momento el encargo había consistido en generar abundante pirotecnia. El objetivo principal había sido también el ministro de Justicia, Ulrik Rosborg, pero por algún motivo, e inesperadamente, una mujer y un hombre se entrometieron en su plan y provocaron una enorme confusión.

Más tarde supo que aquellas dos personas eran una mujer, miembro del Servicio de Inteligencia danés, y un exsoldado de élite cuyo nombre ya nunca olvidaría: Niels Oxen.

Y ahora ambos habían reaparecido, el ministro de Justicia y Oxen, en el mismo contrato, con el mismo interlocutor...

Su instinto le dijo que aquello iba de poner orden, de llevar a cabo un *cleaner job*, porque era obvio que su interlocutor no se había quedado satisfecho con el resultado de la última vez.

En cualquier caso, aquel trabajo era obviamente más que una revisión del anterior, y aquello hacía que le costara valorar la situación. Además, su interlocutor había firmado simultáneamente otros contratos en otros ámbitos.

Él mismo lo había puesto en contacto con un colega que tenía competencias básicas muy distintas a las suyas: su especialidad eran la inteligencia y la vigilancia.

Seguir a un objetivo, vigilarlo y recopilar información sobre él requería de una paciencia infinita. Este era un campo de trabajo extremadamente importante, que a menudo facilitaba las condiciones para que él pudiera entrar en acción cuando llegara el momento adecuado. En otras palabras, su colega y él formaban un equipo extraordinario en un mundo de trabajadores externos en el que la mayoría trabajaba gracias al tejido de una red invisible.

Echó un vistazo a su reloj. Solo faltaban unos minutos para que la pantalla digital cambiara a las 03:00 J, *hora de Juliet* u hora local, al borde de un bosque en el centro de Jutlandia.

Los segundos seguían corriendo.

Dejó de pensar en cosas que no eran de su incumbencia y se concentró en la difícil tarea que tenían por delante.

Solo un minuto más. Todos los relojes estaban sincronizados para que la operación empezara con precisión.

Siguieron pasando segundos... y por fin llegó el momento.

–*Come on, guys, let's roll. Remember. Nice and gently, please.*

39

El sonido de la alarma casi le destrozó los tímpanos y lo arrancó brutalmente de las maravillosas profundidades en las que se había sumergido (muy tranquilo, sin pesadillas).

Como en aquella otra ocasión en la que se despertó entre la paja en la víspera de Año Nuevo, tardó unos segundos en tener claro dónde estaba. Saltó y corrió hacia el armario. ¡Esa maldita alarma!

Le importaba un carajo si quien había entrado en su recinto era el reno de Papá Noel o la hipopótamo de *Madagascar*. ¡Estaba durmiendo tan bien!

Cuando abrió las puertas del armario, todo estaba en rojo. Las pantallas se habían vuelto locas.

Ocho de los doce campos parpadearon ininterrumpidamente.

Miró fijamente las dos pantallas grandes, en tensión. Su cordón de seguridad había sido dañado en todas las direcciones: hacia el norte, el noreste, el este, el sureste, y así sucesivamente. Desde la cámara uno hasta la doce. Solo había cuatro de los detectores de movimiento que aún no se habían activado.

¡Mossman! Ese cerdo mentiroso. ¡Debió de haberlo matado cuando tuvo la oportunidad! Pero eso no tenía ningún sentido. ¿Por qué demonios, si no, habría ido a verlo el día anterior en persona?

Las imágenes no dejaban lugar a dudas. Contó ocho figuras en trajes de combate negros, con chalecos antibalas y pasamontañas que solo dejaban al aire ojos y bocas. Todos estaban equipados con dispositivos de visión nocturna. No podía ver el resto del material con detalle, pero no tenía ninguna duda de que llevaban metralletas u otras armas automáticas.

Eran militares, o, al menos, se movían como si lo fueran. Como clones *ninja* negros entre la maleza. Pero era obvio que no se trataba de un escuadrón oficial, y tampoco eran del AKS, el Comando de Operaciones Especiales danés, pues de haberlo sido habrían ido equipados de otro modo.

Mossman... De modo que al final sí mostró al Danehof el camino hasta él.

Rápido como un relámpago, Oxen se puso la ropa que estaba en su silla, cogió su pistola y se colgó a hombros la mochila y el resto del equipo que tenía preparado junto a la pared.

¡Qué idiota! Tendría que haber desaparecido en el mismo segundo en que tuvo ante sí la cara de perro de Axel Mossman.

Oxen bajó corriendo las escaleras hacia la cocina. Aún disponía de algo de tiempo hasta que el enemigo llegara a su casa. Tenía, como siempre, su calma interior y dedicó unos segundos a analizar sus opciones de huida, aunque enseguida se dio cuenta de que solo tenía una salida: la madriguera del zorro.

Pero no permitiría que lo echaran de su casa tan fácilmente. Se deslizó hasta la puerta trasera, la abrió unos centímetros y disparó tres veces a ciegas.

—Aquí Smith. ¡Parad!

Aunque estaba bastante alejado de su objetivo, oyó tres

disparos abriéndose paso en el silencio de la noche. ¿Cómo era posible? ¡Acababan de tirar al traste el efecto sorpresa, que era su mejor baza!

—¡No disparéis! Repito: ¡no disparéis!

Lanzó una serie de órdenes en inglés a través de sus auriculares y ordenó a su gente que se tumbara en el suelo.

¿Habrían caído en una trampa? ¿Era posible que aquel sitio estuviera bajo vigilancia por indicación de Oxen? Esa era, precisamente, una de las cosas importantes que no había podido verificar de antemano por disponer de tan poco tiempo y tan escaso margen de maniobra. ¿Era posible que aquel hombre estuviera tan loco como para sacar toda su artillería? ¿Estaban yendo directos hacia una encerrona, hacia una carga explosiva armada de clavos y tornillos?

Sus hombres permanecieron inmóviles. Después de unos minutos, dos disparos más atravesaron la noche, esta vez en otra dirección.

Oxen no iba a poder romper el anillo que habían dibujado alrededor de su choza. Eso era absolutamente imposible, y menos con un clima tan ridículo.

El único inconveniente es que no irían tan rápido como habían previsto. Necesitarían algo más de paciencia, pero al amanecer Oxen estaría en sus redes.

El silencio era absoluto, y eso lo sorprendió. A pesar de tenerlo rodeado, todo a su alrededor estaba en calma. Ni un avance coordinado, ni un disparo, ni una granada con gas lacrimógeno, ni un intento de hablar con él. Nada.

Estaba parado en el pasillo frente a la puerta trasera, con la espalda contra la pared, a pocos metros de las escaleras del sótano. Aún era demasiado pronto. No quería meterse en su túnel hasta tener contacto con el enemigo.

Pero seguía sin oír ningún paso, ningún sonido. Escuchó

atentamente. ¿Se desataría de pronto el mismísimo infierno ante una simple señal? ¿Era eso lo que estaban haciendo allí en la oscuridad? ¿Esperar?

Se quedó donde estaba, pero cuanto más tiempo pasaba, más confundido se sentía. Podrían haber acabado con él hacía tiempo, con un bazuca o alguna granada de mano. Cuando menos podrían haberlo intentado.

Y de pronto entendió por qué. No debía morir. Al menos no todavía. Primero tenía que hablar.

El Danehof intentaría extraerle la información de cómo funcionaba su seguro de vida. No podían matarlo sin haber hecho desaparecer el vídeo. De lo contrario estarían sacando su propio as de la manga: el ministro de Justicia.

Y si además habían descubierto que en sus archivos faltaban algunos documentos, querrían obligarlo a revelar dónde los había escondido.

Ciertamente, ahí fuera tenían buenas razones para abordar el asunto con mucho cuidado. En aquel momento seguro que el jefe de la operación estaba indignado por no haberlo sorprendido en la cama, roncando.

Acababa de esbozar aquel pensamiento cuando los cristales de varias ventanas estallaron simultáneamente. También el de la cocina. Se inclinó hacia delante y vio una granada de gas lacrimógeno rodando por el suelo. Sin máscara no tenía ninguna oportunidad.

Se plantó en las escaleras del sótano de un salto, las bajó de cuatro en cuatro, empujó la estantería hacia un lado, lanzó su equipo al interior de la tubería y se metió él mismo ahí dentro. Luego tiró de la cuerda hasta que se cerró el agujero y se bajó el gancho de la pared.

Era obvio que encontrarían su túnel, y seguramente no tardarían demasiado en hacerlo, pero si querían entrar en la casa, tendrían que hacerlo con cuidado porque no sabían lo que les esperaba dentro. Solo deseaba que su ventaja fuera suficiente para escapar.

Se arrastró poco a poco por el interior del tubo. Esa parte era la más tediosa, pero el entrenamiento dio sus frutos. Sus movimientos estaban coordinados, y la emergencia no le había paralizado. De vez en cuando se detenía brevemente y permanecía inmóvil. Aún no se oía nada. Ni gritos, ni pisadas de botas sobre su cabeza.

Más negro no podía estar. Oxen siguió abriéndose paso rápidamente, sin perder el tiempo de ponerse sus gafas de visión nocturna.

Cuando sintió con el codo que había llegado al cruce, decidió seguir avanzando hacia delante. Unos minutos más tarde, el túnel subía ligeramente. Había llegado. Se volvió de espaldas, levantó la tapa con las manos y la empujó suavemente a un lado. En realidad, ahora tendría que estar muy por detrás de la línea enemiga, pero era posible que hubieran dejado a alguien en la retaguardia.

Encorvándose, salió al suelo del bosque y se puso el dispositivo de visión nocturna. No vio nada sospechoso a su alrededor. Nada que no fueran árboles talados. Se enderezó y escogió sin dudarlo el camino que llevaba a la orilla del río Skjern.

Tenía pensado desaparecer con la corriente.

40

Las manos del anciano temblaban y no podía mantener la cabeza quieta. Petrificado por el miedo, estaba en su sala de estar, con un pijama hecho jirones y lleno de manchas, y con unas gastadas zapatillas de estar por casa en los pies.

Hacia las cuatro y media de la mañana habían aporreado su puerta y lo habían arrastrado fuera de la cama.

En algún momento entraron en la deteriorada choza del objetivo y no encontraron ninguna resistencia ni trampas de ningún tipo. El veterano se había escapado, arrastrándose por un túnel que conducía al bosque. El acceso a su vía de escape lo descubrieron en el sótano, detrás de una estantería.

El hombre corpulento que se hacía llamar a sí mismo John Smith estaba fuera de sí e hizo llamar a uno de los dos daneses de su equipo.

—¡Interrogadlo! ¡Ahora!

Un hombre alto, vestido con un uniforme negro, se plantó frente al anciano.

—¿Cómo te llamas?

—Johannes. Johannes Ottesen...

—La casa que hay en el bosque, ¿es tuya?

El anciano asintió con efusividad.

—Sí, exacto. Es mía.

—¿Y el hombre que vive allí?

—Me está ayudando. ¿Por qué? ¿Quiénes sois? ¿Os ha hecho algo?

—Es un criminal; lo estamos buscando.

—¿Dragos? No me lo puedo creer.

—¿Dragos? ¿Dice que se llama así?

El anciano volvió a asentir.

—¿Dragos qué más?

—Uy... No me... ¡Ah, sí! ¡Adrian! Es rumano. Me ayuda con los peces y se ocupa del bosque. No es un criminal. Estoy seguro de que no lo es. Tiene que ser un error.

—Bueno, sea como sea, se escapó cuando nos vio llegar. Somos una fuerza policial y él está bajo sospecha de asesinato.

—¿Asesinato? —El anciano piscicultor sacudió la cabeza con incredulidad.

—¿Cómo se sale de aquí? ¿Hay varios caminos?

—Por el camino de tierra hasta la carretera. No hay más opciones.

—¿Tienes un coche o algún otro vehículo?

—Uno. Una vieja camioneta que guardo en el cobertizo verde.

La respuesta era correcta. La camioneta seguía allí.

El hombre siguió preguntando:

—¿Hay algún camino alternativo?

—No. Solo el río que baja hasta el fiordo de Ringkøbing.

—¿Dragos tiene un bote?

El hombre del uniforme negro frunció el ceño.

—No, pero tengo una vieja canoa junto al río.

—¿Dónde?

—Al oeste de la casa de Dragos. A unos quinientos metros río arriba.

–¿Y tienes algo más? ¿Un kayak o algún otro tipo de embarcación?

El anciano vaciló. El hombre de negro levantó el dedo índice a modo de advertencia.

–¿Sí o no?

–Sí. Uno. Una vieja canoa de fibra de vidrio.

–¿Dónde?

–En el cobertizo de herramientas, bajo una lona.

–¿Desde aquí se puede ir hasta el río Skjern?

–Sí, se puede –respondió el anciano, pensativo–. Si vas al canal y llevas la canoa sobre la presa, se puede...

El gran hombre reflexionó un momento y luego preguntó:

–¿Puentes? ¿Hay puentes por aquí?

–Ninguno hasta Skarrild, pero eso queda muy lejos. Luego hay otro en Sønder Feling y otro justo antes de Borris.

El hombre llamó a su jefe y le informó en inglés sobre el estado de la cuestión. Se retiraron y hablaron en voz baja. Smith sacó un cuchillo de combate de hoja larga de su bolsillo y lo puso discretamente sobre el guante negro del danés.

–Ten, este es el Bowie de Oxen. Ten cuidado con sus huellas dactilares, no las alteres. No podemos dejar al anciano aquí como testigo. Ocúpate de él. De este modo aumentaremos también la presión sobre Oxen... o Dragos.

Smith sonrió mientras continuaba:

–Así que tu historia es cierta, ¿eh? A partir de ahora será buscado por asesinato. Poned la choza patas arriba. Que parezca que Oxen tuvo una pelea con el viejo. Tiene que resultar lo más real posible, ¿entendido? Yo ahora me voy. Tenemos que poner a dos hombres en esa maldita canoa de inmediato. Está claro que esa es la forma en la que Oxen ha escapado.

El danés alto asintió con gravedad. Permaneció inmóvil unos minutos y luego se volvió hacia el anciano, que seguía temblando con su pijama.

Ocultó su mano derecha tras la espalda, empuñando firmemente el mango del cuchillo, y de pronto alargó el brazo con fuerza hacia delante.

41

La canoa avanzó sola, en silencio, cuando se detuvo unos segundos para descansar. Había estado remando vigorosamente para no perder la ventaja y había ido cambiando constantemente de lado para mantener el curso correcto.

En algunos lugares tuvo que usar la propia canoa literalmente como lanza para abrirse camino a través de la espesura de sauces que bordeaban el estrecho río a izquierda y derecha, y al hacerlo asustó a miles de insectos que habían buscado un lugar tranquilo en el follaje para habitar. Entonces se le ponían en todas partes: en las orejas, la nariz, los ojos, la boca.

Había dejado de remar con el dispositivo de visión nocturna. Para orientarse y avanzar por los estrechos pasajes, tuvo que orientarse fijándose en las orillas todo el tiempo, lo cual era agotador. Solo usaba ocasionalmente su linterna cuando no lograba encontrar el camino a través del laberinto de sauces.

La linterna encendida, por supuesto, lo convertía en un blanco perfecto para los francotiradores, y de ahí que prefiriera conformarse principalmente con la tenue luz que la media luna arrojaba sobre la superficie del agua. A diferencia del Gudenå, el río Skjern era algo complicado para un piragüista, y no solo porque las orillas tenían mucha vegetación, sino porque su curso serpenteaba como una serpiente, y con el nivel del agua alto la corriente era aún más fuerte que de costumbre.

Oxen tuvo que remar con mucha fuerza para evitar ser empujado en cada curva y de pronto quedarse atravesado en el río y acabar avanzando marcha atrás. Le habría supuesto demasiado tiempo –y el tiempo era un valor que ahora no podía perder– redirigir cada vez la canoa y prepararse para dar la vuelta en la siguiente curva.

Desde luego, llevar una canoa en solitario era una tarea tediosa, y él se alegró de haber hecho esa misma excursión varias veces en los últimos meses para explorar el río.

No tenía ni idea de lo que sus perseguidores harían a continuación, y ciertamente le habría gustado avanzar más deprisa, pero en cuanto trataba de acelerar el ritmo la canoa zigzaguea y el trayecto se alargaba innecesariamente.

En el itinerario que llevaba hasta Skarrild solo había unas pocas casas aisladas cerca del río. Había que conocerlas para encontrarlas en la oscuridad, pues la mayor parte de las orillas estaban compuestas por laderas escarpadas que se alzaban con pastos altos y una densa vegetación en ambos lados, entre franjas de bosques ordinarios. Pero en algún momento el paisaje se iría suavizando y volviendo más llano, y en el último tramo antes de la pequeña ciudad, el río quedaba enmarcado entre campos. Era exactamente allí, a la izquierda, justo después del puente en el que la carretera cruzaba el río Skjern, donde había un área de descanso para remeros.

Pero él no llegaría tan lejos. El campo abierto era demasiado arriesgado, y no quería que lo sorprendiera el amanecer.

Sintió una ligera presión en la boca del estómago, pero estaba tranquilo y sereno. Los locos pensamientos de los últimos días se habían calmado temporalmente, y su atención estaba enfocada en un solo punto: ahora se trataba de escapar, de utilizar sus conocimientos de manera óptima para evitar una confrontación.

Tras la siguiente curva se abría ante él un terreno inusualmente largo y recto. Hizo una pausa, metió el remo en la canoa y se dejó llevar.

En otro mundo, en otro momento, aquella habría sido una bonita experiencia. Pero ahora miraba fijamente en la oscuridad, y escuchaba atentamente.

Le pareció que se había cumplido una oscura profecía y de pronto se dio cuenta de que «por fin volvía a pensar». La espera había terminado. Casi parecía una liberación.

Todo había sucedido exactamente como él había temido. Lo habían encontrado y lo habían atacado. Un objetivo único, y fácil, en una zona deshabitada. Si no fuera porque había sido precavido...

De hecho, en el fondo sintió una cierta satisfacción ante la confirmación de que ninguno de sus preparativos había sido en vano. Las cámaras de vigilancia y las persianas bajas no habían sido ideas paranoicas, y menos aún los túneles.

Todos los esfuerzos habían valido la pena. Así fue siempre: no había nada mejor que una buena preparación. Era la única manera de seguir con vida, fuera donde fuera.

Aquella noche tenía previsto instalarse cerca de una elegante casa de campo que a menudo había admirado durante sus escapadas por el río. Quedaba en la orilla izquierda, a unos cien metros del agua. Detrás tenía el bosque. Allí intentaría encontrar un vehículo, y luego...

¿Qué fue eso? ¿Había oído algo? Fue un sonido muy suave, pero claramente inusual.

Dirigió la canoa a la orilla y se quedó aferrado a las cañas, muy quieto en el agua. Durante varios minutos no pasó nada, pero entonces, de repente, volvió a oír ese sonido. Era duro y sordo, como de madera; quizá un remo al chocar con el casco de un barco. No se oía muy alto, pero... ¿podía ser que la segunda vez hubiese sonado más fuerte que la primera?

¿Era posible que sus perseguidores hubieran tenido un bote preparado? ¿O se habían topado con la segunda canoa de Fisk en el cobertizo? Si hubiera sido la suya, o incluso un kayak, lo habrían alcanzado aún en menos tiempo.

Pero aunque solo tuvieran la canoa de Fisk a su disposición, lo más probable es que fueran dos personas en ella, lo cual hacía que la situación resultara aún más amenazadora. Dos remaban el doble de rápido que uno. Por lo que podía calcular, aún le quedaba un buen tramo para llegar a la casa, lo cual le obligaba a cambiar radicalmente de plan. Debía actuar mientras aún tenía el control de la situación.

Se dio un pequeño empujón y volvió a remar en la corriente. Aumentó el ritmo con movimientos largos y potentes, se pasaba el remo sobre la cabeza como si fuera el tamborilero principal de un desfile militar y cambiaba de lado a toda velocidad. Cada minuto que ganaba era oro.

Menos de diez minutos después descubrió un lugar adecuado en la orilla. Encendió la linterna, empujó la canoa hasta un banco de arena, saltó a tierra y la sacó del agua.

El techo de nubes se abrió y lo ayudó a sopesar sus opciones.

Se hallaba en una curva ancha del río, en un terreno que era como una playa. En la orilla opuesta podía verse una cresta alta en la que las raíces de los árboles sobresalían del agua como los tentáculos de un pulpo.

Unos metros detrás de él se alzaba una pendiente empinada y arenosa, y, a diez o doce metros de altura, una meseta cubierta de matorrales y pequeños pinos. Allí al fondo adivinó el bosque adyacente, emergiendo como un muro negro de árboles coníferos. Era exactamente lo que necesitaba.

Corrió por la pendiente hacia arriba, tratando de dejar el mayor rastro posible. Pese a sus prisas, cogió del suelo una piedra redonda que cabía perfectamente en su mano, se la metió en el bolsillo exterior del pantalón y siguió corriendo. Esquivó algunos pinos, tratando de mantener la distancia adecuada entre sus pasos y clavando bien sus botas en la suave alfombra de agujas.

Cuanto más se acercaba al límite del bosque, más difícil era el camino. Una densa zarza lo arañó por varias partes, pero siguió avanzando, dejando muchas huellas hasta que llegó a la maleza. Una vez allí cambió cuidadosamente de dirección y regresó río abajo hacia el terraplén.

Escondió su mochila y el resto del equipo entre los arbustos, junto a unos abedules enanos, fácilmente reconocibles incluso en la oscuridad, y entonces se metió en el río. Los primeros metros avanzó sin problemas, pero pronto perdió suelo abruptamente, de modo que tuvo que nadar, y la fuerte corriente lo arrastró un largo trecho hasta que al fin llegó a la orilla opuesta y pudo escalar entre los pastos.

Presionó el botoncito de la luz de su reloj de pulsera. La maniobra había sido más rápida de lo esperado. Había creído que tardaría cinco o seis minutos más.

Se agazapó entonces entre los árboles, y se dispuso a esperar y observar.

Aparecieron al cabo de siete minutos. Dos frontales encendidos iluminaron la curva del río. Obviamente, no sospechaban que casi lo habían alcanzado.

No pudo ver nada que no fueran las luces azuladas, pero era obvio que se acercaban a toda prisa. Lentamente fue haciéndose visible el contorno del hombre que iba sentado delante. Tanto él como su compañero remaban con rapidez, dando golpes de remo seguros y determinados. Sus brazos funcionaban casi como máquinas. Era obvio que se trataba de profesionales entrenados para moverse en el agua, en tierra y en aire.

A la velocidad con la que se acercaban, tenía que esconderse ya para que no lo vieran. Empezó a deslizarse de raíz en raíz y fue hundiéndose cada vez más en el agua hasta encontrar un lugar en el que se sintió protegido.

Cuando las luces estaban ya muy cerca, no quiso arriesgarse más. Respiró hondo y se zambulló en el agua oscura y helada.

Se mantuvo muy quieto y contó los segundos. Cuando habían pasado casi tres minutos, subió lentamente a la superficie, lo justo como para que sus ojos salieran del agua.

Había sucedido justo lo que había esperado: su dos perseguidores habían amarrado junto a su canoa. Habían apagado sus frontales, pero él podía ver sus siluetas negras. Parecían estar teniendo un consejo de guerra. Entonces, una de las sombras desapareció por el camino que él había tomado, mientras que el otro, de espaldas al agua, se quedó en tierra y custodió las canoas.

Oxen esperó un rato. Finalmente volvió a sumergirse, se enfrentó a la corriente más fuerte con unas cuantas brazadas y luego se dejó llevar por ella.

Avanzó río abajo y se movió como un cocodrilo hasta llegar al lugar correcto en la orilla. Cuando su pecho tocó tierra, permaneció inmóvil.

El resto –los pocos metros hasta la espalda de su oponente– no era más que una cuestión de fuerza y cálculo del tiempo. Era crucial conocer los propios límites. De ninguna de las maneras se arriesgaría a luchar con un mercenario joven y bien entrenado con la misma base que él. Por supuesto, podría ser que saliera victorioso, pero las probabilidades no le parecían lo suficientemente significativas como para correr el riesgo.

Sus dedos se cerraron en torno a la piedra que llevaba en su bolsillo. Muy lentamente se enderezó y se puso de rodillas, todavía cubierto por un grupo de cañas. Entonces se incorporó un poco más y... ¡Ahora!

Con un par de zancadas rápidas saltó del agua y volvió a tener tierra firme bajo sus pies. Su oponente apenas tuvo tiempo de darse vuelta y llevarse la mano al costado para coger su arma, pero Oxen apartó con su antebrazo el cañón de la ametralladora y golpeó con la piedra la sien del hombre, quien inmediatamente cayó desplomado. Se quedaría ahí tendido un buen rato, seguro, y más tarde alguno de los miembros de su equipo lo llevaría probablemente al hospital y se sacaría de la manga alguna buena explicación.

Pero ahora tenía que actuar con rapidez. Alargó la mano hacia los arbustos, cogió su equipo a toda velocidad y los remos de sus enemigos. Luego, empujó la vieja canoa de Fisk hacia el agua y la dejó ir, y se sentó en su propio bote y lo empujó hacia la costa.

La oscuridad se lo tragó en silencio.

42

El presentador del telediario tenía la cabeza inclinada hacia abajo y una expresión sombría, pero entonces recogió sus documentos y miró directamente a la cámara.

–Hoy les ofrecemos una edición especial del telediario, con motivo de la muerte del ministro de Justicia, Ulrik Rosborg. Un equipo de cámaras de esta cadena se había desplazado hasta Gilleleje esta mañana para grabar en vivo y en directo *El desayuno con el ministro*, pero este no se presentó en la casa de veraneo de la familia, tal como habían acordado, y eso despertó las alarmas y provocó que se desplegara una operación de búsqueda a gran escala. Había luz en su casa, la puerta estaba abierta y el bote de remos de la familia había desaparecido.

»Hace unos minutos hemos recibido la noticia de que el cuerpo del ministro de Justicia ha sido encontrado no muy lejos de su casa, en la playa. Damos paso ahora a nuestra corresponsal en Gilleleje, Ulla Ploug.

La habían convocado a una reunión en cuanto entró en el edificio de la sede del CNI en Søborg. Los colegas estaban todos reunidos en la sala de conferencias del departamento operativo.

El máximo funcionario del CNI, el ministro de Justicia, había muerto. En ese momento, por supuesto, reinaba el caos en todos los departamentos y tenían que coordinarlo todo en la medida de lo posible. Pero antes, el jefe de operaciones Martin Rytter encendió el gran televisor.

En la pantalla apareció una mujer con una chaqueta de verano de color claro, de pie en la playa de Gilleleje, que se tocó imperceptiblemente la oreja izquierda, quizá para enderezar su auricular.

—¿Qué sabemos en este momento, Ulla?

La pregunta del locutor se quedó flotando en el aire por un instante mientras la reportera asentía.

—Sabemos que el cuerpo del ministro de Justicia fue encontrado por el Servicio de Rescate que viajaba en helicóptero. El cuerpo apareció en tierra a la altura de Munkerup Strandvej, a menos de cuatro kilómetros de la residencia del ministro, que queda justo frente a la playa. Su bote vacío había sido hallado una hora antes, a la deriva.

—¿Y qué puedes decirnos sobre la causa de la muerte, Ulla?

—Por el momento no sabemos nada. En esta primera etapa de la investigación, la Policía suele ser extremadamente cauta con la información, aunque un portavoz de la Policía local me dijo que todo parecía apuntar a un accidente.

—¿Es cierto que fue un equipo de nuestra cadena el que informó de la desaparición del ministro?

—Sí, exactamente. Estaba previsto que Ulrik Rosborg apareciera esta mañana en el programa *El desayuno*. Su plan era preparar algo de pescado en la cocina de su casa de veraneo; unas platijas que él mismo habría pescado la noche anterior, pero como ya has mencionado antes, el ministro no estaba por ninguna parte. Tenía las luces de casa encendidas y la puerta estaba abierta, pero no contestaba al teléfono. De ahí que el editor del programa decidiera dirigirse a la Policía.

–¿Y ahora qué, Ulla?

–Bueno, cuando un político tan conocido y respetado como un ministro fallece, y más si se trata del ministro al que está subordinada la Policía, obviamente se pone en marcha toda la maquinaria de investigación. Hay una serie de medidas que deben llevarse a cabo. Y, por supuesto, se practicará la autopsia al cadáver para poder determinar la causa de la muerte.

El presentador del telediario reapareció en la pantalla.

–Volveremos contigo más adelante, Ulla –dijo, tras un momento de vacilación, y luego continuó–: Tenemos también con nosotros a Henning Ølgaard, director del Departamento de Policía del mar del Norte. Por favor, señor Ølgaard, cuéntenos qué va a pasar ahora.

El jefe de la Policía, un hombre robusto y maltratado por las inclemencias del clima, aparentemente agitado, asintió.

–A toda muerte le sigue una investigación, y lo mismo sucederá, por supuesto, con la del ministro. Por la información de la que disponemos, no tenemos ninguna razón para creer que la muerte del ministro de Justicia sea un delito, aunque el caso se investigará de forma rutinaria para considerar todas las posibilidades.

–El ministro de Justicia es, por así decirlo, su superior; es decir, el principal representante de la Policía. ¿Qué implicaciones tiene su muerte para su trabajo?

–Ninguna. El ministro no influye en la forma en que realizamos nuestro trabajo. Tampoco tenemos...

Rytter apagó la televisión.

–Hasta aquí las noticias de última hora, por lo menos a nivel público. Yo dispongo de alguna información más que ofreceros, pero no es mucho –dijo.

Ella lo estudió cuidadosamente. Parecía tan relajado como siempre, pero también más serio de lo habitual. No era el momento de cometer ninguna imprudencia.

Rytter continuó:

—Sabemos por la esposa del ministro que en su casa faltan las dos cañas de pescar, y la Policía local nos ha informado de que había una botella de whisky medio vacía en la sala de estar. También sabemos, por los lugareños, que el ministro cenó langosta en el restaurante Gilleleje Havn anoche, y que se sirvió vino blanco para la cena. Por lo visto estaba de fantástico humor, y después de cenar se tomó una cerveza en la terraza de la *brasserie* con el peluquero Tommy *The Scissors* Palsby. Y sabemos que al día siguiente tenía previsto asar su propia platija delante de todos en el programa de televisión *El desayuno*. Por lo tanto, damas y caballeros, la conclusión más lógica y simple es que el hombre salió a pescar en un estado más que ebrio, y que por algún motivo que desconocemos, se cayó por la borda. La mayoría de los que van en un bote de remos, estén o no estén borrachos, se caen al agua porque tienen que orinar. Tal vez se golpeó la cabeza cuando se cayó. Todavía no lo sabemos. De hecho, ni siquiera sabemos si realmente se ahogó. Aunque... cuando el río suena, agua lleva.

El último comentario provocó que se abrieran algunas bocas y se oyeran algunas risitas en torno a la mesa.

—En cualquier caso, nuestro deber pasa por analizar todos los puntos posibles, por supuesto, y de ahí que ahora vayamos a asignar las tareas que corresponden a nuestra responsabilidad.

Se oyeron unos golpecitos en la puerta, y una mujer asomó la cabeza en la sala.

—¿Margrethe Franck?

La mujer escaneó la reunión y a los allí presentes con la mirada, y luego dijo:

—Te requieren en la oficina de Axel Mossman, por favor. Ahora mismo.

Mossman la observó por encima de la montura de sus gafas cuando ella entró en su oficina, y se dejó caer sobre el Chester un poco menos provocativamente que la última vez que estuvo allí.

–Buenas, Margrethe.

Mossman asintió y su voz sonó mucho más amable que en los últimos tiempos. Tal vez fuera por la muerte del ministro de Justicia... No fue hasta que él levantó la cabeza que se dio cuenta de que estaba hecho una pena. Tenía un morado en un ojo, la ceja del otro partida y la mejilla hinchada.

Antes de que pasara lo de los perros ahorcados ella seguro que no habría dejado aquello sin comentar, pero ahora... prefirió no decir nada. Después de todo, era cosa de Mossman decidir si quería –o no– decirle por qué su cara parecía un poema.

–¿Te has enterado? –preguntó.

Era obvio que se refería a Rosborg.

–Sí, por supuesto. Lo están transmitiendo en directo desde Gilleleje.

–No me refiero a eso... A Rosborg... De modo que *no lo sabes*.

–Vengo directamente de la reunión de la que tú me has hecho salir, así que lo primero en lo que he pensado es en el caso de Rosborg, claro. ¿De qué puede tratarse, si no?

Mossman se quitó las gafas y se frotó la cara mientras reprimía un bostezo.

–Enseguida te lo cuento –respondió, sacando algo del cajón de su escritorio. Era un CD-ROM.

Se lo enseñó, sosteniéndolo en lo alto.

–¿Qué crees que es esto, Margrethe?

–¿De qué va esto? ¿Es una prueba de inteligencia o qué?

Mossman sonrió y negó con la cabeza.

–*Well*, esto es un CD-ROM, y lo sacamos del portátil de

300

nuestro ministro de Justicia, Ulrik Rosborg. Para ser más precisos, del portátil que tenía en la mesita del salón de su casa. Estuve allí en persona esta mañana, y... bueno, digamos que el jefe de Policía de la zona del mar del Norte, me lo «prestó». Y si te digo ahora que la película que aparece en este CD es de lo más comprometedora, ¿qué dirías?

—En ese caso supondría que se puede ver a Rosborg matando a una prostituta lituana llamada Virginija Zakalskyte ante las cámaras del castillo de Nørlund.

Mossman asintió y continuó:

—¿Y si al mismo tiempo menciono a Niels Oxen?

—Entonces es que sabes, obviamente, que él disponía de una copia de ese vídeo, y que era una especie de seguro de vida para él, pues amenazaba con publicarlo si el Danehof intentaba acabar con él. Claro que...

Cuando se dio cuenta del siniestro significado de sus propias palabras, hizo una pausa y dejó escapar un improperio.

—... joder, ahora el ministro de Justicia ha muerto, irán a la caza de Oxen —exclamó, paralizada.

Mossman cogió el mando a distancia del escritorio y encendió el televisor. Las noticias de TV2 aparecieron en pantalla. Sin añadir palabra, Mossman dejó que el presentador y su equipo hablaran sobre la muerte del ministro de Justicia. Entonces el primero se apartó de sus colegas y miró directamente hacia la sala de estar.

—Y ahora, todavía conmocionados por la impactante muerte del ministro de Justicia, damos paso al segundo evento trágico del día de hoy: la persecución a gran escala que se ha llevado a cabo en Jutlandia Central, donde la Policía anda tras la pista del soldado más condecorado de la historia de Dinamarca, el veterano de guerra y exsoldado de élite Niels Oxen, sospechoso de haber asesinado al propietario de la casa en la que vivía, un piscicultor de setenta y cuatro años.

—Parece que la caza ya ha empezado —murmuró Axel Mossman, mirándola.

—No me lo puedo creer. Es imposible que... No, Niels no. ¿Cómo han logrado que pasara todo tan rápido? ¡Las dos historias han sucedido casi a la vez!

—El Danehof no ha hecho más que abrir la caja de Pandora. En estos momentos, Margrethe, tú y yo somos los únicos en todo el reino que sabemos cómo se relacionan estos dos temas. Y debería seguir siendo así por el momento. ¿Lo entiendes?

Su tono sonó inusualmente duro mientras la miraba directamente a los ojos. Ella asintió.

El presentador continuó:

—La Policía ha puesto a decenas de efectivos tras la pista de Niels Oxen, de quien se dice que es mentalmente inestable y puede resultar peligroso. Es probable que vaya armado y haga uso de una identidad falsa, que es la misma con la que ha vivido durante el último medio año: Adrian Dragos, un supuesto ciudadano rumano. El caso está sujeto al más estricto secreto de sumario. Por desgracia, no hemos logrado obtener ni un solo comentario del departamento de Policía. Damos paso ahora a nuestro compañero Henrik Brage, que está en la escena del crimen. ¿Tienes alguna novedad, Henrik?

En la pantalla del televisor apareció un hombre joven, con chaqueta negra y corbata, y las mejillas rojas y brillantes.

—Parece ser que el piscicultor Johannes Ottesen, de setenta y cuatro años, fue asesinado con un cuchillo de combate; supuestamente un cuchillo que pertenecía a Niels Oxen. Sin embargo, la Policía no ha querido confirmar esta información. El asesinato tuvo lugar en mitad de la noche en la granja que Ottesen tenía junto al río Skjern, entre Brande y Sønder Felding. El conductor de un vehículo que iba por la carretera vio un incendio que se había producido en la casita del ayudante en la que probablemente vivía Oxen, y llamó a la Policía a las 04:52 de la pasada noche.

—Desde el estudio podemos añadir que Niels Oxen es el único soldado que ha recibido la Cruz al Valor, una distinción que hasta el momento solo ha obtenido él. Se cree que Oxen, de cuarenta y cuatro años, sufre un trastorno por estrés postraumático; una enfermedad que ha ido comprometiendo cada vez más su estabilidad mental en los últimos años. ¿Sabemos si hay algún rastro del veterano de guerra, Henrik?

—No nos han dado esa información. El caso está, como dije, sujeto a secreto de sumario, pero la Policía está cerrando todas las salidas del centro de Jutlandia con la intención de peinar el área y dar con él lo más rápido posible. Se dice que...

Mossman apagó el televisor, sacudió la cabeza y suspiró profundamente. Ella miró a su jefe a los ojos.

—Joder —fue lo único que dijo él.

Franck bajó los ojos y se mantuvo así durante un rato. Luego dijo:

—Tal vez haya llegado el momento de poner las cartas sobre la mesa. He de decirte que hace poco encontré y pude hablar con Niels Oxen. Fue el 4 de agosto, el aniversario del día en que murió su compañero en los Balcanes. Hablé con él en el cementerio de Høng.

Miró a Mossman y esperó su reacción. Pero él se limitó a mirar al techo.

—Le di tu mensaje, pero me dijo que no quería hablar contigo, y yo respeté su decisión. Por eso no te dije nada. Tampoco quiso ir a tomar algo conmigo. Solo quería volver a casa; a ese lugar que ahora sé que estaba cerca de Brande.

—Yo también estuve allí. —Mossman bajó los ojos y la miró.

—¿Dónde? ¿En Brande?

—Sí. El mismo día que tú hablaste con él. A última hora de la tarde.

Ella no pudo ocultar su desconcierto.

–Estuvimos siguiéndote, Margrethe. El jardinero del cementerio era uno de mis hombres, y puso un pequeño transmisor de GPS en la ropa de Oxen. El resto fue fácil.

–No me lo puedo creer. Y, por lo que veo, Oxen se alegró mucho de verte.

Mossman se encogió de hombros.

–Fue una visita necesaria, Margrethe.

Axel Mossman dudó por un momento, pero al final le contó toda la historia. La misma historia que contó a Niels Oxen en su cocina.

Le habló del director del museo y del material del archivo, de su deseo de retirarse de su puesto en un año, y de la muerte del viejo Ryttinger y del socialdemócrata Gregersen. Y de su plan para destruir el Danehof.

Ella no hizo ningún comentario mientras lo escuchaba y se limitó a asentir de vez en cuando. Finalmente, Mossman suspiró.

–No logré convencerlo de que estaba diciendo la verdad. Él probablemente creyó, como tú, que estoy involucrado en el Danehof, obligatoria o voluntariamente.

–Y ahora que está siendo perseguido por la Policía, y es considerado sospechoso de asesinato, seguro que está convencido de que lo engañaste, ¿no?

–Sí. Parece que tengo todos los números. –Mossman se mordió el labio inferior–. Incluso le confesé que yo fui el responsable de la muerte de su perro. Pero ni siquiera eso logró hacerlo cambiar de opinión.

–¿Cómo dices? ¿Fuiste tú? ¿Por qué demonios...?

–¿Te parece reprochable, Margrethe? ¿Detestable?

–¡Desde luego que sí! Me parece increíble que lo hicieras.

–De ello dependía un objetivo mayor, una cuestión de seguridad nacional. Pero Oxen se volvió loco. Perdió los estribos y empezó a pegarme y darme patadas. Me lo merecía y no ofrecí resistencia..., pero sigo pensando lo mismo: el perro fue una víctima inevitable. El fin justifica los medios. Yo necesitaba a Oxen, tanto antes como ahora, pues estoy seguro de que tiene más documentos escondidos en alguna parte.

–Pues seguro que no querrá volver a verte... ahora que sus sospechas parecen estar confirmadas.

Mossman asintió pensativamente.

–No esperaba que el Danehof actuara tan rápido. Debieron de seguirnos, a mí o a mis hombres, cuando fuimos al escondite de Oxen. Obviamente, ya tenían previsto de antemano sacrificar al ministro de Justicia, y cuando las piezas del rompecabezas se colocaron repentinamente en su lugar, pudieron poner en marcha la operación con un simple chasquido de dedos. Y ahora quieren el cuello de Oxen.

Los grandes dedos de Mossman tamborileaban sobre la mesa de caoba. Miró a Margrethe y luego continuó:

–Tenemos que encontrarlo. Es lo único que podemos hacer para protegerlo de lo que le espera. Quieren despellejarlo vivo, Margrethe. ¿Se te ocurre algún modo de localizarlo?

Se le había hecho tardísimo después de aquel largo día de trabajo en el que todo había girado en torno a la muerte del ministro de Justicia. Anders también había estado ocupado hasta tarde, y la había invitado a cenar después de todo aquel día dedicado al trabajo.

Ahora estaban subiendo las escaleras del apartamento de ella. Era casi medianoche, y habían cenado en un mexicano.

En el camino a casa se habían sentido algo cansados como para hablar demasiado, y el vino tinto empezaba a hacer su efecto adormecedor...

Ya durante la cena Margrethe se había quedado varias veces en silencio. No lograba dejar de pensar en la muerte del ministro de Justicia y en la búsqueda de Niels Oxen.

Obviamente, Anders estaba al corriente de los dos importantes acontecimientos de aquel día. Él mismo había estado involucrado en una inspección de seguridad que se hizo en torno a la figura del ministro, pero en la que no encontraron nada. Todo parecía indicar que Rosborg se metió borracho en su bote y cayó fatalmente al agua.

Margrethe explicó a Anders alguna cosa más sobre Oxen, pero se mantuvo fiel a la orden de Mossman: en aquel momento nadie debía saber la verdadera relación entre ambos casos.

Mientras se detuvo en el rellano, con la nariz fría de Anders en la nuca y su brazo alrededor de la cintura, rebuscando en su bolsillo la llave del apartamento, pensó en Oxen. Estaba solo, en alguna parte, y necesitaba ayuda.

Aquella misma mañana volvió a llamar al viejo compañero de Oxen en los Balcanes, L. T. Fritsen, y le hizo saber, con bastante claridad, que en esta ocasión la situación era muy grave. Si alguna vez veía, ni que fuera de lejos, la sombra de Niels Oxen, tenía que pedirle por favor que la llamara de inmediato.

Puso la llave en la cerradura y abrió la puerta. Las manos de Anders se movieron hasta sus pechos debajo de su chaqueta. Sus brazos eran fuertes. Cerró la puerta con el talón, ladeó la cabeza y dejó que él la besara.

Tiró el bolso al suelo, y sus dos chaquetas siguieron el mismo camino mientras ambos avanzaban abrazados, tropezando, hacia la sala de estar. Anders jadeaba.

–Margrethe... quiero tenerte, ¡ahora!

A ella le pareció oír un ruido, pero tenía la lengua de Anders en su oído, así que... De algún modo que ni ella misma supo explicarse, logró encender la lamparita de la mesa, junto al sofá.

Y entonces lo oyó de nuevo. Un carraspeo. Esta vez fuerte y claro.

Ella se quedó helada y alzó la cabeza.

43

Niels Oxen estaba sentado en el sillón en la esquina de su habitación, y parecía francamente incómodo en aquella situación. Confundida, ella se recompuso la ropa y se dio cuenta de que sus mejillas enrojecían.

–¿Niels? ¿Qué haces aquí? ¿Te das cuenta de que...?

–Será mejor que me vaya.

–¡No!

–Sí –insistió, y empezó a levantarse.

–Te quedas. ¡Ni se te ocurra llevarme la contraria!

Su escepticismo era más que evidente, e iba dirigido sin duda al acompañante de Margrethe.

–Este es mi... colega... Anders.

Anders estaba plantado en medio de la habitación, principalmente molesto porque lo que tenía en mente hacía unos segundos había quedado pospuesto indefinidamente. Sin embargo, no pudo reprimir la curiosidad al observar al hombre con la Cruz al Valor.

–Anders, este es Niels, de quien ya te he hablado.

Anders asintió, dio un paso hacia Oxen y le estrechó la mano. Luego se sentó en el reposabrazos del sofá. Margrethe no había contado con la posibilidad de tenerlos a los dos juntos, y menos aquí, en su casa.

—Niels, ¿sabes que te están buscando en todas partes?

Él asintió, tranquilo como siempre.

Solo ahora se dio cuenta de que incluso con él podía acusar físicamente el agotamiento de un día como aquel. Oxen tenía sucios los pantalones, y la camiseta blanca que llevaba bajo la camisa de leñador —rota por un hombro— estaba manchada. Tenía también varios rasguños en la cara, y no llevaba el pelo recogido en una coleta como de costumbre, sino que lo llevaba suelto alrededor de su cara cansada. Su mirada, siempre despierta, parecía apagada.

—Al principio no tenía ni idea —dijo—. Solo estaba concentrado en alejarme lo máximo posible de mis perseguidores. En el área de descanso en Vejle, un camionero aceptó llevarme y durante el trayecto encendió la radio. Así oí la noticia del asesinato de Ottesen, y del supuesto accidente del ministro de Justicia... Axel Mossman, el muy hijo de puta, anda detrás de todo esto.

—¿Qué te hace pensar así?

—Fue a verme a casa por la noche, justo después de que tú y yo habláramos en el cementerio. Apareció en mitad de una fuerte tormenta, y dos días después, el ministro muere repentinamente y ellos me rodean en plena noche.

—¿Quiénes son «ellos»?

—Eran al menos ocho. Parecían militares, o al menos gente que había recibido una formación especial. Axel Mossman mató a mi perro.

Ella asintió.

—¿Tú lo sabías? —Sus ojos brillaron con repentina intensidad.

—Me lo ha dicho esta mañana. Me ha llamado a su oficina y me lo ha contado todo, incluso lo de vuestra charla en la cocina. Y lo de tu perro. No podía dar crédito...

—Por lo general no sueles ser tan ingenua. Ese tipo es un bastardo, astuto, despiadado y con muchas horas de vuelo.

–Dices que te rodearon; ¿y entonces qué?

–Me escapé por un túnel subterráneo que construí hace algún tiempo. Luego bajé en canoa por el Skjern, después robé una bicicleta, una moto y finalmente un coche. Y eso es todo. Nadie me ha visto. He entrado en tu casa por el sótano, y llevo un rato esperando.

–¿Y qué me dices del asesinato del anciano?

–Supongo que han pensado que no les convenía tener testigos, y supongo también que encontraron mi Bowie en casa. Así mataban dos pájaros de un tiro. Ottesen era un buen hombre. Si yo no me hubiera metido en su vida, él aún estaría vivo. Y sobre el ministro de Justicia solo sé lo que han dicho en la radio. ¿Qué le ha pasado?

Ella no tenía idea de qué responder a esa pregunta. De pronto recordó la sombría advertencia de Mossman. «En estos momentos, Margrethe, tú y yo somos los únicos en todo el reino que sabemos cómo se relacionan estos dos temas. Y debería seguir siendo así por el momento. ¿Lo entiendes?».

Dudó unos segundos y miró a Anders, luego a Oxen, y finalmente al techo.

Él vio inmediatamente que sus ojos se movían de un lado al otro al considerar la respuesta... Era obvio que había dado en el clavo.

–Tal vez sea mejor que me vaya –dijo.

–No, no. Eso ni de broma.

Intentó acudir en su ayuda:

–Hay algunas cosas que me gustaría discutir contigo, Franck. Creo que sería bueno si pudiéramos hablar en privado.

Él la miró a ella, y luego al hombre musculoso que aquella noche no iba a lograr lo que deseaba.

—Entiendo lo que quieres decir. Sí, yo también lo había pensado. Será mejor que hoy lo dejemos aquí, ¿te parece bien, Anders?

—Sí, sí, claro. Pero ¿podemos hablar un momento en la cocina, cariño?

Cariño. Ese idiota no se enteraba. Oxen lo miró atentamente. Su camiseta estaba tensa en los lugares correctos. Seguro que el tipo entrenaba mil horas al día, y obviamente quería que su entorno lo percibiera.

—¿Te parece bien? —dijo Franck, mirando inquisitivamente a Oxen.

Este asintió.

Pasaron unos minutos antes de que los dos volvieran al salon. El idiota levantó una mano, dijo adiós y cerró la puerta del apartamento detrás de él.

—Puedes confiar en Anders. No dirá nada —dijo Margrethe innecesariamente cuando se quedaron solos de nuevo. Había traído una bandeja grande con cuatro rebanadas de pan de centeno, una rebanada de pan blanco con queso, una taza de café y una lata de Coca-Cola.

—Gracias, Franck, me has leído la mente.

Sin decir nada más, se abalanzó sobre la comida mientras ella permanecía sentada a su lado, quieta, observándolo.

—Lo han coordinado todo al milímetro. Cuando Rosborg se fue solo a su casa en la playa comprendieron que aquella era la oportunidad perfecta. Pero tenían que matarte justo después, porque si hubieras sabido de la muerte del ministro de Justicia, habrías desaparecido de inmediato.

—¿Y cómo crees que me encontraron? —preguntó, con la boca llena.

—Mossman cree que lo han estado siguiendo.

—Él te seguía a ti, ellos lo seguían a él... Esto huele a chamusquina. Fue él. Cuando Mossman habla es capaz de enredar a cualquiera. Podría vender neveras en el Polo Norte. ¿Tú confías en él?

—No lo sé... Pero ¿por qué crees que te dijo eso del Señor White? ¡Nadie se habría enterado nunca! Y, por el aspecto de su rostro esta mañana, diría que le dolerá aún unos cuantos días.

—Sí, yo también le he dado vueltas al tema de su confesión... Pero puede que solo sea teatro. Se comporta como un agente doble, para que cuestionemos su actitud, o algo así.

—Tal vez.

Poco después se había acabado hasta la última miga de pan. El día había sido una absoluta locura. Sintió que estaba agotado, aunque no estaba seguro de si era un agotamiento que fuera a permitirle dormir.

—La última pregunta de Mossman en nuestra reunión de hoy fue si yo podría encontrar el modo de hacerte venir —le dijo Franck.

—Pues mira, has podido. Solo hacía falta que me muriera de hambre.

Ella sonrió.

—Por cierto, también me dijo algo más que no debía comentar: tenía en su poder un CD en el que se veía al ministro de Justicia matando a Virginija Zakalskyte.

Oxen alzó la vista.

—Entonces ya tenemos dos, y para mí la grabación ha dejado de tener valor. Pero tal vez ese sea el punto. ¿Cómo fue todo? ¿Dónde lo encontraron?

—El CD estaba en el portátil del ministro y había una botella de whisky al lado. Medio vacía.

—Apuesto a que el ministro tendrá todo ese whisky en la sangre si lo comprueban.

—Ya lo han hecho, y tienes razón. Estaba borracho como una cuba, con un porcentaje elevadísimo de alcohol en sangre y, según todos los informes, se ahogó.

—¿La idea es que el CD lo empuja a beber, desesperarse y suicidarse?

—Eso es lo que piensan, al menos, los que no disponen de más información. Por lo visto Rosborg estaba de muy buen humor cuando cenó en un restaurante el día anterior por la noche, pero, por supuesto, eso no influye fundamentalmente en la puesta en escena que han montado.

—¿Y ahora qué?

—La grabación del asesinato sexual no llegará a la luz pública, eso está claro. Pero no puedo saber lo que pasará entre bambalinas. El jefe de Policía de la zona del mar del Norte vio el vídeo.

—¿No hay siempre pactos y acuerdos secretos? Seguro que aquí también.

—Puede ser... Pero ¿qué vamos a hacer nosotros, Niels? ¿Has pensado en eso?

Ella le acarició la pierna un par de veces antes de apartar la mano, aparentemente sorprendida de su propio gesto. Tal vez acabara de recordar al idiota ese de los músculos hinchados. O tal vez hubiera ahí algo más. Con Franck no se sabía nunca. Llevaba una serpiente en la oreja. Venía del Paraíso y le había dado a probar una manzana a Adán...

Vaya gilipollez pensar en eso ahora. De verdad, tenía que estar agotado.

—No lo sé, no lo he pensado. Estoy cansado, increíblemente cansado, y no tengo ningún plan.

—Sí, ha sido un día agotador. Vámonos a dormir y mañana por la mañana seguimos hablando, ¿te parece?

Él asintió. Probablemente lo mejor era admitir que aquel no era el mejor momento para hacer planes.

—Puedes acostarte en mi cama, Niels.

—Me estiraré aquí, en el sofá.

—Es demasiado pequeño para ti.

—Entonces dormiré en el suelo. De verdad que es suficiente.
Ella suspiró.
—Está bien, como quieras. Aparta los almohadones de los respaldos. Voy a buscarte una manta.
Trató de imaginársela en bragas y sin sujetador, pero la imagen se difuminó ante sus ojos. Así de cansado estaba.

A las 2:50 no había conseguido pegar ojo. Le había llevado más de una hora darse cuenta de que el sofá era demasiado blando para él y prefería la alfombra.
La máquina centrífuga de su cabeza funcionaba a toda velocidad. No lograba dejar de pensar, pero fue una pérdida de tiempo porque era imposible que de aquel caos surgiera algo constructivo.
En varias ocasiones trató de enfocarse en el novio de Franck, suponiendo que aquel imbécil fuera realmente su novio —lo cual era bastante probable pues la había llamado «cariño»—, y en su carácter, de sangre caliente.
Pero ¿por qué le había afectado tanto aquel tipo? ¿Por qué le había hecho daño verlo con ella? Haber pensado a menudo en Franck no le daba ningún derecho a nada, en realidad, y menos después de haber pasado tanto tiempo escondido en una piscifactoría de Jutlandia.
Además, ¿qué podía ofrecerle? Ni siquiera un polvo rápido.
Pero en medio de toda esa confusión trató de llegar al fondo de su desconfianza. El tío musculoso era en realidad una amenaza potencial. Tenía que estar atento. Era un desconocido que sabía quién era y dónde estaba. ¿Podía creerse las palabras de Franck? ¿Por qué tendría que confiar en ese culturista del CNI? Por lo general no confiaba en nadie. Nunca.
¿O estaba a punto de perder su acostumbrada templanza al final de un día demasiado largo? Sí, probablemente era eso. Solo estaba agotado.

Un sonido que venía de la calle y subía hasta el apartamento llamó su atención. Era un sonido que no resultaba nada propio en el silencio de la noche: puertas de automóviles... o más bien el modo en que se cerraban, con determinación y –casi– simultaneidad. ¿A aquellas horas de la noche, tantas puertas?

Saltó y se precipitó hacia la ventana. Con cuidado, descorrió un poco la cortina y miró afuera. Los coches estaban aparcados un poco más abajo, en la otra acera.

Cuatro hombres cruzaron la calle y se dirigieron resueltamente hacia la entrada del edificio en el que vivía Franck. Otros tres cruzaron también la calle y desaparecieron de su vista por la parte de atrás. Así que eran siete, un grupo bastante grande.

¡Qué imbécil había sido! ¡Qué imprudente y qué ciego! Y solo porque estaba cansado.

Se vistió y se preparó en un santiamén. No podía salir por la puerta principal. Ya era demasiado tarde para eso.

44

La amable voz de la recepcionista parecía una grabación automática.

–Buenas tardes, señor Smith. Tiene una visita. El señor Nielsen.

«Buenas tardes» era, evidentemente, un eufemismo, pues estaban en plena noche. De hecho, faltaba poco para las tres de la mañana, pero aun así la mujer no dudó en enviarle la visita.

El momento era cualquier cosa menos oportuno, pero Nielsen era el tipo de hombre al que nunca había que decir que no, y había expresado su deseo de estar ahí presente cuando el proyecto llegara a su fin.

Cogió los dos móviles y dio a su gente las últimas instrucciones. Como siempre, eran móviles desechables con tarjeta de prepago.

Cuando oyó los golpes en la puerta, fue directo hacia ella y la abrió. Aún tenía uno de los aparatos a la oreja, así que hizo una señal a su invitado para indicarle que pasara, y que enseguida estaría con él.

–Hola –le dijo cuando acabó la segunda conversación, y le dio la mano a Nielsen.

Hablaban, por supuesto, en inglés. Su contacto danés dominaba el idioma casi a la perfección.

Aquel era su tercer encuentro con Nielsen, quien probablemente tenía tanto de Nielsen como él de Smith: se conocieron hacía aproximadamente un año, cuando tuvieron que discutir sobre los detalles del asunto del ministro de Justicia; la segunda vez que se vieron, hacía poco, fue por el tema del contrato, y esta era la tercera vez.

Nielsen tenía conocimientos operativos que sugerían que él también tenía antecedentes militares o policiales, y de alto rango. Estaba capacitado para tomar decisiones, pero en realidad solo actuaba como enlace con la persona que requería de sus servicios, es decir, su cliente. Para algunas preguntas, Nielsen tuvo que buscar primero la aprobación de su jefe.

La presencia de Nielsen se justificaba por la marea de escepticismo que había empezado a propagarse ayer, después de la operación fallida en la que Oxen se les había escapado por un túnel subterráneo.

—Mi gente estará lista en breve. Tome asiento.

Nielsen se sentó en el sillón mientras él hacía lo propio con la silla del escritorio pequeño.

Su visita nunca usó un nombre de pila. Tenía el pelo rubio rojizo y un montón de pecas en la cara que le daban un aire infantil y travieso. Era difícil calcular su edad, aunque probablemente anduviera por los cincuenta y muchos. Su rostro era anguloso, siempre iba perfectamente afeitado y siempre llevaba un traje oscuro y unas gafas con montura dorada. Era tan pulido y elegante como inquietante.

—¿Va todo según lo previsto?

Como las otras veces, Nielsen no perdió el tiempo con las formalidades habituales, cosa que a él le parecía fenomenal.

—Sí. Solo estoy esperando el último mensaje. Esta vez no hay túnel de salida. Si el soplo es correcto, lo tenemos.

—La información es correcta. De eso no hay duda.

—Por supuesto.

—Hemos vigilado la casa desde que recibimos el mensaje. Niels Oxen no ha abandonado el edificio, así que esta vez todo debería ir bien.

Debería. ¿Era eso una indirecta? Todas las operaciones tenían su riesgo. Siempre había un riesgo, como en todas las misiones en las que había gente en juego. Siempre que se proponía una misión debía tenerse en cuenta la opción de que fracasara.

Pero aunque le molestaba que Nielsen lo mirara por encima del hombro, tuvo que admitir que su colaboración resultaba de lo más conveniente. La necesidad de que todo fuera tan rápido no les dejaba apenas margen para una planificación detallada, y en ese sentido podían encontrarse con situaciones poco claras en las que era útil tener al cliente cerca y así poder reaccionar de inmediato. Solo había una cosa que Nielsen había dejado claro desde el principio, y era que no quería más muertes. A la mujer que vivía en aquel piso, la que trabajaba para el CNI, no podía pasarle nada.

Al principio había pensado que para Nielsen y su gente matar era algo tan cotidiano como tomarse una taza de café, pero ahora veía que eso no era cierto: habría sido demasiado arriesgado dejar con vida al viejo piscicultor; solo eso.

Primero sonó un móvil, y luego el otro. Cogió los dos teléfonos, asintió y miró el reloj. Al menos Nielsen no podría quejarse por el tiempo de reacción de su equipo.

Los siete estaban en sus puestos: la escalera principal, la de atrás y la del sótano.

Y entonces dio la orden:

—*Come on, guys, let's roll. Remember. Nice and gently, please.*

45

Le arrancó la manta, la cogió por los hombros y la zarandeó.

—¡Franck, despierta! Están aquí. ¿Tienes una buhardilla? ¿Hay una escalera? Vamos, ¡responde!

Ella abrió los ojos y lo miró sin entender.

—Esto... ¿una buhardilla? Sí, hay una. ¿Por qué? ¿Quién? ¿La Policía?

—¿Por dónde llego hasta ella?

Poco a poco empezó a pensar con claridad. Él la soltó y ella se sentó en la cama.

—A ver... Hay que salir a la escalera trasera y subir por ella. Allí hay un orificio con una escalera de mano de la que puede tirarse hacia abajo. Suponiendo que el orificio no esté obstruido, claro. Pero ¿qué me has dicho? ¿Quién viene?

—No tengo tiempo para explicaciones. ¿Dónde está la escalera trasera?

—En la cocina.

—¿Y qué hay en la buhardilla?

—Humm, nada, creo.

—¡Te llamaré!

Salió a toda prisa del dormitorio, cogió al vuelo su saco de dormir, corrió hasta la cocina y abrió la puerta trasera. A

318

ver, eran siete hombres, así que todas las salidas estarían vigiladas. Incluso la del sótano. Solo le quedaba una opción, que era ir hacia arriba.

Subió la escaleras dando grandes zancadas hasta llegar al quinto piso. Ahí estaba el orificio. Si se ponía de puntillas, alcanzaría a correr el cierre de seguridad. Tiró de la escalera hacia abajo y subió por ella todo lo rápido que pudo.

En el primer pilar de la buhardilla vio un interruptor de color gris claro y lo encendió: un par de bombillas se iluminaron entre las vigas. La buhardilla era enorme; ocupaba toda la superficie del bloque, pero uno solo podía incorporarse del todo en el centro, donde el tejado tenía su vértice. Esparcidos por el suelo había algunas cajas y trastos viejos, pero aparte de eso el espacio estaba vacío, cubierto de polvo y de telarañas. Sin perder un segundo, Niels corrió hacia el otro lado y dio una patada a la escalera de emergencia que había, de tal modo que esta se desplegó de golpe y él pudo bajar por ella a toda velocidad.

No había tiempo que perder. Probablemente sus visitantes nocturnos ya habrían logrado entrar en casa de Franck, habrían visto los almohadones en el suelo y habrían empezado a buscarlo. Es más, con toda probabilidad ya habrían encontrado la escalera...

Cuando llegó al final de la escalera abrió con mucho cuidado la puerta que daba al patio trasero. Recorrió con la mirada algunos de los coches que había allí aparcados, entre los que estaba el Mini Cooper negro de Franck. Sorprendentemente, allí no había nadie. ¿Estarían todos en el interior de la casa?

Se quedó quieto por un momento y sopesó mentalmente sus opciones. El riesgo de correr al descubierto era enorme, así que no le quedaba más opción que pasar por encima de los contenedores que había junto a la pared y llegar hasta el patio trasero del edificio contiguo. Desde los contenedores podría trepar fácilmente al muro y saltar al otro lado.

Empezó a moverse con suma precaución. Si los otros patios se parecían a este, tenía por delante una verdadera carrera de obstáculos, pero en cuanto lograra saltar un par de muros, luego podría seguir corriendo por la calle.

—¡Detente!

La orden sonó contenida pero enérgica. Oxen se detuvo en seco y alzó las manos. Entonces se dio la vuelta.

Frente a él, entre los coches, vio aparecer a un hombre con pantalones oscuros y un jersey negro. Sostenía una pistola con un cañón insólitamente largo: un silenciador.

El tipo se le acercó y señaló el suelo con la pistola, en un gesto que resultaba inconfundible.

—Aquí Charlie: lo tengo.

Era ahora o nunca. Los demás llegarían en cualquier momento para echarle una mano. Oxen cayó de rodillas, como si quisiera obedecer a aquel tipo y estirarse en el suelo. Con la mano derecha por detrás de su cabeza cogió disimuladamente el asa de su mochila. En el momento en que su rodilla izquierda tocó el asfalto, tiró del asa con todas sus fuerzas hacia el hombre. La mochila golpeó el brazo que sostenía la pistola y por unos brevísimos segundos el tipo se sumió en el desconcierto y perdió el equilibrio. Era su oportunidad.

Le propinó una patada con la pierna derecha, echando el cuerpo hacia atrás para poder coger más impulso. Su cuerpo se convirtió en una línea recta, y su pie se hundió en el vientre de aquel hombre, que salió disparado hacia atrás. La *Yokokekomi* o patada de latigazo era una de las técnicas más efectivas y que mejor se le daban del kárate.

Antes de que su enemigo cayera sobre el asfalto, Oxen ya estaba encima de él. No podía arriesgarse a herirse las manos, así que no le pegó, sino que presionó su cabeza contra el suelo. No tardó en encontrar lo que buscaba: en uno de sus bolsillos interiores llevaba un billetero y un pasaporte. Se hizo con ambos.

Entonces oyó abrirse una puerta, y luego otra más. Y pasos rápidos. Era imposible escapar, pues el muro quedaba demasiado lejos y él sabía perfectamente que no podría ganar en el parkour contra alguien más joven y entrenado que él. Solo le quedaba una opción, pues: tenía que regresar por donde había venido.

Volvió a colgarse la mochila al hombro y cogió la pistola del hombre. Con unos pocos pasos se dirigió a la puerta que conducía a las escaleras traseras. Tenía que intentar salir a la calle a través de uno de los pisos de la planta baja. Debía ir a algún lugar en el que hubiera más gente con la que confundirse.

Disparó indiscriminadamente cuatro balas hacia el oscuro patio trasero, que a través del silenciador apenas sonaron más fuertes que un suspiro. Lo que sí hizo ruido, en cambio, fueron las ventanas de los coches al estallar. Tal vez eso le proporcionaría algo de tiempo.

Se decidió por el piso de la izquierda: trepó hasta él por la escalera y luego golpeó la puerta con su hombro. Era vieja y no muy robusta. La madera se astilló con el segundo empujón, y con una patada quedó abierta.

En algún lugar de aquel piso, alguien gritó. Era una mujer. Eso fue lo único que alcanzó a percibir en el brevísimo espacio de tiempo que tardó en llegar a la puerta. Más no pudo distinguir en el camino corto a la puerta. La abrió y saltó los pocos escalones que lo separaban de la puerta principal. Una vez allí, abrió de nuevo la puerta solo unos centímetros. No alcanzó a ver a ningún guardia, aunque estaba seguro de que tenía que haber alguien apostado en la escalera.

Se recolocó la mochila y corrió. Entonces, siguiendo una repentina inspiración, se acercó a los dos coches de sus perseguidores y con su cuchillo de combate rajó una rueda de cada uno. Luego siguió corriendo tan rápido como pudo.

En ese momento oyó las primeras sirenas, poco antes de ver su luz azul apareciendo por la calle. De algún modo se las compuso para esconderse detrás de un coche que estaba aparcado en la calle mientras el vehículo de emergencias doblaba la esquina y pasaba junto a él a toda velocidad.

Lo más probable era que la mujer del apartamento de la planta baja hubiese llamado a la Policía. La patrulla no debía de estar muy lejos, a unas dos o tres manzanas de distancia, y así tendría entretenidos a sus desconocidos perseguidores –quienes, por lo demás, tampoco podrían salir en coche tras él.

Quince minutos después logró coger un taxi y pidió que lo llevara a la Amagerbrogade.

Hacía una eternidad, después de su divorcio y cuando su pasado empezó a atormentarlo sin clemencia, L. T. Fritsen le había dicho dónde escondía la llave de la puerta trasera de su taller.

—No importa a qué hora del día o de la noche me necesites; no importa por qué dificultades estés pasando: si te sientes en peligro o tienes algún problema, siempre puedes usar esa llave, Oxen. En la sala de detrás del taller hay una nevera y un sofá cama. Siéntete como en casa.

Después de tanto tiempo, tenía pensado aceptar aquella oferta.

Estaba a punto de salir del taxi, a cien metros del taller de Fritsen, para acercarse caminando con cautela hasta su destino, cuando vio un automóvil oscuro entrando en la Amagerbrogade y aparcando no muy lejos de allí.

Cualquiera que hubiese dedicado algo de tiempo a investigar su pasado no tardaría en dar con el vínculo especial que existía entre él y Fritsen. En este contexto, era natural que sus enemigos también vigilaran a Fritsen. En cualquier caso, la imagen de aquel coche no le inspiró la menor confianza.

–Disculpe, no se detenga; siga adelante.

El taxista, un hombre ya mayor y bastante corpulento, aceleró de nuevo y pasó por delante del pequeño taller. En ese mismo instante, dos personas salían del coche negro que había aparcado en una calle lateral cerca del taller.

Si no fueran sus perseguidores, solo había dos personas que estaban al corriente de su amistad con Fritsen. Una de ellas era Margrethe Franck. Y dado que estaba seguro de que ella había mencionado a su antiguo compañero en los informes que escribió para el CNI, la segunda persona era Axel Mossman.

Mientras pensaba desesperadamente dónde podría encontrar una alternativa al taller, le vino a la cabeza una idea nueva. Hasta ahora había asumido que fue el amante de Franck el que lo vendió, pero... el pensamiento era casi aterrador... Lo cierto es que podía haber sido la propia Franck.

–¿Adónde quiere ir ahora? –El conductor lo miró por el espejo retrovisor.

Fritsen era la única persona del mundo con quien mantenía contacto. No tenía familia, ni amigos. Pero este era el barrio noroeste, y se lo conocía como la palma de la mano, lo cual era una ventaja, aunque... ¿para qué? Seguro que el destartalado sótano de la calle Rentemester en el que había vivido hacía algún tiempo ya había sido alquilado de nuevo. Y esconderse en la esquina de algún patio trasero no lo llevaba a ningún lado. Además, seguro que sus enemigos vigilaban también esa zona, asumiendo que una persona bajo una fuerte presión siempre busca lo familiar en el caos.

De acuerdo, pues: la calle Rentemester tampoco era una opción.

323

Le quedaban solo los antiguos compañeros de los Balcanes y de los cazadores... Pero ¿de verdad quería comprometerlos? ¿A quién le gustaría acoger a un hombre que estaba acusado de haber cometido un asesinato a sangre fría?

Pero no: pensándolo bien, estaba convencido de que la mayoría de sus excompañeros cazadores se mostrarían dispuestos a hacer mucho por él. Recorrió mentalmente la lista de nombres. Lo mejor sería alguien que viviera cerca –de lo contrario sería demasiado complicado–, y al mismo tiempo tenía que ser alguien a quien pudiera localizar fácilmente. No había mantenido el contacto con ninguno de ellos, de modo que no tenía ni idea de a qué se dedicaban ni dónde vivían.

–Gire a la derecha, por favor. ¿Podría dejarme su móvil un momento?

El conductor negó con la cabeza.

–Amigo, me temo que esto no es un servicio de atención al cliente.

Oxen sacó un billete de mil coronas de la mochila.

–Serán solo dos llamadas breves. Nada más.

–Por supuesto, por supuesto. Lo que necesite –respondió el taxista, que se apresuró a guardar el billete en su bolsillo mientras le pasaba su móvil.

Ya se había decidido. Se pondría en contacto con Lars Kihler, LK One para los amigos, porque era el mayor de dos compañeros cuyos nombres tenían las mismas iniciales.

Con LK One estuvo dos veces en Afganistán, e inmediatamente se le ocurrieron tres buenas razones para llamarlo: primero, era alguien en quien se podía confiar; segundo, su nombre era poco corriente, por lo que haría más fácil encontrar dónde vivía; y tercero, Lars Kihler había nacido en Copenhague, y eso hacía inconcebible que se hubiera alejado de la capital.

Oxen pidió al taxista que se detuviera, se bajó del coche, cerró la puerta y marcó dos números: primero el de información, y luego el que le dieron. En ambos casos, la conversación fue breve y concisa.

Poco después entró de nuevo en el taxi y devolvió el teléfono al conductor.

–Brønshøj –dijo, abrochándose el cinturón–. Vamos a Brønshøj.

46

Ya en la cocina de su piso de la calle Slotsherre, en Brønshøj, Lars Kihler ofreció una taza de café a Oxen y, mirándolo a los ojos, le dijo:

—¿Y qué hay de verdad en esa historia sobre el anciano al
que supuestamente asesinaste en Jutlandia? Apareces en todos los periódicos, en la radio y en la televisión, por el amor
de Dios, ¿lo sabías?

Oxen asintió y dio una explicación a LK One con la que
intentó lograr que esa locura de historia tuviera sentido de
algún modo... Luego compartieron algunos recuerdos de juventud, buscaron el mejor modo de conseguir que él desapareciera sin dejar rastro y se fueron a dormir.

Kihler tenía una esposa y dos hijos, y toda la familia habría de levantarse temprano.

Él durmió en la cama de invitados del sótano. Su noche
fue inquieta, como casi siempre, pero al menos no había tenido pesadillas, e incluso debió de pasar alguna fase de sueño
profundo, porque al día siguiente se sintió sorprendentemente recuperado.

Después de que la familia saliera de casa para sus queha-
ceres rutinarios, y Kihler se hubiera despedido de él con sus
mejores deseos, Oxen aún se demoró un rato más. Después

del agotamiento de los últimos días, su cuerpo necesitaba descansar.

Un poco después se sentó al volante de un pequeño Toyota Yaris que pertenecía a Kihler. Era temprano por la tarde y el vehículo japonés plateado se lanzó a surcar las olas del tráfico... y a pasar por encima de las de verdad: ya tenía a sus espaldas la mitad del puente sobre el Storebælt.

Después de aquella noche de descanso en la pequeña casa adosada, Oxen se sentía como si acabara de nacer. Lo único malo en toda aquella historia era que el coche entero apestaba a la espuma de afeitar de su colega: CK One –¿cuál, si no?–. Había visto el bote en la repisa del lavabo familiar, en primera fila, y ahora no lograba librarse de aquel olor por mucho que hubiera bajado las ventanillas en su trayecto por Selandia.

–Oxen... apestas. No sé si hueles a ñu o a cabra, pero apestas.

Eso fue lo primero que le dijo Kihler cuando lo tuvo delante, y al día siguiente, al levantarse, se dispuso a combatir esa situación. Kihler le había dejado preparado todo lo que necesitaba para asearse: las tijeras para cortarse el pelo, la máquina para rasurarse la barba y la maquinilla y la espuma para acabar el afeitado. Al final, todo su pelo llenó una pequeña bolsa de basura. Luego se duchó y pasó quince minutos dejando que el agua tibia le acariciara la cara y el cuerpo.

El rato que pasó en el baño, con los azulejos de color marrón claro, fue como haber estado en un *spa*. Después de eso aireó la habitación, secó el espejo con un trapo y retiró cuidadosamente hasta el último pelito de barba que había podido quedar en el lavabo, recordando inevitablemente lo mucho que Birgitte solía quejarse al respecto.

Se observó brevemente en el espejo retrovisor. El rostro que le devolvió la mirada le resultó extrañamente ajeno; muy distinto del que lo había estado mirando los últimos meses desde el espejo roto del baño de Fisk.

Se había rapado el pelo al uno. Había puesto la cuchilla a diez milímetros y se había pasado la máquina. Luego se había acariciado la barbilla y las mejillas con la mano, y se las notó suaves como... como el muslo de una mujer.

Kihler le había escrito una notita en un papel y se la había dejado sobre la mesa de la cocina, junto al lujoso y opíparo desayuno que su esposa había preparado para él. En la nota ponía: «Le he dado tu carta a MF. Cuídate mucho. LK One».

Así que Franck ya había recibido la carta que él le había escrito antes de irse a dormir. Kihler le había prometido levantarse supertemprano y conducir rápidamente hasta Østerbro para llevar la carta a Franck. Era un hombre realmente extraordinario.

Su mensaje a Margrethe había sido breve y conciso:

«¿Sigues ahí? Si es así, entonces mañana, a las 12 en punto, en el aparcamiento del restaurante Teglværksskoven en Nyborg. Alternativa: las 16 h. Concierta la cita con la viuda del director del museo. Oxen».

Supo llegar a su destino gracias a la tableta que Kihler le dejó en la mesa de la cocina, y en la que pudo echar un vistazo al mapa de Nyborg. Para usarla solo había que tocar la pequeña pantalla. Oxen había vivido realmente en la cara oculta de la luna, pues nunca había usado un aparato así.

Por supuesto, Kihler tuvo que ayudarlo a encontrar la información que necesitaba. Él solo no habría sido capaz de pasar de la página de inicio del navegador, en la que, por cierto, habían colgado un anuncio en letras enormes que decía: «Se busca héroe de guerra acusado de robo y asesinato».

Por desgracia, el viaje por encima del agua estaba a punto de acabar. Pronto dejaría el puente atrás y llegaría a Nyborg, la antigua ciudad del ferri, que precisamente gracias a este puente había dejado de tener ferris.

Había pensado mucho en Franck y en lo que se le había pasado por la cabeza cuando estaba en el taxi: ¿podía haber sido ella la que había informado a sus perseguidores de que el tipo que se les escapó de la piscifactoría estaba entonces en su apartamento de Østerbro?

Cuando el Toyota aterrizó en Fionia, se miró de nuevo en el espejo retrovisor y se dijo a sí mismo: «Regla número uno: ¡no confíes en nadie!».

Aunque en aquel mismo momento se dio cuenta de que hacía ya tiempo que había roto la regla. Por mucho que su mente le advirtiera de lo contrario... confiaba en Franck. Además, el tema era bastante simple: más allá de sus viejos compañeros, Franck era la única amiga que le quedaba.

Todavía llevaba el billetero y el pasaporte que había tomado prestados del tipo al que redujo en el patio trasero de Franck, y, la verdad, fuera quien fuera el responsable de haberlo llevado allí –a él y a sus amigos– en mitad de la noche, algo era seguro: no procedía del CNI. Al menos, no oficialmente.

El pasaporte estaba a nombre de Andrew Brown, un ciudadano británico de treinta y dos años. En el billetero había algunas monedas y billetes daneses, así como unas pocas libras británicas y un puñado de tarjetas de crédito, todas con el mismo nombre. Lo más probable era que aquel chico no se llamara realmente así, pero toda aquella información hacía que la tapadera resultara más creíble.

Le parecía lógico y plausible que aquel hombre hubiera estado en contacto con el comando de asalto que trató de reducirlo en la piscifactoría, y que tuviera un pasado militar. Muchos británicos con un pasado semejante trabajaban ahora en la industria de la seguridad.

Durante sus muchas misiones en el extranjero había conocido a muchos de ellos. Los británicos no eran ni mejores ni peores que los demás. Ser soldado era un trabajo como cualquier otro, y atraía lógicamente a la gente en función de la paga que se prometía a final de mes.

Permaneció en la autopista que rodeaba la ciudad y no la abandonó hasta llegar a la salida 46, al oeste. Pocos minutos después giró en la calle Ferritslev. Pronto habría llegado.

El *Bed and Breakfast* en aquella granja también lo encontró en la tableta de Kihler, y allí reservó, a su nombre, una habitación durante cuatro noches. Le pareció que un B&B era lo más seguro que podía encontrar, pues no pedían DNI para las reservas ni tenías que dar ninguna tarjeta ni información, ya que por lo general podía pagarse en efectivo.

El cartel apareció en el lado izquierdo de la carretera. Entró en el camino de grava y finalmente aparcó en el patio.

Se subió las gafas de sol y se echó un último vistazo ante el espejo retrovisor. A bote pronto no parecía para nada un veterano de guerra a la fuga. Bajó del coche y se recompuso la vestimenta, tan poco propia de él: llevaba un traje gris oscuro del vestidor de Kihler, una camisa azul claro de manga corta y zapatos negros. El Yaris podía quedárselo toda la semana.

Kihler no había permitido que le pagara por usarlo, y solo le había pedido que se lo dejara con el depósito lleno.

Aun así, Oxen metió diez mil coronas en un sobre, escribió «Gracias» en una tarjetita que puso en su interior, e introdujo el dinero en el paquete de los cereales sobre la mesa de la cocina antes de salir de casa de su amigo.

Una mujer salió del edificio y se le acercó. Lo saludó sonriendo y le señaló el ala lateral del edificio de paredes blancas y cortinas tras las ventanas.

Inmediatamente se dejaría caer en su cama, lo repasaría

todo de nuevo y trataría de llamar la atención lo menos posible hasta encontrarse de nuevo con Margrethe Franck al día siguiente, en el restaurante de la costa.

47

El rugido del Mini Cooper negro resonó sobre el Storebælt cuando Margrethe Franck aceleró en la estrecha
carretera pavimentada para frenar con fuerza segundos
después y entrar derrapando en el estacionamiento del Teglværksskoven.

Eran las doce del mediodía. Había llegado con exquisita
puntualidad.

Oxen se detuvo en el margen del bosque, escondido entre
gruesos troncos de haya. En la estrecha calle apenas había
tráfico. Esperó cinco minutos, pero no le pareció ver nada
sospechoso. Luego salió de su escondite y se dirigió al restaurante, en cuyo aparcamiento había ahora cuatro coches.
Franck había dejado el suyo de un modo un poco descuidado.
Oxen se acercó y miró a su alrededor, pero no vio ni rastro
de ella.

Se inclinó para mirar en el interior del vehículo, y solo vio
una caja de CD en el asiento del pasajero. *Death Magnetic*,
de Metallica.

—¡Manos arriba y pantalones abajo!

Sintió un dedo en el cuello y se dio la vuelta.

—Te lo has creído, ¿verdad? Aunque... Oye, a ver si me he
confundido de persona...

Franck dio un paso atrás. Sus Ray-Ban negras, su chaqueta de cuero y sus guantes negros para conducir contrastaban duramente con su piel blanca y su rubia y ondulante cresta, que de alguna manera hacía pensar en *El último mohicano*. Ella se rio.

–Sí, sí, seguro que me he equivocado. Estoy buscando a un hombre que se llama Niels Oxen, ¿lo conoce usted?

Blanco y negro. Así era ella. Ébano y marfil, con tejanos rotos y deportivas blancas. Y si el mundo fuera realmente blanco y negro, ¿qué color adoptaría ella?

–Hola, Franck. ¿Te gusta el corte? ¿Y el color?

–*A lot*. Te hacía falta un cambio así. O sea, te hacía *mucha falta*. La chaqueta podría ser un poco más holgada, para mi gusto, pero en general... estás genial.

–Gracias.

–¿Cómo se entiende esto de estar huyendo y al mismo tiempo encontrar el modo de ir a la peluquería? –le siseó suavemente, aunque aquel día no llevaba puesta la serpiente, sino una estrella de plata.

–Con la ayuda de buenos amigos –respondió él–. Pero venga, vayamos a la playa.

–¿Estás bien? –Su voz sonaba seria, ahora.

–Sí, todo está bien.

Fueron hasta la orilla. La tormenta había empezado a remitir. En la distancia podía verse el contorno de Sprogø, la pequeña isla sobre la que se alzaba el puente con los llamativos pilares que apuntaban a Selandia. Desde aquí parecía como si las enormes turbinas de viento que quedaban detrás del puente estuvieran ancladas en él, pero la perspectiva era engañosa. Las cosas solían verse diferentes a como eran en realidad.

–¿Quién me traicionó?

No quería alargarlo innecesariamente. La pregunta lo atormentaba cada minuto desde ayer y necesitaba saber la respuesta.

—¿Y cómo quieres que lo sepa?

Decidieron ir a la izquierda y bordear el río. Más allá de una anciana que paseaba con su perro, la playa estaba desierta, probablemente debido a la inestabilidad del clima.

—Pero tú también te lo has preguntado, ¿no?

—¿Te refieres a si puede haber sido Anders? ¿Mi... colega? ¿Es eso?

—¿Quién, si no?

—No fue él, Niels. Anders es un buen tío. Confío en él.

—¿Y por qué tuvisteis que ir a la cocina un momento?

—Sí, cierto. Él tenía algunas reservas respecto a dejarme a solas contigo. Me dijo que corría un riesgo innecesario y me pidió que me lo pensara dos veces, pero... No, estoy segura de que no fue él.

—¿Te hicieron algo? ¿Te molestaron?

—¿Los hombres? No, se fueron antes de que yo pudiera abrir la boca.

—Y si no fue tu colega, ¿quién fue?

—Puede que estuvieran vigilando mi apartamento...

—¿A quién te refieres?

—Pues *a ellos*, claro. Al Danehof. O incluso a mi propia gente. Puede que Mossman pensase en doblegarte a la fuerza, ya que con amabilidad no pudo ser.

—No eran del CNI.

—Bueno, no es que vayan por ahí enseñando sus carnets de la inteligencia, hombre. Y está claro que tontos no son.

—Tuve que sacar a uno de ellos de circulación. Se llamaba Andrew Brown y tenía un pasaporte británico.

—Pues ahí tienes tu respuesta.

La tormenta sobre el agua había desaparecido. El cielo se iluminó, al menos hasta la habitual cubierta de nubes grises. Era el momento de lanzar su siguiente pregunta. Quería ver su reacción.

—Solo había dos personas que sabían dónde estaba...

334

Margrethe se detuvo bruscamente. En lugar de gritarle, se quedó en silencio, se quitó las gafas de sol, lo agarró por el cuello y lo acercó mucho a su cara.

—Estás enfermo, Niels. A ver si lo entiendes de una vez. Un buen día, cuando todo esto haya quedado atrás, tendrás que pedir ayuda, ¿me oyes?, ayuda profesional.

Ella lo miró directamente a los ojos. No estaba indignada, que era lo que él había previsto, sino más bien fría e inquietante. Como una serpiente.

—No puedes confiar en nadie, ¿verdad? Ni puedes ni quieres. Es parte de la historia, un síntoma clásico. Pero créeme, sé de lo que hablo.

—No puedes culparme por valorar todas las posibilidades, Franck. Tú harías lo mismo.

Ella sacudió la cabeza y lo soltó.

—No, no lo haría. Y esa es la gran diferencia entre tú y yo. Mi vida era mucho más fácil antes de que tú reaparecieras. Así que me voy, Niels. Esto no funciona sin confianza, y yo no tengo ganas de perder el tiempo. Es así de sencillo.

—Tengo listas con los nombres del Danehof del Norte. Tres anillos con cinco miembros cada uno. Quince nombres en total, Franck.

—Me importa un comino. Buena suerte.

Levantó una mano, se dio la vuelta y se fue.

Él se quedó quieto y la miró. En la arena fina parecía que su prótesis resbalaba ligeramente. Habría preferido mil veces una discusión, una tormenta que lo limpiara todo.

Ella no miró hacia atrás, por supuesto que no. En cinco minutos estaría de vuelta en la carretera, y luego en su casa, en Østerbro.

Empezó a correr cuando ella estaba a unos cien metros. Y cuando la alcanzó, se puso delante y la cogió por los hombros. Ella se detuvo, con la cara hacia un lado.

–¡Lo siento, maldita sea! Lo siento mucho. Todo esto es una mierda. He sido un imbécil y tienes razón, Margrethe. Simplemente, no puedo evitarlo.

Ella se quedó allí quieta, mirando el agua. Luego se volvió y lo miró.

–¿Y qué quieres hacer ahora, Niels?

–Tengo que demostrar que soy inocente. No puedo vivir así para siempre. No puedo pasarme la vida huyendo.

–Antes de esto también vivías huyendo.

–¡Ya sabes a lo que me refiero!

–¿Has visto alguna vez a tu hijo en todo este tiempo?

–Sí, hace poco.

–¿Y cómo está?

–Genial. Está genial.

–Humm...

–¿Me ayudarás, Margrethe?

Ella no respondió. Su boca era una línea delgada.

–«Nosotros contra el mundo inmundo». Esto era lo que decíamos en mi colegio, de niños, cuando jugábamos al fútbol al salir de clase.

–¿Alguna vez has sido niño, Niels Oxen? ¿Un niño de verdad?

–Creo que sí. Hace mucho tiempo.

–Bueno..., pero con una condición: no más gilipolleces como la de antes.

–Te lo prometo.

–Está bien. Contra el mundo inmundo, entonces.

48

Todos los hilos convergían en Nyborg. Esa fue la conclusión a la que llegó tras muchas horas de especulación. No era un gran descubrimiento, sino más bien el banal resultado de un intento de mirar entre bambalinas. De dejar a un lado las trivialidades y de mirarlo todo con lupa.

Los documentos que seguían enterrados bajo el alerce, los papeles que Malte Bulbjerg había recibido y su violenta muerte en la sala del Danehof del castillo; el hecho de que Axel Mossman supiera de la existencia de estos documentos, el asesinato encubierto del ministro de Justicia y, finalmente, la cacería doble que también iba contra él, no solo mediante una operación policial oficial, sino también a través de una tropa mercenaria más bien extraoficial.

Todo estaba cuidadosamente orquestado por los hombres oscuros del centro del poder. Por el Danehof.

Precisamente por ello, por todo ello, decidió acudir a Nyborg. Todo había empezado allí, y por lo visto había logrado convencer a Franck, quien ya desde su casa –incluso antes de escuchar sus argumentos– concertó una cita con la viuda del director del museo.

Ahora iban de camino hacia allí. Oxen, sentado junto a Margrethe en el Mini Cooper, pensó en lo agradable que era tener a alguien a su lado... aunque ese alguien estuviera agarrando el volante como si quisiera estrujarlo. Hacía un rato, en la playa, habían tenido una acalorada discusión sobre Mossman. ¿Debían contar con él? ¿Involucrarlo? ¿O mejor no? La opinión de Oxen era obvia: no podía confiar en la persona que había dado la orden de matar al Señor White, y menos aún si encima les ocultaba causas y conexiones.

Franck le había dicho que renunciar a él era renunciar a una poderosa alianza, aunque ella seguía teniendo exactamente las mismas dudas que le asaltaron durante el caso de los perros ahorcados. Así pues, acordaron dejar fuera a Mossman.

—He estado informándome un poco más sobre Bulbjerg y su esposa. Como nos queda media hora... ¿qué te parece si aparcamos en algún lugar y comentamos la jugada? —dijo ella, tomando la salida que conducía directamente hacia el centro de Nyborg.

Un poco más tarde se detuvo en el aparcamiento del ayuntamiento. Era un magnífico edificio antiguo que estaba unido a la nueva ala administrativa mediante un pasaje de cristal.

Desde allí había buenas vistas a la zona del castillo, con esas murallas que durante siglos habían sido el mejor de los escenarios de la historia danesa... y que ahora, de pronto, se habían convertido en la sangrienta escena de un crimen.

—Paramos aquí y el resto del trayecto lo hacemos a pie, ¿te parece bien? La casa no está lejos... Por cierto, la mujer no estaba particularmente interesada en nuestra visita, y menos aún cuando le dije que éramos del CNI —dijo Franck.

—No me extraña. La pobre debe de estar destrozada.

—Sí, ha necesitado ayuda psicológica, y la ha aceptado, afortunadamente.

Franck evitó cualquier comentario adicional sobre la atención médica profesional. Ya le había hablado de ello en una ocasión y él la conocía lo suficientemente bien como para saber que no lo repetiría.

Quitó la llave del contacto, metió la mano en la guantera y sacó un monedero y su estuche de gafas. Seguía llevando las mismas que él recordaba. Finas... y negras, por supuesto.

—Está bien, escucha. Esto es todo lo que he podido reunir en el poco tiempo del que he dispuesto: Malte Bulbjerg tenía treinta y ocho años; nacido en Christiansfeld, al sur de Jutlandia, era hijo único. Su madre, Sigrid, era maestra en la escuela secundaria de Haderslev, zona de vital importancia para la historia danesa. Su padre, Fredrik, heredó la fábrica de su abuelo y la convirtió en un negocio exitoso, Bulbjerg Transmissions, en el que se fabricaban engranajes de todo tipo, pero especialmente para generadores de energía eólica. El hombre vendió la empresa hace ahora doce años, y un año después su esposa y él se fueron a vivir a España. Al año siguiente, ambos murieron en un accidente: habían venido a Dinamarca por Navidad y tuvieron la desgracia de encontrar hielo en una carretera del sur de Jutlandia. La esposa de Bulbjerg, por su parte, se llama Anna-Clara. Tiene treinta y cuatro años y es maestra de primaria en Nyborg. Nacida en Aarhus, sus padres también son maestros. Ella y Bulbjerg se conocieron mientras él aún estaba estudiando. No tienen hijos. Bulbjerg era un hombre activo y ocupado, interesado en todo tipo de deportes, y especialmente en el fútbol. Era conocido en la ciudad y muy querido por todos. Alguien ha creado una página de Facebook para recordarlo. Bulbjerg tiene...

—De verdad... ¿ya no es posible morir sin que alguien cree un grupo de Facebook?

—¿Qué clase de viejo amargado eres tú? ¿Eh? Además, tú también tienes una página, por cierto.

—¿Yo? ¿En Facebook?

339

–Sí. Hay muchas personas que piensan que el sistema comparte la responsabilidad de su destino; que el Estado y la sociedad han abandonado a nuestros veteranos de guerra, y por tanto a ti, y que han sido tan crueles que al final te llevaron a matar a un anciano. Están convencidos de que eres una persona enferma que necesita ayuda y no un castigo. Un héroe, un soldado valiente al que se le ha fundido un fusible y en el momento del crimen no estaba en su sano juicio...

–¡Por el amor de Dios, yo no estoy loco! ¿Y de qué crimen hablan? ¡Yo no he cometido ningún crimen! Están todos chalados...

–Relájate. Así es como se comunica la gente hoy en día. Lo que importa es la buena intención. Haces algo por el karma y todos quieren verlo. La verdad es secundaria. Pero venga, sigamos con Bulbjerg... En su página hay infinidad de comentarios: elogios y grandes recuerdos, palabras de consuelo para la esposa y D.E.P. de todos los remitentes posibles.

–Uf...

–Bulbjerg no aparece en nuestra base de datos: ni un puñetazo aislado en una edad temprana; ni una borrachera en la que se acaba orinando en una calle, contra una pared. Nada de nada.

–¿Nada de adicción al juego? ¿Ni de drogas?

–Nada.

–¿Y eso es todo?

Franck cerró la carpeta y la puso de nuevo en la guantera del coche.

–A grandes rasgos, sí. La muerte de sus padres le afectó mucho. Tenía solo veintiocho años y una relación muy estrecha con ambos. Eso es lo que he inferido de las llamadas telefónicas. Bueno, creo que deberíamos empezar a movernos, ¿no? ¿Tenemos claros nuestros papeles?

–¿Qué papeles?

—Tú deja que yo lleve las riendas. Lo ideal sería que pasaras lo más desapercibido posible... aunque, por favor, no dudes en intervenir si se te ocurre algo. Yo pretendo empezar con delicadeza pero si veo que hay que zarandearla un poco, no dudaré en subir el tono, por muy viuda que sea.

—Está bien, Franck, tú sabes cómo funcionan estas cosas.

La casa unifamiliar pintada de azul estaba al final de la idílica Kirkegade, en la que las casas de color pastel se alineaban como las perlas de un collar. La calle daba directamente a la iglesia Vor Frue, cuya torre se elevaba, imponente, hacia el cielo azul.

Hasta la puerta de la casa había sido pintada y lacada convenientemente para igualarse al resto. Oxen se mantuvo tenso junto a Franck mientras ella llamaba al timbre.

Estuvieron de acuerdo en que el riesgo de que lo reconocieran era mínimo, incluso aunque tuviera que quitarse las gafas de sol. Ya no se parecía al hombre de pelo largo que aparecía en las fotos de la Policía de Aalborg y que esta había hecho circular entre los medios de comunicación. «Las fotos muestran a un hombre de las cavernas; no a uno con traje», había dicho Franck con dureza.

Pese a todo, tenía que ser precavido. Quería conocer a la joven viuda de Bulbjerg, y para eso debía exponerse, pero sin bajar la guardia. Sí, quería ver qué había sido de ella, quería ver el dolor en su cara, estar allí y descifrar sus respuestas.

Ahora ella abrió la puerta.

—Hola.

Se estrecharon las manos. La mujer parecía ausente. Esa fue su primera impresión.

Franck le mostró su identificación y a él lo presentó como «Mi colega Lars Kihler». Así que no solo llevaba su traje y había cogido su coche prestado, sino también, temporalmente, su identidad.

Anna-Clara Bulbjerg era una mujer muy guapa. Tenía algo delicado, frágil en sí mismo. Sus venas azuladas se marcaban a través de la piel pálida y las sombras oscuras bajo sus ojos indicaban poco sueño y mucho dolor.

Su cabello rubio estaba recogido en una descuidada coleta baja. Llevaba mallas de deporte y les abrió la puerta en zapatillas. La joven maestra de primaria se había atrincherado entre sus cuatro paredes.

–¿Son ustedes del CNI? –Se limitó a decir, mientras lanzaba una mirada cargada de escepticismo al peinado de Franck.

–Sí, estamos investigando algunos de los detalles derivados del asesinato de su marido.

–Sí, pero ¿por qué el CNI?

–Muy a menudo colaboramos con la Policía. En algunos casos, es casi inevitable.

Franck parecía confiada y fresca. Oxen no sabría decir si había utilizado específicamente el término «cooperación interdepartamental» por tratarse ella de una profesora, pero el caso es que la joven viuda se hizo a un lado y los dejó pasar. A la mujer del extraño peinado y al hombre del CNI.

–Ya se lo he dicho todo a la Policía, varias veces –dijo, mientras les indicaba que se sentaran a la mesa de la cocina y, con un suspiro, se sentaba ella también.

–Puede ser exasperante, lo sabemos. Pero es que a veces los detalles nos vienen a la mente de improviso, sorprendentemente, y además cada uno escucha e interpreta las cosas de manera distinta. Nosotros esperamos poder encontrar algo nuevo durante esta visita... Por ejemplo, ¿cómo describiría a su marido? ¿Su naturaleza, su carácter?

Anna-Clara Bulbjerg se quedó mirando la mesa.

–Siempre estaba de buen humor. Siempre con ganas de vivir. Era una persona positiva, diligente y cuidadosa. Y muy trabajadora... Sí, así era él.

–¿Ha habido alguna situación en los últimos tiempos en la que lo notase distinto? ¿Cambiado? ¿Quizá un punto irreconocible?

Ella negó con la cabeza.

–Esto ya me lo preguntaron sus colegas.

–Disculpe, pero tendré que preguntárselo todo otra vez –le dijo Franck, imperturbable–. ¿Hubo alguna persona, tema, discusión, que le hiciera reaccionar de un modo diferente? Tómese su tiempo para responder.

–No... pero...

Anna-Clara Bulbjerg vaciló. Parecía agotada.

–¿Pero?

–Bueno, le sacaba de quicio todo lo que tuviera que ver con la administración y el Ministerio de Cultura. Presupuestos, la distribución de fondos y esas cosas. Realmente podían ponerlo de mal humor. Y, por ende, algunas de las personas que trabajaban allí y con las que tenía que lidiar. Los que rechazaban sus solicitudes, por ejemplo. Malte tenía tantas ideas para el museo y el castillo... Pero todas eran bastante caras.

–¿Empleados administrativos, pues? ¿Ningún otro enemigo? ¿Ningún problema antiguo?

–No, no... Malte no tenía enemigos. Creo que caía bien a todo el mundo.

–¿Tenía algún sueño? ¿O lo tenían juntos? Es decir... ¿en qué momento de su vida estaban?

Oxen estaba en silencio, observándola. Franck estaba concentrada, pero no con la fría determinación de un interrogatorio policial. Por ahora era como si estuviera teniendo una conversación amplia y distendida, tal como le había dicho que quería hacer.

–¿Sueños? –La joven miró hacia arriba–. Bueno... nuestra propia familia. Ese era el sueño de Malte. Y el mío.

Las palabras le provocaron un nudo en la garganta, pero luego se recuperó y continuó:

—Esperábamos tener hijos pronto, ahora que todo se había calmado un poco. Él se moría de ganas de viajar con ellos, mostrarles el mundo, presentarles otras culturas. Ese era su sueño, diría yo. Y el mío también, claro. Aunque yo no soy tan aventurera, sé que es importante conocer cosas distintas.

—¿Qué papel jugó el Danehof en la vida de su esposo?

—¿Conocen el Danehof?

Ambos asintieron.

—El Danehof es la historia del castillo de Nyborg. La Edad Media, el Parlamento y el poder. Le encantaban estas cosas. Le chiflaban. De hecho, andaba liado con un trabajo sobre el Danehof cuando... Sí, el Danehof jugó un papel muy importante en su vida, aunque me gusta creer que yo le importé más.

Su boca se torció en una sonrisa triste. Franck siguió con su enfoque amplio.

—¿Y no tenía ninguna inquietud, ninguna preocupación?

Anna-Clara Bulbjerg negó con la cabeza.

—¿Nada del pasado, tampoco?

La mujer miró a Margrethe. ¿Hubo acaso un brillo en su mirada opaca?

—¿El pasado? ¿A qué se refiere?

—A las cosas de la infancia, de su juventud. ¿Tal vez hubo algo ahí?

—No se me ocurre nada.

—¿Sus padres?

—Oh, lo siento, últimamente voy un poco lenta atando cabos, si es que al final los ato, claro. Pero sí, efectivamente. Lo de sus padres lo dejó muy tocado. Nosotros acabábamos de conocernos y el golpe fue durísimo. Malte nunca superó la muerte de sus padres, aunque hizo lo posible para que no se le notara. Siempre decía que había aprendido a vivir con ello.

Solo tenía veintiocho años en ese momento. Demasiado joven para una pérdida así...

De pronto fue como si acabara de darse cuenta de que ella se hallaba en una situación similar. Y por un instante pareció que iba a derrumbarse.

—En tales situaciones, las personas a menudo recurrimos a los demás: a los que nos inspiran confianza, nos ofrecen consuelo, familiares, amigos... ¿Tenía su marido a alguien así?

—Amigos no. Pero tenía a su tía y su marido, Benedicte y Kurt Bjørk.

—¿Dónde viven?

—En Odder.

—¿Y nadie más?

—Benedicte siempre estuvo muy cerca de él. Y mi padre también. Tenía una buena relación con él, muy buena.

Anna-Clara escondió la cara entre sus manos y se frotó los ojos.

—¿Sabe si su esposo trabajaba en colaboración con alguien durante su investigación sobre el Danehof? ¿O iba por libre?

Esta vez fue Oxen quien habló. Esperaba que aquella sencilla pregunta reorientara el interrogatorio en la dirección correcta. Le parecía que faltaba algo: le parecía lógico que Bulbjerg hubiera hablado con algún colega de algún otro museo... o con cualquier otra persona con la que compartir sus descubrimientos...

—No. Lo habría sabido. Por supuesto, los historiadores a veces se nutren de los conocimientos de otros colegas, pero en general Malte trabajaba solo.

—Y si le hablo de cocaína, ¿qué me dice?

Franck cambió el estilo y el rumbo de sus peguntas.

—Pues que está usted loca. —La respuesta le salió de los labios bruscamente, de manera abrupta.

—Piense que hasta las personas que mejor conocemos pueden tener secretos a veces...

Anna-Clara Bulbjerg miró a Franck con hostilidad.

—No, mi marido nunca tuvo nada que ver con las drogas. Nunca.

—¿Por qué no?

—Porque no. Porque yo lo conocía bien. Era casi imposible convencerlo para que se tomara una pastilla para el dolor de cabeza. Odiaba las pastillas, las drogas y todos los efectos que provocaban.

—Entonces... ¿nunca probó ningún narcótico?

—No.

—¿Ni marihuana ni hachís?

—¡No!

—Pero los sueños que compartían no eran baratos. ¿No cree que su marido podría haber visto ahí una posibilidad de ganar algo de dinero? La droga mueve grandes sumas...

Franck había empezado la batalla. Por lo visto había decidido que aquel era un buen momento para zarandear un poco a la viuda.

—Pero ¿qué tonterías dice? ¡Eso es una locura! Malte nunca se habría aprovechado de la miseria de otros. Él era una buena persona.

La mujer no tenía fuerzas para enojarse demasiado, pero su protesta fue lo suficientemente enérgica.

—Disculpe, pero tenemos que hacernos esas preguntas, y seguirles la pista.

Ahí Franck trató de sonar más conciliadora, pero Anna-Clara Bulbjerg ignoró su tono.

—¿Cuál fue su reacción al enterarse de que su marido apostaba, y por lo general perdía, mil coronas cada semana?

Ella negó con la cabeza. Sus ojos estaban otra vez vacíos y se habían posado sobre la mesa.

—Pensé que se trataba de un error. Que el oficial de Policía que me lo dijo se había equivocado. Yo sabía que a Malte le divertía invertir pequeñas sumas en apuestas de fútbol de vez en cuando, como a muchas otras personas, pero... ¿hasta ese punto? Esas cantidades me parecen completamente irreales.

—Y sin embargo, son ciertas, lo cual prueba que incluso aquellos a los que creemos conocer mejor pueden tener secretos para nosotros. Visto, pues, desde esta perspectiva... ¿qué dice ahora del asunto de las drogas?

—¡Que no! Entre las drogas y las apuestas de fútbol hay todo un abismo.

—Pero invertía grandes sumas de dinero cada semana. ¿De dónde lo sacaba?

—Yo... bueno, no tengo ni idea.

Franck miró a Oxen con las cejas arqueadas y le dio a entender que si él no tenía más preguntas... por ella ya habían acabado.

Anna-Clara Bulbjerg parecía realmente agotada. La mayor parte del tiempo tenía la vista fija en la mesa, el suelo o las puntas de sus zapatillas. Oxen asintió a Franck y lanzó una última pregunta:

—En el contexto de sus estudios sobre el Danehof... ¿sabe si su marido visitó algún lugar para informarse? ¿Algún instituto? ¿Tuvo que ir al extranjero, por ejemplo?

Ella pensó por un momento.

—Los archivos del Reich en Copenhague. Fue allí varias veces. Por lo demás, nada.

—Hace aproximadamente un año, por lo visto, su esposo recibió unos documentos que contenían información sobre el Danehof. Le llegaron por correo en un sobre marrón. ¿La informó a usted sobre eso?

—No, pero ¿cómo lo saben ustedes?

La joven alzó la mirada y la posó en él, inquisitivamente.

–Me temo que eso es información confidencial –dijo Franck.

–¿De verdad no recuerda ese sobre, ni la reacción de su marido al recibirlo? ¿Acaso no la informaba sobre sus investigaciones acerca del Danehof?

Ella asintió con cansancio.

–Sí, sí, me hablaba mucho sobre el tema. A veces tanto que yo acababa hasta el gorro del Danehof y le pedía que cambiara de tema, pero él no podía: el Danehof era su pasión. Pero nunca me dijo nada de haber recibido unos documentos en un sobre marrón.

La pregunta de Oxen no pareció provocar en la viuda ninguna reacción evidente, pero era obvio que el material que él envió a Bulbjerg tendría que haberle suscitado un entusiasmo incontenible... o cuando menos una gran sorpresa, y la respuesta de la mujer simplemente no encajaba en la historia. Hizo, pues, un último intento:

–En circunstancias normales... ¿solía ir su marido al castillo a media noche? Y en caso afirmativo... ¿a hacer qué? ¿Tratar de captar el ambiente nocturno de su museo? ¿Inspirarse?

Ella lo miró con impotencia.

–No... Nunca.

–¿Así que no tiene ni idea de lo que estaba haciendo a esas horas de la noche en el castillo?

–¿Y cómo voy a saber yo eso? ¿Es acaso *mi* trabajo? ¡Son *ustedes* los que tienen que encontrar las respuestas, no yo! Pero a mí nadie me dice nada. Nada nuevo. Nada que no supiera. ¿Qué demonios está haciendo la Policía? ¿A qué se dedican? ¡Mi esposo ha sido asesinado!

Margrethe Franck se puso de pie.

–Creo que ya es suficiente por hoy. Gracias –le dijo, extendiéndole la mano.

348

Oxen se apresuró a seguir su ejemplo.

Anna-Clara Bulbjerg se limitó a hacer un gesto con la cabeza y acompañarlos en silencio hasta la puerta. Franck puso la mano en el pomo y se volvió (muy a lo detective Colombo).

–Oh, solo una cosita más –dijo, mirando a la esposa de Bulbjerg.

–¿Sí?

–Una cosa con la que me topé por casualidad... No sé si sabe que en Facebook han creado una página conmemorativa para su marido. ¿La ha visto?

–No.

–Bueno, alguien subió una foto antigua de su clase en la escuela de Christiansfeld y se dedicó a escribir los nombres de todos los niños. Seguro que fue uno de sus compañeros de clase. Bajo la foto de su marido puede leerse «Malte R. Bulbjerg» y... bueno, me preguntaba de dónde viene la «R». ¿Cuál es su segundo nombre?

La reacción de Anna-Clara Bulbjerg no se les pasó por alto: parpadeó varias veces, solo por unos segundos. Y luego se encogió de hombros y dijo:

–¿«R»? No, no puede ser. Su nombre no tiene... No tenía... ninguna «R». Pueden comprobarlo. Ni en su certificado de bautismo, ni en sus contratos ni en ningún formulario aparece ninguna «R». Tiene que ser un error.

–Oh, vaya, pues nada entonces. Adiós, y muchas gracias.

–Adiós.

Cuando volvieron a estar solos, Oxen cogió a Franck por los hombros y se detuvo.

–¿A qué ha venido eso de la «R»? No me lo habías comentado.

–Bueno, era solo un detalle y no sabía si valía la pena dedicarle más tiempo. Al principio pensé que era un error in-

349

significante, pero ahora tengo claro que no lo fue. ¿Has visto su reacción?

—Sí. ¿Y ahora qué?

—Ahora tenemos una pieza del rompecabezas con la que entretenernos. No recuerdo el nombre de la escuela, pero eso es muy fácil de encontrar.

Cuando volvieron al Mini Cooper, Margrethe sacó su móvil.

—¿Qué vas a hacer?

—Mirar en Facebook, ¿qué si no? —le dijo ella, y unos segundos después—: La escuela se llama, como no podía ser de otro modo, Escuela Christiansfeld.

Se puso un auricular en la oreja y marcó un número.

—Buenos días, me llamo Margrethe Franck y llamo del Centro Nacional de Inteligencia. Necesito información acerca de una antigua clase de su escuela. Han pasado veinticinco años, pero es una cuestión importante. ¿Podría usted ayudarme con eso?

La conversación fue corta. Franck dio las gracias y colgó.

—La mujer que me ha atendido ha dicho que volverá a llamarme lo antes posible; que primero tendría que bajar al sótano para encontrar los documentos del archivo, porque esa información tan antigua no está digitalizada. Ha querido encargarse del tema de inmediato. La pregunta ahora es... ¿por qué miente Anna-Clara Bulbjerg?

—¿Quieres decir con lo de la «R»? ¿O con todo?

—Humm... con todo.

—Con el tema del sobre no me ha parecido ver ninguna reacción...

—Sí, puede ser, pero a veces hay un buen motivo para evitar el contacto visual durante todo el tiempo que dura una entrevista...

—Tienes razón, ha mirado más hacia abajo que hacia nosotros, pero a mí me ha parecido que estaba realmente superada y triste... ¿Cuál es tu conclusión, Franck? ¿Crees que mataron a Bulbjerg porque sabía demasiado? ¿O porque estaba a punto de descubrir algo? ¿Eso crees?

–Creo que las drogas no son más que una distracción. Me parece más que posible que las pusieran allí para despistar. Pero que ese hombre era un ludópata no deja lugar a dudas. El Danehof es, definitivamente, la opción más obvia. Disponen sobradamente de los recursos para hacer algo así, aunque también hay que recordar que a veces la opción más obvia no es la real. En fin, espero que aún nos llegue algo de inspiración.

Se quedaron un rato en silencio. Margrethe tenía las gafas para leer puestas en la nariz e iba pasando el dedo índice por la pantalla del teléfono.

–¿Qué haces ahora?

–Leo las noticias. Escucha: «La cacería en torno al condecorado veterano de guerra Niels Oxen sigue adelante. Por el momento, la Policía está centrándose en la capital y sus alrededores. Según nos han informado fuentes del Departamento de Policía del Oeste y el Centro de Jutlandia, esta mañana se ha acercado a comisaría el conductor de un camión que asegura haber reconocido a Niels Oxen. Por lo visto, el camionero recogió al supuesto asesino haciendo autostop en Vejle y lo llevó con él hasta Hundinge».

Franck siguió pasando su dedo índice por el móvil y continuó:

–«La Policía también informó de que, dado los testimonios recibidos, se ha doblado la vigilancia en el centro y el oeste de Jutlandia. Por lo demás, los avances en el caso del asesinato del piscicultor Johannes Ottesen siguen sujetos al más estricto secreto de sumario, y la Policía no aporta ninguna información. Mientras que la caza en Jutlandia se ha reducido significativamente, para la Policía de Copenhague el asunto sigue siendo de máxima prioridad. Se han desplegado muchos efectivos para la misión, que en estos momentos se concentran en algunos lugares específicos, y, además, toda la región es supervisada a gran escala, según nos informa el inspector jefe Laurids Hansson, de la Policía de Copenhague».

Margrethe Franck lo miró interrogativamente.

—¿Cómo te sientes al oír esto?

—¿Qué quieres que te diga? Es surrealista, una absoluta locura. Aquí estoy, tranquilamente sentado en tu coche, en Nyborg, como si nada de esto fuera conmigo. Como si no me afectara. Pero si me pongo a pensarlo, me asusta terriblemente. ¿Cómo voy a salir de esta? ¿Puede que de verdad acabe pudriéndome en la cárcel? ¿Son suficientes las pistas que tienen contra mí? Te aseguro que no tengo ni idea, Franck.

—Yo creo que las pistas no pueden ser tan claras como te piensas. Estoy segura de que los alrededores de la casa de Fisk estarán llenos de huellas y de marcas de neumáticos, y que nuestros colegas no pueden haberlas pasado por alto. Ahora mismo la investigación está bajo secreto de sumario, pero puede que haya alguna laguna en el proceso.

—Puede ser. Pero el cuchillo Bowie es mío. Y ahí seguro que solo encuentran mis huellas.

Le sonó el teléfono. Franck respondió de inmediato. Seguramente era la mujer de la Escuela Christiansfeld. Escuchó atentamente y asintió.

—Desde la primera hasta la novena clase, ajá. ¿Sería tan amable de deletreármelo, solo por seguridad?

Franck escribió algo en un trozo de papel, dio las gracias varias veces y colgó.

—Ha comprobado el nombre en el archivo. La «R» no es un error. ¿Te dice algo el nombre de Ryttinger?

49

A primera hora de la tarde entró en el camino de acceso a la gran villa de Møllebakken. El viaje a Odder le había llevado una hora y tres cuartos.

Por mucho traje que llevara Oxen, ella había decidido ponerle un toque de queda. Sí, aunque su nueva imagen fuera muy distinta de la de antes, cualquiera que prestara un poco de atención reconocería en él al veterano de guerra más buscado. Su nariz, ese particular gesto de su boca y, sobre todo, sus despiertos ojos de color azul-grisáceo lo traicionarían en el acto si su oponente supiera de verdad qué y cómo debía buscar.

Empezar una investigación teniendo que llevar consigo a un hombre buscado por asesinato le suponía un verdadero problema. Con la viuda de Bulbjerg solo lo había llevado porque era una mujer en crisis que se había aislado del mundo exterior desde el asesinato de su marido, y porque Oxen le insistió en que quería ver su reacción.

Y en una cosa habían estado de acuerdo: Anna-Clara Bulbjerg mintió en lo referente al primer apellido de su marido. Ella lo sabía, por supuesto.

En la oficina del registro civil de Tystrup, también competente para la comunidad de Christiansfeld, les informaron de que Malte Bulbjerg renunció al apellido «Ryttinger» justo antes de iniciar sus estudios en Aarhus.

Aparcó en el patio de gravilla cuidadosamente rastrillado y llamó al timbre. La mujer, que solo tardó unos segundos en abrir la puerta, había dudado un poco al teléfono antes de concederle una reunión en persona. Se llamaba Benedicte Bjørk.

—Margrethe Franck, supongo, ¿no? Bienvenida. Por favor, pase.

—Gracias. Me alegro de haber podido arreglarlo.

La tía favorita del director del museo era una elegante mujer de unos sesenta años que condujo a Margrethe a través de la casa hacia un gran jardín acristalado con vistas al campo. Su esposo estaba sentado frente al televisor, en la sala de estar.

—Siéntese. ¿Té o café?

—Café, por favor. Gracias.

No había hecho más que sentarse y admirar en silencio los preciosos muebles de madera oscura que poseía la dama, cuando esta apareció con una cafetera y unas tazas. Eso significaba que había dejado una tetera lista en la cocina, por si escogía la otra opción.

—¿Aún... aún trabaja?

Dudó brevemente, pero informarse sobre la educación de la mujer y su ocupación formaba parte de su trabajo, sobre todo si quería hacerse una idea general de su vida.

—He trabajado toda mi vida, y hasta el momento nada ha cambiado —respondió Benedicte Bjørk mientras se sentaba a su lado.

Cruzó las piernas, se alisó la falda con un movimiento apresurado, y entonces continuó:

—Soy intérprete de inglés y francés. Los últimos veinte años he trabajado como primera secretaria de Belto Packaging International, en Aarhus, y me quedaré allí hasta que me retire.

Mi esposo dirige su propio bufete de abogados, así que en realidad no tendría por qué trabajar, pero me gusta mi trabajo. Y ahora dígame, ¿por qué quiere hablar conmigo el CNI? Tiene que explicarme eso.

Margrethe le explicó la razón por la que había ido a verla. Le dijo que por lo general el CNI funciona por iniciativa propia, pero que en ocasiones, cuando el caso lo requería, cooperaba con la Policía; y le dijo también que eso era lo que había sucedido con el caso de Malte Bulbjerg, aunque no podía darle información sobre la naturaleza última de su investigación.

La señora Bjørk asintió pensativamente, balanceando el platito de café con una mano y bebiendo el líquido caliente de la taza que sujetaba en la otra.

—Entonces empecemos —dijo, mirándola como si ya supiera qué esperar.

—Me gustaría ir por orden cronológico. Retrocedamos veinticinco años en el tiempo. Su padre, Karl-Erik Ryttinger, recibió un disparo en su casa de Copenhague. Se supone que fue cosa de un ladrón. ¿Recuerda usted los detalles de esos días?

La señora Bjørk sonrió tristemente.

—Lo recuerdo como si fuera hoy. Por supuesto, nos quedamos consternados. Perder a alguien de esta manera aturde y trastorna enormemente. Mi padre fue un gran hombre. Un tipo duro y despiadado cuando se trataba de negocios, pero un padre amoroso y generoso cuando se trataba de pasar tiempo conmigo y con mi hermana Sigrid. Siempre buscaba ratos para compartir, pese a estar tan sumamente ocupado toda su vida.

—Malte tenía trece años en ese momento. ¿Cómo se lo tomó?

—Fue muy duro para él. Tenía una relación muy estrecha con su abuelo; jugaban juntos al fútbol, y a veces mi padre se lo había llevado a esquiar. No solo en Dinamarca, sino también en Noruega y en Escocia. Dinero no le faltaba. Pero en los últimos años la cosa empezó a complicarse. Su salud, hasta el momento robusta, empezó a verse cada vez más debilitada, y cuando murió sufría una incipiente demencia.

—Axel Mossman fue el encargado de investigar el caso en ese momento, ¿lo recuerda?

—Sí, por supuesto, hace muchísimos años que es el jefe del servicio de inteligencia; es decir, su jefe. Mossman... un caballero bastante británico.

—¿Lo conoce en persona?

—Lo he visto en un par de ocasiones. Por aquel entonces interrogó a toda la familia.

—Y aparte de eso, ¿ha coincidido con él en algún otro lugar? La señora Bjørk negó con la cabeza.

—¿Cómo describiría la relación que mantenía usted con Malte?

Benedicte Bjørk se tomó un tiempo para encontrar las palabras adecuadas, y cuando habló parecía conmovida.

—Después de que el chico perdiera a su madre, yo traté de ocupar, en la medida de lo posible, el vacío que ella dejó en su vida. Malte se me acercaba, me pedía consejo, hablaba conmigo y permitió que representara ese papel. Yo no tengo hijos propios, así que seguro que se imagina usted cómo era el asunto, ¿verdad?

Margrethe asintió con la cabeza a la mujer de luto, que de repente estaba tan emocionada que tuvo que dejar su taza sobre la mesita.

—Tengo que hacerle una pregunta importante, así que, por favor, tómese todo el tiempo que necesite para responderla: ¿notó algo extraño antes de la muerte de Malte? ¿Mencionó él algo? ¿Se comportó de un modo insólito? ¿Estaba feliz, tenía miedo? Cualquier observación podría ser significativa.

—Apunta usted al Danehof, ¿no es así? —Benedicte Bjørk la miró con los ojos húmedos.

Margrethe se quedó sorprendida. Tanto que no pudo disimularlo.

—No se asombre, querida. Mi familia lleva mucho viviendo a la oscura sombra del Danehof... suponiendo, e insisto en el gerundio, *suponiendo* que realmente exista. Malte estaba convencido de que así era. ¿Le costó la vida esta convicción? No puedo responder a esa pregunta, pero sí puedo asegurarle que Malte no fue un criminal. Era un buen chico.

—¿Vivió usted con el Danehof? ¿Qué quiere decir con eso?

—Estoy segura de que ya está usted al corriente de que mi padre escribió la palabra «Danehof» en el suelo, con su propia sangre, justo antes de morir. Algo así es muy difícil de olvidar. Malte era pequeño entonces, pero juró que vengaría la muerte de su abuelo. Que se vengaría del Danehof. Una frase así solo puede decirla un niño, ¿verdad? ¿Tiene usted hijos?

Margrethe negó con la cabeza.

—Malte tuvo siempre muy presente su promesa. Hace unos quince años, nos topamos, desafortunadamente, con una serie de documentos que pertenecieron a mi padre. Estaban escondidos debajo de una de las tablas del suelo de nuestra casa de veraneo. Pretendíamos renovarla, y de pronto los vimos, ahí, cuidadosamente ordenados y guardados en una caja de plástico cerrada. Además...

—Documentos, ¿qué documentos?

La señora Bjørk sonrió con indulgencia, presumiblemente al percibir la impaciencia que revelaba la pregunta de Margrethe.

—Entradas de un diario personal y notas que contenían pensamientos y recuerdos. De ellas se desprendía el hecho de que mi padre perteneció durante muchos años a un círculo de personas poderosas, que de un modo u otro participaban activamente en el futuro de Dinamarca y asumían la responsabilidad de sacar adelante al país. Algunas de sus anotaciones eran muy concretas: fechas, cuestiones de agenda y cosas así. Otras revelaban las dudas y las preocupaciones de mi padre sobre su propia participación en aquel grupo.

—Pero usted acaba de decir «suponiendo que el Danehof exista», ¿no? ¿Acaso no está probado?

—No lo está, no. Mi padre nunca usó la palabra «Danehof» en sus notas. Él solo habla de «nosotros», «nuestro círculo» o alguna paráfrasis similar. Debido a su destacada posición en la economía danesa, fue miembro de varias organizaciones y asociaciones, la mayoría dentro de su ramo, pero también fue miembro de una logia en Copenhague, la Orden de los *Odd Fellows*.

—¿Y por qué opina que fue una desgracia haber encontrado los documentos?

—Porque mi hermana, que había estudiado historia, igual que Malte, estaba intrigada por la posibilidad de que el Danehof hubiera existido efectivamente. En su opinión, el hallazgo bajo las tablas del suelo confirmaba la sospecha de que el Danehof había sido el verdadero responsable del asesinato de nuestro padre, y por eso se puso a hurgar en el pasado, sobre todo a partir del momento en que ella y su esposo se mudaron a España. Resulta que allí disponía de mucho tiempo para investigar, leer o lo que le apeteciera. Lamentablemente, nunca llegué a saber si había descubierto, o no, algo en concreto, porque al cabo de un tiempo ella y su marido murieron en un accidente, como bien sabe.

»Justo por esa época, Malte había empezado sus estudios de historia en la universidad. El chico llevaba ya unos años obsesionado con la existencia del Danehof, pero desde que comenzó la carrera la cosa no hizo más que empeorar. El pobre veía conspiraciones por todas partes. Primero su abuelo, luego sus padres...

Una vez más, los ojos de la señora Bjørk se llenaron de lágrimas.

—Así pues, Malte estaba convencido de que el Danehof había asesinado a sus padres porque su madre no dejó de investigar. ¿Es eso?

La señora Bjørk asintió y se secó los ojos con una servilleta.

—Si no recuerdo mal —dijo Franck—, el de sus padres fue el primer accidente por culpa del hielo de aquel año; se toparon con una placa que se había formado sorprendentemente en una curva inesperada. Hubo más accidentes ese día en aquella zona, pero ninguno resultó fatal.

La señora Bjørk asintió de nuevo.

—Eso es. Yo traté de dejarle claro a Malte que las cosas van así; que las condiciones de la carretera eran realmente malas..., pero eso no fue todo. ¿Quiere más café?

Margrethe le tendió la taza. Se daba cuenta de que había aterrizado, inesperadamente, en el ojo del huracán. Ahí sentada, en una tranquila y acogedora casita en Odder había descubierto que varios eventos terribles habían puesto a prueba a la familia Ryttinger... y todo solo porque había tropezado con la letra «R».

—Hace unos seis meses, más o menos, Malte me dijo que estaba trabajando personalmente con el jefe del CNI, que se llamaba Axel Mossman, y que curiosamente fue el encargado de dirigir la investigación tras el asesinato de su abuelo. De ese modo se cerraba el círculo, como dijo Malte. En un momento dado, mi sobrino recibió material histórico de un remitente anónimo, con el que, por lo visto, iba a poder probar de una vez por todas la existencia del Danehof. Pero eso es todo lo que sé. Le pedí que anduviera con cuidado, pero...

—¿Nunca le contó lo que ponía en los documentos?

—No. Solo que Mossman y él se habían asegurado de que el material fuera real. Que a saber cómo hicieron eso...

–¿Tiene usted por aquí los documentos que encontraron en casa de su padre?

–No, se los quedó Sigrid. Sin embargo, cuando fuimos a vaciar su casa de España no pudimos encontrarlos por ninguna parte. Supongo que lo tendría todo guardado en un lugar seguro.

–Ha sido el apellido Ryttinger el que me ha traído hasta aquí. ¿Por qué cree usted que Malte renuncio a él?

–Pues no estoy segura... Yo creo que prefirió esconderlo porque... porque así era más anónimo; pasaba más desapercibido. Investigar el Danehof se había convertido en el verdadero objetivo de su vida, y claro, eso funcionaba mejor sin ese apellido tan conocido.

–Y usted y su esposo... ¿tienen pensado seguir con la investigación?

–No, no. Ya hemos sufrido todos lo suficiente. No podemos pasarnos la vida persiguiendo fantasmas, ¿no le parece?

–¿Perseguir fantasmas? ¿Entonces cree que todo esto no es más que una invención?

–Sí y no. Pero lo que sé seguro es el precio que hay que pagar por creer.

Margrethe Franck asintió, dejó la taza vacía sobre la mesa y dio a entender así a su anfitriona que ya no tenía más preguntas.

Oxen seguro que la escucharía con enorme atención cuando le explicara la historia sobre el clan Ryttinger y el joven director del museo. Aquella historia suponía un verdadero avance en su investigación, aunque probablemente Oxen se encargaría de objetarle –legítimamente– que estas nuevas informaciones no servían para cambiar nada ni progresar en ninguna dirección.

–Bueno, entonces... ¿hemos terminado? –La señora Bjørk la miró inquisitivamente y se levantó.

—Sí, esto ha sido todo. Pero ¿me permitiría volver a visitarla si descubriera algo más interesante?

—Por supuesto. Lo menos que puedo hacer es darle respuestas. ¿Le parezco una cobarde por no coger el testigo? ¿Por no querer hipotecar mi vida cazando fantasmas?

Margrethe se encogió de hombros. No era su trabajo provocar que alguien tuviera remordimientos.

—Acaba usted de concederme mucho tiempo de atención, y eso no ha sido en absoluto cobarde, sino todo lo contrario —le respondió, con la máxima neutralidad posible.

La señora Bjørk asintió en silencio, y entonces acompañó a Margrethe por la casa hasta la puerta.

—Acabo de recordar algo más —dijo, de repente—. No sé si es importante. Hace aproximadamente medio año, Malte me llamó y me preguntó si el nombre de Vitus Sander me decía algo. Era un nombre poco común, como el de nuestro gran marino Vitus Bering, el del estrecho de Bering, ¿no? Bueno, yo al menos no conozco a ningún otro Vitus, así que cuando Malte me preguntó por él le dije que sí, que recordaba que su nombre apareció entre los documentos de los tablones de casa. No recuerdo qué decían de él ni por qué lo mencionaban, pero estoy segura de que el nombre de Vitus Sander aparecía ahí citado.

—Pero no sabe por qué Malte le preguntó por él, ¿no?

—No, como ya le he dicho, yo nunca me interesé por sus fantasmas. En todo caso, era él quien se acercaba a mí con sus preguntas.

—Muchísimas gracias por su ayuda. Y por el café.

Se dieron la mano en las escaleras, pero la señora Bjørk vaciló:

—¿Me... me avisará si descubre algo nuevo?

—Por supuesto, la mantendré bien informada. Aquí está mi tarjeta. No dude en llamarme cuando lo desee, aunque sea por una tontería.

La señora Bjørk sonrió tristemente, asintió y luego cerró la puerta.

Margrethe se puso al volante y encendió el motor de su coche, que la saludó con su rugido habitual.

Tenía ante ella el hermoso y largo tramo hasta Nyborg, donde había alquilado una habitación en el hotel Nyborg Strand.

Miró hacia la casa una vez más y no pudo evitar pensar qué habría pasado con los fantasmas cuando Benedicte Bjørk cerró la pesada puerta de caoba: ¿se habrían quedado fuera o se habrían colado dentro, con ella?

Ahora tenía muchos kilómetros por delante para pensar en la conversación.

50

La verdad es que no tenía otra opción. En pocos minutos sabría cómo iban las cosas. Acababan de llamarlo de recepción para informarle de la llegada del señor Nielsen.

Por primera vez en su vida iba a enfrentarse a un cliente insatisfecho que probablemente rompería su contrato en mil pedazos y lo despediría, sin más.

La simple idea de lo que iba a pasar le hizo estremecerse. Historias como aquella tenían la mala costumbre de propagarse como anillos en la superficie del agua, lo cual era muy perjudicial para el negocio. Pero no le quedaba otra opción: tenía que soportar aquel trago como un caballero y disculparse por no haber cumplido.

Se sentó tenso en su segunda habitación de hotel en Copenhague. Por razones de seguridad, cambiaba continuamente de alojamiento. Era tarde, pero a petición del señor Nielsen sus encuentros siempre tenían lugar por la noche, y solo en hoteles.

¿Habría trabajado aquel hombre alguna vez en su terreno? ¿En seguridad? Nielsen parecía tan cauteloso y prudente que todo parecía indicar que así era. ¿O quizá había trabajado en el servicio secreto?

Llamaron a la puerta. Abrió, saludó a su invitado con un apretón de manos y le pidió que entrara y se sentara.

Nielsen vestía elegante como siempre y emanaba un discreto olor a desodorante. Solo que esta vez su traje no era negro, sino gris. Su fino cabello rubio rojizo estaba muy bien peinado.

Él nunca bebía cuando estaba de servicio, pero quizá Nielsen quisiera una copa...

–¿Puedo ofrecerle algo? Creo que en el minibar hay de todo.

–Un vaso de agua, quizá. Con gas, a ser posible.

Nielsen esperó educadamente a tener su vaso de agua en la mano, y luego fue al grano, tan directamente como siempre.

–Mi interlocutor no está, por decirlo suavemente, contento con su rendimiento, Smith. El segundo intento también ha fallado, aunque le servimos a Oxen en bandeja de plata. No estamos acostumbrados a este tipo de errores, y los desaprobamos.

Hizo una pausa y tomó un trago de agua.

Estaba a punto de suceder. En cuanto Nielsen retomara la palabra, sucedería sin más: su primer contrato incumplido. La situación le parecía insoportable. Tanto, que no se atrevía ni a mirar. Tenía que hacer algo. Lo que fuera.

–Lo lamento profundamente. Desapruebo los errores tanto como ustedes, y es la primera vez en mi vida que no cumplo con lo acordado. Usted sabe por propia experiencia que siempre concluyo satisfactoriamente mis encargos. Esta situación es tan insólita que he pensado en proponerle un precio nuevo. Uno inferior.

Nielsen arqueó sus cejas de color rubio rojizo, y su cara pecosa le lanzó una mirada que no era ni hostil ni amistosa.

–¿Un descuento? No, gracias. Nosotros nunca regateamos por dinero. Un contrato es un contrato, y eso se aplica a ambas partes.

—Por supuesto.

—Mi interlocutor paga el precio que vale una mercancía, y, por supuesto, asume que esta le será entregada.

Nielsen lo miró por encima de sus gafas.

—Por supuesto.

—Le he solicitado este breve encuentro porque mi interlocutor desea enfatizar, una vez más, que sus expectativas sobre este contrato no han cambiado.

—Si me dan una tercera oportunidad, no defraudaré su confianza. Me temo que subestimé a Niels Oxen. Es un profesional y parece estar perfectamente preparado para sobreponerse a las contrariedades.

—Habrá una tercera oportunidad, descuide. Ya hemos tomado varias medidas. Solo tenemos que observar a las personas adecuadas que nos conducirán hasta Oxen. O que nos lo traerán aquí. ¿Cuántos hombres tiene dedicados a la operación?

—Los siete. Y yo mismo.

—Excelente. Estense preparados.

51

Aparte del Mini Cooper negro y de su Toyota prestado, allí solo había un coche más, que pertenecía a una joven madre que se había detenido un momento para que sus hijos pudieran estirar un poco las piernas. Los pequeños corrían por el agua mientras la mujer se apoyaba en el capó del coche y se fumaba un cigarrillo.

El área de descanso se hallaba en la carretera que conducía a Svendborg, en el estrecho promontorio al sur de Nyborg, que separaba el pequeño fiordo de Holckenhavn del de Nyborg.

Era casi mediodía. Había dormido fatal, se notaba la cabeza pesada y estaba cansado.

Se frotó la cara con ambas manos y bostezó. Margrethe Franck le había explicado su visita a Benedicte Bjørk, en Odder, con todo lujo de detalles, y le había repetido pacientemente todo lo que él le había pedido para poder entenderlo bien.

–¿Pesadillas?

Él no supo decir hacia dónde miraba ella, parapetada tras sus Ray-Ban negras, aunque sí tenía claro que no miraba en su dirección.

–Sí.

—¿Los mismos Siete? ¿Todavía?

—Sí.

—Mierda.

—Sí.

—¿Ninguna mejora?

—No.

—¿Ningún cambio?

—No.

—Humm, ¿y tú qué opinas de todo esto?

—Aún lo estoy digiriendo.

—Hay algo más. Me lo dijo al final de todo, cuando ya estaba en la puerta para salir. Malte le preguntó en una ocasión por un tal Vitus Sander. A ella le sonaba el nombre por los documentos que encontraron bajo los tablones, pero no supo decirme más.

—¡Vitus Sander! El nombre también aparecía en los documentos que escondí en el bosque. Uno de los documentos informa de que donó grandes sumas de dinero al Danehof del Norte, en varias ocasiones, y que apoyó financieramente las actividades del Consilium. Además, deja entrever que el antiguo embajador Corfitzen tenía una buena relación con Sander y le profesaba un gran respeto. En un apartado determinado, Corfitzen menciona a su «buen amigo y confidente Vitus Sander».

—¿Te sabes los documentos de memoria?

—Algunas partes. Los he leído muchas veces. Pero Corfitzen también escribió que Vitus Sander se había mostrado muy desilusionado en los últimos años, y que, en discusiones confidenciales, puso en tela de juicio varias de las medidas del Danehof.

—¿Es posible, entonces, que Sander se volviera un escéptico?

—Eso parece, sí. Vayamos a verlo, Franck. Quizá esté dispuesto a hablar con nosotros. Tenemos que encontrarlo lo antes posible. No puede ser tan difícil...

—No es difícil, no, pero es imposible.

—¿Por qué dices esto?

—Vitus Sander está muerto. Lo he comprobado. Murió hace unos meses en una residencia. La del fiordo de Anker, en Hvide Sande. Tenía solo sesenta y siete años. Cáncer de pulmón.

Por supuesto, Franck ya se sabía de memoria la vida de ese hombre. Él estaba muy cansado.

—¿Qué sabemos de él?

—Que nació en Hjørring, estudió ingeniería, pasó la mayor parte de su vida en Copenhague, y hace muchos años fundó su empresa Sander Tech, que hoy es una gran cooperativa electrónica con sede en Ballerup. Una empresa pública, de la que él mismo era el accionista mayoritario. Vitus Sander fue miembro de la junta del Consilium durante tres años.

—Entonces pertenecía al círculo más íntimo.

—Esta mañana llamé a la residencia del fiordo de Anker y les pedí que revisaran su lista de visitantes para mí. Malte Bulbjerg nunca fue a ver a Vitus Sander.

Se quedó pensando. La joven madre había acabado su cigarrillo y de repente tenía prisa por hacer que los niños volvieran al coche. Vitus Sander había sido uno de los hombres oscuros que se hallaban en la parte más alta de la pirámide de poder, y por eso era de suponer que había tenido un puesto en el Consilium.

—¿Alguna idea inteligente? —Los dedos de Franck tamborilearon impacientes en el volante de cuero negro.

—Ahora mismo estoy terriblemente cansado, y solo trato de entenderlo todo. —Entornó un poco los ojos y añadió—: Primero, yo envío material a Malte Bulbjerg en el que se menciona a Vitus Sander. Segundo, Bulbjerg llama a su tía y le pregunta por él. Ella recuerda haber leído el nombre en los registros ocultos de su padre. Puede que el propio Bulbjerg se acordara del nombre y solo quisiera confirmarlo. Tercero, ahora sabe que Sander era miembro del Danehof y que su abuelo y él se conocían. Cuarto, por supuesto, se pone en contacto con Vitus Sander, aunque el hombre está delicado de salud y se encuentra ingresado en una residencia.

–¿Y la lista de visitantes?

–Usó un nombre falso. Malte Bulbjerg sabía mejor que nadie que el Danehof está en todas partes.

–¿Y después qué?

–No lo sé. Bueno, sí... Quinto, Bulbjerg descubre algún secreto. El Danehof va tras él. Sexto, deciden actuar con claridad y lo ejecutan en el castillo. En su propio salón, además. Séptimo, matan y se quitan de en medio a su ministro de Justicia, ese gilipollas. Para tener vía libre y estar tranquilos ya solo les falta encontrarme a mí. Y me encontraron. Desafortunadamente... Así confluye todo, Franck. Y ahora encima pueden relajarse y dejar que sea la Policía danesa la que trabaje. No importa quién me encuentre; estoy acabado. Me encontrarán siempre, en todas partes. Tú misma lo has experimentado. Pueden hacer magia.

Lanzó a Franck una mirada de soslayo.

Sobre sus gafas de sol, en su frente, se había formado un profundo pliegue. Margrethe se mordió el labio inferior y dejó de mover los dedos.

–*Fuck!*

Enfadada, golpeó el volante con ambas manos, bajó del coche, se quitó la chaqueta de cuero y la arrojó al asiento trasero. Después se puso a andar arriba y abajo junto al vehículo.

Los párpados empezaron a pesarle. Franck nunca perdía la compostura... Por un breve instante luchó contra la fatiga, pero se dio cuenta de que necesitaba dormir con urgencia. No podía pensar ni actuar si no dormía un rato antes. Así que dejó de oponer resistencia al sueño.

Cuando ella se dio la vuelta para saludarlo desde fuera del coche, vio que sus ojos estaban cerrados. Se detuvo y lo miró a través de la luna delantera. Su cabeza empezaba a caerse hacia un lado.

Franck no lograba ver la forma de llegar al meollo de la cuestión; a las mentes pensantes de todo aquel entramado. Tenía que ocurrírsele algo. Tenía que ayudar al cazador, que ya no era un cazador, sino solo un hombre cansado; profundamente agotado. Despojado de su coraza protectora y a punto de ser derribado.

El tiempo de Niels Oxen se agotaba.

La cronología que él acababa de presentar en palabras clave le parecía perfectamente plausible. Tuvo que volver a llamar a la residencia, describir al director del museo y preguntar si les sonaba haberlo visto por ahí.

Se había acostumbrado a sacar la batería de su móvil. Quienquiera que anduviera tras la pista de Oxen, incluido su propio jefe, seguro que la tendría controlada a ella. De modo que cuando encendió el teléfono se vio abrumada por una verdadera cascada de mensajes, entre los cuales había también dos de Anders, que se sumaban a los que no le había respondido antes. Desde que aquellos hombres irrumpieron en su casa para cazar a Oxen, no había dejado de hacerse la misma pregunta: ¿quién demonios les había dado el soplo?

Pero en realidad, Franck apartaba sus pensamientos en cuanto le llegaban a la cabeza. No soportaba ni la idea de la traición... ni al propio Anders.

No pensaba llamarlo. Que interpretara su silencio como quisiera.

Su móvil le mostró también un mensaje de voz de Axel Mossman:

«Aquí Mossman. Llámame en cuanto oigas este mensaje. Es una orden. Usa una conexión segura y mi número rojo».

Miró a Oxen y luego otra vez a su móvil.

Estaban atrapados en tierra de nadie. No había posibilidad de atrapar a los culpables y salvar a Oxen del cadalso. Todo cuanto tenían eran especulaciones y una multitud de sombras oscuras que no podían tocar. La situación para el castigado hombre que dormía en el asiento del copiloto de su Mini era en realidad mucho peor que la suya, pues aunque lograra librarse del cargo de asesinato, las sombras seguirían persiguiéndolo, y destrozándolo.

No tenía más remedio que responder al mensaje de Mossman. Todavía era su jefe, por muchas dudas que le suscitara. Tal vez podría persuadir a Oxen para que se aviniera a colaborar con Mossman. Los encuentros secretos en áreas de descanso no eran una solución a largo plazo si no lograban ir avanzando en sus investigaciones. Y, para qué engañarse, mucho no estaban avanzando. Solo tenían algunas pistas y una fila de personas muertas que abarcaban varias décadas.

Dejaría dormir al cazador durante media hora. Miró su reloj, y una vez más ese pequeño objeto le hizo recordar quién era ella, de dónde venía y de qué era capaz.

Se trataba de un precioso Breitling Colt 33 negro, con correa de caucho, que le había costado casi veinte mil coronas. Una fortuna para sus padres. Se lo regalaron cuando fueron a verla al hospital por primera vez después de la amputación. En el reverso le habían grabado la fecha del accidente, y, debajo, el dicho latino *Per a aspera ad astra*, que significa algo así como «Hasta las estrellas a través de las dificultades».

Si alguien quisiera robarle ese reloj, tendría que matarla primero.

La recepción del hotel Nyborg Strand se encontraba al final de un gran vestíbulo en el que también había un bar. Con la máxima naturalidad del mundo, Franck se sentó ante uno de los tres ordenadores que había en el mismo mostrador de la recepción, tras una mampara puesta a medida para aislarlos entre sí. En uno de ellos había conexión telefónica.

Oxen se quedó esperando en su coche prestado, aparcado en el enorme estacionamiento que quedaba justo detrás del hotel, donde ella había estacionado su Mini. Franck lo había dejado dormir durante más de media hora en el fiordo de Holckenhavn, y a él no le costó despertarse con mucha más energía. Media hora era un verdadero placer para alguien que sufría graves problemas de insomnio.

Ella se sabía de memoria el «número rojo» de su jefe. Era el teléfono de máxima prioridad de entre todos los que usaba en paralelo. Por supuesto, solo unas pocas personas en la comisaría conocían ese número. Que ella fuera una de las elegidas, se debía principalmente a la estrecha colaboración que había mantenido antes con su jefe.

Ella marcó y esperó.

—Sí.

La voz al otro extremo sonó áspera.

—Franck.

—Sí que has tardado. Dame un número.

Le dio el número de teléfono del hotel, y él le dijo que le devolvería la llamada en cinco minutos.

Tenía que tratarse de un asunto especialmente delicado si se usaban tantos trucos. Un asunto, en realidad, que solo podía ser Oxen.

Pasaron siete minutos enteros antes de que el teléfono sonara en sus auriculares y Mossman y ella pudieran continuar su conversación. Él fue directo al grano.

—Oxen está contigo.

Ella vaciló. ¿Era una afirmación o una pregunta?

—Tal vez pueda...

—Ahórratelo, sé que está contigo. Lleva el pelo corto y por fin se ha afeitado. Estáis dando vueltas por ahí e investigando por vuestra cuenta. Ni quiero ni puedo aceptar eso.

—Hemos descubierto algunas cosas.

—Sé que habéis hablado con Anna-Clara Bulbjerg. Me lo ha dicho ella misma. ¿Aún estáis en Nyborg?

—Sí. ¿Has avisado ya a la Policía local?

—No, todavía no. Pero esto tiene que acabar inmediatamente. Tráeme a Oxen. Sin dilación. Luego ya encontraremos una solución él y yo.

—No quiere volver. No confía en ti. No confía en las personas que mataron a su perro.

—Dile que haga el favor de olvidarse del chucho ya. Que esto va de salvar su vida. Que enviaré a todos mis hombres si no volvéis enseguida. Te juro que lo haré. En menos de cinco minutos tendré toda Fionia acordonada. Díselo. Y que entonces ya puede cargarse de paciencia con el consejo de guerra y los buitres de la prensa. ¡Dile esto también! Llamaré de nuevo en quince minutos.

Colgó. Ahí había gato encerrado. Algo que Mossman no le había dicho y que le provocaba —a él— una presión tremenda. Normalmente era pausado y racional.

¿Y a qué venían todas estas precauciones de seguridad? Primero no quiso utilizar el número rojo, de modo que debió de desenterrar algún otro teléfono de algún lugar. Además, en ningún caso le dijo que estuviera en Søborg.

Corrió por el estacionamiento y se subió al Toyota plateado en el que estaba Oxen. Cuando acabó de explicarle la conversación que había tenido con Mossman, Oxen respondió:

—No, bajo ninguna circunstancia.

–Lo dice en serio. Puede hacer que bloqueen toda Fionia, y entonces las cosas se pondrían bastante más incómodas para nosotros. De hecho, no podríamos hacer nada.

–Si me dedico a comer de la mano de Mossman, estoy perdido. Él ya me habría vendido el año pasado de haber sido necesario, y al final seguro que habría parecido que yo era culpable. ¡Y tú lo sabes, Franck!

Ella asintió. El caso de los perros ahorcados habría sido cortado a medida, reeditado y redefinido, forzando la historia para hacer parecer culpable a Niels Oxen. Y él habría acabado en el juzgado, acusado de múltiples asesinatos.

–Pero tenemos que confiar en Mossman. No tenemos otra alternativa.

–Siempre hay alternativas.

–Basta, Niels... ni siquiera tenemos una pista que seguir.

–No me entregaré a Mossman.

–¿Esta es tu respuesta? ¿Es lo que quieres que le diga?

–Puedes decirle que no confío en el hombre que mató a mi perro.

–Eso ya se lo he dicho.

–Pues díselo otra vez.

Salió del coche y volvió al teléfono del vestíbulo del hotel. El cuarto de hora aún no había pasado. Esta vez el teléfono sonó a tiempo.

–¿Le has hecho llegar mi mensaje? –preguntó Mossman.

–Sí, pero su respuesta es no. Él no confía en ti.

En el otro extremo de la línea se hizo el silencio, y se alargó durante tanto tiempo que Margrethe acabó pensando que era demasiado.

–¿Hola? ¿Sigues ahí? –preguntó.

Se oyó una respiración profunda.

–Sigo aquí, Franck. Yo solo... estoy valorando la situación.

Hubo un nuevo silencio, hasta que al final Mossman añadió:

–*Well*, supongo que no me queda más opción que rendirme –dijo, lentamente–. Oxen puede ser extraordinariamente cabezota. Pero bueno, eso no me sorprende. A ver, en estos momentos estoy en Søborg. Dame unas horas para organizar algo. ¿No está por ahí ese área de descanso, justo antes del puente de Nyborg?

–Sí, la Monarch, en Knudshoved.

–Dentro de siete u ocho horas enviaré allí a uno de mis hombres de confianza para que os recoja. Vuestro trayecto durará aproximadamente una hora. Os vendarán los ojos, y yo os mostraré a Niels Oxen y a ti que podéis confiar en mí. Os mostraré una prueba definitiva.

52

A la derecha del estacionamiento había un pequeño parque infantil. En la franja de hierba que quedaba ahí al lado había un adolescente que corría con su perro arriba y abajo. El animal seguía olfateando todo el tiempo, pero no acertaba con lo que se suponía que debía acertar. Parecía que el muchacho lo iba alentando.

No pudo evitar pensar en Magnus: su estatura era la misma, aunque el color del pelo no coincidiera y el peinado fuera muy diferente. El chico podría...

El coche patrulla apareció de la nada. Franck llevaba un rato leyendo el periódico, y él se había despistado un momento. Lentamente, el vehículo pasó por delante de los vehículos aparcados.

–La Policía.

Le dio un golpecito con el dedo en el muslo.

–Ten.

Inmediatamente, ella le pasó un trozo del periódico y Oxen se parapetó tras él.

El coche patrulla estaba ahora muy cerca. No parecía que estuvieran buscando algo, o comprobando matrículas. El copiloto iba hablando y el que conducía sonreía, divertido. Entonces pasaron junto al Toyota plateado, el área de descanso y el quiosco, y finalmente desaparecieron en dirección a la autopista.

—¿Te habías vuelto a dormir, o qué?

La pregunta de Franck sonaba burlona.

En realidad estaban ahí parados para poder ver el camino de entrada por el espejo retrovisor, pero por lo visto el coche patrulla les quedó tapado por un camión.

—No sé por dónde han venido —murmuró.

El chico con el perro se había ido.

—¿Has visto la noticia del día? —le preguntó ella, cogiéndole el periódico.

—Pensaba que la estábamos esperando.

—¿A qué te refieres?

—Bueno, a Axel Mossman demostrándonos que podemos confiar en él.

Ella sonrió.

—Es cierto. Pues la otra noticia del día, entonces. En Christiansborg la noria de personas no deja de dar vueltas, por así decirlo, y el Primer Ministro ha aprovechado la coyuntura de tener que reasignar el puesto vacante de ministro de Justicia para hacer un poco de limpieza. Te leo: «He reunido a mi equipo más fuerte».

—¿Y por qué no hizo eso desde el principio? Qué idiota —murmuró Oxen.

Aquella noticia no le importaba lo más mínimo; eran las mismas chorradas de siempre.

Franck siguió leyendo:

—«Estamos perfectamente preparados para el importante debate político que nos ocupará este otoño», dice el Primer Ministro.

Dejó caer el periódico.

—Helene Kiss Hassing es la nueva ministra de Justicia. Me gustaría saber si también pertenece al Danehof, como su antecesor.

Él se encogió de hombros.

–Ni idea. ¿Hassing? El nombre no me dice nada. A mí lo que me gustaría es saber cuántos ministros pertenecen al Danehof y al Consilium, así, en general. ¿Ninguno? ¿Tres? ¿Siete?

–¿Y qué me dices del Primer Ministro?

–En política todo es posible. Unos cabrones, sin excepción.

–Tú tuviste que tratar con varios de ellos cuando luchaste por la comisión de investigación del caso Bosse, ¿verdad? –Se quitó las gafas de sol, se frotó los ojos y bostezó.

–Sí, la mayoría no quiso tocarlo ni con guantes y unas pinzas. Y los que en principio me ofrecieron su ayuda desaparecieron en cuanto la atención de los medios se disipó. –Miró su reloj. Ya habían transcurrido siete horas–. Debería empezar a pasar algo pronto...

–Dijo entre siete y ocho horas. ¿Por qué fue tu padre tan miserable, Oxen?

Ella se volvió hacia él y lo miró. Margrethe Franck era impredecible, tan cariñosa como despiadada.

–¿Cómo se te ha ocurrido eso ahora?

–Bueno, hablé con tu hermana. Os pegaba; y a tu madre también.

–Sí, es cierto. Era un maldito cabrón.

–¿Sin circunstancias atenuantes?

–Ninguna.

Justo cuando él pensó que Franck seguiría preguntándole sobre el tema, ella decidió cambiar... o al menos dudó durante un buen rato.

Se quedaron en silencio, uno al lado del otro. Entonces, para su propia sorpresa, él mismo retomó el mismo asunto. Al principio algo inseguro, pero con determinación.

Mientras su voz hablaba con una cierta frialdad, Oxen se sorprendió de su locuacidad. Aquello solo lo sabían Birgitte y Bosse, y, por supuesto, el Señor White... Toda la mierda que arrastraba consigo.

La personalidad enfermiza y compleja de su padre, que fue haciéndose más y más evidente a medida que su carrera profesional se tambaleaba y su sueño de convertirse en director de ventas caía en saco roto.

Su pequeña familia, que fue convirtiéndose en un impedimento para desarrollar todo su potencial. Algo que ni un nuevo hogar ni un nuevo trabajo podrían cambiar.

Margrethe Franck lo escuchaba en silencio. Inmóvil junto a él, lo escuchó mientras Oxen describía cómo su padre iba volviéndose cada vez más colérico y empezó a darles bofetadas; cómo se intensificó todo cuando este empezó a llegar a casa borracho los viernes después del trabajo, cosa que sucedía cada vez con más frecuencia.

Durante esos fines de semana lo único que deseaba era que su padre no llegara hasta el amanecer, para que todos tuvieran tiempo de recuperarse antes de que regresara el diablo.

Y su madre no reaccionaba. Al principio pensó que ella estaba demasiado asustada, pero pronto descubrió que su mayor temor era aparecer ante los demás como una familia rota. En su país no había divorcios, así que empezó a inventarse historias sobre cómo había tropezado torpemente contra el marco de la puerta o se había golpeado la cabeza en una caída.

—Cuando por fin paró, ya era demasiado tarde —dijo, sin saber cuánto rato había hablado ni cuántos detalles había dado.

—¿Cómo paró?

Fue la única pregunta que le hizo Franck.

¿Se había pasado todo el rato mirando embobado por la ventana? No estaba seguro. Pero ahora volvió la cabeza y la miró. Estaba pálida y seria, y tenía las gafas de sol atrapadas en la cresta.

—Mi madre me lo contó muchos años después. Yo debía de tener veintitantos, creo. Un día encontró un pequeño cuaderno. Estaba lleno de direcciones, números de teléfono y nombres. Tenía mujeres repartidas por todo el país. Eso lo cambió todo. Qué absurdo, en realidad. Parece que solo entonces mi madre comprendió que había soportado los golpes en vano.

—Tu hermana me dijo que un día fuiste a verlo. ¿Es así?

—Dudé durante mucho tiempo, pero sí, al final fui a verlo. Quería vengarme de él, aunque en realidad tenía miedo de lo que pudiera pasar. Yo era joven y alto, y fuerte como un oso. Él no era nada. Lo agarré por el cuello y lo levanté. Estaba a punto de pegarle un puñetazo cuando me sentí muy extraño. Como mareado. Lo recuerdo perfectamente: fue como si saliera de mi propio cuerpo y me vi desde fuera. Nos vi a los dos. Al joven que estaba a punto de pegar a su padre, quien a su vez le había pegado a él tantas veces. Y de pronto me pareció repugnante. Como si no hubiera diferencia entre ellos. Como si fueran iguales. Así que lo dejé caer y me largué. Después de eso no volví a verlo, y no fui a su funeral. Bonita historia, ¿verdad?

—Mi infancia fue tan distinta a la tuya... Uno siempre piensa que será como sus padres: un poco de él, un poco de ella, ¿verdad? Pero tú no eres así.

—No olvides que pegué a mi esposa... Bueno, a mi exesposa.

—Recuerdo bien la historia. Estabais los dos borrachos y ella dijo que se cagaba en la tumba de Bosse.

—Eso no da derecho a pegar a nadie.

—Pero explica muchas cosas.

—¿Me estás defendiendo?

—Solo estoy tratando de hacerme una idea y aprender de ella. De hecho estamos teniendo una conversación superinteresante, Oxen. ¿Puede uno distanciarse de sus genes, o está todo predeterminado?

Él se encogió de hombros.

—Supongo que esto último... Yo me he pasado toda la vida esforzándome para no ser como él. ¿Y adónde he llegado? La segunda denuncia por violencia doméstica fue desestimada. No tengo idea de lo que sucedió en aquel entonces ni de por qué se vio así, pero tuve que ser yo. ¿Puede que lo enmascararan?

—O que fuera alguien más.

—Y hubo más brotes de violencia y vandalismo. Juicios, acusaciones y toda una serie de denuncias.

—Algunas de las cuales sabemos que fueron montajes. No puedo ver nada fuera de lo común en las denuncias, y menos todavía una predisposición genética. Cualquiera de nosotros puede acabar en un tribunal solo para defenderse o porque alguien lo ha provocado.

—Puede ser. Pero recuerda: estoy aquí sentado porque me hallo bajo sospecha de asesinato.

—También has hecho cosas que nadie más habría hecho. ¡Siéntete un poco orgulloso de eso!

—Era mi trabajo, eso es todo. Lo verdaderamente importante es proteger a las personas que están cerca de ti; mantener a la familia unida... y ahí es donde he fallado. Yo...

—¡Mira! El Passat negro.

Margrethe lo interrumpió y señaló una camioneta negra con cristales tintados que avanzaba lentamente entre los coches aparcados. Cuando los tuvo justo delante fue desacelerando hasta detenerse casi por completo. El conductor era un hombre con una camisa de manga corta y gafas de sol. No alcanzaron a ver más. Entonces el Passat siguió adelante, lentamente.

—Nos ha mirado, ¿no? —preguntó Franck.

–Era él. Estoy seguro. Volverá en cuanto haya aparcado.

Apenas unos minutos después, un hombre con una camisa azul brillante dio unos golpecitos en el cristal del lado de Franck, quien bajó un poco la ventanilla.

–¿Son ustedes los que se han apuntado al *tour de la credibilidad*? –preguntó el tipo, quitándose las gafas de sol.

Esa era la absurda palabra en clave que Mossman se había inventado y ellos estaban esperando. De modo que sí era él.

–Sí, gracias, lo somos –respondió Franck.

–Mi coche está un poco más allá. Esperen unos minutos y súbanse. Las instrucciones de Axel Mossman son que ambos deben sentarse en el asiento trasero, taparse los ojos, y luego, sencillamente, relajarse. El trayecto durará aproximadamente una hora y media –dijo el hombre, que según Oxen debía de estar a punto de acabar la treintena.

Había accedido a dar al jefe de Franck una última oportunidad, solo porque ella se lo había pedido de mil maneras distintas y había acabado persuadiéndolo. No le gustaba nada la combinación de los conceptos *Mossman* y *credibilidad*, y desde luego no le satisfacía en absoluto la perspectiva de un viaje de hora y media en compañía de uno de sus lacayos.

–¿Fionia, Selandia o Jutlandia? –preguntó.

–Lo siento –respondió el hombre–, pero no puedo decírselo.

Al principio, trató de dibujarlo todo en una especie de mapa interior, pero enseguida se dio cuenta de que era imposible. Lo único que le pareció seguro hasta cierto punto fue que el chófer no condujo hacia el este por la autopista, y que no cruzó el Storebælt hasta Selandia.

Estaban aislados del mundo exterior detrás de unas sombras oscuras y ambos llevaban los ojos vendados. El conductor les había dicho que confiaría en ellos, pero que los vendajes eran un requisito inapelable para su proyecto.

Se sentía como si hubiera entregado su libertad a Axel Mossman, aunque por otra parte tenía que darle la razón a Margrethe Franck: no les quedaba otra opción. En verdad, hacía ya mucho tiempo que no gozaba de libertad. Si alguien lo reconociera, se convertiría instantáneamente en el zorro de toda cacería. No tenía ninguna posibilidad.

Solo había una cosa en esta especie de pacto que lo tranquilizaba relativamente, y que ahora mismo llevaba bajo la axila izquierda y cubierta por un periódico doblado. Lo cierto es que el conductor les dijo que asumía que iban armados, pero que no le parecía mal; que podían llevar sus armas.

Hasta ahora ninguno de ellos había abierto la boca. Oxen calculó que llevarían unos tres cuartos de hora de viaje.

Cuando dejó de pensar en el camino que debían de estar siguiendo, le vino a la mente un detalle que hasta ahora había estado reprimiendo. Justo después de taparse los ojos, cuando el Passat empezó a moverse, Franck le cogió la mano y la presionó con firmeza, aunque enseguida volvió a soltarla. ¿Era esa su manera de decirle «Mantén la calma, todo estará bien, te lo prometo»? ¿O qué quería decirle con ese apretón de manos?

Al fin y al cabo, él era el profesional que estaba acostumbrado a ser enviado de un destino a otro. Él era quien tenía las coordenadas en la cabeza. Él, quien estaba tranquilo. No importaba si se trataba de controles blindados, helicópteros o Passats: iba de camino a una operación.

Tendría que haber sido él quien estrechara su mano.

Franck era la tercera persona a la que había explicado su historia. Una versión abreviada, pero cierta. Bosse, Birgitte... y ella. ¿Significaba eso que confiaba en ella? ¿Dónde estaba el escepticismo al que se obligaba repetidamente? «No confíes en nadie, N. O.». Y sin embargo, confiaba.

Margrethe Franck había sido directa: «¿Por qué fue tu padre tan miserable?».

Él siempre se había avergonzado de ello, y por eso nunca hablaba del tema con nadie. Había muchos padres miserables... aunque la mayoría tenía también una cara más brillante y positiva.

Eso no servía para Thorkild Oxen, no. Ese hombre era el demonio en persona, y lo único que hizo fue practicar la violencia, aterrorizando e infligiendo dolor, y generando la sensación de una sutil amenaza subliminal que flotaba en el aire como el polvo, indiferente al lugar en el que iba a caer. ¿De qué humor estaba el vendedor ambulante Mefisto cuando colgaba su abrigo en el armario, los viernes por la tarde? ¿Cuánto tardaría en caérsele la máscara? Oxen aún veía su boca torcida y sus ojos brillantes frente a él.

Aquellos recuerdos eran capaces, incluso, de aportar a la guerra un toque de sinceridad.

Poco a poco empezó a sentirse amodorrado. El cuerpo le pesaba, igual que los ojos vendados, y se sentía mecido por la oscuridad y el monótono ronroneo del coche en movimiento.

La última imagen que le pasó por la cabeza justo antes de quedarse dormido fue la de un niño con un perro atado.

—«¡Eh, Speedy! Deja al señor en paz. ¡Vamos!».

Atravesaron un puente. Solo en los puentes se oía ese sonido tan especial de los neumáticos rodando a intervalos regulares por encima de las ranuras que quedan entre las placas. Y fue un puente relativamente corto, porque enseguida los surcos se detuvieron. La pregunta era... ¿dónde estaba?

Inmediatamente se sintió alerta y despierto. Por segunda vez el mismo día, había cerrado los ojos y había recuperado al menos, parte del sueño perdido de la última noche terrible. Trató de concentrarse en el puente.

¿Estarían aún en Fionia o habían cruzado el Lillebælt

mientras él dormía? En caso afirmativo, ¿qué puentes conocía en Jutlandia? El del fiordo de Vejle no podía ser porque
no quedaba cerca de una autopista, y estaba seguro de que
ahora estaban en una por el sonido del tráfico. En teoría,
también podrían estar a unos pocos kilómetros de Nyborg;
podría ser que Mossman hubiese pedido a su hombre que se
entretuviera un rato para que ellos no pudieran calcular el
trayecto durante una hora y media. Sin embargo, en Nyborg
no había ningún puente.

De pronto la voz del conductor rompió el silencio.

—Llegaremos en unos diez minutos.

Aunque hubiera recibido la orden de alargar el trayecto
para confundirlos, ahora tendrían que estar en algún lugar
del triángulo entre Kolding, Vejle y Fredericia, en Jutlandia.
O bien seguían en Fionia, y acababan de cruzar el puente de
Svendborg a Tåsinge.

¿Diez minutos? El objetivo estaba cerca, pues. ¿Cómo lograría Axel Mossman darles la prueba definitiva de que era
un hombre honesto?

Sintió la creciente tensión interior que necesitaba para estar alerta y presto para la acción. Mossman no debía tener
ni la menor oportunidad de manipular los hechos y hacerles
bailar su agua.

Desde el puente habían seguido en línea recta, sin interrupciones. Después de unos minutos, el conductor giró a
la izquierda, hacia un camino que le pareció estrecho y un
poco irregular. No había tráfico en sentido contrario. Luego
se dirigió a la izquierda, de nuevo en línea recta y por fin un
giro a la derecha.

El conductor levantó el pie del acelerador cuando las ruedas afrontaron los primeros baches. Hubo una transición de
asfalto a camino de tierra.

—Ya pueden destaparse los ojos. Estamos a punto de llegar.

Las lunas oscuras suavizaron enormemente el impacto, pero aun así sus ojos tardaron unos segundos en acostumbrarse a la luz. Oxen se dio cuenta de que ya eran casi las nueve y que el sol tenía un brillo dorado. Estaban en un sendero del bosque bordeado de hayas. Más adelante, el agua azul brillaba entre los árboles.

El camino giró bruscamente hacia la derecha y luego avanzó en paralelo a la playa hasta que fue a parar a un claro. Condujeron a través de una puerta abierta. La casa quedaba algo elevada, rodeada de hierbas altas por un lado y el bosque por el otro. La construcción tenía las paredes de cal blanca y el techo de paja.

En la parte delantera había dos coches aparcados.

El conductor pisó el freno completamente, sacó una pistola de la guantera y le quitó el seguro.

—Joder —susurró—. Algo va mal. ¡Fuera!

Abrió la puerta del coche, se agachó y se tumbó entre la hierba. Ellos dos siguieron su ejemplo y se dejaron caer de lado desde el asiento trasero.

Oxen miró hacia la casa. La puerta principal estaba abierta de par en par. Todo estaba tranquilo y en silencio, tanto fuera como dentro. No se veía un alma. El conductor se apoyó en los codos y miró a su alrededor con recelo.

El pensamiento lo atravesó como un rayo. ¿Acababan de caer en una trampa? ¿Quién los esperaba en aquella casa? Estaban atrapados en un escenario orquestado por Axel Mossman, y con él toda protección era poca.

—¿Es por los coches?

El conductor se dio la vuelta.

—No —susurró—. Los coches los conozco. Pero esta puerta no debería estar abierta... y no hay nadie en el exterior. Algo va mal. Estoy absolutamente seguro.

—Está bien, pues echemos un vistazo de cerca. ¿Franck?

—Sí —respondió ella en voz baja desde el otro lado del coche.

—Nosotros vamos por la izquierda, y tú por la derecha. Muy despacio, ¿vale?

—Vale.

Se arrastró hasta la casa haciendo un gran arco, y seguido de cerca por el chófer. Unos veinte metros más allá se arrodilló y analizó la situación. Seguía sin haber señales de vida; solo una puerta abierta. A la derecha reconoció a Franck, que se había escondido tras unos arbustos.

Le indicó que siguiera adelante, y repitieron la misma maniobra unas cuantas veces más, hasta que estuvieron cerca de la casa. Desde esta distancia pudo verlo. En la terraza yacía una figura sin vida.

Llegó hasta donde estaba en pocos pasos. Era un hombre, alto y musculoso. Yacía acurrucado en un charco de sangre todavía fresca que había oscurecido los tablones de madera del suelo. Oxen se agachó a su lado, acercó la oreja a la boca del hombre, y vio que no tenía aliento. Además, la caja torácica no se movía. Puso dos dedos en su cuello, y nada; sin pulso.

Franck llegó desde el otro lado. Se deslizó con cuidado hacia la ventana más cercana y miró hacia dentro, hacia una cocina vacía. Todo estaba en silencio.

Con el arma cargada y desbloqueada, se colocaron a izquierda y derecha de la puerta. Oxen explicó con gestos a Margrethe que él entraría primero, seguido inmediatamente por el conductor.

—¡Ahora!

Entró de un salto en la casa, rodó sobre sí mismo y al final se puso de rodillas. Entonces sostuvo el arma con el brazo extendido hacia delante. Sabía que Franck le cubría la espalda.

Nada. Ni un movimiento.

Se levantó con lentitud, completamente concentrado en su campo de visión. Franck y el conductor lo siguieron. Avanzaron hacia delante, hacia la gran sala de estar...

Y lo que vieron les pareció espeluznante.

53

Franck y el chófer se quedaron paralizados en la puerta. Había tres cuerpos inmóviles sobre la alfombra de color claro, y sangre por todas partes. Oxen no dudó ni un segundo, sino que actuó con profesionalidad, siguiendo una hoja de ruta que estaba profundamente arraigada en su subconsciente.

–¡Revisad el resto de habitaciones! ¡Ahora!

Su orden sacó a Franck de su parálisis. La tentación de dedicarse primero a las víctimas puede ser un error fatal. En primer lugar, la casa tenía que quedar asegurada.

Se apresuraron. Pasaron de una habitación a otra con los brazos extendidos y la pistola apuntando, pero no encontraron nada. El conductor revisó la cocina y el pasillo, hasta la puerta de atrás.

La casa estaba vacía, salvo las víctimas. Delante de todo yacía un hombre de mediana edad, sin signos de vida.

Oxen corrió hacia el número dos, un hombre alto y grande que estaba estirado boca abajo y cuya silueta le resultaba familiar... Una mirada a su cara fue suficiente. Era Axel Mossman. La profesionalidad y la rutina se impusieron a la sorpresa. Empujó un poco el cuerpo del director del CNI y acercó una oreja a su boca. ¡Sí, respiraba! Entonces, de repente, oyó un grito de Franck.

–¡Mierda, Oxen, ven!

–¡Tú! ¡Llama a una ambulancia! –gritó al conductor, que de inmediato sacó su teléfono del bolsillo y se levantó.

Margrethe Franck se arrodilló junto al tercer cuerpo.

–No hay nada que hacer. Está muerto –dijo–. Pero míralo.

El hombre aún era joven, y estaba estirado boca arriba. Sus ojos abiertos miraban fijamente al techo de madera. En la alfombra, se había formado una mancha oscura. Su ropa estaba cubierta de sangre y sostenía una pistola en su mano derecha.

El hombre era Malte Bulbjerg.

–Muerto... ¿por segunda vez? ¿Cómo es posible?

La voz de Franck no era más que un susurro, y movía la cabeza hacia los lados, aturdida.

Aquellos ojos vacíos lo decían todo. No había ninguna duda. El director del museo había muerto por segunda vez. No habría una tercera, seguro.

–Pues ese de allí es Mossman –dijo, señalando el voluminoso cuerpo que yacía un poco más allá.

–¡Oh no, Mossman no! Pero... ¿para qué la ambulancia? ¿Sigue vivo?

–Sí, ayúdame.

Apartaron una mesita y un sofá para dejar espacio. Oxen volvió a controlar la respiración y el pulso del jefe del CNI, que se mantenía estable, y sumaron fuerzas para girar el pesado cuerpo, tan ligero como el de una ballena varada en la playa.

Vieron entonces una pistola, una Heckler & Koch, USP Compact. El mismo modelo que llevaba Franck.

La camisa azul de Mossman tenía una mancha oscura debajo de su estómago. Era, obviamente, una herida de bala. También le salía sangre de una laceración en la frente.

Se dieron la vuelta para mirar al conductor, que se había sentado en una silla, blanco como la pared, y estaba mirando la pantalla de su móvil.

–¿Has llamado a la ambulancia?

–Sí, sí.

Oxen se levantó de pronto y se le acercó amenazadoramente.

–¿A qué ha venido todo esto? ¿Quién eres? ¡Suéltalo!

El chófer estaba a punto de contestarle cuando Oxen levantó una mano.

–¡Silencio!

Se quedó muy quieto, escuchando, y Franck hizo lo propio. Ambos lo oyeron a la vez, aunque era físicamente imposible. No podían haber ido tan rápido. Se acercaba el sonido de unas sirenas. Sirenas distintas, de ambulancia y Policía.

–Desaparezco –dijo, ya en la puerta.

–¡Corre! –gritó Franck.

–Punto de encuentro: el mismo que la última vez. Ventanilla abierta entre las doce y las ocho de la tarde. Contacto cada dos horas.

No esperó su respuesta, sino que se precipitó hacia el pasillo. Se detuvo brevemente en la terraza. No tenía idea de dónde estaban ni de lo que había más allá de los árboles. En realidad no tenía ni idea de cómo era el terreno en el norte, en el sur, en el este o el oeste. Solo sabía que en algún lugar, a su derecha, había agua.

Ahora las sirenas se oían perfectamente.

▶ Foxtrot 18, aquí Foxtrot 60. Informe sobre la situación. Cambio.

Foxtrot 18. Esto es un caos. Un terrorista suicida en una furgoneta. Se ha empotrado contra la sede de la Policía. Hay muertos y heridos por todas partes. La calle está llena de sangre. Solicitamos todo tipo de ayuda. Corto.

Las sirenas sonaban cada vez más fuerte. Tomó una decisión y corrió, a través de la hierba alta.

54

Caos, un caos increíble. En su cabeza y en el suelo, entre
cadáveres y cuerpos vivos. Y el caos que ahora empezaría. En unos momentos tendrían a las sirenas ahí, en-
sordecedoramente cerca.

Franck trató de encontrarle la lógica al asunto. De dar con
una explicación que justificara lo que tenía ante sí, pero no lo
logró. Cualquier interpretación constructiva se topaba con el
cadáver de Malte Bulbjerg, ahí tendido y con los ojos abiertos.
¡Pero si ella misma estuvo en su funeral! Y además, a pocos metros de distancia, yacía su jefe, gravemente herido e inconsciente.

El famoso Axel Mossman, director del CNI desde hacía un
montón de años, estaba tendido en la misma alfombra que un
hombre que ya había sido asesinado hacía un tiempo y que
ahora volvía a aparecer muerto. Una maniobra de engaño,
pero manchada con sangre real.

Real y sobre todo fresca. Lo cual significaba que los au-
tores de aquel despropósito no podían andar muy lejos. No
podían...

Las sirenas la estaban poniendo histérica. Los coches de
Policía que estaban aproximándose debían de andar ya por
el sendero del bosque. En cualquier momento le explotarían
los oídos.

—¿Es grave lo de Mossman? —preguntó el conductor de repente, recuperando poco a poco la compostura.

Se levantó y se arrodilló junto al viejo gigante.

—Herida de bala —respondió ella—. Y una laceración en la cabeza.

—Mossman es mi tío. Me llamo Christian, trabajamos juntos. Estoy en la comisaría de Aarhus.

—Ni se te ocurra mencionar a Niels Oxen, ¿me oyes? Nunca lo has visto. No ha estado aquí.

—Entendido.

Ya estaban allí. El ruido era insoportable. Margrethe fue hasta la ventana.

Primero apareció el coche patrulla, y algo después, a una distancia prudencial, la ambulancia verde y amarilla. Finalmente apagaron las sirenas. Los Policías salieron y se cubrieron detrás del coche.

Margrethe apareció en la puerta delantera abierta, puso las manos sobre la cabeza, dio un paso adelante y mostró su identificación.

—Servicio de inteligencia, mi nombre es Margrethe Franck. Tres muertos, un herido. ¡Necesitamos una camilla!

Después de eso fue todo muy rápido. Los dos paramédicos saltaron de la ambulancia y se pusieron a trabajar rutinariamente. Su misión estaba clara: llevar a la persona lesionada a un hospital lo antes posible.

Margrethe recibió instrucciones de sentarse en el banco de la entrada junto al conductor, el sobrino de Mossman.

Los dos oficiales de Policía, un hombre de unos cuarenta años y otro al que todavía no le había salido el bigote, trataron de dar la impresión de que lo tenían todo controlado, pero tanto su agitación como la inseguridad en sus maniobras pusieron en evidencia que se sentían completamente abrumados. Y el hecho de que la persona lesionada fuera ni más ni menos que el jefe del CNI no mejoró la situación en absoluto.

Cuando, poco después, tuvieron que enfrentarse además al hecho de que uno de los fallecidos era el director del museo Malte Bulbjerg, que ya había sido asesinado previamente en el castillo de Nyborg, los dos funcionarios se vieron al borde de una crisis nerviosa.

Después de pasarse un rato corriendo de un lado a otro, consiguieron por fin calmarse y empezaron a hacer llamadas interminables.

Margrethe Franck se mantuvo en silencio en el banco, mientras afuera empezaba a oscurecer. Por fin la ambulancia retrocedió, dio la vuelta y desapareció por el sendero del bosque, llevándose a Axel Mossman, a quien ella no solo respetaba, sino que le provocaba un gran afecto, aunque siempre hubiese dudado de sus intenciones.

Momentos después apareció otro coche patrulla, y luego otro, seguidos de un turismo normal. Los oficiales se reunieron en torno a un hombre que iba vestido de paisano y que, obviamente, debía de ser un superior.

Franck intentó unir las piezas del rompecabezas. Pronto la situación se habría calmado y entonces toda la atención caería sobre ella y el conductor. Hasta ahora, solo había sido interrogada brevemente por los dos funcionarios que llegaron primeros a la escena.

Un hombre que tuvo una muerte espectacular y provocó una respuesta masiva de los medios. Un hombre cuyo fallecimiento suscitó más preguntas de las que pudo responder. Un hombre cuyo funeral estuvo vigilado por cámaras de seguridad...

¿Quién podría haber organizado tal cosa? ¿Quién habría sido capaz de realizar un truco de magia de semejante calibre? ¿Quién podría empujar a un hombre a su muerte y devolverle luego a la vida con un simple chasquido de dedos?

Axel Mossman. Nadie más.

Después de la actuación, parece que el jefe del CNI había vuelto a meter el conejo en su chistera y lo había dejado en aquella casa, ajeno a las miradas no deseadas... o quizá lo había ido cambiando de residencia, moviéndolo de un lado a otro por las llamadas «casas seguras».

La pregunta era ¿por qué? Parece que Mossman pudo haber dado parte de la respuesta cuando habló con Oxen. Le habló de los documentos y de su contacto con el director del museo. Pero la información más importante prefirió reservársela para un momento mejor. Así que lo esencial para la seguridad de Malte Bulbjerg era aparentar su propia muerte y desaparecer de escena.

Incluso un país pequeño como Dinamarca tenía un programa de protección de testigos, aunque muy raramente utilizado; en ese momento solo lograba recordar un caso: un antiguo *rockero* al que habían dado una nueva identidad. Incluso le habían hecho alguna operación de cirugía plástica para salvarle la vida y protegérsela eficazmente.

Todas esas medidas no solo eran llamativas, sino también inmensamente caras.

Por el momento, solo pudieron extraer una conclusión lógica de la confusión: la supuesta muerte del director del museo tenía que haber sido el punto de partida de un verdadero programa de protección... que obviamente no funcionó, porque Bulbjerg ahora sí estaba muerto. Realmente muerto.

Pero ¿a quién había que atribuirle esa muerte? Para esta pregunta solo había una respuesta: los hombres oscuros, el Danehof.

Nadie más disponía de los recursos para atacar de esta manera, tan rápido y con semejante contundencia. Era aterrador. Y ahora se habían ido, probablemente sin dejar una sola huella utilizable.

–Nos van a acribillar a preguntas, ¿no? –murmuró el chófer, que hasta aquel momento había estado inmerso en sus pensamientos, como ella.

–¿A acribillar? No; nos van a asar a fuego lento. Hazte a la idea de que va a durar toda la noche. Esto de aquí es demasiado espeluznante como para dejarlo pasar.

–Aquí H. P. Andersen, ¿dígame?

Su teléfono no había dejado de sonar desde que salió hacia Kerteminde. De vez en cuando había cortes en la red, y a él nada le molestaba más que estar ahí, en el coche, diciendo continuamente: «¿Hola?».

La cabaña estaba en llamas. No, todo el pueblo, en realidad. Odense, Nyborg, Svendborg, Tåsinge... Toda Fionia ardía. Y cuando aquello se hiciera público, ardería toda Dinamarca.

Era una locura. Algo absolutamente increíble. Él se había metido en el coche de inmediato y había salido disparado en cuanto se lo notificaron, estando en casa. Pero tuvo que escucharlo todo cuatro veces para empezar a creérselo.

Ahora ya había cruzado el puente: en pocos minutos estaría allí.

No podía dejar de darle vueltas. Justo cuando había empezado a aceptar que las investigaciones en el caso Bulbjerg se alargarían algo más en el tiempo, les llegó la noticia de que *precisamente* Bulbjerg acababa de aparecer envuelto en un charco de sangre, asesinado, en una casita de vacaciones en Tåsinge.

Aún estaba tratando de recuperar la compostura al otro lado del teléfono, cuando su colega de Svendborg hizo explotar la segunda bomba: el jefe del CNI, Axel Mossman, también había sido hallado en el mismo lugar, con un disparo en el cuerpo, e inconsciente.

Y por si eso no fuera suficiente, hubo aún dos víctimas mortales más, ambas reducidas a tiros.

Ese día, esa noche, esa fecha... pasarían a la historia de sus recuerdos profesionales como la mayor locura de todos los tiempos. Y eso que ni siquiera había llegado a la escena del crimen.

Después de recorrer un par de curvas más, llegó al camino del bosque que lo llevaría directamente al infierno. Más tarde dejó escapar una palabrota en voz alta y golpeó el volante con ambas manos: aquello estaba atestado de vehículos de emergencia. No le quedó más remedio que dejar su propio coche en algún lugar alto, en la hierba. Al menos parecía que no había llegado la prensa, gracias a Dios.

A la luz de sus faros vio a dos personas sentadas en el banco que quedaba a la entrada de la casa: un hombre y una mujer. Estaba a punto de sacar la llave del contacto, cuando se detuvo.

¿No había visto ya a esa mujer en alguna parte? Se veía pálida, y su peinado era, por decirlo suavemente, algo extraño. Seguro que a su hija le parecería «*hip*» o «*funky*». Nunca se había detenido demasiado en estas sutilezas lingüísticas, pero podía imaginar lo que significaban.

Estaba seguro. Ya había visto a esta mujer antes, y no hacía mucho tiempo. ¡Ah, sí! ¡Ahora recordaba dónde! ¡En el funeral! Era la mujer con las gafas de sol que había estado en el funeral del director del museo. Ese hombre cuyo cadáver estaba a punto de ver ahora y que tendría que someterse a una segunda autopsia antes de ser enterrado por segunda vez.

El mundo estaba realmente loco.

Recordó que la mujer trabajaba en la sede central del CNI, pero no alcanzó a recordar su nombre.

Quitó la llave del motor suavemente y liberó del foco cegador a los dos que estaban en el banco. Respiró hondo, sacó algunas bolsas de plástico de la guantera, se las metió en el bolsillo de la chaqueta y se preparó. Cuando uno es el jefe de la comisión de homicidios, se convierte en el blanco de todas las preguntas... y cuando pusiera un pie en esa casa, no solo le caerían algunas, sino toda una cascada.

Cerró de golpe la puerta del coche, cruzó el tramo de hierbas altas y entró en la terraza.

—Buenas noches —dijo amablemente, pero con firmeza—. ¿Son ustedes los testigos que llegaron a la escena poco antes que nosotros? ¿Compañeros de trabajo, si no he entendido mal?

Los dos estaban ahora sentados bajo la luz suave que salía de los grandes ventanales de la casa. Ellos asintieron afirmativamente. Les estrechó la mano.

—H. P. Andersen, de Odense, yo dirijo la investigación.

—Christian Sonne, de la comisaría de Aarhus.

—Margrethe Franck, CNI, Søborg.

—¿No estaba usted en el funeral de Bulbjerg?

La mujer lo observó fríamente. Ya emanaba de lejos esa arrogancia propia de los del CNI que él no podía soportar, y ni siquiera ese rollo de *punk* lujosa con el que iba podía disimularla.

—Correcto, yo estaba...

Él levantó una mano y la interrumpió.

—Eso tendrá que esperar. Pero luego volveré con ustedes, lo juro. ¡Y vaya si hablaremos! —siseó casi en voz baja, dándose la vuelta y dirigiéndose hacia la puerta principal.

Estaba a punto de estallar en un arrebato que habría hecho honor a un volcán. Toda la frustración, las especulaciones y la ira que había acumulado durante el largo viaje hasta allí, empezaban a burbujear como lava resplandeciente.

—Buenas noches —dijo a los colegas que encontró en el pasillo y la cocina, tratando de parecer calmado.

Pero al cabo de unos minutos no pudo contenerse más y gritó:

—¿Dónde cojones están los de Fredericia?

—Tienen una hora de camino hasta aquí, pero deben de estar al caer —respondió uno de sus colaboradores.

La verdad es que ni él mismo había contado con llegar tan sorprendentemente rápido. Solo había tardado tres cuartos de hora desde Kerteminde, pisando el pedal del acelerador. En los viejos tiempos, los forenses no habrían venido desde Fredericia, sino directamente desde Odense, y él ya podría haberse puesto a trabajar. Pero últimamente había ido incluyéndose todo en la KTC (Kriminalteknisk Center), el Centro Forense de Fredericia. Centralización y cámara lenta: a quién se le ocurrían ideas tan estúpidas.

—¿Por qué no habéis puesto la cinta de seguridad ahí fuera?

Registró sus miradas de asombro. La casa estaba completamente aislada. No había tráfico de ningún tipo, pero quería asegurarse de que no empezara a llegar gente y a contaminar la escena. De hecho nadie, absolutamente *nadie*, debería haber entrado en la casa... aunque lamentablemente ya era demasiado tarde para eso.

—¡Cinta de seguridad a cincuenta metros! ¡Ya!

Dos oficiales salieron corriendo de inmediato, a toda velocidad, mientras él se detuvo en la puerta de la sala de estar. Afortunadamente, aparte de los dos cadáveres no había nadie en la habitación.

—¿Han entrado aquí todos a cotillear?

La pregunta era algo excesiva, pero no se dio cuenta hasta más tarde. Estaba indignado. Y, sobre todo, le molestaba el cadáver del fondo, el del hombre con deportivas blancas.

El segundo cadáver del director del museo. Pasó decenas de horas trabajando en su primera muerte, y días enteros preocupándose por eso. Rompiéndose la cabeza. Y ahora volvía

399

a pasar. Sentía verdadera ira ante ese espectáculo absurdo. Lo más probable es que detrás de todo aquello se encontrara el CNI, y que el joven historiador, al final, lo hubiera pagado inexplicablemente con su vida. Vaya tragedia... una tragedia vital, humana. Y con eso no se juega.

—Os acabo de preguntar algo: ¿quién ha estado aquí dentro?

Un Policía salió de la cocina. Él lo conocía bien. Había trabajado en Odense y ahora estaba en Svendborg.

—Mi colega y yo fuimos los primeros en llegar. Por supuesto, entramos en todas las habitaciones para asegurar la zona. Aparte de nosotros solo los testigos, que ahora están sentados en el banco de afuera, han entrado en la sala. Hasta un *Policía de pueblo* como yo sabe que no se debe tocar nada de la escena de un crimen.

El comentario surtió su efecto. Tenía que calmarse urgentemente. Si ese tal Mossman, esa montaña humana del CNI, hubiera estado aquí todavía habría arremetido en su contra y le habría puesto las esposas. ¡El hombre lideraba el Centro Nacional de Inteligencia! Ya solo el hecho de que hubiera aparecido aquí era una absoluta locura. Pero si el CNI tenía que actuar precisamente en su territorio, el tema era responsabilidad suya, y no de Mossman. ¿Cómo iba a mantener la calma? Toda esa historia olía fatal.

—Y ese idiota de Mossman... ¿dónde lo encontrasteis?

—Allá, junto a la esquina del sofá. Le hicimos fotos —respondió el Policía.

—Muy bien. ¿Y el tercer cadáver?

—Fuera, en la terraza.

—¿DNI?

—Sí. Los revisamos con mucho cuidado... Ambos tipos llevaban sus documentos de identificación encima. El primero se llama Per Nissum. Antes trabajaba en el CNI de Aarhus y ahora ha montado su propia empresa como consultor de seguridad. Y aquel de allá es el director de un museo y se llama Mal...

–A este lo conozco, gracias. ¿Y el tercero?

–Un tal Hans Holstener. Antiguo empleado del CNI de Søborg. Actualmente no se le conocía ninguna ocupación laboral.

–Humm... así que ese imbécil trabajaba con antiguos miembros del CNI.

Cogió las bolsas que había sacado de la guantera de su coche y se las puso sobre los zapatos ligeros de verano que justo estaba calzándose en la terraza de su casa cuando le sonó el teléfono. Luego se acercó con cautela al cuerpo de Malte Bulbjerg.

Los ojos del director del museo estaban bien abiertos. No era una imagen agradable... Pensó brevemente en la viuda de Bulbjerg. No debía pasarla por alto. ¿Estaría ella al corriente de todo este asunto, o puede que no tuviera, de verdad, ni idea?

Observó el cuerpo con más atención. Drogas y ludopatía, y un asesinato con un doble disparo, en la frente y en el ojo. En la sala del Danehof del castillo de Nyborg. Él mismo estuvo allí y mordió el anzuelo.

Se podía maquillar a un hombre con todo detalle para que pareciera que había sido víctima de una masacre con una motosierra, y, por supuesto, podía fingirse que había muerto con dos balas en la cara. Pero... nunca había sido posible sin un anestésico o algún tipo de medicamento.

–¡Joder!

Su exclamación sobresaltó a los colegas del pasillo, quienes miraron con asombro hacia la puerta.

Todo aquello solo podía tener una explicación; a saber, que el médico forense estaba compinchado con Axel Mossman. Y probablemente lo mismo sucedía con el fotógrafo de la KTC.

En cualquier caso, Bromann, el forense, había estado involucrado en ello sin lugar a dudas. De lo contrario, habría notado inmediatamente que el «cadáver» del castillo estaba más bien vivo. ¡Tenía que ser justo Bromann, con lo bien que le caía!

Afuera se oyó el ruido de varios motores.

—¿Fredericia?

—Sí, ya están aquí —respondió alguien desde la entrada.

—Ya era hora.

Se dirigió a la puerta principal para recibir a los colegas e inmediatamente los instó a pasar. La KTC había enviado toda una horda de refuerzos: tres vehículos y nueve técnicos. Obviamente, todo era distinto cuando el jefe del servicio secreto estaba involucrado.

Como un enjambre de abejas, ocho de ellos entraron en la casa y el noveno se hizo cargo del cuerpo que estaba en la terraza.

El destello de los *flashes* iluminó la sala de estar infinidad de veces a medida que el fotógrafo iba avanzando en su trabajo. Los cuerpos fueron cuidadosamente examinados y fotografiados en detalle, y solo el examen real tuvo que esperar a que llegara el científico forense.

Dibujaron los contornos de los muertos en el suelo, y la ubicación del jefe del CNI también se marcó adecuadamente. Se buscaron agujeros de bala y se señalaron con plaquitas numeradas. Un poco después, los técnicos utilizarían la luz ultravioleta para buscar rastros de sangre que no pudieran detectarse a simple vista.

Observó, no sin cierta satisfacción, que todo el equipo funcionaba como una máquina bien engrasada. Su rabia empezó a disiparse y su pulso volvió a la normalidad.

Había llegado el momento de ocuparse de los dos personajes que esperaban en el banco.

Habían entrado en un modo de espera mental en el que el tiempo no importaba. Ella conocía los procesos y las prioridades, y el caos de la escena sin duda suponía un verdadero desafío para todos los involucrados. Sobre todo para el jefe de la investigación, por supuesto, que ya había enterrado a una de las víctimas del asesinato con anterioridad.

No hacía frío, aunque ya era tarde. Los oficiales les habían ofrecido un café, y probablemente los llevarían pronto a Svendborg, o incluso a la comisaría de Odense para freírlos a preguntas.

Una figura alta bloqueó la luz que entraba a través de la ventana: era H. P. Andersen.

Sus ademanes indicaban que ya se había calmado.

—¿Quién les dio el aviso? —le preguntó Franck, con curiosidad—. Nosotros solo llevábamos aquí unos minutos cuando llegaron.

El comisario dudó un instante, pero entonces le dio una especie de respuesta.

—La llamada vino de un ciudadano preocupado que había oído disparos. Ahora vendrá un coche a buscarlos y los llevaremos a Odense, pero antes me gustaría que me regalaran la versión corta: ¿qué significa todo esto?

La pregunta sonó queda y seca, pero estaba clarísimo que el tipo ardería de nuevo en llamas si alguien le lanzaba una simple cerilla.

Por suerte habían tenido mucho tiempo para coordinar sus declaraciones. En circunstancias normales, mucho menos caóticas, la Policía habría pensado en separarlos, pero en aquella ocasión, obviamente, se habían olvidado. La cuestión era ceñirse lo máximo posible a la verdad... menos a la hora de mencionar a un veterano de guerra, presuntamente autor de un homicidio.

—¿Que qué significa esto? Pues sinceramente, ni idea. Christian me recogió en el área de servicio de la autopista, a

la altura de Nyborg, donde mi coche sigue aparcado. Axel
Mossman nos dio instrucciones para venir aquí, en principio
para hablarnos de un trabajo. Pero quién, cómo, qué y por
qué... realmente no tenemos ni idea.

55

La última vez que estuvieron juntos en la playa casi habían acabado separándose para siempre, pero entonces él corrió tras ella, se le plantó delante, y, cogiéndola por los hombros, le pidió perdón de tal modo que ella no supo resistirse: «Nosotros contra el mundo inmundo».

Desde entonces las cosas habían ido empeorando, y ayer el escalado fue drástico. Pero en su encuentro de hoy su relación se mantuvo firme.

—Mi huida no fue nada dramática —le dijo a Franck, mientras paseaban junto a la orilla, y era cierto. En comparación con todo lo demás, escaparse de aquella casa mientras las sirenas de la Policía iban acercándose con su ruido ensordecedor fue un juego de niños.

Sin saber dónde estaba, decidió avanzar junto a la costa. Por un lado, para evitar el tráfico, y por otro lado, porque quería eludir las miradas curiosas que habría despertado, seguro, avanzando por el fin del mundo a pie y con traje.

Solo cuando llegó a una calle con un cartel en el que ponía «puente Vemmenæs Landung» supo más o menos dónde estaba.

No conocía nada de Vemmenæs, pero en una caseta que había en el puerto vio una vitrina con información, incluido un pequeño mapa. Fue así como se enteró, pues, de que se hallaba en el extremo sur de Tåsinge, y de que el puente que quedaba a su derecha y pasaba por encima del fiordo conectaba Tåsinge con Siø. Además, más allá pudo ver otro puente que iba desde allí a Langeland y Rudkøbing.

O sea, que había acertado con sus cálculos en el asiento trasero. Tåsinge.

Desde Vemmenæs se orientó hacia el puente y avanzó por la carretera en dirección norte, hasta que llegó a una parada de autobús. Menos de quince minutos después había cogido el 911 y había dejado que este lo llevara silenciosamente a la estación de tren de Svendborg. Tras esperar un poco avanzó en dirección a Nyborg, donde bajó y anduvo hasta el área de descanso, cogió su coche, y regresó a su *Bed and Breakfast*.

Protegido por el manto de la oscuridad, se había escondido tras el viejo edificio y se había fumado un porro. Después, durmió cinco horas seguidas y se despertó completamente desorientado y con la cabeza llena de posibilidades y especulaciones.

Margrethe Franck acababa de volver a Nyborg. Durante la noche, la madrugada siguiente y hasta bien entrada la mañana, se había visto obligada a hacer la misma y breve declaración durante horas: llegó al lugar de los hechos obedeciendo las instrucciones de su jefe, pero no sabía nada, absolutamente nada, del motivo o propósito de esa orden.

Un comisario muy frío, H. P. Andersen, encabezó personalmente dos de los interrogatorios. No perdió los papeles ni una sola vez. Aunque no pudo ocultar su desprecio por los colegas del CNI, se limitó a tomar nota de sus respuestas y a pensar al mismo tiempo en todas las direcciones.

Hacia las dos, finalmente, Franck se dejó caer en el restaurante Teglværksskoven. Fueron a pasear por la playa durante una hora, se pusieron al día de los acontecimientos y discutieron todas sus opciones.

Ahora llegaba el momento de visitar al personaje principal de esta historia: Axel Mossman.

—Vamos, cojamos el Toyota, que pasa más desapercibido —dijo Oxen, abriendo el coche.

Franck sacó algo de la guantera de su Cooper y dio lentamente la vuelta al coche.

El dispositivo que llevaba en la mano era más o menos del tamaño de un móvil y tenía una antena corta.

—¿Qué estás haciendo?

—Asegurarme de que podemos conducir en paz —respondió ella.

Franck miró su reloj. Después de dar la vuelta al coche se sentó en el asiento trasero y luego en el del conductor. Finalmente bajó del coche y sostuvo el aparato en el aire.

—No sabes para qué sirve, ¿verdad?

Él sacudió la cabeza.

—Es una *Bug Sweeper*. Sirve para rastrear los dispositivos GPS, y la estoy usando para asegurarme de que nadie ha tenido la idea de ponernos uno en el coche. Me enfadé muchísimo cuando Mossman me dijo que me había seguido hasta el cementerio de Høng porque había puesto un busca en mi coche. Así que en cuanto llegué a mi casa me planté delante del ordenador y compré uno de estos pequeños trastos por internet. Me gasté la friolera de mil cuatrocientas cincuenta coronas. Estas cosas también se llaman detectores de RF, ya que indican la frecuencia de la señal cuando se aproximan a un emisor.

—¿Y el Yaris está limpio?

—El aparato no ha reaccionado, por ahora, pero es demasiado pronto para cantar victoria. Hay dos tipos de rastreadores de GPS, *data puller* y *data pusher*. Parece que en el coche no hay un *puller* porque lo habría encontrado: estos emiten constantemente información sobre su ubicación. Los *pusher*, en cambio, se utilizan con mucha más frecuencia. Envían su señal a intervalos regulares, y eso puede durar hasta treinta minutos.

—¿Y qué pasa si llevo en el coche uno de esos rastreadores que solo envían señal cada treinta minutos?

—Pues que tardaremos un poco más en encontrarlo. De aquí a Svendborg hay media hora. Me meteré la *Sweeper* en el bolsillo de la chaqueta.

—¿Y cómo sabrás si ha dado con algo?

—Porque cuando encuentra un micro o un dispositivo a menos de un kilómetro emite un pitido y parpadea. Cuanto más cerca está la fuente, más fuerte es el pitido y más rápido parpadea.

—¿Y qué hay de tu Cooper?

—Está limpio.

—Bueno, en realidad está bastante sucio, como mi traje... Vamos, sube. Nos pondremos en camino, y si pasamos por una tienda, ¿podrías comprarme algo de ropa limpia, por favor? Algo más *casual*. Vaqueros, algunas camisas y camisetas...

Media hora más tarde llegaron al enorme estacionamiento de la calle Sankt Jørgens. El hospital de Svendborg pertenecía al hospital universitario de Odense. Un letrero enorme y completísimo les dio la bienvenida y les advirtió de que tenían que pagar si aparcaban allí.

Por el contrario, no vieron demasiadas señales que indicaran el camino hacia lo esencial: la entrada principal del hospital.

Oxen se caló la gorra en la frente y se puso las gafas de sol.

Se dirigieron hacia la puerta lateral, en la parte posterior del gran edificio, y entraron junto a una pareja de ancianos que iban algo despistados. Siguieron un largo y vacío pasillo por el sótano y de pronto se encontraron en la planta baja. Justo frente a la recepción, donde podrían preguntar por Mossman.

Axel Mossman tenía una habitación individual. Pero no por su estado, que según los médicos era excelente pese a la herida de bala y a una fuerte conmoción cerebral, sino por su cargo profesional. En cierto modo podría decirse que nadie tenía suficiente imaginación como para imaginar al jefe del CNI en una habitación cuádruple ordinaria.

Grande y poderoso, Mossman yacía en la cama con los ojos cerrados, envuelto en sábanas blancas. Pero debió de oír sus pasos al llegar, porque sus ojos se abrieron lentamente.

–*Well*...

No dijo más.

Cogieron sendas sillas y se sentaron a su lado. Si su jefe tuviera fuerzas, tratarían de mantener con él una larga conversación. Tenían muchas preguntas y muy pocas respuestas.

–Veo... que se han encontrado de nuevo. Bien. Bienvenidos a mi modesta cabaña.

Axel Mossman sonrió irónicamente. Su cara era todo un poema, con heridas nuevas que se sumaban a las antiguas provocadas por Oxen. Llevaba una venda gruesa en la frente, y tenía algunos moratones, cortes y un arañazo enorme en la nariz hinchada.

A él no le importaba un comino el estado del jefe del CNI. Aunque hubiera muerto se habría quedado igual. Margrethe Franck seguro que pensaba distinto, pero decidió saltarse la típica charla introductoria:

–¿Dónde te ha herido la bala? –le preguntó ella, examinando su rostro con atención.

–En la... barriga. Aunque, como dijo uno de los médicos que me atendió: «Por suerte había suficiente grasa ahí acu-

mulada». Para que luego hablen del respeto a los heridos...
–Mossman sonrió, y luego su rostro se puso serio–. El comisario que está al mando me ha llamado. Han encontrado a la esposa de Bulbjerg en una de las habitaciones de su casa. Muerta de un disparo. Qué desgracia... Desearía poder mover las agujas del reloj y cambiarlo todo para que esto no sucediera... Malte Bulbjerg y yo pensamos que teníamos un plan fantástico, y resulta que ahora todos, menos mi sobrino, están muertos. Eso es mucho peor que un mal balance...

–¿Qué pasó?

Axel Mossman miró a Franck y sacudió la cabeza lentamente.

–Nos... –Cerró los ojos en busca de las palabras correctas–. Nos cogieron por sorpresa. Eran extremadamente profesionales. Cinco hombres, o al menos esos fueron los que yo conté. Puede que hubiera más. De pronto estaban allí. Sin hacer ni un ruido. Se cargaron a mis dos ayudantes y a Bulbjerg en cuestión de segundos, sin despeinarse siquiera. Fue un trabajo coordinado: llevaban pistolas con silenciadores.

–¿Y a ti... por qué no te dispararon?

Oxen miró a Mossman con escepticismo. ¿Por qué el jefe del CNI había salido ileso?

–No lo sé. Me dispararon en el estómago. Uno de ellos, un danés, me preguntó varias veces dónde estaba Niels Oxen. Le dije que no lo sabía. Que no tenía contacto contigo. Que estábamos buscándote por asesinato. Lo último que puedo recordar es que alguien me golpeó en la cabeza con la culata de una pistola. Afortunadamente, no llegasteis antes de lo previsto, porque en ese caso... *Well...*

Mossman puso los ojos en blanco. El resto podían imaginárselo. Cuando ellos pusieron los pies en aquella casa, la sangre aún estaba fresca. Tal vez media hora, no más. Suerte en la desgracia.

—Pero estate tranquilo, Oxen. Te he apartado de la historia. Por supuesto, H. P. Andersen ha estado interrogándome largamente, y no he mencionado tu nombre para nada. No intensificarán aún más tu búsqueda, lo cual no es poco, ¿no te parece?

Mossman se incorporó hasta quedarse casi en posición vertical. Probablemente se dio cuenta de que aún quedaba un largo camino por recorrer.

—De todos modos, los demás fueron liquidados sin piedad y tú no. Resulta extraño. Muy extraño —dijo Oxen.

—Estoy de acuerdo contigo. Llevo horas dándole vueltas, pero no he logrado dar con una respuesta. ¿Tal vez tenían otros planes para mí? ¿Puede que fuera demasiado valioso para ser asesinado? O por el contrario, ¿demasiado insignificante? ¿O solo han querido dejarme con vida para acabar de humillarme?

Puede que aquello último fuera cierto, o puede que no, pero lo que estaba claro es que aquello suponía, sin duda, una humillación para él.

—¿Te encuentras lo suficientemente bien como para un interrogatorio? —preguntó Franck.

—Sí, Margrethe, estoy listo para explicaros los motivos de mi conducta.

Se enderezó un poco más, tiró de la manta hacia arriba y se puso a hablar:

—Para empezar por el principio, nunca os mentí. Solo os oculté una parte de la información que era mejor que no supierais, especialmente tú, Oxen. Después de que rechazaras, por enésima vez, colaborar con nosotros, Bulbjerg y yo decidimos jugar nuestra última carta, la gran contradicción, y mostraros que el director del museo seguía vivo. Pretendía ser un gesto de confianza y cooperación. Ahora probablemente os estéis preguntando a qué venía todo esto, ¿no? —Axel

Mossman hizo una pausa. No porque esperara una respuesta, sino para buscar las palabras adecuadas. Continuó con una expresión pensativa–: Mis estimados amigos los rusos tienen una expresión fantástica: «Pueblo de Potemkin», que se remonta a la figura histórica del general Grigori Aleksándrovich Potemkin, amante de Catalina la Grande y conquistador de Ucrania. Antes de que la zarina llegara a inspeccionar sus nuevas posesiones, este hacía edificar bastidores, o fachadas de decoración, a lo largo de su ruta. La idea era presentar pueblos idílicos para encubrir la verdadera situación catastrófica de la región. Incluso pagaba a niños y campesinos para que saludaran alegremente a la zarina desde la carretera, cuando esta pasaba junto a ellos. El único objetivo de esos pueblos de decoración consistía en impresionar a la zarina y a su séquito, y demostrarles cuánto había progresado con su colonización. ¿Entiendes...? Yo hice algo parecido: construí un telón de fondo. No me quedaba más opción; tenía que recurrir a medidas drásticas, porque Malte Bulbjerg sabía cosas que amenazaban su vida. Que lo mataran era solo cuestión de tiempo, y él sabía mejor que nadie que tenía muchas posibilidades de acabar muerto.

–Hablas en plural. ¿A quién te refieres? –dijo Franck, interrumpiéndolo.

–Al Danehof, por supuesto. El caso es que llegamos a la conclusión de que solo podríamos salvar su vida si orquestábamos su muerte. Lo planeamos todo a largo plazo y construimos un entorno realista para un crimen. Para eso le permitimos derrochar una gran suma de dinero y pusimos en juego todos los elementos clásicos: efectivo, drogas y deudas.

–¿Y la muerte? –preguntó Oxen.

Teniendo en cuenta que nadie sospechó que se tratara de un montaje, la muerte de Bulbjerg debió de ser muy convincente.

—Åke Borgström es uno de los mejores forenses de Escandinavia. Trabaja para el cine y el teatro y ha participado en grandes películas. Todo tenía que parecer tan sangriento y definitivo que nadie se molestara en comprobarle el pulso. De ahí lo del disparo en la frente, y luego el segundo en el ojo. ¿El objetivo? Que el asesinato resultara lo más sensacional posible. Queríamos causar un gran revuelo.

—Pero el CSI, y el forense... ¿estaban al corriente?

—Por supuesto, Margrethe. Al principio Bromann se negó a colaborar, pero cuando le mencioné que gracias a mi relación con la Policía británica, en este caso la de Manchester, sabía de una pequeña infidelidad que había estado manteniendo en seminarios y congresos durante años... bueno, ahí cambió de idea, y nos pusimos de acuerdo.

—¿Y luego qué? ¿Una pastilla para dormir? El riesgo de que Bulbjerg se despertase inesperadamente era excesivo, ¿no? Ese estilo no te pega nada...

—Siempre hay un riesgo, y aquí era uno doble. Una pastilla para dormir no habría sido lo suficientemente segura, es cierto, porque nos enfrentábamos a muchos factores humanos desconocidos: el guardia, la Policía local, los técnicos de Fredericia, los paramédicos que llevaban el cadáver a los médicos forenses... Así que nos vimos obligados a poner a Bulbjerg en un estado de inconsciencia que incluía la respiración baja. Como sabéis, mi esposa es médica, su hermano también es médico, y el hijo de este continúa esa tradición. Suele pasar entre los estudiantes de medicina... que te contagias... En fin, el caso es que el hijo es anestesiólogo. El problema no fue difícil de resolver, pues. Le inyectamos ocho miligramos de midazolam en el músculo, cien microgramos de fentanilo y un catéter nasal para evitar que la lengua se le fuera hacia atrás. Era importante que el cadáver no se pusiera a roncar en pleno espectáculo... Todo eso nos proporcionaba una ventaja de dos horas. En cuanto Bulbjerg estuviera sobre la mesa del forense, estábamos *home safe*. Ahí Bromann tenía que ponerlo de pie nuevamente con flumazenilo y naloxolona.

—¿Y qué pasa con el fotógrafo de la escena del crimen?

—A este sencillamente lo compré y le pagué. La mayoría se sienten felices de poder echarme un cable, Margrethe. Al menos por el momento.

Los ojos de Mossman se perdieron un instante en el infinito. Sabía que llegaría el día en el que ya no pintaría nada en el CNI y no despertaría más respeto.

—Al principio, pensé que podríamos ceñirnos a lo puramente científico. Hacer desaparecer, casi por completo, el pulso y la respiración. Pero eso habría sido demasiado peligroso por un período tan largo de tiempo. Bulbjerg podría haber sufrido daños irreversibles. De ahí lo del maquillador y la carnicería. En tales casos se mantiene, por supuesto, un cierto riesgo, pero decidimos que valía la pena correrlo, sobre todo si pensábamos en lo que habría sido la alternativa. Bulbjerg estaba completamente de acuerdo, y fue él quien logró persuadir a su esposa. La muerte del director del museo en su propio castillo medieval, *after midnight*... sería una ilusión casi mágica, como una de las escenas del ruso Potemkin... Y como la puesta en escena iba a ser tan brutal y dramática, seguro que traería enormes titulares, lo cual nos facilitaría, o al menos eso esperábamos, el efecto colateral... Perdona, ¿podrías pasarme el vaso, Margrethe?

Ella cogió la jarra de la mesita de noche, le sirvió agua y le pasó el vaso lleno. Mossman dio varios sorbos con avidez.

—El efecto colateral —continuó— eras tú, Oxen. Tal vez incluso el premio gordo. Gracias a las huellas dactilares, supimos que fuiste tú quien envió el material a Bulbjerg. Y yo estoy seguro de que nunca te conformarías con tener unos documentos relativamente inofensivos. Tienes algo más. Probablemente algo explosivo. Bulbjerg y yo queríamos usar lo que habías descubierto para lograr nuestro objetivo, que es destruir el Danehof. Lo que vosotros no sabéis es que Bulbjerg tenía motivos personales para querer destruir el círculo de hombres oscuros. Su familia es...

—Sí lo sabemos –lo interrumpió Franck–. Lo sabemos todo. Visité a la tía de Bulbjerg en Odder.

—Entonces habéis avanzado mucho.

—¿Y cuál era el objetivo?

—Lo dicho, Oxen, el objetivo eras tú... Parecía que se te hubiera tragado la tierra. Ni siquiera Margrethe podía dar contigo. Teníamos la esperanza de que te enteraras del caso a través de los medios de comunicación. Que no te librarías de escuchar, ver o leer sobre el asesinato en el castillo. Y en cuanto te enteraras, comprenderías que había una conexión entre los documentos que enviaste a Bulbjerg y su asesinato. Su brutal asesinato en la sala del Danehof. Por supuesto, habrías llegado a la conclusión de que la escena del crimen habría sido una señal para el mundo exterior y que claramente llevaba el sello del Danehof. Y entonces tus remordimientos te habrían hecho salir de tu escondite...

Franck lo interrumpió.

—Pues vuestra premisa fue un error. Tú no te enteraste de nada por los medios, ¿verdad, Niels? No tenías televisión ni radio, y ni siquiera leías los titulares de los periódicos cuando estabas con el viejo piscicultor. No te enteraste ni remotamente del supuesto asesinato. No hasta que te conté lo de la tumba de Bosse.

—Correcto, Margrethe –dijo Mossman–. Aunque quiero dejar claro una vez más que nuestro objetivo principal era proteger a Bulbjerg.

Mossman tomó el último sorbo de agua que Margrethe Franck le había dado.

–Tengo mucha sed. ¿Puede ser por la anestesia? Sigo... Había también un tercer argumento muy serio para poner en marcha toda esta operación. El falso asesinato de Bulbjerg tenía como objetivo sacar a las ratas de sus agujeros. Sabíamos que el Danehof tenía bajo vigilancia a Bulbjerg, y que sería una sorpresa enorme para sus miembros ver que uno de sus objetivos era asesinado repentinamente por alguien que no eran ellos. Sabíamos que se preguntarían quién lo habría cometido, y que, como consecuencia lógica, aparecerían en escena y llevarían a cabo su propia investigación sobre el asesinato. Y eso fue exactamente lo que hicieron, mientras nosotros nos quedamos en la retaguardia, observándolo todo, descubriéndolo y disimulando. Una fuente fidedigna nos indicó que, en el Danehof, el lugar de nacimiento de una persona es lo que determina qué parte de la organización va a ocuparse de él, o de ella. Norte, Sur o Este. Malte Bulbjerg nació en Christiansfeld, al sur de Jutlandia, así que asumimos que, con una cierta habilidad, podríamos seguir y descubrir actividades del Danehof del Sur. Y si dábamos con una pequeña brecha, quizá pudiéramos provocar un agujero.

Axel Mossman volvió a beber. Ya no parecía cansado, sino más bien espoleado por su propio informe, y quizá también por la esperanza de dar finalmente con los documentos. Aunque esa decisión no había sido aún ni remotamente tomada.

En lo que sí había acertado, en cualquier caso, era en su suposición de que lo que yacía bajo el alerce era un material explosivo. Oxen trató de imaginar todo el asunto desde la perspectiva del jefe del CNI, y, ciertamente, tenía todo el sentido del mundo. Aunque también quedaban muchas preguntas abiertas.

–Si la vida del director del museo estaba en juego, ¿por qué corrió un riesgo tan elevado como para echar al traste toda la operación convocándonos en Tåsinge?

Axel Mossman asintió lentamente.

—Porque... porque pensábamos que aquella era una casa segura. Además, tenía que ofreceros algo muy grande, muy fuera de lo común, para poder convenceros de mi inocencia. O más bien para convencerte a ti, Oxen.

»Tras la supuesta muerte de Bulbjerg lo alojamos en tres casas diferentes. Mi gente lo organizó todo. Queríamos que Margrethe y tú estuvierais de nuestro lado. Os necesitábamos a ambos. Tú, Niels, ya nos demostraste los recursos que tenías, y... por supuesto, queríamos *todos* los documentos, no solo los que enviaste a Bulbjerg.

—Pues podrías habérmelo dicho todo tal cual cuando viniste a verme bajo aquella lluvia torrencial. Si pudiste admitir lo de mi perro, ¿por qué no esta historia?

—Porque esa noche aún no estábamos listos para revelar la verdadera historia de Bulbjerg. Su vida corría peligro, y no podíamos permitirnos correr ese riesgo. Pero al cabo de un tiempo nos dimos cuenta de que no teníamos otra opción. Fue idea suya, de hecho. Estaba obsesionado con destruir el Danehof. Incluso más que yo, si eso fuera posible.

—Pero como Niels ha dicho antes, el riesgo fue elevado. Parece obvio que el Danehof os siguió y así llegó hasta la casa. ¿Cómo si no podrían haber aparecido ahí? —preguntó Franck.

—No tengo ni idea. Le he dado vueltas y vueltas a la cabeza y no logro explicármelo. Los dos guardias apostados en la casa eran antiguos colegas míos en los que tenía plena confianza, y, por supuesto, lo mismo se aplica a mi sobrino. Solo utilizamos teléfonos seguros, y todos los contactos antes de mi llegada a la casa pasaron por Christian. No había ninguna fisura.

—¿Y tu coche? —siguió insistiendo Franck.

—No lo cogí. Alquilé uno en el aeropuerto. No de antemano, sino cuando llegué. Es absolutamente imposible que alguien manipulara ese coche. Incluso revisé a fondo mi ropa. Y en el trayecto me tomé un tiempo extra, me desvié en varias ocasiones y utilicé todos los trucos que conozco. Me juego el cuello a que no me siguió nadie.

—Entonces... ¿cómo pudo suceder?

Oxen estaba convencido de que Mossman no había cometido ningún error. Ese hombre era un maestro de su oficio. Pero aún quedaban algunos puntos oscuros.

—Tengo dos preguntas. En primer lugar, las pistas que conducen al Sur... ¿adónde del sur, exactamente? Y en segundo lugar, más allá del hecho de que el director del museo metió las narices donde no lo llamaban... ¿qué fue lo que descubrió en realidad como para poner su vida en peligro?

Franck asintió con aquiescencia. Axel Mossman entrelazó pensativamente sus enormes manos. Solo tras una larga pausa se decidió a contestar:

—Si queréis que responda a estas dos preguntas, necesito primero un compromiso claro por parte de ambos: ¿estamos juntos en esto, sí o no?

Se hizo otra vez el silencio en la habitación. Oxen sabía que en un momento u otro tendría que decidirse, más allá de su ira por lo del Señor White. Dirigió a Margrethe Franck una mirada de soslayo. Ella estaba ahí sentada, con el ceño fruncido, y justo cuando parecía que estaba a punto de decir algo, un fuerte pitido sonó en su bolsillo.

Dio un respingo, sobresaltada, y sacó el pequeño detector de GPS.

—Lo siento, me olvidé de apagarlo.

Acababa de guardarlo en su bolsillo cuando ella y Oxen se miraron, atónitos.

—¡Mierda! —exclamó él—. ¡No puede ser!

—Pues sí, parece que sí. Es una locura, pero no hay otra explicación —dijo Franck.

Ambos miraron al jefe del CNI, quien por una vez no tenía ni idea de lo que estaba sucediendo. Franck volvió a coger el dispositivo y se lo mostró para que pudiera verlo.

–Esto de aquí –le dijo– es un detector de radiofrecuencia, también conocido como *Bug Sweeper*, y puede actuar como un GPS. Dejando de lado la noche de ayer, Mossman, ¿cuándo fue la última vez que pasaste por un quirófano?

El jefe del CNI la miró sin comprender. Ella se inclinó hacia delante y su voz era poco más que un susurro.

–*Tú* mostraste al Danehof el camino hasta Tåsinge. En algún lugar de tu cuerpo han metido un transmisor de GPS. Fuiste tú mismo...

56

El desasosiego le trepó por la espina dorsal cuando levantó el auricular y se recostó. Todo aquello era francamente perturbador.

La persona que estaba al otro lado era un periodista que trabajaba para uno de los llamados periódicos de buena reputación, y la breve conversación había terminado, como todas las que la precedieron, con una pequeña y refinada amenaza:

—Bueno, si usted, como comisario al cargo, se niega a informar de esto al público, me veré obligado a escribir que el investigador principal de este asunto, H. P. Andersen, ha declinado, lamentablemente, hacer algún comentario respecto al contenido de mi artículo.

—Puede usted escribir lo que le venga en gana.

Tenía de tiempo hasta la mañana siguiente, pues, hasta que publicaran el periódico con la noticia. O puede que decidieran sacarlo ya *online* esa misma noche. Y en cuanto un editorial abriera la veda, el resto caería justo detrás.

Todo era completamente impredecible. Los medios digitales habían abolido todas las reglas del juego que él conocía de los viejos tiempos, cuando pasaban indefectiblemente un puñado de horas entre el cierre de la redacción y la publicación de un artículo. Hoy en día, los desastres mediáticos podrían desatarse apenas después de unos segundos.

Cerró los ojos y se sumió en sus pensamientos. ¿Cómo era posible que un periodista se hubiera enterado del drama en la casa de Tåsinge? ¿Y cómo se había enterado de los detalles? Por lo visto no estaba al corriente de la segunda muerte del director del museo, pero sí de que el jefe del servicio de inteligencia había sido encontrado allí. ¿Cómo demonios se había enterado este periodista? Sea como fuere, la pregunta era superflua: la protección de la fuente era un mantra eterno.

Parecía bastante posible que la causa fuera un soplo interno. Después de todo, varios agentes de la Policía local habían participado en la operación. ¿Quién podía saber con qué personas andarían en tratos?

Pero también existía otra posibilidad; una que le hacía sentir escalofríos. A saber: que hubiera una conexión, un motivo oculto, que corría como un hilo rojo desde la supuesta muerte del director del museo hasta el robo del disco duro de su propio ordenador, pasando por las misteriosas conexiones con el medio de las drogas y la carnicería, ahora, en esa casa de veraneo. Un drama, por cierto, al que había sobrevivido milagrosamente el jefe del CNI.

Este era el tipo de tejido con el que estaban hechas las intrigas opacas, de naturaleza mucho más profesional.

No se sentía cómodo ante esa posibilidad. No era lo suyo. Él prefería los crímenes más concretos... y por el momento esto era de todo menos concreto. Tres muertos en Tåsinge, más la esposa de Bulbjerg en Nyborg.

Ya había interrogado a Axel Mossman, el jefe del CNI. Este se había mostrado locuaz y muy dispuesto a cooperar, y le había explicado que contó con la ayuda del CSI, el fotógrafo, un maquillador forense y un anestesista para organizar la muerte del director del museo en el castillo.

También le había explicado, meticulosamente, cómo cinco hombres vestidos de negro y con pasamontañas se habían precipitado en el interior de la casa y habían avanzado diligente y efectivamente, como una unidad antiterrorista, y cómo lo interrogaron y finalmente reprimieron con brutalidad.

Pero Mossman se negó a revelar lo que los hombres querían que les dijera, y también se negó a hablar sobre el motivo de la falsa muerte de Bulbjerg. Argumentó que era una cuestión de seguridad nacional y, por lo tanto, quedaba exclusivamente dentro del ámbito del CNI.

Por ahora no le quedaba más remedio que quedarse ahí sentado, cerrar los ojos y tratar de dar mentalmente con alguna conexión invisible, mientras esperaba los resultados de las muchas investigaciones que estaban llevándose a cabo en relación con la escena del crimen.

Había escuchado la llamada que recibió el 112. Un hombre, anónimo, dijo brevemente que creía haber oído disparos y gritos en un lugar determinado. El teléfono móvil desde el que había llamado funcionaba con una tarjeta de prepago y era simplemente ilocalizable.

Esta llamada, que había desencadenado la avalancha, era tan cuestionable como todo el resto de la historia. Mossman, por su parte, les había asegurado que las armas llevaban silenciadores y que todo fue tan rápido que nadie tuvo tiempo de gritar.

Todo aquello daba muy mala espina...

En ese caso, consideró que el informe de la autopsia era completamente irrelevante en este caso. Los dos guardias y Bulbjerg habían muerto por uno o más disparos de balas. Fin.

Por el contrario, lo que sí esperaba con enorme interés eran las diversas conclusiones de Fredericia. Contaba con disponer de unos minutos de tranquilidad con los documentos antes de que los medios avivaran el incendio.

H. P. Andersen abrió los ojos. Sobre su escritorio, estaba el boceto que él mismo había dibujado: un plano de la casa en formato DIN-A3, con las posiciones de los cadáveres y del jefe del CNI, e intentó imaginar todo el drama paso a paso.

Los técnicos darían a conocer la información crucial en cuanto hubieran estudiado los ángulos de lanzamiento y entradas de los proyectiles, y los posibles puntos de salida en los cuerpos, el suelo, la pared y el techo. Para esos cálculos, sin embargo, tendrían que haber completado la autopsia primero. Afortunadamente, había podido ir avanzando con otra parte de la investigación: la referida a la balística para descubrir qué tipo de proyectil había disparado cada arma.

Mossman había testificado que estaba seguro de que sus hombres no habían entregado un arma a Bulbjerg, porque así lo habían acordado, y, sin embargo, el director del museo estaba tendido en el suelo con una pistola en la mano. Mossman tampoco había podido confirmar con certeza que uno de sus ayudantes hubiera disparado una vez en la sala de estar. Los pocos segundos en los que sucedió todo habían sido demasiado caóticos para fijarse en cada detalle...

Andersen se inclinó hacia delante y abrió la página de inicio del periódico en cuestión. Nada. Al menos no todavía. Y tampoco nada en su bandeja de entrada del correo. Ni una respuesta del resto de mandos del CNI en Søborg.

Él solía ser terco y ambicioso, al menos en un marco razonable, se dijo, y su orgullo profesional le exigía llegar al fondo de esa cuestión, aunque solo fuera para resarcirse de la cantidad de horas de trabajo y dolores de cabeza que le provocó el primer capítulo del asesinato falso. En circunstancias normales daría la vuelta a cada pequeña piedra para ofrecer al fiscal una investigación exhaustiva, concisa y coherente, sin cabos sueltos, en bandeja de plata, pero en aquel momento no le habría importado en absoluto que algún cargo superior le hubiese pedido que se ocupase del caso. ¿Significaba eso que estaba a punto de quebrarse? ¿O no era más que un reflejo de pragmatismo?

Tal vez debería avergonzarse por pensar así, pero es que tenía un malísimo presentimiento sobre este asunto.

Alguien llamó a puerta. Antes incluso de que pudiera decir «Pase», el jefe de Policía de Skov, su superior, irrumpió en la habitación y, con un profundo suspiro, se dejó caer en la silla que quedaba justo frente a su escritorio.

—Qué locura. ¿Algo nuevo, H. P.? —gimió.

Andersen asintió y le explicó en pocas palabras la llamada del periodista. En la frente de su jefe se formaron unas profundas arrugas.

—Tenemos que encontrar el modo de echar luz en este asunto, por Dios. Por el momento, nos quedaremos en el «sin comentarios». ¿Cuándo podremos traernos a Mossman?

—Los médicos dicen que aún le quedan unos días más de reposo en cama, por la herida de bala y también por su conmoción cerebral.

—Yo acabo de hablar con la nueva ministra de Justicia.

—Oh, me había olvidado de lo de Rosborg. ¿Cómo se llama?

—Helene Kiss Hassing.

—¿Kiss?

—Sí, «beso». La dama es brillante como un faro.

—Eso no es nada nuevo.

—Solo Dios sabe en qué estaba pensando el Primer Ministro cuando la escogió a ella para el cargo.

—¿Por qué lo dices? ¿Qué aspecto tiene?

—Es alta, rubia, tiene unos ojos muy bonitos y una sonrisa preciosa.

—Pues entonces ya sabes en qué estaba pensando. Y por si eso fuera poco... ahí está el nombre: Kiss... ¡Por favor!

—Me habría gustado que la ministra me hubiera dicho cómo veía el tema de Axel Mossman, y cómo deberíamos comportarnos con él, pero por desgracia ahora está de vacaciones con su familia en Florencia. He perdido un montón de rato en llamadas y gestiones con el Ministerio hasta que me han dicho lo que pasaba.

—¿De vacaciones? Pero ¿no acaban de nombrarla?

—Bueno, parece que en el Ministerio sigue siendo temporada de vacaciones... En cualquier caso, nosotros deberíamos seguir trabajando en el caso como siempre, como si se tratara de una persona anónima, al menos hasta que nos digan lo contrario.

—Y ya sabemos lo que pasará, ¿verdad? Llevaremos a cabo un trabajazo, y al final nos quitarán el caso.

—Estas son las reglas del juego, H. P. —suspiró su superior—. No tenemos más remedio que seguir jugando.

57

Dos cicatrices rojas e hinchadas se marcaban en la espalda ancha, de piel tan gruesa que la comparación con una morsa parecía perfectamente justificada. Una de ellas se encontraba entre los omóplatos, la segunda un poco más abajo. Axel Mossman estaba sentado en el borde de la cama con el camisón blanco del hospital subido hasta el cuello.

Margrethe Franck lo inspeccionaba de cerca. Oxen tenía más que suficiente con mirar desde su silla. Las cicatrices ya las veía desde allí.

—¿Y qué tenías? —le preguntó Franck.

—Lipomas. Ya sabes, mi mujer es doctora, y estas cosas no acostumbran a tener nombres daneses. Tumores grasos, vaya. En principio inofensivos, pero aun así molestos y dolorosos.

—¿Y te han hecho algo aquí con lo de la herida de bala?

—Sí, claro.

—¿Qué?

—Una tomografía, pero no de todo el cuerpo, sino solo del abdomen... lo cual no es poco, dado mi volumen.

Al menos tenía la suficiente energía como para reírse de sí mismo.

Franck le analizó la espalda con lupa y lo palpó concienzudamente.

—¿Dónde te sacaron los lipomas?

—En Copenhague, en el hospital Reich.

—La verdad es que no noto nada, pero me apostaría un Mini Cooper nuevo a que debajo de una de estas cicatrices hay un pequeño rastreador de GPS. ¿Cuánto tiempo hace que te operaste?

Mossman lo pensó.

—Dos meses, más o menos.

—¿Y durante este tiempo, te viste con Malte Bulbjerg?

—No, en persona no... Esto fue antes. En fin, ahora tendré que pedir que me abran de nuevo, ¿no? La pequeña bestia no puede quedarse ahí dentro. Aunque seguro que la batería dura menos que yo.

Axel Mossman se bajó el camisón y volvió a estirarse en la cama.

—De modo que me pusieron un rastreador. Qué locura... Pero eso lo explicaría todo, la verdad. Así fue como encontraron también el camino hasta la piscifactoría del bosque, Oxen. Por culpa de mi cuerpo, ¡quién lo hubiera dicho!

Mossman gruñó, sorprendido, y sacudió la cabeza.

Pronto tendrían que volver a la cuestión cardinal de Mossman, y Franck y él tuvieron que ponerse de pie. Pero ¿por qué esperar?

—Volviendo a mis preguntas de antes... ¿qué sabía Bulbjerg y a dónde conducen las pistas?

—Por supuesto, Oxen, disculpa, nos hemos ido un poco del tema. Ahora solo espero que no me hayan insertado también un micrófono, o una bomba... Pero antes de seguir hablando tengo que estar seguro: ¿estamos los tres en el mismo bando? ¿Lo estamos?

Franck y Oxen se miraron. Margrethe se encogió de hombros. A él le pareció que ella estaba lista para confiar en su jefe.

–Bueno... te propongo que vayamos avanzando poco a poco. Primero hablas tú, y luego yo –dijo Oxen.

Axel Mossman había tenido una conmoción cerebral y estaba herido. Además, se había convertido en el personaje principal de un caso en el que había cuatro asesinatos. Su cargo pendía de un hilo. Puede que estuviera acabado, y, sin embargo, parecía disfrutar con ese interludio. Mossman asintió.

–*Well*, Oxen, eres un negociador duro, así que vamos a empezar. Punto número uno: ¿qué sabía Bulbjerg que era tan peligroso? Como obviamente tengo un problema de credibilidad contigo, voy a permitirme el lujo de mostrarte todas las cartas: Bulbjerg conocía las notas que su abuelo Karl-Erik Ryttinger había escondido bajo las tablas de su casa de veraneo. De ellas podía deducirse que Ryttinger conocía a un tal Vitus Sander, que por entonces no era más que un joven. La conexión entre ambos, sin embargo, no estaba clara; Bulbjerg no sabía exactamente de qué se conocían. Y su abuelo nunca mencionó el Danehof.

–Pero justo antes de su muerte, escribió la palabra «Danehof» en el suelo con su propia sangre –dijo Franck.

–Correcto, Margrethe. Esa fue la primera y última vez, al menos de forma explícita. Cuando Oxen envió a Malte Bulbjerg algunos de los documentos robados, el director del museo se topó con el nombre de Vitus Sander y entonces recordó los registros de su abuelo, que entretanto habían desaparecido. Dado que tú visitaste a la tía de Bulbjerg, Margrethe, imagino que estarás al corriente de la teoría de Malte de que sus padres murieron en un accidente de coche que podría haber sido provocado...

–Sí, lo sabemos –dijo Franck.

–Los registros de Oxen identificaban claramente a Vitus Sander como miembro del Danehof. Suponemos, pues, que Bulbjerg pudo haber establecido una conexión directa entre él y su abuelo asesinado, y que fue por ello que decidió ir a visitarlo. Una vez ante él descubrió que aquel hombre, que había pasado la mayor parte de su vida en Copenhague y había construido una exitosa compañía eléctrica, estaba ahora muriéndose en una residencia al oeste de Jutlandia. Lo visitó varias veces. Parece ser que al principio Vitus Sander se mostró desdeñoso y altivo. Pero el anciano llevaba ya demasiado tiempo peleando secretamente por ser miembro del Danehof, tal como apuntaban implícitamente los registros que enviaste a Bulbjerg, Oxen. El viejo Ryttinger fue una especie de mentor para Sander, y ambos intercambiaron ideas y confidencias sobre el Danehof del Norte con total confidencialidad. A Sander lo atormentaban muchas cosas: sobre todo que su propia gente hubiera decidido liquidar a Ryttinger cuando enfermó de demencia y se convirtió en un factor de riesgo en cuestión de seguridad. Así fue como el enfermo terminal Vitus Sander acabó dulcificándose y desarrollando una gran simpatía por el nieto de Ryttinger, hasta el punto de ayudarlo en su búsqueda de los asesinos de su abuelo, y también de los de sus padres. Le impresionó la tenacidad de ese joven tan persistente que se hizo historiador y se especializó en el Danehof. Durante sus charlas en Hvide Sande, Bulbjerg descubrió muchas cosas interesantes. Pero hubo un punto, sobre todo uno, que pesó más que ningún otro... *Well*, Oxen, diría que ahora es tu turno.

Mossman vació su vaso de agua sin apartar los ojos de él. Sí, era el turno de Oxen.

–Cuando Franck y yo descubrimos la habitación secreta bajo el castillo de Nørlund, cogí una carpeta de cuero de allí. Poco después nos redujeron, pero conseguí esconder la carpeta en la biblioteca, entre algunos libros. Más tarde, cuando todo terminó, volví tranquilamente, cogí la carpeta y desaparecí de nuevo. La verdad es que no tenía muy claro lo que debía hacer con eso, pero... no sé, lo que sí tenía clara era la sensación de que cualquier cosa que pudiera usar contra el Danehof podría ser valiosa en algún momento. Franck y yo habíamos conocido al director del museo en el transcurso de nuestra investigación. Sabía que estaba trabajando en un estudio académico sobre el Danehof y... bueno, decidí enviarle parte del material, sin pensar que podría suponer un riesgo para él. Obviamente, no tenía ni idea de su historia familiar... Y, además, me guardé los registros más explosivos para mí.

Miró a Axel Mossman, que escuchaba atentamente, erguido, con una almohada en la espalda. El jefe del CNI levantó las cejas.

–¿Los más explosivos?

–Tengo un montón de listas –continuó Oxen–. Específicamente, tengo una lista con los miembros del Danehof del Norte, que, al igual que el del Sur y el del Este, consta de tres subgrupos que llaman «anillos» y están compuestos por cinco miembros cada uno. Así pues, son quince personas en total. Viven repartidos por todo el país, pero todos son originarios del Norte.

Mossman hizo una mueca.

–¿Los nombres?

–Ahora te toca a ti.

–Vitus Sander le dijo a Bulbjerg quién iba a hacerse cargo del liderazgo del Norte tras la muerte del viejo Corfitzen.

Aquella confesión lo pilló por sorpresa. Y lo mismo sucedió con Franck, cuya expresión atónita no dejaba lugar a dudas.

Lo que Mossman acababa de decir significaba que la puerta de sus investigaciones estaba abierta de par en par. No era solo un descubrimiento relativamente valioso o una buena pista, no, era la vía directa al núcleo. La estocada en el cuello de la organización.

—¿Y qué hay de las pistas que llevan al Sur? —preguntó.

—Son tan precisas que incluso nombran un lugar específico. Si no hemos llegado más lejos es porque... Es tu turno, Oxen. ¿Cuáles son los nombres?

—La lista de quince nombres incluye a un ministro, Rosborg, a cuatro directivos parlamentarios, al Primer Ministro, a seis pesos pesados del campo empresarial, a un obispo, a un editor jefe y a un rector universitario... Venga, te vuelve a tocar.

—¿Sí o no?

Había llegado el momento. Oxen y Franck se miraron. Si se desentendía ahora de todo aquello, el Señor White habría muerto en vano.

—Sí —respondió.

—Sí —dijo Margrethe Franck.

—*Well*, todos los movimientos que hicimos tras la supuesta muerte de Bulbjerg y todas nuestras investigaciones nos llevan a una misma persona y a un lugar muy concreto: el castillo de Gram, en Jutlandia del Sur.

—¿Y en el Norte? ¿Quién está ahora al frente del Norte?

—Estoy seguro de que recordarás perfectamente a esta persona, Oxen.

Axel Mossman les dedicó una mirada insondable, primero a él, luego a Franck y luego otra vez a él, y por fin dejó caer la bomba.

—Karin «Kajsa» Corfitzen. Ella es la sucesora de su padre. La primera mujer que ha logrado colarse en el triunvirato que lleva siglos liderando el Danehof.

58

Yacía tendido en la cama, en calzoncillos, y con la botella de whisky sobre la barriga. Tenía calor. Por lo visto aislaron perfectamente el establo cuando decidieron vaciarlo del todo y convertirlo en tres pequeñas casitas para alquilar por noches.

La tele estaba encendida. Se había pasado un rato cambiando de canal, pero sin prestar atención a lo que veía.

Franck había aceptado –aunque con una mirada escéptica– comprarle una botella. «Medicina escocesa», lo llamó él, irónicamente. Necesitaba desconectar y dormir unas horas seguidas. Les esperaban un largo y agotador proceso de investigación.

Al día siguiente, por la mañana, se reunirían con el sobrino de Axel Mossman. Christian Sonne, el único superviviente de aquel pequeño grupo de iniciados, pasaría a instalarse en una casita de Nyborg que habían alquilado.

«*Varios días después del asesinato del propietario de una piscifactoría cerca de Brande, Jutlandia, la Policía continúa buscando con determinación al presunto autor del crimen*».

Se incorporó bruscamente.

«Se trata del condecorado veterano de guerra Niels Oxen, un ex-miembro de los cazadores, que vivía y trabajaba con la víctima. Oxen, que probablemente vaya armado, se considera mentalmente inestable y extremadamente peligroso».

Mientras el hombre del estudio seguía hablando, en pantalla se mostró un mapa de Brande, y a continuación la famosa foto que le hicieron en la comisaría de Aalborg, en la que aparecía con barba y el pelo largo.

Desde el estudio pasaron la conexión a un reportero que estaba frente a una estación de Policía en mitad de la noche, y este informó, con expresión sombría y líneas profundas en su rostro, que la Policía había ampliado la búsqueda de aquel hombre *«entrenado como un soldado de élite para matar»*. Siguiendo las indicaciones que les dio el conductor de un camión, la Policía había concentrado su búsqueda en el área que rodeaba la capital, pero, después, un granjero que vivía cerca de Sønder Felding les dio alguna pista y se desplegaron también por el centro y el oeste de Jutlandia, por lo que el espacio se había incrementado enormemente.

Apagó el televisor. Estaba oscureciendo en la pequeña habitación.

Era bueno haber encontrado un nuevo lugar en el que instalarse, aunque el hecho de que lo buscaran suponía, sin duda, un problema importante para el avance de sus investigaciones.

Por el momento, solo podía alegrarse de que ese granjero hubiese despistado a la policía con la pista que les dio, pues les había hecho cambiar su enfoque y centrarse en Jutlandia, y no en Selandia, mientras que él se encontraba justo en medio, en Fionia. Pero que lo encontraran era solo cuestión de tiempo, como cualquiera que fuera buscado.

Dio un buen trago a la botella, se dejó caer de espaldas y cerró los ojos.

Su cuerpo se relajó, pero su cabeza siguió trabajando a toda velocidad: retazos de pensamientos zumbaban en su interior y se mezclaban enloquecidos, sin sentido, sin encajar...

Axel Mossman y sus declaraciones en la cama del hospital... El jefe del CNI parecía tan irónico como siempre, pero al mismo tiempo se había convertido en una persona distinta. Sin ese exceso de energía. Sin esa cantidad de recursos para gestionar tácticas y tejer redes. Su viejo placer por las batallas había desaparecido. Estaba muy afectado, pues se sabía responsable de la muerte de cuatro personas.

Pero ¿estaba realmente roto? ¿Se podía confiar en Mossman de verdad?

—*A. T., ¿cómo se llama el intérprete?*

—*Abdul R.*

—*¿No estuvo también allí cuando caísteis en una trampa explosiva?*

—*Sí.*

—*¿Y en la emboscada al norte de Lashkar Gah?*

—*No estoy seguro, pero creo que sí. ¿Por qué lo preguntas?*

—*Hay algo en él que no me gusta. Llevo unos días vigilándolo secretamente. Habla demasiado con los lugareños y mira demasiado hacia atrás.*

—*Kandahar ya lo ha investigado.*

—*Así que Kandahar, ¿eh?... Bueno, ¿y qué? No confío en él. No quiero tenerlo conmigo en esta historia. No quiero volar por los aires por culpa de un* Daisy Chains *o cualquier otro explosivo de mierda.*

—*Oxen, ¿no crees que estás exagerando?*

—*No lo creo, A. T. No lo creo de ningún modo. Tienes que conseguirnos otro intérprete. ¿Te encargas tú de eso?*

▶ Sierra 60, aquí Xray 14. Misión abortada. Instrucción de Xray 05. Corto.

¿Cómo era el dicho? Uno puede pagar a un árabe, pero nunca comprarlo. Dio otro sorbo a la botella. «No confíes en nadie. Nunca». Lo repitió varias veces en voz baja, para sí mismo.

Puede que la hora de la derrota fuera precisamente el momento en que más cabía desconfiar de Mossman... Uno nunca debía acercarse demasiado a un cocodrilo llorando.

¿Y si Mossman estaba jugando a dos bandas? ¿Y si había montado una puesta en escena sobre la puesta en escena?

¿Había conseguido tenerlos a él y a Franck exactamente donde quería? ¿Se habían acostado con el enemigo?

Se incorporó, tomó un último sorbo de whisky y guardó la botella. No tenía más remedio que vestirse y salir afuera a fumarse un porro. En su cabeza todo daba vueltas demasiado rápido. Puede que un poco de hierba le proporcionara la calma necesaria.

Necesitaba dormir. Mañana empezaría todo.

59

Bien vestido, con una chaqueta de *tweed* y un pantalón gris oscuro, con zapatos negros y un sombrero de fieltro gris, el anciano caballero se sentó en el banco. Obviamente disfrutaba del entorno verde y de las magníficas vistas sobre el río, con el bastón doblado sobre sus rodillas.

–Ese hombre es un conde. Erik Grund-Löwenberg, del castillo de Gram, en Jutlandia del Sur. Tiene setenta y cinco años. Lo pongo desde aquí. Está a punto de pasar algo –dijo el sobrino de Mossman, Christian Sonne, que tenía el encargo de protegerlos, a él y a Margrethe.

El portátil estaba sobre la mesa de la cocina, y Oxen y Franck miraron al anciano que aparecía en la pantalla. Aproximadamente medio minuto después entró en escena un segundo hombre, que se acercó a un ritmo pausado. Se sentó en el mismo banco y colocó un maletín entre él y el otro caballero.

Calcularon que tendría unos cuarenta y tantos años; de frente despejada y bien vestido. Pudieron ver que los dos hombres hablaban entre ellos, pero la conversación transcurrió de un modo muy discreto.

Un poco más tarde, el joven se levantó de nuevo y se alejó de allí, dejando el maletín en el banco.

–De modo que fue así como se produjo la entrega. Enseguida, el viejo conde se levantará y seguirá con su paseo. Volverá al centro de la ciudad, donde tiene el coche esperándolo en un aparcamiento. Un momento, que avanzo hasta la siguiente escena.

Margrethe Franck se adelantó a Oxen con su pregunta:

–¿Qué había en el maletín?

–No lo sabemos, por supuesto –respondió Sonne–, aunque tenemos una idea concreta. Por la radio de la comisaría de Odense nos enteramos de que alguien se había colado en el despacho del investigador principal H. P. Andersen y le había intervenido el ordenador. Un colega entró en el despacho y sorprendió allí a un hombre en la oficina de Andersen, pero fue reducido. La grabación que acabamos de ver es de la mañana del día siguiente.

–¿Y quién es el segundo hombre? –preguntó Oxen.

–Ivar Kvist, consultor informático, con empresa propia. Su residencia está fijada en Snekkersten, al norte de Selandia. Tiene una casa cara, coches caros y una esposa cara, pero por lo demás nada que llame la atención. Nuestros colegas de Inglaterra y Francia lo tienen bajo vigilancia en relación con unos cuantos robos de datos exclusivos, pero hasta el momento no han podido adjudicarle ninguno, en realidad. Nunca ha sido acusado de nada.

El sobrino de Mossman hizo doble clic con el ratón, y entonces empezó una nueva escena junto al río de Odense.

–Cuatro días después. Mismo lugar, misma gente.

Concentrados, siguieron la acción. El proceso fue idéntico, excepto que esta vez lo que cambió de manos fue un gran sobre y no un maletín.

–No sabemos lo que hay en ese sobre –se apresuró a explicar Sonne, mientras buscaba otra escena de la grabación.

El conde Grund-Löwenberg estaba sentado sobre un Range Rover plateado.

–Estamos en el Monarch Raststätte, justo delante del puente –explicó Sonne.

Un hombre de mediana edad con una chaqueta de cuero marrón se sentó discretamente en el coche.

–Se irá en diez minutos. Su nombre es Lars Johansen. Es un exsoldado profesional que en los últimos años ha estado activo en seguridad internacional; destaca, por ejemplo, su trabajo en la cooperativa Black Rose Security, donde estuvo muchos años. Ahora es autónomo. Tenemos una idea bastante clara del tema del que pudieron estar hablando, porque después de eso seguimos a Johansen y vimos que él y su compañero pasaron varios días moviéndose por el mundillo de las drogas de Nyborg y recabando información. Los dos hicieron preguntas sobre el director del museo a diestro y siniestro y ofrecieron una recompensa para quien pudiera darles la información que pedían. Suponemos que en este vídeo Johansen estaba informando a quien le dio el encargo. Y aún tenemos una última grabación –dijo Sonne.

En la escena siguiente, el conde estaba sentado en el mismo coche plateado, esperando.

–Esta vez nos encontramos en otra área de descanso. Monarch Harte Nord, en la autopista en dirección a Esbjerg, poco después de la salida de Kolding –explicó Sonne.

Otro hombre, aproximadamente de la misma edad que el anterior, se acercó al vehículo.

–Fijaos en su mano. Un sobre.

Sonne dio unos golpecitos en la pantalla con el dedo índice.

–Este es el compañero de Johansen, Nick Campbell. Ciudadano británico, exsoldado y también exempleado de Black Rose Security. Además de las investigaciones en el mundo de las drogas, los dos estuvieron espiando a gente para el conde. Pasaron una temporada escondidos en una camioneta, registrando y fotografiando a todos los invitados que acudieron al funeral de Bulbjerg. Así que tal vez ahí acaben de pasarle una memoria USB con fotos o algo así. Como también estuviste en el funeral, Franck, seguro que el conde te tiene controlada –dijo Sonne.

Franck hizo una mueca ante aquella idea.

–¿Y ahora qué? –preguntó Oxen–. ¿Siguen trabajando esos dos? ¿Y qué pasa con el tío que intervino el ordenador de Andersen?

–Nosotros dimos por acabada la vigilancia del conde hace una semana. A Johansen y Campbell se los tragó la tierra, aparentemente, y lo mismo podría decirse de nuestro ladrón principal, Ivar Kvist. Desde que aparecieron estas grabaciones, el conde no ha vuelto a ponerse en contacto con ninguno de ellos.

–De modo que la estrategia de Mossman funcionó realmente... al menos en parte –dijo Franck.

–La maniobra del asesinato en el castillo sucedió según lo planeado. Los que tenían algo que ver con el tema salieron a la luz y pudimos verlos, y gracias a eso ahora sabemos quién es la araña en la red: el conde.

–¿Tenéis algo más sobre él? A su edad, lo más probable es que esté en la lista pasiva del Danehof, ¿no?

Christian Sonne asintió.

–Sí, eso mismo dijo mi tío. Puede que en el pasado el conde fuera un miembro importante del Danehof del Sur, pero cumplirá setenta y seis años este noviembre y por eso hemos preferido concentrarnos en su hijo Villum.

–¿Y por qué Villum? ¿No tiene más hijos? –preguntó Franck.

–Sí, una hija que está casada y reside en Estados Unidos, y también un hijo, pero tiene una grave discapacidad y vive en una residencia. Villum tiene cuarenta y seis años y es un exitoso hombre de negocios. Ha recibido una educación exquisita y ha estudiado programación e informática en Inglaterra.

Es copropietario y fundador de la empresa Castle & Unicorn Corp., que desarrolla plataformas informáticas y *software* para la gestión de inversiones, gestión de carteras y muchas otras áreas. Todo lo que tenga que ver con el control y la optimización de los flujos de efectivo. La compañía cotiza en Suiza y todo el asunto es extremadamente exitoso. Solo en el último año, el precio de sus acciones ha aumentado casi un ciento veinte por ciento. Villum Grund-Löwenberg dispone junto con el cofundador de la empresa, un amigo canadiense de su época de estudiante, de la mayoría de las acciones. Al principio de todo, un fondo de inversiones apostó por la nueva compañía, que hoy en día sigue estando compartida, a pesar de que desde entonces se han vendido muchas acciones. Villum ahora es el dueño de la casa de sus padres, el castillo de Gram, y estos ocupan solo una de sus alas. Él vive la mayor parte del tiempo en Copenhague, donde se encuentra la sede de su gran departamento de desarrollo, pero tiene otra residencia en Zúrich, que es donde se ubica su empresa. Al menos una vez al mes va a su casa de Gram a echar un vistazo. Mi tío dice que debéis centraros en él. Que tiene el peso necesario para jugar en la zona alta del Danehof.

–¿Villum? Nunca había oído su nombre –murmuró Franck, que se moría de ganas de saber más de él.

–Se dice que es discreto y reservado. El año pasado fue incluido en la revista del mercado de valores entre los diez daneses más influyentes del momento. Y también entre los diez más ricos, por cierto. Tiene una excelente red de contactos y trata con muchas personalidades importantes de la economía, así como con un puñado de políticos extremadamente poderosos.

–Pero ¿es mudo o algo así? Porque si hubiera interferido en el debate político en algún momento, yo lo conocería –puntualizó Franck.

–Sí, lo más probable es que no encuentres demasiadas citas con sus palabras; Villum rara vez ha comentado nada sobre ningún tema. Pero parece que es intencionado: desea tener poder, pero al mismo tiempo mantenerse alejado de los focos de la popularidad –dijo Sonne.

–¿Dónde está ahora?

–En Copenhague. Vive en un ático junto al Tuborg Havnepark.

Toda esa información sonaba muy interesante, y parecía absolutamente plausible que Villum fuera el hombre que estaba a la cabeza del Danehof del Sur. Si, además, era cierto que Kajsa Corfitzen había heredado de su padre el liderazgo del Norte, tenían ante ellos a un equipo muy fuerte que provenían de una misma y determinada generación.

Ya no eran jóvenes, es decir, tenían la edad justa, y habían recibido una educación exquisita. Kajsa había estudiado economía y se había establecido con éxito en el sector financiero, mientras que la industria de Villum había creado las condiciones técnicas para dirigir correctamente el flujo de dinero de ese sector financiero en particular. Y ambos contaban con la historia tradicional de su familia a sus espaldas.

Quedaba una última pregunta: ¿quién ocupaba el tercer y más poderoso cargo? ¿Quién era el jefe del Danehof del Este? Aunque no estuviera indicado explícitamente en los documentos, si uno leía entre líneas estaba claro: el jefe del Este gozaba de un estatus especial... Pero no tenían idea de quién podría ser, y en esos momentos no veían ningún hilo del que tirar.

Tendrían que esforzarse aún más y seguir abriéndose camino hacia las profundidades del centro del poder.

Oxen se levantó y empezó a pasear por la pequeña cocina, pensando en voz alta.

–Tenemos un montón de conjeturas y de posibles conexio-

441

nes, pero no podremos avanzar mientras sigamos aquí sentados y nos conformemos con mirar el mundo a través de un agujero. Debemos salir y pegarnos a ellos. En este momento tenemos dos objetivos prioritarios: el más importante es verificar si Villum dirige realmente el Sur. Y si queremos encontrar algo útil, algo tangible con lo que amenazarlos, entonces tendríamos que llegar a sus archivos. Como en el castillo de Nørlund el año pasado, Franck. Estas son nuestras dos tareas.

Franck y Sonne asintieron.

—Está bien —dijo Oxen—. Empecemos ya, Franck. Las tarjetas, los planos de la planta y cualquier información adicional nos serán útiles. Gram no está precisamente a la vuelta de la esquina, así que tendríamos que ir allí para hacernos una visión general de las condiciones locales.

—Bueno, igual no nos es tan fácil movernos libremente por ahí con el cartel de *most wanted* colgado a la espalda. Tenemos que ser extraordinariamente cuidadosos, Niels. Si te cogen, estaremos acabados —respondió ella.

—Pero es que no puedo quedarme aquí sentado, sin más. ¿Crees que las cosas se hacen solas? ¡Nada se hace solo! ¡Hay que luchar por cada centímetro!

Aunque ella tenía razón, por supuesto, y no le quedaba más remedio que admitirlo y aceptar que no había una solución rápida; que su única oportunidad para quedar absuelto y salir libre de todo esto era demostrar la culpabilidad de los hombres oscuros. La llave de su libertad se hallaba en algún lugar del camino hacia el centro del poder. Y nunca lo encontraría si se quedaba encerrado.

Estaba a punto de echarse atrás cuando Franck dijo, pensando en voz alta:

—Pero tenemos que ser capaces de movernos por ahí fuera con naturalidad, así que deberíamos agenciarnos unas pelucas, barba, gafas...

–¿Peluca? Yo no pienso ponerme ninguna...

–¿Ah no? Vale, entonces quédate aquí y no te muevas.

Christian Sonne se aclaró la garganta.

–Bueno, si me permitís decir algo... Nosotros ya hemos hecho los deberes. Discutimos toda la situación y las diferentes posibilidades con mi tío, que opina lo mismo que tú, Oxen: lo primero que tenemos que hacer es demostrar que Villum es el líder del Sur, y luego encontrar el archivo. Tengo aquí todos los mapas posibles del castillo y sus alrededores. Y ya hemos diseñado un plan. Ahora solo nos falta ponerlo en práctica.

–¿Un plan? –Oxen se detuvo abruptamente.

Franck se volvió hacia Sonne y lo miró inquisitivamente.

–Es un plan muy simple, y ya tenemos preparado lo que haremos.

60

Esa maldita tendencia a alegrarse por los males ajenos... Si dejaba libre semejante y extraña emoción humana, aunque solo fuera un segundo, se volvía en su contra como un bumerán... y sin restricciones.

Mientras avanzaba lentamente por el laberinto de pasillos blancos e idénticos, trató de recordar lo que estudió en el colegio sobre los antiguos griegos, pero llevaba décadas sin pensar en ello, y los pocos recuerdos que aún tenía habían quedado atrapados en el rincón más lejano y polvoriento de su memoria.

Se acordaba de Némesis, pero... Nada, no recordaba el resto. Solo cuando entró en el ascensor y presionó el botón, le vino el recuerdo de repente: Hybris. Eso era. *Némesis e Hybris*.

El ascensor se detuvo y lo dejó en el siguiente piso blanco, que se parecía extraordinariamente al de la planta que acababa de abandonar.

La *hybris* era la arrogancia, que representaba el mayor pecado en la imaginación de los antiguos griegos. Y la *némesis* era el castigo, el destino, la caída. Su maestro, cuyo nombre había suprimido con éxito de su memoria, siempre había filosofado con entusiasmo sobre estos dos polos.

Haría lo posible por reprimir su alegría cuando entrara en la habitación. Se resistiría a comentar nada, y no emitiría ni una palabra ni una expresión –por insignificantes que fueran– que dieran cuenta de ella. Nadie podría reprocharle lo más mínimo. Tenía una tarea extraordinaria por delante y lo haría con absoluta profesionalidad y respeto.

Al mismo tiempo, se advirtió a sí mismo de que tampoco debía dejar que se viera la admiración que, lamentablemente, también sentía.

Se detuvo y llamó a la puerta, y tras un enérgico «¡Adelante!» entró en la habitación. El jefe del CNI, Axel Mossman, había recuperado el color de la cara y tenía mucho mejor aspecto que la última vez. Llevaba una chaqueta de punto sobre la bata del hospital y estaba incorporado en su cama.

–Ah, el comisario al cargo... Entre, Andersen. Siéntese.

Mossman le señaló con la cabeza una de las sillas que quedaban frente a la ventana. Parecía serio, aunque sonreía.

–¿Qué puedo hacer por usted? –preguntó Mossman. Pertenecía a ese grupo de personas que tienen que llevar siempre la iniciativa.

Andersen cogió la silla y se sentó a una distancia prudencial de la cama.

–Estoy aquí para hacerle saber que se ha emitido una orden de captura contra usted, y para decirle que he solicitado una investigación. Si los médicos dan luz verde, mañana mismo será llevado ante el juez. Bueno, ahora ya lo sabe.

Mossman no dijo una palabra y se limitó a mirar sombríamente sus dedos desnudos, que sobresalían de debajo de la manta.

La tensión entre ellos podía cortarse con un cuchillo, pero él no tenía la menor intención de ceder. Había puesto las cartas sobre la mesa, y estaba muy satisfecho.

Cuando Axel Mossman finalmente volvió la cabeza y lo miró, sus ojos brillaban.

–*Well...* –dijo finalmente. No había duda de que el gigante estaba haciendo un verdadero esfuerzo para que su voz sonara tranquila y suave–. ¿Y cómo ha llegado el comisario a esta interesante conclusión?

Ahí estaba de nuevo, la arrogancia del CNI. Dirigirse a él en tercera persona, como si estuviera hablando de otro, era típico de los servicios secretos, que se consideraban a sí mismos como la aristocracia del aparato estatal. Pura *hybris*.

–Los técnicos no han terminado aún su trabajo, por supuesto, pero ya nos han enviado parte de la investigación balística, y todo parece indicar que usted, señor Mossman, ha estado ocultando información.

–Por supuesto que sí. Por razones de seguridad. Ya le informé de ese detalle.

–Pero mintió sobre las circunstancias del crimen, y de ahí la orden de detención.

–¿Eso es todo?

–Complicidad en tres asesinatos y retención de información de extrema importancia. Teniendo en cuenta que es usted el jefe del CNI, la cosa no pinta demasiado bien.

–¿Para quién, si me permite la pregunta?

Decidió ignorar esa estocada. Los labios de Mossman esbozaron una leve sonrisa. Cada vez que el jefe del CNI pensaba o hablaba, él se sentía superado por la vaga sensación de que ese hombre siempre iba mentalmente varios pasos por delante.

–¿Y por cuánto tiempo?

–Pues por el mayor tiempo posible. Ahora sabemos que el proyectil que atravesó su cuerpo y se atascó en la pared proviene del arma que se encontró en la mano de Bulbjerg. Explíqueme cómo es esto posible. Además, las investigaciones muestran que los disparos que mataron al director del museo y a sus supuestos colaboradores se realizaron desde su arma, Mossman, lo cual solo permite una conclusión: que, ya mortalmente herido, Bulbjerg logró disparar contra usted, y que usted cayó, se golpeó la frente contra la mesa de madera maciza y perdió el conocimiento. Suena lógico, ¿no? Claro que, si quiere ayudarme a interpretar estos hechos de un modo distinto, estaré encantado de escucharlo.

Mossman entornó los ojos y sacudió lentamente la cabeza. Luego respondió, y sus palabras sonaron apenas más fuertes que un susurro.

–¿Mi arma? Pero ¿qué tontería es esa? Yo hace años que no llevo un arma. Alguien desea acabar conmigo y lo ha organizado todo para hacerme parecer culpable. Solo para eso. ¡Es un montaje! Pero dígame... ¿está usted seguro de lo que está haciendo? ¿Ha pensado alguna vez en las posibles consecuencias de su trabajo?

–Trato de resolver tres asesinatos, cuatro, si contamos con el de la esposa de Bulbjerg, y eso es lo único que me preocupa en este momento. Bueno, eso, y descubrir qué papel juega usted en todo el asunto. También llegaré al fondo de esta pregunta. Si es inocente, lo descubriremos tarde o temprano.

Estaba logrando mantener bastante bien la compostura. Contenido. Sin *hybris*. Sin ira. Frío y equilibrado, como había planeado.

–Si de verdad cree que voy por el camino equivocado, puede resolver la situación fácilmente diciéndome la verdad, tanto de los asesinatos como de los motivos que se esconden detrás de todo esto –continuó con calma.

Mossman volvió a mirarse en silencio los dedos de los pies, tal vez porque sentía que diez gordos dedos eran más inteligentes que un comisario de Policía. Pero entonces llegó el momento: Mossman perdió la calma, y su tono se volvió mordaz.

—Si le dijera ahora lo que se esconde detrás de los asesinatos... Si le presentara la verdad desnuda y la extendiese como una alfombra frente a usted, lo único que sucedería es que se desataría el infierno, aquí y ahora. La complejidad de este caso va más allá de cualquier otra cosa que hayamos experimentado en este país. El asunto es tan... abrumadoramente grande, intenso, feo, repugnante y escandaloso para nuestra democracia, que resultará incómodo para cualquiera; realmente para cualquiera.

Mossman cogió su vaso de agua y le dio un trago antes de continuar, lentamente, sin apartar los ojos de él.

—Aunque hay algo que sí puedo prometerle, señor comisario: si este caso llegara a la opinión pública, no quedaría ni un ápice de brillo en nuestra pequeña y feliz monarquía, en la que unos soldaditos de plomo con gorras de piel de oso custodian las entradas al palacio real. Pero nadie quiere destruir el mundo de sus sueños, en realidad; nadie quiere que este caso salga a la luz. Es por eso que hay personas como yo, y es por eso que no voy a darle ninguna información. ¿Le ha quedado ahora lo suficientemente claro?

Las palabras de Mossman sonaron poderosas, inescrutables y amenazadoras, pero Andersen se mantuvo centrado en la realidad, en la que tenía cuatro asesinatos sobre la mesa. Entre ellos el de un hombre al que habían matado dos veces. Todo lo demás eran fuegos artificiales.

—Estoy seguro de que tiene sus razones, Mossman, como yo tengo las mías. Dejaré unos guardias en su puerta, y mañana por la mañana pasaremos a buscarlo.

—Está usted loco... ¡Largo de mi vista!

Mossman dio una patada al aire con su pierna derecha y luego dejó caer su cabeza sobre su almohada y no volvió a dirigirle la palabra.

Andersen se levantó, dejó la silla donde estaba y salió de la habitación.

61

El plan no era precisamente una obra de arte, un proyecto maestro que resolvería de un plumazo todos sus problemas, y Christian Sonne era el primero en admitirlo, pero al menos era sencillo y los llevaría un paso más allá.

Si tenían éxito, podrían responder por fin a la pregunta de si Villum Grund-Löwenberg era realmente el líder del Danehof del Sur.

Estaban los tres sentados en la cocina del pequeño apartamento en el centro de Nyborg que Mossman había alquilado como base estratégica. Sobre la mesa había un plano de la planta del castillo de Gram y una vista general de los alrededores.

La idea era acceder a la fortificación y colocar un puñado de micrófonos diminutos, tanto en la parte del castillo en la que vivía Villum, como en el ala en la que residía el antiguo conde.

Después de eso, soltarían la bomba.

Si todo salía según lo previsto, las escuchas les aportarían certezas que les permitirían seguir avanzando.

—No hemos tenido tiempo para elaborar el plan en detalle —explicó Sonne, quien acababa de mostrarles en el plano dónde estaban el despacho, la sala de estar y los dormitorios en el castillo–, y aún no hemos decidido qué tipo de bomba queremos soltar: ¿fotos? ¿material escrito? ¿vídeos? ¿registros de las conversaciones entre Bulbjerg y Vitus Sander? ¿Queremos pasarles por las narices los documentos robados de Oxen? ¿O una combinación de todo?

–Dale al conde lo que más le afecte: imágenes en movimiento. Que se vea a sí mismo sentado en un banco recogiendo un artículo, y que se pregunte cómo demonios podían haberlo seguido sin que se diera cuenta. Envíale todo el paquete de vídeos. Incluso las secuencias del coche –dijo Franck.

Oxen asintió. Estaba completamente de acuerdo con ella. Tenían que lograr la mayor conmoción posible. Como si tiraran una granada de humo en una habitación pequeña. Entonces el viejo no tendría más remedio que reaccionar de inmediato. Y como en el mundo del Danehof estas cosas no estaban reguladas por teléfono, Villum se apresuraría a mantener una conversación confidencial padre-hijo lo antes posible. A partir de ahí solo les quedaba esperar que esa conversación tuviera lugar en una de las habitaciones vigiladas, porque entonces se sentarían a escuchar con los oídos bien atentos.

–Está bien –dijo Sonne–. Así lo haremos. ¿Y qué escrito le adjuntamos?

–El más breve posible. Los vídeos hablan por sí solos; dejemos que actúen –respondió Oxen.

–Pero ¿qué queremos exigirle? ¿Dinero? ¿Un encuentro? –preguntó Franck.

–Dinero, dinero. Acordamos que eso era lo más realista, ¿no? Mi tío está de acuerdo. Todo el mundo sabe de qué va el tema –respondió Sonne.

–Bueno, si yo estuviera en su lugar, pensaría, no sé, un anciano sentado en un banco o en un coche, hablando, no es un crimen... –dijo Franck, pensativa.

–Pero si el remitente es capaz de realizar una vigilancia tan brillante se lo tomará en serio, y seguro que piensa que tiene más material guardado. Bueno, yo al menos lo pensaría, y eso me pondría muy nervioso. Creo que deberíamos darle la menor cantidad de información posible para alcanzar el máximo efecto. Algo así como «Veinte millones de coronas y enviaremos más instrucciones».

Franck y Sonne reflexionaron sobre la sugerencia, y luego asintieron.

—Da igual que sean diez o veinte millones. Creo que Niels tiene razón —dijo Franck—. Cuanto menos sabes, mayor es la incertidumbre.

—También habíamos pensado en poner escuchas en el apartamento de Tuborg Havnepark, pero nos ha parecido mucho más difícil acceder a un hotel de lujo que a un antiguo castillo —dijo Sonne.

—Deberíamos intentarlo de todos modos. Yo puedo ocuparme de eso —dijo Franck.

Sonne no tuvo tiempo de contestarle, porque en ese instante sonó uno de sus tres teléfonos móviles. Solo podía ser Mossman.

Con el aparato en la oreja, no solo respondió sorprendido, sino que la confusión apareció literalmente marcada en su rostro. Sus comentarios fueron breves y sonaba desconcertado. Al final, dijo: «Solo podemos esperar, mañana sabremos más».

Después de aquello, Christian Sonne colgó y se quedó mirando el teléfono en su mano.

—Era mi tío —dijo—. Han emitido una orden de detención contra él, y mañana será llevado ante el juez. Andersen ha solicitado prisión preventiva. No lo entiendo.

Sonne les hizo un resumen de la breve conversación, y les dijo que a lo largo de la mañana irían sabiendo más. En silencio, se sentaron a la mesa de la cocina mientras el significado y la trascendencia de ese mensaje se filtraba lentamente en sus conciencias.

Oxen levantó la cabeza. El inesperado ataque del comisario parecía haber afectado mucho a Franck y a Sonne. A él, en cambio, lo dejaba indiferente... o más bien le hacía sospechar. De hecho, cuando se acostó en la cama con la botella de whisky imaginó un escenario similar.

—A mí no me parece tan insólito, la verdad. Era extraño que él fuera el único superviviente, ¿no? Tal vez esto solo haya sido la gran obra maestra de Mossman; una doble puesta en escena...

—Eres increíble; ni tu mano derecha confía en tu mano izquierda, ¿eh, Oxen? —dijo Franck, con acidez.

—Si lo que sugieres fuera cierto, significaría que mi tío es un triple asesino, como mínimo, y en ese sentido solo puedo decir una cosa: ni de broma. Eso queda completamente excluido. Lo conozco desde que nací, y siempre hemos estado cerca. Y no, imposible.

—¿Y cómo argumentarías tus sospechas si tuvieras que justificarlas? —le preguntó Franck.

Oxen pudo comprobar que la idea iba tomando forma en su cabeza.

—Sé que es tu tío, Christian, pero déjame desarrollar un momento los argumentos, ¿de acuerdo?

Él asintió.

—Voy a partir de la base de que Mossman pertenece al círculo interno de los hombres oscuros. Debo admitir que este pensamiento ni siquiera es nuevo para mí... ¿Qué ganaría organizando todo este escenario? Bueno, supongamos que Bulbjerg recurrió a él con sus descubrimientos. Él tendría que convencerlo para cooperar y debería ganarse su confianza incondicional para ver cuánto sabía Bulbjerg en realidad. Tendría que hacerse una idea del peligro que podría suponer para el Danehof. Qué duda cabe de que organizando su muerte y orquestando su funeral, Mossman se aseguraba la fidelidad de Bulbjerg. Después, en cuanto dispusiera de toda la información que necesitaba y diera por concluida su investigación, ya podía liquidar al director del museo y enterrar su cuerpo en cualquier lugar, seguro de que nadie lo reclamaría. ¿Para qué buscar a alguien que ya se considera muerto?

—¿Y la esposa? —interrumpió Franck, que escuchaba con suma atención.

—Hay dos posibilidades: que no supiera nada del primer montaje y muriera sencillamente como una viuda afligida que enterró a su esposo... o que tuvieran que matarla como daño colateral, al igual que a los dos exempleados del CNI que Mossman tuvo que sacrificar. La mujer fue asesinada cuando Mossman estaba en Tåsinge, así que debe de haber más gente, ¿sicarios?, involucrada.

—¿Y para qué entonces ese ingente trabajo de escuchas y vigilancias? Hemos estado trabajando en grupos de tres —dijo Sonne.

Oxen se encogió de hombros. Quizá hubiera otras respuestas mejores, pero esta fue la que primero le vino a la cabeza:

—Yo creo que todos los esfuerzos realizados no han sido más que simples maniobras de distracción, cuyo principal objetivo era convencer a todos los involucrados, incluido tú, de las buenas intenciones de Mossman; sobre todo al director del museo.

—En resumen: Mossman dispara a los demás... ¿y luego se dispara a sí mismo? —Sonne parecía realmente escéptico.

—Si lo hizo, fue para evitar cualquier resquicio de duda... Aunque yo sospecho que tenía a uno o más ayudantes para acabar aquel trabajo.

—¿Y qué me dices de toda la historia previa de mi tío? —Sonne extendió los brazos, impotente—. La historia de sus inicios en la Policía, de la muerte del viejo Ryttinger, del suicidio del socialdemócrata Gregersen y de su esposa también muerta... De eso hace muchos años, Oxen.

—Eso es verdad, por supuesto. Pero también podríamos considerar el hecho de que a ciertas personas les resultara de lo más conveniente que tu tío encabezara la investigación en ambos casos.

—¿Estás sugiriendo que por entonces ya era uno de ellos? —preguntó Franck.

—Bueno, todo empieza en algún momento...

Sonne estaba sentado a la mesa, sacudiendo la cabeza lentamente. Franck tenía unas profundas arrugas en la frente y los labios apretados. Ninguno de los dos dijo nada.

—Id juntando las piezas poco a poco: aunque os falte o quizá os sobre alguna, la conclusión siempre es la misma: Axel Mossman, quien admite melodramáticamente haber asesinado a mi perro, se gana gradualmente mi confianza. ¿Para qué? Para que le diga dónde están los documentos del castillo de Nørlund. Quiere saber si hice copias. Ese es su objetivo final: recuperar la lista de quince nombres y evitar el desastre. Y con el mismo esfuerzo elimina otra amenaza: el hombre del museo que sabía demasiado. Es impresionante. Nos encontramos ante un verdadero maestro. Dadle vueltas a la idea por un momento...

Christian Sonne estaba petrificado. Su rostro empezó a ponerse rojo mientas seguía sentado a la mesa y miraba fijamente a la pared, hasta que en un momento dado ya no pudo controlarse más.

—¡Estás enfermo, joder! Lo estás manipulando todo para que las cosas encajen en tu foto. ¡Y todo por un perro! No puedo creerlo...

Se levantó de la mesa tan enojado que la silla de la cocina se cayó al suelo mientras desaparecía en la sala de estar. Franck y Oxen se sorprendieron y ella arqueó las cejas. Hasta el momento, Sonne había mantenido una actitud bastante moderada.

—Lo que dices suena plausible, pero ¿no es así siempre con las teorías conspiracionistas? ¿No sucede que encajan en función de cómo las presentes? Armstrong nunca estuvo en la Luna. Elvis sigue vivo.

—Yo no veo una conspiración en cada esquina, Franck. Solo me enfrento a todo este asunto con una mirada crítica. Cuanto más alto se sube a una escalera, más cuidado hay que tener con el equilibrio. La vida se ha encargado de enseñarme que las cosas van así.

Franck se echó hacia atrás en su silla para echar un vistazo a la sala de estar, pero no alcanzó a ver a Sonne.

—Escucha —le dijo—. Creo que hay algo de lógica en tu razonamiento. Resulta que vigilan a Vitus Sander, y cuando ven a Bulbjerg con él en la residencia se les disparan las alarmas. Conocen la historia de Bulbjerg y de la familia Ryttinger, y por supuesto también la del antiguo magnate industrial y el falso accidente de tráfico de los padres de Bulbjerg, así que tienen todas las razones para estar preocupados, y Mossman lo sabe mejor que nadie, de modo que simula la muerte de este para protegerlo.

Franck fue contando los acontecimientos con los dedos. Por el momento eran tres; ahora venía el cuarto dedo.

—Cuando Bulbjerg muere y es enterrado, o al menos eso creemos todos, se ven obligados a salir de su escondite. Necesitan saber qué está pasando en el mundo. Presumiblemente ya habían considerado quitárselo de en medio, pero que alguien se les adelante hace que no entiendan nada. El anciano conde se ocupa discretamente de los asuntos prácticos, y contrata a un ladrón para obtener información de la Policía, y a dos exsoldados que asisten al funeral y hacen algunas preguntas. ¿Estamos de acuerdo? ¿Eso tiene sentido para ti?

—Sí, podría haber sido algo así —admitió Oxen.

—Bien. Sin embargo, aquí debemos tener en cuenta otra posible explicación que exime a Mossman. A ver... los líderes del Danehof no solo están molestos por el misterio que rodea a la muerte de Bulbjerg, sino que se sienten frustrados porque no logran ponerte a ti de su parte. Están estancados. Saben que robaste material de sus archivos, pero no se te acercan demasiado porque tienes el vídeo que muestra el asesinato cometido por el ministro de Justicia. Además, no tienen idea de dónde estás; podrías seguir en Dinamarca, o haberte ido a los Estados Unidos o a Tombuctú. No tienen ni idea, aunque les encantaría saberlo. ¿Es correcto?

Con eso marcó el quinto dedo, y desplegó el primero de la otra mano.

—Por razones que no sabemos, deciden entrar en acción y sacrificar a su ministro de Justicia. En ese momento, tu vídeo pierde todo su valor. Ya nadie les impide darte caza, y comienzan de inmediato, con toda su potencia. Contratan a un puñado de profesionales y les ordenan cazar al veterano de guerra Niels Oxen.

—De eso no me cabe ninguna duda.

—Séptimo... Conocen la historia de Axel Mossman. Los antiguos asesinatos que no logra sacarse de la cabeza y todo ese tema. La historia de los perros ahorcados les deja claro que aún va en serio, y por eso lo vigilan de cerca. Tienen miedo de que él intuya algo. Cuando se opera, ajeno a toda sospecha, aprovechan la oportunidad y le insertan un rastreador de GPS. Así es como dan con la piscifactoría y con la casa de Tåsinge. Un golpe de gracia muy inteligente. Y muy plausible.

Franck alzó el octavo dedo y siguió hablando.

—Y cuando todos los demás han muerto y han eliminado cualquier riesgo, se les ocurre la posibilidad de encasquetar a Mossman los cargos de homicidio y llevarse el premio gordo.

Todo un regalo. ¿Qué me dices? Así todo tiene sentido, ¿no? Punto por punto.

Franck le mostró sus dedos extendidos como para subrayar todos los puntos, antes de doblarlos de nuevo, esta vez en torno a su taza de café.

–Podrían haber disparado a Mossman, sencillamente, y así también habrían acabado con él, ¿no? –gruñó Oxen.

–Quieren mostrar su poder. Juegan con él. Con el jefe del gran CNI. El gato también juega con el ratón. Tú lo sabes bien. Su poder es ilimitado. Imagínatelo... ¡El jefe del CNI con un rastreador de GPS en el lugar en el que antes había un tumor! Esa es la máxima humillación.

–Podría habérselo insertado él mismo, para convencernos.

–Eso me parece demasiado rebuscado. Yo creo que la verdad suele estar en las explicaciones más sencillas. Tú reprochas a Mossman que lo retuerza todo constantemente, ¿recuerdas? Pero es que tú haces lo mismo, Niels.

–Bueno, aunque ahora lo pongan en prisión preventiva queda un largo camino hasta la condena: puede haber un montón de hechos técnicos que apunten en una dirección diferente. Huellas, agujeros de balas, fibras textiles... toda esa historia.

Franck asintió con energía.

–Sí, cierto. Es muy probable que Mossman acabe siendo declarado inocente. Pero eso no importa. Dispararle era parte del juego. El simple hecho de tener que explicarse para salvar su pellejo será una prueba muy difícil para Mossman, así que lo tienen justo donde quieren: bajo control.

Oxen dio un largo sorbo a su café, y ambos se quedaron un rato en silencio. Desde la sala de estar tampoco les llegó ningún sonido. Puede que Sonne estuviera tratando de tranquilizarse. O planteándose la posibilidad de disculparse. Y por otra parte, todo lo que había expuesto Franck parecía comprensible y creíble. Oxen no tenía ni idea de lo que debía creer.

—Puede que tengas razón, Franck. Pero no confío en él. Simplemente, no puedo hacerlo.

—Lo entiendo. Si piensas en el Señor White...

—En Whitey, sí... Pero no es solo eso, sino toda la historia del año pasado. Mossman me habría vendido al mejor postor sin pestañear.

—Eso lo dices tú. Te amenazó con hacerlo, es cierto, pero nada más. Y aparte del asunto del Señor White, yo siempre he visto a Mossman como una persona decente.

—Puede que todo sea porque siento un enorme respeto por él, por su inteligencia y su ingenio. Cada vez que estoy a solas con él... me provoca una sensación de inferioridad total, y eso no me gusta. ¿Entiendes lo que te digo?

Franck asintió.

—Oh, sí... Mossman es un hombre extremadamente talentoso y experimentado. Pero al final no es más que un humano de carne y hueso.

—Y de grasa —añadió Niels, con una sonrisa.

Sonne apareció y se detuvo en la puerta.

—Lo siento, Oxen... No pretendía faltarte al respeto. Es solo que yo lo veo de otro modo; es mi tío y es una buena persona. He perdido los estribos. Disculpa, no volverá a pasar.

62

El ruido no paraba. No era estruendoso, sino más bien un revoltijo de sonidos amortiguados provenientes de la calle, que subían hasta su dormitorio a través de la ventana.

Un nuevo lugar, un nuevo paisaje sonoro. En los últimos tiempos se sentía abrumado por un bombardeo de sonidos desconocidos, después del silencio junto al bosque. Asignar cada sonido a un objeto, o a una situación, le aportaba una gran sensación de seguridad.

En la casa de Johannes Fisk solía escuchar cada tarde y cada noche las aves y otros animales, así como el murmullo de los árboles, que cambiaba de tono en función de la dirección y la fuerza del viento. Y luego estaba la señal de advertencia que de vez en cuando lo hacía saltar de la cama, casi siempre –menos en las dos últimas ocasiones– por una falsa alarma, provocada por un ciervo asustado, un zorro u otro habitante del bosque.

En el apartamento de Margrethe Franck en Copenhague, en cambio, las cosas eran completamente distintas. Mucho más ruidosas y con una representación fonética desconocida para él, muy distinta a la anterior. Entonces, de pronto, el sonido de unas puertas de automóvil, que tenía el mismo efecto que si hubiera saltado la alarma en la maleza. Y no una falsa alarma, sino una señal real de que la caza había comenzado. Sobre el ático, las escaleras traseras que daban al patio, y vuelta a empezar.

Más tarde, en la misma noche, una serie de sonidos nuevos, esta vez en la casa adosada de Kihler a las afueras de Brønshøj, donde había buscado refugio y donde había sido recibido con los brazos abiertos.

En la granja con *Bed and Breakfast* había estado tranquilo, pero cada lugar tenía su propio sonido. Ahí tenía a la mujer que soltaba al perro y volvía a llamarlo para que entrara después de haber hecho pipí, y ahí estaban también el ruido y el susurro que venían de las otras habitaciones del edificio de al lado, y el suave zumbido de los coches en la carretera.

Ahora estaba acostado aquí, un nómada en Nyborg, tratando de clasificar los nuevos sonidos de la calle Mellem. El vecino acababa de ir al lavabo y había tirado de la cadena, que había pasado por la tubería del alcantarillado. Enfrente, una anciana había llegado a su casa en taxi. En algún lugar más alejado, alguien arrojó una botella a la acera, rompiéndola con un ruido sordo seguido de un fuerte tintineo.

Eran ruidos de tarde, no de noche. Eran casi las diez. Franck estaba en el hotel. Se habían despedido después de comer, cuando Christian Sonne se marchó, pues tenía que volver a Aarhus a hacerse con el equipo de escuchas para el día siguiente. Eso, más una peluca y unas gafas.

Si por algún motivo hubiera olvidado para qué necesitaba el disfraz, las noticias de la televisión le habrían refrescado la memoria, pues presentaron un reportaje sobre la «caza humana», que por entonces se consideraba «fallida». Sin embargo, la noticia más importante de la noche fue la que hacía referencia al hombre más importante del CNI, quien había sido arrestado por estar vinculado a un caso de asesinato múltiple en una casa de veraneo en Tåsinge. El reportaje fue una cruda mezcla de hechos y conjeturas y personas que no querían hablar sobre el tema.

Oxen apagó el televisor antes incluso de que acabara el reportaje, y no volvió a encenderlo.

Con los escasos restos que le quedaban en la nevera se organizó algo para cenar, y de paso leyó algunas páginas sobre la historia del castillo de Gram y de la familia Grund-Löwenberg, que Sonne le había imprimido y dejado sobre la mesa de la cocina.

Después de aquello se puso a caminar arriba y abajo por el pequeño apartamento, tratando de pensar. Cocina, dormitorio, sala de estar, ida y vuelta y de nuevo a empezar. Todo estaba completamente desestructurado y no lograba avanzar ni un paso.

Finalmente se rindió, se desnudó y se metió en la cama con la esperanza de poder dormir aquella noche.

Se habían puesto de acuerdo en llevar a la práctica el plan de Sonne. A pesar de sus reticencias, él también había aceptado. Por un lado, porque Franck lo acusó de ser un eterno escéptico y por otro, porque confiaba en la intuición de ella. Y claro, también porque no se le ocurría otra alternativa.

En su vida siempre se habían sucedido largos periodos en los que había hablado casi únicamente en inglés. A veces aún pensaba en esta lengua, y a veces el danés era sustituido por las expresiones propias, las frases hechas y los mensajes de radio de los militares. El caso es que ahora le vino a la mente una expresión inglesa muy común que resumía a la perfección cómo se sentía: se había mostrado de acuerdo con el plan porque un hombre a la fuga, como él, no tenía muchos otros caminos por los que transitar. Y porque era demasiado tarde para echarse atrás.

Se hallaba en un *point of no return*, como dirían sus colegas británicos o estadounidenses de todo el mundo.

Sí. Ya no había vuelta atrás.

Mañana, Sonne y él tratarían de colarse en el castillo e instalar micrófonos a plena luz del día, mientras la pareja de condes comía a la hora de siempre.

Mientras tanto, Margrethe Franck viajaría hasta Copenhague para tratar de acceder al lujoso apartamento de Villum Grund-Löwenberg y ponerle también escuchas. Había aceptado coger el Toyota y luego llevarlo hasta Brønshøj para que Kihler recuperara su coche, tal como estaba previsto. Luego, en algún momento de la noche, volvería en tren hasta Nyborg.

Un ciclomotor sin escape traqueteó a lo largo de la calle con un ruido ensordecedor. Unos minutos más tarde lo siguió un coche, que llevaba la música tan alta que las paredes vibraron suavemente hasta que este pasó.

Echaba de menos el silencio. Echaba de menos el susurro de los árboles.

Durante los primeros días pensó un par de veces en ello, y ahora volvió a hacerlo: ¿qué habría pasado con el corvato de la caja de cartón? ¿Era posible que sus desconocidos enemigos hubieran quemado la casa de arriba abajo, con el cuervo dentro? ¿O quizá había sido descubierto y puesto a salvo por la Policía local? O puede que alguien le hubiera partido el cuello para evitarle más sufrimiento.

Esperaba que a alguien se le hubiera ocurrido la idea de liberarlo. A esas alturas, él ya lo habría hecho. Aunque lo más probable era que el cuervo ya pudiese volar por sí solo, hubiese aprovechado todo aquel caos para huir, y ahora estuviera tan tranquilo, posado en la rama de algún árbol cercano. Aquella idea le gustó.

De pronto, un ruido nuevo. Pudo oírlo perfectamente: unos golpecitos suaves en la puerta principal.

En apenas unos segundos saltó de la cama, agarró la pistola que estaba en la mesita de noche y salió de la habitación. Cuando cruzó la cocina, oyó un susurro inconfundible a través de la ranura de la puerta: la voz de Margrethe Franck.

Encendió la luz, retiró el pestillo y le abrió la puerta.

—Vaya, en calzoncillos pero con pistola. Qué combinación más interesante.

Franck no pudo evitar sonreír mientras entraba en el pasillo. Oxen parpadeó, algo deslumbrado.

—No imaginé que ya estarías en la cama. ¿Prefieres que me marche?

—No, no, quédate. De todos modos no podía dormir.

Él desapareció en el dormitorio y ella fue a prepararse un café. Un momento después, Oxen regresaba con una camisa sin abrochar y aún descalzo, pero con pantalones.

En el cuerpo de aquel veterano de guerra no había ni un gramo de grasa. Eso ya lo había notado en el pasillo.

La última vez que lo había visto casi desnudo, había sido en una habitación de hotel en el bosque del Rold, hacía un año, una noche en la que él había gritado tan fuerte y desgarradoramente que ella había corrido hasta su habitación, saltando sobre una pierna, con el arma preparada. Pero lo que había encontrado era a un hombre en mitad de una pesadilla, completamente destrozado.

Había mucha diferencia entre entonces y ahora, pensó, mientras sacaba dos tazas del armario. En aquel tiempo estaba demacrado y en mal estado. Ahora su torso y sus brazos estaban fuertes y musculados, probablemente debido al duro trabajo forestal, aunque no tenían nada que ver con esos cuerpos terribles de músculos hinchados por el entrenamiento... como el de Anders.

—¿Qué quieres? ¿Cómo es que no estás en el hotel? —le preguntó Oxen.

Anders Becker... El hombre que en los últimos días había estado dejándole varios mensajes en su contestador automático y a quien acababa de llamar hacía una hora, para hablar con él y hacerle algunas preguntas, pese a que creía saber ya las respuestas. Necesitaba asegurarse.

—Humm, ¿qué?

—Te he preguntado por qué no estás en el hotel.

—Porque quiero mostrarte algo.

—¿El qué?

—Acabo de llamar al hombre que viste en mi apartamento el otro día.

—¿A tu novio? ¿El que es incapaz de mantener la boca cerrada?

—Su nombre es Anders, Anders Becker. Y no es mi novio. Ni lo fue ni lo será. Pero, por supuesto, he pensado en él todo el tiempo. En si fue él quien nos vendió. Así que pensé en aprovechar este pequeño descanso, antes de que mañana empiece de nuevo la fiesta, para llamarlo. He hablado con él durante mucho rato y le he dicho que estaba volviendo a casa, y que tú estabas completamente loco.

Oxen la miró confundido. Entonces ella le hizo un breve resumen de su conversación con Anders.

Efectivamente, ella le había dicho que se sentía cada vez más incómoda cerca de Niels Oxen, que era un exsoldado que estaba bajo una enorme presión y completamente fuera de control. Además, le había dicho que Mossman le ordenó ir a Tåsinge, donde se había topado con un escenario terrible, y que ahora tenía la sensación de haberse involucrado en una causa cuyas consecuencias ya no lograba comprender. Un veterano de la guerra que estaba como una cabra y sobre el que había una orden de busca y captura por asesinato, y un jefe, posiblemente también un criminal, que mañana iba a ser llevado ante el juez de instrucción.

También le había asegurado que aunque Mossman le había ordenado que siguiera vigilando a Oxen, ella había decidido irse a casa, a su propia cama en Østerbro, para descansar y reflexionar. La urgía tomarse un día de descanso antes de volver con Oxen, porque realmente lo necesitaba. Y por supuesto quería decirle que lamentaba mucho no haberle contestado antes, pero es que todo había sido una locura.

La reacción de Anders había sido fantástica. Se había ofrecido para ir a verla y charlar de todo esto en cuanto ella volviera a casa, y ella había aceptado la oferta.

Entonces, mezclado con otros detalles sobre el irascible carácter del veterano de guerra, colocó el último cebo: que Oxen estaba ahora mismo colocado y borracho en un apartamento que Mossman les había preparado, en el patio trasero de una pequeña tienda de deportes, en la calle Mellem de Nyborg.

En ese momento Franck señaló a Oxen una de las ventanas de la sala y apartó la cortina unos centímetros.

—Allí, un poco más abajo, está la tienda de deportes, y junto a ella hay una entrada que da a un patio trasero. No creo que tarden mucho en llegar. De modo que, si tenías razón sobre tus sospechas... ¿Querrías un café mientras esperamos?

—No, no. Total, tampoco puedo dormir. ¿Cuánto rato hace que hablaste con él? ¿Una hora?

—Una y media, más bien.

Oxen se sentó en el reposabrazos del sofá para poder ver la calle a través de la estrecha abertura entre las cortinas. Margrethe cogió una silla de la cocina e hizo lo propio en la otra ventana.

—Vi las noticias, antes —dijo—. Al principio solo hablaba de Mossman uno de los grandes periódicos del país, pero ahora ya sale hasta en la tele. Todo el reportaje era un desastre. Y, por cierto, la búsqueda del veterano de guerra y presunto asesino se considera ahora fallida porque supuestamente varios oficiales de Policía de alto rango han fracasado en el intento. Se ha llegado a la conclusión de que las últimas informaciones dadas a la población eran, con toda probabilidad, erróneas.

—Sí, yo también las vi. Al menos una parte —respondió Oxen.

—Tiene que ser muy fuerte.

—¿El qué?

—Escuchar cómo te relacionan con algo así. Oír que eres un peligro para tu entorno.

—¿Un peligro? Siempre lo he sido.

Pudo adivinar su sonrisa torcida en la habitación oscura, que nunca estaba del todo oscura porque la farola de la calle quedaba justo al otro lado de la ventana. Cuando volvió a mirar afuera, vio a los hombres de inmediato. Tres figuras altas y fuertes que se acercaban lentamente a la tienda de deportes.

—¡Ya están aquí!

Oxen asintió.

—Sí. ¿Quién vive al otro lado del patio trasero, en realidad?

—Antes me he pasado a echar un vistazo rápido. Una joven pareja con un niño. En la puerta hay un dibujo infantil con sus nombres.

—Se van a llevar un susto de muerte.

—Lo superarán. ¡Ahí!

Los tres hombres miraron alrededor discretamente y desaparecieron tras la puerta del patio trasero.

Margrethe se sintió aliviada. Y muy enfadada. Se sentía increíblemente avergonzada y estúpida.

En la jerga ligeramente polvorienta de su oficio, proveniente de la época de la Guerra Fría, Anders Becker era el llamado *Romeo*, y ella había caído de lleno en la clásica *honey trap*. ¿Cómo demonios había podido ser tan increíblemente imbécil, ingenua y descerebrada?

Lo único que Oxen dijo fue un tímido «Lo siento».

Después de unos minutos, los hombres volvieron a aparecer. Uno de ellos gesticulaba exagerada y airadamente, de un modo que no podía ser malinterpretado. Luego desaparecieron de su campo de visión a paso ligero.

—Querían tenerme controlada todo el tiempo. Muy de cerca. Sabían que habíamos trabajado juntos con anterioridad, y probablemente pensaron que tarde o temprano los llevaría hasta ti. Suena lógico, ¿no?

Oxen se sentó en su reposabrazos, asintiendo.

—¡Vaya mierda! ¡Maldito cerdo asqueroso!

Dio un puñetazo contra el marco de la ventana y se puso de pie de un salto.

—Y aunque parezca que solo estoy tratando de justificarme... te juro que fui muy escéptica durante mucho tiempo, ¿eh? Suelo ser muy cautelosa y nunca me había liado con un colega. Pero Anders parecía tan sencillo... tan directo... Nunca me dijo nada de la pierna, por ejemplo. Y todos necesitamos un poco de seguridad, ¿no? Pequeños momentos de descanso en los que no estemos solos. No estábamos saliendo. Era solo...

Aunque estaba preparada y era fuerte, la certeza le resultó muy dolorosa. Temblaba de ira.

Oxen asintió lentamente.

—Sí, tienes razón, el tipo es un cerdo, pero nunca podrás demostrarlo, Franck.

—Pero pagará por esto, algún día. Se la devolveré, doblada o triplicada.

—Por supuesto, pero tendrás que esperar al momento adecuado, ¿vale? Ahora me gustaría volver a la cama y dormir un rato.

–¿Puedo acostarme en tu sofá? No quiero volver al hotel.

–Por supuesto. Buenas noches.

–Buenas noches.

Birgitte levantó su manta y se arrastró hacia él. Se movió como a cámara lenta. Él la notó solo a medias, adormilado como estaba.

Su piel era suave y fresca, y él sintió su cálido aliento en la nuca.

Estaba a punto de caer en los brazos de Morfeo, pero ahora emergió de las profundidades. Probablemente ella se había quedado a ver una de esas series de televisión que nunca se perdía –*Sexo en Nueva York* o *Friends*– y ahora el capítulo habría acabado. La luz del comedor estaba apagada y ella se acurrucaba buscando su calor.

Se despertó de golpe, se apartó de un salto y se incorporó en la cama. Esa no era Birgitte, y no estaban en una de sus primeras noches apasionadas en el pequeño apartamento de tres habitaciones, antes de que llegara Magnus. Esa era...

El corazón le latía a toda velocidad.

–Está bien, Niels. Solo soy yo, Margrethe. Vamos, acuéstate y sigue durmiendo. No pasa nada. No quería despertarte.

–¡Franck, joder! Esto no puede ser... Yo no... no puedo... Es imposible. Me gustaría... dormir solo.

Franck se incorporó. Llevaba una camiseta blanca, y a la luz de la farola pudo ver el contorno de sus pechos y cómo la tela se tensaba en torno a ellos.

–No, de verdad que no... no puedo... Me gustaría, pero...

Él la miró. Su mirada estaba tranquila. Levantó el dedo índice y se lo puso en los labios.

–Chissst... no te asustes, relájate. Sé lo suficiente sobre el trastorno por estrés postraumático como para no agobiarte. No tienes que hacer nada, Niels. Yo no quiero nada en absoluto. Solo acuéstate y sigue durmiendo. Nada más. Échate dándome la espalda, no me importa. No haremos nada. Solo dormir juntos. En silencio. A oscuras. Juntos. Tú y yo contra el mundo inmundo, ¿te parece?

63

El trayecto de una hora y media casi había terminado. Había sido un viaje relajado por la autopista de Nyborg a Vejen. Tan relajado como solo un paseo en una estruendosa furgoneta podría serlo.

Ahora solo le quedaban unos pocos kilómetros por delante. Todo apuntaba a que sería un juego de niños, aunque también podía ser un fiasco. Trató de centrarse en la tarea que tenía por delante.

Christian Sonne iba al volante. El sobrino de Mossman, que había pasado la noche en Aarhus, lo había recogido en su apartamento de Nyborg.

Se sentía extraño y estaba muerto de calor. La peluca marrón oscuro que Sonne le había facilitado le hacía parecer un hombre completamente distinto. El pelo era grueso, bastante largo y en cierto modo parecía grasiento. Por primera vez en muchos años, unos mechones de pelo cosquilleantes caían por su frente. Y también llevaba gafas con una gruesa montura negra.

El disfraz era molesto, pero funcionaba. Aparte de eso, ambos iban vestidos con monos de trabajo de la SE, la compañía de energía de Jutlandia del Sur, y la camioneta había sido convertida en un automóvil de la compañía. De hecho llevaba ya un tiempo tuneada, en Aarhus, esperando a poder ser usada, cuando las cosas salieron mal en Tåsinge.

–Somos técnicos especialistas en banda ancha, y estamos de servicio. Hay un montón de tíos así en este momento –le había explicado Sonne.

Echó un vistazo a su reloj: eran las once pasadas, así que deberían tener noticias pronto. En ese momento, Axel Mossman estaría ante el juez de instrucción, donde las decisiones a veces se toman con sorprendente rapidez.

Margrethe Franck y él habían desayunado juntos. Su presencia no le había molestado, pero ninguno de ellos había comentado lo que había sucedido durante la noche. Por un breve momento sintió la necesidad de comentar al menos lo que *no* había sucedido, pero entonces recordó las palabras de ella («Relájate. Sé lo suficiente sobre el trastorno por estrés postraumático») y se quedó callado.

Habían estado muy juntos. Al principio tuvo a Franck entre sus brazos. ¡Había pasado tanto tiempo desde la última vez que estuvo así! En los últimos años de su matrimonio, entre él y Birgitte habría cabido todo un océano.

Aun así, no se sentía cómodo en esa postura. Ella estaba demasiado cerca y le daba demasiado calor. Pero se había quedado estirado, respirando con mucho cuidado y sin moverse un milímetro. En algún momento, cuando ella se hubo dormido, él se dio la vuelta.

Al final, él también cayó rendido. Durmió plácidamente, pero muy poco rato. Nunca dormía bien y menos si no estaba solo. Pese a todo, se quedó en la cama junto a ella.

Y ahora estaba ahí sentado, en esa furgoneta, camino a Jutlandia del Sur, a un pequeño lugar en el que los esperaba un castillo. Franck se había ido a Copenhague antes de que Sonne lo recogiera a él. A esas alturas, lo más probable era que ya hubiera llegado.

Sonne y él no habían hablado apenas durante el trayecto. La furgoneta avanzaba a paso tranquilo entre grandes edificios de ladrillos que parecían establos. Pasaron junto a los dos carteles que señalizaban el inicio de la ciudad, situados a izquierda y derecha de la carretera, y decorados con dos torres en miniatura cubiertas por un tejadito. Obviamente, aquí todo el mundo se identificaba con el castillo.

—Hemos estado haciendo turnos para vigilar al viejo conde. Esta es la cuarta vez que vengo a Gram. El castillo está ahí, a la derecha. Sé de un buen lugar para aparcar, pero primero daremos una vuelta de reconocimiento. Tenemos tiempo —dijo Sonne.

Habían planeado su visita según las vigilancias que habían estado haciendo. Si el conde se mantenía fiel a sus hábitos, él y su esposa se irían a Ribe, a Haderslev o tal vez a Aabenraa hacia el mediodía, donde probablemente comerían algo. Luego la condesa iría a dar una vuelta para ver escaparates, tal vez incluso comprar algo, y unas horas después, volverían a Gram.

Cruzaron el puente sobre el dique, que contenía una parte del río Gram para alimentar con su agua el lago que rodeaba los terrenos del palacio.

El castillo de Gram no era muy grande. De hecho le recordó un poco al de Nørlund, en el bosque del Rold, donde residió el embajador Corfitzen —antiguo jefe del Danehof del Norte— hasta el día en que lo encontraron muerto en la silla de su despacho. El mismo día en que él fue detenido por la Policía y fue llevado a comisaría para ser interrogado.

Eso le hizo pensar. En aquella ocasión lo acusaron de asesinato, y ahora volvía a estar igual... Las fuerzas oscuras tenían mucho poder.

—El anciano ocupa con su esposa el ala delantera; Villum, el resto —explicó entonces Sonne, señalando con la cabeza hacia el castillo.

El edificio de tres alas estaba construido con ladrillos de color marrón rojizo, y tenía las cornisas y los marcos de las ventanas de color blanco. Desde la calle se podía ver directamente el patio interior del castillo y la explanada de césped que tenía delante.

El castillo había sido construido sobre una pequeña isla en el lago y era posterior a la fortaleza medieval que había en el Rold. La construcción comenzó hacia 1470, y cada una de las alas del edificio se completó en un siglo distinto. El mariscal de campo Hans Schack fue quien encargó el ala principal.

Ya en 1793, la familia de los Grund-Löwenberg se instaló aquí tras desembolsar una gran suma de dinero. Eso fue todo cuanto recordaba de su lectura sentado a la mesa de la cocina. Sus pensamientos habían estado ocupados con cosas más importantes.

—Por cierto, que la antigua taberna del castillo también es de Villum, aunque la tiene alquilada. —Sonne siguió hablando mientras pasaban junto al hermoso edificio antiguo.

—¿Dónde aparcamos el coche?

—En la isla del castillo. Si lo hacemos tan descarado, resultará más creíble. Nos detendremos frente al edificio de administración, en el lado izquierdo. Allí solo hay un puñado de empleados fijos que se encargan de la explotación agrícola, además de un jardinero y el conserje. Si nos cruzamos con alguien, nos limitaremos a decir que tenemos que identificar un error en la red.

—Pero ¿tú sabes algo sobre el tema?

—No tengo ni remota idea, Oxen.

—Pues yo tampoco. Genial.

Sonne sonrió, aunque no parecía muy convencido. Al contrario que su tío, no era precisamente un tipo que derrochara confianza en sí mismo. Su imagen era pragmática y seria. Sonne giró a la derecha en la siguiente calle, y dio la vuelta.

—Nos quedaremos aquí parados, detrás de este seto, hasta que ellos se marchen. Desde aquí podremos ver perfectamente cuándo salen del castillo.

—¿Y si no se van?

—Pues nos iremos nosotros y ya volveremos otra vez.

En ese momento sonó uno de los teléfonos de Sonne. La conversación fue corta, y él asintió varias veces.

—¿Yo? Estoy en el trabajo, con un colega nuevo —dijo, antes de despedirse y dar por acabada la conversación.

—Era mi tía. El juez ha rechazado la solicitud de prisión preventiva, pero la orden sigue vigente para que los investigadores tengan un poco más de tiempo para informarse. Tres días, para ser exactos.

—Yo estudié para Policía —dijo Oxen.

—No lo sabía.

—Fueron solo dos años, no acabé la formación.

—¿Por qué no?

Esquivó decirle la verdad, pues era difícil de explicar y además bastante increíble: que le habían puesto una trampa, que habían metido drogas en su garaje y que había sido expulsado de la academia de Policía para evitar que abogara por una comisión que investigara la muerte de Bosse. Que habían intentado distraerlo con un billete gratis con los cazadores y que él... se había dejado comprar, al menos por un tiempo.

—Estuve en el ejército antes de entrar en la Policía, pero me di cuenta de que quería volver. Cuando supe que podía entrar con los cazadores, la decisión no fue difícil —dijo, respondiéndole al menos con media verdad.

—Vaya. Sí, ya he oído hablar de tus méritos. ¡Realmente geniales! Aunque me temo que los demás no podemos ni imaginarnos lo que eso significa en realidad —dijo Sonne, quien parecía querer saber más sobre el tema.

Oxen no respondió.

Estuvieron en silencio por un rato, uno al lado del otro, con la mirada puesta en la entrada al castillo.

—Tienen que liberar a Mossman. No imagino otra opción —dijo, al fin.

—Yo tampoco —respondió Sonne.

—Y si está fuera... ¿qué pasa entonces?

—Pues continuaremos exactamente como hemos empezado. Aunque me temo que tendrá muchos problemas en el Centro, mi tío lleva muchos años tendiendo puentes y conoce a las personas adecuadas. Por supuesto, que llevara a cabo esa operación secreta sin informar a nadie es del todo cuestionable, como también lo es que financiara todo el asunto desde una sospechosa cuenta privada. A cualquier otro eso le costaría el puesto.

—¿Y tú por qué haces esto? Podrías perder tu trabajo.

—Desde que me divorcié tengo más tiempo libre, y además necesito el dinero desesperadamente. Ahora vivo solo en la que era nuestra casa, y no hay modo de venderla. Además, al fin y al cabo se trata de mi tío.

Al pensar en la lucha que se abría en el horizonte de Mossman para lograr que lo absolvieran, la frente de Sonne se llenó de arrugas.

—Quizá al final le vaya bien estar a punto de retirarse. En realidad incluso podría ahorrarse todo el marrón —continuó Sonne.

—A mí me dijo que quería retirarse antes de tiempo.

—Típico de mi tío. Él es quien toma las decisiones. Nadie que esté por encima de él, ni tampoco nadie a su nivel.

—¿Es cierto que conoce a toda la gente importante de Londres?

—¿Te refieres al MI5 y al MI6? No le gusta hablar de esas cosas, pero es cierto, sí: tiene amigos en ambos; sobre todo con los británicos, tal vez por la historia familiar, aunque también se lleva bien con los estadounidenses, los alemanes y los franceses. Mi tío es un gran hombre, en todos los sentidos. Está cómodo en todas partes, tanto en el plano nacional como en el internacional. Hasta los israelíes hablan con él.

Se quedaron en silencio de nuevo, mirando al frente. Para completar la imagen de los técnicos que estaban haciendo un descanso para comer solo les faltaba la fiambrera con los bocadillos y el termo de café, pero nadie pareció fijarse en ellos. Ni siquiera los ciclistas ocasionales que pasaron a su lado hicieron el gesto de mirarlos.

—Oye, eso de tu perro... —Sonne buscó las palabras con cautela— No sé, no es propio de él.

—Humm...

—Me lo contó. Me dijo que había dado la orden porque había una causa superior. Él mismo tiene un perro. Siempre ha tenido uno, de hecho... Pero entiendo perfectamente...

Un Land Rover gris plateado apareció por el camino de entrada. La condesa iba sentada en el asiento del copiloto. El coche giró a la izquierda, avanzó sin prisa por el camino del castillo y desapareció de su vista.

Sonne puso en marcha el motor y giró resueltamente hacia el camino de entrada. Luego estacionó su furgoneta frente al edificio en el que se hallaban las oficinas.

Salieron silenciosamente del coche y miraron a su alrededor, como cualquiera habría hecho. Entonces Sonne abrió la puerta de atrás, sacó varios dispositivos y le pasó a Oxen algunas varillas de medición, rojas y blancas.

Hasta el momento, Sonne no había podido averiguar si el castillo estaba equipado con un sistema de alarma. Sin embargo, habían llegado a la conclusión de que en un edificio tan grande y con tantas ventanas lo más probable era que, de tenerlo, el conde solo lo conectara por la noche.

En la entrada no se veía un alma. Apenas una vieja bicicleta apoyada en la pared. Entonces oyeron un zumbido, que venía de la granja de la otra orilla del lago. En la distancia distinguieron a un hombre cortando el césped.

–Eso de ahí es Gramgård. También forma parte del castillo. Imagino que el hombre es el jardinero, así que mejor no lanzarnos en sus brazos –dijo Sonne.

Para que nadie pudiera verlos entrar, ni desde la calle ni desde el jardín, tenían que intentar llegar al castillo por el lado del lago, desde el sótano.

Se pusieron todo el equipo bajo el brazo y empezaron a buscar. Las ventanas del sótano del ala izquierda estaban cerradas o tapiadas, pero había dos ventanas con la persiana a medias en el primer piso. Después de consultarlo brevemente, acordaron probar con una escalera. La camioneta bloqueaba la vista desde las oficinas, y si sucedía algún imprevisto, Oxen se encargaría de ello mientras Sonne –que era el que tenía en mente el plano del castillo–, acabaría el trabajo de dentro.

Sacaron la escalera de aluminio del coche. Consistía en tres partes igual de largas, lo suficientemente altas como para permitirles llegar cómodamente a la ventana.

Sonne se puso la bolsa con las herramientas en el hombro, se subió y abrió la ventana con un destornillador. Luego empujó la persiana hasta arriba, apartó un jarrón que había justo en el poyete, por dentro, y se metió con cuidado en el interior del edificio. Poco después asomó la cabeza.

–Ha sido fácil. Estoy en alguna sala de estar. Me pongo manos a la obra, ¿vale? Calcula unos quince minutos –dijo, levantando un pulgar y desapareciendo.

Tenía que montar diez micrófonos lo más rápido posible: unos minúsculos aparatitos que actuarían como oídos invisibles y traicionarían al conde y a su hijo desvelando sin piedad todos sus secretos... Suponiendo que ellos los compartieran, claro. Despachos, salas de estar, dormitorios y cocinas. Con eso debería bastar.

Presionó el botón de su reloj y puso en marcha el cronómetro. El jardinero continuó haciendo sus rondas con el cortacésped. El ruido del motor seguía siendo audible. Oxen apartó la escalera y se arrodilló junto a uno de los medidores para pasar desapercibido.

La propiedad estaba muy bien cuidada: los bordes del césped estaban recortados, los parterres, libres de maleza y los nenúfares florecían en la superficie del agua.

El castillo era, decididamente, el marco perfecto para la vida contemplativa y rutinaria de la pareja de ancianos, que hacía ya mucho tiempo que había pasado el testigo a su hijo Villum, un ganador que a su vez vivía lejos del idilio de Gram, en Copenhague y Zúrich.

Una familia de patos reales nadó a través del lago seguida por una flota de patitos. Seguro que en aquellas aguas negras había unos lucios enormes. Eso podría ser un problema para los pequeñuelos. Cuando menos lo esperaran, el monstruo podría emerger de las profundidades y arrastrarlos hasta el fondo.

Las cosas eran así en el lago, y también entre las personas. Por supuesto, primero tendrían que demostrar la posición que ocupaba Villum Grund-Löwenberg en la organización, pero Oxen estaba seguro de que se trataba de una persona educada y cultivada, con un gran don de gentes y un mejor olfato para los negocios, pero que debajo del traje... había un monstruo.

Durante la tarde, Franck intentaría acceder a su ático en el moderno paseo marítimo de Hellerup para colocar también un puñado de micrófonos allí. En cuanto todo estuviera listo, solo tendrían que enviar al conde algún tipo de reclamación impactante, a fin de acelerar el pulso de las viejas paredes.

Al cabo de exactamente dieciséis minutos y medio, según su cronómetro, Sonne asomó la cabeza por la ventana y lanzó un silbido. Todo estaba saliendo según lo previsto. Oxen apoyó la escalera contra la pared, y Sonne volvió a cerrar la ventana. Poco después estaba a su lado, en el césped. En cuestión de segundos plegaron de nuevo la escalera y volvieron a su furgoneta.

Cuando doblaron la esquina, estuvieron a punto de chocar con una anciana que observaba, extrañada, el vehículo. Esta dio un paso a un lado y los examinó con ojos despiertos.

–¿Qué hacen ustedes aquí? –les preguntó, sin rodeos.

–Venimos de la compañía eléctrica. Ha habido un fallo en la red –dijo Sonne inmediatamente.

–¿Tiene un agujero?

–¿Un agujero?

–Sí, la red –dijo la mujer, que debía de tener más de setenta años.

–Ah, sí, algo no funciona. Pero el fallo no está aquí, de modo que tenemos que seguir buscando. ¿Trabaja usted en el castillo? –preguntó Sonne.

–Trabajar es un poco excesivo. Ayudo, a veces. Ahora acabo de cortar unas cuantas porciones de carne, picar otras tantas y guardarlas en el congelador para la condesa. Las personas como ella no están acostumbradas a utilizar sus manos como nosotros. –La anciana se echó a reír y movió sus dedos–. Por suerte, todavía funcionan. Llevo ya veinticinco años ayudándolos, y seguiré haciéndolo mientras pueda. ¿Qué les parece?

–Fantástico, por supuesto –le respondió Sonne, sonriendo ampliamente.

–Bueno, pues que tengan suerte con su reparación –dijo la mujer, gesticulando brevemente y alejándose de allí.

Ellos metieron las herramientas en la furgoneta, cerraron las puertas traseras y entraron en la cabina. Aunque todo había resultado sorprendentemente fácil, oír el sonido del motor fue realmente un alivio.

Se marcharon de allí. La trampa estaba puesta. Ahora solo faltaba el cebo.

64

Los exclusivos edificios de apartamentos blancos, con sus grandes fachadas de cristal y el fino revestimiento de madera, formaban una fila justo a la orilla del mar. Villum Grund-Löwenberg vivía en el piso de arriba de todo. Ella lo había calculado mal: era prácticamente imposible acceder a esa vivienda de vistas fantásticas.

Había accedido a la escalera con el truco más antiguo de la historia: esperar a que llegara otra persona y entrar con ella. En este caso, fue un anciano caballero de aspecto juvenil, quien galantemente le abrió la puerta.

Pero al llegar al piso superior, en el que se hallaba el apartamento del exitoso hombre de negocios, se topó con una cerradura electrónica con un código de seis dígitos. El aparatito eléctrico que llevaba en su bolsillo no podía descifrar una combinación tan compleja ni de broma, y algo parecido sucedió con la tira de cinta negra adhesiva: en el mejor de los casos, solo le sirvió para demostrar su falta de imaginación en lo referente a la *urban living* junto al mar: allí no había ni un solo cristal para romper, de modo que la cinta aislante no le sirvió de nada.

Ahora estaba sentada en la azotea de aquel piso tan poco hospitalario, sin saber exactamente por qué había aterrizado allí. Al menos la puerta eléctrica que daba al exterior sí había podido abrirla, después de todo.

Pero la azotea tenía un alero de varios metros de ancho, y rápidamente se dio cuenta de que le sería imposible bajar por allí –deslizándose por las cañerías, por ejemplo.

Así pues, no dispondrían ni de un solo chivato en la dirección preferida de Villum Grund-Löwenberg. Tendrían que vivir con eso. De todos modos, si Sonne y Oxen lograban instalar el sistema de monitoreo en el castillo, el plan funcionaría: era mucho más lógico pensar que sería Villum quien corriera a reunirse con el viejo conde, y no a la inversa, en cuanto mordiesen el anzuelo.

Hacía media hora que Villum había vuelto a casa. Franck había oído abrirse una puerta de la terraza que quedaba justo debajo de ella. Tal vez saldría a disfrutar del sol de la tarde y a tomarse una copa... O puede que estuviera sentado a la mesa del balcón, trabajando con su portátil... O comprobando quizá el pulso del Danehof o la curva de temperatura del mercado de valores... Una persona como él seguro que no se tomaba ninguna tarde libre.

Eran ya las ocho y media, y aquello era una pérdida de tiempo. Lo mejor sería coger el coche, irse a Brønshøj, dejar el Toyota en casa de Kihler y tomar el próximo tren hacia Nyborg.

No pudo evitar volver a pensar en Oxen, una vez más... Durante el día le había venido a la cabeza muchas veces. Aquella noche no iría a su apartamento y se quedaría a dormir con él. Eso sería obviamente demasiado...

La impotencia y el miedo a las relaciones estrechas eran solo dos de los muchos síntomas que caracterizaban el trastorno por estrés postraumático. Oxen no era objeto de todos los síntomas y algunos se manifestaban en un estadio muy incipiente, pero aun así tenía que ser cauta.

Estaba a punto de levantarse y marcharse de la azotea cuando oyó un débil sonido. Era el timbre de la puerta, de modo que Villum iba a recibir una visita. Eso le provocó una cierta curiosidad, y la hizo sentir aún más rabia por no haber colocado los micrófonos. Pero bueno, estar así no le serviría de nada.

Se levantó, cruzó la azotea y abrió la puerta que daba al interior del edificio. Ya había bajado unos peldaños cuando de repente se le ocurrió una idea. Si no podía mirar hacia abajo con sus propios ojos, tenía que poder hacerlo de un modo diferente. Al fin y al cabo, su móvil tenía una cámara estupenda...

Volvió a la azotea, se arrodilló y rebuscó en su pequeña bolsa. Ahí estaba la cinta aislante; aquello tenía que funcionar. En cualquier caso, valía la pena intentarlo.

Calculó lo largo que tenía que ser el trozo de cinta y decidió que, por lo menos, cinco metros. Luego activó el vídeo de su móvil y enganchó el teléfono en la cinta, a unos treinta centímetros del final. Con cuidado, dobló esa sección hacia arriba, pasándola por encima de la pantalla, y pegó el resto en el extremo de la propia cinta aislante. Finalmente dio una vuelta más a la cinta y la fijó girando en cruz sobre sí misma.

Ahora su móvil había quedado perfectamente sujeto y era imposible que se despegara o cayera.

Sacó un bolígrafo de la bolsa y perforó con su punta el contorno de la pequeña lente de la cámara. Luego raspó con la uña el trocito redondo que quedó entre los agujeros; el resultado fue exactamente como lo había imaginado. Ahora podría tener un ojo en la ventana...

Se arrastró hasta el borde de la azotea, se estiró boca abajo y dejó que la cámara se deslizara suavemente por el aire. Lo peor que podría pasar era que Villum o quien quiera que estuviera en el apartamento viera el móvil flotante. En ese caso, la puerta de la escalera se abriría con mucha rapidez y ella se vería obligada a sacar su arma.

Después de unos cinco minutos moviendo la cámara hacia arriba y hacia abajo, Margrethe recogió la cinta del todo, cogió el teléfono, se desplazó diez metros hacia un lado y repitió la maniobra. Como no tenía ni idea de cómo estaba diseñado y amueblado el apartamento, iba totalmente a ciegas. Lo único que sabía con seguridad era que al menos una de las terrazas daba al lado del mar.

Desde la calle no había visto cortinas, pero desde luego podía haber persianas. ¿Era posible que llevara varios minutos filmando solo unas ventanas con las persianas bajadas?

Cambió de posición una última vez hasta que tuvo aproximadamente unos quince minutos de imágenes de vídeo. Luego, con cuidado, subió la cinta por última vez, se metió la bola pegajosa en la bolsa y corrió hacia la puerta. No había razón para quedarse aquí más de lo absolutamente necesario.

Unos minutos más tarde, abrió la puerta del coche apretando el botón del mando, y se sentó al volante del Yaris plateado, que había dejado discretamente aparcado junto a una de las casas que quedaban algo más allá.

Estaba contenta de haber salido de la azotea, pero sobre todo, tenía curiosidad por ver si había grabado algo significativo, como quién estaba en el piso con Villum.

Sacó el móvil cubierto de cinta aislante y lo despegó con cuidado. Luego le dio al botón de reproducir y observó con atención las imágenes que aparecieron en la pequeña pantalla.

La primera ronda mostraba una habitación a través de una gran ventana. Probablemente, un despacho. La imagen era algo inestable porque el teléfono se balanceaba con el viento, y en algún momento quedaba demasiado alto. Durante unos minutos solo pudo ver hormigón desnudo. Pero, aparte de eso, en aquella primera secuencia no había nada destacable. Ni rastro de actividad humana.

La segunda ronda fue bastante similar. Había bajado hasta la barandilla de la terraza, pero allí solo había grabado unas pocas sillas vacías, una mesa con un periódico y una botella de agua. Al fondo podía verse la cocina, que tenía acceso directo a la terraza. Todo era de color blanco.

Cuando empezó la tercera y última ronda, Margrethe vio bajar el teléfono con poquísimas expectativas. Pero entonces la cámara se detuvo y le permitió una visión diáfana de una enorme sala de estar, también de color blanco.

Entonces se quedó con la boca abierta. ¿Era cierto lo que veían sus ojos?

65

Había algo en el aire que no acababa de entender. Margrethe Franck había traído panecillos frescos, pues querían aprovechar el día y empezar a escribir ya la carta para el conde Erik Grund-Löwenberg. Más adelante, cuando ya la hubieran enviado por correo urgente, Sonne y él viajarían de nuevo hasta Gram y se quedarían en la camioneta camuflada, desde donde empezarían con las escuchas.

Franck acababa de explicarles que había fracasado en su intento de poner micrófonos en el ático de Villum, pero no parecía ni siquiera molesta, lo cual resultaba de lo más insólito, considerando lo ambiciosa que solía ser.

Oxen había dormido bien y tranquilo, casi cinco horas seguidas, y se sentía muy descansado. El primer sorbo de café le supo a gloria y se dio cuenta de que la última vez que había comido panecillos frescos fue hacía más de un año, cuando él y Franck se alojaron en el Rold Storkro.

Franck estaba entretenida mirando su móvil.

—Tengo algo aquí que me gustaría enseñaros. Es de ayer —les dijo.

Sonne y él alzaron la vista, y entonces Franck sonrió misteriosamente y les mostró el teléfono. De modo que su intuición no le había fallado, después de todo. Había algo en el aire, y estaban a punto de saber de qué se trataba.

Margrethe les explicó brevemente que había estado a punto de irse de la azotea cuando se le ocurrió una idea repentina que le hizo cambiar de opinión.

–Pero creo que lo mejor será que veáis con vuestros propios ojos lo que pude grabar –dijo–. Acabo de encontrar el fragmento correcto. ¿Estáis listos?

Ellos asintieron. ¿De qué diablos podría tratarse? Ella aún sonreía cuando dio la vuelta al teléfono y se lo pasó. Oxen lo sostuvo para que Sonne pudiera ver.

Las primeras imágenes eran algo confusas. Primero el cielo y el sol del atardecer, luego el hormigón desnudo, y por fin el marco de una ventana, el cristal y...

Concentrado, observó las imágenes del vídeo. Sentado en un sofá blanco podía verse a un hombre con una camisa azul claro desabotonada. Era Villum Grund-Löwenberg. Había también una mujer, sentada a horcajadas sobre su regazo. Llevaba un vestido negro sin tirantes y la melena recogida en una cola. En su mano sostenía una copa de tubo, y se movía lascivamente hacia arriba y hacia abajo.

Villum también tenía una copa en la mano. Brindaron, bebieron y las dejaron en la mesita auxiliar junto al sofá. La mujer le puso una mano en el cuello y lo atrajo hacia sí.

Él buscó la cremallera en su espalda, le abrió el vestido, se lo bajó, cubrió sus pechos con ambas manos, los besó y los lamió.

La mujer empezó a moverse con más rapidez, empujando con fuerza hacia él. Entonces se echó hacia atrás y Oxen pudo ver su rostro por primera vez. Pero... ¿acaso era...? ¿De verdad era ella? Sí, lo era. No había duda.

Aquello era un bombazo. Ni en sueños habría esperado conseguir algo tan impresionante.

Mientras tanto, los del sofá seguían con su tema. Aumentaron el ritmo y ella hizo una mueca de placer. Acababa de llegar muy lejos...

De pronto se levantó y se arrodilló entre las piernas de él. Cuando se inclinó hacia delante, la imagen se volvió borrosa. Primero vino el marco de la ventana, luego un fragmento de hormigón, el cielo azul, y, para acabar, la pantalla negra.

Él levantó la vista y vio a Franck, sonriendo.

–*Blowjob, blown away*... ¿La has reconocido?

Él asintió.

–De haber sabido lo que estaba grabando, habría esperado hasta el final, por supuesto –dijo ella, traviesa.

–¿Quién es la mujer? –preguntó Sonne, desconcertado.

–Te presentamos a Karin «Kajsa» Corfitzen, la hija del fallecido embajador Corfitzen, fundador del *think tank* Consilium y jefe del Danehof del Norte.

Sonne dejó escapar un silbido.

–¿Entonces... esto significa...?

–Sí –dijo Franck–. O al menos eso parece, ¿no?

Él se había quedado sin palabras. Lo que acaba de ver era la unión del Danehof del Norte y el del Sur en un plano físico y completamente inesperado. Kajsa y Villum, dos empresarios exitosos, líderes de la nueva generación, listos para asumir los cargos de sus respectivos padres y continuar con la tradición. Pero que su cooperación era tan íntima y caliente...

Aquella era una información de lo más interesante, que abría un montón de posibilidades... y que debían agradecer a la cinta aislante.

–¿Te esperabas algo así?

Franck extendió la mano y él le devolvió su móvil.

–Ni remotamente. Aunque ahora que lo sabemos, parece casi lógico, ¿no?

–Pues sí, sí. Cuanto más lo pienso, más sentido le veo.

Ambos son adultos, solteros y trabajan para el mismo, importantísimo, negocio. Así que, ¿por qué no? ¿Y qué opináis? ¿Deberíamos incluir este pequeño fragmento de vídeo en la carta para el viejo conde, para que pueda ver a su hijo en acción? ¿O nos lo guardamos para nosotros?

–Puede que ya lo sepa –dijo Sonne.

–Qué va, no lo creo. Pero opino que *no deberíamos* decirles todo lo que sabemos. Podría sernos útil más adelante –dijo Oxen.

Franck asintió.

–Sí, eso he pensado yo también. El vídeo es un as que deberíamos guardarnos en la manga. Entonces, ¿manos a la obra? ¿Escribimos esa carta?

66

La condesa acababa de levantarse de su siesta. Había dormido profundamente durante más de una hora y todavía seguía un poco adormilada mientras miraba por la ventana y dejaba que el sol le calentara la cara.

Se disponía a arrancar una pequeña begonia marchita de la jardinera que tenía en el alféizar, cuando una furgoneta amarilla entró demasiado rápido en el recinto del castillo; realmente *demasiado* rápido.

Un joven con una camiseta verde de manga corta y una gorra amarilla con visera salió del vehículo y corrió hacia la puerta del castillo. Levantó la gran aldaba de la puerta y la dejó caer con fuerza. Mientras avanzaba medio dormida por la habitación contigua pudo ver, a través de las ventanas, que el hombre pasaba impacientemente el peso de su cuerpo de una pierna a la otra, antes de decidirse a llamar una vez más.

Por fin llegó al vestíbulo y abrió la pesada puerta.

—Hola, ya creía que...

—Dígame, joven, ¿qué manera de conducir es esa? Esta es la entrada a un palacio, no un hipódromo.

—Sí, vale, vale.

El joven se encogió de hombros. Llevaba un sobre grande y grueso en las manos, y miró el nombre del destinatario.

–¿Erik Grund-Löwenberg? ¿Está él... en casa?

–Es mi marido. Está en casa, pero ahora no se le puede molestar.

–Tengo una entrega urgente para él, pero necesito una firma –dijo el joven.

–Pues ya se lo firmo yo.

–Perfecto. Es aquí.

Extendió un pequeño dispositivo y lo sostuvo ante ella.

–En el espacio que queda libre en la parte inferior –dijo.

La condesa trató de escribir con una letra que resultara legible. Ya había realizado aquel trámite en un par de ocasiones, cuando de la oficina de correos le llegaba algún paquete para su esposo y él estaba fuera de casa, pero aún se le hacía extraño mover una cosa de plástico sobre un aparato electrónico en lugar de escribir su nombre en un papel de verdad.

–Gracias. Aquí, por favor. Que tenga un buen día –dijo el joven, con sorprendente educación, antes de entregarle el sobre y volver a su furgoneta a toda velocidad. Segundos después, esta desapareció provocando una lluvia de grava.

La condesa miró el sobre blanco forrado. Como destinatario podía leerse solo «Conde Erik Grund-Löwenberg, Castillo de Gram», y no había remitente. Tenía que ser algo realmente importante.

Que no se le olvidara dárselo en cuanto se despertara de su siesta.

De hecho, ya iba siendo hora de que dejara de dormir, aunque seguro que el descanso le sentaría bien. Su marido llevaba una temporada demasiado ocupado, y por las noches se veía agotado.

Justo después de que se levantara, su esposa le informó de que en el mueble del vestíbulo había una gruesa carta para él. Ahora se había retirado a su oficina del primer piso para ver lo que había en el sobre, tranquilo y alejado de miradas curiosas.

Su mujer le había dicho que lo había traído un mensajero a toda velocidad. Un joven con una gorra con visera amarilla, que había entrado como un loco en el recinto del castillo. Y no había remitente.

Pese a que ya no estaba en buena forma física, lo que sí tenía era una mente aguda y una excelente memoria. Estaba bastante seguro de que no había pedido nada por internet ni había cerrado ningún tipo de acuerdo o negocio nuevo que pudiera explicar el envío acelerado.

En los últimos tiempos había estado ocupado organizando discretamente varias operaciones con distintos socios, pero en todas ellas el procedimiento para establecer contacto era completamente diferente y estaba marcado por numerosas precauciones de seguridad. Una carta enviada personalmente mediante un mensajero quedaba fuera de lugar por completo.

Cogió el abridor de cartas. Le horrorizaban los sobres mal abiertos.

Luego sacó una carta blanca del sobre y al sacudirla cayó también sobre la mesa una pequeña cajita de plástico transparente en cuyo interior había una memoria USB, un aparatejo ridículamente pequeño que podía contener una cantidad enorme de datos.

Se cambió las gafas para leer la carta. Eran apenas unas pocas líneas.

«Llevamos mucho tiempo siguiéndolo. En la memoria USB que le adjuntamos podrá ver algunos extractos breves de cuatro grabaciones de vídeo más extensas. Sepa que conocemos perfectamente la identidad de todas las personas que aparecen en ellas. Le daremos los originales del material y toda la documentación relacionada con los casos a cambio de un pago único de veinte millones de coronas

danesas Nos pondremos en contacto con usted con más informa-
ción más adelante».

Le temblaban las manos y tenía el corazón en un puño; dos reacciones que le molestaban terriblemente y habría querido evitar a toda costa, pero por desgracia ya no controlaba como antes las reacciones de su anciano cuerpo.

Leyó el mensaje unas cuantas veces más, y luego encendió su ordenador y conectó el USB.

Los cuatro breves archivos de vídeo habían sido etiquetados con toda la información relevante, como la hora, el lugar, la fecha y los nombres de los involucrados. Vio cada fragmento dos veces. Poco a poco, fue calmándosele el pulso y sus manos dejaron de temblar, pero eso no ocultaba el hecho de que seguía completamente aturdido. Estaba como petrificado; una reacción nada propia de él.

La sensación de no saber qué hacer a continuación lo golpeó con una fuerza inesperada. Todo era absolutamente impredecidble.

Cuando abrió el programa de correo electrónico especial que su hijo mayor le había configurado en su ordenador privado, sus manos volvían a temblar de aquella manera tan molesta. Se trataba de un programa que encriptaba automáticamente cada mensaje que enviaba.

Sabía lo que tenía que hacer: contactar con Villum y pedirle que se acercara al castillo a toda prisa.

67

El sol se había abierto camino a través de la bóveda de nubes grises y le había ido calentando la nuca, mientras cavaba tranquilamente una zanja al borde de la carretera. Ahora era el momento de tomarse el café de media mañana. Se sentó sobre la hierba, con el termo y la fiambrera.

Así era como iban las cosas, al fin y al cabo, cuando uno trabajaba para una compañía de energía eléctrica y tenía que ocuparse de algún asunto manualmente.

Por suerte, al menos tenía algo de sombra en la que cobijarse. Lo de Sonne había sido peor: él tuvo que pasarse todo el día metido en la parte posterior de la furgoneta, con los aparatos de escucha.

De hecho hasta durmió allí, aparcado en la calle. No les quedaba más remedio que estar de servicio las veinticuatro horas, porque ninguno de ellos sabía cuándo aparecería Villum... suponiendo que fuera a hacerlo.

De que el viejo conde había contactado con su hijo después de que el mensajero le hubo entregado el sobre no tenían ninguna duda. Así que iba a pasar algo, seguro, y Oxen pensó que más valía que sucediera después de haber cavado con sus propias manos media maldita ciudad.

Acababa de morder una rebanada de pan gris cuando el sonido se clavó en su cerebro y se quedó petrificado. Conocía demasiado bien a qué correspondía. Era como un golpe fuerte y palpitante en el aire. Un sonido que ponía su cuerpo en alerta y que envió una descarga de adrenalina a cada músculo. Venía de detrás...

▶ *Delta 13, here is Norseman 14, pick up two minutes out, inbound 260 degrees, pop smoke, over.*

▶ *Delta 13, wilco, call contact blue smoke.*

▶ *Norseman 14, contact your smoke, out.*

La comunicación con los del cielo se realizó en inglés, bajo la dirección del *Forward Air Controller*. La orden era lanzar *pop smoke*, humo de colores, para marcar la zona de aterrizaje. Solo un poco más y todo lo que tendrían que hacer sería subir, sentarse y disfrutar del viaje.

Volvió la cabeza y, con los ojos de su imaginación, recorrió el polvoriento camino de la provincia de Helmand en dirección al helicóptero que debía recogerlos, y llevarlos puntualmente de vuelta al campamento, para la hora del café.

Ese pájaro no era ni un *gunslinger* ni un *reaper*, como a los estadounidenses les gustaba llamar a sus helicópteros, con esa tendencia suya tan propia por la jerga y el drama. Era solo una pequeña máquina civil que no quedaba nada bien con los adjetivos «*Revolver Hero*» o «*Grim Reaper*».

El sonido de las palas del rotor fue haciéndose cada vez más fuerte, hasta volverse insoportable cuando el helicóptero rodeó el castillo como una avispa furiosa antes de perder altura y aterrizar.

Los habitantes de la zona ya debían de estar acostumbrados a que el señor del castillo volviera a casa por el aire. Un anciano ciclista levantó la cabeza y observó cómo el helicóptero se acercaba al suelo, pero eso fue todo, y siguió con su trayecto, imperturbable.

Villum no tardaría en poner un pie en el césped del castillo. Todo iba según lo previsto.

Cuando dio la última vuelta sobre el castillo le llamó inmediatamente la atención la furgoneta que se hallaba aparcada un poco más al norte, en la carretera.

Estaba convencido de que quienes querían extorsionarlos con veinte millones de coronas estaban allí escondidos y provistos de unos auriculares. Fueran quienes fueran y tuvieran los planes que tuvieran.

El procedimiento había sido bastante profesional, de modo que la amenaza debía ser tomada en serio. Y eso es exactamente lo que haría. Sus amenazadores rivales debían sentirse a salvo, pero él utilizaría contra ellos precisamente lo que consideraban una ventaja, y luego los atacaría cuando menos lo esperasen.

Se concentró en dejar el helicóptero exactamente en el mismo lugar en el que lo había dejado tantas otras veces, y fue bajando metro por metro, rutinario y silencioso. Finalmente, los patines se posaron en la hierba. Apagó el motor, las palas del rotor desaceleraron y el ruido disminuyó. Luego apagó todas las demás funciones, desconectó los auriculares, abrió la puerta y salió de la cabina.

Su padre estaba esperándolo al final del viejo puente de madera que pasaba sobre el foso. Levantó la mano en señal de saludo y fue a su encuentro. Parecía más serio de lo normal, y ni siquiera su abrazo pudo cambiar eso; el anciano parecía muy preocupado.

—Me alegro de verte, padre. Vamos a hablar.

—Sí, pero primero tomaremos una taza de té con mamá, o ella notará inmediatamente que algo va mal.

—No, lo que tengo que decirte no puede esperar. Tenemos que hablar primero. Vamos, sentémonos en el banco un momento.

Condujo a su padre a través del puente hasta el banco que quedaba frente al ala lateral del castillo.

—Tengo que enseñarte algo —dijo, sacando su teléfono del bolsillo.

Dio dos toquecitos a la pantalla y se lo entregó a su padre. El viejo conde abrió los ojos, alarmado.

—Villum, pero ¿qué significa eso? ¡Esto es aquí, en el ala principal!

—Exactamente. Es un vídeo de anteayer. El tío se coló en el castillo y se puso a colocar pequeños micrófonos en varios lugares del edificio principal. Mira, aquí está en mi oficina.

—Sí, pero ¿cómo...?

—Hace un tiempo ya hablamos de nuestra indefensión a la hora de localizar intrusiones, ¿recuerdas? El sistema de alarma solo cubre lo esencial, de modo que... No os lo dije, pero el año pasado hice instalar un montón de cámaras IP en el edificio principal: en la oficina, el dormitorio, la sala de estar y el vestíbulo. Son unas cámaras que funcionan incluso en la oscuridad y que son activadas por sensores de movimiento. Están conectadas a mi teléfono a través de internet, y cuando se activan, recibo un mensaje. Puedo seguir la grabación en vivo o recuperarla más tarde desde un servidor. Pues bien: estos vídeos fueron tomados mientras yo estaba en una reunión. Creo que el tipo entró en el castillo cuando salisteis a comer.

—Fuimos a Ribe... Pero ¿qué espera encontrar esta gente?

—Está claro: son los mismos delincuentes que ahora nos están pidiendo veinte millones. Quieren escuchar nuestras reacciones para ir un paso por delante de nosotros... Y eso es exactamente lo que les haremos creer. Solo estaba esperando a que se pusieran en contacto contigo.

–¿Qué quieres decir? ¿Quiénes son estas personas? ¿Lo sabes?

La duda y la incertidumbre en los ojos de su padre no le satisficieron nada. El conde estaba envejeciendo, tal vez más rápido de lo que él quería admitir. Probablemente había llegado el momento de buscar otra persona en quién confiar; o mejor aún, unir fuerzas con el Este para poder contar con la ayuda del socio más leal y profesional que conocía: Nielsen.

Con lo severo que había sido su padre toda la vida –y aún lo parecía–, y resulta que ahora estaba tan confundido que no se había dado cuenta de que lo estaban grabando... y así había causado todo el problema.

–¿Es el CNI? ¿Es la gente de Mossman, Villum? Aunque eso no encajaría, ¿no?

Su padre lo miró inquisitivamente.

–Los veinte millones podrían ser para disimular... o podrían ser una exigencia real, yo qué sé. En ese caso Mossman no estaría detrás. Sea como sea, ya lo iremos viendo. Como te dije, la idea ahora es dejarles creer que van un paso por delante de nosotros. Y ahora entremos en casa y tomemos una taza de té con mamá. Pero no olvides que los micrófonos pueden estar en todas partes, incluso en vuestra ala. Así que ni una palabra sobre nada, solo conversaciones ordinarias. Luego volveremos a sentarnos en este banco, lo discutiremos todo, tomaremos algunas notas y nos prepararemos, antes de volver a mi oficina y regalarles lo que quieren escuchar.

Sonne había abierto un poco la puerta para hacer que al menos entrara un poco de aire en la cabina. Habían pasado casi diez minutos desde que el helicóptero aterrizó y ya iba siendo hora de que empezara a moverse algo.

Oxen estaba a punto de levantar la pala y seguir cavando cuando él le hizo la señal.

—Los tenemos. Están en la cocina —susurró, como si hubiera el peligro de que la transmisión grabara en ambos sentidos.

Oxen se detuvo y esperó. Sonne pudo ver de dónde venían las voces en la pantalla de su sistema digital, y se puso a escuchar atentamente. Unos minutos después echó hacia atrás un lado de sus cascos y explicó lo que estaba pasando.

—En estos momentos están sentados juntos, tomándose un té. No están diciendo nada relevante, solo charlan. La condesa está con ellos. Parece que la cosa no va a ir tan rápido como pensábamos. Ojalá no tengamos que esperar hasta la noche...

—Tranquilo... Villum no ha venido volando, literalmente, para solucionar una crisis pero antes va a pasarse varias horas perdiendo el tiempo. Seguro que enseguida se ponen manos a la obra.

Sonne se frotó los ojos cansados y volvió a ponerse bien los cascos. Parecía como si necesitara dormir con urgencia.

Oxen cogió la pala. Estaba tan convencido de que padre e hijo tendrían ya la conversación, que empezó a cerrar el canal en lugar de seguir cavando.

Habían encontrado el agujero en el cable y lo habían reparado. Nadie se había dado cuenta de que estaban allí y nadie notaría que se irían pronto.

Eran casi las once y media. La hora acordada para iniciar su conversación en la oficina. En el banco del parque lo habían discutido todo a fondo. Su padre había tomado notas, igual que él. Ahora estaban en el escritorio, uno delante del otro.

Solo habían practicado la pantomima una vez, pero es que era increíblemente importante que la conversación no pareciera artificial, sino más bien fluida y real. Principalmente hablaría él. Ahora llamaría a la puerta.

—¡Adelante!

Se descubrió a sí mismo elevando innecesariamente la voz, pero el micrófono estaba justo debajo de la mesa, y no había ninguna necesidad de gritar. Su padre entró en la habitación y se sentó, con una ligera sonrisa en sus labios. Era una buena señal: desempeñaría su papel perfectamente.

—Tenemos que solucionar esto lo antes posible, padre. No estoy preparado para lidiar con tanta audacia. Pero vuelve a contármelo todo desde el principio, por favor.

—En realidad, no hay mucho que contar. Yo estaba haciendo la siesta y tu madre acababa de levantarse de la suya cuando llegó un mensajero y le entregó un sobre para mí.

Su padre explicó la historia tranquilamente, tal como habían planeado. Él lo interrumpió en alguna ocasión, pero por lo demás mantuvo la boca cerrada.

—Y esa carta, ¿dónde está?

—Aquí.

Su padre sacó la carta del bolsillo interior de su chaqueta y la dejó sobre la mesa. Él la leyó un par de veces.

—Veinte millones... Quienquiera que haya pensado en eso está completamente loco. ¿Y el USB?

—Aquí.

—Está bien, veamos qué tienen.

Puso el lápiz en el ordenador y reprodujo todas las secuencias, teniendo cuidado de ir soltando exclamaciones de sorpresa al verlas.

—¿Qué piensas, Villum? ¿Crees que Mossman está detrás de esto?

—Podría ser Mossman y sus ayudantes... o simplemente alguien tratando de ganar dinero rápido. Ni idea. La verdad es que no tengo ni idea.

—¿Podría ser uno de los nuestros?

—Eso es lo primero que pensé, pero los únicos que saben

algo son los que han trabajado para nosotros, y eso es completamente impensable.

–¿Tenemos el dinero?

–La suma no es el problema, eso lo arreglo rápido. Pero tenemos que analizarlo todo cuidadosamente. A fin de cuentas, el que tiene la última palabra siempre es el Este, pero si por mí fuera no pagaríamos ni una maldita corona. Creo que deberíamos intentar quedar con estas personas y eliminarlas.

–Ya veo... Así que quieres quedar con ellos. ¿Qué propones? ¿Una reunión de emergencia?

–Sí, no nos queda más remedio que convocar al Norte y al Este.

–Recuerda el procedimiento.

–No te preocupes, seguiré todos los pasos. Nos vemos aquí a las diez de la mañana.

–¿Tan tarde? ¿Y justo aquí? No, Villum, no me parece bien.

Su padre estaba desempeñando su papel de manera magnífica.

–Sí, tan tarde. Necesitamos tiempo para organizarnos. Y no, por supuesto que no aquí, sino en el archivo, en el viejo patio.

El resto de su conversación fue irrelevante. Lo más importante ya lo habían dicho, y había sonado de lo más convincente.

La trampa estaba puesta.

68

Un aura de miedo y muerte cubría toda la escena. En la casa era lo peor. Ahí el miedo podía palparse en el aire sofocante.

Él iba caminando de un lado a otro. Hacia el suave sol de agosto, y luego de vuelta, hacia la sombra helada de la casa. Intentó agarrarlo, ver lo invisible.

Por cuarta vez, entró en la sala de estar y se detuvo en la puerta. Conocía la ubicación de los cadáveres y del jefe del CNI herido como la palma de su mano. Sostenía el informe final del crimen, que contenía todos los detalles de la balística, el número de disparos, sus trayectorias y ángulos de ataque.

Pero es que nada acababa de coincidir. Aquello era para... El móvil le vibró en el bolsillo.

–H. P. Andersen.

Era su hija, preguntándole si vendría a cenar. Y lo llamó al móvil del trabajo porque el suyo personal se lo había dejado en casa, en el alféizar de la ventana.

–¿Cómo quieres que me olvide de eso? Sí, princesa, voy a cenar. Todavía estoy en Tåsinge, pero en cuanto salga iré directamente a casa.

Terminó la conversación y volvió a guardarse el teléfono. Su hija era casi una adulta, pero él seguía llamándola «princesa» como si nada hubiera cambiado. Estaba bastante seguro de que a ella no le gustaba demasiado que lo hiciera, pero no se quejaba. A veces le parecía que era capaz de tocar con las manos el vínculo que había entre ellos, padre e hija, y otras —y esto sucedía cada vez más a menudo—, descubría que ambos vivían en planetas distintos, tratando en vano de acercarse el uno al otro.

El mundo de ella a menudo le resultaba incomprensible. El suyo, en cambio... Su mirada vagó a través de la sala de estar de aquella casa de veraneo, donde los indicadores de seguridad hablaban su propio lenguaje mudo. Estaba claro que su mundo resultaba incomprensible para su hija.

Una vez más, se preguntó cómo sería eso de mirar fijamente a la boca de una pistola y saber que en una milésima de segundo una bala saldría de allí y lo mataría a uno. ¿Pudo sentir eso el director del museo? ¿Y los otros dos, los excolegas que contrató el jefe del CNI... vieron venir las balas?

No importaba lo reacio que fuera a admitirlo: tenía que liberar a Axel Mossman.

Al día siguiente, por la mañana, acababan los tres días de prisión preventiva. Si hubiese estado en su mano, el juez habría enviado al jefe del CNI directamente a la cárcel. Pero eso no iba a pasar, y el arrogante de Fleischberg sería el encargado de comunicárselo..., pero no hasta mañana. Demasiado pronto, en cualquier caso.

No tenía nada aún contra Mossman, más allá del pequeño detalle de que el idiota no estuviera dispuesto a soltar ni una sola palabra acerca de toda esa historia.

Era cierto que a Mossman le habían disparado con una pistola que encontraron en manos del director del museo, pero lo cierto es que la trayectoria del proyectil resultaba incomprensible. Tendría que haber hecho un bucle y cambiar de dirección para aterrizar donde la encontraron, así que parecía obvio que quien disparó fue otra persona, alguien que había estado más cerca de Mossman y en un ángulo distinto.

También resultó que la Heckler & Koch que retiraron de debajo del enorme cuerpo de Mossman no era la suya, de modo que el jefe del CNI había dicho la verdad: estaba desarmado. Al menos, oficialmente. Lo que estaba claro era que tanto Bulbjerg como el segundo hombre en la habitación habían sido disparados con la misma pistola, pero *no* el hombre de la terraza. Y los ángulos de entrada de las balas en el cuerpo de Bulbjerg tampoco tenían sentido.

Así que parecía relativamente fácil concluir que alguien quería involucrar a Mossman en toda esa mierda. Físicamente hablando, era imposible que fuera el culpable.

Los profesionales responsables de la masacre en esta idílica parcela de tierra tenían que haber sabido de antemano que los investigadores acabarían apareciendo por ahí. Pero entonces ¿para qué todo ese esfuerzo? ¿Cuál era su objetivo? ¿Humillar al jefe del servicio de inteligencia? ¿Querían reírse de él en su cara? ¿De qué iba todo aquello?

El informe de balística y los resultados de Fredericia ya habían sido contrastados, pero después de que los medios de comunicación hubieran filtrado detalles realmente confidenciales sobre la investigación, y además en un tiempo récord, empezaron a aparecer testigos nuevos en escena. Al principio la rabia lo corroía, pero luego se calmó y se dio cuenta de algo que ya sabía: que la publicidad era a menudo la clave de la solución.

Hacía apenas una hora se había encontrado con una mujer que lo había llamado esa misma mañana. Vivía en Stjoul, un lugar pequeñísimo que consistía en un puñado de casas y granjas. El día de los asesinatos había salido a pasear con su perro.

Para su sorpresa, había visto a cinco paracaidistas aterrizar un poco más allá, cerca de la playa, todos en el mismo sitio: en Siø Sund. De allí a la casa había unos tres kilómetros. La mujer vio aquello menos de dos horas antes de que tuviera lugar el crimen.

A la versión de la mujer se sumaron dos testimonios más: un ciclista que iba por la carretera y un pescador que había estado en el agua con su bote de remos. Ambos habían visto aterrizar un helicóptero y volver a despegar muy poco después, en un campo que colindaba con el bosque en el que se hallaba la cabaña. La hora que dieron coincidía con la de los asesinatos.

Todo encajaba terriblemente bien: los asesinos se habían lanzado en paracaídas, en silencio, y habían sido recogidos por un ruidoso helicóptero. Los oídos de los muertos no oyen.

Todo apestaba a operación militar, y si además añadía el maldito servicio secreto de Mossman, la conclusión parecía absolutamente lógica. Se habían invertido unos activos tremendos en aquel trabajo; unos que no encajaban en sus plantillas normales, comúnmente dedicadas a los casos habituales y rutinarios de Fionia.

Dejó que sus ojos vagaran por la habitación una última vez. A diferencia de antes, en esta ocasión tuvo la inconfundible sensación de que no había ningún pequeño detalle escondido aquí, ninguna pista que lo llevara más lejos.

Por supuesto, la habitación «habló» con él del horror que había emergido entre aquellas paredes, pero no quiso aportarle ninguna información nueva.

Salió por el pasillo, cruzó la terraza y anduvo entre la hierba alta hasta la pequeña área de maleza densa que estaba acordonada con una cinta policial. Aquí el CSI había encontrado las mejores huellas. La marca era bastante clara. Había dos pares de zapatos diferentes. Uno era un par de tallas más grande que el otro, pero las suelas de ambos eran gruesas y dejaban marcas muy claras, lo cual encajaba perfectamente con el tema de la acción militar.

Miró a su alrededor. Solo un pájaro solitario se atrevió a romper el silencio con su canto. Andersen los vio frente a él. Cinco hombres. Acababan de aterrizar con sus paracaídas en la playa y se habían escondido aquí, tras un corto paseo, a observar.

A una señal se levantaron todos a la vez y corrieron hacia la casa. Uno de ellos disparó y mató al guardia que estaba en la terraza, probablemente con un silenciador, para no alarmar a los otros objetivos.

Se colaron en la residencia y entonces empezó la masacre. Rápida y brutal. Uno de ellos entró por la puerta del salón, y todos los que estaban en la sala se quedaron paralizados por el *shock*. El mismo hombre que dio una patada a la puerta mató al guardia número dos y al director del museo. Entonces alguien, posiblemente el jefe del comando, apuntó a la cintura de Axel Mossman, le disparó y lo dejó inconsciente. Al final, los hombres colocaron sus armas deliberadamente, para que todo apuntara en la misma dirección: al jefe del CNI, Mossman.

Andersen había pensado que dispondría de tres días para fundamentar los argumentos en contra de Mossman a fin de que el juez cumpliera sus deseos, pero, en cambio, resultaba que ahora tenía que dejarlo en libertad.

Lo más probable era que todo aquello derivara en la expulsión del jefe de Policía de Fionia. En que lo alejarán a él y a su equipo del caso. La fábrica de rumores estaba que hervía, y a él le había llegado, por ejemplo, la noticia de que sus superiores ya se estaban preparando para una reunión con los grandes caballeros de Søborg.

Si no llegaban a una solución diplomática rápida, el asunto terminaría en los niveles más altos de control legal.

Convencido de que nadie sentía la necesidad de desperdiciar sus escasos recursos con este tema, esperaba que el caso desapareciera de su escritorio en menos de veinticuatro horas.

Cerró la casa, se sentó al volante y puso en marcha el motor. Estaría en casa, en Kerteminde, para la cena.

Las últimas semanas le habían supuesto un gran desgaste. Se había perdido muchas comidas con la familia. Pero en ese momento, justo cuando había decidido darle la espalda al drama y dejarlo todo atrás, se sintió abrumado al darse cuenta de que había sufrido dos derrotas en muy poco tiempo.

El primer fiasco fue inseparable del segundo, pues la misma persona había muerto dos veces... y en ambos casos había tenido que rendir cuentas.

Cuando entró en la autopista y puso rumbo hacia Svendborg por el puente, sin embargo, empezó a sentir el regocijo de recuperar su cotidianidad.

69

La pizza tenía el diámetro de una rueda de coche. Margrethe Franck empujó la caja hacia el centro de la mesa, donde Sonne y él ya estaban esperando, listos para abalanzarse sobre la comida en cuanto ella abriera la tapa de cartón.

—Pizza familiar número catorce. Por favor, servíos —dijo ella, abriendo la caja.

Había sido un largo día. Tenían hambre, y sobre todo Sonne estaba agotado después de haber pasado la noche en la furgoneta. Todo estaba sucediendo según lo previsto, y por ahora no podían hacer nada más. Pero si todo seguía yendo tan bien, calculaban que al día siguiente, hacia las nueve de la noche, darían el primer golpe verdaderamente amargo contra el Danehof.

—Sonne, ¿me dejas escuchar la grabación mientras comemos? —preguntó Franck.

Christian Sonne asintió y puso un pequeño reproductor digital sobre la mesa. Entonces empezó la conversación entre el viejo conde y su hijo en el despacho del ala central del castillo.

Franck asintió con aprobación cuando terminó.

—Muy bien. Me gustaría señalar que la conversación es una clara absolución para Mossman, ¿no es así, Niels?

—Sí, lo admito —dijo él—. Estaba equivocado. Eso sí, sigue siendo un bastardo.

Ante esta observación, Sonne dejó de masticar, pero evitó hacer cualquier comentario.

Aún no habían planeado exactamente cómo procederían al día siguiente por la noche, pero mientras la caliente escena de Villum y Kajsa había supuesto un punto extra en su investigación, la conversación del señor del castillo con su padre se había convertido en una verdadera mina de oro para obtener información valiosa.

Ahora sabían dónde estaba el archivo. En el «patio viejo», que solo podía referirse a Gut Gramgård, uno de los antiguos edificios industriales del castillo.

En algún lugar de ese edificio se encontrarían mañana. Y dado que su carta había provocado una onda expansiva lo suficientemente grande como para que el círculo interno del Danehof tuviera que reunirse en gabinete de crisis, sabían que estaban a punto de conocer también la identidad del máximo representante del Este.

Sonne acabó de masticar su pizza y miró a Franck.

—Bueno, si mañana sale todo bien, habremos avanzado lo que queríamos, ¿no? Entonces conoceremos al miembro más poderoso del Danehof, el representante del Este, y obtendremos el archivo. Pero, ¿cómo procederemos mañana? No hemos hablado de eso todavía, y yo creo que deberíamos involucrar a mi tío. Lleva décadas persiguiendo al Danehof y es un genio de la estrategia.

Oxen no estaba en absoluto interesado en que Mossman se involucrara en la operación más de lo estrictamente necesario, pero, por otro lado, después de la conversación que acababan de escuchar en el castillo había quedado fuera de toda sospecha, así que en realidad ya no tenía motivos para ser escéptico.

—A mí me parece obvio lo que tenemos que hacer mañana: tenemos que permanecer invisibles y observarlo todo sin movernos ni un pelo. Nada más y nada menos –dijo.

—O también podríamos hacer justo lo contrario –respondió Franck–. ¿No podría ser este el momento adecuado para comenzar la gran campaña del CNI? ¿Arrestarlos a los tres bajo sospecha, confiscar todo el archivo y ponernos a buscar pruebas?

—Pero ¿qué motivo podríamos alegar para actuar de semejante modo?

—Pues el asesinato, por supuesto. Tenemos un montón de muertos.

—Aunque ninguno está directamente relacionado con ellos tres. Con la información que tenemos, apenas pasarían unas horas entre rejas.

—Pues que los abogados empiecen a pensar algo. En realidad solo necesitamos tiempo para mirar en los archivos.

—Franck, escucha... las cosas no funcionan así. Además, les informaríamos de todo lo que sabemos. No podemos demostrar que Kajsa lidera el Norte y que la tercera persona representa el Este. Y no es un crimen ir a Gramgård a las diez de la noche. Ni la Policía ni el CNI querrán involucrarse en algo así. Eso sin tener en cuenta que nos llevaría meses convencer a los responsables. ¿El Danehof? ¿Una sociedad de la que forma parte la élite más poderosa de Dinamarca? ¿Con raíces que se remontan a la Edad Media? ¿Y con el Consilium, ese *think tank* reconocido y socialmente comprometido, como cortina de humo? Ni siquiera pudiste persuadir a mi madre demente...

Franck se mordió el labio inferior, pensativa.

—Está bien, está bien... al menos lo he intentado.

Era frustrante. Su conversación recordó a Oxen su propia y desesperada situación. Más allá de aquellas paredes seguía teniendo sobre su cabeza una orden de busca y captura porque se le atribuía la muerte de un anciano.

–Nadie en el mundo te creerá, a menos que muestres a la vez todo el paquete: tres archivos, tres representantes máximos, tres anillos con quince elegidos cada uno. Cuarenta y cinco personas de enorme influencia en Dinamara, así como una lista completa de asesinatos, antiguos y nuevos, cárteles, monopolios, nepotismo, corrupción... Nombres, lugares y fechas específicos, y por último, pero no menos importante, los nombres de los mercenarios que los contrataron para capturarme o matarme, tal como lo hicieron con el ministro de Justicia y con mi amigo Fisk. Tenemos que mostrarles todo el paquete, Franck. Menos no es suficiente. Impermeable, a prueba de balas, atado y bien atado. Solo entonces podrán creernos.

–Está bien, está bien, lo he pillado. Tienes razón...

Él sonrió. Sabía que lo había entendido. Si había alguien en el mundo capaz de reconocer una tarea inútil, esa era Margrethe Franck. Lo único que le pasaba era que sentía un profundo respeto por Axel Mossman y por su modo de pensar y actuar –igual que le pasaba a Sonne–, y se sentía más cómoda si podía consultar las cosas con él. Lamentablemente, debía admitir que él también sentía ese respeto.

–Si no pones sobre la mesa el paquete completo, Franck, créeme cuando te digo que no tardarán en encontrar un compartimiento bien cerrado para ti –gruñó.

–Pues tal vez me encuentre contigo entonces, ¿no te parece? Después de todo, eres un asesino y un enfermo mental, y tal vez incluso un psicópata, ¿no?

Sonne estaba obviamente incómodo en medio de ese fuego cruzado. No conocía lo suficientemente bien a aquellos dos como para clasificar correctamente el tono que a veces prevalecía entre ellos.

–Bueno, yo sigo a favor de hablar con mi tío. Solo quería decir eso. Para estar seguros de que hacemos lo adecuado.

–Solo una cosa más sobre esto, Franck –continuó Oxen, sin hacer caso a Sonne–. ¿Por qué empezó Axel Mossman su propia operación de inteligencia privada y pidió a su sobrino y a algunos viejos colegas que lo acompañaran? Pues porque no confiaba en los suyos. Así que ya puedes ir olvidándote de una intervención oficial del CNI. Pero está bien, está bien, preguntemos a tu tío, Sonne.

Franck asintió, satisfecha.

–Supongo que sigue en Svendborg, en el hospital. Mañana por la mañana tiene que presentarse de nuevo ante el juez. Me voy ahora, entonces. Estoy segura de que me dejarán entrar.

Sonne dejó su taza de café en la mesita que había junto al sofá. Apagó la televisión y ambos se quedaron en silencio durante unos minutos.

Habían estado viendo las noticias. A esas alturas, Oxen ya se había acostumbrado a ver cada noche una breve información en la que informaban de que no había novedades sobre él. Y respecto a Mossman y la esperada decisión del juez, solo hubo una breve mención.

La pequeña habitación estaba bastante oscuras. Solo la farola arrojaba algo de luz a través de la ventana, de modo que Sonne no era más que una silueta.

–¿Cómo...? –Christian Sonne se aclaró la garganta–. ¿Cómo te sientes al verte en la tele y todo eso?

–Extraño, muy extraño. Y absurdo.

–Estás con la mierda hasta el cuello, ¿verdad? Eso es lo que dice mi tío, al menos.

–Pues tiene razón. Lo que aparece en televisión es la realidad, aunque me cueste entenderlo. Si saliera a la calle y le dijera a alguien quién soy, tardaría cinco minutos en estar entre rejas.

–Humm... Más allá de la historia de tu perro y de tus medallas y condecoraciones, yo no sé ni he oído nada que explique todo esto. ¿Cómo acabaste metido en este lío?

Realmente no podía culpar a Christian Sonne de precipitarse en su curiosidad, o ser indiscreto. Habían pasado horas juntos, en el coche, y nunca le había preguntado nada. Pero si le respondía ahora, aquella sería una larga noche... y no estaba seguro de poder aguantarla.

–¿De verdad quieres saberlo?

La silueta de Sonne asintió.

–De lo contrario no habría preguntado.

–Está bien... ¿Cómo empezó todo? Diría que fue el 1 de mayo del año pasado, cuando me subí a un tren de Copenhague a Skørping con mi perro y finalmente acampé en el bosque del Rold. De no haber hecho eso, ahora no estaría aquí. En algún momento fui a pasear por el bosque de noche, y llegué al castillo de Nørlund. Sentí curiosidad y fui a echar un vistazo. En el castillo vi a varios tipos con traje, guardas de seguridad, y cuando estaba a punto de marcharme, me topé con algo que colgaba de un árbol. Era un perro muerto... Unos días después, de madrugada, la Policía rodeó mi campamento en el bosque y me llevó a la comisaría de Aalborg. Me dijeron que era sospechoso de haber matado al señor del castillo, que no era otro que el exembajador Corfitzen.

–¿El padre de Kajsa Corfitzen, la nueva líder del Norte?

–Exacto. Apareció muerto en la silla de su escritorio, y no parecía una muerte natural.

–Pero ¿por qué creyeron que habías sido tú?

–El conductor de un coche me vio merodeando por el castillo esa noche, y encontraron huellas mías y de mi perro en el jardín.

–Pero de ahí a acusarte de asesinato...

–Eso fue solo el comienzo. Los problemas aumentaron a toda velocidad. Todo fue volviéndose cada vez peor.

Se oyó a sí mismo explicándole a Sonne, prácticamente un desconocido, la historia de los perros ahorcados. Pero de algún modo le fue útil y le hizo sentirse bien ordenar un poco el caso y organizarlo cronológicamente en su cabeza para contárselo a otra persona. Franck y Mossman lo sabían todo, pero con Sonne era diferente. Cualquier información era nueva para él, y escuchaba atentamente y sin interrumpir.

Habló largo y tendido, perdiendo un poco el sentido del tiempo, hasta que por fin llegó al día de la ceremonia en la comisaría de Aalborg, donde casi vomita al oír los elogios de Bøjlesen por su gran colaboración con el CNI. A grandes rasgos, este declaró que el caso estaba cerrado, así, sin más, y en un acto de máxima hipocresía lo llamó al escenario para hacerle entrega de unas ridículas botellas de vino.

Pero a esas alturas él ya había huido de allí, había cogido un taxi y se había largado de vuelta al bosque del Rold. Había recogido sus cosas, había dejado plantada a Margrethe Franck y se había puesto en marcha por el bosque y los campos colindantes, sin detenerse a mirar atrás. Hasta que en la víspera de Año Nuevo despertó en un granero y conoció a un viejo piscicultor, Johannes Ottesen, aquel anciano encantador que había trabajado duramente toda su vida y que quería que lo llamaran Fisk, y a quien supuestamente él había asesinado con su cuchillo Bowie.

—Ahora entiendo mejor algunas cosas —dijo Sonne, un rato después de que Oxen hubiera terminado—. Espero que mañana podamos dar el primer paso hacia la verdad. Y deseo que algún día todo vuelva a la normalidad para ti...

—La clave está en los archivos. Ellos velan por todo lo que esta gente podría destruir. Y en ningún lugar, ni al norte, al sur o al este, hay pruebas de que no fui yo. De modo que... mañana tiene que funcionar.

70

El señor Nielsen entró en la habitación del hotel con su habitual actitud de superioridad. Cuanto más lo conocía, más convencido estaba de su teoría: en su vida anterior el anciano había ocupado una posición privilegiada, había tenido a gente subordinada y había tomado decisiones por ellos.

–Hello. Mr. Smith.

–Hello and welcome, Mr. Nielsen.

Se dieron la mano; un apretón de manos formal y fuerte. Luego se sentaron frente a la mesa pequeña.

Para las costumbres de Nielsen, aún era pronto –apenas las once de la noche–, y Smith acababa de mudarse al tercer hotel desde que se encontraba en la capital danesa. Sus hombres, que también estaban alojados en distintos hoteles, seguían idéntico principio de rotación. Pasaban unos días en el mismo hotel y luego cambiaban a otro. Esa era una regla de oro: un pájaro es más difícil de atrapar en vuelo.

Nielsen puso un maletín sobre la mesa.

–Aquí está toda la información relevante. Fotos y mapas del edificio y los terrenos circundantes.

Abrió la carpeta y estudió en silencio los contenidos. Se tomó su tiempo. Dio la vuelta a cada hoja y trató de obtener una visión general de la situación. ¿Qué era posible? ¿Qué era apropiado?

Unos diez minutos después, lo puso todo frente a sí.

–Muy interesante. Muy prometedor.

–Esperamos su llegada al castillo mañana a la una de la mañana. Tenemos tiempo suficiente para repasarlo todo a la luz del día.

–Oxen no se lo espera ni remotamente. Esta vez lo tenemos. ¿Dónde debemos entregarlo?

–En el castillo. Está a unos pocos cientos de metros, pero os aconsejamos que lo metáis en el coche y recorráis así esa breve distancia. No podemos arriesgarnos a tener ningún testigo, y Gut Gramgård da justo a la calle.

–Sí, ya lo he visto. Bien, entonces entregamos a Oxen en el castillo. ¿Y qué pasa con los otros dos?

–Con ellos hacemos exactamente lo mismo.

–¿Tú también estarás allí?

–No.

–¿Y nuestra salida?

–Hemos reservado tres vuelos diferentes para pasado mañana, desde Billund. Viajan a París, Ámsterdam y Fráncfort, y de allí a Heathrow, Gatwick y Stansted, como nos pedisteis.

–Excelente. Por fin empezamos a acercarnos a nuestro objetivo... aunque con un poco de retraso.

–Hay un cambio importante en lo referente a las especificaciones.

Él miró al señor Nielsen con curiosidad.

–El cambio es para Niels Oxen. *Solo* para él. Si fuera necesario, y para evitar que se escape... desde este preciso instante tienen permiso para disparar.

–¿Con qué finalidad?

–Para matarlo, si es necesario.

To kill... Por un momento se quedó ahí sentado, en silencio, dándole vueltas a ese radical cambio de parecer. Si la orden hubiera sido tan clara desde el principio, habría arrasado la casita junto a la piscifactoría en cuestión de segundos y Oxen no habría tenido tiempo de escabullirse por su maldito túnel.

–Entendido. Pero ¿por qué no aplicamos el cambio también a los demás?

–Cada muerte supone un gran riesgo y nos vuelve más vulnerables. Los otros dos no deben morir porque podemos destruirlos de otras maneras; pero no pasa lo mismo con Oxen: no se puede destruir a un hombre que ya está destruido. La caza ya ha durado lo suficiente, y no debe alargarse más. Esta vez no debe escapar, bajo ninguna circunstancia. Lo preferimos muerto que huido.

71

Estaban aparcados detrás de un seto, en un camino de tierra. Cuanto más se acercaban a Gram, más silenciosos habían ido quedándose, y desde que salieron de la autopista ya nadie había dicho ni una palabra.

Sonne iba al volante. Estaba pálido. Oxen parecía tenso y concentrado, y ella estaba nerviosa, aunque se alegraba de estarlo: la tensión era importante para mantenerse alerta.

El sol de la tarde lo teñía todo de un manto. Eran casi las ocho y media, ya solo quedaba una hora y media más.

El día se le había hecho interminable. A primera hora de la mañana había ido al apartamento para encontrarse con los otros dos y contarles cómo le había ido su visita a Mossman en el hospital. Resulta que el jefe del CNI era de la misma opinión que Oxen.

Hoy solo tenían que observarlo todo atentamente, y para eso ellos tres eran más que suficientes. En ese momento no hacía ninguna falta involucrar a nadie más.

Las palabras de Mossman tenían un peso enorme, y su mensaje fue tan claro que les evitó cualquier otra discusión posible.

Durante el resto de la mañana había pasado varias horas buscando el material que necesitaba: tres monos negros, tres pares de guantes negros, tres gorras negras y algo de betún para la cara. Ciertamente, la tienda de Odense a la que acudió tenía en *stock* todo lo necesario para los fanáticos del *paintball*.

Mientras seguía ahí dentro, de pie entre los estantes de la tienda y con una AK-47 original en las manos, pensando en lo útil que le sería disponer de una de esas para la noche –solo que con balas de verdad, claro– Christian Sonne la llamó por teléfono. Había hablado con Mossman y tenía buenas noticias: el comisario principal H. P. Andersen se había dado por vencido. Mossman ni siquiera tuvo que acudir al juicio. Su jefe era libre de hacer lo que quisiera.

Es decir, eso no era cierto, por supuesto: lo habían requerido por correo postal en la comisaría de Odense, donde las negociaciones se realizarían al más alto nivel. El jefe de Policía de Fionia y sus colaboradores contra la cúpula directiva de Søborg. Gunhild Rask, sustituta de Mossman y directora legal del CNI, lideraría las negociaciones. También estaba el jefe de administración, Bo Folmer, encargado de asumir el papel de diplomático, y el director operativo Martin Rytter, quien se movería sin piedad en todo aquel asunto, como había aprendido del mismísimo Mossman.

La investigación relacionada con lo sucedido en la casa de Tåsinge se dejó en manos del CNI. Cualquier otra opción habría sido impensable, ya que algunos aspectos del caso afectaban a cuestiones de seguridad nacional. Ella podría imaginarse perfectamente la discusión.

Por supuesto, llevarían a Mossman hasta la orilla correcta, la que quedaba fuera de peligro, como si de una morsa gravemente herida se tratara. El hecho de que algunos de los suyos se frotaran las manos maliciosamente por todo aquel asunto... eso ya era harina de otro costal. Y cuando acabaran las conversaciones con el nuevo ministro de Justicia, el jefe del CNI tendría que salvarse a sí mismo.

Mossman no había vuelto a ponerse en contacto con ellos desde entonces, pues supuso que el asunto terminaría en cuestión de horas y que podían guardar las apariencias. La Policía de Fionia seguro que tenía mejores cosas que hacer que perder el tiempo con largos debates.

—Todos fuera.

A la orden de Oxen todos salieron. Abrió el maletero y entregó a cada uno un paquetito negro. Había enrollado los monos y los había atado con una cuerda; no se los pondrían hasta que estuvieran en posición, pues no querían cruzarse con alguien que se viera obligado a llamar a la Policía y advertir sobre un grupo de *ninjas* que avanzaba hacia Gram.

Ella puso una mano en el hombro de Sonne.

—¿Todo bien?

—Sí, claro.

—Tú tranquilo, ¿vale? Solo tenemos que volvernos invisibles. Nada puede fallar. A la hora de las noticias estaremos de vuelta en casa.

—¿Y qué hay de las armas? ¿Están revisadas? ¿Todas en orden?

Oxen ya estaba en modo operativo. Así se sentía más cómodo, como en casa. ¿Podría alguna vez volver a llevar una vida normal? ¿Podría ser enviado a un supermercado, con el encargo de comprar patatas, leche y pan? ¿Qué compraría en realidad? ¿Con qué volvería a casa? (Eso suponiendo, claro, que hubiera una casa a la que volver).

—¿Sabéis dónde parar, o queréis que lo repasemos todo una vez más?

Franck miró a Sonne y ambos negaron con la cabeza.

—No hace falta —respondió ella.

—Sonne... ¿los micros?

—Comprobados y vueltos a comprobar.

—¿Armas?

Asintieron. Oxen los miró con las cejas arqueadas. Se dirigía a la guerra, y llevaba a remolque unos reclutas. Había olvidado que estos podían cuidarse de sí mismos.

—No disparéis hasta que tengáis una pierna en la tumba, ¿de acuerdo?

Sonne asintió y se puso más pálido aún, suponiendo que eso fuera posible.

—Bien. Nos separamos en la calle. Si durante la noche sucede algo inesperado, nos encontraremos de nuevo en el coche.

Se pusieron los paquetes negros bajo el brazo y empezaron a caminar. Por el camino probaron los *walkies-talkies*. Todo funcionaba perfectamente.

En el viejo molino en desuso se separaron. Sonne y Oxen cruzaron la calle y caminaron a lo largo del seto para acercarse al viejo patio desde atrás. Ella se escabulló entre los establos hasta alcanzar su posición junto a un arbusto que quedaba frente al camino de entrada.

—Aquí Oxen. Sonne, indica tu posición.

Estaba estirado boca abajo en el límite del bosque. Podía ver perfectamente el césped de entrada, el patio e incluso el camino que iba del castillo al pueblo. Pero no tardaría en oscurecer.

Justo cuando la voz tranquila de Oxen sonó en su oído, él estaba pensando en cómo demonios se había metido ahí. Todo era porque necesitaba dinero; porque su maldito divorcio amenazaba con arruinarlo. Pero tenía dos hijas, dos niñas fantásticas de seis y ocho años... ¿Y no eran más importantes ellas que el dinero? Pues a la mierda la casa, y a la mierda el coche.

Estaba jugándose la vida. Sí, la vida, algo que no podía comprarse y para lo que no había recambios. Una vez perdida, era irrecuperable. En lo más profundo de su estómago notó una sensación inquietante. Estaba asustado.

—Sonne. Posición.

–Aquí Sonne, todo en orden. Pero pronto dejaré de ver la calle.

–Entendido. Corto.

Oxen sonaba como si estuviera tomándose una pizza en la mesa de la cocina. Absolutamente tranquilo. El hombre tenía tantas medallas que seguro que no podía aguantarse derecho si se las colgaba todas al cuello a la vez. Estaba acostumbrado a arrastrarse en la oscuridad rodeado de guerreros talibanes, y claro, él no podía estar a la altura de alguien así. Habría sido realmente injusto esperar eso de él.

–Aquí Oxen. Franck, indica tu posición.

–Aquí Franck, todo en orden. Alcanzo a ver la entrada del castillo, pero no mucho más.

–Aquí también todo tranquilo. Corto.

Franck se arrastró unos metros a través de los arbustos, que llegaban prácticamente hasta el gran edificio, paralelos a la calle.

Aún podía reconocerlo todo. También el otro lado de la carretera, donde estaba el acceso al gran patio de la antigua granja.

Tenía los nervios a flor de piel y estaba muy concentrada. Todo empezaría en media hora aproximadamente. La pregunta era ¿dónde? El terreno era grande. ¿Irían a la casa principal o a alguno de los edificios laterales?

Lo más importante era no perderlos de vista en la oscuridad.

No era más que una simple vigilancia. Permanecerían invisibles. Por supuesto, no sabían si la cúpula del Danehof traería guardaespaldas, aunque todo parecía indicar que no sería así. Esto solo iba de tres personas reuniéndose a última hora para hablar sobre un problema que les afectaba.

No era más que eso. Sin embargo, reconoció en la voz de

Sonne que tenía miedo. Franck, en cambio, se mantuvo fría como el hielo, tal como esperaba.

Por su parte, él estaba tranquilo, aunque había pasado mucho tiempo desde la última vez que pidió a alguien su posición. Aquella simple frase provocó una serie de imágenes y escenas perturbadoras en su mente, aunque al final logró reprimir los recuerdos.

Se estiró boca abajo en un seto que separaba la finca del campo abierto. Desde allí tenía todo el patio a la vista, y estaba cerca de Sonne, lo cual, ciertamente no era una mala idea.

A las 21:45 ella les susurró a través del micrófono:

—Aquí Franck. En el patio se oye el ruido de un motor. El único coche que veo es el Land Rover del conde. Un momento. Ahora lo veo. Está a punto de pasarme... Sí, el conductor parece Villum. Está girando hacia el patio. Cambio.

Sonne confirmó que desde su posición había visto los faros, y Oxen también.

La puerta del coche se abrió y Franck habló de nuevo:

—Aquí Franck. Villum ha llegado. Está entrando en la casa.

Poco después, se encendieron las luces de fuera.

—Lo está preparando todo. Solo faltan los otros dos. Tienen que llegar en cualquier momento, corto —susurró, pero antes de acabar de pronunciar la última palabra, una mano enguantada le tapó la boca, y ella sintió el frío metal de una pistola en su nuca.

—*Quiet, or you're dead* —le susurró la voz de un hombre al oído mientras unos dedos experimentados la cachearon, encontraron la pistola en su cinturón y se la sacaron de la funda.

El hombre siguió presionándole la boca y la empujó al suelo con su propio peso.

—Aquí Sonne. En la casa principal se ha encendido una luz. No puedo ver si...

Oyó un suave crujido tras él y se dio la vuelta. Apenas vio una sombra antes de recibir el golpe. Un gran dolor intenso le atravesó la cabeza. Después, todo se volvió negro.

–Aquí Oxen. Por favor, repite. Sonne, repite.

No hubo reacción. Qué extraño. El mensaje de Sonne se había interrumpido tan repentinamente... Lo intentó por tercera vez, pero no obtuvo más respuesta que el silencio.

–Aquí Oxen. Franck, indica tu estado. ¿Franck? Cambio.

Se enderezó y se puso de rodillas. La radio funcionaba, así que tenía que haber pasado algo terrible.

Detrás de él crujió una ramita, y enseguida oyó una orden brusca.

–¡Al suelo! ¡Boca abajo!

El hombre hablaba en inglés... Eso significaba que el escuadrón mercenario había regresado y que esta vez, seguro, terminarían su trabajo. Les habían tendido una trampa. Estaban acabados.

–¡Al suelo he dicho!

Un fuerte golpe con la culata del rifle le golpeó su espalda y él cayó inclinado hacia delante.

–Alfa a todos. Objetivo principal bajo control. Bravo, Charlie y Delta, venid aquí. Corto.

Oyó ruidos y más ramas crujiendo a izquierda y derecha.

–¿Smith?

El grito venía de la izquierda, y el hombre que tenía justo detrás respondió:

–¡Aquí!

De modo que ese era Alpha-Smith, el comandante de la tropa. Los habían estado esperando, a Sonne, a Franck y a él, y lo habían preparado todo para apresarlos en cuanto ellos aparecieran por ahí. Pero ¿cómo era posible?

–¡Las manos a la espalda!

Estaba a punto de ponerle las esposas, y para entonces ya sería demasiado tarde. En cuanto tuviera las muñecas inmovilizadas, habría dado el primer paso hacia la muerte.

Así pues, era ahora o nunca. No podía actuar ni un segundo demasiado pronto, ni uno demasiado tarde. Tenía que ser justo en el momento en que sintiera el metal sobre su piel. En ese segundo en el que su oponente tuviera que prestar atención a varias cosas al mismo tiempo... Es decir... ¡ahora!

Tensó todos los músculos de su cuerpo, y aunque el británico estaba sentado sobre sus piernas, logró acumular un enorme estallido de energía y darse la vuelta. Como un resorte, incorporó la parte superior de su cuerpo y empujó a aquel tipo, que llevaba una ametralladora. Una lluvia de balas resonó en la oscuridad. Con todas sus fuerzas, Oxen le propinó un golpe seco justo en el cuello. Por un momento su oponente se quedó paralizado, perdió el equilibrio y Oxen pudo quitárselo de encima del todo y ponerse en pie de un salto.

Ahora sus atacantes venían desde los dos lados. Pese a que el británico estaba bastante perjudicado, logró apuntarle de nuevo con el cañón de la ametralladora. Cuando lo vio le arrancó el arma de la mano, le quitó el dispositivo de visión nocturna de la frente y lo golpeó con él en la cara con todas sus fuerzas.

Alguien abrió el fuego. Varios disparos a la vez.

Sintió un dolor en el hombro. No tenía tiempo para coger la pistola, así que asió la empuñadura de su cuchillo, lo sacó de la funda a toda velocidad y se lo arrojó a la silueta que se acercaba. El hombre se detuvo en mitad de su carrera, se tambaleó hacia un lado y dio unos pasos más hacia delante. Luego se desplomó.

Oxen le cogió la ametralladora y abrió fuego con ella, justo en la otra dirección. Disparó a toda velocidad, sin apuntar; solo para frenar a sus atacantes y ganar algo de tiempo.

Por el rabillo del ojo vio un fogonazo y alcanzó a evitar la siguiente ronda de disparos lanzándose de cabeza al seto, rodando sobre sí mismo y corriendo por el otro lado, a través del campo abierto.

Corrió tan rápido como pudo. Adelante, siempre adelante, aunque sabía que en el campo era un blanco fácil. En cualquier momento aparecerían tras él y lo perseguirían de todos los modos posibles. A pie, en coche, y puede que incluso en helicóptero.

A su izquierda tenía la carretera. Vio los faros de un automóvil de camino hacia Gram. Cambió de dirección y se dirigió hacia el seto que bordeaba la carretera. En el lado opuesto se hallaban los grandes edificios de negocios, con los establos y los cobertizos de herramientas, junto a los que habían pasado antes, tras aparcar la furgoneta. ¿La furgoneta? No, era inútil. Sonne tenía la llave.

Cuando llegó a los arbustos, se inclinó hacia delante y trató de recuperar el aliento durante unos instantes. Le vinieron a la mente imágenes de Margrethe manchada de sangre. Se le encogió el estómago al ver la sangre sobre su suave piel blanca, sobre sus ojos abiertos, sobre su cara distorsionada.

¿Estaría muerta? Si habían matado a Franck, les arrancaría el corazón *antes* de ejecutarlos y los quemaría en una pira.

—¿Niels? ¿Me oyes?

La voz de ella resonó en su cabeza. De muerta a viva en menos de un segundo.

Ahí estaba su voz otra vez, suave y susurrando en sus auriculares:

—¿Me oyes? Si puedes oírme... los dos estamos vivos; piérdete lo más rápido que puedas. Aquí no puedes ayudarnos. ¡Márchate! ¿Me has oído?

Para el momento en el que logró sacar el micro de su cuello, por donde se había resbalado durante la carrera, ya no tuvo tiempo de decir nada, y solo oyó un golpe y un grito de dolor. Alguien había golpeado a Franck. Si hasta el momento habían olvidado quitar los intercomunicadores a sus prisioneros... ahora ya no; se había acabado el contacto.

Justo cuando la vio muerta ante sí, ella reapareció para volver con él. Los dos seguían vivos, Margrethe y Sonne. Su yo profesional tomó el mando. Era como un mantra: una vez aprendido, ya no podía olvidarse. Y se trataba de una regla marcada a fuego: no debes arriesgarte a salvar a nadie si con ello te pones tú en peligro, pues de ese modo dejas a tus compañeros, y a ti, sin posibilidades.

Tenía que marcharse de allí a toda prisa. La forma en que habían actuado sus desconocidos atacantes no dejaba lugar a dudas: esta vez tenían órdenes de disparar y, si era necesario, de matar.

Ya se ocuparía de Franck y de Sonne después. Tal vez podría negociar con ellos... Al fin y al cabo, tenía los documentos del castillo de Nørlund. ¿Puede que un trueque?

Unos faros aparecieron al final de la calle, e inmediatamente oyó un vehículo acelerando. Ya venían. Cruzó corriendo la calle y desapareció entre los edificios. A partir de ese momento, solo fue de esquina en esquina.

Si lo querían, tendrían que pagar caro.

72

El coche pasó entre los edificios comerciales a toda velocidad, seguido de cerca por un segundo automóvil. Él vio las luces de freno cuando se detuvieron y apuntaron con sus faros delanteros al campo abierto.

El viejo truco de haber corrido en círculos no los despistaría durante demasiado rato, pero probablemente sí pasarían algún tiempo peinando los terrenos y las casas que bordeaban los campos.

Se sabía el perímetro de la zona de memoria. Más allá de los campos, la carretera avanzaba a través de una gran zona boscosa, y la mayor parte del bosque se extendía hacia el oeste.

Así que había un montón de escondites potenciales, y la búsqueda podría resultarles bastante tediosa. Si sus atacantes eran los mismos que ya habían intentado darle caza en la piscifactoría, eran siete u ocho, menos el que había herido con el cuchillo.

Tomó una decisión. Tenía que escapar lejos, muy lejos, y lo más rápido posible, para no estar ahí atrapado cuando se hiciera de día.

Estaba convencido de que actuarían del mismo modo que la última vez: una llamada telefónica indicando que lo habían visto, y la Policía activaría de inmediato la alarma para reactivar la persecución con un nuevo impulso.

Oyó pasos en la calle y vio la luz de una linterna. Un hombre bajaba caminando por la calle. Por un breve momento, la luz rozó la ametralladora que llevaba colgando de una correa alrededor de su cuello.

No había tiempo que perder. Oxen se escabulló junto al muro del edificio alargado y se coló por la primera puerta abierta que encontró, y que resultó que iba a parar a un establo con poca luz.

El lugar era grande. Las vacas lecheras podían moverse libremente por ahí. No como en su infancia, en la granja al oeste de Jutlandia en la que pasó tantas vacaciones de verano con su tío y su tía.

Examinó su hombro izquierdo. Afuera, en la oscuridad, había notado que su ropa estaba ensangrentada y hecha jirones, pero solo aquí, con algo de luz, podía observar con más detalle la gravedad del asunto. Era una herida de bala. No podía decir cómo le afectaría al músculo ni hasta dónde había entrado, pero por el momento no le dolía. Aún no.

Se tomó un minuto para reflexionar sobre la situación. El establo estaba en un callejón sin salida. Sabía que tenía que seguir moviéndose, pero en aquel momento no tenía ni idea de dónde se encontraba su oponente.

Justo cuando acababa de poner la mano en el pomo de la puerta y se disponía a desaparecer, vio el cono de luz de una linterna a través de la ventana. En silencio, se arrastró entre las vacas, que no parecieron molestarse lo más mínimo con la presencia de aquel visitante.

La puerta del establo se abrió. Un hombre entró y miró a su alrededor atentamente. Como el otro, llevaba un traje de combate negro y un dispositivo de visión nocturna, que ahora mismo estaba abierto. Una mano sobre la ametralladora.

Apuntó al suelo con la linterna y luego levantó la cabeza de nuevo.

¿Habría dejado huellas en el suelo? ¿Alguna gota de sangre que lo traicionara?

Su adversario, que además de la ametralladora llevaba una pistola enfundada en su cinturón, dedicó unos segundos a considerar lo que debía hacer a continuación. Luego dio un paso adelante y se movió con cautela entre las vacas, avanzando hacia el centro del establo. Su mirada era siempre atenta. De vez en cuando se quedaba inmóvil. Ahora tenía las dos manos en el arma.

Si Oxen no se retiraba rápido y se confundía con los animales del establo, estaba perdido. Muy lentamente se puso de rodillas, y luego a cuatro patas. Metro a metro, fue arrastrándose entre el estiércol y la paja, entre las vacas e incluso por debajo de ellas.

Una se asustó un poco al verlo y casi le dio una patada. Si su oponente se hubiera dado cuenta, lo habría encontrado de inmediato.

Siguió arrastrándose, muy tenso, hasta que llegó al final del establo. Detrás de una vaca se enderezó y miró por encima de su espalda.

El hombre también había llegado hasta la pared. Si iba hacia su izquierda, en cuestión de segundos estarían tocándose.

Oxen volvió a ponerse a cuatro patas. Si algo hubiera despertado la desconfianza del hombre, lo haría moverse en círculos hasta que acabara harto o una de las vacas lo pisara o le diera una patada. Y si aún no sospechaba nada, puede que volviera a la puerta y diera por revisado el establo.

Lentamente se arrastró entre dos vacas que estaban muy juntas. Ahora estaba justo detrás de su oponente. Solo tres zancadas y ambos estarían a la misma altura. ¿Debería...?

Tomó la decisión en una fracción de segundo. Puede que el hombre tuviera algo que pudiera resultarle útil. Sacó su pistola de la funda y siguió deslizándose hacia delante lo más silenciosamente posible. Luego se levantó de un salto y se plantó tras él.

El hombre apenas tuvo tiempo de girar la cabeza cuando Oxen le golpeó en la sien con la culata de su arma. Unas cuantas vacas dieron un respingo. Su oponente se tambaleó hacia un lado y se derrumbó. Oxen se arrodilló a su lado, lo puso boca abajo y lo cacheó.

En el bolsillo del traje de combate encontró lo que estaba buscando: un móvil. También una billetera y un pasaporte. El hombre era británico, como el otro. Mark Johnson. Probablemente un nombre falso.

Siguiendo un impulso repentino, puso en funcionamiento la cámara del móvil. Limpió el estiércol y la paja del rostro del hombre y le hizo tres fotos. Tuvo la vaga sensación de que aquello podría serle útil en algún momento.

Le quitó la linterna, lo cogió todo, se levantó y avanzó tranquilamente hacia la puerta. Tenía que salir de allí antes de que llegara el resto de la tropa mercenaria.

En una esquina resguardada, se quitó apresuradamente el mono apestoso y luego se deslizó por los otros edificios hasta que vio un gran cobertizo de máquinas. La puerta estaba abierta y se escurrió dentro. Solo cuando estaba a cubierto, detrás de un gran vehículo, se arriesgó a encender la linterna. Allí había dos tractores, una cosechadora y otras máquinas, pero sobre todo una camioneta Toyota.

Apuntó con la linterna a la carga de la camioneta: postes de madera para hacer cercas, y malla de alambre. Luego iluminó su interior. La llave estaba puesta. Por supuesto. Aquello no era el maldito distrito noroeste de Copenhague, sino el centro de Jutlandia.

Se metió en el coche y encendió el motor. El depósito estaba medio lleno. Oxen puso la primera marcha y dejó que el vehículo saliera lentamente del cobertizo. Si se dirigía a la ciudad, el riesgo de toparse con sus perseguidores era demasiado grande, así que tuvo que tomar la ruta opuesta: más allá del castillo, hacia el pueblo, y desde allí al oeste hacia Ribe, o al este hacia Haderslev.

No tenía ni idea de lo que elegir. Sin encender aún los faros, giró a la izquierda y condujo lentamente hacia Gram. Solo cuando pasó por delante del viejo edificio activó la luz de cruce.

Decidió conducir hasta Ribe, y de allí a Noruega. El este, y ciertamente el sur, le parecían demasiado limitados. No quería que lo empujaran a la frontera con Alemania si la caza pronto iba a estallar.

Ahora se trataba de recorrer el máximo número de kilómetros posible y de ir cambiando de vehículo continuamente.

73

Su labio inferior finalmente había dejado de sangrar. El hombre se lo había partido cuando se dio cuenta de que estaba hablando con Oxen por el intercomunicador.

El golpe había sido tan fuerte que la había tirado al suelo. El hombre la había agarrado por el cuello, sabiendo que ella no podía oponerle resistencia, y la había llevado consigo, mientras que otro arrastraba a Sonne, que también estaba lesionado. Sobre la ceja tenía una herida y la sangre le caía por la mejilla.

Los encerraron en una pequeña salita del patio. Uno de los hombres los vigilaba, con la mano siempre cerca de la ametralladora. Solo una vez trataron de hablar entre sí, pero eso le costó a Sonne una patada en la boca del estómago, de modo que se quedaron callados.

Franck no lograba entender qué había salido mal. Los habían cogido, uno tras otro. Los habían estado esperando, y los atacaron en cuanto oscureció. Pero ¿cómo sabían que...?

La puerta se abrió y dio paso a Villum Grund-Löwenberg, que saludó a ambos con un gesto de cabeza.

—Síganme, por favor –dijo.

Los llevó a una sala de estar y les pidió que se sentaran en el sofá. Los guardas de seguridad se quedaron en la parte de atrás; Villum se sentó frente a ellos, en una silla.

–¿Café o té?

El dueño del castillo hablaba en voz baja y amable. Ambos sacudieron la cabeza en señal de negación.

–Margrethe Franck y Christian Sonne... ¿Qué voy a hacer con ustedes ahora?

Villum los observó detenidamente, y Margrethe le devolvió la mirada, desafiante.

¿Acaso aquel idiota imaginaba que podría clavarles agujas entre las uñas? ¿O estirarlos de las extremidades hasta partirlos por dentro, como sus antepasados en siglos lejanos? No, claro, eso no... Pero por desgracia había muchas otras opciones disponibles para él. Podía matarlos ahí mismo y hacer que se libraran de sus cuerpos.

Pensó en Oxen. Y en sus padres. *Per aspera ad astra*. Al menos moriría con el reloj en su muñeca.

Villum seguía sentado, en silencio.

–¿Acaso espera una respuesta?

–Dadas las circunstancias, eso podría ser pedirles demasiado, ¿no? –Villum ladeó la cabeza y la miró pensativamente–. Pero déjenme pensar en voz alta –continuó–. En primer lugar, me gustaría decirles que fue realmente indigno por su parte colarse en mis tierras ilegalmente y esconderse como lo hicieron. Eso está prohibido, y en realidad debería llamar a la Policía y entregarlos a ambos. Sí, tal vez esta sería una opción... –Hizo una pausa y miró alternativamente a Franck y a Sonne. No parecía disfrutar con la situación–. Por otra parte a la Policía no le gusta desperdiciar sus escasos recursos en semejantes trivialidades. ¿Qué conseguiría con eso? Seguramente no les impediría volver a acosarme por segunda vez, así que, en este sentido, lo más lógico sería optar por una solución definitiva. Pero yo no soy un bárbaro primitivo. *Nosotros* no somos bárbaros. Nos esforzamos por cumplir con nuestras responsabilidades, que no son pocas. Bien. Creo que por esta noche ya es suficiente... Pueden irse. No nos interesan. Suban a su camioneta y márchense a casa. Les daré tiempo de sobras antes de informar a la Policía de que su amigo, el veterano de guerra bajo sospecha de asesinato, fue visto aquí en la zona.

Lo primero que pensaron fue que quería hacerlos caer en su trampa. Que solo quería trasladarlos, fácil y convenientemente, a un lugar más adecuado para que uno de sus hombres pudiera hacer el trabajo sucio metiéndoles una bala en el cuello.

Villum la miró.

—Margrethe Franck, crees que esto es un farol, pero estás equivocada. Os dejaré marchar. Si quieres, puedes tratar de contar tu historia a la Policía, aunque me temo que eso no te dará mucho resultado. O también puedes dejarlo como está, no me importa. Solo os prometo una cosa: que pagaréis por haber salido vivos de aquí. Destruiré vuestra reputación. La de los dos. Es el precio que tendréis que pagar.

Villum Grund-Löwenberg se levantó de la silla, los saludó con la cabeza, hizo una señal al guarda y salió de la habitación.

El gorila agitó su arma hacia la puerta de la habitación.

—*Go now, out!*

74

Los abetos oscuros se cerraron en torno al pequeño Opel Corsa, de modo que no se podía ver ni desde la calle ni desde el aire. Necesitaba una pausa para pensar, para curarse la herida de bala y para cerrar los ojos, al menos diez minutos.

Estaba a punto de sacar la llave del contacto cuando en la radio se oyó una sintonía y una voz anunció los titulares de las noticias de las siete. El primer mensaje trataba sobre él.

«Todas las unidades policiales han sido alertadas a nivel nacional. Se busca al sospechoso de asesinato y veterano de guerra Niels Oxen, que lleva once días huyendo de las autoridades. La Policía asume que apuñaló a un hombre de setenta y cuatro años cerca de Brande, en Jutlandia, y ayer por la tarde fue visto en el castillo de Gram, al sur de Jutlandia, donde robó un vehículo; un Toyota que algo después fue encontrado abandonado en Ribe. Allí se ha denunciado también el robo de otro vehículo, que por ahora se ha asociado con Niels Oxen. Según fuentes cercanas a la investigación, todo parece apuntar que desde Ribe ha ido hasta Esbjerg. El departamento de Policía responsable del distrito de Jutlandia del Sur prefiere no comentar públicamente los acontecimientos más recientes, pero nos consta que se ha bloqueado la mayor parte de

las carreteras en la zona y que un elevado número de agentes está monitorizando la circulación. Se sospecha que Niels Oxen, de cuarenta y cuatro años, mató al dueño de la piscifactoría para la que trabajaba. Oxen es un exsoldado de élite altamente condecorado y el único a quien hasta el momento se le había otorgado la Cruz danesa al Valor. Tras completar con enorme éxito una serie de misiones internacionales, parece que en la actualidad está sufriendo un trastorno por estrés postraumático, y se le considera extremadamente peligroso. Niels Oxen es...».

Apagó la radio. Los informes sobre su fuga habían ido volviéndose más detallados en las últimas horas. Salió del coche y estiró las piernas. A esas horas ya le dolía mucho el hombro.

Aparte del graznido de un cuervo, todo estaba en silencio. No sabía exactamente dónde estaba; solo que aquel era un bosque que quedaba en algún lugar al sur de Herning.

El Corsa era su cuarto coche desde que huyó de Gram. Lo robó de una pequeña granja cerca de Tarm. Había roto la ventana del garaje en el que estaba, después de ver que tenía la llave puesta. En esa ocasión, también cogió un jersey y una chaqueta de un perchero y los tiró en el asiento trasero.

Cambiaba constantemente de coche para tratar de poner palos entre las ruedas de la Policía y, de paso, encubrir su ruta. Su siguiente parada sería Herning: una gran ciudad con vías de acceso desde todas las direcciones. Esbjerg, en la costa, había sido una excepción inevitable, porque su estrategia en realidad era permanecer en el interior. De este modo, siempre mantenía abiertas varias opciones y dificultaba que la Policía lo acorralara.

Más allá de la huida, todo era puro caos. No tenía ni idea de cómo tenían que seguir las cosas. Solo sabía que la Policía lo buscaba por todas partes, seguida de cerca por las tropas mercenarias del Danehof. Así pues, estaba sentenciado por asesinato o muerto, lo cual no era demasiado diferente.

Abrió el maletero y sacó el botiquín. La herida de bala empezaba a ser un problema. El hombro aún le sangraba, no mucho, pero sí era visible. Vació el contenido del botiquín en el maletero.

Le había llevado varias horas llegar tan lejos. Robar un coche no era tan fácil como en las películas. No bastaba con romper una ventanilla y juntar dos cables. Por eso en Ribe se había llevado un coche de Policía que estaba aparcado y con la llave puesta frente a una residencia de ancianos. Por supuesto, sabía que el robo de este coche sería denunciado inmediatamente, de modo que se libró de él en Esbjerg.

Hacía tiempo que había tirado a la basura el móvil del mercenario. Podría haber estado equipado con una función de búsqueda de GPS, o no, pero de todos modos, y con las herramientas adecuadas, cualquier teléfono móvil podía ubicarse en la red. De ahí que solo lo hubiera usado para realizar dos llamadas telefónicas durante la primera —y única— hora que lo tuvo.

Había llamado a L. T. Fritsen, no al taller, sino a su casa. En teoría, el teléfono personal de Fritsen también podría ser interceptado, por lo que se limitó a decir las palabras en clave: «Black Horizon», con las que se ponía en marcha un plan de contingencia que habían acordado hacía mucho tiempo. Con esta señal, Fritsen sabía que debía irse inmediatamente a casa de su hermana, que también vivía en Amager, como él, y esperar allí hasta que volviera a ponerse en contacto con él.

En su segunda llamada, Oxen informó brevemente a su amigo sobre la situación. Después envió un correo electrónico a la hermana de Fritsen con los archivos adjuntos de los contactos telefónicos y los mensajes de correo electrónico que había en aquel móvil, así como las dos fotos que había hecho a su propietario, cuando este yacía inconsciente en el establo.

Por el momento no podía hacer mucho con ese material. Lo estaban siguiendo y se hallaba bajo una enorme presión, pero puede que algún día esos datos pudieran serle de utilidad.

Para acabar, dio instrucciones a Fritsen sobre cómo iniciar la sesión en el servidor de Singapur y hacer clic en las tres cruces. De lo contrario, el vídeo de Rosborg saldría a la luz en veinticuatro horas. Ahora que el ministro de Justicia había muerto no habría importado hacerlo público, pero quería ahorrar a su viuda e hijos este dolor.

En cualquier caso, y en todo momento, sus pensamientos seguían dando vueltas en torno a Margrethe Franck. ¿Qué les habrían hecho, a ella y a Sonne? ¿Seguirían vivos? No podía ni imaginar que la noche anterior hubiese sido la última vez que la vio, ni que su voz en el intercomunicador, susurrándole que escapara, hubiese sido la última vez que la oyó...

Había –ciertamente– muchas probabilidades de que estuviera muerta. De que los hubieran disparado y enterrado en algún terreno del castillo. De que hubiesen desaparecido sin dejar rastro, al igual que lo hicieron las lituanas en el castillo de Nørlund. Aquella idea le removía el estómago.

Con cuidado se quitó la chaqueta y la sudadera, ambas ensangrentadas. Apenas podía levantar el brazo izquierdo. Con las compresas del botiquín de primeros auxilios, se limpió la sangre del hombro y examinó la lesión por primera vez, con calma y de cerca.

La bala le había alcanzado la parte externa del hombro, justo debajo de la articulación. El proyectil había entrado y salido sin problemas, pero le perforó –y desgarró– el músculo del hombro. Seguramente el daño tendría consecuencias indefinidas.

Desinfectó la herida con una pomada, cubrió las áreas abiertas con compresas de algodón y lo fijó todo con un vendaje de gasa.

Finalmente, y no sin dificultades, se envolvió el hombro y la parte superior del brazo con una venda elástica, suficiente para detener la hemorragia. Luego cogió el suéter del garaje. Tenía algunas salpicaduras de aceite en la manga y apestaba a miles de años de sudor, pero al menos estaba seco y no tenía sangre.

Oxen estaba cansado y hambriento, y tenía muchísima sed, pero todos esos problemas eran puramente físicos y él había sido entrenado para controlar semejantes circunstancias. Se tumbó en los asientos delanteros y cerró los ojos. Una breve siesta para cortar el sueño seguro que obraría maravillas.

Cuando abrió los ojos, se encontró con una cara desconocida y arrugada, que lo miraba con asombro. Era un anciano de mejillas caídas y cejas espesas.

Oxen sacó su pistola de la guantera y la apuntó hacia el anciano, que se quedó petrificado de miedo y empezó a jadear.

Bajó del coche. Calculó que el hombre, que iba vestido como un cazador, tendría más de ochenta años. Chaqueta verde, botas de goma y una gorra también verde en la cabeza. En su mano sostenía una correa de cuero, pero no había ningún perro a la vista.

–¿Dónde está el perro?

La mandíbula inferior del anciano tembló.

–Yo... lo he... lo he dejado que corriera un poco –tartamudeó.

–Llámelo.

Volvió a enfundar su arma. Con manos temblorosas, el hombre sacó de su bolsillo el silbato para perros, y en cuanto lo hubo utilizado, apareció de inmediato un pastor alemán, raudo como el viento. El perro parecía bastante vivaracho, tenía los ojos bien despiertos y una especie de barba peluda bajo el hocico.

Oxen se agachó, le acarició la cabeza y le rascó las orejas. Era la primera vez desde el Señor White.

—Buen chico. ¿Cómo se llama?

—Boris.

—Hola, Boris, colega, ¿te estás divirtiendo?

Siguió acariciando al perro, que estaba entusiasmado con él. Su dueño, en cambio, seguía rígido a su lado y no se movía ni un pelo.

—¿Es usted cazador?

El anciano asintió.

—Pero... ya no estoy en activo. Han pasado... años desde que... no disparo a nada.

Todavía temblaba, y le costaba una barbaridad unir las palabras.

—¿Y Boris? ¿Es un buen perro de caza?

—Bueno, más bien un buen camarada...

El hombre miró de soslayo hacia la sudadera sangrienta que aún estaba sobre el capó del coche.

—¿Es usted el tipo que buscan en todas partes? Lo he... lo he oído en la radio. El veterano de guerra... El de la medalla al valor.

Oxen asintió.

—Sí, soy yo.

—Pensé que habían dicho que estaba usted en Esbjerg.

Lentamente, el anciano empezó a recuperarse de su conmoción.

—Vengo de allí.

—¿Va a matarme?

—No, ¿por qué tendría que hacerlo?

—Porque... porque le he visto.

Él negó con la cabeza.

—¿Dejará que me vaya?

Él asintió.

—¿Lo hizo? ¿Mató a aquel hombre?

—No. Pero nadie me cree.

—Mi hijo mayor luchó en los Balcanes —siguió diciendo el anciano—. Tardó mucho tiempo en recuperarse.

—Los Balcanes, sí... Yo también estuve allí... ¿Tiene usted un móvil a mano?

El viejo dudó un momento. Luego asintió.

—Me temo que tendré que quitárselo.

Extendió la mano y el hombre sacó el teléfono del bolsillo interior de su chaqueta y se lo entregó.

Oxen sacó un pequeño paquete de billetes del bolsillo de su pantalón. Encontró un billete de mil coronas y lo puso en la mano del hombre.

—Tenga, mil coronas. No sé cuánto cuesta un aparato como este.

—Gracias —dijo el anciano, que parecía estar muy confundido.

—¿A cuánto estamos de Herning?

—A un cuarto de hora, más o menos.

—¿Ha venido en coche?

—No, Boris y yo salimos a dar un largo paseo cada mañana. Vivo cerca de aquí, en una pequeña granja.

Durante unos minutos se preguntó qué tenía que hacer. En su fuero interno maldijo su estupidez. Si no se hubiera rendido a la debilidad, si hubiera renunciado al descanso, ahora no estaría en este dilema. Estaba perdiendo su preciosa ventaja... Pero no tenía otra opción.

—¿Cuánto tarda en llegar a casa?

El anciano se quedó en silencio un momento, frotando el billete entre sus dedos.

–Cuarenta y cinco minutos, si voy tranquilamente –respondió al fin.

–¿Puedo confiar en usted?

–Sí, desde luego. Podría haberme matado y no lo ha hecho, así que... Boris y yo no llegaremos a casa antes de tres cuartos de hora.

–Gracias.

–Es un placer.

El anciano llamó a su perro y siguió con su paseo matinal por el bosque.

Oxen tiró la sudadera sangrienta a los matorrales, subió al coche y arrancó el motor. Tenía que ir a Herning lo antes posible. Cada minuto contaba.

75

Si quería obtener algún beneficio del teléfono, tenía que hacerlo ahora, antes de que la Policía rastreara el número del anciano. Aparcó el Corsa en el Centro Herning, el gran centro comercial que había al este de la ciudad, y sacó el teléfono del bolsillo. Lo sostuvo en su mano, lo miró fijamente y lo guardó de nuevo. De pronto no estaba seguro de si debía hacerlo. ¿Era el cansancio lo que le hacía dudar así?

Se detuvo en el enorme estacionamiento frente a la entrada B del centro y se dio la vuelta para mirar a su alrededor. Allí había ya varios coches aparcados, pero probablemente no eran nada comparados con los que llegarían en cuanto el centro abriera sus puertas.

Estaba indeciso, tanto respecto al teléfono como a su ubicación. ¿Era este el lugar adecuado para cambiar de vehículo? Posó la mirada en las grandes señales de la calle. Ahí estaba la carretera, esperándolo. En pocos minutos tendría que decidir entre el norte y el sur, o conducir hacia el este, hacia Silkeborg.

Después miró el móvil, las señales de la calle y otra vez el móvil, y volvió a cogerlo. La incertidumbre resultaba demasiado atormentadora. Tenía que intentarlo, aunque tuviera toda la pinta de ser una inutilidad. Si estuviera atrapada en algún lugar, atada de manos y piernas o, peor aún, enterrada en algún tramo del suelo del bosque, entonces, por supuesto, no podría suavizar su desesperación. Pero quizá podría simplemente escuchar su voz en el buzón...

Marcó el número de Margrethe.

—¿Diga?

No pudo articular palabra. ¿Era ella? ¿De verdad? ¿O había cogido el teléfono alguna otra mujer? ¿Una que se pareciera a la verdadera Margrethe Franck?

—Hola, ¿quién es?

Oxen volvió en sí.

—Soy yo.

—¡Niels!

—Pensé que estabas...

—¿Cómo te encuentras? ¿Dónde estás?

—No te lo puedo decir. Puede que tengan el teléfono pinchado, o que puedan rastrear la conversación.

—Sí, es cierto. Pero ¿estás bien?

—Sí, todo está bien.

—Sonne y yo nos pasamos el día oyendo las noticias.

—¿Dónde estáis? ¿Qué pasó?

—Nos dejaron ir.

Franck le contó rápidamente cómo había terminado su encuentro con Villum en el recinto del castillo.

—¿Que quiere destruiros? ¿Qué significa eso?

—No lo sé. Pero eso fue lo que nos dijo. Que ese es el precio que pagaríamos por nuestra desfachatez.

—¿Dónde estás?

—En el apartamento de Nyborg. Pero tengo que volver a Søborg, al trabajo. ¿Hay algo que pueda hacer por ti? Lo que sea, solo tienes que pedirlo.

—Volveré a llamarte cuando pase la tormenta. Puede que tarde un poco. No puedes hacer nada porque van a estar siguiéndote de cerca. ¡No, espera! Sí hay... hay una cosa. En mi mochila encontrarás una buena suma de dinero y una foto de mi hijo. ¿Puedes cogérmelo todo y guardármelo?

—Por supuesto.

—¿Y qué hay de Mossman?

—Le hemos informado de la situación, pero tiene las manos atadas. Por ahora está lo suficientemente ocupado salvando su propio culo...

—Deberíamos colgar ya. La Policía no tardará en empezar a buscar el móvil que estoy usando. Volveré a llamarte más adelante.

—Niels, yo...

Franck dudó por un momento. Entonces continuó:

—Cuídate. ¿Me lo prometes?

—Te lo prometo, Franck. Nos vemos pronto.

Colgó y tiró el teléfono a la guantera. Ya no le servía para nada. Se sentía profundamente aliviado. Franck estaba bien. Una cosa menos de qué preocuparse. Sus dedos tamborilearon sobre el volante. Tenía que salir de la ciudad. Pero ¿en qué dirección? En veinte minutos o menos se desataría el infierno a su alrededor. Eso, suponiendo que el viejo hubiera cumplido su palabra y hubiera caminado despacio.

No, no podía ir hacia la carretera. Era demasiado arriesgado conducir un solo kilómetro más con el Corsa. Todavía no se había decidido, pero puso el coche en marcha y empezó a avanzar lentamente. Daría una vuelta en torno al centro comercial mientras pensaba y buscaba respuestas.

En la parte trasera del edificio pisó los frenos de golpe. Obviamente, esta calle conducía al aparcamiento subterráneo, pero en el lado derecho, detrás de una cerca alta, se hallaba el almacén de un supermercado... y la puerta estaba abierta.

En la zona de carga había un camión con las palabras «Nuestro mundo verde» escritas con letras enormes en los

laterales del vehículo; y debajo, en un cuerpo algo más pequeño: «Su mayorista para todo lo que crece y florece».

El conductor estaba a punto de descargar un carrito lleno de
macetas coloridas y empujarlo hasta la puerta de entrada del
supermercado. ¿Era tal vez esa la oportunidad que necesitaba?
En un instante, sopesó los pros y los contras. Luego se dirigió
al patio y aparcó el Corsa. Salió, miró a su alrededor, corrió
hasta el camión y subió a la cabina por el lado del pasajero.

Allí vio una cesta con un montón de papeles apilados.
Obviamente, eran los destinos de entrega. Supervisó las notas superiores. «Nuestro mundo verde» tenía su sede en Silkeborg. Leyó el escrito a toda velocidad. Según aquello, hoy
tenía otra entrega en Herning, luego tres en Viborg y finalmente una en Hobro, antes de viajar de regreso a Silkeborg.

Salió de la cabina y rodeó el camión hasta la rampa de
carga. Parecía que aún quedaban entregas por hacer, pues
la rampa seguía bajada. La zona de carga del camión estaba
llena de plantas de interior. Oxen se sentían como si estuviera mirando una jungla. Subió y se escondió detrás de todo.

Había una cosa que siempre evitaba a toda costa: meterse
en una situación que no le ofreciera varias opciones de huida.
Era como en el caso de la piscifactoría: necesitaba la opción
del túnel.

Así pues, inspeccionó la lona, que estaba unida a la estructura de acero del camión con gomas y cuerdas, y observó que
la pared trasera era más alta que los laterales, y que la lona
podía enrollarse a lo largo del área de carga, lo cual era útil
para airear un poco todo aquello. Aflojó una de las cuerdas
del costado, se sentó satisfecho entre varios sacos de tierra y
miró su reloj. Ahora solo tenía que esperar.

Avanzaron apenas unos kilómetros hasta que llegaron a la siguiente estación de entrega, en Herning. Por los sonidos que

547

pudo distinguir llegó a la conclusión de que también era un supermercado.

El conductor subió y bajó la rampa tres veces para ofrecer a su cliente todo lo que le había pedido, y justo cuando cerró la escotilla, Oxen escuchó la primera sirena de la Policía que pasaba muy cerca de allí.

Miró el reloj. El tiempo coincidía bastante bien con sus cálculos. La Policía de Herning no había llegado demasiado rápida, pero tampoco demasiado lenta. La fase crítica había comenzado.

El conductor puso en marcha el motor y se mezcló en el tráfico. Al principio avanzaba a trompicones, con frecuentes frenadas, giros y semáforos en rojo. Luego empezó a conducir más rápido, lo cual solo podía significar que habían llegado a las afueras de la ciudad. Oxen escuchó las sirenas varias veces –algunas muy cerca y otras más lejos–, lo cual significaba, sin lugar a dudas, que la maquinaria policial empezaba a impacientarse. Presumiblemente estarían buscando el Corsa plateado, y no pasaría mucho tiempo hasta que lo encontraran. Pero antes asegurarían los caminos circundantes para evitar que ningún fugitivo huyera de la ciudad... no al menos antes de comenzar el trabajo final.

Cuando el camión empezaba a avanzar ya sin interrupciones, el conductor volvió a disminuir la velocidad, sorprendentemente, y fue ralentizándola hasta detenerse por completo.

Oxen apartó imperceptiblemente la lona y vio la luz azul de la Policía justo delante de él. Estaba en una ratonera...

El camión fue avanzando algunos metros hasta detenerse de nuevo. Para los estándares daneses era bastante insólito detener todo el tráfico de una ciudad, pero desde el punto de vista de la Policía, por supuesto, aquella era una decisión necesaria. Oxen había calculado que tardarían un poco más en reaccionar con esa contundencia. Había llegado unos minutos –unos terribles minutos– demasiado tarde.

¿Debería quedarse en su escondite? ¿O saltar y volver corriendo a la ciudad? ¿Aunque no era precisamente allí donde lo querían? Sí, ya estaba bien donde estaba. Su escondite era óptimo. Nadie lo encontraría tan rápido entre las plantas.

Se puso de pie entre los sacos de tierra, levantó el brazo sano hacia la pared y se coló en el espacio que quedaba entre la lona y la cabina. El brazo izquierdo le dolía horrores y no le resultaba realmente útil, pero no tenía más remedio que sujetarse con ambas extremidades mientras trepaba por uno de los palos que sujetaba la lona.

Con un último esfuerzo subió al techo del camión y se arrastró boca abajo hacia delante, hasta que pudo sentir un punto estable de las vigas, bajo la lona. Justo aquí tenía que permanecer absolutamente inmóvil, con el cuerpo, los brazos y las piernas apostados sobre las vigas metálicas, para no hundir la lona hacia abajo y dejarse ver, en el supuesto caso de que alguien tuviera la idea de buscar en el interior del camión.

Las arrancadas y frenadas se alargaron durante una eternidad, hasta que el ruido junto al vehículo le reveló que ya había llegado al punto de control. Oyó a un policía pedir al conductor que bajara y abriera el compartimento de carga.

Si ya habían encontrado el Corsa y el oficial preguntaba al conductor en qué supermercados había estado, la inferencia podría haber resultado de lo más peligrosa. Pero eso no sucedió. Oyó al conductor decir que no había visto al sospechoso, pero que por supuesto había oído hablar de él, de su asesinato y su fuga, en la radio.

Luego abrieron la puerta de atrás, bajaron el portón y Oxen oyó que alguien entraba en el área de carga. Suelas de botas, golpes contra en el acero y desplazamientos de sacos y de plantas. El más mínimo movimiento podía haberlo traicionado, de modo que se quedó paralizado y contuvo el aliento.

–*Uno pensaría que la Green Zone estaba vinculada a los talibanes, ¿eh, Oxen?*
    –*No creo que la TB haya venido a comer verduras...*
    –*¿Vamos al complejo?*
    –*Ni hablar. No sin refuerzos. Esperamos.*

    ▶ Lima 16, aquí Kilo 12. Tango-Bravo cruza el campo de maíz. Ocho guerreros armados con Kaláshnikovs. Si mantienen el curso, estarán jodidamente cerca de vuestra posición. Quedaos donde estáis. Confirmad. Cambio.
    ▶ Lima 16. Entendido. Corto.

El oficial se tomó su tiempo, obviamente. Los pasos se detuvieron y el hombre se quedó quieto. ¿Habría dejado algún rastro? ¿Algo que hubiera despertado su desconfianza? ¿Una gota de sangre?
    Finalmente, el hombre se movió de nuevo.
    –¿Silkeborg, dice? –exclamó entonces–. ¿Y adónde va ahora?
    –Viborg, Hobro y luego a casa.
    Los pasos volvieron sobre sí mismos.
    –¿Le lleva flores a su esposa?
    –Oh, bueno... no tengo esposa –respondió el conductor.
    –Gracias y buen viaje –dijo el Policía.
    El conductor cerró la compuerta, se subió al volante e hizo avanzar el camión lentamente a través de la barrera.
    Lo había conseguido. Ahora todo lo que tenía que hacer era bajar del techo y volver a la plataforma de carga sin romperse el cuello.
    Cuando lo hubo hecho y estuvo de nuevo sentado entre

macetas, se dio cuenta de que el hombro había empezado a sangrar de nuevo.

La buena noticia era que ahora tenía tiempo de relajarse un poco. Toda la atención estaba puesta en Herning, de modo que en Viborg no habría carreteras bloqueadas, y en Hobro todo lo que tenía que hacer era asegurarse de bajar del camión tan pronto como el conductor saliera con el primer carro.

Lo que haría después, ya lo pensaría por el camino.

Eran más de las nueve y el sol ya se había puesto cuando bajó del autobús interurbano en Frederikshavn. En el transcurso de un día caótico, había hecho todo lo posible para llegar desde el sur de Jutlandia hasta el norte. Ahora solo tenía que conseguir que todo siguiera igual.

La terminal de autobuses estaba ubicada directamente en la estación, junto a la amplia área del puerto. Siguió las indicaciones de los carteles y se dirigió a la sala de espera, donde se comió dos perritos calientes que había comprado justo al lado, en el quiosco 7-Eleven. Luego se colocó su gorra nueva en la cabeza, se puso al hombro la mochila también nueva y se dirigió hacia el ferri.

La última etapa de su huida había sido todo lo anodina que no había sido la primera.

En un supermercado en la zona peatonal de Hobro bajó silenciosamente del camión de flores, y al cruzar la ciudad pasó por una tienda de deportes y se compró algunas cosas que necesitaba: una gorra negra, un jersey de lana fina para deshacerse de la cosa apestosa que había robado durante su huida, una chaqueta de nailon negra y una mochila también negra, así como un cuchillo pequeño; un sustituto insignificante pero indispensable para su cuchillo de combate, con el que había abatido a su enemigo en Gram.

551

Poco después se había agenciado un bolígrafo y un cuaderno en una librería.

Todavía le quedaba dinero, aunque el pequeño fajo de billetes de cinco mil coronas se había reducido considerablemente. Le había dado uno de los grandes al viejo por su móvil, y había gastado también con las compras y el billete de autobús. Ahora tenía exactamente dos mil quinientas cincuenta y ocho coronas y cincuenta Øre en su bolsillo.

No era demasiado efectivo, la verdad, y menos considerando que en su mochila de Nyborg tenía más de cuarenta mil coronas, había enterrado cincuenta mil coronas más en el bosque, junto a la piscifactoría, y tenía aún otras cien mil coronas cerca del lugar de descanso del Señor White, junto al río Lindeborg. Ese era todo el dinero que había recibido de Mossman. El pago por su participación en el caso de los perros ahorcados. Un dinero al que no podría acceder en las próximas semanas. ¿O serían meses? ¿O tal vez años?

Había estado buscando en vano una cabina telefónica, pero eran tan difíciles de encontrar como los discos de gramófono. En algún momento se había topado con la estación de autobuses, si es que podía llamarse así. En realidad era una modesta casa de ladrillos que fácilmente podría haber sido una cafetería, o un puesto de periódicos. Enfrente había una pizzería. Oxen se había acercado a un joven que estaba arrastrando mercancías al interior y le preguntó si le dejaba usar el teléfono. La vacilación fue rápidamente reemplazada por un asentimiento, cuando él sacó un billete de doscientas coronas de su bolsillo.

Necesitaba hablar con Fritsen a toda costa y pedirle ayuda de nuevo.

Necesitaba una visión completa de su huida, porque en las horas que pasó sentado y meditando entre la tierra y las macetas de flores, comprendió que había algo que debía hacer:

tenía que salir de Dinamarca. Solo en el extranjero podría encontrar un refugio seguro, ocuparse de su hombro, recuperar fuerzas y diseñar un contraataque.

Y la ruta marítima era su única opción.

Fritsen buscó en el ordenador de su hermana toda la información que necesitaba, y Oxen garabateó en su cuaderno –que había comprado precisamente para eso– todo lo que podía resultar importante o de utilidad.

En realidad el plan era bastante fácil: Grenå estaba en la dirección equivocada, hacia el sur y, por lo tanto era inadecuada; quedaban entonces Hirtshals y Frederikshavn, desde donde había cuatro destinos posibles: las Islas Feroe, Islandia, Suecia y Noruega.

Las dos primeras opciones estaban demasiado lejos y también eran callejones sin salida. Suecia estaba más cerca que Noruega. Además, el país era grande y tenía enormes áreas deshabitadas, que eran justo lo que él necesitaba para pasar a la clandestinidad.

Suecia, pues. Vía Frederikshavn y Gotemburgo. Era el trayecto más corto, aproximadamente tres horas, y también el más frecuentado.

Se dirigiría al puerto, entonces, y en cuanto se acercara al ferri podría obtener una primera impresión de las condiciones locales.

El último barco de la línea Stena partía a las 22:30. Si aún quedaba algún billete, lo compraría de inmediato. Tenía pan y agua en su mochila, ambos sacados de una tienducha de Aalborg. Si no encontraba billete, tendría que buscar refugio en algún lugar y esperar hasta la mañana siguiente.

Sentía un agradecimiento infinito hacia Fritsen. Una vez más, había podido confiar en su viejo amigo. Después de la conversación, le dio las gracias al joven pizzero y volvió a la estación de autobuses.

Podría haber ido directamente desde Hobro en tren, pero no quería correr ese riesgo. En un tren se sentía demasiado expuesto: los pasajeros se sentaban frente a frente, y se miraban porque no tenían nada más que hacer. El autobús, en cambio, le pareció la forma más discreta de ir desde A hasta B. Sin miradas curiosas, con todos los asientos dirigidos hacia delante, con muchas paradas y pura rutina.

Con el primer autobús había ido de Hobro a Arden, y de allí a Støvring. Por el camino había cruzado el bosque del Rold, siguiendo sus propios pasos.

¿Dónde estaría ahora si aquel 1 de mayo del año pasado no hubiera cogido el tren a Skørping? ¿Seguirían él y el Señor White viviendo en el sótano y alimentándose de lo que encontraban en los contenedores de basura? ¿Seguiría deambulando noche tras noche y dedicándose a la recogida de botellas?

Las preguntas aparecían tan rápido como las desestimaba. El caso es que llegó a Frederikshavn. Pocos pasajeros y muchos pensamientos. Ideas sueltas y largas reflexiones. Era inútil plantearse otra versión de su vida, tenía que lidiar con la actual: tenía una orden de búsqueda y captura por asesinato y se había visto obligado a desaparecer de escena.

Y ahora estaba en Frederikshavn.

En el puerto había una cantidad asombrosa de tráfico para estas horas del día. Las grandes grúas de los astilleros alzaban sus cuellos en el aire, había varios barcos anclados en el muelle para su revisión, y al fondo podía verse, iluminada, la terminal de la línea Stena.

Cruzó la calle y siguió las indicaciones, pero entonces se detuvo en seco. La luz azul brillaba en la oscuridad. Se había equivocado.

Había dos coches patrulla apostados a la entrada del barco que zarpaba hacia Suecia. Vio a algunos policías llevar a cabo controles mientras los vehículos tenían que esperar pacientemente a que les tocara su turno. En ese momento no había muchos turismos; la mayor parte de los vehículos eran camiones o furgonetas que querían tomar el último ferri del día.

Buscó protección en un rincón oscuro y observó a los policías. Por supuesto, había esperado que hubiera una vigilancia en los transbordadores, pero no a esa escala.

La mayoría de los camiones eran refrigerados y transportaban productos marítimos o de bodega, sellados. Excepto estos últimos, todos los demás eran revisados a fondo mientras a los turismos se les echaba un vistazo a través de las ventanas bajadas.

Tenía que pasar todo eso para llegar a la esclusa real de la línea Stena, donde esperaban seis mostradores de facturación que debían cruzarse antes de poder unirse a la cola real.

Todo aquello parecía demasiado arriesgado. Aunque se escondiera en un aparcamiento o en una estación de servicio y allí lograra ocultarse en la carga de algún camión, el control de policía lo estaría esperando. Y si después del *check-in* buscaba algún otro vehículo con el que desplazarse, lo más probable era que lo descubrieran tratando de superar las diversas vallas y barreras.

La tercera opción quedó desde el principio fuera de discusión: colarse directamente a bordo. Había demasiados empleados en el muelle, y en cuanto el ferri atracara y se abrieran las cubiertas para los vehículos, habría más.

Un mar de luces emergió de la oscuridad. Tenía que ser el Stena Danica, que venía de Gotemburgo al puerto. No eran buenas condiciones para emprender una acción espontánea. Así pues, no viajaría a Suecia esta noche. Tal vez rebajaran los controles por la mañana... o los anularan por completo...

Después de la decepción, la fatiga regresó con todas sus

fuerzas. No tenía más ideas, no tenía soluciones. Estaba agotado. Todo aquel día huyendo lo había destrozado. Se volvió y caminó lentamente de regreso a la ciudad.

Deambuló por las calles, sin rumbo, buscando un lugar donde dormir. Había ido a parar a una zona residencial con pequeñas casas unifamiliares. Tenía que ir, pues, hacia otro barrio; hacia alguno que le ofreciera más oportunidades.

En algún momento pasó por unos bancos con un gran cartel de información de la oficina de turismo. Junto al plano de la ciudad había un pequeño mapa general del entorno.

Echó un vistazo al plano, y luego su mirada se desvió hacia el mapa. A unos cinco kilómetros al norte había una pequeña ciudad llamada Strandby que por lo visto tenía un puerto. Más al norte, en el borde del mapa, había marcada otra pequeña ciudad. Ålbæk. Allí también había un puerto, a unos veinte kilómetros de donde se encontraba él.

Así que había alternativas a los puertos que Fritsen le había planteado y él había apuntado en su cuaderno. Oxen se puso en marcha y se desvió hacia una calle lateral, con la esperanza de tener más suerte en alguno de aquellos lugares.

Se detuvo unos minutos después. Al otro lado de la calle había un gran edificio de ladrillos rojos. Tenía varias entradas y cuatro pisos, más el ático. En la fachada, con enormes letras blancas, podía leerse «Bakkegård».

Cruzó la calle y avanzó lentamente por la entrada abierta del patio. La parte trasera del edificio estaba poco iluminada, el inmueble estaba construido en una esquina y en el patio trasero se había montado un parque, con césped, setos, área de juegos y una pequeña plaza para jugar al fútbol.

Cada puerta tenía su propio sótano. Oxen se puso a buscar inmediatamente, pero el resultado fue tristísimo. Esperaba que alguien hubiera olvidado cerrar la puerta de su sótano, pero por lo visto los habitantes de Bakkegård eran personas ordenadas. Después de repasar las puertas, comprobó que todas estaban cerradas.

Estaba a punto de marcharse de allí cuando vio la luz de una bici que se acercaba. Se escondió detrás de un contenedor de basura y esperó a que la mujer pasara junto a él. Ella se detuvo en la entrada del sótano más cercano, bajó de su bicicleta y la empujó a pie por la rampa. Oxen salió disparado hacia allí y llegó al sótano justo a tiempo de poner su mano en la rendija de la puerta y evitar que se cerrara.

En algún lugar un poco más allá oyó trastear a la mujer con su bicicleta. Con sumo cuidado, se deslizó por la puerta y entró en una especie de pequeño almacén con un montón de cajas de cartón vacías apiladas en las esquinas. Se agachó detrás de una de ellas y esperó. Durante unos segundos no pasó nada, y entonces oyó cerrarse otra puerta. De modo que había una segunda puerta, que probablemente conducía a la escalera interior.

En silencio, se levantó y pasó al fondo de la habitación, donde pudo ver varias bicicletas. Luego había un largo pasillo con varios compartimentos estrechos a ambos lados, cada uno de ellos cerrado con una reja. En cada puerta colgaba un pequeño letrero con el número del apartamento al que correspondía.

La luz se apagó. Encontró un interruptor y lo encendió de nuevo. Unos cinco minutos después, las luces volvieron a apagarse automáticamente.

Varios de los compartimentos estaban asegurados con candados; otros, apenas con una cuerda o un cable. Algunos estaban llenos hasta el techo; otros, casi vacíos.

Rompió el cable del «3.º d». En unos pocos metros cuadrados, había una pila de sillas de jardín con cojines a juego, algunos rollos de alfombras, cajas de mudanzas, un espejo antiguo, una bici oxidada y una mesa apoyada contra la pared. Los compartimentos vecinos estaban llenos, por lo que este no podía verse desde los lados. Se sentía más que satisfecho ante el lugar en el que iba a pasar la noche: el hotel Bakkegård.

A estas alturas el dolor que sentía en el hombro era considerable. Se sentó, se quitó el suéter y se sacó también la venda, las gasas y las compresas. Arrojó la bola ensangrentada a una esquina, se dirigió al interruptor de la luz y se sentó de nuevo para mirar más de cerca su hombro.

La herida se había cerrado, pero era obvio que si la forzaba volvería a abrirse enseguida. Tras sus piruetas para subir al techo del camión había mantenido el brazo lo más quieto posible. Se dio una nueva capa de ungüento, se puso compresas limpias y un vendaje nuevo y más apretado, y por fin lo cubrió todo con el último trozo de vendaje elástico que le quedaba.

Luego se vistió otra vez, empujó la mesa hacia la puerta para asegurarse de que quedaba cerrada y movió algunas de las cajas para esconderse tras ellas. Finalmente, colocó las alfombras sobre el suelo de hormigón y repartió por encima los cojines del jardín.

Luego se acostó y cerró los ojos, preguntándose si Herning aún estaría herméticamente cerrado o si la Policía había encontrado algo nuevo.

Podía imaginar perfectamente a los jefes del Danehof moviendo sus fichas invisibles. Estaba convencido de que lo tenían todo bajo vigilancia y se habían asegurado un acceso permanente a toda la información de la que disponía la Policía de Jutlandia.

Estaban peinando toda la zona de pesca para hacerse con un solo pez. Pero no lo conseguirían...

Poco a poco, los pensamientos y el caos de su cabeza fueron desvaneciéndose, y se quedó dormido.

76

La pequeña carretera que conducía desde la estación hasta el pueblo terminaba en la carretera hacia Skagen. A la derecha, el cartel de una gasolinera se alzaba sobre los árboles, y si uno giraba a la izquierda estaba a solo veinte kilómetros del punto más septentrional del país.

El sol de la mañana brillaba en su rostro, y grandes nubes blancas decoraban el cielo. Oxen se detuvo. En las inmediaciones había dos supermercados y una carnicería, y en la esquina opuesta de la calle vio un local con un bar al aire libre, cuyas mesas estaban vacías. En un día laborable en agosto no había mucho ambiente por ahí. El verano en Ålbæk estaba llegando a su fin.

Había llegado con el tren lento –el viaje había durado casi veinte minutos– y había escogido Ålbæk por dos simples razones.

Tras unas horas de descanso en el suelo del sótano, se despertó con mucho dolor en el brazo y salió de la casa temprano. Desde allí había ido directamente al puerto para ver si la situación del ferri había cambiado, pero no había sido el caso. Los oficiales de Policía seguían controlando todo el tráfico que iba desde la ciudad hasta el área del puerto. Y a la luz del día, su plan era incluso más arriesgado que en la oscuridad. Era imposible colarse en algún camión sin llamar la atención de todo el mundo. Por un lado estaba el edificio de varios pisos del peaje, con sus numerosas ventanas, en las que no había ni la más remota posibilidad de ocultarse, y por otro, los edificios grises del puerto, en los que tampoco podía entrar.

Así que se había dado por vencido y había preferido concentrarse en los dos pequeños puertos que había descubierto en el mapa: Strandby y Ålbæk.

En la oficina de turismo del puerto se había comprado un folleto informativo y había descubierto que el pequeño Strandby aún era algo mayor que Ålbæk, y lo mismo sucedía con sus puertos.

Su idea era que cuanto más pequeño, mejor. Buscaba un lugar con la menor cantidad de movimiento posible, y por eso acabó escogiendo Ålbæk.

Y ahí estaba, en un cruce de calles de Ålbæk, buscando el puerto. Cosa que no parecía demasiado difícil, pues solo tenía que seguir las indicaciones de la calle. Con tranquilidad, fue pasando junto a una serie de casas unifamiliares, y unos cientos de metros después ya había dejado atrás los últimos jardines de la ciudad. A continuación vino un pedazo de tierra en barbecho con arbustos, hierbas altas y algunos abedules enanos, y por fin dio con su objetivo.

En un terreno baldío podían verse amarrados algunos yates, y a la izquierda, un edificio más alto que los demás. Más arriba estaba el bar del puerto, que también hacía las veces de mostrador de facturación.

El edificio resultó ser el astillero que dominaba la imagen del puerto. La puerta estaba entreabierta, y en la oscuridad distinguió las figuras de varios hombres que trabajaban en un barco de pesca.

Miró una colección de pequeñas cabañas de madera en las que se guardaban redes y otros equipos de pesca, aunque dos de ellas parecían servir otros propósitos. Más allá de una puerta abierta le llegaron unas voces, y enseguida distinguió un ciclomotor con una caja de leche en el portaequipajes y dos bicicletas.

Poco a poco fue avanzando hasta la casa más grande, que estaba al final del muelle. Allí tenían lugar las subastas de pescado. Un cartelito le llamó la atención: «El puerto está vigilado por cámaras de vídeo».

Se volvió y recorrió la zona con la mirada. Todos los edificios eran de madera y estaban pintados de rojo oscuro, mientras que todos los marcos de las ventanas, molduras y barandas eran de color blanco. Los mismos colores que en una ermita sueca. Se trataba, sin duda, de un pequeño y pintoresco puerto.

En el muelle había unos pocos barcos pesqueros; el resto eran barcos deportivos y de ocio, en todos los tamaños y colores. Pronto les prestaría atención.

Le habría sorprendido que el puerto no hubiese tenido vigilancia, claro, aunque había estado buscando las cámaras todo el tiempo y no había tenido éxito. Tenían que estar en algún lugar, pero al final qué importaba: cuando lo descubrieran ya sería demasiado tarde.

Lo siguiente que hizo fue contar las farolas. No eran muchas, pero probablemente mantendrían el puerto toda la noche iluminado, y serían lo suficientemente brillantes como para que lo descubrieran si pasaba por allí.

Aparte de los trabajadores del astillero y de otros tres que estaban en la casa de subastas, casi no había gente a la vista.

Al final del pantalán un hombre se peleaba con su bote, y un par de jubilados paseaban con su perro por el muelle.

Se sentó en un banco para obtener una visión general del lugar. Le habría gustado dar con una lancha motora, ni demasiado pequeña ni demasiado grande... claro que en esos momentos no podía ser muy exigente.

Un soldado de élite tenía que ser capaz de moverse por todas partes, incluso por el agua. Por eso sabía cómo funcionaban los barcos, y tenía ya algunos candidatos prometedores en el punto de mira. Decidió echar un vistazo más de cerca a cuatro de ellos. Se levantó y anduvo por el muelle.

Tenía que prestar atención a la potencia del motor, el tamaño y la navegabilidad. No tenía la menor intención de navegar cien millas –hasta Kattegat– en una cáscara de nuez y de tener que abrirse paso entre las olas para, al final, naufragar.

Desestimó el primer barco de inmediato. Era demasiado pequeño y su motor demasiado débil. Lo mismo sucedió con el siguiente. En el número tres se quedó pensando un rato. Tenía unos cinco metros de eslora, un motor de 60 hp y parecía adecuado para su objetivo. Pero antes de decidirse quiso mirar un poco más, y fue hasta el final del muelle.

Allí, un bote de cubierta azul se mecía suavemente en el agua. Era un poco más grande que el otro, un Uttern D62, como podía leerse en el casco blanco. El motor era de un calibre decente, un Mercury Optimax negro de 125 hp. Era el barco perfecto para viajar en aguas tranquilas, por diversión o con la familia, pero en un clima como el de aquel día, no tenía el menor reparo en aventurarse también en mar abierto. Incluso aunque el viento soplara algo más fuerte.

Se arrodilló y fingió atarse los cordones. De esa manera pudo echar un vistazo en su interior por la ventana lateral. Los aparatos en la cabina del piloto eran estándares, pero donde debería hallarse el GPS para cuando el barco estuviera en movimiento, había un agujero. Se concentró en el encendido. Era mucho más fácil poner en marcha un barco que un coche. Un destornillador normal podría ser una excelente llave de encendido si lo golpeaba con énfasis.

El Uttern era el billete perfecto para Suecia... Pausadamente emprendió el camino de regreso, tratando de resolver un pequeño problema matemático en su cabeza: probablemente podría poner el motor a treinta y cuatro, máximo treinta y siete nudos de velocidad, pero a la larga no lo soportaría. Además, el consumo de combustible aumentaría dramáticamente. Lo más realista, pues, sería una velocidad de veinticinco nudos.

Estimó entonces que la distancia entre Frederikshavn y Gotemburgo era de unos cien kilómetros, o unas cincuenta millas náuticas, de modo que si navegaba desde Ålbæk hacia el este, llegaría a la costa sueca al sur de Gotemburgo. Sin embargo, él prefería ir al norte. Si su memoria no le fallaba, allí había muchas islas, penínsulas y promontorios en los que atracar, y esa ruta estaría mucho menos concurrida que la que conducía directamente a la segunda ciudad más grande de Suecia.

La distancia tenía que ser aproximadamente la misma. Más o menos dos horas de navegación. Su experiencia le decía que necesitaba un litro de gasolina por milla náutica, lo cual significaba cincuenta litros en total. Pero ¿cuánto habría en el depósito? Podía estar vacío... o lleno.

El riesgo de subir a bordo a plena luz del día era demasiado grande, de modo que tendría que agenciarse dos botes de veinticinco litros, por si acaso.

Tendría que conseguir el combustible en el puerto, además de un destornillador, vendas nuevas, calmantes para el dolor del hombro y, por supuesto, algo de comida.

Eran poco más de las doce cuando salió del puerto. Estaba acostumbrado a trabajar de noche y en silencio, y hoy planeaba entrar en acción a medianoche. Hasta entonces, tenía mucho tiempo libre. Pero primero iría a hacer sus compras y a conseguir la gasolina, y luego desaparecería lo más rápidamente posible.

Se escondería en el campo que había junto al puerto. Los arbustos eran el lugar perfecto para descansar, comer y cambiarse la venda. Y cuando llegara el momento, el puerto estaría a pocos metros de distancia.

77

Era como tratar de encontrar oro en un torrente montañoso. Tenías que estar alerta todo el tiempo, para que nada brillante se escapara por los lados. Puede que a los sesenta y un años de edad fuera ya demasiado viejo para trabajar durante dos días seguidos con tan pocas horas de sueño.

Se quitó las gafas, se reclinó en la silla de su escritorio, bostezó de buena gana y se desperezó. ¿Sesenta y uno? En realidad, no era una edad significativa. Seguiría ahí concentrado hasta que fuera necesario. Ese tipo de trabajo no podía delegarse.

Había estado sentado frente a esas tres enormes pantallas planas desde que recibió la noticia de que el excazador y soldado Niels Oxen había escapado una vez más del experimentado John Smith y de sus hombres. Era la tercera vez que escapaba, y eso que había caído de lleno en la trampa del castillo de Gram.

Con aquel nuevo fracaso, Smith había perdido cualquier opción de recibir un nuevo trabajo en el caso de que tuvieran algún proyecto similar.

La comparación con la búsqueda de oro era adecuada, pues había conseguido que le dieran acceso al POLSAS –el

Police Record System–, que era el sistema de documentación electrónica de la Policía. Esto le permitía acceder en cualquier momento a los informes diarios de los doce departamentos de Policía del país, de modo que podía ver de inmediato cualquier mensaje entrante.

La pepita de oro que aún no había extraído era la misma que la Policía estaba tratando de encontrar: un rastro, por pequeño que fuera, por insignificante que pareciera, que pudiera facilitar el paradero de Niels Oxen.

Otros vehículos robados, por ejemplo, motos o puede que incluso alguna bicicleta. O tal vez un robo insignificante, una incursión rápida en un quiosco de la calle o un simple hurto en una gasolinera. En otras palabras, cualquier posible rastro que un ser humano dejara atrás en su huida.

El hecho de que en Dinamarca se robaran unos quince vehículos diarios y de que la Policía recibiera un gran número de denuncias le obligaba a hacer gala de su instinto exquisito y de su experiencia para separar realmente el oro del resto de brillos sin valor.

Por el momento, seguían concentrados en Herning, donde se había encontrado un Corsa con las huellas dactilares de Oxen aparcado en el estacionamiento de un gran centro comercial.

El veterano de guerra tendría que haber actuado con muchísima rapidez para escapar a tiempo, puesto que la Policía había sellado por completo –y en muy poco tiempo– la ciudad.

Ya casi podía memorizar el informe diario de Jutlandia Central y Occidental. En ese momento nadie podría robar siquiera una manzana en Herning sin que a él le llegara la alarma.

Aunque, por otro lado, nada podía excluirse. Oxen era uno de los mejores, aunque estuviera herido, y ya había demostrado en numerosas ocasiones que no debía ser subestimado.

Ya fuera desde Faxe Ladeplads, Rønne en Bornholm o Padborg en la frontera estatal, cualquier llamada que presentara un mínimo de sustancia quedaba mencionada –aunque fuera testimonialmente– en el informe, en parte para dejar constancia de que la llamada había sido recibida y procesada, y en parte también para ir creando una pequeña red de construcción en el sistema. Porque a veces sucedía que un mismo detalle, junto con otros pequeños que hubieran ido recibiéndose, servía para resolver un caso más o menos complejo.

Así pues, cuando algo brillaba, él examinaba inmediatamente el hallazgo, sin importar de qué dirección venía. Bueno, excepto de Bornholm, porque eso quedaba demasiado lejos de todo.

Así fue como supo que Oxen *no* había subido a una glorieta en Skanderborg y había pasado la noche allí; que Oxen *no* había vaciado la caja registradora de un puesto de salchichas en Ebelto, y que *no* había robado cinco mil trescientas coronas a una anciana en un asilo de Randers.

En este momento estaba revisando dos casos más:

1. Un hombre cuya descripción coincidía a grandes rasgos con la de Oxen se había llevado algunas cosas de un supermercado de Kruså y luego había robado una escúter. Varios testigos lo habían visto conduciendo hacia el sur de la ciudad. Unas horas más tarde, la escúter había sido encontrada en el lado alemán de la frontera, junto a una zanja.

2. Un hombre cuya descripción era bastante abierta había sido visto al salir del sótano de una casa familiar en Frederikshavn alrededor de las 7:30 de la mañana. Más tarde, un residente entró en el sótano y descubrió vendas con sangre en uno de sus compartimentos. La probabilidad de que el hombre fuera un drogadicto o un sin techo era alta, pero había

que pensar que Oxen estaba herido, según informó el anciano que se había topado con él en un bosque al sur de Herning.

Su gente estaba equipada con ordenadores portátiles y ni siquiera tenían que ingresar en la base de datos de la Policía para hacer una comparación de huellas dactilares. Tenían las huellas de Oxen en el sistema, y solo tardarían unos segundos en iniciar el programa, buscar coincidencias y enviarle un correo cifrado con el resultado.

Echó un vistazo a su reloj. Era hora de hacer un breve informe. Marcó el número en su móvil.

–Aquí Nielsen. Adjunto el estado de la cuestión.

Describió con rapidez y precisión los eventos de las últimas cinco horas, tal como se lo había pedido su cliente, y luego dejó el móvil. Volvería a informar más tarde al cabo de cinco horas.

Hasta entonces, bebería litros de café, vigilaría todo lo que brillara, y seguiría depositando sus esperanzas en Herning.

78

Afortunadamente, el viento no había arreciado. Por el contrario, parecía como si hubiera amainado un poco durante la noche, lo cual, cabía decirlo, era típico de la zona.

Justo después de la medianoche, arrastró las dos garrafas de gasolina hasta el final del embarcadero. Una la llevaba en la mano; la otra se la había atado con el cinturón sobre el hombro sano.

Dejó su carga frente al barco. El puerto estaba desierto, y había acertado con su valoración de las farolas. Una tenue luz nocturna iluminaba todo aquel lugar.

Abrió la cubierta del barco y subió a bordo las garrafas y su mochila. Antes de desatar los cabos y empujar el Uttern fuera del muelle lo repasó todo mentalmente una vez más.

Tuvo que alejarse de allí lo más silenciosamente posible y salir del puerto sin encender el motor, lo cual no habría sido tan difícil si hubiera podido utilizar los dos brazos. Se esforzó en cuerpo y alma y finalmente logró maniobrar el barco y pasar a través de la estrecha entrada del puerto, con la ayuda del viento. Con una lentitud infinita avanzó sobre las aguas tranquilas, y finalmente se deslizó a mar abierto hacia la libertad.

Ya podía dar el siguiente paso. Metió el destornillador en la cerradura de encendido, contuvo el aliento y lo giró con cuidado. La ignición obedeció inmediatamente y los aparatos cobraron vida.

El tanque estaba medio lleno. Un Uttern D62 era un barco bastante grande con un motor bastante hambriento, y calculó que el tanque tendría aproximadamente ciento cincuenta litros, así que disponía fácilmente de unos setenta y cinco litros en el tanque y hasta podría haberse ahorrado comprar más combustible. Sea como fuere, desenroscó la tapa y volcó el contenido de la primera garrafa en el depósito. En el caso de que tuviera que dar algún rodeo, tendría suficiente combustible para llegar hasta Suecia.

Giró el destornillador un poco más, hasta que un profundo y prolongado ronroneo sonó tras él y el Mercury se puso en marcha. Se sentó en el asiento delantero y esperó a que el motor se calentara.

Oxen levantó la vista y observó el brillante mar de estrellas. Ellas eran sus amigas. Ya lo habían ayudado en muchas otras ocasiones, en tiempos difíciles, bajo cielos desconocidos.

Puso la marcha y encaró el barco hacia el rumbo correcto. Había llegado el momento de despedirse de Dinamarca. Miró hacia atrás.

Pero ¿qué era eso? En el puerto pudo ver dos conos de luz brillante enfocados hacia él. Eran los faros de un coche, pero... Qué extraño... ¿en este momento? ¿Alguien lo habría reconocido cuando iba en el tren? ¿O mientras compraba? ¿O en la gasolinera? ¿O puede que ese coche no tuviera nada que ver con él?

Dio gas y el Uttern obedeció. En unos segundos, la proa se levantó del agua y el casco atravesó suavemente las olas. Ajustó entonces la velocidad hasta quedarse en los veinticinco nudos.

Se abstuvo de encender las luces de a bordo. La noche y él eran uno, y solo tenía a sus brillantes camaradas como compañeras. Volando sobre el agua notó cómo se rompían todas sus cadenas...

En pocas horas llegaría a la escarpada costa de Suecia.

Miró el reloj. Llevaba cuarenta y cinco minutos en el agua y tenía la sensación de que podía tocar las rocas de su destino con solo extender la mano. Fue entonces cuando apareció, justo detrás de él. Su rugido amenazador rasgó la oscuridad y apartó de un manotazo las estrellas.

Vio la luz del helicóptero justo encima de su cabeza, realizando un arco suave y acercándose luego hacia él. Entonces se encendió un potente foco, cuya luz se clavó como un pilar en el agua.

Instintivamente, hizo girar el timón y avanzó en zigzag sin perder el rumbo. El haz de luz lo perseguía con avidez. En dos ocasiones pasó por encima de él y trató de no perderlo, pero sin éxito. Con un ruido ensordecedor, pasaba de largo solo para volver a intentarlo más adelante.

Lo habían encontrado. Sabía lo que le esperaba. Sacó su pistola, la cargó y se preparó.

Cuando el potente rayo de luz atrapó a Niels Oxen por un pequeño segundo, sintió una satisfacción totalmente inesperada. El alivio se mezclaba con el dulce sabor de la venganza.

Lo había logrado, aunque el mensaje hubiera llegado tarde y hubiesen tenido que correr como locos.

Lo que nunca sabrían, por desgracia, era cómo demonios había logrado escapar de Herning y llegar hasta Frederikshavn.

Como en tantas otras ocasiones, la combinación de casualidades y trabajo sólido acabó conduciendo al camino correcto. Sin embargo, desde que encontraron sus huellas dactilares en el sangriento vendaje de un sótano, habían llevado a cabo una extraordinaria carrera en infinidad de direcciones, y al fin llegaron a aquella pequeña aldea porteña al norte de Frederikshavn tras dar con la grabación de la cámara de seguridad de una gasolinera en la que se veía a Oxen llenando dos bidones de gasolina. La secuencia no dejaba lugar a dudas.

Parece ser que un colega salió disparado hacia el embarcadero, pero que solo alcanzó a ver cómo la oscuridad se tragaba una embarcación blanca.

La línea entre el éxito y el fracaso era a veces terriblemente fina. Si hubiesen encontrado la grabación media hora más tarde, Oxen lo habría logrado.

El exsoldado de élite de los cazadores daneses lo había puesto varias veces contra las cuerdas. Sí, puede que el hombre estuviera enfermo y hubiera desmejorado mucho a lo largo de los años, pero todavía estaba en perfecta forma y se había mostrado más que capaz de arruinarlo todo.

Uno siempre podía contar con «John Smith». No era barato, pero cumplía con sus contratos y se aseguraba de llevar a cabo hasta el último detalle. Así había sido durante once años, y así seguiría siendo.

Oxen casi le había costado su reputación. Lo había derrotado y humillado ante los ojos de sus propios hombres, cuando todo parecía tan simple y la trampa en el castillo de Gram solo tenía que cerrarse. El coleccionista de medallas se le había escapado tres malditas veces. Pero se acabó. Esta vez no se le iba a escapar.

Estos fueron los pensamientos y emociones que le sobrevinieron en cuanto el foco del helicóptero iluminó la cara de Oxen, provocándole una inesperada placidez. En su vida cotidiana, la venganza no tenía cabida. No existía; era un sentimiento irracional que no tenía nada que ver con él. Sin embargo, en esa ocasión notó que lo atravesaba de arriba abajo cuando ordenó al piloto que se acercara al barco en la siguiente curva.

Vio el fogonazo, pero no le importó. Nadie, ni siquiera Oxen, podría provocar ningún daño con una pistola disparada desde una lancha motora en movimiento a esta distancia.

Comprobó por última vez si la correa estaba bien sujeta, y luego abrió la puerta, tomó el bazuca y lo puso sobre su hombro derecho.

Se tomó su tiempo. El objetivo ya estaba acabado; no tenía prisa. El RPG-7 estaba equipado con una lente de visión infrarroja, y el punto rojo en el centro de la cruz se deslizaba hacia delante y hacia atrás sobre el fuselaje blanco.

Movió los dedos hacia el gatillo en dos ocasiones. A la tercera, disparó.

Fue puro instinto lo que lo llevó a levantarse y saltar sobre la barandilla.

A la débil luz de la cabina del piloto, había visto cómo se abría la puerta del helicóptero cuando el piloto se movía de lado hacia su bote, a unos cien metros de él...

Y sabía lo que eso significaba.

Pero que hubiese saltado en ese preciso momento, ni una décima de segundo antes ni una décima de segundo después, fue única y exclusivamente cuestión de instinto.

El resto fue explosión, fuego y agua. Un agua fría y negra que lo arrolló.

79

El secretario de Estado estaba sentado frente a su taza de café, como petrificado. El cuello blanco de la ministra de Justicia, en cambio, tenía las venas hinchadas y algunas manchas rojas que demostraban su tensión y su fuego interior.

–Buenos días, Mossman; siéntese –dijo Helene Kiss Hassing.

El tono fue seco y el saludo, breve. Él tomó asiento. Obviamente, se estaba fraguando una catástrofe. La nueva ministra estaba furiosa, y eso que él pensaba que ya habían hecho las paces y habían abandonado el caso de mutuo acuerdo. Incluso había sonreído amablemente cuando alguien le advirtió de aquello. ¿Tendría que volver a entrar en el ring antes de lograr finalmente la paz?

–Mossman, pero ¿en qué demonios pensaba?

La ministra, cuya única calificación reconocible era su aspecto y lo idóneo que este resultaba para aparecer en televisión, movió su portátil sobre la mesa para que él pudiera ver la pantalla. Mientras sus dedos temblorosos presionaban algunas teclas, Mossman pensó en las palabras que ella había escogido y en lo que pretendía enseñarle con el ordenador.

Era un vídeo. Uno que él conocía perfectamente.

En él aparecía el difunto ministro de Justicia, Ulrik Rosborg, desnudo detrás de una mujer que estaba a cuatro patas...

Se recostó en la silla y cruzó las piernas. Estaba extrañado, pero no sorprendido. De modo que habían jugado su última carta. Ahora le darían la estocada final; la puñalada directa al corazón.

Ni el secretario de Estado ni su ministra dijeron una sola palabra. Dejaron que la grabación continuara hasta el amargo final.

Él pasó la mayor parte del tiempo mirando por la gran ventana que quedaba detrás de la ministra.

—Solo han transcurrido unos días desde que te sacamos del lodo con muchísimo esfuerzo... ¿y ahora esto? Pero ¿en qué demonios pensaba, Mossman? ¡Dígamelo!

La ministra estaba fuera de sí. Él sacudió la cabeza en silencio y se encogió de hombros. Sabía reconocer cuándo había perdido, aunque no le hubiera pasado muchas veces en la vida, la verdad. Esta estaba siendo su mayor derrota, y también la última.

—¿De dónde la han sacado? —preguntó.

La ministra miró a su secretario de Estado.

—Nos la filtraron, junto con la información de que había una idéntica en el portátil de Rosborg que encontraron en su casa de verano, y con la noticia de que usted decidió mantenerlo en secreto y convenció de ello al jefe de Policía de la zona, supuestamente para encargarse del asunto en persona...

—Well... —No consiguió añadir nada más, porque el secretario siguió hablando sin cambiar de expresión.

—... y con la información de que usted era sabedor de esta atrocidad y de la existencia de esta grabación desde hacía más de un año. El crimen tuvo lugar en el castillo de Nørlund, justo donde sucedió todo el asunto de los perros ahorcados, y donde murió el exembajador Corfitzen.

El secretario de Estado tomó un sorbo de café, dejó la taza en silencio y se sirvió un poco más.

–Error tras error. Un intento de encubrir el crimen brutal de un político de alto rango. Tengo que decir que estoy profundamente conmocionado, Mossman. Después de todos estos años...

En realidad el secretario de Estado no parecía nada conmocionado. Ambos –él y la ministra– lo miraron inquisitivamente.

–No tengo ninguna duda acerca de quién ha organizado todo esto. En los últimos días he tratado de explicarles la situación en varias ocasiones y he anunciado que el CNI llegaría al fondo de la cuestión. Estoy hablando del Danehof. Tanto la grabación como la información han sido filtrados específicamente, al mismo tiempo y con un único objetivo: deshacerse de mí.

–Mossman, de verdad... Mire, yo soy nueva en este cargo, pero no en la política. ¿Qué pretende hacerme, o hacernos, creer? ¿Cuánto tiempo más espera manipular los hechos para que se ajusten a su extraña visión del mundo? ¡No quiero oír ni una palabra más del Danehof o del Consilium! ¡Ni una más! ¡No quiero saber nada más de toda esa historia! Ha ido usted demasiado lejos, Mossman; esta vez se ha pasado de verdad.

La ministra de Justicia había empezado a temblar de nuevo, después de haberse calmado un poco mientras se reproducía el vídeo.

–Ya no podemos protegerlo, así que... tendremos que encontrar otra solución. Le queda poco para jubilarse, ¿verdad? Pues le sugiero que presente una solicitud de renuncia por motivos de salud, y le sugiero que lo haga en... digamos, en una hora.

El secretario de Estado habló como si acabara de proponer un mero acuerdo comercial. Aunque quizá fuera justo eso lo que acababa de hacer, en realidad.

Mossman se recostó en la silla, pensativo, y sus ideas vagaron a través de la gran ventana hacia el cielo gris de la mañana.

–*Well* –respondió al fin–, de modo que hemos llegado al final del camino. Me encargaré de que mi renuncia esté en su escritorio en una hora.

80

El director operativo Martin Rytter asumió el mando del servicio de inteligencia de la Policía. Su nombramiento era solo una pequeña parte de la bomba que había explotado a la hora de comer.

Axel Mossman, fundador del CNI, el responsable de dar un nuevo impulso al servicio de inteligencia y de convertirlo en un efectivo útil para el futuro, *Big Mossman*, había decidido retirarse antes de su jubilación. Su salud, últimamente algo atropellada, lo había obligado a presentar una solicitud de renuncia.

En un comunicado de prensa, su superiora, la nueva ministra de Justicia Helene Kiss Hassing, había lamentado la renuncia del gigante y le había agradecido públicamente sus décadas de trabajo al servicio de la nación.

Todo aquel asunto no era –obviamente– más que una mierda bien empaquetada. Por el momento, Margrethe Franck no sabía más que el resto de sus compañeros, y por eso le sorprendió que el primer acto de Rytter al tomar posesión de su cargo fuera llamarla a su oficina.

–¡Franckie, maldita sea! ¿Qué es todo esto?

Rytter lanzó un montón de fotos sobre la mesa. Ella se quedó quieta, aún de pie, y las cogió.

La primera mostraba a Niels Oxen en la silla de su apartamento, y a ella misma en un primer plano. La fotografía tenía que haberse tomado la noche en la que Anders y ella llegaron a casa y se encontraron con Oxen, y el único que pudo haberlas hecho fue el cretino de Anders. Probablemente con su móvil. Las imágenes eran granuladas y la luz, amarilla. La segunda serie, sin embargo, era más nítida. En ella podía verse a Sonne, a Oxen y a ella misma en el borde de la carretera, justo antes de separarse y de que cada uno de ellos tomara su posición.

Ella le devolvió las fotos.

—Sí... ¿y qué? —preguntó ella.

—Franckie, no pretenderás decirme que has estado trabajando junto a un sospechoso de asesinato que simultáneamente estaba siendo perseguido por todo el resto del departamento, ¿no? ¡Todos tus colegas iban tras él! ¿Es una broma, no?

Rytter dio un puñetazo sobre la mesa.

—¿De dónde has sacado las fotos? ¿Algunas son de Anders Becker, verdad?

—Da igual de dónde las haya sacado, ¿no lo entiendes?

—Tú sabes perfectamente qué papel jugó Oxen en el asunto de los perros ahorcados, y sabías de sobras que había una conexión con Mossman y, por supuesto, conmigo misma.

—¡No! ¡No sabía nada de esto! ¿Crees que puedes hacer lo que te dé la gana? ¡Resulta que durante todo este tiempo sabías dónde estaba Niels Oxen! ¡Me has traicionado, joder, nos has traicionado a todos, a toda la Policía!

—Se trata del Danehof, Martin. Ellos lo han orquestado todo. Ellos mismos me dijeron que iban a destruirme...

—¿El Danehof? No quiero oír ni una palabra más sobre esa mierda de la Edad Media. Estás acabada, ¿me oyes? No puedo aceptar este cargo y que lo primero que haga sea mirar a otro lado para protegerte. Simplemente, no puedo. Podría elevarlo a la categoría pública y abrir un sonado caso en tu contra, pero te ahorraré ese espectáculo, tanto a ti como a mí, y me limitaré a despedirte. Has ido demasiado lejos. Demasiado lejos. Y ahora vete de aquí.

–Martin... pensé que éramos amigos. Ya veo que en realidad no eres más que un patético trepa.

Entró en el Mini y dio un portazo. Sonne la había llamado al móvil mientras estaba recogiendo su escritorio, para advertirla de que le habían pasado algunas fotos en las que se la veía con Oxen, y para comentarle que su jefe lo había despedido.

Puso la llave en el contacto. Villum Grund-Löwenberg se había salido con la suya. Los había destruido a ambos, o mejor dicho, a los tres. Estaba segura de que el Danehof era el culpable de la renuncia «voluntaria» de Mossman.

Giró la llave, y el Mini Cooper se puso en marcha, y con él, la radio.

«Empezamos nuestro programa con la gran noticia del día», dijo una voz seria de mujer. *«En este preciso momento, un equipo de buceadores profesionales está peinando las aguas frente a la costa sueca, al norte de Gotemburgo, en busca del cadáver del veterano de guerra y excazador Niels Oxen. En los últimos días, Oxen estaba siendo buscado por todas las fuerzas del Estado, pues era sospechoso de asesinar brutalmente al dueño de una piscifactoría del centro de Jutlandia. Las imágenes de una cámara de seguridad muestran al fugitivo anoche, saliendo del puerto en Ålbæk –cerca de Freudenberg– en una lancha robada. Testigos presenciales informan de una explosión que tuvo lugar en el mar. Se cree, pues, que Oxen pudo haber llevado explosivos en su drástica huida. Según nuestras informaciones, otra cámara de vídeo confirma que Oxen había llenado previamente varios bidones con gasolina en una es-*

tación de servicio de Ålbæk, que probablemente necesitaba para su escapatoria a Suecia. Restos de la embarcación robada han sido encontrados efectivamente en la zona en cuestión, y un experto en explosivos confirmó que todo apunta a una gran detonación a bordo de la lancha de motor. Niels Oxen fue galardonado varias veces como soldado y ha sido el único danés hasta la fecha en ser honrado con la Cruz al Valor. Oxen, de cuarenta y cuatro años, era...».

Apagó la radio, se desplomó hacia delante y apoyó la frente en el volante.

Luego empezó a llorar.

81

Tal vez solo fuera su imaginación, pero tenía la sensación de que las siete llamas que se erigían sobre el gran foco de plata estaban rectas. Era extraño que se fijase en ese detalle justo entonces, después de que en su último encuentro hubiese tenido la sensación de que las llamas bailaban como locas.

No había mucho que hacer. Ya lo habían discutido todo y habían evaluado la crítica situación que por fin habían superado.

El Sur había tomado cartas en el asunto y lo había resuelto con determinación y efectividad, desde la gestión de los medios hasta la implementación práctica de todas las medidas.

Juntos habían tomado las decisiones correctas. Ahora se trataba del futuro de su trabajo, y eso era mucho más interesante que tener que apagar siempre los incendios a contrarreloj.

En su larga historia siempre había habido momentos en los que no había sido necesario recurrir a ninguna *solución definitiva*, pero en los últimos años ese drástico remedio había tenido que utilizarse con una intensidad alarmante.

Lo que más lo complacía era que al menos parte de los problemas habían podido resolverse sin necesidad de apelar nuevamente a esa solución.

Axel Mossman, director del CNI durante tantos años, había recibido un jaque mate que lo había sacado del tablero. Nunca recuperaría el poder necesario como para convertirse de nuevo en una amenaza. Nadie se tomaba en serio a los jubilados... y pronto caería en el olvido.

También sus ayudantes, esa mujer y su sobrino, habían sido silenciados sin derramamiento de sangre.

El único que quedaba era el soldado, Oxen. Personalmente, él lamentaba sobremanera que uno de los hijos predilectos de Dinamarca tuviera que ser eliminado, y precisamente por ellos, que solo buscaban el bien de su país.

Pero no había otra salida, y ahora, por fin, aquella puerta también se había cerrado, después de tantos años.

La muerte de Oxen traía consigo la posibilidad de abrir otras puertas. Por fin podrían concentrarse en conseguir el candidato ideal para el puesto de comandante en jefe del ejército danés. Un puesto que debería ocuparse dentro de unos meses, en cuanto el actual comandante en jefe dimitiera.

Con sus ataques implacables, Oxen había sacado al candidato a la luz. Había presionado tanto al sistema que, en su momento, había obligado a establecer una comisión de investigación. Y aunque la comisión hubiera librado a su candidato de todas las acusaciones, las acciones de Oxen siguieron suponiendo un gran peligro. Si saltaba alguna chispa, aquello podría convertirse en un incendio...

Pero ahora las eternas incursiones del soldado habían terminado, y el camino estaba despejado.

Además, todos estuvieron de acuerdo en que no valía la pena dotar de más recursos a la nueva ministra de Justicia, a pesar de que esta posición había sido tradicionalmente estratégica e importante para su organización en todo momento, sino que tenía más sentido invertir en políticos que anhelaban una carrera más larga y que mostraban más talento para el trabajo.

Rosborg parecía, pues, el candidato perfecto, aunque por desgracia había mostrado otras deficiencias que habían pasado por alto anteriormente.

Helene Kiss Hassing no era más que una bonita flor de un día. Era buena en la televisión porque era agradable de ver y fácil de entender, lo cual se debía, principalmente, a su incapacidad para comprender relaciones complejas.

Había otras formas de acceder al Ministerio de Justicia: habían reducido la lista a cuatro candidatos.

Miró a sus colegas en la mesa uno por uno.

—Deseamos, pues, que vengan una serie de años pacíficos en los que podamos concentrarnos en la política y el bienestar de nuestro país. Nos esperan tareas importantes. ¿En qué trabaja el Consilium actualmente?

El *think tank* estaba a cargo del Norte. Se podría decir que era el legado del trabajo de toda una vida.

—El gran tema de este otoño puede parecer algo insólito a primera vista, pero... vamos a entrar en el mercado de la vivienda. A pesar de algunos intentos desesperados por parte de los políticos, y aunque la propia industria está tratando de salvar el tema, lo cierto es que, desde la crisis de 2008, el mercado inmobiliario danés, más allá de Copenhague y de las otras ciudades importantes, casi se ha derrumbado. El tema es especialmente preocupante en las zonas rurales. Cualquier persona que quiera adquirir una propiedad debe esperar mucho tiempo para obtener un préstamo... y la situación provoca toda una serie de reacciones socialmente desfavorables: pesimismo, disminución del consumo privado, aumento de los depósitos de ahorro... La sociedad está perdiendo movilidad, agricultura y mucho más. Hemos creado algunos foros para analizar el tema y realizaremos seis eventos especiales.

Más adelante resumiremos todos los resultados en un memorando.

Él asintió. El mercado de la vivienda era un tema recurrente, popular e interesante. Desde la muerte del anciano Corfitzen, el Consilium había desarrollado una nueva vitalidad.

Pero el Norte tenía aún algo que añadir:

—Al final del año volveremos a las escuelas. Hay una gran necesidad de evaluar las reformas. Y está claro que hay una necesidad de mejora. A principios del próximo año, iniciaremos la discusión necesaria sobre el problema de las ayudas docentes. Si queremos ampliar la producción en Dinamarca, la competencia ya no debe ser solo una palabra de moda que los políticos usen para ocasiones solemnes. El problema es muy grave y estoy ansiosa por abordarlo.

Él asintió de nuevo. Los salarios de los docentes, un tema francamente importante. Estaba a punto de cerrar la reunión cuando el Norte volvió a hablar, con una sonrisa:

—También me gustaría llamar su atención sobre los puntos del programa más entretenidos, que son los que apelan a la publicidad. La visita de la directora del Banco Central de Estados Unidos, Janet Yellen, y su estancia en el Hotel d'Angleterre en diciembre, será un punto culminante. Y en primavera se llevará a cabo un evento en el mismo lugar con el fundador de Facebook, Mark Zuckerberg, quien hablará sobre innovación. También hemos podido contactar con Bill Gates, quien hablará en nuestro favor sobre responsabilidad social corporativa. Va a ser una acción muy positiva para Dinamarca, estoy segura.

—Eso es brillante. Realmente impresionante. No puedo recordar que el Consilium haya hecho nunca un programa tan excelente. Gracias.

Era un placer trabajar con esos jóvenes... El Norte y el Sur habían aportado un inesperado nuevo dinamismo a su organización. Todo parecía muy prometedor, especialmente porque él mismo no podría seguir allí para siempre...

—Creo que por hoy podemos concluir que hemos recuperado un *modus vivendi* prometedor y apasionante. La reunión ha terminado.

82

No había ni un solo centímetro en ese musculoso y fibrado cuerpo que no necesitara suturas, desinfectantes o vendajes. Había dejado algunas heridas leves al aire libre para que pudieran secarse mejor, pero el efecto global era francamente impresionante.

El hombre que yacía en la pequeña habitación era un verdadero milagro. Tan herido por todas partes, tanto tiempo metido en el agua... y pese a todo, vivo. Solo Dios podía haber hecho ese milagro.

Abrió la ventana y se inclinó sobre él para cambiarle la venda del muslo derecho, de donde había sacado una varilla de metal que se le había incrustado en la carne. Por supuesto, no le habían pasado desapercibidas las viejas heridas y las muchas cicatrices que hablaban del pasado de aquel hombre.

No era su estilo hacer preguntas, y no tenía ningún derecho a juzgarlo. Hacía muchos años ella había jurado dedicar su vida a sanar al prójimo, y eso mismo estaba haciendo.

Los demás tendrían que rendir cuentas de cada una de sus acciones cuando estuvieran frente al Creador.

Dio un paso atrás y lo miró de nuevo. El sol brillaba con fuerza desde el mar y arrojó una franja de luz brillante sobre la cara del hombre.

Luz, luz... Desde algún lugar le llegó la sensación de luz y de calor. No llegó a recuperar el conocimiento, pero sí la sensación de que algo lo calentaba.

Entonces algo le acarició la piel, haciéndole cosquillas.

Su percepción fue volviéndose más clara, más consciente. Luz... ¿Qué había tan brillante? ¿Un faro? ¿Fuego? ¿O el sol que brillaba en su rostro? ¿Y qué era lo que notaba en su piel? ¿La brisa del viento, quizá?

Respiró hondo, inspiró y espiró. Sintió un intenso dolor. Un dolor que le atravesaba de arriba abajo y le recorría el cuerpo entero. Pero también notó algo familiar, hermoso, que no dolía. Un olor a algas y a sal... y unos alaridos intensos. ¿Gaviotas?

De pronto reconoció una voz suave, casi cantarina. Al principio estaba muy lejos; luego se le acercó lentamente.

Era una voz de mujer que le preguntaba con amabilidad si podía oírla. Quería saber si estaba despierto y si sentía dolor, qué le había pasado, quién era y si tenía un nombre.

Tardó un poco en reunir las fuerzas para contestarle, y por fin escuchó su propia voz, que formó palabras aisladas y las presionó sobre los labios secos.

—My... name... is... Dragos...

Nota del autor

Soy periodista de profesión. Tal vez sea este el motivo por el que me gusta averiguar si la ficción esconde algo de realidad. Y si es así, dónde. Para quienes tengan la misma necesidad que yo:

La historia del castillo de Nørlund se corresponde a las descripciones que yo poseía, pero lo cierto es que nunca ha pertenecido a una familia apellidada Corfitzen. El castillo es hoy en día propiedad del Fondo Nørlund.

La Cruz al Valor es efectivamente el más alto reconocimiento militar de Dinamarca, que se otorga por un servicio extraordinario. De hecho, se otorgó por primera y única vez el 18 de noviembre de 2011. La reina Margarita hizo entrega de esa cruz al sargento Casper Westphalen Mathiesen.

El Danehof de Nyborg existió en realidad. He tratado de contar su historia en pocas palabras. A pesar de su única y fascinante posición de poder en la Edad Media, el Danehof ocupa un lugar sorprendentemente modesto en los libros de historia.

Los acontecimientos que llevaron a la muerte de Bo «Bosse» Hansen durante la ofensiva del Ejército Nacional Croata son invención mía, pero se basan en las circunstancias en las que murió el sargento Claus Gamborg, que fue el primer soldado danés de la ONU en morir en una batalla abierta, el 4 de agosto de 1995. Gamborg fue póstumamente honrado por su valentía.

He querido ubicar ficción y realidad exactamente en este punto para poder retratar los horrores de la guerra de los Balcanes en breves instantáneas.

A lo largo de los años, se ha debatido mucho sobre el fallecimiento de Gamborg y las críticas a las decisiones que condujeron a su muerte. A diferencia de mi historia, en su caso nunca se habló de una comisión de investigación.

Jens Henrik Jensen

Esta primera edición de *Oxen. El hombre oscuro,*
de Jens Henrik Jensen, se terminó de imprimir
en *Grafica Veneta S.p.A. di Trebaseleghe* (PD)
de Italia en octubre de 2019. Para la composición
del texto se ha utilizado la tipografía Sabon
diseñada por Jan Tschichold en 1964.

Duomo ediciones es una empresa comprometida
con el medio ambiente. El papel utilizado para
la impresión de este libro procede de bosques
gestionados sosteniblemente.

PEFC

PEFC/18-31-226

Este libro está impreso con el sol. La energía
que ha hecho posible su impresión procede
exclusivamente de paneles solares.
Grafica Veneta es la primera imprenta
en el mundo que no utiliza carbón.

LA SERIE QUE HA CONQUISTADO
A LOS AMANTES DEL *THRILLER* NÓRDICO

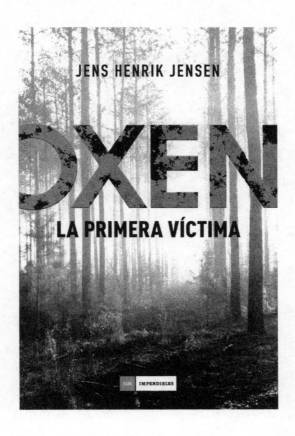

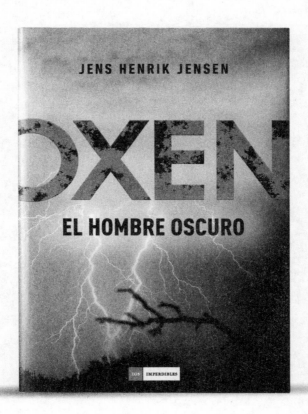

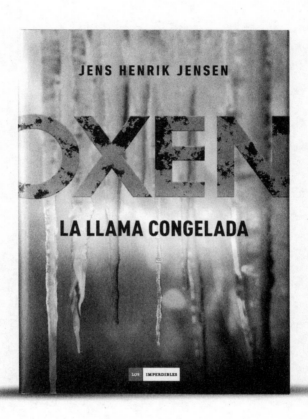